MIGUEL DE CERVANTES

DON QUIJOTE DE LA MANCHA, I

D1471642

EDICIÓN, INTRODUCCIÓN, NOTAS, COMENTARIOS
Y APÉNDICE

ÁNGEL BASANTA

Biblioteca Didáctica Anaya

Dirección de la colección: Antonio Basanta Reyes y Luis Vázquez Rodríguez.

Diseño de interiores y cubierta: Antonio Tello.

Dibujos: Javier Serrano Pérez.

Ilustración de cubierta: Javier Serrano Pérez.

Í N D I C E

INTRODUCCIÓN

*Retrato idealizado
de Cervantes, obra
de Segrelles.
(Colección
Espasa-Calpe,
Madrid.)*

ÉPOCA

Miguel de Cervantes (1547·1616) conoció la historia de
España a lo largo de tres reinados: nació en los últimos
años del reinado de Carlos I; fue testigo directo de la
grandeza imperial con Felipe II; y supo ver la decadencia que se avecinaba en tiempos de Felipe III. Su vida
transcurrió, pues, a caballo entre dos siglos, cruciales en
la historia y en la cultura española, el XVI en su segunda
mitad y el XVII en sus dos primeras décadas.

España entre dos siglos

La grandeza de España se consolida con Carlos I, coronado en 1519 emperador de Alemania con el nombre
de Carlos V. Con su política imperial se consuma la he-

gemonía de España en el mundo, pues en sus empresas
militares, Carlos I, además de continuar la conquista de
América, hizo frente al auge de los nacionalismos, a la
aparición del protestantismo y a la amenaza turca en el
Mediterráneo.

Los triunfos militares del emperador fueron continua-
dos por su hijo y sucesor, Felipe II, en cuyo reinado España venció a los franceses en la batalla de San Quintín
(1557), propició la derrota de los turcos en la de Lepanto (1571) y alcanzó la unidad peninsular con la anexión
de Portugal (1580).

Sin embargo, frente a la hegemonía imperial de España,
frente a la espectacular grandeza exterior de un imperio en cuyos dominios «no se ponía el sol», se alzaba,
en amargo contraste, una realidad interior bien distinta. Carlos I había llevado la economía castellana a la ruina; y, además de haberla sacrificado a los gastos de las
guerras, había provocado múltiples tensiones sociales, al
tiempo que una amarga verdad de hambre y miseria se
iba haciendo cada vez más cotidiana en el interior de
España.

Consecuencia del imparable endeudamiento del Estado
fueron las sucesivas bancarrotas producidas en tiempos
de Felipe II, entre 1558 y 1596, años en que España su-
frió el desastre de la Armada Invencible (1588) y se mostró incapaz de triunfar en las guerras de religión en los
Países Bajos.

La decandencia interna fue agravándose con la sangría
económica y humana, ambas consecuencia inmediata de
las guerras; con la emigración de jóvenes a las ciudades
o la emigración a América, y la consiguiente despobla-
ción del campo, aumentada también por las pestes de
fin de siglo; con la ruina de la nobleza inferior y su absoluto desprecio por el trabajo; con el desempleo de la
población, aumentado por el regreso de soldados; y con

la problemática de las castas sociales y una estéril concepción del honor, apoyada en las apariencias y en el dinero.

La gravedad de la situación interior se intensificaría con Felipe III, quien, ante la inflación alarmante, renunció a las guerras exteriores, adoptando una política de obligado pacifismo e iniciando a la vez el sistema de gobierno en manos de validos (como el Duque de Lerma o el de Uceda). El siglo XVII iba a ser depresivo en toda Europa; pero en España fue de auténtica bancarrota económica, moral y política.

Los intereses imperiales de los Austrias en los Países Bajos impusieron una costosa guerra de religión. (Toma de Brielle, en 1572.)

El período de paz vivido con Felipe III no se aprovechó para la recuperación interna, y los indicios de la depresión eran, pues, cada vez más claros: al disparadero de la decadencia española contribuye la misma política de privados, que, además de no suplir la incapacidad del monarca, estaba orientada por intereses de validos y grandes nobles y provocaba una notable afluencia de aspirantes a cargos públicos, deseosos de acomodarse en la burocracia cortesana al amparo de la corrupción. Al

mismo tiempo, el encumbramiento de la nobleza era un fenómeno regresivo social y económicamente, porque con la institucionalización del valido, éste disfrutaba de todas las posibilidades de utilizar en beneficio propio el poder real, frenando cualquier evolución social y manteniendo en exclusiva la cuna de gobernantes y militares. Con ello disminuyó la fuerza de las clases productivas, especialmente la de la burguesía. La industria, el comercio, el trabajo en general era algo socialmente menospreciado. Y el hambre y la mendicidad seguían siendo amenazas reales para la población.

En tal situación, los escritores más lúcidos de aquel tiempo supieron ver el malestar social y expusieron su inquietud y descontento ya desde el siglo XVI, hasta llegar a su expresión más amarga en el desengaño que invade la literatura barroca. Cervantes fue de los primeros en hacerlo, porque también lo había sido en experimentar la desilusión en la maltratada existencia de su persona después de su vida de heroico soldado.

El campesinado tuvo que cargar con los costes de una política de prestigio que arruinó a la sociedad española. (La Trilla, grabado popular del XVI.)

LITERATURA

Del Renacimiento al Barroco

En estricta cronología, Cervantes se encuadra en el grupo de escritores españoles formados en el llamado segundo Renacimiento, en la segunda mitad del siglo XVI. Su época histórico-literaria coincide, pues, con la de escritores como M. Alemán (1547-1614?) o V. Espinel (1550-1624). Y, como ellos, recibió su formación literaria en la herencia renacentista propiciada en el primer tercio de siglo por la revolución poética de Garcilaso de la Vega (1501-1536), con la consagración de las formas italianas, la idealización de la naturaleza, la expresión lírica del amor cortés y la asimilación de los moldes petrarquistas.

Asistió a la continuación de aquella herencia literaria en la espiritualidad religiosa de la lírica de Fray Luis de León (1527-1591), en la poesía mística de San Juan de la Cruz (1542-1591) y en la acumulación ornamental que invade la retórica manierista de F. de Herrera (1534-1597); conoció el mundo fantástico de las aventuras protagonizadas por imaginarios caballeros andantes, multiplicados en las series de novelas de caballerías, las peripecias imaginarias protagonizadas por cristianos y moros en las novelas moriscas y la idealización de la naturaleza en las peripecias amorosas de las novelas pastoriles; así como también intuyó el nacimiento de la novela moderna en la formación de la picaresca, cuando M. Alemán recogía en su *Guzmán de Alfarache* (1599-1604) el modelo estructural iniciado con el *Lazarillo* (1554).

Al antes citado grupo de escritores, cuya obra literaria se encuentra a caballo entre los dos siglos, sucede cronológicamente la primera generación de escritores ple-

namente barrocos: Góngora (1561-1627), Lope de Vega
(1562-1635), Quevedo (1580-1645), entre otros. Con ellos
se implanta definitivamente el Barroco en nuestra literatura, con la revolución poética emprendida en el cul-
teranismo de Góngora y sus seguidores, con el «estruja-
miento» del lenguaje y la dificultad conceptista en la
prosa y en la poesía de Quevedo y con la revolución teatral llevada a cabo por Lope de Vega.

La novela española en tiempos de Cervantes

En la segunda mitad del siglo XVI convivieron en nuestra literatura varias tendencias narrativas. Y todas con
notable éxito de público lector. Entre ellas cabe destacar especialmente las siguientes:

1. La continuación del género de los libros de caballe-
    rías, iniciado mucho antes por *Amadís de Gaula,* en
    novelas como las de la serie *Don Belianís de Grecia*
    (1547-1579, de J. Fernández; precisamente en 1547
    aparecía también la traducción castellana del *Palme-
    rín de Inglaterra,* de F. Morães Cabral); *El Caballero
    del Febo* (1555), de Ortúñez de Calahorra; *Felixmarte
    de Hircania* (1556), de M. de Ortega, o *Don Olivante
    de Laura* (1564), de A. de Torquemada.

2. El florecimiento de la novela pastoril, en obras
    como *La Diana* (1559?), de J. de Montemayor; la *Dia-
    na enamorada* (1564), de G. Gil Polo; *La Galatea*
    (1585), de Cervantes, o *La Arcadia* (1598), de Lope
    de Vega.

3. El cultivo de la novela morisca, propiciado por la
    anónima *Historia del Abancerraje y la hermosa Jarifa* (in-
    cluida en 1562 en *La Diana)* y difundido por las

Guerras civiles de Granada (1595 1.ª parte), de G. Pérez de Hita.

4. El resurgimiento de la novela bizantina, de amor y aventuras, alimentado por las traducciones de sus manifestaciones en la Grecia helenística *(Teágenes y Clariquea,* de Heliodoro, *y Leucipa y Clitofonte,* de Aquiles Tacio), en las aportaciones de A. Núñez de

El amor galante convivió con otros géneros narrativos en la literatura española del siglo XVI. (Escena de amor cortés, según una miniatura francesa del Renacimiento.)

Reinoso, *Historia de los amores de Clareo y Florisea* (1552), o de J. de Contreras, *Selva de aventuras* (1565). Género que después sería ampliamente superado por Cervantes en el *Persiles* (1617).

5. El nacimiento de la novela picaresca, con el anónimo *Lazarillo* (1554) y el *Guzmán de Alfarache* (1599-1604), de M. Alemán. Género continuado en el siglo XVII por el *Buscón* (1626, pero escrito veinte años antes), de Quevedo; *La pícara Justina* (1605), de F. López de Úbeda; el *Marcos de Obregón* (1618), de V. Espinel, y el anónimo *Estebanillo González* (1646).

En fin, en este panorama de múltiples y diversas tendencias narrativas, al que aún habría que añadir la circulación popular de la novela corta de tipo italiano y las colecciones de anécdotas como las reunidas en *Sobremesa y alivio de caminantes* (1569, en segunda edición ampliada), de J. de Timoneda, o los cuentos del *Patrañuelo* (1565), del mismo Timoneda, aparecerán las novelas de Cervantes, y con ellas la definitiva transformación del género narrativo, en sus oscilaciones entre dos mundos de ficción: el real, de la experiencia probable de la vida diaria, y el ideal, libremente imaginado, aunque también con sus reglas poéticas. La solución al problema de las relaciones entre lo ideal y lo real se alcanza ya en el *Quijote,* en su extraordinaria ilusión de experiencia humana, en su armónica relación «entre lo poéticamente ideal y lo históricamente posible» (en acertada afirmación de E. C. Riley).

Cervantes, buen conocedor de los géneros narrativos de su tiempo —los españoles y los italianos, especialmente— y enterado de las teorías narrativas más avanzadas en la época, supo aprovechar en la trama de sus novelas las mejores aportaciones de quienes le precedieron. Y además lo hizo de forma que pueden identificarse fácilmente: la presencia de la novela pastoril es clara

Las hazañas y desgracias de Don Quijote son herederas de una larga tradición literaria asumida y renovada por Cervantes. (Acuarela para una edición del Quijote.*)*

no sólo en *La Galatea* —cuya segunda parte prometió siempre, dicho sea de paso—, sino también en el *Quijote* (Marcela y Crisóstomo, historia de Leandra, la Arcadia fingida) y en algunas *Novelas ejemplares;* igualmente ocurre con los libros de caballerías, siempre al fondo de las «hazañas» de Don Quijote; lo mismo con las narraciones moriscas en la primera salida de Don Quijote (el llamado «protoquijote»), y con el género histórico-morisco se relacionan las historias del Capitán Cautivo, y de Ricote, Ana Félix y Gaspar Gregorio, así como también *El amante liberal;* con la novela corta psicológica italianizante en *El curioso impertinente* o en la historia de Claudia Jerónima (intercaladas en el *Quijote*) y también en *El celoso extremeño*. También es fácilmente discernible la presencia de la picaresca en la figura del galeote Ginés de Pasamonte (en la primera parte del *Quijote*), y en *Rinconete y Cortadillo* o en *El coloquio de los perros;* el aprovechamiento de recursos de la novela bizantina en el *Persiles;* e incluso la recreación de motivos de la novela sentimental en los relatos de Cardenio-Luscinda y Dorotea-don Fernando (*Quijote,* I), a su vez relacionados con la trama de *Las dos doncellas.*

Si con el *Quijote* Cervantes inventó la novela moderna, y con el *Persiles* acercó la novela a la poesía, con las *No-*

Italia y los ambientes recogidos en las novelas cortas son aprovechadas por Cervantes para algunas de sus novelas. (Máscaras del carnaval veneciano del siglo XVI.)

velas ejemplares dignificó en España el género de la novela corta. Pero sus geniales aportaciones no hallaron continuadores en el siglo XVII español; la herencia del *Quijote* —y con ella el genio de la novela— sería recogida por la escuela cervantina inglesa del siglo XVIII: principalmente, H. Fielding, en su *Tom Jones* (1749), y L. Sterne, en su *Tristram Shandy* (1760-1767).

Y la explosión editorial de la novela corta en nuestro siglo XVII —motivada por las *Novelas ejemplares*— tampoco supo retomar las mejoras virtudes cervantinas, pues sus cultivadores desplegaron el género en mil variedades hasta que los ingredientes narrativos por excelencia acabaron subordinados a intereses morales o costumbristas. Por ello, la narrativa española posterior a Cervantes llevaba en sí misma los gérmenes de su desintegración.

La lengua castellana en los Siglos de Oro

Durante el siglo XVI, en un proceso evolutivo que continúa en el XVII y culmina en el XVIII, el castellano pasa del sistema fonológico medieval al moderno. En el Renacimiento la lengua experimenta ya una fijación muy notable; pero todavía se manifiestan algunas peculiaridades lingüísticas que peduran en todo el Siglo de Oro.

Entre las más significativas conviene recordar concretamente algunas:

— Se mantienen las vaciliaciones vocálicas, muy frecuentes en el vocalismo átono (*cudicia*/codicia, *sospiro*/suspiro, *cevil*/civil), y a veces en el tónico *(mesmo*/mismo).

— Vacilación de algunos diptongos (*priesa*/prisa) y de la reducción vocálica en algunos compuestos (*antojos*/anteojos).

— Presencia o ausencia de la h (*harpa*/arpa) o su alternancia con otra consonante (*agora*/ahora).

— Vacilación de la grafía *s*/*x*.

— Oscilación de grupos consonánticos: persiste la lucha entre el respeto por la forma latina y su adaptación a la fonética romance. Tal oscilación aparece tanto en las restituciones cultas o latinizantes de dichos grupos (*proprio*/propio, *perictos*/peritos) como en su reducción romance (*paresció*/pareció) o en la convivencia de derivaciones populares y cultas (*diciplina*/disciplina).

— Presencia en alteraciones de la estructura de las palabras: casos de metátesis (*pelras*/perlas), epéntesis (*coronista*/cronista), paragoge (*felice*/feliz)...

— Uso del relativo *quien* con valor de singular y plural, y referido a personas, animales y cosas.

— Alternancia de conglomerados en que se contrae el esquema preposición + pronombre y su desarrollo por separado (*dél*/de él, *déste*/de éste).

— Alternancia de la fusión del infinitivo verbal y el pronombre enclítico asimilado o el desarrollo completo de ambas formas (*escribille*/escribirle, *hacello*/hacerlo).

— Algunas peculiaridades en el género de los nombres (*la puente, la fantasma*).

— Diferencias en algunas formas de los verbos (*trayo*/taigo, *oya*/oiga, *vee*/ve).

AUTOR

Una vida azarosa

Poco sabemos con absoluta certeza de la vida del más universal de nuestros escritores. Miguel de Cervantes Saavedra, cuarto hijo del matrimonio del modesto cirujano Rodrigo de Cervantes y Leonor de Cortinas, nació en Alcalá de Henares, probablemente el 29 de septiembre de 1547 (9 de octubre, según el actual cómputo del calendario).

Roma, refugio y escuela de Miguel de Cervantes durante su estancia en Italia. (Grabado coloreado del siglo XVII.)

Después de una infancia y adolescencia de privaciones —y de estudios en diversas ciudades, probablemente en Sevilla y en Salamanca, con toda seguridad en Madrid, con el humanista J. López de Hoyos— viaja a Italia acompañando —como camarero— al futuro cardenal Acquaviva. En Roma, Cervantes tenía un pariente cardenal y es posible que su marcha a Italia fuera debi-

da a una condena «contra un Miguel de Cervantes» por haber herido a un tal Antonio de Sigura.

Lo cierto es que Cervantes recorrió Italia; se entusiasmó con el Renacimiento e intentó sobresalir en el mundo de las letras. Al no conseguirlo, sueña con la gloria del soldado e ingresa en el ejército en 1570. Al año siguiente, su heroísmo brilla con luz propia en la batalla de Lepanto, donde, enfermo, quiso participar en uno de los puestos más peligrosos de la galera «Marquesa». Herido en la batalla contra los turcos, perdió el movimiento del brazo izquierdo; y el que en el futuro sería conocido como «el Manco de Lepanto», siempre se mostró orgulloso de haber participado en aquella victoria de la cristiandad.

Aún volvería a estar presente en otras empresas militares (Navarino, la Goleta...), después de curar sus heridas en Messina. Pero bien pronto iba a sufrir el revés que cambiaría su vida.

Cuando en 1575 regresaba a España con cartas de recomendación del mismo don Juan de Austria para su ascenso a capitán, la galera «Sol» fue apresada cerca de la costa catalana por una flotilla turca mandada por el corsario Arnaute Mamí. Cervantes y su hermano Rodrigo cayeron prisioneros y fueron llevados cautivos a Argel. Intentó fugarse varias veces, pero sólo vería la libertad en 1580, año en que fue rescatado por los frailes trinitarios mediante el pago de quinientos escudos, después de cinco años de cautiverio, ampliamente recreados en obras suyas, como la *Epístola a Mateo Vázquez, El trato de Argel, Los baños de Argel* y el relato del «Capitán cautivo» en el *Quijote* (I, capítulos 39-41).

Ya en España, Cervantes encuentra a su familia en Madrid arruinada económicamente. Se le niegan las merecidas recompensas por sus servicios de soldado heroico. Arruinada también su carrera militar, mantiene relacio-

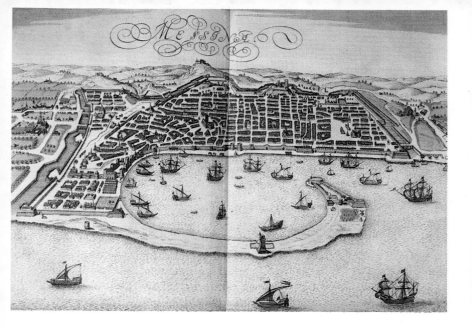

Vista de la ciudad de Messina, donde Cervantes convaleció de las heridas del combate de Lepanto. (Grabado del Civitas Orbis Terrarum, 1605.)

nes con Ana Villafranca —de las cuales nace su hija Isabel—, se casa en Esquivias con Catalina Palacios Salazar (o de Salazar y Palacios) y vuelve a pensar en el mundo de las letras. Escribe algunas obras para salir adelante; publica una novela pastoril, *La Galatea* (1585); intenta fortuna en el teatro *(El trato de Argel, La destrucción de Numancia),* en donde experimentaría el drama de su vocación ante el triunfo arrollador de la revolución emprendida por Lope de Vega en la comedia.

Sin medios económicos para sacar adelante a su familia, en 1587 Cervantes se marcha a Sevilla encargado de recaudar fondos para la Armada Invencible. En su cargo de comisario real de abastos, de nuevo el infortunio volvió a presidir su destino: fue excomulgado con motivo del embargo de unos bienes eclesiásticos, estafado por la quiebra del banquero depositario de fondos recaudados y encarcelado por irregularidades en las cuentas.

De Andalucía pasa a Valladolid, entonces sede de la Corte. Había comenzado a escribir ya algunas de sus «novelas ejemplares», y en 1605 publica la primera parte del *Quijote*. Apenas saboreado el éxito inmediato de su novela, vuelve a parar a la cárcel a causa de la extraña muerte de Gaspar de Ezpeleta delante de la casa de Cervantes, quien, además, tuvo que soportar todo tipo de murmuraciones sobre la conducta más que dudosa de las mujeres de su familia, conocidas como «las cervantas».

Cuando la Corte vuelve a Madrid, Cervantes se traslada a la capital, en 1606, donde, en medio de los ya habituales apuros económicos se entrega por entero a su labor literaria. Aunque tarde, la gloria le llegaba al fin en los últimos años de su vida. Después del extraordinario éxito del *Quijote,* Cervantes fue dando a la imprenta las *Novelas ejemplares* (1613), el *Viaje del Parnaso* (1614), las *Ocho comedias y ocho entremeses nuevos nunca representados* (1615) y la segunda parte del *Quijote* (1615).

*Madrid fue la última etapa de una azarosa vida. (*La cárcel de la Corte, *cuadro anónimo del XVII. Palacio de Santa Cruz.)*

Aun así, la penuria económica, apenas aliviada por alguna ayuda del Arzobispo de Toledo y del Conde de Lemos, no le abandonó hasta su muerte.

Pasó los últimos meses de su vida dedicado a otra novela, *Los trabajos de Persiles y Sigismunda* (publicada póstumamente, en 1617), que ya no podría concluir en sus retoques finales, pues casi coincidiendo con la muerte de otro escritor genial (W. Shakespeare), Cervantes moría en Madrid el 22 de abril de 1616, a los tres días de escribir esta dedicatoria del *Persiles* al Conde de Lemos:

> *«Puesto ya el pie en el estribo,*
> *con las ansias de la muerte,*
> *gran señor, ésta te escribo.*

Ayer me dieron la Extremaunción y hoy escribo ésta. El tiempo es breve, las ansias crecen, las esperanzas menguan, y con todo esto, llevo la vida sobre el deseo que tengo de vivir...»

Fue enterrado el 23 de abril.

Perfil humano

La andadura humana de Cervantes quedó partida en dos mitades por los cinco años de cautiverio en Argel, amarga experiencia que separa la ilusión de una juventud heroica y el desengaño de una madurez acuciada de problemas. Así lo indican estas palabras de A. Zamora Vicente:

> «El Cervantes anterior al cautiverio es —todavía— el soldado de la época imperial a la europea. Es el combatiente victorioso de Lepanto, el estudioso que conoce el erasmismo, el español que anda por las ciudades de Italia, empleando su juventud en el doble juego del amor y del dominio. Es el tiempo lu-

minoso que el licenciado Vidriera recordará con
cierto tinte de nostalgia, dejando adivinar la novia
florentina o romana, querida y deseada a la manera
de Petrarca o de León Hebreo. En cambio, el Cervantes posterior al cautiverio, es el hombre que va
viendo hundirse todas las concepciones políticas y
estéticas de su juventud. Frente al mundo alado e
italianizante de Garcilaso, ve surgir la torsión barroca de Góngora; frente a la evocación de las ciudades doradas de Italia —Génova, Florencia,
Roma—, los pueblos de Castilla, con su desnuda
hosquedad, su desolada pobreza: Argamasilla, Pedro
Muñoz, Quintanar; frente a la Alcalá erasmista,
Trento; frente a Lepanto, la Invencible.»

Aunque la vida le mostró casi siempre la cara adversa,
y el infortunio le acompañó repetidamente, la experiencia de Cervantes, rica en el conocimiento de gentes y lugares diversos, refleja el proceso de un hombre entregado a sus ideales, primero en las armas y después en
las letras. Y siempre con gran entereza de ánimo. A pesar de las dudas que ensombrecieron su conducta —y
sobre todo la de su familia—, su figura ha sido siempre
contemplada como un modelo de bondad natural, de tolerancia y discreción, de honda comprensión de la naturaleza humana. Hasta tal punto la moderación presi-
dió su vida, que ni siquiera contestó con agresividad a
los ultrajes y calumnias («manco», «viejo», «murmurador», «agresor de sus lectores») que el desconocido autor del prólogo al *Quijote* apócrifo dedicó a su persona.

En suma, la vida de Cervantes discurrió paralela a la de
España, pasando del idealismo heroico —que para él
culmina en Lepanto— a la frustración posterior. Con
razón afirmó M. Azaña que «el yelmo de la monarquía
española vino a ser la celada de cartón que Don Quijote, cautamente, se guarda de poner a prueba. Prefiere
creerla útil, sabiendo que se engaña [...]. La vida de Cer-

vantes está, pues, crucificada en la declinación española». Si su vida resume las dos épocas, su obra constituye una síntesis magistral de los dos siglos, en su transición del idealismo renacentista al pesimismo reflexivo del Barroco.

CUESTIONES

➤ Señala algunas causas de la decadencia interior de España. ¿Cuáles son sus manifestaciones a finales del siglo XVI y comienzos del XVII?

➤ ¿Cuándo se consuma la política de privados? Señala algunas consecuencias de la institucionalización del valido.

➤ ¿En qué ambiente literario se formaron los escritores nacidos hacia la mitad del siglo XVI? Indica el nombre de algunos.

➤ ¿Cuáles son los géneros narrativos más difundidos en el Renacimiento español?

➤ Cervantes supo integrar en sus novelas las principales tendencias narrativas de su época. Indica las relaciones más significativas.

➤ Explica brevemente quiénes fueron los primeros seguidores de Cervantes en su arte de novelar.

➤ Señala algunas peculiaridades lingüísticas del castellano del Siglo de Oro.

➤ Explica los aspectos más relevantes de la experiencia italiana de Cervantes. Y de la militar.

➤ Resume los últimos años de la vida literaria de Cervantes.

➤ ¿Hay algún paralelismo entre la historia de España y la vida de Cervantes?

CRITERIO DE ESTA EDICIÓN

Esta edición del *Quijote* reproduce íntegramente el texto de la edición príncipe (imprenta de Juan de la Cuesta, Madrid, 1605 —la primera parte— y 1615 —la segunda parte—), publicado en edición facsimilar por la R.A.E. en 1917 y reeditado en 1976.

La modernización del texto (ortografía, acentuación, puntuación) está orientada por el carácter escolar de esta colección. Se han practicado, pues, las actualizaciones ortográficas habituales en las modernas ediciones de textos clásicos; y, por razones obvias, pensando en los destinatarios de la colección, se han actualizado aquellos casos que pueden inducir a errores ortográficos: presencia o ausencia de *h (aora:* ahora; *harriero:* arriero; *yelan:* hielan); actualización de las grafías *s-x (estrañas:* extrañas); *g-j (agena:* ajena); *b-v (reberencia:* reverencia; *bevida:* bebida). De igual modo se ha operado con los grupos consonánticos: *c-cc* *(satisfación:* satisfacción); *c-xc* *(ecepto:* excepto); *t-ct* *(letura:* lectura; *pericto:* perito); *t-pt* *(conceto:* concepto); *m-nm* *(comigo:* conmigo); *n-mn* *(coluna:* columna); *n-nn* *(inumerabilidad:* innumerabilidad); *n-gn* *(inominia:* ignominia)...

Todo lo demás —que es casi todo— se ha conservado, con el afán de mantener las peculiaridades lingüísticas del Siglo de Oro, las cuales van anotadas en su lugar correspondiente.

Las notas de los márgenes son muy sencillas: sólo aclaran el significado o la forma de la palabra correspondiente. Las notas a pie de página se centran en la explicación de pasajes difíciles, referencias históricas y literarias o en la relevancia de aspectos temáticos y formales que el alumno ha de tener en cuenta en su lectura personal. En esta labor de anotación y comentario he utilizado constantemente las ediciones de D. Clemencín, F. Rodríguez Marín, R. Schevill y A. Bonilla, M. de Riquer, J. J. Allen, L. A. Murillo, J. B. Avalle-Arce, J. Casalduero y mi edición modernizada de la obra, además de un amplio número de estudios sobre el *Quijote,* algunos de los cuales aparecen citados y comentados en la bibliografía final seleccionada.

EL INGENIOSO HIDALGO DON QUIJOTE DE LA MANCHA ▼

(1605)

EL INGENIOSO HIDALGO
DON QUIJOTE DE LA MANCHA[*]

(1605)

[*] Reproducimos de la 1.ª ed. Tomada en cuenta y corregida ya real toma en questo de
pales de la época.

AL DUQUE DE BÉJAR

MARQUÉS DE GIBRALEÓN, CONDE DE BENALCÁZAR
Y BAÑARES, VIZCONDE DE LA PUEBLA DE ALCOCER,
SEÑOR DE LAS VILLAS DE CAPILLA, CURIEL Y
BURGUILLOS▼

5

En fe del *buen acogimiento y honra* que hace Vuestra Excelencia a toda suerte de libros, como príncipe tan inclinado a favorecer las buenas artes, mayormente las que por su nobleza no se abaten [1] al servicio y granjerías [2] del vulgo, he determinado de sacar a luz al *INGENIOSO HIDALGO DON QUIJOTE DE LA MANCHA* al abrigo del *clarísimo nombre de Vuestra Excelencia,* a quien, con el acatamiento que debo a tanta grandeza, suplico le *reciba agradablemente* en su protección, para que a su sombra, aunque *desnudo de aquel* precioso ornamento *de elegancia y erudición de que suelen andar vestidas las obras que se componen en las casas de los hombres que saben,* ose *parecer* seguramente en el juicio de algunos que, *no continiéndose en los límites de su ignorancia,* suelen *condenar con más rigor y menos justicia los trabajos ajenos;* que, poniendo los ojos la prudencia de Vuestra Excelencia en mi buen deseo, fío que no desdeñará la cortedad [3] de tan humilde servicio ▼▼.

10

15

20

25

[1] Humillan.
[2] Ganancias.
[3] Pequeñez.

MIGUEL DE CERVANTES SAAVEDRA

||||||||||||||||||||||||||||||||||||||||||||||||||||||||||||||||||||||||||||||||||||||||||||||||||||||||||||||||||||||||||

▼ El séptimo duque de Béjar, don Alonso Diego López de Zúñiga y Sotomayor (1577-1619), fue un magnate poco dado a las letras y nada generoso. Cervantes no le dedicaría ya más obras.
▼▼ Poca atención concedió Cervantes a esta dedicatoria, formada por frases convencionales, y en buena parte copiada de la escrita por Fernando de Herrera al frente de las *Obras de Garcilaso con anotaciones* (1580). Lo copiado figura en letra cursiva.

PRÓLOGO

Desocupado lector: sin juramento me podrás creer que quisiera que este libro, como hijo del entendimiento, fuera el más hermoso, el más gallardo y más discreto que pudiera imaginarse. Pero no he podido yo contravenir al orden de naturaleza; que en ella cada cosa engendra su semejante. Y así, ¿qué podrá engendrar el estéril y mal cultivado ingenio mío sino la historia de un hijo seco, avellanado [1], antojadizo y lleno de pensamientos varios y nunca imaginados de otro alguno, bien como quien se engendró en una cárcel, donde toda incomodidad tiene su asiento y donde todo triste ruido hace su habitación ▼? El sosiego, el lugar apacible, la amenidad de los campos, la serenidad de los cielos, el murmurar de las fuentes, la quietud del espíritu, son grande parte [2] para que las musas más estériles se muestren fecundas y ofrezcan partos al mundo que le colmen de maravilla y de contento.

Acontece tener un padre un hijo feo y sin gracia alguna, y el amor que le tiene le pone una venda en los ojos para que no vea sus faltas, antes las juzga por discreciones y lindezas, y las cuenta a

[1] Viejo, seco y enjuto.

[2] Dan ocasión.

▼ Esta referencia a la cárcel se ha relacionado con la posibilidad de que Cervantes inició la creación de su obra en prisión; pero, como explica Joaquín Casalduero, también puede aludir, en sentido figurado, a la cárcel del mundo.

sus amigos por agudezas y donaires. Pero yo, que,   25
aunque parezco padre, soy padrastro ▼ de don Quijote, no quiero irme con la corriente del uso, ni su-
plicarte casi con las lágrimas en los ojos, como
otros hacen, lector carísimo, que perdones o disimules las faltas que en este mi hijo vieres, y ni eres   30
su pariente ni su amigo, y tienes tu alma en tu
cuerpo y tu libre albedrío como el más pintado, y
estás en tu casa, donde eres señor della, como el
rey de sus alcabalas ³, y sabes lo que comúnmente
se dice, que debajo de mi manto, al rey mato.   35
Todo lo cual te exenta ⁴ y hace libre de todo respeto y obligación, y así puedes decir de la historia
todo aquello que te pareciere, sin temor que te ca-
lumnien ⁵ por el mal ni te premien por el bien que
dijeres della.   40

Sólo quisiera dártela monda y desnuda, sin el
ornato de prólogo, ni de la innumerabilidad y catálogo de los acostumbrados sonetos, epigramas y
elogios que al principio de los libros suelen ponerse. Porque te sé decir que, aunque me costó algún   45
trabajo componerla, ninguno tuve por mayor que
hacer esta prefación que vas leyendo. Muchas veces tomé la pluma para escribille, y muchas la
dejé, por no saber lo que escribiría; y estando una
suspenso, con el papel delante, la pluma en la ore-   50
ja, el codo en el bufete y la mano en la mejilla,
pensando lo que diría, entró a deshora ⁶ un amigo
mío, gracioso y bien entendido, el cual, viéndome
tan imaginativo, me preguntó la causa, y no en-
cubriéndosela yo, le dije que pensaba en el prólo-   55

³ Impuestos.

⁴ Exime.

⁵ Exijan responsabilidades.

⁶ De improviso.

▼ Cabe pensar con Avalle-Arce que el autor se considera «padrastro» porque en realidad es don Quijote el padre de sí mismo: es el creador de su nombre, de Dulcinea, y
de una forma de vida libremente elegida. También se ha pensado que se trata de una
alusión a Cide Hamete Benengeli, el historiador arábigo.

go que había de hacer a la historia de don Quijote, y que me tenía de suerte que ni quería hacerle,
ni menos sacar a luz sin él las hazañas de tan noble caballero.

60   —Porque ¿cómo queréis vos que no me tenga
confuso el qué dirá el antiguo legislador que llaman vulgo cuando vea que, al cabo de tantos años
como ha que duermo en el silencio del olvido, salgo ahora, con todos mis años a cuestas ▼, con una
65   leyenda [7] seca como un esparto, ajena de inven-   [7] Lectura.
ción, menguada de estilo, pobre de conceptos y
falta de toda erudición y doctrina, sin acotaciones
en las márgenes y sin anotaciones en el fin del libro, como veo que están otros libros, aunque sean
70   fabulosos y profanos, tan llenos de sentencias de
Aristóteles, de Platón y de toda la caterva de filó-
sofos, que admiran a los leyentes [8], y tienen a sus   [8] Lectores.
autores por hombres leídos, eruditos y elocuen-
tes? ¡Pues qué, cuando citan la Divina Escritura!
75   No dirán sino que son unos santos Tomases y
otros doctores de la Iglesia; guardando en esto un
decoro tan ingenioso, que en un renglón han pintado un enamorado destraído y en otro hacen un
sermoncico cristiano, que es un contento y un re-
80   galo oílle o leelle. De todo esto ha de carecer mi
libro, porque ni tengo qué acotar en el margen,
ni qué anotar en el fin, ni menos sé qué autores
sigo en él, para ponerlos al principio, como hacen
todos, por las letras del ABC, comenzando en Aris-
85   tóteles y acabando en Xenofonte y en Zoilo o
Zeuxis, aunque fue maldiciente el uno y pintor el

▼ En 1604, Cervantes tenía cincuenta y siete años, y no había publicado nada desde
La Galatea (1585). Nótese que, con el artificio del amigo imaginario, el prólogo se centra
ahora sobre sí mismo. Nótese también el paso repentino del estilo indirecto al directo.

[9] Artesanos (contraste).

[10] La causa (zeugma).

otro ▼. También ha de carecer mi libro de sonetos
al principio, a lo menos de sonetos cuyos autores
sean duques, marqueses, condes, obispos, damas
o poetas celebérrimos; aunque si yo los pidiese a   90
dos o tres oficiales [9] amigos, yo sé que me los darían, y tales que no les igualasen los de aquellos
que tienen más nombre en nuestra España. En fin,
señor y amigo mío —proseguí—, yo determino
que el señor don Quijote se quede sepultado en   95
sus archivos en La Mancha, hasta que el cielo depare quien le adorne de tantas cosas como le faltan, porque yo me hallo incapaz de remediarlas,
por mi insuficiencia y pocas letras, y porque naturalmente soy poltrón y perezoso de andarme   100
buscando autores que digan lo que yo me sé decir
sin ellos ▼▼. De aquí nace la suspensión y elevamien-
to, amigo, en que me hallastes: bastante causa para
ponerme en ella la [10] que de mí habéis oído.
    Oyendo lo cual mi amigo, dándose una palma-   105
da en la frente y disparando en una carga de risa,
me dijo:
    —Por Dios, hermano, que agora me acabo de
desengañar de un engaño en que he estado todo
el mucho tiempo que ha que os conozco, en el cual   110
siempre os he tenido por discreto y prudente en
todas vuestras acciones. Pero agora veo que estáis
tan lejos de serlo como lo está el cielo de la tierra.
¿Cómo que es posible que cosas de tan poco momento y tan fáciles de remediar puedan tener   115

▼ Zoilo fue un crítico griego, maledicente, del siglo IV a. de C. Y Zeuxis, un pintor griego del siglo V a. de C. En este párrafo Cervantes se burla irónicamente de la costumbre
de anteponer a los libros poemas laudatorios, e incluso recopilar citas eruditas.
▼▼ Cervantes emplea aquí el tópico de la falsa modestia. Si él parece menospreciarse, lo
hace para satisfacer la pedantería de algunos contemporáneos (Lope de Vega, sobre
todo). Pero adviértase que, mediante la ironía (a veces con aseveraciones tajantes también) defiende la novedad de su obra.

fuerzas de suspender y absortar [11] un ingenio tan maduro como el vuestro, y tan hecho a romper y atropellar por otras dificultades mayores? A la fe, esto no nace de falta de habilidad, sino de sobra de pereza y penuria de discurso. ¿Queréis ver si es verdad lo que digo? Pues estadme atento y veréis cómo en un abrir y cerrar de ojos confundo todas vuestras dificultades, y remedio todas las faltas que decís que os suspenden y acobardan para dejar de sacar a la luz del mundo la historia de vuestro famoso don Quijote, luz y espejo de toda la caballería andante.

    —Decid —le repliqué yo, oyendo lo que me decía—: ¿de qué modo pensáis llenar el vacío de mi temor y reducir a claridad el caos de mi confusión?

    A lo cual él dijo:

    —Lo primero en que reparáis de los sonetos, epigramas o elogios que os faltan para el principio, y que sean de personajes graves y de título, se puede remediar en que vos mesmo toméis algún trabajo en hacerlos, y después los podéis bautizar y poner el nombre que quisiéredes, ahijándolos al Preste Juan de las Indias o al Emperador de Trapisonda, de quien [12] yo sé que hay noticia que fueron famosos poetas ▼, y cuando no lo hayan sido y hubiere algunos pedantes y bachilleres que por detrás os muerdan y murmuren desta verdad, no se os dé dos maravedís [13], porque ya que [14] os averigüen la mentira, no os han de cortar la mano con que lo escribistes. En lo de citar en las márgenes los libros y autores de donde sacáredes las sentencias y dichos que pusiéredes en vuestra his-

[11] Arrebatar el ánimo.

[12] Quienes (se usaba con valor de singular y de plural).

[13] Nada.

[14] Aunque.

▼ Dos personajes legendarios muy populares en la Edad Media y frecuentes en libros de viajes y de caballerías. Al Preste Juan de las Indias se le asociaba a algún emperador oriental. Trapisonda, hoy Trebisonda, se halla en la costa de Turquía, en el mar Negro.

toria, no hay más sino hacer, de manera que venga a pelo, algunas sentencias o latines que vos sepáis de memoria, o, a lo menos, que os cuesten poco trabajo el buscalle, como será poner, tratando de libertad y cautiverio: 150

Non bene pro toto libertas venditur auro ▼.

Y luego, en el margen, citar a Horacio, o a quien 155 lo dijo. Si tratáredes del poder de la muerte, acudir luego con:

Pallida mors aequo pulsat pede pauperum tabernas, Regumque turres▼▼.

Si de la amistad y amor que Dios manda que se 160 tenga al enemigo, entraros luego al punto por la Escritura Divina, que lo podéis hacer con tantico de curiosidad, y decir las palabras, por lo menos [15], del mismo Dios: *Ego autem dico vobis: diligite inimicos vestros*. Si tratáredes de malos pensamientos, 165 acudid con el Evangelio: *De corde exeunt cogitationes malae*. Si de la instabilidad [16] de los amigos, ahí está Catón, que os dará su dístico [17]:

Donec eris felix, multos numerabis amicos, Tempora si fuerint nubila, solus eris ▼▼▼. 170

[15] Nada menos que.

[16] Inestabilidad.

[17] Dos versos que expresan un concepto.

▼ «No hay bastante oro para pagar la libertad»; la cita no es de Horacio, sino de las *Fábulas esópicas* (siglo XII). Estos latines aparecen «con intención cómica o burlesca» (Rosenblat).

▼▼ «La pálida muerte bate con igual pie las chozas de los pobres y las torres de los reyes» *(Odas,* de Horacio, poeta latino del siglo I a. de C.). Las dos citas siguientes proceden del Evangelio de San Mateo: «Mas yo os digo: amad a vuestros enemigos»; «Del corazón salen los malos pensamientos».

▼▼▼ «Mientras seas feliz tendrás muchos amigos; si los tiempos fueren difíciles, estarás solo» *(Tristes,* de Ovidio, poeta latino del siglo I a. de C.). Atribuir a Catón versos de Ovidio es otra burla que Cervantes hace de la erudición pedante.

Y con estos latinicos y otros tales os tendrán siquiera por gramático; que el serlo no es de poca
honra y provecho el día de hoy. En lo que toca el
poner anotaciones al fin del libro, seguramente lo
175   podéis hacer desta manera: si nombráis algún gi-
gante en vuestro libro, hacelde [18] que sea el gigan-   [18] Hacedle (metátesis).
te Golías, y con sólo esto, que os costará casi nada,
tenéis una grande anotación, pues podéis poner:
El gigante Golías, o Goliat, fue un filisteo a quien el pas-
180   *tor David mató de una gran pedrada, en el valle de Te-*
rebinto [19]*, según se cuenta en el libro de los Reyes,* en   [19] Arbolillo oloroso.
el capítulo que vos hálláredes que se escribe. Tras
eso, para mostraros hombre erudito en letras humanas y cosmógrafo, haced de modo como en
185   vuestra historia se nombre el río Tajo, y veréisos [20]   [20] Os veréis.
luego con otra famosa anotación, poniendo: *El río*
Tajo fue así dicho por un rey de las Españas; tiene su na-
cimiento en tal lugar y muere en el mar Océano, besan-
do los muros de la famosa ciudad de Lisboa, y es opinión
190   *que tiene las arenas de oro,* etc. ▼ Si tratáredes de ladrones, yo os diré la historia de Caco, que la sé
de coro [21]; si de mujeres rameras, ahí está el obis-   [21] De memoria.
po de Mondoñedo, que os prestará a Lamia, Lai-
da y Flora, cuya anotación os dará gran crédito;
195   si de crueles, Ovidio os entregará a Medea; si de
encantadores y hechiceras, Homero tiene a Calipso, y Virgilio a Circe; si de capitanes valerosos, el
mesmo Julio César os prestará a sí mismo en sus
Comentarios, y Plutarco os dará mil Alejandros. Si
200   tratáredes de amores, con dos onzas que sepáis de
la lengua toscana, toparéis con León Hebreo, que
os hincha [22] las medidas. Y si no queréis andaros   [22] Llene (verbo *henchir).*
por tierras extrañas, en vuestra casa tenéis a Fon-

▼ Continúa la intención de burla, pues en estas citas se recogen datos conocidos de
todos.

seca, *Del amor de Dios,* donde se cifra todo lo que
vos y el más ingenioso acertare a desear en tal ma-   205
teria. En resolución, no hay más sino que vos procuréis nombrar estos nombres, o tocar estas historias en la vuestra, que aquí he dicho, y dejadme
a mí el cargo de poner las anotaciones y acotaciones; que yo os voto a tal de llenaros las márgenes   210
y de gastar cuatro pliegos en el fin del libro ▼. Vengamos ahora a la citación de los autores que los
otros libros tienen, que en el vuestro os faltan. El
remedio que esto tiene es muy fácil, porque no habéis de hacer otra cosa que buscar un libro que   215
los acote todos, desde la A hasta la Z, como vos
decís [23]. Pues ese mismo abecedario pondréis vos
en vuestro libro; que puesto que [24] a la clara se vea
la mentira, por la poca necesidad que vos teníades de aprovecharos dellos, no importa nada; y   220
quizá alguno habrá tan simple que crea que de todos os habéis aprovechado en la simple y sencilla
historia vuestra. Y cuando no sirva de otra cosa,
por lo menos servirá aquel largo catálogo de autores a dar de improviso autoridad al libro. Y más,   225
que no habrá quien se ponga a averiguar si los seguistes o no los seguistes, no yéndole nada en ello.
Cuanto más que, si bien caigo en la cuenta, este
vuestro libro no tiene necesidad de ninguna cosa

[23] Lope de Vega inclu-
yó en el *Isidro* una lista
con 267 autores cita-
dos.

[24] Aunque.

▼ La alusión a fray Antonio de Guevara (1480-1545), obispo de Mondoñedo y autor de
Epístolas familiares (en una de las cuales habla de Lamia, Laida y Flora, tres célebres rameras de la antigüedad) resalta la ironía, pues se basa el «crédito» en la autoridad de
un obispo en materia de rameras y porque en las obras de Guevara abunda la falsa erudición. Medea, mujer de Jasón, fue prototipo de hechicera maligna (recreada por Sófo-
cles, Eurípides y Ovidio); Calipso es la ninfa marina que retuvo siete años a Ulises *(Odisea);* Circe es la bella hechicera que aparece en la *Odisea* y en la *Eneida.* Plutarco (siglo I)
fue el historiador griego autor de *Vidas paralelas.* León Hebreo, judío que escribió en italiano los *Diálogos de amor* (1535), en que se difunde el concepto neoplatónico del amor.
Y fray Cristóbal de Fonseca, un predicador agustino, autor del *Tratado del amor de Dios*
(1592).

230   de aquellas que vos decís que le falta, porque todo
       él es una invectiva contra los libros de caballerías,
       de quien nunca se acordó Aristóteles, ni dijo nada
       San Basilio, ni alcanzó Cicerón. Ni caen debajo de
       la cuenta de sus fabulosos disparates las puntuali-
235   dades de la verdad, ni las observaciones de la as-
       trología; ni le son de importancia las medidas geo-
       métricas, ni la confutación [25] de los argumentos de
       quien se sirve la retórica; ni tiene para qué predi-
       car a ninguno, mezclando lo humano con lo divi-
240   no, que es un género de mezcla de quien no se ha
       de vestir ningún cristiano entendimiento. Sólo tie-
       ne que aprovecharse de la imitación en lo que fue-
       re escribiendo, que cuanto ella fuere más perfec-
       ta, tanto mejor será lo que se escribiere. Y pues
245   esta vuestra escritura no mira a más que a desha-
       cer la autoridad y cabida que en el mundo y en
       el vulgo tienen los libros de caballerías, no hay
       para qué andéis mendigando sentencias de filóso-
       fos, consejos de la Divina Escritura, fábulas de poe-
250   tas, oraciones de retóricos, milagros de santos,
       sino procurar que a la llana, con palabras signifi-
       cantes, honestas y bien colocadas, salga vuestra
       oración y período sonoro y festivo, pintando, en
       todo lo que alcanzáredes y fuere posible, vuestra
255   intención, dando a entender vuestros conceptos
       sin intricarlos [26] y escurecerlos. Procurad también
       que, leyendo vuestra historia, el melancólico se
       mueva a risa, el risueño la acreciente, el simple no
       se enfade, el discreto se admire de la invención, el
260   grave no la desprecie, ni el prudente deje de ala-
       barla ▼. En efecto, llevad la mira puesta a derribar

[25] Impugnación, refuta-
ción.

[26] Intrincarlos, enmara-
ñarlos.

▼ El *Quijote* supera el propósito de «una invectiva contra los libros de caballerías». Estas palabras en boca del amigo imaginario constituyen una afirmación de la universa-
lidad de la obra.

la máquina [27] mal fundada destos caballerescos libros, aborrecidos de tantos y alabados de muchos
más; que si esto alcanzásedes, no habríades alcanzado poco.

Con silencio grande estuve escuchando lo que
mi amigo me decía, y de tal manera se imprimie-
ron en mí sus razones, que sin ponerlas en disputa las aprobé por buenas y de ellas mismas quise
hacer este prólogo, en el cual verás, lector suave,
la discreción de mi amigo, la buena ventura mía
en hallar en tiempo tan necesitado tal consejero,
y el alivio tuyo en hallar tan sincera y tan sin revueltas la historia del famoso don Quijote de la
Mancha, de quien hay opinión, por todos los ha-
bitadores del distrito del campo de Montiel [28], que
fue el más casto enamorado y el más valiente caballero que de muchos años a esta parte se vio en
aquellos contornos. Yo no quiero encarecerte el
servicio que te hago en darte a conocer tan noble
y tan honrado caballero; pero quiero que me agra-
dezcas el conocimiento que tendrás del famoso
Sancho Panza, su escudero, en quien, a mi parecer, te doy cifradas todas las gracias escuderiles
que en la caterva de los libros vanos de caballerías están esparcidas. Y con esto, Dios te dé salud,
y a mí no olvide. *Vale* [29] ▼.

265

270

275

280

285

▼ Este prólogo constituye una magistral combinación de ironía, reticencia y arrogan-
cia. Destaca especialmente la invención del amigo imaginario, que desempeña varias
funciones a la vez: hacer posible la reflexión sobre el prólogo mismo y sobre la obra
desde perspectivas diferentes, criticar hábitos literarios de la época, aludir con intención satírica a figuras consagradas (Lope de Vega) y resolver al mismo tiempo el problema de escribir el prólogo.

AL LIBRO DE
DON QUIJOTE DE LA MANCHA ▼

URGANDA LA DESCONOCIDA ▼▼

5

10

15

Si de llegarte a los bue-,
libro, fueres con lectu· ¹,
no te dirá el boquirru· ²
que no pones bien los de· ³.
Mas si el pan no se te cue· ⁴
por ir a manos de idio·,
verás de manos a bo· ⁵,
aun no dar una en el cla·,
si bien se comen las ma· ⁶
por mostrar que son curio·. ▼▼▼ ⁷

Y pues la expiriencia ense·
que el que a buen árbol se arri·
buena sombra le cobi·,
en Béjar tu buena estre·
un árbol real te ofre·

¹ Con cuidado.

² Inexperto.

³ No sabes bien lo que haces.

⁴ Si estás impaciente.

⁵ De repente.

⁶ Desean con ahínco.

⁷ Entendidos.

||||||||||||||||||||||||||||||||||||||||||||||||||||||||||||||||||||||||||||||||||||||||||||||||||||||||||||||||||||

▼ Frente a la costumbre de anteponer a un libro composiciones elogiosas de amigos del autor, Cervantes, consciente de «lo que yo me sé decir sin ellos», incluye poemas escritos por él mismo y atribuidos a personajes imaginarios. Con ello destaca aún más la novedad de su obra.

▼▼ Urganda era la maga amiga de Amadís de Gaula; llamada «la desconocida» por su capacidad para transformarse y volverse irreconocible. Los versos de estas décimas son *versos de cabo roto,* cuyo artificio consiste en hacer rimar los versos en la última sílaba acentuada, suprimiendo las siguientes. Éstos están formados por acumulación de frases hechas, refranes, expresiones proverbiales y familiares.

▼▼▼ Martín de Riquer explica así esta décima: «Libro (o sea, el *Quijote),* si con cuidado te acercas a los hombres buenos, los tontos no te dirán que no sabes lo que te haces; en cambio, si te impacientas para ir a parar a manos de los idiotas, verás inmediatamente que en modo alguno aciertan, aunque desean ardientemente aparentar que son personas inteligentes».

....
⁸ Se refiere al duque de
Béjar (a quien va dedi-
cado el libro).

que da príncipes por fru-
en el cual floreció un du- ⁸
que es nuevo Alejandro Ma-:
llega a su sombra; que a osa-
favorece la fortu-.

De un noble hidalgo manche-
contarás las aventu-,
a quien ociosas lectu-
trastornaron la cabe-:
damas, armas, caballe-,
le provocaron de mo-,
que, cual Orlando furio-,
templado a lo enamora-,
alcanzó a fuerza de bra-
a Dulcinea del Tobo- ▼.

No indiscretos hierogli-
estampes en el escu-,
que cuando es todo figu-
con ruines puntos se envi- ⁹.
Si en la dirección ¹⁰ te humi-,
no dirá mofante algu-:
«¡Qué don Álvaro de Lu-.
qué Aníbal el de Carta-,
qué rey Francisco en Espa-
se queja de la fortu-!» ▼▼

Pues al cielo no le plu-
que salieses tan ladi-

20

25

30

35

40

45

....
⁹ Alude a un juego de
cartas en que las figu-
ras valían menos pun-
tos.
....
¹⁰ Dedicatoria.

|||||||||||||||||||||||||||||||||||||||||||||||||||||||||||||||||||||||||||||||||||||||||||||||||||||||||||||||||||||||||

▼ Orlando es el protagonista de *Orlando furioso,* poema caballeresco del italiano Ludovico Ariosto. Nótese la contradicción entre estos versos y la ficción de la novela: don
Quijote ni siquiera llegó a ver a Dulcinea.

▼▼ Álvaro de Luna, Aníbal y Francisco I de Francia fueron tres ejemplos famosos de los
cambios de la fortuna.

como el negro Juan Lati- ▼,
hablar latines rehú-.
No me despuntes de agu- [11],
ni me alegues con filó-;

50   porque, torciendo la bo-,
dirá el que entiende la le- [12],
no un palmo de las ore-:
«¿Para qué conmigo flo- [13]?»

No te metas en dibu- [14],
55   ni en saber vidas aje-;
que en lo que no va ni vie-
pasar de largo es cordu-.
Que suelen en caperu-
darles [15] a los que grace-;
60   más tú quémate las ce-
sólo en cobrar buena fa-;
que el que imprime necéda-
dalas a censo perpe-.

Advierte que es desati-,
65   siendo de vidrio el teja-,
tomar piedras en las ma-
para tirar al veci-.
Deja que el hombre de jui-
en las obras que compo-
70   se vaya con pies de plo-;
que el que saca a luz pape-
para entretener donce-
escribe a tontas y a lo- ▼▼.

[11] No te hagas el ingenioso.

[12] El engaño.

[13] Trampas.

[14] No digas más de lo que debas.

[15] Frustrarles sus intentos.

▼ Esclavo negro, conocido latinista y humanista del siglo XVI.

▼▼ Nótese el doble sentido del verso: «sin orden ni concierto», y «a [doncellas] tontas y locas».

AMADÍS DE GAULA
A DON QUIJOTE DE LA MANCHA   75

Soneto

Tú, que imitaste la llorosa vida
que tuve ausente y desdeñado sobre
el gran ribazo de la Peña Pobre ▼,
de alegre a penitencia reducida,   80
    tú, a quien los ojos dieron la bebida
de abundante licor, aunque salobre,
y alzándote [16] la plata, estaño y cobre
te dio la tierra en tierra la comida,
    vive seguro de que eternamente,   85
en tanto, al menos, que en la cuarta esfera,
sus caballos aguije el rubio Apolo,
    tendrás claro renombre de valiente;
tu patria será en todas la primera;
tu sabio autor, al mundo único y solo.   90

DON BELIANÍS DE GRECIA ▼▼
A DON QUIJOTE DE LA MANCHA

Soneto

Rompí, corté, abollé, y dije y hice
más que en el orbe caballero andante;   95
fui diestro, fui valiente, fui arrogante;
mil agravios vengué, cien mil deshice.
    Hazañas di a la Fama que eternice;
fui comedido y regalado amante;

----

[16] Quitándote.

▼ Lugar donde Amadís de Gaula se entregó a hacer penitencia cuando se creyó desamado de Oriana.

▼▼ Protagonista de la serie de novelas de caballerías de Jerónimo Fernández. Conocido por su fogosidad y abundantes pendencias.

100   fue enano para mí todo gigante
       y al duelo en cualquier punto satisfice.
          Tuve a mis pies postrada la Fortuna,
       y trajo del copete [17] mi cordura   [17] Mechón de cabellos.
       a la calva Ocasión al estricote [18].
105   Mas, aunque sobre el cuerno de la luna   [18] Sin sosiego.
       siempre se vio encumbrada mi ventura,
       tus proezas envidio, ¡oh gran Quijote!

                        LA SEÑORA ORIANA
                       A DULCINEA DEL TOBOSO

110   *Soneto*

          ¡Oh, quién tuviera, hermosa Dulcinea,
       por más comodidad y más reposo,
       a Miraflores ▼ puesto en El Toboso,
       y trocara sus Londres con tu aldea!
115   ¡Oh, quién de tus deseos y librea
       alma y cuerpo adornara, y del famoso
       caballero que hiciste venturoso
       mirara alguna desigual pelea!
          ¡Oh, quién tan castamente se escapara
120   del señor Amadís como tú hiciste
       del comedido hidalgo don Quijote!
          Que así envidiada fuera, y no envidiara,
       y fuera alegre el tiempo que fue triste,
       y gozara los gustos sin escote [19].   [19] Sin tasa.

▼ Castillo próximo a Londres en el que vivía Oriana, amada (y luego esposa) de Amadís.

GANDALÍN, ESCUDERO DE AMADÍS DE GAULA,   125
A SANCHO PANZA, ESCUDERO DE DON QUIJOTE

Soneto

Salve, varón famoso, a quien Fortuna,
cuando en el trato escuderil te puso,
tan blanda y cuerdamente lo dispuso,   130
que lo pasaste sin desgracia alguna.
Ya la azada o la hoz poco repugna
al andante ejercicio; ya está en uso
la llaneza escudera [20], con que acuso
al soberbio que intenta hollar la luna.   135
Envidio a tu jumento y a tu nombre,
y a tus alforjas igualmente invidio,
que mostraron tu cuerda providencia.
Salve otra vez, ¡oh Sancho!, tan buen hombre,
que a solo tú nuestro español Ovidio ▼,   140
con buzcorona [21] te hace reverencia.

DEL DONOSO, POETA ENTREVERADO,
A SANCHO PANZA Y ROCINANTE

Soy Sancho Panza, escude-
del manchego don Quijo-;   145
puse pies en polvoro- [22],
por vivir a lo discre-;
que el tácito Villadie- [23]
toda su razón de esta-

[20] Escuderil.

[21] Burla.

[22] Escapé.

[23] Alude a la expresión «tomar las de Villadiego»: huir.

▼ Cervantes se refiere a sí mismo llamándose Ovidio (poeta latino autor de *Amores* y *Metamorfosis*) español, pues, como explica Avalle-Arce, su novela narra los amores de don Quijote y Dulcinea, y las metamorfosis que la imaginación de don Quijote practica sobre la realidad.

150   cifró en una retira-,
               según siente *Celesti*-
               libro, en mi opinión, divi-,
               si encubriera más lo huma-.

                        A Rocinante

155   Soy Rocinante el famo-
               bisnieto del gran Babie- [24];   [24] Caballo del Cid.
               por pecados de flaque-
               fui a poder de un don Quijo-.
               Parejas corrí a lo flo- [25];   [25] Flojamente, despa-
160   mas por uña de caba-   cio.
               no se me escapó ceba-
               que esto saqué a Lazari-
               cuando, para hurtar el vi-
               al ciego, le di la pa- ▼.

165   ORLANDO FURIOSO
                   A DON QUIJOTE DE LA MANCHA

                          Soneto

               Si no eres par, tampoco le [26] has tenido: [26] Zeugma diló-
               que par pudieras ser entre mil pares;   gico (*par:* igual,
                                                               título de los
170   ni puede haberle donde tú te hallares,   doce pares de Francia).
               invicto vencedor, jamás vencido.
               Orlando soy, Quijote, que, perdido
               por Angélica, vi remotos mares,
               ofreciendo a la Fama en sus altares
175   aquel valor que respetó el olvido.

▼ Alude al artificio del pícaro para robarle vino al ciego en el tratado I del *Lazarillo de Tormes* (1554).

No puedo ser tu igual; que este decoro
se debe a tus proezas y a tu fama,
puesto que, como yo, perdiste el seso.

Más serlo has mío, si al soberbio moro
y cita [27] fiero domas, que hoy nos llama   180
iguales en amor con mal suceso [28] ▼.

EL CABALLERO DEL FEBO
A DON QUIJOTE DE LA MANCHA

Soneto

A vuestra espada no igualó la mía,   185
Febo español, curioso cortesano,
ni a la alta gloria de valor mi mano,
que rayo fue do [29] nace y muere el día.

Imperios desprecié; la monarquía
que me ofreció el Oriente rojo en vano   190
dejé, por ver el rostro soberano
de Claridiana, aurora hermosa mía ▼▼.

Améla por milagro único y raro,
y, ausente en su desgracia, el propio infierno
temió mi brazo, que domó su rabia.   195

Mas vos, godo [30] Quijote, ilustre y claro,
por Dulcinea sois al mundo eterno,
y ella, por vos, famosa, honesta y sabia.

[27] Escita.

[28] Resultado.

[29] Donde.

[30] Noble.

||||||||||||||||||||||||||||||||||||||||||||||||||||||||||||||||||||||||||||||||||||||||||||||||||||||||||||||

▼ M. de Riquer explica así el último terceto: «si vences al soberbio moro y al fiero escita que hoy nos reta, seremos iguales en amor, y en amor desventurado». Angélica es
la heroína de *Orlando furioso;* Orlando enloqueció de celos cuando ella se enamoró dei
sarraceno Medoro.

▼▼ Claridiana, hija del emperador de Trapisonda, es la amada del Caballero del Febo,
protagonista de la novela de caballerías de Ortúñez de Calahorra.

DE SOLÍSDÁN ▼
200   A DON QUIJOTE DE LA MANCHA

Soneto

    Maguer [31], señor Quijote, que sandeces   [31] Aunque.
vos tengan el cerbelo [32] derrumbado,
                                [32] Os tengan el cerebro
nunca seréis de alguno reprochado   (juicio).
205   por home [33] de obras viles y soeces.
    Serán vuesas fazañas [34] los joeces [35],   [33] Hombre.
pues tuertos desfaciendo [36] habéis andado,
siendo vegadas [37] mil apaleado   [34] Hazañas.
por follones cautivos y raheces [38].   [35] Jueces.
210   Y si la vuesa linda Dulcinea   [36] Reparando injurias.
desaguisado contra vos comete,
ni a vuesas cuitas [39] muestra buen talante, [37] Veces.
    en tal desmán, vueso conorte [40] sea [38] Cobardes, viles y des-
que Sancho Panza fue mal alcagüete,   preciables.
215   necio él, dura ella, y vos no amante.   [39] Penas.

[40] Conhorte, consuelo.

DIÁLOGO ENTRE BABIECA Y ROCINANTE

Soneto

B.   ¿Cómo estáis, Rocinante, tan delgado?
R.   Porque nunca se come, y se trabaja.
220   *B.*   Pues ¿qué es de la cebada y de la paja?
R.   No me deja mi amo ni un bocado.
B.   Andá [41], señor, que estáis muy mal criado,   [41] Andad.
pues vuestra lengua de asno al amo ultraja.

▼ No se ha identificado este personaje. Desde Diego Clemencín se cree que fue inventado por Cervantes; o, como indicó Schevill, se refiere a Solimán, emperador de Trapisonda. El lenguaje, lleno de arcaísmos, es un remedo humorístico del lenguaje arcaizante de los libros de caballerías.

....
42 Miraldo (metátesis).

R.   Asno se es de la cuna a la mortaja.
         ¿Queréislo ver? Miraldo [42] enamorado.   225
B.   ¿Es necedad amar? *R.* No es gran prudencia.
B.   Metafísico estáis. *R.* Es que no como.
B.   Quejaos del escudero. *R.* No es bastante.
         ¿Cómo me he de quejar en mi dolencia,
         si el amo y escudero o mayordomo   230
         son tan rocines como Rocinante?

PRIMERA PARTE DEL INGENIOSO HIDALGO DON QUIJOTE DE LA MANCHA

CAPÍTULO PRIMERO

Que trata de la condición y ejercicio del famoso hidalgo don Quijote de la Mancha

En un lugar de La Mancha, de cuyo nombre no
quiero acordarme ▼, no ha mucho tiempo que vivía un hidalgo de los de lanza en astillero [1], adarga [2] antigua, rocín flaco y galgo corredor. Una olla
de algo más vaca que carnero, salpicón [3] las más
noches, duelos y quebrantos [4] los sábados, lante-
jas los viernes, algún palomino de añadidura los
domingos, consumían las tres partes [5] de su hacienda. El resto della concluían sayo de velarte [6],
calzas de velludo [7] para las fiestas, con sus pantu-
flos [8] de lo mesmo, y los días de entresemana se
honraba con su vellorí [9] de lo más fino ▼▼. Tenía

[1] Lancera, percha.

[2] Escudo.

[3] Carne picada.

[4] Huevos con torrez-
nos.

[5] Las tres cuartas par-
tes.

[6] Paño fino.

[7] Terciopelo.

[8] Calzados.

[9] Paño entrefino.

▼ Las seis primeras palabras pertenecen a un octosílabo de un romance-ensaladilla anónimo. Entre los comentarios acerca de este comienzo, cabe destacar: es una defensa de
la libertad del creador, pues Cervantes imagina a su héroe libre de determinismos de
lugar natal (Spitzer, Avalle-Arce); al mismo tiempo, es una fórmula habitual en el comienzo de los cuentos populares, en oposición al comienzo altisonante de los libros de
caballerías (M. de Riquer, A. Rosenblat).
▼▼ Estos datos sobre las armas, comida y ropa del personaje lo sitúan en la categoría
social de los hidalgos (inferior a los grandes y a los caballeros). Se ve que don Quijote
era hidalgo de sangre: como los hidalgos de su época, sólo se distinguía por el linaje,
pues su hacienda se agota en comida y vestidos.

en su casa una ama que pasaba de los cuarenta, y
una sobrina que no llegaba a los veinte, y un mozo
de campo y plaza, que así ensillaba el rocín como
tomaba la podadera. Frisaba la edad de nuestro hidalgo con los cincuenta años. Era de complexión   20
recia, seco de carnes, enjuto de rostro, gran ma-
drugador y amigo de la caza. Quieren decir que tenía el sobrenombre [10] de Quijada, o Quesada, que
en esto hay alguna diferencia en los autores que
deste caso escriben; aunque por conjeturas vero-   25
símiles se deja entender que se llamaba Quejana.
Pero esto importa poco a nuestro cuento; basta
que en la narración dél no se salga un punto de
la verdad ▼.

Es, pues, de saber, que este sobredicho hidalgo,   30
los ratos que estaba ocioso —que eran los más
del año—, se daba a leer libros de caballerías con
tanta afición y gusto, que olvidó casi de todo punto el ejercicio de la caza, y aun la administración
de su hacienda; y llegó a tanto su curiosidad y de-   35
satino en esto, que vendió muchas hanegas [11] de
tierra de sembradura para comprar libros de caballerías en que leer, y así, llevó a su casa todos
cuantos pudo haber dellos; y de todos, ningunos
le parecían tan bien como los que compuso el fa-   40
moso Feliciano de Silva, porque la claridad de su
prosa y aquellas entricadas [12] razones suyas le parecían de perlas, y más cuando llegaba a leer aquellos requiebros y cartas de desafíos, donde en muchas partes hallaba escrito: *La razón de la sinrazón*   45

[10] Apellido.

[11] Fanegas (medida agraria).

[12] Intrincadas, enmara-ñadas.

▼ Tampoco ahora se da el nombre preciso del personaje, libre, pues, de determinismos locales y familiares. Además de dicha libertad, esta polionomasia favorece el perspectivismo narrativo y acrecienta la sensación de verdad histórica de la obra.

que a mi razón se hace, de tal manera mi razón enfla-
quece, que con razón me quejo de la vuestra fermosura.
Y también cuando leía: *...los altos cielos que de vues-*
tra divinidad divinamente con las estrellas os fortifican,
50   *y os hacen merecedora del merecimiento que merece la*
vuestra grandeza ▼.

Con estas razones perdía el pobre caballero el
juicio, y desvelábase por entenderlas y desentra-
ñarles el sentido, que no se lo sacara ni las enten-
55   diera el mesmo Aristóteles, si resucitara para solo
ello. No estaba muy bien con las heridas que don
Belianís daba y recebía, porque se imaginaba que,
por grandes maestros [13] que le hubiesen curado, ...
no dejaría de tener el rostro y todo el cuerpo lle-   [13] Médicos o cirujanos.
60   no de cicatrices y señales. Pero, con todo, alababa
en su autor aquel acabar su libro con la promesa
de aquella inacabable aventura, y muchas veces le
vino deseo de tomar la pluma y dalle fin al pie de
la letra, como allí se promete; y sin duda alguna
65   lo hiciera, y aun saliera con ello, si otros mayores
y continuos pensamientos no se lo estorbaran ▼▼.
Tuvo muchas veces competencia con el cura de su
lugar —que era hombre docto, graduado en Sigüenza ▼▼▼— sobre cuál había sido mejor caba-

▼ Feliciano de Silva, escritor del siglo XVI, autor de libros de caballerías, se caracteri-
zaba por su estilo altisonante y enrevesado, que aquí Cervantes remeda y zahiere en estas series de retruécanos.

▼▼ El protagonista de *Don Belianís de Grecia,* novela de caballerías de Jerónimo Fernández, recibió 101 heridas graves ya en los dos primeros de sus cuatro libros. Su autor,
que finge traducir su libro del original griego del sabio Fristón, acaba diciendo que éste
perdió el libro y que, por tanto, autoriza a continuar la obra a quien lo encuentre
(Clemencín).

▼▼▼ Alusión irónica al escaso prestigio que tenían las Universidades Menores, una de las
cuales era la de Sigüenza. En la línea siguiente, *Ingalaterra:* Inglaterra (epéntesis).

llero: Palmerín de Ingalaterra o Amadís de Gaula; 70
mas maese Nicolás, barbero del mesmo pueblo,
decía que ninguno llegaba al Caballero del Febo,
y que si alguno se le podía comparar era don Galaor, hermano de Amadís de Gaula, porque tenía
muy acomodada condición para todo; que no era 75
caballero melindroso, ni tan llorón como su hermano, y que en lo de la valentía no le iba en zaga.

En resolución, él se enfrascó tanto en su lectura, que se le pasaban las noches leyendo de claro
en claro, y los días de turbio en turbio; y así, del 80
poco dormir y del mucho leer se le secó el celebro [14], de manera que vino a perder el juicio. Lle-
nósele la fantasía de todo aquello que leía en los
libros, así de encantamentos como de pendencias,
batallas, desafíos, heridas, requiebros, amores, tor- 85
mentas y disparates imposibles; y asentósele de tal
modo en la imaginación que era verdad toda aquella máquina de aquellas soñadas invenciones que leía, que para él no había otra historia más
cierta en el mundo. Decía él que el Cid Ruy Díaz 90
había sido muy buen caballero, pero que no tenía
que ver con el Caballero de la Ardiente Espada [15],
que de solo un revés había partido por medio dos
fieros y descomunales gigantes. Mejor estaba con
Bernardo del Carpio, porque en Roncesvalles ha- 95
bía muerto a Roldán el encantado, valiéndose de
la industria [16] de Hércules, cuando ahogó a Anteo,
el hijo de la Tierra, entre los brazos. Decía mucho
bien del gigante Morgante, porque, con ser de
aquella generación gigantea, que todos son sober- 100
bios y descomedidos, él solo era afable y bien criado. Pero, sobre todos, estaba bien con Reinaldos
de Montalbán, y más cuando le veía salir de su castillo y robar cuantos topaba, y cuando en allen-
de [17] robó aquel ídolo de Mahoma que era todo 105
de oro, según dice su historia. Diera él por dar una

[14] Cerebro.

[15] Amadís de Grecia.

[16] Habilidad.

[17] En ultramar.

mano de coces al traidor de Galalón, al ama que
tenía y aun a su sobrina de añadidura ▼.

110   En efecto, rematado ya su juicio, vino a dar en
el más extraño pensamiento que jamás dio loco
en el mundo, y fue que le pareció convenible y necesario, así para el aumento de su honra como
para el servicio de su república, hacerse caballero
andante, y irse por todo el mundo con sus armas
115   y caballo a buscar las aventuras y a ejercitarse en
todo aquello que él había leído que los caballeros
andantes se ejercitaban, deshaciendo todo género
de agravio, y poniéndose en ocasiones y peligros
donde, acabándolos, cobrase eterno nombre y
120   fama. Imaginábase el pobre ya coronado por el valor de su brazo, por lo menos, del imperio de Trapisonda; y así, con estos tan agradables pensamientos, llevado del extraño gusto que en ellos
sentía, se dio priesa a poner en efecto lo que
125   deseaba.
Y lo primero que hizo fue limpiar unas armas
que habían sido de sus bisabuelos, que, tomadas
de orín y llenas de moho, luengos siglos había que
estaban puestas y olvidadas en un rincón. Limpió-
130   las y aderezólas lo mejor que pudo; pero vio que
tenían una gran falta, y era que no tenían celada
de encaje [18], sino morrión simple [19]; mas a esto su-
plió su industria, porque de cartones hizo un
modo de media celada, que, encajada con el
135   morrión, hacía una apariencia de celada entera.
Es verdad que para probar si era fuerte y podía estar al riesgo de una cuchillada, sacó su espada y
le dio dos golpes, y con el primero y en un punto [20] deshizo lo que había hecho en una semana;

[18] Protegía la cabeza y encajaba sobre la coraza.

[19] Cubría sólo la parte superior de la cabeza.

[20] En un momento.

▼ Este hidalgo lector, en quien los libros se hacen vida, concede la misma entidad histórica a héroes imaginarios de la literatura caballeresca (Amadís de Grecia...) que a héroes que existieron en la realidad (el Cid).

y no dejó de parecerle mal la facilidad con que la 140
había hecho pedazos, y, por asegurarse deste peligro, la tornó a hacer de nuevo, poniéndole unas
barras de hierro por de dentro, de tal manera, que
él quedó satisfecho de su fortaleza, y sin querer hacer nueva experiencia della, la diputó y tuvo por 145
celada finísima de encaje ▼.

Fue luego a ver su rocín, y aunque tenía más
cuartos [21] que un real y más tachas que el caballo
de Gonela [22], que *tantum pellis et ossa fuit* [23], le pareció que ni el Bucéfalo de Alejandro ni Babieca 150
el del Cid con él se igualaban. Cuatro días se le pasaron en imaginar qué nombre le pondría; porque
—según se decía él a sí mesmo— no era razón
que caballo de caballero tan famoso, y tan bueno
él por sí, estuviese sin nombre conocido; y ansí 155
procuraba acomodársele de manera que declarase quién había sido antes que fuese de caballero
andante, y lo que era entonces; pues estaba muy
puesto en razón que, mudando su señor estado,
mudase él también el nombre, y le cobrase famo- 160
so y de estruendo, como convenía a la nueva orden y al nuevo ejercicio que ya profesaba; y así,
después de muchos nombres que formó, borró y
quitó, añadió, deshizo y tornó a hacer en su memoria e imaginación, al fin le vino a llamar *Roci-* 165
nante, nombre, a su parecer, alto, sonoro, y significativo de lo que había sido cuando fue rocín, antes de lo que ahora era, que era antes y primero
de todos los rocines del mundo ▼▼.

[21] Moneda; y enferme-
dad de los caballos (di-
logía).

[22] Bufón de los duques
de Ferrara (la escuali-
dez de su caballo era
proverbial).

[23] Era todo piel y hue-
sos.

▼ Don Quijote, modelo de muchos personajes visionarios, empieza ya aquí la creación
imaginaria de su mundo y la transformación de la realidad exterior para acordarla con
sus imaginaciones.
▼▼ En la creación humorística del nombre del caballo, don Quijote emplea un juego de
palabras (retruécano) y ofrece dos explicaciones del mismo vocablo, *Rocinante:* rocín antes, y ante-rocín ahora, el primero y mayor rocín.

170   Puesto nombre, y tan a su gusto, a su caballo,
quiso ponérsele a sí mismo, y en este pensamiento duró otros ocho días, y al cabo se vino a llamar don Quijote; de donde, como queda dicho, tomaron ocasión los autores desta tan verdadera his-
175   toria que sin duda se debía llamar Quijada, y no
Quesada, como otros quisieron decir. Pero acordándose que el valeroso Amadís no sólo se había
contentado con llamarse Amadís a secas, sino que
añadió el nombre de su reino y patria, por hacer-
180   la famosa, y se llamó Amadís de Gaula, así quiso,
como buen caballero, añadir al suyo el nombre de
la suya y llamarse *don Quijote de la Mancha,* con
que, a su parecer, declaraba muy al vivo su linaje
y patria, y la honraba con tomar el sobrenombre
185   della ▼.
        Limpias, pues, sus armas, hecho del morrión ce-
lada, puesto nombre a su rocín y confirmándose [24]
a sí mismo, se dio a entender que no le faltaba
otra cosa sino buscar una dama de quien enamo-
190   rarse; porque el caballero andante sin amores era
árbol sin hojas y sin fruto y cuerpo sin alma. De-
cíase él a sí:
        —Si yo, por malos de mis pecados, o por mi
buena suerte, me encuentro por ahí con algún gi-
195   gante, como de ordinario les acontece a los caballeros andantes, y le derribo de un encuentro, o le
parto por mitad del cuerpo, o, finalmente, le venzo y le rindo, ¿no será bien tener a quien enviarle
presentado [25] y que entre y se hinque de rodillas

[24] Cambiándose el nombre.

[25] En presente, como regalo.

▼ La creación humorística del nombre se basa en la metonimia *(quijote* era el nombre
de la pieza de la armadura que cubría el muslo). El sufijo *-ote* es parodia del nombre
de Lanzarote, de las leyendas artúricas, y recuerda el nombre de Camilote, hidalgo feo
y ridículo del libro de caballerías *Primaleón y Polendos* (D. Alonso, L. Spitzer). El *don* an-
tepuesto al nombre, en contra del uso social de la época (los hidalgos no tenían derecho al empleo del *don),* remite a la tradición de los caballeros andantes.

ante mi dulce señora, y diga con voz humilde y   200
rendido: «Yo, señora, soy el gigante Caraculiam-
bro, señor de la ínsula Malindrania, a quien venció en singular batalla el jamás como se debe alabado caballero don Quijote de la Mancha, el cual
me mandó que me presentase ante vuestra mer-   205
ced para que la vuestra grandeza disponga de mí
a su talante?»

¡Oh, cómo se holgó nuestro buen caballero
cuando hubo hecho este discurso, y más cuando
halló a quien dar nombre de su dama! Y fue, a lo   210
que se cree, que en un lugar cerca del suyo había
una moza labradora de muy buen parecer, de
quien él un tiempo anduvo enamorado, aunque,
según se entiende, ella jamás lo supo, ni le dio cata
dello [26]. Llamábase Aldonza Lorenzo, y a ésta le   215
pareció ser bien darle título de señora de sus pensamientos; y buscándole nombre que no desdijese
mucho del suyo, y que tirase y se encaminase al
de princesa y gran señora, vino a llamarla *Dulcinea del Toboso,* porque era natural del Toboso;   220
nombre, a su parecer, músico y peregrino y significativo, como todos los demás que a él y a sus cosas había puesto ▼.

....
[26] Ni él le dio cuenta de
ello.

▼ La creación del nombre de Dulcinea tiene su explicación etimológica en que don Quijote identificaba Aldonza, nombre vulgar y proverbial, de origen visigótico (Aldegun-
dia), con Dulce, nombre culto latino, sobre el que forma Dulcinea, asociado a la onomástica pastoril renacentista (Lapesa).

COMENTARIO 1 (Capítulo primero)

► *El comienzo de una novela es siempre importante; en este caso, lo es especialmente. Resume el contenido de este capítulo.*

► *¿Cuáles son los aspectos temáticos centrales?*

► *Señala y explica las partes en que está organizado este capítulo.*

► *Comenta la actuación del narrador: función, comportamiento, persona gramatical, etc.*

► *Analiza la presentación de don Quijote; fíjate en su descripción.*

► *¿A qué época pertenecen las armas de don Quijote? ¿Qué significado puede tener su antigüedad?*

► *Estudia más ampliamente el comienzo de la novela. Compáralo con el del Lazarillo.*

► *¿Cuáles son los recursos estilísticos más frecuentes en este capítulo?*

► *Comenta las principales peculiaridades lingüísticas en relación con el castellano actual.*

CAPÍTULO II

Que trata de la primera salida que de su tierra hizo el ingenioso don Quijote

Hechas, pues, estas prevenciones, no quiso aguardar más tiempo a poner en efecto su pensamiento, apretándole a ello la falta que él pensaba que hacía [1] en el mundo su tardanza, según eran los agravios que pensaba deshacer, tuertos que enderezar [2], sinrazones que enmendar, y abusos que mejorar, y deudas que satisfacer. Y así, sin dar parte a persona alguna de su intención, y sin que nadie le viese ▼, una mañana, antes del día, que era uno de los calurosos del mes de julio, se armó de todas sus armas, subió sobre Rocinante, puesta su mal compuesta celada, embrazó su adarga, tomó su lanza, y por la puerta falsa de un corral salió al campo, con grandísimo contento y alborozo de ver con cuánta facilidad había dado principio a su buen deseo. Mas apenas se vio en el campo, cuando le asaltó un pensamiento terrible, y tal, que por poco le hiciera dejar la comenzada empresa; y fue que le vino a la memoria que no era armado caballero y que conforme a ley de caballería ni podía ni debía tomar armas [3] con ningún caballero;

[1] Causaba.

[2] Injusticias que reparar.

[3] Entrar en combate.

▼ Don Quijote lleva a cabo su juego con sumo cuidado. De momento, sale a escondidas, en secreto. ¿Está loco o finge estarlo?

25   y puesto que lo fuera, había de llevar armas blan-
      cas, como novel caballero, sin empresa en el escu-
      do, hasta que por su esfuerzo la ganase ▼. Estos
      pensamientos le hicieron titubear en su propósi-
      to; más, pudiendo más su locura que otra razón al-
30   guna, propuso de hacerse armar caballero del pri-
      mero que topase, a imitación de otros muchos que
      así lo hicieron, según él había leído en los libros
      que tal le tenían. En lo de las armas blancas, pen-
      saba limpiarlas de manera, en teniendo lugar, que
35   lo fuesen más que un armiño [4]; y con esto se quie-
      tó y prosiguió su camino, sin llevar otro que aquel
      que su caballo quería, creyendo que en aquello
      consistía la fuerza de las aventuras.
          Yendo, pues, caminando nuestro flamante aven-
40   turero, iba hablando consigo mesmo y diciendo:
          —¿Quién duda sino que en los venideros tiem-
      pos, cuando salga a luz la verdadera historia de
      mis famosos hechos, que el sabio que los escribie-
      re no ponga, cuando llegue a contar esta mi pri-
45   mera salida tan de mañana, desta manera?: «Ape-
      nas había el rubicundo Apolo tendido por la faz
      de la ancha y espaciosa tierra las doradas hebras
      de sus hermosos cabellos, y apenas los pequeños
      y pintados pajarillos con sus arpadas lenguas [5] ha-
50   bían saludado con dulce y meliflua armonía la ve-
      nida de la rosada Aurora, que, dejando la blanda
      cama del celoso marido [6], por las puertas y balco-
      nes del manchego horizonte a los mortales se mos-
      traba, cuando el famoso caballero don Quijote de
55   la Mancha, dejando las ociosas plumas [7], subió so-
      bre su famoso caballo Rocinante, y comenzó a ca-

[4] Humorístico juego de palabras: don Quijote confunde *armas blancas* con «armas limpias».

[5] Cantos gratos y armoniosos (de arpa).

[6] Titón, amado y raptado por la Aurora.

[7] El colchón.

▼ Se refiere al escudo que los caballeros nuevos debían llevar, sin insignia ni adorno alguno, hasta que realizaban alguna proeza y la indicaban después en la empresa del escudo.

minar por el antiguo y conocido campo de Montiel ▼.»

Y era la verdad que por él caminaba. Y añadió diciendo: 60

—Dichosa edad y siglo dichoso aquel adonde saldrán a luz las famosas hazañas mías, dignas de entallarse en bronces, esculpirse en mármoles y pintarse en tablas, para memoria en lo futuro. ¡Oh tú, sabio encantador, quienquiera que seas, a   65
quien ha de tocar el ser coronista [8] desta peregrina historia, ruégote que no te olvides de mi buen Rocinante, compañero eterno mío en todos mis caminos y carreras!

Luego volvía diciendo, como si verdaderamente   70
te fuera enamorado:

—¡Oh princesa Dulcinea, señora deste cautivo [9] corazón! Mucho agravio me habedes fecho en despedirme y reprocharme con el riguroso afincamiento [10] de mandarme no parecer ante la vuestra   75
fermosura. Plégaos [11], señora, de membraros [12] deste vuestro sujeto corazón, que tantas cuitas [13] por vuestro amor padece ▼▼.

Con estos iba ensartando otros disparates, todos al modo de los que sus libros le habían enseñado, imitando en cuanto podía su lenguaje. Con   80

[8] Cronista (epéntesis).

[9] Desdichado.

[10] Apremio, pena.

[11] Plázcaos.

[12] Acordaros.

[13] Aflicciones.

▼ Esta evocación del amanecer mitológico es parodia del estilo recargado de los libros de caballerías. Con su remedo Cervantes rechaza la afectación en el estilo. Nótese también que don Quijote invoca a su propio autor y hasta le redacta las primeras líneas de su libro (Apolo es personificación mitológica del sol).

▼▼ Don Quijote sigue imitando el estilo de los libros de caballerías en esta acumulación de arcaísmos. Rasgos de este lenguaje arcaizante son la *f-* inicial *(fecho, fermosura),* la desinencia verbal *-edes (habedes:* habéis), el sintagma formado por artículo + posesivo + nombre *(la vuestra fermosura)* y el predominio de arcaísmos léxicos *(cautivo, afincamiento, plégaos, membraros, cuitas).* Por otra parte, Avalle-Arce indica que don Quijote, siguiendo la tradición del amor cortés, finge trizteza como caballero enamorado, pues antes se dijo que salió «con grandísimo contento y alborozo».

esto, caminaba tan despacio, y el sol entraba tan apriesa y con tanto ardor, que fuera bastante a derretirle los sesos, si algunos tuviera.

85 Casi todo aquel día caminó sin acontecerle cosa que de contar fuese, de lo cual se desesperaba, porque quisiera topar luego luego [14] con quien hacer experiencia del valor de su fuerte brazo. Autores hay que dicen que la primera aventura que
90 le avino [15] fue la del Puerto Lápice [16]; otros dicen que la de los molinos de viento; pero lo que yo he podido averiguar en este caso, y lo que he hallado escrito en los anales de La Mancha, es que él anduvo todo aquel día, y, al anochecer, su rocín y él
95 se hallaron cansados y muertos de hambre ▼; y que, mirando a todas partes por ver si descubriría algún castillo o alguna majada de pastores donde recogerse y adonde pudiese remediar su mucha hambre y necesidad, vio, no lejos del camino por
100 donde iba, una venta, que fue como si viera una estrella que, no a los portales, sino a los alcázares de su redención le encaminaba. Diose priesa a caminar, y llegó a ella a tiempo que anochecía.

Estaban acaso [17] a la puerta dos mujeres mozas,
105 destas que llaman del partido [18], las cuales iban a Sevilla con unos arrieros que en la venta aquella noche acertaron a hacer jornada [19], y como a nuestro aventurero todo cuanto pensaba, veía o imaginaba le parecía ser hecho y pasar al modo de lo
110 que había leído, luego que vio la venta se le representó que era un castillo con sus cuatro torres y chapiteles [20] de luciente plata, sin faltarle su puen-

[14] Ya inmediatamente (superlativo).

[15] Sucedió.

[16] Localidad de Ciudad Real.

[17] Por casualidad.

[18] Rameras públicas.

[19] Pernoctar.

[20] Remates piramidales de las torres.

▼ Esta diversidad de perspectivas acrecienta la ilusión de verdad histórica; y también la ironía, ya que, afirmando unos (primera perspectiva) que la primera aventura fue la de Puerto Lápice y otros (segunda perspectiva) que la de los molinos de viento, resulta que de los anales de La Mancha (tercera perspectiva) «se deduce que la primera aventura fue que no le sucedió nada de particular» (Percas de Ponseti).

[21] Foso.

te levadiza y honda cava [21], con todos aquellos adherentes que semejantes castillos se pintan. Fuese
llegando a la venta que a él le parecía castillo, y   115
a poco trecho della detuvo las riendas a Rocinante, esperando que algún enano se pusiese entre las
almenas a dar señal con alguna trompeta de que
llegaba caballero al castillo ▼. Pero como vio que
se tardaban y que Rocinante se daba priesa por lle-   120
gar a la caballeriza, se llegó a la puerta de la venta, y vio a las dos destraídas mozas que allí estaban, que a él le parecieron dos hermosas doncellas o dos graciosas damas que delante de la puerta del castillo se estaban solazando. En esto suce-   125
dió acaso que un porquero que andaba recogien-
do de unos rastrojos una manada de puercos
—que, sin perdón, así se llaman ▼▼—, tocó un
cuerno, a cuya señal ellos se recogen, y al instante se le representó a don Quijote lo que deseaba,   130
que era que algún enano hacía señal de su venida,
y así, con extraño contento llegó a la venta y a las
damas, las cuales, como vieron venir un hombre
de aquella suerte, armado y con lanza y adarga, llenas de miedo se iban a entrar en la venta; pero   135
don Quijote, coligiendo [22] por su huida su miedo,
alzándose la visera de papelón y descubriendo su
seco y polvoroso rostro, con gentil talante y voz
reposada les dijo:
—No fuyan [23] las vuestras mercedes ni teman   140
desaguisado [24] alguno; ca [25] a la orden de caballe-

[22] Deduciendo.

[23] Huyan (arcaísmo).

[24] Agravio.

[25] Porque (arcaísmo).

▼ Don Quijote es ya sujeto de un proceso de transformación de la realidad para adecuarla a su quimera caballeresca. Sus sentidos registran correctamente la realidad (una
venta y dos prostitutas), pero su imaginación superpone otra realidad diferente (un castillo y dos hermosas doncellas).

▼▼ Burla irónica de la costumbre popular de pedir perdón cuando se nombra algo
desagradable.

ría que profeso non toca ni atañe facerle a ninguno, cuanto más a tan altas doncellas como vuestras presencias demuestran.

145   Mirábanle las mozas, y andaban con los ojos
buscándole el rostro, que la mala visera le encubría; mas como se oyeron llamar doncellas, cosa
tan fuera de su profesión, no pudieron tener la
risa, y fue de manera, que don Quijote vino a

150   correrse [26] y a decirles:

    —Bien parece la mesura en las fermosas, y es
mucha sandez además la risa que de leve causa
procede; pero non vos [27] lo digo porque os acuite-
des [28] ni mostredes mal talante; que el mío non es

155   de al [29] que de serviros.

El lenguaje, no entendido de las señoras, y el
mal talle de nuestro caballero acrecentaba en ellas
la risa y en él el enojo, y pasara muy adelante si
a aquel punto no saliera el ventero, hombre que,

160   por ser muy gordo, era muy pacífico, el cual, viendo aquella figura contrahecha [30], armada de armas
tan desiguales como eran la brida, lanza, adarga y
coselete ▼, no estuvo en nada en [31] acompañar a
las doncellas en las muestras de su contento. Mas,

165   en efecto, temiendo la máquina de tantos pertrechos, determinó de hablarle comedidamente, y así
le dijo:

    —Si vuestra merced, señor caballero, busca po-
sada, amén del [32] lecho (porque en esta venta no

170   hay ninguno), todo lo demás se hallará en ella en
mucha abundancia.

Viendo don Quijote la humildad del alcaide de
la fortaleza, que tal le pareció a él el ventero y la
venta, respondió:

[26] Avergonzarse.

[27] Os (arcaísmo).

[28] Aflijáis (arcaísmo).

[29] Otra cosa (arcaísmo).

[30] Disfrazada.

[31] Estuvo a punto de.

[32] Excepto el.

▼ Como explica Murillo, eran armas *desiguales,* porque pertenecían a diferentes tipos
de armaduras: la *brida* era manera de montar propia de caballeros andantes (de caballería pesada); *adarga* (escudo) y *coselete* (coraza) eran armadura ligera.

[33] Alcaide del castillo.

—Para mí, señor castellano [33], cualquiera cosa   175
basta, porque

mis arreos son las armas,
mi descanso el pelear, etc.

[34] Dueño de la hospedería.

Pensó el huésped[34] que el haberle llamado castellano había sido por haberle parecido de los sa-   180
nos de Castilla, aunque él era andaluz, y de los de la
playa de Sanlúcar, no menos ladrón que Caco, ni
menos maleante [35] que estudiantado paje [36], y así
le respondió:

[35] Burlador (en germanía).

[36] Estudiante fracasado.

—Según eso, las camas de vuestra merced se-   185
rán duras peñas, y su dormir, siempre velar ▼, y
siendo así, bien se puede apear, con seguridad de
hallar en esta choza ocasión y ocasiones para no
dormir en todo un año, cuanto más en una noche.

Y diciendo esto, fue a tener el estribo a don Qui-   190
jote, el cual se apeó con mucha dificultad y trabajo, como aquel que en todo aquel día no se había
desayunado.

Dijo luego al huésped que le tuviese mucho cuidado de su caballo, porque era la mejor pieza que   195
comía pan [37] en el mundo. Miróle el ventero, y no
le pareció tan bueno como don Quijote decía, ni
aun la mitad; y acomodándole en la caballeriza,
volvió a ver lo que su huésped mandaba, al cual

[37] Cereales.

▼ Interesa comentar aquí varios puntos. Primero: Bien por temor, bien por afán de burla, el ventero ha entrado en el juego de don Quijote, a quien trata de *señor caballero*. Segundo: Los versos citados por don Quijote proceden de un romance muy conocido entonces, y el ventero recuerda en su respuesta los dos versos siguientes («mi cama las
duras peñas, / mi dormir siempre velar»). Tercero: La palabra *castellano* se entiende aquí
en diversos sentidos: «señor del castillo» (en boca de·don Quijote), «hombre honrado»
(de los sanos de Castilla), según entiende el ventero; pero, en lenguaje de germanía, *sano
de Castilla* significaba «ladrón disimulado» *(la playa de Sanlúcar* era lugar famoso en la
vida picaresca).

200   estaban desarmando las doncellas, que ya se ha-
       bían reconciliado con él; las cuales, aunque le ha-
       bían quitado el peto y el espaldar [38], jamás supie-
       ron ni pudieron desencajarle la gola [39] ni quitalle
       la contrahecha celada, que traía atada con unas
205   cintas verdes, y era menester cortarlas, por no po-
       derse quitar los ñudos; más él no lo quiso consen-
       tir en ninguna manera, y así, se quedó toda aque-
       lla noche con la celada puesta, que era la más gra-
       ciosa y extraña figura que se pudiera pensar, y al
210   desarmarle, como él se imaginaba que aquellas
       traídas y llevadas [40] que le desarmaban eran algu-
       nas principales señoras y damas de aquel castillo,
       les dijo con mucho donaire:

       —Nunca fuera caballero
215   de damas tan bien servido
       como fuera don Quijote
       cuando de su aldea vino:
       doncellas curaban [41] dél;
       princesas, del su rocino ▼,

220   o Rocinante, que éste es el nombre, señoras mías,
       de mi caballo, y don Quijote de la Mancha el mío;
       que, puesto que no quisiera descubrirme fasta [42]
       que las fazañas fechas en vuestro servicio y pro [43]
       me descubrieran, la fuerza de acomodar al propó-
225   sito presente este romance viejo de Lanzarote ha
       sido causa que sepáis mi nombre antes de toda sa-
       zón; pero tiempo vendrá en que las vuestras seño-
       rías me manden y yo obedezca, y el valor de mi
       brazo descubra el deseo que tengo de serviros.

[38] Piezas del arnés que protegían el pecho y la espalda.

[39] Pieza que protegía el cuello.

[40] Por ser prostitutas que acompañaban a los arrieros.

[41] Cuidaban.

[42] Hasta (arcaísmo).

[43] Provecho.

▼ Adaptación de uno de los versos de un famoso romance viejo de Lanzarote del Lago.

Las mozas, que no estaban hechas a oír seme- 230
jantes retóricas, no respondían palabra: sólo le
preguntaron si quería comer alguna cosa.

—Cualquiera yantaría [44] yo —respondió don
Quijote—, porque, a lo que entiendo, me haría
mucho al caso. 235

A dicha, acertó a ser viernes aquel día, y no había en toda la venta sino unas raciones de un pes-
cado que en Castilla llaman abadejo, y en Andalucía bacallao, y en otras partes curadillo, y en
otras truchuela. Preguntáronle si por ventura co- 240
mería su merced truchuela; que no había otro pes-
cado que dalle a comer.

—Como haya muchas truchuelas —respondió
don Quijote—, podrán servir de una trucha [▼], porque eso se me da [45] que me den ocho reales en sen- 245
cillos [46] que en una pieza de a ocho. Cuanto más,
que podría ser que fuesen estas truchuelas como
la ternera, que es mejor que la vaca, y el cabrito
que el cabrón. Pero, sea lo que fuere, venga luego; que el trabajo y peso de las armas no se pue- 250
de llevar sin el gobierno de las tripas.

Pusiéronle la mesa a la puerta de la venta, por
el fresco, y trújole el huésped una porción del mal
remojado y peor cocido bacallao y un pan tan negro y mugriento como sus armas; pero era mate- 255
ria de grande risa verle comer, porque, como tenía puesta la celada y alzada la visera [47], no podía
poner nada en la boca con sus manos si otro no
se lo daba y ponía, y ansí, una de aquellas señoras servía deste menester. Mas al darle de beber, 260
no fue posible, ni lo fuera si el ventero no hora-

[44] Comería.

[45] Lo mismo me da.

[46] Sueltos.

[47] Mantenía alzada, su-
jetaba con sus manos
la visera.

[▼] Don Quijote no parece conocer el significado que aquí se le da a *truchuela* (bacalao
curado), que él interpreta como «trucha pequeña». Spitzer explica esta incursión cervantina por la geografía dialectal como un ejemplo ilustrativo del perspectivismo lingüístico del *Quijote,* del afán de acercarse a la realidad por diversos intentos.

dara una caña, y puesto el un cabo en la boca, por
el otro le iba echando el vino; y todo esto lo recebía en paciencia, a trueco de [48] de no romper las
265 cintas de la celada. Estando en esto, llegó acaso a
la venta un castrador de puercos, y así como llegó, sonó su silbato de cañas [49] cuatro o cinco veces, con lo cual acabó de confirmar don Quijote
que estaba en algún famoso castillo, y que le ser-
270 vían con música, y que el abadejo eran truchas, el
pan candeal [50], y las rameras damas, y el ventero
castellano del castillo, y con esto daba por bien
empleada su determinación y salida. Mas lo que
más le fatigaba era el no verse armado caballero,
275 por parecerle que no se podría poner legítima-
mente en aventura alguna sin recebir la orden de
caballería.

[48] A cambio de.

[49] Zampoñilla de varios
cañutos.

[50] De trigo de harina
blanca.

Capítulo III

Donde se cuenta la graciosa manera que tuvo don Quijote en armarse caballero

Y así, fatigado deste pensamiento, abrevió su venteril y limitada cena; la cual acabada, llamó al ventero y, encerrándose con él en la caballeriza, se hincó de rodillas ante él, diciéndole:

—No me levantaré jamás de donde estoy, valeroso caballero, fasta [1] que la vuestra cortesía me otorgue un don que pedirle quiero, el cual redundará en alabanza vuestra y en pro del género humano.

El ventero, que vio a su huésped a sus pies y oyó semejantes razones, estaba confuso mirándole, sin saber qué hacerse ni decirle, y porfiaba con él que se levantase, y jamás quiso, hasta que le hubo de decir que él le otorgaba el don que le pedía.

—No esperaba yo menos de la gran magnificencia vuestra, señor mío —respondió don Quijote—; y así, os digo que el don que os he pedido y de vuestra liberalidad me ha sido otorgado es que mañana en aquel día me habéis de armar caballero, y esta noche en la capilla deste vuestro castillo velaré las armas; y mañana, como tengo dicho, se cumplirá lo que tanto deseo, para poder, como se debe, ir por todas las cuatro partes del mundo buscando las aventuras, en pro de los menesterosos, como está a cargo de la caballería y

30   de los caballeros andantes, como yo soy, cuyo de-
      seo a semejantes fazañas [2] es inclinado ▼.

      El ventero, que, como está dicho, era un poco
      socarrón y ya tenía algunos barruntos [3] de la falta
      de juicio de su huésped, acabó de creerlo cuando
35   acabó de oírle semejantes razones, y, por tener
      que reír aquella noche, determinó de seguirle el
      humor; y así le dijo que andaba muy acertado en
      lo que deseaba y pedía, y que tal prosupuesto [4] era
      propio y natural de los caballeros tan principales
40   como él parecía y como su gallarda presencia mos-
      traba; y que él, ansimesmo, en los años de su mo-
      cedad, se había dado a aquel honroso ejercicio, an-
      dando por diversas partes del mundo, buscando
      sus aventuras, sin que hubiese dejado los Perche-
45   les de Málaga, Islas de Riarán, Compás de Sevilla,
      Azoguejo de Segovia, la Olivera de Valencia, Ron-
      dilla de Granada, playa de Sanlúcar, Potro de Cór-
      doba y las Ventillas de Toledo y otras diversas par-
      tes, donde había ejercitado la ligereza de sus pies,
50   sutileza de sus manos, haciendo muchos tuertos [5],
      recuestando [6] muchas viudas, deshaciendo algunas
      doncellas y engañando a algunos pupilos, y, final-
      mente, dándose a conocer por cuantas audiencias
      y tribunales hay casi en toda España ▼▼; y que, a
55   lo último, se había venido a recoger a aquel su cas-
      tillo, donde vivía con su hacienda y con las ajenas,
      recogiendo en él a todos los caballeros andantes,
      de cualquiera calidad y condición que fuesen, sólo
      por la mucha afición que les tenía y porque par-

[2] Hazañas (arcaísmo).

[3] Sospechas.

[4] Propósito.

[5] Agravios.

[6] En el doble sentido de
«cortejando» y «roban-
do».

▼ Todo esto es parodia de aquellos episodios de los libros de caballerías en que los don-
celes eran armados caballeros con toda solemnidad.
▼▼ La ironía y la burla se acrecientan aun más al comprobar que los lugares citados antes formaban una «especie de mapa picaresco de España» (Clemencín).

tiesen con él de sus haberes, en pago de su buen   60
deseo.

Díjole también que en aquel su castillo no había capilla alguna donde poder velar las armas,
porque estaba derribada para hacerla de nuevo;
pero que en caso de necesidad él sabía que se po-   65
dían velar dondequiera, y que aquella noche las
podría velar en un patio del castillo; que a la mañana, siendo Dios servido, se harían las debidas ceremonias, de manera que él quedase armado caballero, y tan caballero, que no pudiese ser más   70
en el mundo.

Preguntóle si traía dineros; respondió don Quijote que no traía blanca [7], porque él nunca había
leído en las historias de los caballeros andantes
que ninguno los hubiese traído. A esto dijo el ven-   75
tero que se engañaba; que, puesto caso que [8] en
las historias no se escribía, por haberles parecido
a los autores dellas que no era menester escribir
una cosa tan clara y tan necesaria de traerse como
eran dineros y camisas limpias, no por eso se ha-   80
bía de creer que no los trujeron; y así, tuviese por
cierto y averiguado que todos los caballeros andantes de que tantos libros están llenos y atesta-
dos llevaban bien herradas [9] las bolsas, por lo que
pudiese sucederles; y que asimismo llevaban cami-   85
sas y una arqueta [10] pequeña llena de ungüentos
para curar las heridas que recebían, porque no todas veces en los campos y desiertos donde se com-
batían y salían heridos había quien los curase, si
ya no era que tenían algún sabio encantador por   90
amigo, que luego los socorría, trayendo por el
aire, en alguna nube, alguna doncella o enano con
alguna redoma [11] de agua de tal virtud, que, en
gustando alguna gota della, luego al punto quedaban sanos de sus llagas y heridas, como si mal al-   95
guno hubiesen tenido. Mas que en tanto que esto

[7] Moneda de poco valor.

[8] Aunque.

[9] Provistas de dinero.

[10] Arca, caja.

[11] Vasija.

no hubiese, tuvieron los pasados caballeros por
cosa acertada que sus escuderos fuesen proveídos
de dineros y de otras cosas necesarias, como eran
100 hilas [12] y ungüentos para curarse; y cuando suce-   [12] Hebras de lienzo.
día que los tales caballeros no tenían escuderos
—que eran pocas y raras veces—, ellos mesmos
lo llevaban todo en unas alforjas muy sutiles, que
casi no se parecían [13], a las ancas del caballo, como   [13] Veían.
105 que era otra cosa de más importancia; porque, no
siendo por ocasión semejante, esto de llevar alforjas no fue muy admitido entre los caballeros andantes; y por esto le daba por consejo, pues aún
se lo podía mandar como a su ahijado, que tan
110 presto lo había de ser, que no caminase de allí adelante sin dineros y sin las prevenciones referidas,
y que vería cuán bien se hallaba con ellas, cuando
menos se pensase.

Prometióle don Quijote de hacer lo que se le
115 aconsejaba con toda puntualidad, y así, se dio luego orden como velase las armas en un corral grande que a un lado de la venta estaba; y recogién-
dolas don Quijote todas, las puso sobre una pila
que junto a un pozo estaba y, embrazando su adar-
120 ga [14], asió de su lanza, y con gentil continente se   [14] Metiendo el brazo
comenzó a pasear delante de la pila; y cuando co-   por el asa del escudo.
menzó el paseo comenzaba a cerrar la noche.

Contó el ventero a todo cuantos estaban en la
venta la locura de su huésped, la vela de las ar-
125 mas y la armazón de caballería que esperaba. Admiráronse de tan extraño género de locura y fué-
ronselo a mirar desde lejos, y vieron que, con sosegado ademán, unas veces se paseaba; otras, arrimado a su lanza, ponía los ojos en las armas, sin
130 quitarlos por un buen espacio dellas. Acabó de
cerrar la noche, pero con tanta claridad de la luna,
que podía competir con el que se la prestaba [15],   [15] El sol.
de manera que cuanto el novel caballero hacía era

bien visto de todos. Antojósele en esto a uno de
los arrieros que estaban en la venta ir a dar agua   135
a su recua [16], y fue menester quitar las armas de
don Quijote, que estaban sobre la pila; el cual,
viéndole llegar, en voz alta le dijo:

—¡Oh tú, quienquiera que seas, atrevido caba-
llero, que llegas a tocar las armas del más valero-   140
so andante que jamás se ciñó espada! Mira lo que
haces, y no las toques, si no quieres dejar la vida
en pago de tu atrevimiento.

No se curó el arriero destas razones (y fuera me-
jor que se curara, porque fuera curarse ▼ en salud);   145
antes, trabando de las correas, las arrojó gran tre-
cho de sí. Lo cual visto por don Quijote, alzó los
ojos al cielo y, puesto el pensamiento —a lo que
pareció— en su señora Dulcinea, dijo:

—Acorredme [17], señora mía, en esta primera   150
afrenta que a este vuestro avasallado pecho se le
ofrece; no me desfallezca [18] en este primero trance
vuestro favor y amparo ▼▼.

Y diciendo estas y otras semejantes razones, sol-
tando la adarga, alzó la lanza a dos manos y dio   155
con ella tan gran golpe al arriero en la cabeza, que
le derribó en el suelo tan maltrecho, que si segun-
dara con otro, no tuviera necesidad de maestro [19]
que le curara. Hecho esto, recogió sus armas y tor-
nó a pasearse con el mismo reposo que primero.   160
Desde allí a poco, sin saberse lo que había pasado
—porque aún estaba aturdido el arriero—, llegó
otro con la mesma intención de dar agua a sus mu-

[16] Conjunto de anima-
les de carga.

[17] Socorredme (arcaís-
mo).

[18] Falte.

[19] Cirujano.

▼ Juego de palabras basado en el uso disémico del verbo *curar*, «prestar atención» (ya
arcaico entonces) y «sanar».
▼▼ Don Quijote se sitúa en la tradición del amor cortés (*señora mía, avasallado, vuestro favor y amparo*). «El caballero amante es el vasallo que sirve a la mujer amada, quien, por
consiguiente, es la señora, guía y protección del amante» (Avalle-Arce).

los y, llegando a quitar las armas para desemba-
165 razar la pila, sin hablar don Quijote palabra y sin
pedir favor a nadie, soltó otra vez la adarga y alzó
otra vez la lanza, y, sin hacerla pedazos, hizo más
de tres la cabeza del segundo arriero, porque se la
abrió por cuatro. Al ruido acudió toda la gente de
170 la venta, y entre ellos el ventero. Viendo esto don
Quijote, embrazó su adarga y, puesta mano a su
espada, dijo:

—¡Oh señora de la fermosura, esfuerzo y vigor
del debilitado corazón mío! Ahora es tiempo que
175 vuelvas los ojos de tu grandeza a este tu cautivo
caballero, que tamaña [20] aventura está atendiendo [21].

Con esto cobró, a su parecer, tanto ánimo, que
si le acometieran todos los arrieros del mundo, no
180 volviera el pie atrás. Los compañeros de los heridos, que tales los vieron, comenzaron desde lejos
a llover piedras sobre don Quijote, el cual, lo mejor que podía, se reparaba [22] con su adarga, y no
se osaba apartar de la pila por no desamparar las
185 armas. El ventero daba voces que le dejasen, porque ya les había dicho como era loco, y que por
loco se libraría, aunque los matase a todos. También don Quijote las daba mayores, llamándolos
de alevosos y traidores, y que el señor del castillo
190 era un follón [23] y mal nacido caballero, pues de tal
manera consentía que se tratasen los andantes caballeros, y que si él hubiera recebido la orden de
caballería, que él le diera a entender su alevosía:

—Pero de vosotros, soez y baja canalla, no
195 hago caso alguno; tirad, llegad, venid y ofended-
me [24] en cuanto pudiéredes; que vosotros veréis el
pago que lleváis de vuestra sandez y demasía [25].

Decía esto con tanto brío y denuedo, que infun-
dió un terrible temor en los que le acometían; y
200 así por esto como por las persuasiones del vente-

[20] Tan grande.

[21] Esperando (arcaís-
mo).

[22] Defendía.

[23] Fanfarrón, cobarde.

[24] Atacadme.

[25] Descortesía.

ro, le dejaron de tirar, y él dejó retirar a los heridos y tornó a la vela de sus armas, con la misma quietud y sosiego que primero.

No le parecieron bien al ventero las burlas de su huésped y determinó abreviar y darle la ne- 205
gra [26] orden de caballería luego [27], antes que otra desgracia sucediese. Y así, llegándose a él, se desculpó de la insolencia que aquella gente baja con él había usado, sin que él supiese cosa alguna; pero que bien castigados quedaban de su atrevimiento. 210
Díjole cómo ya le había dicho que en aquel castillo no había capilla, y para lo que restaba de hacer tampoco era necesaria; que todo el toque de quedar armado caballero consistía en la pescozada y en el espaldarazo ▼, según él tenía noticia del 215
ceremonial de la orden, y que aquello en mitad de un campo se podía hacer, y que ya había cumplido con lo que tocaba al velar de las armas, que con solas dos horas de vela se cumplía, cuanto más que él había estado más de cuatro. Todo se lo cre- 220
yó don Quijote, y dijo que él estaba allí pronto para obedecerle, y que concluyese con la mayor brevedad que pudiese; porque si fuese otra vez acometido y se viese armado caballero, no pensaba dejar persona viva en el castillo, excepto aque- 225
llas que él le mandase, a quien por su respeto dejaría.

Advertido y medroso desto el castellano, trujo luego un libro donde asentaba [28] la paja y cebada que daba a los arrieros, y con un cabo de vela que 230
le traía un muchacho, y con las dos ya dichas don-

[26] Desgraciada.

[27] Inmediatamente.

[28] Anotaba.

▼ *Pescozada* y *espaldarazo* eran los golpes que el padrino daba en la nuca y espalda a quien era armado caballero. Don Quijote es armado caballero por escarnio, en una ceremonia ridícula que, inundada de alusiones picarescas, invalida todo el proceso, pues ni el ventero (un bellaco) tenía poderes para armar caballero a nadie, ni podía ser armado como tal un hidalgo pobre, ni menos un loco (Riquer).

cellas, se vino adonde don Quijote estaba, al cual
mandó hincar de rodillas, y, leyendo en su manual
—como que decía alguna devota oración—, en
235   mitad de la leyenda [29] alzó la mano y diole sobre
el cuello un buen golpe, y tras él, con su mesma
espada, un gentil espaldarazo —siempre murmurando entre dientes, como que rezaba—. Hecho
esto, mandó a una de aquellas damas ▼ que le ci-
240   ñese la espada, la cual lo hizo con mucha desenvoltura y discreción, porque no fue menester poca
para no reventar de risa a cada punto de las ceremonias; pero las proezas que ya habían visto del
novel caballero les tenía la risa a raya. Al ceñirle
245   la espada dijo la buena señora:
   —Dios haga a vuestra merced muy venturoso
caballero y le dé ventura en lides.
   Don Quijote le preguntó cómo se llamaba, porque él supiese de allí adelante a quién quedaba
250   obligado por la merced recebida, porque pensaba
darle alguna parte de la honra que alcanzase por
el valor de su brazo. Ella respondió con mucha humildad que se llamaba la Tolosa, y que era hija de
un remendón [30] natural de Toledo, que vivía a las
255   tendillas de Sancho Bienaya [31] y que dondequiera
que ella estuviese le serviría y le tendría por señor. Don Quijote le replicó que, por su amor, le
hiciese merced que de allí adelante se pusiese *don*
y se llamase doña Tolosa. Ella se lo prometió, y la
260   otra le calzó la espuela; con la cual le pasó casi el
mismo coloquio que con la de la espada. Preguntóle su nombre y dijo que se llamaba la Molinera,
y que era hija de un honrado molinero de Ante-

[29] Lectura.

[30] Zapatero remendón.

[31] Cerca de las tendillas de Sancho Bienaya (plaza de Toledo).

▼ Nótese que ahora es el narrador quien, siguiendo humorísticamente el juego de don Quijote, llama *castellano* (alcaide del castillo) al ventero, y *doncellas* y *damas* a las dos rameras.

quera; a la cual también rogó don Quijote que se
pusiese *don,* y se llamase doña Molinera, ofrecién-   265
dole nuevos servicios y mercedes ▼.

Hechas, pues, de galope y aprisa las hasta allí
nunca vistas ceremonias, no vio la hora don Quijote de verse a caballo y salir buscando las aventuras, y, ensillando luego a Rocinante, subió en él,   270
y abrazando a su huésped, le dijo cosas tan extrañas, agradeciéndole la merced de haberle armado
caballero, que no es posible acertar a referirlas. El
ventero, por verle ya fuera de la venta, con no menos retóricas, aunque con más breves palabras,   275
respondió a las suyas y, sin pedirle la costa de la
posada, le dejó ir a la buen hora [32].

[32] En hora buena.

▼ Además de la burla satírica del uso ilícito y abusivo del tratamiento de *don,* ahora
aplicado a dos rameras, es preciso destacar que don Quijote adecúa la realidad a su ficción, enalteciendo a las dos «mozas de partido».

CAPÍTULO IV

De lo que le sucedió a nuestro caballero cuando salió de la venta

La del alba ▼ sería cuando don Quijote salió de
la venta, tan contento, tan gallardo, tan alboroza-
do por verse ya armado caballero, que el gozo le
reventaba por las cinchas del caballo. Mas vinién-
dole a la memoria los consejos de su huésped cerca de [1] las prevenciones tan necesarias que había
de llevar consigo, especial [2] la de los dineros y camisas, determinó volver a su casa y acomodarse
de todo, y de un escudero, haciendo cuenta de recebir a un labrador vecino suyo, que era pobre y
con hijos, pero muy a propósito para el oficio escuderil de la caballería ▼▼. Con este pensamiento
guió a Rocinante hacia su aldea, el cual, casi conociendo la querencia [3], con tanta gana comenzó
a caminar, que parecía que no ponía los pies en
el suelo.

[1] Acerca de.

[2] Especialmente.

[3] Lugar adonde el ani-
mal acude por costum-
bre.

▼ *La [hora] del alba.* Se sobreentiende la palabra *hora* con que termina el capítulo anterior. Esta relación sintáctica entre el final de un capítulo y el comienzo de otro ha dado
lugar a interpretaciones diversas: que Cervantes quiso inicialmente escribir una novela
corta (como las *ejemplares),* sin división en capítulos, en cuya separación posterior se conservan las relaciones gramaticales anteriores a dicha división; o también, que se trata
de un recurso para lograr un movimiento más fluido en la dinámica narrativa del texto
(Avalle·Arce).

▼▼ Primera alusión concreta (después de las citas del prólogo y de los poemas iniciales)
a la figura de Sancho Panza, que no aparecerá en escena hasta el capítulo 7.

No había andado mucho, cuando le pareció que 20
a su diestra mano, de la espesura de un bosque
que allí estaba, salían unas voces delicadas, como
de persona que se quejaba, y apenas las hubo oído,
cuando dijo:

—Gracias doy al cielo por la merced que me 25
hace, pues tan presto me pone ocasiones delante
donde yo pueda cumplir con lo que debo a mi profesión, y donde pueda coger el fruto de mis buenos deseos. Estas voces, sin duda, son de algún me-
nesteroso, o menesterosa, que ha menester mi fa- 30
vor y ayuda.

Y volviendo las riendas, encaminó a Rocinante
hacia donde le pareció que las voces salían. Y a pocos pasos que entró por el bosque, vio atada una
yegua a una encina, y atado en otra a un mucha- 35
cho, desnudo de medio cuerpo arriba, hasta de
edad de quince años, que era el que las voces daba,
y no sin causa, porque le estaba dando con una
pretina ⁴ muchos azotes un labrador de buen talle, y cada azote le acompañaba con una reprehen- 40
sión y consejo. Porque decía:

—La lengua queda y los ojos listos.

Y el muchacho respondía:

—No lo haré otra vez, señor mío; por la pasión
de Dios que no lo haré otra vez, y yo prometo de 45
tener de aquí adelante más cuidado con el hato ⁵.

Y viendo don Quijote lo que pasaba, con voz airada dijo:

—Descortés caballero, mal parece tomaros
con ⁶ quien defender no se puede; subid sobre 50
vuestro caballo y tomad vuestra lanza —que también tenía una lanza arrimada a la encina adonde
estaba arrimada la yegua—, que yo os haré conocer ser de cobardes lo que estáis haciendo.

⁴ Cinturón de cuero.

⁵ Rebaño.

⁶ Pelearos con.

55   El labrador, que vio sobre sí aquella figura llena de armas blandiendo la lanza sobre su rostro,
túvose por muerto, y con buenas palabras respondió:
        —Señor caballero, este muchacho que estoy
60   castigando es un mi criado, que me sirve de guardar una manada de ovejas que tengo en estos contornos, el cual es tan descuidado, que cada día me
falta una; y porque castigo su descuido, o bellaquería, dice que lo hago de miserable, por no pa-
65   galle la soldada [7] que le debo, y en Dios y en mí   [7] Salario.
ánima que miente.
        —¿«Miente» delante de mí, ruin villano [8]?   [8] Descortés aldeano.
—dijo don Quijote—. Por el sol que nos alum-
bra que estoy por pasaros de parte a parte con
70   esta lanza. Pagadle luego sin más réplica; si no, por
el Dios que nos rige que os concluya y aniquile en
este punto. Desatadlo luego [▼].
        El labrador bajó la cabeza y, sin responder pa-
labra, desató a su criado, al cual preguntó don
75   Quijote que cuánto le debía su amo. Él dijo que
nueve meses, a siete reales cada mes. Hizo la cuenta don Quijote y halló que montaban setenta y
tres reales [▼▼], y díjole al labrador que al momento
los desembolsase, si no quería morir por ello. Res-
80   pondió el medroso villano que para el paso [9] en   [9] Por el suceso (solem-
que estaba y juramento que había hecho —y aún   ne).
no había jurado nada—, que no eran tantos; porque se le habían de descontar y recebir en cuenta

|||||||||||||||||||||||||||||||||||||||||||||||||||||||||||||||||||||||||||||||||||||||||||||||||||||||

[▼] La reacción airada de don Quijote ante la recriminación del labrador se debe a que
el hecho de desmentir a alguien delante de una persona de superior categoría social se
consideraba una ofensa a esta persona y una afrenta al desmentido.
[▼▼] El resultado correcto es sesenta y tres, y no *setenta y tres*. Más que de un error de
imprenta, M. de Riquer explica que se trata de una equivocación que, de modo intencionado y con alguna ironía, Cervantes hace cometer a don Quijote.

tres pares de zapatos que le había dado, y un real
de dos sangrías que le habían hecho estando   85
enfermo.

—Bien está todo eso —replicó don Quijote—;
pero quédense los zapatos y las sangrías por los
azotes que sin culpa le habéis dado; que si él rompió el cuero de los zapatos que vos pagastes, vos   90
le habéis rompido el de su cuerpo; y si le sacó el
barbero sangre estando enfermo, vos en sanidad [10]
se la habéis sacado ▼; ansí que, por esta parte, no
os debe nada.

—El daño está, señor caballero, en que no ten-   95
go aquí dineros: véngase Andrés conmigo a mi
casa, que yo se los pagaré un real sobre otro.

— ¿Irme yo con él —dijo el muchacho— más?
¡Mal año! No, señor, ni por pienso [11]; porque [12] en
viéndose solo, me desuelle como a un San Bar-   100
tolomé.

—No hará tal —replicó don Quijote—: basta
que yo se lo mande para que me tenga respeto; y
con que él me lo jure por la ley de caballería que
ha recebido, le dejaré ir libre y aseguraré la paga.   105

—Mire vuestra merced, señor, lo que dice
—dijo el muchacho—; que este mi amo no es caballero ni ha recebido orden de caballería alguna;
que es Juan Haldudo el rico, el vecino del Quintanar [13].   110

—Importa poco eso —respondió don Quijote—; que Haldudos puede haber caballeros; cuanto más que cada uno es hijo de sus obras.

—Así es verdad —dijo Andrés—; pero este
mi amo, ¿de qué obras es hijo, pues me niega mi   115
soldada y mi sudor y trabajo?

[10] Salud.

[11] Ni en el pensamiento.

[12] Para que.

[13] Quintanar de la Orden (villa de Toledo).

▼ Otro ejemplo de juego de palabras (*sangrías, cuero, sangre*) combinado con la antítesis
(*enfermo/sanidad...*).

—No niego, hermano Andrés —respondió el
labrador—; y hacedme placer de veniros conmigo; que yo juro por todas las órdenes que de ca-
120 ballerías hay en el mundo de pagaros, como tengo dicho, un real sobre otro, y aun sahumados [14].
—Del sahumerio os hago gracia —dijo don
Quijote—; dádselos en reales [15], que con eso me
contento; y mirad que lo cumpláis como lo habéis
125 jurado; si no, por el mismo juramento os juro de
volver a buscaros y a castigaros, y que os tengo
de hallar, aunque os escondáis más que una lagar-
tija. Y si queréis saber quién os manda esto, para
quedar con más veras obligado a cumplirlo, sabed
130 que yo soy el valeroso don Quijote de la Mancha,
el desfacedor de agravios y sinrazones, y a Dios
quedad, y no se os parta de las mientes [16] lo prometido y jurado, so pena de la pena pronun-
ciada ▼.
135 Y en diciendo esto, picó a su Rocinante, y en
breve espacio [17] se apartó dellos. Siguióle el labrador con los ojos, y cuando vio que había traspues-
to del bosque y que ya no parecía, volvióse a su
criado Andrés y díjole:
140 —Venid acá, hijo mío; que os quiero pagar lo
que os debo, como aquel deshacedor de agravios
me dejó mandado.
—Eso juro yo —dijo Andrés—; y ¡cómo que
andará vuestra merced acertado en cumplir el
145 mandamiento de aquel buen caballero, que mil
años viva; que, según es de valeroso y de buen

[14] Perfumados, mejora-
dos.

[15] En moneda de plata.

[16] No se os vaya de la
memoria.

[17] Intervalo de tiempo.

▼ La primera aventura de don Quijote consiste en la defensa de la justicia, lo cual había sido misión de la caballería andante. Inmediatamente vemos que —ironía descon-
soladora— es su primer fracaso, aunque él no lo sabrá hasta más tarde (en el
capítulo 31).

juez, vive Roque [18], que si no me paga, que vuelva
y ejecute lo que dijo!

—También lo juro yo —dijo el labrador—;
pero, por lo mucho que os quiero, quiero acrecen-   150
tar la deuda, por acrecentar la paga.

Y asiéndole del brazo le tornó a atar a la encina, donde le dio tantos azotes, que le dejó por
muerto.

—Llamad, señor Andrés, ahora —decía el la-   155
brador— al desfacedor de agravios; veréis cómo
no desface aquéste ▼. Aunque creo que no está acabado de hacer, porque me viene gana de desolla-
ros vivo, como vos temíades.

Pero, al fin, le desató y le dio licencia que fuese   160
a buscar su juez, para que ejecutase la pronuncia-
da sentencia. Andrés se partió algo mohíno, juran-
do de ir a buscar al valeroso don Quijote de la
Mancha y contalle punto por punto lo que había
pasado, y que se lo había de pagar con las sete-   165
nas [19]. Pero con todo esto, él se partió llorando y
su amo se quedó riendo.

19 Con creces (multa de
siete veces la cantidad
debida).

Y desta manera deshizo el agravio el valeroso
don Quijote; el cual, contentísimo de lo sucedido,
pareciéndole que había dado felicísimo y alto prin-   170
cipio a sus caballerías, con gran satisfacción de sí
mismo iba caminando hacia su aldea, diciendo a
media voz:

—Bien te puedes llamar dichosa sobre cuantas
hoy viven en la tierra, ¡oh sobre las bellas bella   175
Dulcinea del Toboso!, pues te cupo en suerte tener sujeto y rendido a toda tu voluntad e talante
a un tan valiente y tan nombrado caballero como

▼ Ahora es el labrador Haldudo quien, burlándose de don Quijote ausente, emplea el
lenguaje arcaizante de la *fabla* caballeresca.

lo es y será don Quijote de la Mancha, el cual,
180   como todo el mundo sabe, ayer rescibió la orden
de caballería, y hoy ha desfecho el mayor tuerto
y agravio que formó la sinrazón y cometió la crueldad: hoy quitó el látigo de la mano a aquel despiadado enemigo que tan sin ocasión vapulaba [20]
185   a aquel delicado infante [21].

[20] Vapuleaba, azotaba.

[21] Niño (arcaísmo).

En esto, llegó a un camino que en cuatro se dividía, y luego se le vino a la imaginación las en-
crucejadas donde los caballeros andantes se ponían a pensar cuál camino de aquéllos tomarían,
190   y, por imitarlos, estuvo un rato quedo; y al cabo
de haberlo muy bien pensado, soltó la rienda a Rocinante, dejando a la voluntad del rocín la suya,
el cual siguió su primer intento, que fue el irse camino de su caballeriza.

195   Y habiendo andado como dos millas, descubrió
don Quijote un grande tropel de gente, que, como
después se supo, eran unos mercaderes toledanos
que iban a comprar seda a Murcia. Eran seis, y venían con sus quitasoles, con otros cuatro criados
200   a caballo y tres mozos de mulas a pie. Apenas los
divisó don Quijote, cuando se imaginó ser cosa de
nueva aventura; y, por imitar en todo cuanto a él
le parecía posible los pasos [22] que había leído en
sus libros, le pareció venir allí de molde uno que
205   pensaba hacer. Y así, con gentil continente y denuedo, se afirmó bien en los estribos, apretó la
lanza, llegó [23] la adarga al pecho y, puesto en la mitad del camino, estuvo esperando que aquellos caballeros andantes llegasen, que ya él por tales los
210   tenía y juzgaba; y cuando llegaron a trecho que se
pudieron ver y oír, levantó don Quijote la voz y
con ademán arrogante dijo:

[22] Justas solemnes de la caballería.

[23] Juntó, acercó.

—Todo el mundo se tenga, si todo el mundo
no confiesa que no hay en el mundo todo donce-

lla más hermosa que la emperatriz de La Mancha,   215
la sin par Dulcinea del Toboso ▼.

Paráronse los mercaderes al son destas razones,
y a ver la extraña figura del que las decía; y por
la figura y por las razones luego echaron de ver la
locura de su dueño; mas quisieron ver despacio en   220
qué paraba aquella confesión que se les pedía, y
uno dellos, que era un poco burlón y muy mucho
discreto, le dijo:

—Señor caballero, nosotros no conocemos
quién sea esa buena señora que decís; mostrádnos-   225
la: que si ella fuere de tanta hermosura como sig-
nificáis, de buena gana y sin apremio alguno con-
fesaremos la verdad que por parte vuestra nos es
pedida.

—Si os la mostrara —replicó don Quijote—,   230
¿qué hiciérades vosotros en confesar una verdad
tan notoria? La importancia está en que sin verla
lo habéis de creer, confesar, afirmar, jurar y defender; donde no, conmigo sois en batalla, gente
descomunal [24] y soberbia. Que, ahora vengáis uno   235
a uno, como pide la orden de caballería, ora todos juntos, como es costumbre y mala usanza de
los de vuestra ralea, aquí os aguardo y espero, confiado en la razón que de mi parte tengo.

—Señor caballero —replicó el mercader—,   240
suplico a vuestra merced, en nombre de todos estos príncipes que aquí estamos, que, porque no en-
carguemos [25] nuestras conciencias confesando una
cosa por nosotros jamás vista ni oída, y más siendo tan en perjuicio de las emperatrices y reinas   245
del Alcarria y Extremadura, que vuestra merced

[24] Monstruosa (no co-
mún).

[25] Pongamos en cargo.

▼ Don Quijote, siguiendo la tradición del amor cortés (la amada era un cúmulo de per-
fecciones y de la más alta prosapia), «también eleva a Dulcinea del Toboso a un plano
de superlativos absolutos» (Avalle-Arce). Tal elevación queda aún más realzada por la
repetición de *todo*.

sea servido de mostrarnos algún retrato de esa señora, aunque sea tamaño como un grano de trigo; que por el hilo se sacará el ovillo, y quedare-
250   mos con esto satisfechos y seguros, y vuestra merced quedará contento y pagado; y aun creo que estamos ya tan de su parte, que, aunque su retrato
nos muestre que es tuerta de un ojo y que del otro
le mana bermellón y piedra azufre [26], con todo   [26] Una supuración roja
255   eso, por complacer a vuestra merced, diremos en   y amarilla.
su favor todo lo que quisiere.

        —No le mana, canalla infame —respondió
don Quijote, encendido en cólera—; no le mana,
digo, eso que decís, sino ámbar y algalia entre al-
260   godones [27]; y no es tuerta ni corcovada, sino más   [27] Cuidados delicada-
derecha que un huso de Guadarrama ▼. Pero ¡vo-   mente.
sotros pagaréis la grande blasfemia que habéis dicho contra tamaña beldad como es la de mi
señora!

265   Y diciendo esto, arremetió con la lanza baja contra el que lo había dicho, con tanta furia y enojo,
que si la buena suerte no hiciera que en la mitad
del camino tropezara y cayera Rocinante, lo pasara mal el atrevido mercader. Cayó Rocinante, y
270   fue rodando su amo una buena pieza [28] por el cam-   [28] Un gran trecho.
po; y queriéndose levantar, jamás pudo: tal emba-
razo le causaban la lanza, adarga, espuelas y celada, con el peso de las antiguas armas. Y entretanto que pugnaba por levantarse y no podía, estaba
275   diciendo:

        —Non fuyáis, gente cobarde; gente cautiva [29],   [29] Miserable (arcaísmo).
atended [30]; que no por culpa mía, sino de mi ca-   [30] Esperad (arcaísmo).
ballo, estoy aquí tendido.

▼ *Ámbar* y *algalia* son ungüentos odoríferos empleados en la composición de perfumes.
La comparación con *un huso de Guadarrama* se explica por la fama de que gozaban los
husos de madera de las hayas de dicha sierra.

Un mozo de mulas de los que allí venían, que
no debía de ser muy bien intencionado, oyendo   280
decir al pobre caído tantas arrogancias, no lo pudo
sufrir sin darle la respuesta en las costillas. Y llegándose a él, tomó la lanza y, después de haberla
hecho pedazos, con uno dellos comenzó a dar a
nuestro don Quijote tantos palos, que, a despecho   285
y pesar de sus armas, le molió como cibera [31]. Dábanle voces sus amos que no le diese tanto y que
le dejase; pero estaba ya el mozo picado y no quiso dejar el juego hasta envidar todo el resto de su
cólera ▼, y acudiendo por los demás trozos de la   290
lanza, los acabó de deshacer sobre el miserable caído, que con toda aquella tempestad de palos que
sobre él vía [32], no cerraba la boca, amenazando al
cielo y a la tierra, y a los malandrines [33], que tal
le parecían.   295

Cansóse el mozo, y los mercaderes siguieron su
camino, llevando qué contar en todo él del pobre
apaleado. El cual, después que se vio solo, tornó
a probar si podía levantarse; pero si no lo pudo
hacer cuando sano y bueno, ¿cómo lo haría moli-   300
do y casi deshecho? Y aún se tenía por dichoso,
pareciéndole que aquélla era propia desgracia de
caballeros andantes, y toda la atribuía a la falta [34]
de su caballo; y no era posible levantarse, según
tenía brumado [35] todo el cuerpo.   305

[31] Residuo de frutos ex-
primidos.

[32] Veía (o, quizá, llovía).

[33] Bellacos.

[34] Error.

[35] Apaleado.

▼ Es frecuente en Cervantes el uso de voces del juego de cartas. *Envidar el resto* es apos-
tar o jugar todo a una sola carta; aquí, «vaciar toda su indignación».

Capítulo V

Donde se prosigue la narración de la desgracia de nuestro caballero

Viendo, pues, que en efecto no podía menear-
5 se, acordó de acogerse a su ordinario remedio, que
era pensar en algún paso de sus libros, y trújole
su locura a la memoria aquel de Valdovinos y del
marqués de Mantua, cuando Carloto le dejó herido en la montiña [1], historia sabida de los niños,
10 no ignorada de los mozos, celebrada y aun creída
de los viejos, y, con todo esto, no más verdadera
que los milagros de Mahoma. Ésta, pues, le pareció a él que le venía de molde para el paso en que
se hallaba; y así, con muestras de grande senti-
15 miento, se comenzó a volcar [2] por la tierra, y a decir con debilitado aliento lo mesmo que dicen decía el herido caballero del bosque:

—¿Dónde estás, señora mía,
que no te duele mi mal?
20 O no lo sabes, señora,
o eres falsa y desleal ▼.

[1] Montaña (como en algunos romances).

[2] Revolcar.

***

▼ Versos de un romance en los que se recrean asuntos caballerescos del marqués de Mantua y su sobrino Valdovinos: Carloto, hijo de Carlomagno, intenta matar a Valdovinos para casarse con la viuda, pero éste es auxiliado por su tío, el marqués de Mantua, que pide justicia al emperador y Carloto es condenado a muerte.

Y desta manera fue prosiguiendo el romance,
hasta aquellos versos que dicen:

—¡Oh noble marqués de Mantua,
mi tío y señor carnal!   25

Y quiso la suerte que, cuando llegó a este verso, acertó a pasar por allí un labrador de su mesmo lugar y vecino suyo, que venía de llevar una
carga de trigo al molino; el cual, viendo aquel
hombre allí tendido, se llegó a él y le preguntó   30
que quién era y qué mal sentía, que tan tristemen-
te se quejaba. Don Quijote creyó, sin duda, que
aquél era el marqués de Mantua, su tío, y así, no
le respondió otra cosa si no fue proseguir en su romance, donde le daba cuenta de su desgracia y de   35
los amores del hijo del Emperante [3] con su esposa, todo de la mesma manera que el romance lo
canta.

El labrador estaba admirado oyendo aquellos
disparates; y quitándole la visera, que ya estaba   40
hecha pedazos de los palos, le limpió el rostro, que
le tenía cubierto de polvo. Y apenas le hubo limpiado, cuando le conoció y le dijo:

—Señor Quijana —que así se debía de llamar
cuando él tenía juicio y no había pasado de hidal-   45
go sosegado a caballero andante ▼—, ¿quién ha
puesto a vuestra merced desta suerte?

Pero él seguía con su romance a cuanto le preguntaba. Viendo esto el buen hombre, lo mejor
que pudo le quitó el peto y espaldar [4], para ver si   50
tenía alguna herida; pero no vio sangre ni señal al-

....
[3] Emperador (Carlo-
magno).

....
[4] Ver nota 38 del capí-
tulo 2.

||||||||||||||||||||||||||||||||||||||||||||||||||||||||||||||||||||||||||||||||||||||||||||||||||||

▼ Aumenta la polionomasia añadiéndose ahora un nombre más *(Quijana)* a la diversidad ya anticipada en el capítulo 1 *(Quijada, Quesada, Quejana)*. Todo ello favorece el perspectivismo lingüístico de la obra, cuyo protagonista camina libre de todo determinismo
genealógico.

guna. Procuró levantarle del suelo, y no con poco
trabajo le subió sobre su jumento, por parecer caballería más sosegada. Recogió las armas, hasta las
55 astillas de la lanza, y liólas sobre Rocinante, al cual
tomó de la rienda, y del cabestro al asno, y se encaminó hacia su pueblo, bien pensativo de oír los
disparates que don Quijote decía; y no menos iba
don Quijote, que, de puro molido y quebrantado,
60 no se podía tener sobre el borrico, y de cuando
en cuando daba unos suspiros que los ponía en el
cielo, de modo que de nuevo obligó a que el la-
brador le preguntase [5] le dijese qué mal sentía; y   [5] Pidiese.
no parece sino que el diablo le traía a la memoria
65 los cuentos acomodados a sus sucesos; porque en
aquel punto, olvidándose de Valdovinos, se acordó del moro Abindarráez, cuando el alcaide de Antequera, Rodrigo de Narváez, le prendió y llevó
cautivo a su alcaidía [▼]. De suerte que cuando el la-
70 brador le volvió a preguntar que cómo estaba y
qué sentía, le respondió las mesmas palabras y razones que el cautivo abencerraje respondía a Rodrigo de Narváez, del mesmo modo que él había
leído la historia en La Diana, de Jorge de Monte-
75 mayor, donde se escribe; aprovechándose della
tan a propósito, que el labrador se iba dando al
diablo de oír tanta máquina de necedades; por
donde conoció que su vecino estaba loco, y dába-
le priesa a llegar al pueblo, por excusar [6] el enfa-   [6] Evitar.
80 do que don Quijote le causaba con su larga aren-
ga. Al cabo de lo cual dijo:

[▼] En este segundo desdoblamiento de personalidad don Quijote se acuerda de la historia contada en El Abencerraje y la hermosa Jarifa, novela morisca anónima. Cuando Abindarráez va a casarse en secreto con Jarifa es preso por el alcaide Rodrigo de Narváez.
Después, ante la aflicción y la fidelidad del moro, el alcaide pone en libertad a los dos
amantes.

—Sepa vuestra merced, señor don Rodrigo de Narváez, que esta hermosa Jarifa que he dicho es ahora la linda Dulcinea del Toboso, por quien yo he hecho, hago y haré los más famosos hechos de caballerías que se han visto, vean ni verán en el mundo. 85

A esto respondió el labrador:

—Mire vuestra merced, señor, pecador de mí, que yo no soy don Rodrigo de Narváez, ni el marqués de Mantua, sino Pedro Alonso, su vecino; ni vuestra merced es Valdovinos, ni Abindarráez, sino el honrado hidalgo del señor Quijana. 90

—Yo sé quién soy —respondió don Quijote—, y sé que puedo ser no sólo los que he dicho, sino todos los doce Pares de Francia, y aun todos los nueve de la Fama, pues a todas las hazañas que ellos todos juntos y cada uno por sí hicieron, se aventajarán las mías ▼. 95

En estas pláticas y en otras semejantes llegaron al lugar, a la hora que anochecía; pero el labrador aguardó a que fuese algo más noche, porque no viesen al molido hidalgo tan mal caballero [7]. Llegada, pues, la hora que le pareció, entró en el pueblo, y en la casa de don Quijote, la cual halló toda alborotada; y estaban en ella el cura y el barbero del lugar, que eran grandes amigos de don Quijote, que estaba diciéndoles su ama a voces: 100 105

—¿Qué le parece a vuestra merced, señor licenciado Pero Pérez —que así se llamaba el cura—, de la desgracia de mi señor? Tres días ha 110

[7] Juego de palabras basado en la dilogía («mal montado»; «mal caballero»).

▼ Los doce Pares de Francia eran los caballeros más preciados de la corte de Carlomagno (Roldán, Oliveros, Turpín, etc.). Los nueve de la Fama eran personajes de proverbial celebridad (David, Alejandro, Julio César, Carlomagno, etc.). En estas afirmaciones don Quijote mantiene el juego de su ficción y «continúa la representación» de su papel, aunque el oponente no lo acepte (Torrente Ballester).

que no parecen él, ni el rocín, ni la adarga, ni la
lanza, ni las armas. ¡Desventurada de mí!, que me
doy a entender, y así es ello la verdad como nací

115 para morir, que estos malditos libros de caballerías que él tiene y suele leer tan de ordinario le
han vuelto [8] el juicio; que ahora me acuerdo haberle oído decir muchas veces, hablando entre sí,
que quería hacerse caballero andante, e irse a bus-

120 car las aventuras por esos mundos. Encomenda-
dos sean a Satanás y a Barrabás [9] tales libros, que
así han echado a perder el más delicado entendimiento que había en toda La Mancha.

La sobrina decía lo mesmo, y aún decía más:

125 —Sepa, señor maese [10] Nicolás —que éste era
el nombre del barbero—, que muchas veces le
aconteció a mi señor tío estarse leyendo en estos
desalmados libros de desventuras dos días con sus
noches, al cabo de los cuales arrojaba el libro de

130 las manos, y ponía mano a la espada, y andaba a
cuchilladas con las paredes, y cuando estaba muy
cansado decía que había muerto a cuatro gigantes
como cuatro torres, y el sudor que sudaba del cansancio decía que era sangre de las feridas que ha-

135 bía recebido en la batalla, y bebíase luego un gran
jarro de agua fría, y quedaba sano y sosegado, diciendo que aquella agua era una preciosísima bebida que le había traído el sabio Esquife ▼, un grande encantador [11] y amigo suyo. Mas yo me tengo

140 la culpa de todo, que no avisé a vuestras mercedes de los disparates de mi señor tío, para que lo
remediaran antes de llegar a lo que ha llegado, y
quemaran todos estos descomulgados libros; que

[8] Trastornado.

[9] Dos diablos mayores del infierno (superstición popular).

[10] Maestro.

[11] Mago.

▼ *Esquife* —que significa «bote»— es deformación humorística de Alquife, hechicero, marido de Urganda la desconocida y supuesto autor de *Amadís de Grecia*.

tiene muchos, que bien merecen ser abrasados, como si fuesen de herejes. 145

—Esto digo yo también —dijo el cura—, y a fee [12] que no se pase el día de mañana sin que dellos no [13] se haga acto público, y sean condenados al fuego, porque no den ocasión a quien los leyere de hacer lo que mi buen amigo debe de haber 150 hecho.

Todo esto estaban oyendo el labrador y don Quijote, con que acabó de entender el labrador la enfermedad de su vecino, y así, comenzó a decir a voces: 155

—Abran vuestras mercedes al señor Valdovinos y al señor marqués de Mantua, que viene malferido ▼, y al señor moro Abindarráez, que trae cautivo el valeroso Rodrigo de Narváez, alcaide de Antequera. 160

A estas voces salieron todos, y como conocieron los unos a su amigo, las otras a su amo y tío, que aún no se había apeado del jumento, porque no podía, corrieron a abrazarle. Él dijo:

—Ténganse todos, que vengo malferido por la 165 culpa de mi caballo. Llévenme a mi lecho y llámese, si fuera posible, a la sabia Urganda, que cure y cate [14] de mis feridas.

—¡Mirá [15], en hora maza [16] —dijo a este punto el ama—, si me decía a mí bien mi corazón del 170 pie que cojeaba mi señor! Suba vuestra merced en buen hora, que sin que venga esa hurgada ▼▼ le sabremos aquí curar. ¡Malditos, digo, sean otra vez

[12] Fe.

[13] No redundante.

[14] Examine.

[15] Mirad (vulgarismo).

[16] En hora mala (eufemismo popular).

▼ También es frecuente que otros personajes empleen algún arcaísmo como remedo del lenguaje arcaico de don Quijote. A este remedo en son de burla responde el vocablo *malferido,* empleado aquí por Pedro Alonso, y la palabra *feridas,* utilizada antes por la sobrina.

▼▼ «Hurgada» es deformación humorística del nombre de Urganda, la maga amiga de Amadís.

y otras ciento estos libros de caballerías, que tal
175   han parado [17] a vuestra merced!

    Lleváronle luego a la cama, y, catándole las fe-
ridas, no le hallaron ninguna ▼; y él dijo que todo
era molimiento, por haber dado una gran caída
con Rocinante, su caballo, combatiéndose con diez
180   jayanes [18], los más desaforados y atrevidos que se
pudieran fallar [19] en gran parte de la tierra.

    —¡Ta, ta! —dijo el cura—. ¿Jayanes hay en
la danza? Para mi santiguada [20] que yo los queme
mañana antes que llegue la noche.

185   Hiciéronle a don Quijote mil preguntas, y a ninguna quiso responder otra cosa sino que le diesen
de comer y le dejasen dormir, que era lo que más
le importaba. Hízose así, y el cura se informó muy
a la larga del labrador del modo que había halla-
190   do a don Quijote. Él se lo contó todo, con los disparates que al hallarle y al traerle había dicho, que
fue poner más deseo en el licenciado de hacer lo
que otro día [21] hizo, que fue llamar a su amigo el
barbero maese Nicolás, con el cual se vino a casa
195   de don Quijote ▼▼.

[17] Han puesto.

[18] Gigantes.

[19] Hallar (arcaísmo).

[20] Por mi frente santi-
guada; por mi fe (fór-
mula de juramento).

[21] Al día siguiente.

▼ Ahora es el narrador quien remeda el lenguaje arcaizante de don Quijote *(feridas)*.
▼▼ Con el regreso de don Quijote a casa culmina la influencia del anónimo *Entremés de
los romances* (siglo XVI), en el cual el labrador Bartolo, queriendo imitar a los héroes del
Romancero, sale a buscar aventuras y acaba apaleado.

CAPÍTULO VI

Del donoso [1] y grande escrutinio que el cura y el barbero hicieron en la librería de nuestro ingenioso hidalgo

El cual ▼ aún todavía dormía. Pidió las llaves, a la sobrina, del aposento donde estaban los libros, autores del daño, y ella se las dio de muy buena gana. Entraron dentro todos, y la [2] ama con ellos, y hallaron más de cien cuerpos [3] de libros grandes, muy bien encuadernados, y otros pequeños; y así como el ama los vio, volvióse a salir del aposento con gran priesa, y tornó luego con una escudilla de agua bendita y un hisopo, y dijo:

—Tome vuestra merced, señor licenciado; rocíe este aposento, no esté aquí algún encantador de los muchos que tienen estos libros, y nos encanten, en pena de las [4] que les queremos dar echándolos del mundo.

Causó risa al licenciado la simplicidad del ama, y mandó al barbero que le fuese dando de aquellos libros uno a uno, para ver de qué trataban, pues podía ser hallar algunos que no mereciesen castigo de fuego.

[1] Gracioso.

[2] El (no se había generalizado aún el uso de *el* ante nombre femenino encabezado por *á-*).

[3] Volúmenes.

[4] Las penas (zeugma).

5

10

15

20

▼ El antecedente es la última palabra del capítulo anterior *(don Quijote)* o del epígrafe *(nuestro ingenioso hidalgo)*. En la oración siguiente, el sujeto de *pidió,* omitido, es *el licenciado* (el cura), que también se encuentra al final del capítulo anterior. (Véase la primera nota al pie de la pág. 86.)

—No —dijo la sobrina—; no hay para qué
25 perdonar a ninguno, porque todos han sido los dañadores; mejor será arrojarlos por las ventanas al
patio, y hacer un rimero⁵ dellos, y pegarles fuego; y si no, llevarlos al corral, y allí se hará la hoguera, y no ofenderá⁶ el humo.

30 Lo mismo dijo el ama: tal era la gana que las
dos tenían de la muerte de aquellos inocentes; mas
el cura no vino en ello sin primero leer siquiera
los títulos. Y el primero que maese Nicolás le dio
en las manos fue *Los cuatro de Amadís de Gaula,* y
35 dijo el cura:

—Parece cosa de misterio ésta; porque, según
he oído decir, este libro fue el primero de caballerías que se imprimió en España ▼, y todos los demás han tomado principio y origen deste; y así,
40 me parece que, como a dogmatizador de una secta tan mala, le debemos, sin excusa alguna, condenar al fuego.

—No, señor —dijo el barbero—; que también
he oído decir que es el mejor de todos los libros
45 que de este género se han compuesto; y así, como
a único en su arte, se debe perdonar.

—Así es verdad —dijo el cura—, y por esa razón se le otorga la vida por ahora. Veamos esotro
que está junto a él.

50 —Es —dijo el barbero— las *Sergas*⁷ *de Esplandián,* hijo legítimo de Amadís de Gaula.

—Pues, en verdad —dijo el cura— que no le
ha de valer al hijo la bondad del padre. Tomad,
señora ama; abrid esa ventana y echadle al corral,

⁵ Montón.

⁶ Molestará.

⁷ Sargas, tapices o telas
pintadas con la historia
de un personaje.

▼ *Amadís de Gaula,* cuya versión primitiva se remonta al siglo XIV, se conoce por la re-
fundición de Garci Rodríguez de Montalvo, publicada en 1508. Por tanto, siendo el primer libro de caballerías impreso en lengua castellana, no fue el primero impreso en España, pues *Tirante el Blanco,* traducido al castellano en 1511, se publicó en catalán en
1490.

y dé principio al montón de la hoguera que se ha   55
de hacer.

Hízolo así el ama con mucho contento, y el bueno de Esplandián fue volando al corral, esperando con toda paciencia el fuego que le amenazaba.

—Adelante —dijo el cura.   60

—Este que viene —dijo el barbero— es *Amadís de Grecia;* y aun todos los deste lado, a lo que
creo, son del mesmo linaje de Amadís ▼.

—Pues vayan todos al corral —dijo el cura—;
que a trueco de quemar a la reina Pintiquiniestra [8],   65
y al pastor Darinel, y a sus églogas, y a las endia-
bladas y revueltas razones de su autor, quemaré
con ellos al padre que me engendró, si anduviera
en figura de caballero andante.

—De ese parecer soy yo —dijo el barbero.   70

—Y aun yo —añadió la sobrina.

—Pues así es —dijo el ama—, vengan, y al
corral con ellos.

Diéronselos, que eran muchos, y ella ahorró la
escalera y dio con ellos por la ventana abajo.   75

—¿Quién es ese tonel[9]? —dijo el cura.

—Éste es —respondió el barbero— *Don Olivante de Laura.*

—El autor de ese libro —dijo el cura— fue el
mesmo que compuso a *Jardín de flores* ▼▼; y en ver-   80
dad que no sepa determinar cuál de los dos libros
es más verdadero, o, por decir mejor, menos men-

[8] Pintiquinestra, personaje de *Amadís de Gre-
cia;* también Darinel.

[9] Barril (edición muy
voluminosa).

▼ *Las sergas de Esplandián* (1510), hijo de Amadís, también es de Rodríguez de Montalvo. *Amadís de Grecia* (1530), nieto de Amadís, es de Feliciano de Silva. Como vemos, es éste un capítulo de crítica literaria en el cual pueden apreciarse varios niveles críticos (el cura / el barbero / ama y sobrina) así como los gustos y amistades de Cervantes. Nó-tese el ambiente inquisitorial *(castigo de fuego; quemaré con ellos al padre...)* diluido entre la ironía.
▼▼ *Don Olivante de Laura* (1564), de Antonio de Torquemada, autor también de *Jardín de flores curiosas* (1570), famoso por sus disparates.

tiroso; sólo sé decir que éste irá al corral, por disparatado y arrogante.

85   —Este que se sigue es *Florimorte de Hircania*
—dijo el barbero.

—¿Ahí está el señor Florimorte? —replicó el
cura—. Pues a fe que ha de parar presto en el
corral, a pesar de su extraño nacimiento y sona-
90   das aventuras ▼; que no da lugar a otra cosa la dureza y sequedad de su estilo. Al corral con él, y
con esotro, señora ama.

—Que me place, señor mío —respondía ella;
y con mucha alegría ejecutaba lo que le era
95   mandado.

—Éste es *El Caballero Platir* [10] —dijo el barbero.   [10] Obra anónima (1533).

—Antiguo libro es ése —dijo el cura—, y no
hallo en él cosa que merezca venia [11]. Acompañe   [11] Perdón.
a los demás sin réplica.

100   Y así fue hecho. Abrióse otro libro y vieron que
tenía por título *El Caballero de la Cruz* ▼▼.

—Por nombre tan santo como este libro tiene
se podía perdonar su ignorancia; mas también se
suele decir: «tras la cruz está el diablo». Vaya al
105   fuego.

Tomando el barbero otro libro, dijo:

—Éste es *Espejo de caballerías*.

—Ya conozco a su merced —dijo el cura—.
Ahí anda el señor Reinaldos de Montalbán con sus
110   amigos y compañeros, más ladrones que Caco, y
los doce Pares, con el verdadero historiador Turpín; y en verdad que estoy por condenarlos no

---

▼ *Felixmarte de Hircania* (1556), de Melchor de Ortega. Su protagonista nació en el monte, ayudado por una mujer salvaje; entre sus *sonadas aventuras* se cuenta haber puesto
en fuga a un ejército de un millón seiscientos mil combatientes.

▼▼ Novela de caballerías cuya primera parte (1521) pertenece a Alonso de Salazar, y la
segunda (1563) a Pedro de Luján.

[12] Tan sólo.

[13] Era señal de respeto.

[14] Obra en octavas reales, de Agustín Alonso (1585).

[15] Obra de F. Garrido Villena (1555).

más que a destierro perpetuo, siquiera [12] porque tienen parte de la invención del famoso Mateo Boyardo, de donde también tejió su tela el cristiano poeta Ludovico Ariosto, al cual, si aquí le hallo, y que habla en otra lengua que la suya, no le guardaré respeto alguno; pero si habla en su idioma, le pondré sobre mi cabeza [13].

—Pues yo le tengo en italiano —dijo el barbero—; mas no le entiendo.

—Ni aun fuera bien que vos le entendiérades —respondió el cura—; y aquí le perdonáramos al señor capitán que no le hubiera traído a España y hecho castellano ▼; que le quitó mucho de su natural valor, y lo mesmo harán todos aquellos que los libros de verso quisieren volver en otra lengua: que, por mucho cuidado que pongan y habilidad que muestren, jamás llegarán al punto que ellos tienen en su primer nacimiento. Digo, en efecto, que este libro, y todos los que se hallaren que tratan destas cosas de Francia, se echen y depositen en un pozo seco, hasta que con más acuerdo se vea lo que se ha de hacer dellos, exceptuando a un *Bernardo del Carpio* [14] que anda por ahí, y a otro llamado *Roncesvalles* [15], que éstos, en llegando a mis manos, han de estar en las del ama, y dellas en las del fuego, sin remisión alguna ▼▼.

▼ *Espejo de caballerías* (1586), traducido por Pedro de Reynosa del *Orlando enamorado* (1486), poema caballeresco del italiano Mateo Boiardo (siglo XV). Reinaldos de Montalbán es personaje de los poemas caballerescos de Boiardo y de Ludovico Ariosto (1474-1533), autor del *Orlando furioso* (1532). La referencia al *verdadero historiador Turpín* es irónica, pues Turpín era ejemplo de historiador mentiroso. Finalmente, con la cita del *señor capitán...* acaba la alusión despectiva a las malas traducciones españolas del *Orlando furioso,* una de las cuales se debía al capitán Jerónimo de Urrea (Riquer).

▼▼ A Bernardo del Carpio se le atribuye la victoria de Roncesvalles, donde fue derrotado el ejército de Carlomagno y muertos los doce Pares de Francia.

Todo lo confirmó el barbero, y lo tuvo por bien
140   y por cosa muy acertada, por entender que era el
cura tan buen cristiano y tan amigo de la verdad,
que no diría otra cosa por todas las del mundo. Y
abriendo otro libro, vio que era *Palmerín de Oli-*
va [16], y junto a él estaba otro que se llamaba *Pal-*
145   *merín de Ingalaterra* [17], lo cual visto por el licenciado, dijo:

—Esa oliva se haga luego rajas y se queme, que
aun no queden della las cenizas, y esa palma de Ingalaterra se guarde y se conserve como a cosa úni-
150   ca, y se haga para ello otra caja como la que halló
Alejandro en los despojos de Darío, que la diputó
para guardar en ella las obras del poeta Homero.
Este libro, señor compadre, tiene autoridad por
dos cosas: la una, porque él por sí es muy bueno,
155   y la otra, porque es fama que le compuso un discreto rey de Portugal. Todas las aventuras del castillo de Miraguarda son bonísimas y de grande artificio; las razones, cortesanas y claras, que guardan y miran el decoro del que habla con mucha
160   propriedad y entendimiento ▼. Digo, pues, salvo
vuestro buen parecer, señor maese Nicolás, que
éste y *Amadís de Gaula* queden libres del fuego, y
todos los demás, sin hacer más cala y cata [18],
perezcan.
165   —No, señor compadre —replicó el barbero—; que este que aquí tengo es el afamado *Don*
Belianís.

—Pues ése —replicó el cura—, con la segunda, tercera y cuarta parte, tienen necesidad de un
170   poco de ruibarbo [19] para purgar la demasiada có-

[16] Novela de caballerías (1511), anónima.

[17] *Inglaterra* (epéntesis); novela del portugués F. Moraes Cabral (tradu-cida en 1547).

[18] Más averiguaciones.

[19] Raíz de planta usada como purgante.

▼ Cuenta Plutarco que cuando Alejandro Magno venció a Darío III halló una lujosa caja que destinó para guardar las obras de Homero. El *rey de Portugal* aludido después puede ser don Juan II (siglo XV) o su hijo, don Juan III. Miraguarda, infanta del *Palmerín de Inglaterra,* estuvo recluida en un castillo cerca del Tajo.

lera suya, y es menester quitarles todo aquello del
castillo de la Fama ▼ y otras impertinencias de más
importancia, para lo cual se les da término ultra-

....
[20] Plazo más largo.

marino [20], y como se enmendaren, así se usará con
ellos de misericordia o de justicia; y en tanto, te- 175
nedlos vos, compadre, en vuestra casa; mas no los
dejéis leer a ninguno.

—Que me place —respondió el barbero.

Y sin querer cansarse más en leer libros de caballerías, mandó al ama que tomase todos los 180
grandes y diese con ellos en el corral. No se dijo
a tonta ni a sorda, sino a quien tenía más gana de

....
[21] Tejer una tela (expresión proverbial).

quemallos que de echar una tela [21], por grande y
delgada que fuera; y asiendo casi ocho de una vez,
los arrojó por la ventana. Por tomar muchos jun- 185
tos, se le cayó uno a los pies del barbero, que le
tomó gana de ver de quién era, y vio que decía:
Historia del famoso caballero Tirante el Blanco.

—¡Válame Dios! —dijo el cura, dando una
gran voz—. ¡Que aquí esté Tirante el Blanco! Dád- 190
mele acá, compadre; que hago cuenta que he hallado en él un tesoro de contento y una mina de
pasatiempos. Aquí está don Quirieleisón de Montalbán, valeroso caballero, y su hermano Tomás
de Montalbán, y el caballero Fonseca, con la ba- 195
talla que el valiente de Tirante hizo con el alano,
y las agudezas de la doncella Placerdemivida, con
los amores y embustes de la viuda Reposada, y la
señora Emperatriz, enamorada de Hipólito, su escudero. Dígoos verdad, señor compadre, que, por 200
su estilo, es éste el mejor libro del mundo: aquí comen los caballeros, y duermen y mueren en sus ca-

||||||||||||||||||||||||||||||||||||||||||||||||||||||||||||||||||||||||||||||||||||||||||||||||||||||||||||||||||

▼ En la serie sobre don Belianís (1547-1579), de J. Fernández, aparece un castillo muy
grande (cabían dos mil caballeros) y muy lujoso (se movía en ruedas de plata, tirado
por elefantes).

mas, y hacen testamento antes de su muerte, con
estas cosas de que todos los demás libros deste gé-
205 nero carecen. Con todo eso, os digo que merecía
el que le compuso, pues no hizo tantas necedades
de industria [22], que le echaran a galeras por todos   [22] A sabiendas.
los días de su vida ▼. Llevadle a casa y leedle, y ve-
réis que es verdad cuanto dél os he dicho.

210   —Así será —respondió el barbero—; pero
¿qué haremos destos pequeños libros que quedan?

       —Éstos —dijo el cura— no deben de ser de
caballerías, sino de poesía.

       Y abriendo uno, vio que era *La Diana,* de Jorge
215 de Montemayor, y dijo, creyendo que todos los
demás eran del mesmo género:

       —Éstos no merecen ser quemados, como los
demás, porque no hacen ni harán el daño que los
de caballerías han hecho; que son libros de enten-
220 dimiento, sin perjuicio de tercero.

       —¡Ay señor! —dijo la sobrina—. Bien los pue-
de vuestra merced mandar quemar, como a los demás; porque no sería mucho que, habiendo sana-
do mi señor tío de la enfermedad caballeresca, le-
225 yendo éstos se le antojase de hacerse pastor y andarse por los bosques y prados cantando y tañen-
do, y, lo que sería peor, hacerse poeta, que, según
dicen, es enfermedad incurable y pegadiza.

       —Verdad dice esta doncella —dijo el cura—,
230 y será bien quitarle a nuestro amigo este tropiezo
y ocasión delante. Y, pues comenzamos por *La*

▼ Salvo lo expresado en la última oración, la crítica que se hace de *Tirante el Blanco,*
libro de caballerías catalán, es clara y acertada. Sin embargo, la última oración se con-
tradice con los elogios dedicados al libro. Martín de Riquer explica así este oscurísimo
pasaje: «El *Tirante* es un libro divertido y distinto de los otros libros de caballerías, pero
a pesar de ello Diego de Gumiel, ya que no *compuso* (o sea, imprimió) tantas necedades
(o sea, episodios divertidos) a sabiendas, merecía que se pasara todos los días de su vida·
imprimiendo».

Diana, de Montemayor, soy de parecer que no se queme, sino que se le quite todo aquello que trata de la sabia Felicia [23] y de la agua encantada, y casi todos los versos mayores, y quédesele en hora buena la prosa, y la honra de ser primero en semejantes libros.

—Este que se sigue —dijo el barbero— es *La Diana* llamada *segunda del Salmantino;* y éste, otro que tiene el mesmo nombre, cuyo autor es Gil Polo ▾.

—Pues la del Salmantino —respondió el cura— acompañe y acreciente el número de los condenados al corral, y la de Gil Polo se guarde como si fuera del mesmo Apolo [24] y pase adelante, señor compadre, y démonos prisa; que se va haciendo tarde.

—Este libro es —dijo el barbero abriendo otro— *Los diez libros de Fortuna de amor,* compuestos por Antonio de Lofraso, poeta sardo.

—Por las órdenes que recebí —dijo el cura—, que desde que Apolo fue Apolo, y las musas musas, y los poetas poetas, tan gracioso ni tan disparatado libro como ése no se ha compuesto, y que, por su camino, es el mejor y el más único [25] de cuantos deste género han salido a la luz del mundo; y el que no le ha leído puede hacer cuenta que no ha leído jamás cosa de gusto. Dádmele acá, compadre; que precio más haberle hallado que si

235

240

245

250

255

[23] Maga a cuyo palacio acuden enamorados y desamorados.

[24] Dios de la música y la poesía.

[25] Singular.

▾ El escrutinio pasa ahora al examen de la novela pastoril y se mantiene la misma variedad de niveles críticos ya señalados. Se salvan ahora *La Diana,* de Jorge de Montemayor, y la *Diana enamorada,* de Gaspar Gil Polo, condenándose la continuación que de la obra de Montemayor publicó el salmantino Alonso Pérez. Obsérvese también que en la intención condenatoria de la sobrina se anticipa el propósito de don Quijote, cuando, vencido y derrotado, llegue a pensar en dedicarse a la vida pastoril.

260   me dieran una sotana de raja de Florencia [26] ▼.

       Púsole aparte con grandísimo gusto y el barbe-
       ro prosiguió diciendo:

       —Estos que se siguen son *El pastor de Iberia* [27],
       Ninfas de Henares [28] y *Desengaños de celos* [29].

265   —Pues no hay más que hacer —dijo el cu-
       ra—, sino entregarlos al brazo seglar del ama; y no
       se me pregunte el porqué, que sería nunca acabar.

       —Este que viene es *El Pastor de Fílida* [30].

       —No es ése pastor —dijo el cura—, sino muy
270   discreto cortesano; guárdese como joya preciosa.

       —Este grande que aquí viene se intitula —dijo
       el barbero— *Tesoro de varias poesías* [31].

       —Como ellas no fueran tantas —dijo el
       cura—, fueran más estimadas; menester es que
275   este libro se escarde y limpie de algunas bajezas
       que entre sus grandezas tiene. Guárdese, porque
       su autor es amigo mío, y por respeto de otras más
       heroicas y levantadas obras que ha escrito.

       —Éste es —siguió el barbero— *El Cancionero,*
280   de López Maldonado [32].

       —También el autor de ese libro —replicó el
       cura— es grande amigo mío, y sus versos en su
       boca admiran a quien los oye; y tal es la suavidad
       de la voz con que los canta, que encanta. Algo lar-
285   go es en las églogas, pero nunca lo bueno fue mu-
       cho: guárdese con los escogidos. Pero ¿qué libro
       es ese que está junto a él?

       —*La Galatea,* de Miguel de Cervantes —dijo el
       barbero.

290   —Muchos años ha que es grande amigo mío
       ese Cervantes, y sé que es más versado en desdi-

[26] Paño lujoso y caro.

[27] De Bernardo de la Vega (1591).

[28] De B. González de Bobadilla (1587).

[29] De B. López de Enciso (1586).

[30] De L. Gálvez de Montalvo (1582).

[31] De Pedro de Padilla (1580).

[32] Poeta amigo de Cervantes (1586).

▼ El elogio de este libro (1573) es irónico, pues Cervantes se burló de él y de su autor en el *Viaje del Parnaso*. Pocas líneas después, en la expresión *entregarlos al brazo seglar del ama*, hallamos una nota claramente sugeridora del trasfondo inquisitorial de este escrutinio.

chas que en versos. Su libro tiene algo de buena invención; propone algo y no concluye nada: es menester esperar la segunda parte que promete; quizá con la enmienda alcanzará del todo la mise- 295 ricordia que ahora se le niega; y entre tanto que esto se ve, tenedle recluso en vuestra posada [33], señor compadre ▼.

³³ Casa.

—Que me place —respondió el barbero—. Y aquí vienen tres, todos juntos: *La Araucana,* de don 300 Alonso de Ercilla; *La Austríada,* de Juan Rufo, jurado de Córdoba, y *El Monserrato,* de Cristóbal de Virués, poeta valenciano.

—Todos esos tres libros —dijo el cura— son los mejores que, en verso heroico, en lengua cas- 305 tellana están escritos, y pueden competir con los más famosos de Italia: guárdense como las más ricas prendas de poesía que tiene España.

Cansóse el cura de ver más libros, y así, a carga

³⁴ A bulto.

cerrada [34], quiso que todos los demás se quema- 310 sen; pero ya tenía abierto uno el barbero, que se llamaba *Las lágrimas de Angélica.*

—Lloráralas yo —dijo el cura en oyendo el nombre— si tal libro hubiera mandado quemar; porque su autor fue uno de los famosos poetas del 315 mundo, no sólo de España, y fue felicísimo en la traducción de algunas fábulas de Ovidio ▼▼.

‖‖

▼ Con la autocrítica de *La Galatea* (1585), cuya segunda parte Cervantes prometió siempre, termina el repaso de las novelas pastoriles. Los libros citados a continuación pertenecen al género de la épica culta renacentista *(Las lágrimas de Angélica,* 1586, de Luis Barahona de Soto).

▼▼ De este repaso de la biblioteca de don Quijote, Avalle-Arce ha destacado algunas notas de interés: 1. Más de cien libros hacían una considerable biblioteca. 2. Se aprecian ausencias de géneros de amplia difusión en la época (ascética, mística, filosofía; de romances, que, sin embargo, don Quijote conoce por la tradición oral). 3. La diferencia de años entre las fechas de sus últimos libros y la época en que decidió hacerse caballero andante podría indicar que don Quijote no progresó desde su juventud: a sus años «se comporta como un muchacho encarnado en el cuerpo de un viejo».

Capítulo VII

De la segunda salida de nuestro buen caballero ▼ don Quijote de la Mancha

Estando en esto, comenzó a dar voces don Qui-
5 jote, diciendo:
—Aquí, aquí, valerosos caballeros; aquí es menester mostrar la fuerza de vuestros valerosos brazos; que los cortesanos llevan lo mejor del torneo.

Por acudir a este ruido y estruendo, no se pasó
10 adelante con el escrutinio de los demás libros que
quedaban; y así, se cree que fueron al fuego, sin
ser vistos ni oídos, *La Carolea* [1] y *León de España* [2],
con *Los hechos del Emperador,* compuestos por don
Luis de Ávila ▼▼, que, sin duda, debían de estar en-
15 tre los que quedaban, y quizá, si el cura los viera,
no pasaran por tan rigurosa sentencia.

Cuando llegaron a don Quijote, ya él estaba levantado de la cama, y proseguía en sus voces y en
sus desatinos, dando cuchilladas y reveses a todas
20 partes, estando tan despierto como si nunca hubiera dormido. Abrazáronse con él y por fuerza le

[1] De Jerónimo Sempe-
re (1560).

[2] De P. de la Vecilla
Castellanos (1586).

▼ Don Quijote es llamado «caballero» en este epígrafe porque ya en el capítulo 3 ha
sido armado caballero, aunque por escarnio.

▼▼ La obra de Luis de Ávila se titula *Comentario de la guerra de Alemania* (1548) y es una
obra histórica seria, en prosa. Como las citadas antes son obras en verso, disparatadas
y por ello condenadas, se piensa que Cervantes, por cruce mental, pensaba quizás en
el *Carlo famoso* (1566), largo poema de Luis Zapata.

volvieron al lecho; y depués que hubo sosegado
un poco, volviéndose a hablar con el cura, le dijo:

—Por cierto, señor arzobispo Turpín, que es
gran mengua [3] de los que nos llamamos doce Pa-   25
res dejar tan sin más ni más llevar la victoria deste torneo a los caballeros cortesanos [4], habiendo
nosotros los aventureros ganado el prez [5] en los
tres días antecedentes.

—Calle vuestra mereced, señor compadre   30
—dijo el cura—; que Dios será servido que la
suerte se mude y que lo que hoy se pierde se gane
mañana y atienda vuestra merced a su salud por
agora; que me parece que debe de estar demasiadamente cansado, si ya no es que está malferido.   35

—Ferido no —dijo don Quijote—; pero molido y quebrantado, no hay duda en ello; porque
aquel bastardo de don Roldán me ha molido a palos con el tronco de una encina, y todo de envidia, porque ve que yo solo soy el opuesto de sus   40
valentías. Mas no me llamaría yo Reinaldos de
Montalbán si, en levantándome deste lecho, no
me lo pagare, a pesar de todos sus encantamentos [6]: y, por agora, tráiganme de yantar, que sé
que es lo que más me hará al caso, y quédese lo   45
del vengarme a mi cargo ▼.

Hiciéronlo ansí: diéronle de comer, y quedóse
otra vez dormido, y ellos, admirados de su locura.

Aquella noche quemó y abrasó el ama cuantos
libros había en el corral y en toda la casa, y tales   50
debieron de arder que merecían guardarse en per-
petuos archivos; mas no lo permitió su suerte y la

[3] Descrédito.

[4] De la corte.

[5] Premio.

[6] Encantamientos, hechizos.

▼ En los poemas caballerescos (por ejemplo, en el *Orlando enamorado,* de M. Boiardo)
y en algunos romances viejos Reinaldos de Montalbán y Roldán (u Orlando) eran riva-
les por el amor de Angélica.

pereza del escrutiñador [7], y así, se cumplió el refrán en ellos de que pagan a las veces justos por pecadores.

Uno de los remedios que el cura y el barbero dieron, por entonces, para el mal de su amigo fue que le murasen [8] y tapiasen el aposento de los libros, porque cuando se levantase no los hallase —quizá quitando la causa, cesaría el efecto—, y que dijesen que un encantador se los había llevado, y el aposento y todo [9]; y así fue hecho con mucha presteza. De allí a dos días se levantó don Quijote, y lo primero que hizo fue ir a ver sus libros; y como no hallaba el aposento donde le había dejado, andaba de una en otra parte buscándole. Llegaba adonde solía tener la puerta, y tentábala con las manos, y volvía y revolvía los ojos por todo, sin decir palabra; pero al cabo de una buena pieza, preguntó a su ama que hacia qué parte estaba el aposento de sus libros. El ama, que ya estaba bien advertida de lo que había de responder, le dijo:

—¿Qué aposento, o qué nada, busca vuestra merced? Ya no hay aposento ni libros en esta casa, porque todo se lo llevó el mesmo diablo.

—No era diablo —replicó la sobrina—, sino un encantador que vino sobre una nube una noche, después del día que vuestra merced de aquí se partió, y apeándose de una sierpe [10] en que venía caballero, entró en el aposento, y no sé lo que se hizo dentro, que a cabo de poca pieza [11] salió volando por el tejado, y dejó la casa llena de humo; y cuando acordamos a mirar lo que dejaba hecho, no vimos libro ni aposento alguno; sólo se nos acuerda muy bien a mí y al ama que, al tiempo del partirse aquel mal viejo, dijo en altas voces que por enemistad secreta que tenía al dueño de aquellos libros y aposento, dejaba hecho el daño en

[7] Examinador, censor.
[8] Guarnecer con muro.
[9] También.
[10] Serpiente de gran tamaño.
[11] Poco rato.

aquella casa que después se vería. Dijo también   90
que se llamaba el sabio Muñatón.

—Frestón diría —dijo don Quijote.

—No sé —respondió el ama— si se llamaba
Frestón o Fritón; sólo sé que acabó en *tón* su
nombre ▼.   95

—Así es —dijo don Quijote—; que ése es un
sabio encantador, grande enemigo mío, que me
tiene ojeriza, porque sabe por sus artes y letras
que tengo de venir, andando los tiempos, a pelear
en singular batalla con un caballero a quien él fa-   100
vorece, y le tengo de vencer, sin que él lo pueda
estorbar, y por esto procura hacerme todos los sinsabores que puede; y mándole [12] yo que mal podrá él contradecir ni evitar lo que por el cielo está
ordenado.   105

—¿Quién duda de eso? —dijo la sobrina—.
Pero ¿quién le mete a vuestra merced, señor tío,
en esas pendencias? ¿No será mejor estarse pacífico en su casa y no irse por el mundo a buscar
pan de trastrigo [13], sin considerar que muchos van   110
por lana y vuelven tresquilados [14]?

—¡Oh sobrina mía —respondió don Quijote—, y cuán mal que estás en la cuenta! Primero
que a mí me tresquilen tendré peladas y quitadas
las barbas a cuantos imaginaren tocarme en la   115
punta de un solo cabello.

No quisieron las dos replicarle más, porque vieron que se le encendía la cólera.

Es, pues, el caso que él estuvo quince días en
casa muy sosegado, sin dar muestras de querer se-   120

[12] Le aseguro.

[13] Algo imposible (expresión proverbial).

[14] Trasquilados (con el pelo cortado sin orden). Refrán.

▼ Frestón es el sabio encantador y supuesto autor de *Don Belianís de Grecia*. Con la ficción del *sabio Muñatón* en boca de la sobrina, los demás personajes empiezan a entrar en el juego de don Quijote, quien, a su vez, encuentra empleado aquí el recurso de los encantadores, que él manejará «como una maza apabullante» para explicar las metamorfosis de la realidad (Torrente Ballester).

gundar sus primeros devaneos; en los cuales días
pasó graciosísimos cuentos [15] con sus dos compa-
dres el cura y el barbero, sobre que él decía que
la cosa de que más necesidad tenía el mundo era
125 de caballeros andantes y de que en él se resucita-
se la caballería andantesca. El cura algunas veces
le contradecía, y otras concedía, porque si no
guardaba este artificio no había poder averiguar-
se [16] con él.

130   En este tiempo solicitó don Quijote a un labrador vecino suyo, hombre de bien —si es que este
título se puede dar al que es pobre—, pero de
muy poca sal en la mollera [17]. En resolución, tanto le dijo, tanto le persuadió y prometió, que el po-
135 bre villano se determinó de salirse con él y servirle de escudero. Decíale, entre otras cosas, don Quijote que se dispusiese a ir con él de buena gana,
porque tal vez [18] le podía suceder aventura que ganase, en quítame allá esas pajas, alguna ínsula [19],
140 y le dejase a él por gobernador della. Con estas
promesas y otras tales, Sancho Panza, que así se
llamaba el labrador, dejó a su mujer y hijos y asentó por escudero de su vecino ▼.

Dio luego don Quijote orden en buscar dineros,
145 y, vendiendo una cosa, y empeñando otra, y mal-
baratándolas todas, llegó [20] una razonable cantidad. Acomodóse asimesmo de una rodela [21], que
pidió prestada a un su amigo, y, pertrechando su
rota celada lo mejor que pudo, avisó a su escude-
150 ro Sancho del día y de la hora que pensaba ponerse en camino, para que él se acomodase de lo
que viese que más le era menester. Sobre todo le
encargó que llevase alforjas; e [22] dijo que sí lleva-

[15] Tuvo graciosísimos coloquios.

[16] Entenderse.

[17] De muy poca inte-
ligencia.

[18] Alguna vez.

[19] Isla (arcaísmo).

[20] Reunió.

[21] Escudo pequeño.

[22] Y (o, quizá, él).

▼ Con la invención de Sancho Panza comienza el diálogo entre caballero y escudero,
uno de los más importantes hallazgos técnico-estilísticos del *Quijote*.

....
[23] Ducho (rusticismo).

....
[24] Propósito.

....
[25] Ruta.

....
[26] Oblicuamente.

ría, y que ansimesmo pensaba llevar un asno que tenía muy bueno, porque él no estaba duecho [23] a andar mucho a pie. En lo del asno reparó un poco don Quijote, imaginando si se le acordaba si algún caballero andante había traído escudero caballero asnalmente; pero nunca le vino alguno a la memoria; mas con todo esto determinó que le llevase, con presupuesto [24] de acomodarle de más honrada caballería en habiendo ocasión para ello, quitándole el caballo al primer descortés caballero que topase. Proveyóse de camisas y de las demás cosas que él pudo, conforme al consejo que el ventero le había dado; todo lo cual hecho y cumplido, sin despedirse Panza de sus hijos y mujer, ni don Quijote de su ama y sobrina, una noche se salieron del lugar sin que persona los viese; en la cual caminaron tanto, que al amanecer se tuvieron por seguros de que no los hallarían aunque los buscasen ▼.

Iba Sancho Panza sobre su jumento como un patriarca, con sus alforjas y su bota, y con mucho deseo de verse ya gobernador de la ínsula que su amo le había prometido. Acertó don Quijote a tomar la misma derrota [25] y camino que el que él había tomado en su primer viaje, que fue por el campo de Montiel, por el cual caminaba con menos pesadumbre que la vez pasada, porque, por ser la hora de la mañana y herirles a soslayo [26] los rayos del sol, no les fatigaban. Dijo en esto Sancho Panza a su amo:

—Mire vuestra merced, señor caballero andante, que no se le olvide lo que de la ínsula me tiene prometido; que yo la sabré gobernar, por grande que sea.

▼ Véase la nota al pie de la pág. 67

A lo cual le respondió don Quijote:

—Has de saber, amigo Sancho Panza, que fue
190 costumbre muy usada de los caballeros andantes
antiguos hacer gobernadores a sus escuderos de
las ínsulas o reinos que ganaban, y yo tengo determinado de que por mí no falte tan agradecida
usanza; antes pienso aventajarme en ella: porque
195 ellos algunas veces, y quizá las más, esperaban a
que sus escuderos fuesen viejos, y ya después de
hartos de servir y de llevar malos días y peores noches, les daban algún título de conde, o, por lo mucho, de marqués, de algún valle o provincia de
200 poco más a menos [27]; pero si tú vives y yo vivo,
bien podría ser que antes de seis días ganase yo
tal reino, que tuviese otros a él adherentes, que viniesen de molde para coronarte por rey de uno dellos. Y no lo tengas a mucho; que cosas y casos
205 acontecen a los tales caballeros por modos tan
nunca vistos ni pensados, que con facilidad te podría dar aún más de lo que te prometo.

—De esa manera —respondió Sancho Pan-
za—, si yo fuese rey por algún milagro de los que
210 vuestra merced dice, por lo menos [28], Juana Gutiérrez, mi oíslo [29], vendría a ser reina, y mis hijos
infantes.

—Pues ¿quién lo duda? —respondió don Quijote.
215 —Yo lo dudo —replicó Sancho Panza—; porque tengo para mí que, aunque lloviese Dios reinos sobre la tierra, ninguno asentaría bien sobre
la cabeza de Mari Gutiérrez ▼. Sepa, señor, que no
vale dos maravedís para reina; condesa le caerá
220 mejor, y aún Dios y ayuda [30].

[27] Más o menos, de
poco valor.

[28] Nada menos.

[29] Esposa.

[30] Y aun esto es muy
difícil.

▼ Con estos dos nombres (Juana Gutiérrez, Mari Gutiérrez) comienza la polionomasia
de la mujer de Sancho, a la cual se le aplicarán hasta tres nombres más (Juana Panza,
Teresa Panza y Teresa Cascajo).

—Encomiéndalo tú a Dios, Sancho —respondió don Quijote—, que Él dará lo que más le convenga; pero no apoques tu ánimo tanto que te vengas a contentar con menos que con ser adelantado [31].

—No haré, señor mío —respondió Sancho—, y más teniendo tan principal amo en vuestra merced, que me sabrá dar todo aquello que me esté bien y yo pueda llevar.

[31] Gobernador.

225

Capítulo VIII

Del buen suceso[1] que el valeroso don Quijote tuvo en la espantable y jamás imaginada aventura de los molinos de viento, con otros sucesos dignos de felice[2] recordación

En esto, descubrieron treinta o cuarenta molinos de viento que hay en aquel campo, y así como don Quijote los vio, dijo a su escudero:

—La aventura va guiando nuestras cosas mejor de lo que acertáramos a desear; porque ves allí, amigo Sancho Panza, donde se descubren treinta, o pocos más, desaforados gigantes, con quien pienso hacer batalla y quitarles a todos las vidas, con cuyos despojos comenzaremos a enriquecer; que ésta es buena[3] guerra, y es gran servicio de Dios quitar tan mala simiente de sobre la faz de la tierra.

—¿Qué gigantes? —dijo Sancho Panza.

—Aquellos que allí ves —respondió su amo— de los brazos largos, que los suelen tener algunos de casi dos leguas.

—Mire vuestra merced —respondió Sancho— que aquellos que allí se parecen[4] no son gigantes, sino molinos de viento, y lo que en ellos

[1] Resultado.

[2] Feliz (paragoge).

[3] Lícita.

[4] Ven.

parecen brazos son las aspas, que, volteadas del viento, hacen andar la piedra del molino ▼.

—Bien parece —respondió don Quijote— que no estás cursado [5] en esto de las aventuras: ellos son gigantes; y si tienes miedo, quítate de ahí, y ponte en oración en el espacio que yo voy a entrar con ellos en fiera y desigual batalla.

Y diciendo esto, dio de espuelas a su caballo Rocinante, sin atender a las voces que su escudero Sancho le daba, advirtiéndole que, sin duda alguna, eran molinos de viento, y no gigantes, aquellos que iba a acometer. Pero él iba tan puesto [6] en que eran gigantes, que ni oía las voces de su escudero Sancho, ni echaba de ver, aunque estaba ya bien cerca, lo que eran; antes iba diciendo en voces altas:

—Non fuyades [7], cobardes y viles criaturas, que un solo caballero es el que os acomete.

Levantóse en esto un poco de viento, y las grandes aspas comenzaron a moverse, lo cual visto por don Quijote, dijo:

—Pues aunque mováis más brazos que los del gigante Briareo ▼▼, me lo habéis de pagar.

Y en diciendo esto, y encomendándose de todo corazón a su señora Dulcinea, pidiéndole que en tal trance le socorriese, bien cubierto de su rodela, con la lanza en el ristre [8], arremetió a todo el galope de Rocinante y embistió con el primero molino que estaba delante; y dándole una lanzada en el aspa, la volvió el viento con tanta furia, que

[5] Versado.

[6] Empeñado.

[7] Huyáis (arcaísmo).

[8] Hierro donde se apoyaba el cabo de la lanza.

──────────────────────────────

▼ Ha comenzado ya el desarrollo de la doble perspectiva de ambos personajes en la visión de la realidad: don Quijote imagina ver gigantes y Sancho ve molinos de viento.
▼▼ Era uno de los gigantes de la mitología griega y romana; tenía cien brazos y cincuenta cabezas, y se rebeló contra los dioses del Olimpo.

hizo la lanza pedazos, llevándose tras sí al caballo
y al caballero, que fue rodando muy maltrecho
por el campo. Acudió Sancho Panza a socorrerle,
a todo el correr de su asno, y cuando llegó halló
60 que no se podía menear: tal fue el golpe que dio
con él Rocinante.

—¡Válame Dios! —dijo Sancho—. ¿No le dije
yo a vuestra merced que mirase bien lo que hacía, que no eran sino molinos de viento, y no lo
65 podía ignorar sino quien llevase otros tales en la
cabeza?

—Calla, amigo Sancho —respondió don Quijote—; que las cosas de la guerra, más que otras,
están sujetas a continua mudanza; cuanto más,
70 que yo pienso, y es así verdad, que aquel sabio
Frestón que me robó el aposento y los libros ha
vuelto estos gigantes en molinos, por quitarme la
gloria de su vencimiento: tal es la enemistad que
me tiene; mas al cabo al cabo, han de poder poco
75 sus malas artes contra la bondad de mi espada ▾.

—Dios lo haga como puede —respondió Sancho Panza.

Y, ayudándole a levantar, tornó a subir sobre
Rocinante, que medio despaldado [9] estaba. Y, ha-
80 blando en [10] la pasada aventura, siguieron el camino del Puerto Lápice [11], porque allí decía don Quijote que no era posible dejar de hallarse muchas
y diversas aventuras, por ser lugar muy pasajero [12]; sino que iba muy pesaroso, por haberle fal-
85 tado la lanza; y, diciéndoselo a su escudero, le dijo:

—Yo me acuerdo haber leído que un caballero
español llamado Diego Pérez de Vargas, habién-

[9] Con la espalda daña-
da.

[10] Hablando de.

[11] Localidad de Ciudad
Real.

[12] Transitado.

▾ Don Quijote recurre a los encantadores: es el sabio *Frestón* quien ha metamorfoseado
la realidad volviendo los gigantes en molinos. El descalabro procede de un factor real
descartado o ignorado por él; no espera que el viento mueva las aspas del molino
(Torrente Ballester). Véase nota al pie de la página 119.

[13] Roto.

dosele en una batalla rota [13] la espada, desgajó de una encina un pesado ramo o tronco, y con él hizo tales cosas aquel día y machacó tantos moros, que le quedó por sobrenombre Machuca, y así él como sus decendientes se llamaron desde aquel día en adelante Vargas y Machuca ▼. Hete dicho esto porque de la primera encina o roble que se me depare pienso desgajar otro tronco tal y tan bueno como aquel que me imagino, y pienso hacer con él tales hazañas, que tú te tengas por bien afortunado de haber merecido venir a vellas y a ser testigo de cosas que apenas podrán ser creídas.

[14] Sea como Dios quiera.

—A la mano de Dios [14] —dijo Sancho—; yo lo creo todo así como vuestra merced lo dice; pero enderécese un poco, que parece que va de medio lado, y debe de ser del molimiento de la caída.

—Así es la verdad —respondió don Quijote—; y si no me quejo del dolor es porque no es dado a los caballeros andantes quejarse de herida alguna, aunque se le salgan las tripas por ella.

—Si eso es así, no tengo yo que replicar —respondió Sancho—; pero sabe Dios si yo me holgara [15] que vuestra merced se quejara cuando alguna cosa le doliera. De mí sé decir que me he de quejar del más pequeño dolor que tenga, si ya no se entiende también con los escuderos de los caballeros andantes eso del no quejarse.

[15] Alegrara.

No se dejó de reír don Quijote de la simplicidad de su escudero; y así, le declaró que podía muy bien quejarse como y cuando quisiese, sin gana o con ella; que hasta entonces no había leído cosa en contrario en la orden de caballería. Dí-

90

95

100

105

110

115

▼ Diego Pérez de Vargas y Machuca fue un caballero toledano que, en tiempos de Fernando III el Santo, se hizo famoso por sus hazañas en el cerco de Jerez contra los moros.

120   jole Sancho que mirase que era hora de comer.
       Respondióle su amo que por entonces no le hacía
       menester; que comiese él cuando se le antojase.
       Con esta licencia se acomodó Sancho lo mejor que
       pudo sobre su jumento, y, sacando de las alforjas
125   lo que en ellas había puesto, iba caminando y co-   ....
       miendo detrás de su amo muy de su espacio [16], y   [16] Muy despacio.
       de cuando en cuando empinaba la bota, con tan-
       to gusto que le pudiera envidiar el más regalado
       bodegonero de Málaga. Y en tanto que él iba de
130   aquella manera menudeando tragos, no se le acor-
       daba de ninguna promesa que su amo le hubiese
       hecho, ni tenía por ningún trabajo, sino por mu-
       cho descanso, andar buscando las aventuras, por
       peligrosas que fuesen.
135   En resolución, aquella noche la pasaron entre
       unos árboles, y del uno dellos desgajó don Quijo-
       te un ramo seco que casi le podía servir de lanza,
       y puso en él el hierro que quitó de la que se le ha-
       bía quebrado. Toda aquella noche no durmió don
140   Quijote, pensando en su señora Dulcinea, por aco-
       modarse a lo que había leído en sus libros, cuan-
       do los caballeros pasaban sin dormir muchas no-   ....
       ches en las florestas [17] y despoblados, entretenidos   [17] Montes espesos.
       con las memorias de sus señoras. No la pasó ansí
145   Sancho Panza; que, como tenía el estómago lleno, ...
       y no de agua de chicoria [18], de un sueño se la lle-   [18] Achicoria, planta
       vó toda, y no fueran parte para despertarle, si su   empleada en infusio-
       amo no lo llamara, los rayos del sol, que le daban   nes.
       en el rostro, ni el canto de las aves, que, muchas
150   y muy regocijadamente, la venida del nuevo día
       saludaban ▼. Al levantarse dio un tiento a la bota,

▼ La antítesis destaca el contraste de situaciones: don Quijote, «compendio y suma del
amante cortés» (Avalle-Arce), pasa la noche en vela pensando en su dama; Sancho, con
el estómago lleno de vino, duerme toda la noche de un tirón.

y hallóla algo más flaca que la noche antes, y afligiósele el corazón, por parecerle que no llevaban camino de remediar tan presto su falta. No quiso desayunarse don Quijote, porque, como está dicho, dio en sustentarse de sabrosas memorias. Tornaron a su comenzado camino del Puerto Lápice, y a obra de [19] las tres del día le descubrieron.

[19] A eso de.

—Aquí —dijo en viéndole don Quijote— podemos, hermano Sancho Panza, meter las manos hasta los codos en esto que llaman aventuras. Mas advierte que, aunque me veas en los mayores peligros del mundo, no has de poner mano a tu espada para defenderme, si ya no vieres que los que me ofenden [20] es canalla y gente baja, que en tal caso bien puedes ayudarme; pero si fueren caballeros, en ninguna manera te es lícito ni concedido por las leyes de caballería que me ayudes, hasta que seas armado caballero.

[20] Atacan.

—Por cierto, señor —respondió Sancho—, que vuestra merced sea muy bien obedicido en esto; y más, que yo de mío me soy pacífico y enemigo de meterme en ruidos ni pendencias. Bien es verdad que en lo que tocare a defender mi persona no tendré mucha cuenta con esas leyes, pues las divinas y humanas permiten que cada uno se defienda de quien quisiere agraviarle.

—No digo yo menos —respondió don Quijote—; pero en esto de ayudarme contra caballeros has de tener a raya tus naturales ímpetus.

—Digo que así lo haré —respondió Sancho—, y que guardaré ese precepto tan bien como el día del domingo.

[21] Orden Benedictina fundada por San Benito de Nursia (s. VI).

Estando en estas razones, asomaron por el camino dos frailes de la orden de San Benito [21], caballeros sobre dos dromedarios: que no eran más

pequeñas dos mulas en que venían ▼. Traían sus
antojos de camino [22] y sus quitasoles. Detrás dellos venía un coche, con cuatro o cinco de a caba-
190   llo que le acompañaban y dos mozos de mulas a
pie. Venía en el coche, como después se supo, una
señora vizcaína, que iba a Sevilla, donde estaba su
marido, que pasaba a las Indias con un muy honroso cargo. No venían los frailes con ella, aunque
195   iban el mesmo camino; mas apenas los divisó don
Quijote, cuando dijo a su escudero:
        —O yo me engaño, o ésta ha de ser la más fa-
mosa aventura que se haya visto; porque aquellos
bultos negros que allí parecen deben de ser, y son,
200   sin duda, algunos encantadores que llevan hurta-
da alguna princesa en aquel coche, y es menester
deshacer este tuerto a todo mi poderío.
        —Peor será esto que los molinos de viento
—dijo Sancho—. Mire, señor, que aquéllos son
205   frailes de San Benito, y el coche debe de ser de alguna gente pasajera. Mire que digo que mire bien
lo que hace, no sea el diablo que le engañe.
        —Ya te he dicho, Sancho —respondió don
Quijote—, que sabes poco de achaque [23] de aven-
210   turas; lo que yo digo es verdad, y ahora lo verás ▼▼.
        Y diciendo esto, se adelantó y se puso en la mi-
tad del camino por donde los frailes venían, y, en
llegando tan cerca que a él le pareció que le podrían oír lo que dijese, en alta voz dijo:
215   —Gente endiablada y descomunal, dejad luego al punto las altas princesas que en ese coche lle-

[22] Anteojos o antifaces
para protegerse del
polvo y del sol.

[23] Materia.

▼ La hipérbole es otro de los recursos estilísticos más eficaces en el *Quijote: mulas = dromedarios* (más adelante se habla del *castillo de su buena mula*).

▼▼ A don Quijote le basta en este caso con fijarse en las apariencias (engañosas o ex-
traordinarias), la de los monjes benitos y la del coche en que viene la dama; la apariencia engaña, enmascara la realidad, y don Quijote responde reaccionando ante lo aparente (Torrente Ballester).

váis forzadas; si no, aparejaos a recebir presta muerte, por justo castigo de vuestras malas obras.

Detuvieron los frailes las riendas, y quedaron admirados, así de la figura de don Quijote como de sus razones, a las cuales respondieron:

—Señor caballero, nosotros no somos endiablados ni descomunales, sino dos religiosos de San Benito que vamos nuestro camino, y no sabemos si en este coche vienen, o no, ningunas forzadas princesas.

—Para conmigo no hay palabras blandas; que ya yo os conozco, fementida [24] canalla —dijo don Quijote.

Y sin esperar más respuesta, picó a Rocinante y, la lanza baja, arremetió contra el primero fraile, con tanta furia y denuedo, que si el fraile no se dejara caer de la mula, él le hiciera venir al suelo mal de su grado, y aun mal ferido, si no cayera muerto. El segundo religioso, que vio del modo que trataban a su compañero, puso piernas al castillo de su buena mula, y comenzó a correr por aquella campaña, más ligero que el mesmo viento.

Sancho Panza, que vio en el suelo al fraile, apeándose ligeramente de su asno, arremetió a él y le comenzó a quitar los hábitos. Llegaron en esto dos mozos de los frailes y preguntáronle que por qué le desnudaba. Respondióles Sancho que aquello le tocaba a él ligítimamente, como despojos de la batalla que su señor don Quijote había ganado. Los mozos, que no sabían de burlas, ni entendían aquello de despojos ni batallas, viendo que ya don Quijote estaba desviado de allí, hablando con las que en el coche venían, arremetieron con Sancho y dieron con él en el suelo, y, sin dejarle pelo en las barbas, le molieron a coces y le dejaron tendido en el suelo, sin aliento ni sentido. Y, sin detenerse un punto, tornó a subir el fraile, todo teme-

[24] Falsa.

255 roso y acobardado y sin color en el rostro; y cuando se vio a caballo, picó tras su compañero, que
un buen espacio de allí le estaba aguardando, y esperando en qué paraba aquel sobresalto, y, sin
querer aguardar el fin de todo aquel comenzado
suceso, siguieron su camino, haciéndose más cru-
260 ces que si llevaran al diablo a las espaldas.

Don Quijote estaba, como se ha dicho, hablando con la señora del coche, diciéndole:

—La vuestra fermosura, señora mía, puede fa-
cer de su persona lo que más le viniere en talan-
265 te [25], porque ya la soberbia de vuestros robadores
yace por el suelo, derribada por este mi fuerte brazo; y porque no penéis por saber el nombre de
vuestro libertador, sabed que yo me llamo don
Quijote de la Mancha, caballero andante y aven-
270 turero, y cautivo de la sin par y hermosa doña Dulcinea del Toboso; y en pago del beneficio que de
mí habéis recebido, no quiero otra cosa sino que
volváis al Toboso, y que de mi parte os presentéis
ante esta señora y le digáis lo que por vuestra li-
275 bertad he fecho [26].

Todo esto que don Quijote decía escuchaba un
escudero de los que el coche acompañaban, que
era vizcaíno [27]; el cual, viendo que no quería dejar
pasar el coche adelante, sino que decía que luego
280 había de dar la vuelta al Toboso, se fue para don
Quijote y, asiéndole de la lanza, le dijo, en mala
lengua castellana y peor vizcaína, desta manera:

—Anda, caballero que mal andes; por el Dios
que crióme que, si no dejas coche, así te matas
285 como estás ahí vizcaíno ▼.

[25] Voluntad.

[26] He hecho (arcaísmo, como otros del párra-fo).

[27] Vasco.

▼ Cervantes recrea aquí el tipo cómico del *vizcaíno,* cuya figura y peculiar manera de hablar castellano era un tópico literario del Siglo de Oro. «Vete, caballero, en hora mala; que, por el Dios que me crió, si no dejas el coche, es tan cierto que te matará este vizcaíno como estás ahí».

Entendióle muy bien don Quijote, y con mucho
sosiego le respondió:

—Si fueras caballero, como no lo eres, ya yo
hubiera castigado tu sandez y atrevimiento, cautiva [28] criatura.

A lo cual replicó el vizcaíno:

—¿Yo no caballero? Juro a Dios tan mientes
como cristiano. Si lanza arrojas y espada sacas, ¡el
agua cuán presto verás que al gato llevas! Vizcaíno por tierra, hidalgo por mar, hidalgo por el diablo y mientes que mira si otra dices cosa ▼.

—Ahora lo veredes, dijo Agrajes [29] —respondió don Quijote.

Y arrojando la lanza en el suelo, sacó su espada
y embrazó su rodela, y arremetió al vizcaíno, con
determinación de quitarle la vida. El vizcaíno, que
así le vio venir, aunque quisiera apearse de la
mula, que, por ser de las malas de alquiler, no había que fiar en ella, no pudo hacer otra cosa sino
sacar su espada; pero avínole bien [30] que se halló
junto al coche, de donde pudo tomar una almohada que le sirvió de escudo, y luego se fueron el
uno para el otro, como si fueran dos mortales enemigos. La demás gente quisiera ponerlos en paz;
mas no pudo, porque decía el vizcaíno en sus mal
trabadas razones que si no le dejaban acabar su batalla, que él mismo había de matar a su ama y a
toda la gente que se lo estorbase. La señora del coche, admirada y temerosa de lo que veía, hizo al
cochero que se desviase de allí algún poco, y desde lejos se puso a mirar la rigurosa contienda, en
el discurso de la cual dio el vizcaíno una gran cu-

290

295

300

305

310

315

|||||||||||||||||||||||||||||||||||||||||||||||||||||||||||||||||||||||||||||||||||||||||||||||||||||||||||||||||||||||||||||||||||

▼ «¿Yo no caballero? Juro a Dios, como cristiano, que mientes. Si arrojas la lanza y sacas la espada, ¡cuán presto verás que llevo el gato al agua! El vizcaíno es hidalgo por
tierra y por mar, y mira que mientes si dices otra cosa.»

chillada a don Quijote encima de un hombro, por
encima de la rodela, que, a dársela sin defensa, le
320 abriera hasta la cintura. Don Quijote, que sintió
la pesadumbre de aquel desaforado golpe, dio una
gran voz, diciendo:

—¡Oh señora de mi alma, Dulcinea, flor de la
fermosura, socorred a este vuestro caballero, que
325 por satisfacer a la vuestra mucha bondad, en este
riguroso trance se halla!

El decir esto, y el apretar la espada, y el cubrirse bien de su rodela, y el arremeter al vizcaíno,
todo fue en un tiempo, llevando determinación de
330 aventurarlo todo a la [31] de un golpe solo.

> [31] La ventura (zeugma).

El vizcaíno que así le vio venir contra él, bien entendió por su denuedo su coraje, y determinó de
hacer lo mesmo que don Quijote; y así, le aguardó bien cubierto de su almohada, sin poder ro-
335 dear la mula a una ni a otra parte; que ya, de puro
cansada y no hecha a semejantes niñerías, no podía dar un paso.

Venía, pues, como se ha dicho, don Quijote contra el cauto vizcaíno, con la espada en alto, con de-
340 terminación de abrirle por medio, y el vizcaíno le
aguardaba ansimesmo levantada la espada y
aforrado [32] con su almohada, y todos los circunstantes estaban temerosos y colgados [33] de lo que
había de suceder de aquellos tamaños golpes con

> [32] Resguardado.
>
> [33] Pendientes.

345 que se amenazaban; y la señora del coche y las demás criadas suyas estaban haciendo mil votos y
ofrecimientos a todas las imágenes y casas de devoción de España, porque Dios librase a su escudero y a ellas de aquel tan grande peligro en que
350 se hallaban.

Pero está el daño de todo esto que en este punto y término deja pendiente el autor desta historia esta batalla, disculpándose que no halló más escrito destas hazañas de don Quijote de las que deja

referidas. Bien es verdad que el segundo autor [*] 355
desta obra no quiso creer que tan curiosa historia
estuviese entregada a las leyes del olvido, ni que
hubiesen sido tan poco curiosos los ingenios de La
Mancha, que no tuviesen en sus archivos o en sus
escritorios algunos papeles que deste famoso ca- 360
ballero tratasen; y así, con esta imaginación, no se
desesperó de hallar el fin desta apacible historia,
el cual, siéndole el cielo favorable, le halló del
modo que se contará en la segunda parte [**].

---

[*] En la extrema complejidad del *Quijote, el segundo autor* bien puede ser Cervantes (autor implícito), porque el primero es el fingido historiador arábigo Cide Hamete Benengeli.

[**] Esta súbita interrupción, además de parodia del suspense de las novelas de caballerías, es bien ilustrativa del movimiento continuo en la dinámica narrativa de la obra y también de la ironía general del libro, aquí llamado *apacible historia*.

SEGUNDA PARTE DEL INGENIOSO HIDALGO
DON QUIJOTE DE LA MANCHA

CAPÍTULO IX

Donde se concluye y da fin a la estupenda batalla que el gallardo vizcaíno y el valiente manchego tuvieron

5　　Dejamos en la primera parte desta historia al valeroso vizcaíno y al famoso don Quijote con las espadas altas y desnudas, en guisa ¹ de descargar dos furibundos fendientes ², tales, que si en lleno se acertaban, por lo menos se dividirían y fenderían
10　de arriba abajo y abrirían como una granada; y que en aquel punto tan dudoso paró y quedó destroncada tan sabrosa historia, sin que nos diese noticia su autor dónde ³ se podría hallar lo que della faltaba.

15　　Causóme esto mucha pesadumbre, porque el gusto de haber leído tan poco se volvía en disgusto, de pensar el mal camino que se ofrecía para hallar lo mucho que, a mi parecer, faltaba de tan sabroso cuento. Parecióme cosa imposible y fuera
20　de toda buena costumbre que a tan buen caballero le hubiese faltado algún sabio que tomara a cargo el escrebir sus nunca vistas hazañas, cosa que no faltó a ninguno de los caballeros andantes,

¹ Actitud.

² Golpes de arriba abajo.

³ De dónde.

de los que dicen las gentes
que van a sus aventuras ▼,   25

porque cada uno dellos tenía uno o dos sabios,
como de molde, que no solamente escribían sus
hechos, sino que pintaban sus más mínimos pensamientos y niñerías, por más escondidas que fue-   30
sen; y no había de ser tan desdichado tan buen caballero, que le faltase a él lo que sobró a Platir y
a otros semejantes ▼▼. Y así, no podía inclinarme
a creer que tan gallarda historia hubiese quedado
manca y estropeada, y echaba la culpa a la malig-   35
nidad del tiempo, devorador y consumidor de todas las cosas, el cual, o la tenía oculta o con-
sumida.

Por otra parte, me parecía que, pues entre sus
libros se habían hallado tan modernos como *De-*   40
sengaño de celos y *Ninfas y pastores de Henares* ▼▼▼, que
también su historia debía ser moderna, y que, ya
que ⁴ no estuviese escrita, estaría en la memoria
de la gente de su aldea y de las a ella circunvecinas. Esta imaginación me traía confuso y deseo-   45
so de saber real y verdaderamente toda la vida y
milagros de nuestro famoso español don Quijote
de la Mancha, luz y espejo de la caballería manchega, y el primero que en nuestra edad y en estos tan calamitosos tiempos se puso al trabajo y   50
ejercicio de las andantes armas, y al desfacer agravios, socorrer viudas, amparar doncellas, de aque-

....
⁴ Aunque.

||||||||||||||||||||||||||||||||||||||||||||||||||||||||||||||||||||||||||||||||||||||||||||||||||||||||||

▼ Versos octosílabos incluidos por Alvar Gómez de Ciudad Real en su traducción libre de los *Triunfos,* de Petrarca.

▼▼ Reaparece aquí la burla de la costumbre, frecuente en los libros de caballerías, de
atribuir su autoría a algún sabio de la antigüedad; el sabio Galtenor fue autor de la crónica de Platir, protagonista de una novela de la serie de los Palmerines.

▼▼▼ Véanse notas 28 y 29 del capítulo 6; y la nota segunda de la pág. 115.

llas que andaban con sus azotes y palafrenes[5], y
con toda su virginidad a cuestas, de monte en
55   monte y de valle en valle; que si no era que algún
follón[6], o algún villano de hacha y capellina[7], o
algún descomunal gigante las forzaba, doncella
hubo en los pasados tiempos que, al cabo de
ochenta años, que en todos ellos no durmió un
60   día debajo de tejado, y se fue tan entera a la sepultura como la madre que la había parido[▼].
Digo, pues, que por estos y otros muchos respetos es digno nuestro gallardo Quijote de continuas
y memorables alabanzas, y aun a mí no se me de-
65   ben negar, por el trabajo y diligencia que puse en
buscar el fin desta agradable historia; aunque bien
sé que si el cielo, el caso y la fortuna no me ayu-
dan, el mundo quedará falto y sin el pasatiempo
y gusto que bien casi dos horas[▼▼] podrá tener el
70   que con atención la leyere. Pasó, pues, el hallarla
en esta manera:
      Estando yo un día en Alcaná[8] de Toledo, llegó
un muchacho a vender unos cartapacios y papeles viejos a un sedero; y como yo soy aficionado
75   a leer, aunque sean los papeles rotos de las calles,
llevado desta mi natural inclinación, tomé un cartapacio de los que el muchacho vendía, y vile con
carácteres que conocí ser arábigos. Y puesto que
aunque los conocía no los sabía leer, anduve mi-
80   rando si parecía por allí algún morisco aljamiado[9]
que los leyese, y no fue muy dificultoso hallar intérprete semejante, pues aunque le buscara de
otra mejor y más antigua lengua[10], le hallara. En

[5] Látigos y caballos.

[6] Fanfarrón.

[7] Capacete (arma defensiva, de rústicos).

[8] Calle de tiendas de mercaderes.

[9] Que hablaba castellano.

[10] Alude al hebreo, lengua de los judíos.

[▼] Expresión maliciosamente irónica en su aparente ambigüedad.
[▼▼] Ya sea fruto de la modestia, ya de la improvisación, las *casi dos horas* de lectura no responden a la verdad. ¿Será una ironía más de Cervantes? ¿Aludirá a que la lectura es tan amena que el mucho tiempo parece reducirse a menos de dos horas?

fin, la suerte me deparó uno que, diciéndole mi deseo y poniéndole el libro en las manos, le abrió 85
por medio, y leyendo un poco en él, se comenzó
a reír.

Preguntéle yo de qué se reía, y respondióme
que de una cosa que tenía aquel libro escrita en
el margen por anotación. Díjele que me la dijese, 90
y él, sin dejar la risa, dijo:

—Está, como he dicho, aquí en el margen escrito esto: «Esta Dulcinea del Toboso, tantas veces en esta historia referida, dicen que tuvo la mejor mano para salar puercos que otra mujer de 95
toda La Mancha ▼.»

Cuando yo oí decir «Dulcinea del Toboso», quedé atónito y suspenso, porque luego se me representó que aquellos cartapacios contenían la historia de don Quijote. Con esta imaginación, le di 100
priesa que leyese el principio, y, haciéndolo así,
volviendo de improviso el arábigo en castellano,
dijo que decía: *Historia de don Quijote de la Mancha,
escrita por Cide Hamete Benengeli, historiador arábigo* ▼▼.
Mucha discreción fue menester para disimular el 105
contento que recebí cuando llegó a mis oídos el título del libro; y, salteándosele [11] al sedero, compré al muchacho todos los papeles y cartapacios
por medio real; que si él tuviera discreción y supiera lo que yo los deseaba, bien se pudiera prometer y llevar más de seis reales de la compra. 110
Apartéme luego con el morisco por el claustro de
la iglesia mayor, y roguéle me volviese aquellos

[11] Tomándoselo por anticipación.

▼ Cervantes inventa al primer anotador de su obra, y lo muestra como un ejemplo de necedad. En contraste, la risa del morisco, el primer comentarista de la obra, parece destacar la comicidad de la misma.

▼▼ Nótese la ironía y la comicidad presentes en el nombre del historiador arábigo: *Cide:* señor; *Hamete:* castellanización de Hamed (el que alaba); *Benengeli:* deformación cómica de la palabra árabe que significa «berenjena».

cartapacios, todos los que trataban de don Quijo-
115   te, en lengua castellana, sin quitarles ni añadirles
nada, ofreciéndole la paga que él quisiese. Conten-
tóse con dos arrobas de pasas [12] y dos fanegas de
trigo, y prometió de traducirlos bien y fielmente
y con mucha brevedad. Pero yo, por facilitar más
120   el negocio y por no dejar de la mano tan buen hallazgo, le truje a mi casa, donde en poco más de
mes y medio la tradujo toda, del mesmo modo
que aquí se refiere ▼.

[12] Comida muy usada
entre moros.

Estaba en el primero cartapacio pintada muy al
125   natural la batalla de don Quijote con el vizcaíno,
puestos en la mesma postura que la historia cuenta, levantadas las espadas, el uno cubierto de su rodela, el otro de la almohada, y la mula del vizcaíno tan al vivo, que estaba mostrando ser de alqui-
130   ler a tiro de ballesta. Tenía a los pies escrito el vizcaíno un título [13] que decía: *Don Sancho de Azpetia,*
que, sin duda, debía de ser su nombre, y a los pies
de Rocinante estaba otro que decía: *Don Quijote.*
Estaba Rocinante maravillosamente pintado, tan
135   largo y tendido, tan atenuado y flaco, con tanto
espinazo, tan hético [14] confirmado, que mostraba
bien al descubierto con cuánta advertencia y propiedad se le había puesto el nombre de Rocinante. Junto a él estaba Sancho Panza, que tenía del
140   cabestro a su asno, a los pies del cual estaba otro
rétulo [15] que decía: *Sancho Zancas,* y debía de ser
que tenía, a lo que mostraba la pintura, la barriga
grande, el talle corto y las zancas largas, y por esto
se le debió de poner nombre de Panza y de Zan-

[13] Rótulo.

[14] Tísico.

[15] Rótulo.

▼ La estrategia narrativa del *Quijote* se complica mucho más con el artificio del manuscrito encontrado: a) Cide Hamete Benengeli es el primer autor del *Quijote;* b) el morisco
aljamiado es su primer traductor; c) Cervantes queda, por tanto, como su segundo autor, quien, por medio del narrador, entrega a los lectores una historia acerca de la cual
puede comentar y opinar cuanto le venga en gana.

cas; que con estos dos sobrenombres le llama algunas veces la historia. Otras algunas menudencias había que advertir, pero todas son de poca importancia y que no hacen al caso a la verdadera relación de la historia, que ninguna es mala como sea verdadera [▼].

Si a ésta se le puede poner alguna objeción cerca de [16] su verdad, no podrá ser otra sino haber sido su autor arábigo, siendo muy propio de los de aquella nación ser mentirosos; aunque, por ser tan nuestros enemigos, antes se puede entender haber quedado falto [17] en ella que demasiado. Y así me parece a mí, pues cuando pudiera y debiera extender la pluma en las alabanzas de tan buen caballero, parece que de industria [18] las pasa en silencio: cosa mal hecha y peor pensada, habiendo y debiendo ser los historiadores puntuales, verdaderos y no nada apasionados, y que ni el interés ni el miedo, el rancor [19] ni la afición, no les hagan torcer del camino de la verdad, cuya madre es la historia, émula del tiempo, depósito de las acciones, testigo de lo pasado, ejemplo y aviso de lo presente, advertencia de lo por venir. En ésta sé que se hallará todo lo que se acertare a desear en la más apacible, y si algo bueno en ella faltare, para mí tengo que fue por culpa del galgo [20] de su autor, antes que por falta del sujeto [21]. En fin, su segunda parte, siguiendo la traducción [▼▼], comenzaba desta manera:

145
150
155
160
165
170

[16] Acerca de.

[17] Corto.

[18] Adrede.

[19] Rencor.

[20] Perro (insulto recíproco frecuente entre moros y cristianos).

[21] Asunto.

||||||||||||||||||||||||||||||||||||||||||||||||||||||||||||||||||||||||||||||||||||||||||||||||||||||||||||||||

[▼] También la figura de Sancho (Panza o Zancas) participa de la confusión onomástica, aunque sólo sea por esta vez.

[▼▼] ¿Quién garantiza la verdad o falsedad de lo escrito por el historiador moro, siendo él verdadero como historiador y mentiroso como árabe? ¿Quién garantiza la fidelidad de la traducción hecha por el morisco? Autor moro, traductor morisco y narrador cristiano hacen posible cualquier perspectiva imprevista.

175 Puestas y levantadas en alto las cortadoras espadas de los dos valerosos y enojados combatientes, no parecía sino que estaban amenazando al
cielo, a la tierra y al abismo: tal era el denuedo y
continente [22] que tenían. Y el primero que fue a
180 descargar el golpe fue el colérico vizcaíno; el cual
fue dado con tanta fuerza y tanta furia, que, a no
volvérsele la espada en el camino, aquel solo golpe fuera bastante para dar fin a su rigurosa contienda y a todas las aventuras de nuestro caballero; más la buena suerte, que para mayores cosas le
185 tenía guardado, torció la espada de su contrario,
de modo que, aunque le acertó en el hombro izquierdo, no le hizo otro daño que desarmarle todo
aquel lado, llevándole, de camino, gran parte de
la celada, con la mitad de la oreja; que todo ello
190 con espantosa ruina vino al suelo, dejándole muy
maltrecho.

¡Válame Dios, y quién será aquel que buenamente pueda contar ahora la rabia que entró en
el corazón de nuestro manchego, viéndose parar
195 de aquella manera! No se diga más sino que fue
de manera, que se alzó de nuevo en los estribos, y,
apretando más la espada en las dos manos, con
tal furia descargó sobre el vizcaíno, acertándole de
lleno sobre la almohada y sobre la cabeza, que, sin
200 ser parte tan buena defensa, como si cayera sobre
él una montaña, comenzó a echar sangre por las
narices y por la boca, y por los oídos, y a dar muestras de caer de la mula abajo, de donde cayera,
sin duda, si no se abrazara con el cuello; pero con
205 todo eso, sacó los pies de los estribos y luego soltó los brazos, y la mula, espantada del terrible golpe, dio a correr por el campo, y a pocos corco-
vos [23] dio con su dueño en tierra.

Estábaselo con mucho sosiego mirando don
210 Quijote, y como lo vio caer, saltó de su caballo y

[22] Compostura.

[23] Saltos.

con mucha ligereza se llegó a él, y poniéndole la
punta de la espada en los ojos, le dijo que se rin-
diese; si no, que le cortaría la cabeza. Estaba el vizcaíno tan turbado que no podía responder palabra; y él lo pasara mal, según estaba ciego don   215
Quijote, si las señoras del coche, que hasta entonces con gran desmayo habían mirado la pendencia, no fueran adonde estaba y le pidieran con mucho encarecimiento les hiciese tan gran merced y
favor de perdonar la vida a aquel su escudero. A   220
lo cual don Quijote respondió con mucho entono
y gravedad:

—Por cierto, fermosas señoras, yo soy muy
contento de [24] hacer lo que me pedís; mas ha de
ser con una condición y concierto, y es que este   225
caballero me ha de prometer de ir al lugar del Toboso y presentarse de mi parte ante la sin par
doña Dulcinea, para que ella haga dél lo que más
fuere de su voluntad.

Las temerosas y desconsoladas señoras, sin en-   230
trar en cuenta de lo que don Quijote pedía, y sin
preguntar quién Dulcinea fuese, le prometieron
que el escudero haría todo aquello que de su parte le fuese mandado.

—Pues en fe de esa palabra, yo no le haré más   235
daño, puesto que me lo tenía bien merecido [25].

[24] Me contento con.

[25] Aunque ante mí lo había bien merecido.

CAPÍTULO X

De lo que más le avino a don Quijote con el vizcaíno, y del peligro en que se vio con una turba de yangüeses ▼

5　　　Ya en este tiempo se había levantado Sancho Panza, algo [1] maltratado de los mozos de los frailes, y había estado atento a la batalla de su señor don Quijote, y rogaba a Dios en su corazón fuese servido de darle victoria y que en ella ganase alguna ínsula de donde le hiciese gobernador, como se lo había prometido. Viendo, pues, ya acabada la pendencia, y que su amo volvía a subir sobre Rocinante, llegó a tenerle el estribo, y antes que subiese se hincó de rodillas delante dél, y asiéndole de la mano, se la besó y le dijo:

—Sea vuestra merced servido, señor don Quijote mío, de darme el gobierno de la ínsula que en esta rigurosa pendencia se ha ganado; que, por grande que sea, yo me siento con fuerzas de saberla gobernar tal y tan bien como otro que haya gobernado ínsulas en el mundo.

A lo cual respondió don Quijote:

—Advertid, hermano Sancho, que esta aventura y las a ésta semejantes no son aventuras de ínsulas, sino de encrucijadas, en las cuales no se gana

[1] Lítote o atenuación irónica (muy maltratado).

▼ Este epígrafe es un despropósito, pues la aventura del vizcaíno ya está terminada y la de los yangüeses se contará en el capítulo 15.

otra cosa que sacar rota la cabeza o una oreja menos. Tened paciencia, que aventuras se ofrecerán
donde no solamente os pueda hacer gobernador,
sino más adelante ².

Agradecióselo mucho Sancho, y, besándole otra   30
vez la mano y la falda de la loriga ³, le ayudó a subir sobre Rocinante, y él subió sobre su asno y comenzó a seguir a su señor, que a paso tirado ⁴, sin
despedirse ni hablar más con las del coche, se entró por un bosque que allí junto estaba. Seguíale   35
Sancho a todo el trote de su jumento, pero caminaba tanto Rocinante, que, viéndose quedar atrás,
le fue forzoso dar voces a su amo que se aguardase. Hízolo así don Quijote, teniendo las riendas a
Rocinante hasta que llegase su cansado escudero,   40
el cual, en llegando, le dijo:

—Paréceme, señor, que sería acertado irnos a
retraer a alguna iglesia; que, según quedó maltrecho aquel con quien os combatistes, no será mucho que den noticia del caso a la Santa Herman-   45
dad y nos prendan; y a fe que si lo hacen, que primero que salgamos de la cárcel que nos ha de sudar el hopo ⁵ ▼.

—Calla —dijo don Quijote—. Y ¿dónde has
visto tú, o leído jamás, que caballero andante haya   50
sido puesto ante la justicia, por más homicidios
que hubiese cometido?

—Yo no sé nada de omecillos ▼▼ —respondió
Sancho—, ni en mi vida le caté ⁶ a ninguno; sólo

² Más todavía.

³ Las mallas de la cora-
za (señal de respeto).

⁴ A paso largo.

⁵ Copete (pelo sobre la
frente).

⁶ Guardé.

▼ Refugiarse en la iglesia era remedio habitual de delincuentes, pues allí no podía entrar la policía. La Santa Hermandad era una institución armada que tenía como misión
proteger a los caminantes y castigar los delitos cometidos en el campo. La expresión
proverbial *que nos ha de sudar el hopo* (*que* es redundante) equivale a «pasar grandes
apuros».
▼▼ Desde su diferente competencia lingüística, Sancho interpreta mal la palabra *homicidios* —era voz culta entonces— porque no la conoce, y la confunde con *omecillos*, término rústico que significa «riñas», «rencores», «odio».

55   sé que la Santa Hermandad tiene que ver con los
     que pelean en el campo, y en esotro no me
     entremeto.

     —Pues no tengas pena, amigo —respondió
     don Quijote—; que yo te sacaré de las manos de
60   los caldeos [7], cuanto más de las de la Hermandad.
     Pero dime por tu vida, ¿has visto más valeroso ca-
     ballero que yo en todo lo descubierto de la tierra?
     ¿Has leído en historias otro que tenga ni haya te-
     nido más brío en acometer, más aliento en el per-
65   severar, más destreza en el herir, ni más maña en
     el derribar?

     —La verdad sea —respondió Sancho— que
     yo no he leído ninguna historia jamás, porque ni
     sé leer ni escrebir; mas lo que osaré apostar es que
70   más atrevido amo que vuestra merced yo no le he
     servido en todos los días de mi vida, y quiera Dios
     que estos atrevimientos no se paguen donde ten-
     go dicho. Lo que le ruego a vuestra merced es que
     se cure; que le va mucha sangre de esa oreja; que
75   aquí traigo hilas y un poco de ungüento blanco en
     las alforjas.

     —Todo eso fuera bien excusado —respondió
     don Quijote— si a mí se me acordara de hacer
     una redoma del bálsamo de Fierabrás ▼, que con
80   sola una gota se ahorraran tiempo y medicinas.

     —¿Qué redoma y qué bálsamo es ése? —dijo
     Sancho Panza .

     —Es un bálsamo —respondió don Quijote—
     de quien [8] tengo la receta en la memoria, con el
85   cual no hay que tener temor a la muerte, ni hay
     pensar morir de ferida alguna. Y ansí, cuando yo
     le haga y te le dé, no tienes más que hacer sino

[7] De los mayores apu-
ros (alusión bíblica a la
amenaza de los caldeos
sobre los israelitas).

[8] Del cual.

▼ Fierabrás, personaje de las leyendas carolingias, poseía un bálsamo milagroso que
procedía del utilizado para embalsamar a Cristo.

que, cuando vieres que en alguna batalla me han partido por medio del cuerpo (como muchas veces suele acontecer), bonitamente la parte del cuerpo que hubiere caído en el suelo, y con mucha sotiliza [9], antes que la sangre se hiele, la pondrás sobre la otra mitad que quedare en la silla, advirtiendo de encajallo igualmente y al justo [10]. Luego me darás a beber solos dos tragos del bálsamo que he dicho, y verásme quedar más sano que una manzana.

[9] Sutileza.

[10] Exactamente.

—Si eso hay —dijo Panza—, yo renuncio desde aquí el gobierno de la prometida ínsula, y no quiero otra cosa en pago de mis muchos y buenos servicios sino que vuestra merced me dé la receta de ese extremado licor; que para mí tengo que valdrá la onza adondequiera más de a dos reales, y no he menester yo más para pasar esta vida honrada y descansadamente. Pero es de saber agora si tiene mucha costa el hacelle.

—Con menos de tres reales se pueden hacer tres azumbres [11] —respondió don Quijote.

[11] Algo más de seis litros.

—¡Pecador de mí! —replicó Sancho—. Pues, ¿a qué aguarda vuestra merced a hacelle y a enseñármele?

—Calla, amigo —respondió don Quijote—; que mayores secretos pienso enseñarte, y mayores mercedes hacerte; y, por agora, curémonos, que la oreja me duele más de lo que yo quisiera.

Sacó Sancho de las alforjas hilas y ungüento. Mas cuando don Quijote llegó a ver rota su celada, pensó perder el juicio y, puesta la mano en la espada y alzando los ojos al cielo, dijo:

—Yo hago juramento al Criador de toda las cosas y a los santos cuatro Evangelios, donde más largamente están escritos [12], de hacer la vida que hizo el grande marqués de Mantua cuando juró de vengar la muerte de su sobrino Valdovinos, que

[12] Fórmula de juramento.

90

95

100

105

110

115

120

125   fue de no comer pan a manteles, ni con su mujer
       folgar, y otras cosas que, aunque dellas no me
       acuerdo, las doy aquí por expresadas, hasta tomar
       entera venganza del que tal desaguisado me fizo ▼.
            Oyendo esto Sancho, le dijo:
130   —Advierta vuestra merced, señor don Quijote,
       que si el caballero cumplió lo que se le dejó orde-
       nado de irse a presentar ante mi señora Dulcinea
       del Toboso, ya habrá cumplido con lo que debía,
       y no merece otra pena si no comete nuevo delito.
135   —Has hablado y apuntado muy bien —res-
       pondió don Quijote—; y así, anulo el juramento
       en cuanto lo que toca a tomar dél nueva vengan-
       za; pero hágole y confírmole de nuevo de hacer la
       vida que he dicho, hasta tanto que quite por fuer-
140   za otra celada tal y tan buena como ésta a algún
       caballero. Y no pienses, Sancho, que así a humo
       de pajas [13] hago esto, que bien tengo a quien imi-   [13] A la ligera.
       tar en ello: que esto mesmo pasó, al pie de la le-
       tra, sobre el yelmo de Mambrino, que tan caro le
145   costó a Sacripante ▼▼.
            —Que dé al diablo vuestra merced tales jura-
       mentos, señor mío —replicó Sancho—; que son
       muy en daño de la salud y muy en perjuicio de la
       conciencia. Si no, dígame ahora: si acaso [14] en mu-   [14] Por casualidad.
150   chos días no topamos hombre armado con cela-
       da, ¿qué hemos de hacer? ¿Hase de cumplir el ju-

▼ Don Quijote recuerda aquí el juramento del marqués de Mantua, popularizado en romances caballerescos.

▼▼ Al yelmo del rey moro Mambrino se le suponía el poder mágico de proteger la vida
de quien lo llevaba. Aquí se alude al episodio del *Orlando furioso* (de Ariosto) en el cual
Reinaldos de Montalbán, protegido por dicho yelmo (que él había ganado), mató al
sarraceno Dardinel de Almonte, a quien Cervantes (o don Quijote) confunde con Sacripante, otro personaje de la obra de Ariosto.

ramento, a despecho de tantos inconvenientes e incomodidades, como será el dormir vestido, y el no dormir en poblado, y otras mil penitencias que contenía el juramento de aquel loco viejo del marqués del Mantua, que vuestra merced quiere revalidar ahora? Mire vuestra merced bien, que por todos estos caminos no andan hombres armados, sino arrieros y carreteros, que no sólo no traen celadas, pero quizá no las han oído nombrar en todos los días de su vida.

—Engáñaste en eso —dijo don Quijote—; porque no habremos estado dos horas por estas encrucijadas, cuando veamos más armados que los que vinieron sobre Albraca, a la conquista de Angélica la Bella ▼.

—Alto, pues; sea ansí —dijo Sancho—, y a Dios prazga [15] que nos suceda bien, y que se llegue ya el tiempo de ganar esta ínsula que tan cara me cuesta, y muérame yo luego.

—Ya te he dicho, Sancho, que no te dé eso cuidado alguno; que cuando faltare ínsula, ahí está el reino de Dinamarca o el de Soliadisa ▼▼, que te vendrán como anillo al dedo, y más que, por ser en tierra firme, te debes más alegrar. Pero dejemos esto para su tiempo, y mira si traes algo en esas alforjas que comamos, porque vamos luego [16] en busca de algún castillo donde alojemos esta noche y hagamos el bálsamo que te he dicho; porque yo te voto a Dios que me va doliendo mucho la oreja.

---

[15] Plazca.

[16] Para que vayamos en seguida.

▼ Ahora se alude al episodio del *Orlando enamorado* (de Boiardo), en el cual un ejército de más de dos millones de soldados sitió el castillo de Albraca, en Asia, donde el rey de Catay había encerrado a su hija Angélica.

▼▼ *Soliadisa* es nombre de una princesa del libro de caballerías *Clamades y Clarmonda* (1562). *Dinamarca* y *Sobradisa* son reinos del mapa imaginario de *Amadís de Gaula*.

—Aquí trayo [17] una cebolla, y un poco de queso, y no sé cuántos mendrugos de pan —dijo Sancho—; pero no son manjares que pertenecen a
185 tan valiente caballero como vuestra merced.

—¡Qué mal lo entiendes! —respondió don Quijote—; hágote saber, Sancho, que es honra de los caballeros andantes no comer en un mes, y, ya que coman, sea de aquello que hallaren más a
190 mano; y esto se te hiciera cierto si hubieras leído tantas historias como yo; que aunque han sido muchas, en todas ellas no he hallado hecha relación de que los caballeros andantes comiesen, si no era acaso y en algunos suntuosos banquetes que les
195 hacían, y los demás días se los pasaban en flores [18]. Y aunque se deja entender que no podían pasar sin comer y sin hacer todos los otros menesteres naturales, porque, en efecto, eran hombres como nosotros, hase de entender también que andando
200 lo más del tiempo de su vida por las florestas y despoblados, y sin cocinero, que su más ordinaria comida sería de viandas rústicas, tales como las que tú ahora me ofreces. Así que, Sancho amigo, no te congoje lo que a mí me da gusto; ni querrás
205 tú hacer mundo nuevo, ni sacar la caballería andante de sus quicios.

—Perdóneme vuestra merced —dijo Sancho—; que como yo no sé leer ni escrebir, como otra vez he dicho, no sé ni he caído en [19] las reglas
210 de la profesión caballeresca; y de aquí adelante yo proveeré las alforjas de todo género de fruta seca para vuestra merced, que es caballero, y para mí las proveeré, pues no lo soy, de otras cosas volátiles [20] y de más sustancia.

215 —No digo yo, Sancho —replicó don Quijote—, que sea forzoso a los caballeros andantes no comer otra cosa sino esas frutas que dices, sino que su más ordinario sustento debía de ser dellas,

[17] Traigo.

[18] Con cosas de poca sustancia.

[19] Ni conozco.

[20] De pollos, pichones... (aves).

y de algunas yerbas que hallaban por los campos,
que ellos conocían y yo también conozco.   220

—Virtud es —respondió Sancho— conocer
esas yerbas; que, según yo me voy imaginando, algún día será menester usar de ese conocimiento.

Y sacando, en esto, lo que dijo que traía, comieron los dos en buena paz y compaña. Pero, deseo-   225
sos de buscar donde alojar aquella noche, acabaron con mucha brevedad su pobre y seca comida.
Subieron luego a caballo, y diéronse priesa por llegar a poblado antes que anocheciese; pero faltó-
les el sol, y la esperanza de alcanzar lo que desea-   230
ban, junto a unas chozas de unos cabreros, y así,
determinaron de pasarla allí; que cuanto fue de pesadumbre para Sancho no llegar a poblado, fue de
contento para su amo dormirla al cielo descubierto, por parecerle que cada vez que esto le sucedía   235
era hacer un acto posesivo [21] que facilitaba la prueba de su caballería.

21 Positivo.

Capítulo XI

De lo que le sucedió a don Quijote con unos cabreros ▼

Fue recogido [1] de los cabreros con buen ánimo,
y habiendo Sancho, lo mejor que pudo, acomodado a Rocinante y a su jumento, se fue tras el olor
que despedían de sí ciertos tasajos [2] de cabra que
hirviendo al fuego en un caldero estaban; y aunque él quisiera en aquel mesmo punto ver si estaban en sazón de trasladarlos del caldero al estómago, lo dejó de hacer, porque los cabreros los
quitaron del fuego, y, tendiendo por el suelo unas
pieles de ovejas, aderezaron con mucha priesa su
rústica mesa y convidaron a los·dos, con muestras
de muy buena voluntad, con lo que tenían. Sentáronse a la redonda de las pieles seis dellos, que
eran los que en la majada había, habiendo primero con groseras [3] ceremonias rogado a don Quijote que se sentase sobre un dornajo [4] que vuelto del
revés le pusieron. Sentóse don Quijote, y quedá-
base Sancho en pie para servirle la copa, que era
hecha de cuerno. Viéndole en pie su amo, le dijo:

—Porque veas, Sancho, el bien que en sí encierra la andante caballería, y cuán a pique están
los que en cualquiera ministerio [5] della se ejercitan de venir brevemente a ser honrados y estima-
dos del mundo, quiero que aquí a mi lado y en

[1] Acogido.

[2] Pedazos de carne.

[3] Rústicas.

[4] Artesa pequeña.

[5] Servicio.

▼ Los cuatro capítulos que siguen (11-14) forman la primera de las novelitas intercaladas en el *Quijote* de 1605.

compañía desta buena gente te sientes, y que seas
una mesma cosa conmigo, que soy tu amo y natural señor; que comas en mi plato y bebas por   30
donde yo bebiere; porque de la caballería andante se puede decir lo mesmo que del amor se dice:
que todas las cosas iguala.

— ¡Gran merced! —dijo Sancho—; pero sé decir a vuestra merced que como yo tuviese bien de   35
comer, tan bien y mejor me lo comería en pie y
a mis solas como sentado a par de un emperador.
Y aún, si va a decir verdad, mucho mejor me sabe
lo que como en mi rincón sin melindres ni respetos, aunque sea pan y cebolla, que los gallipavos [6]   40
de otras mesas donde me sea forzoso mascar despacio, beber poco, limpiarme a menudo, no estor-
nudar ni toser si me viene en gana, ni hacer otras
cosas que la soledad y la libertad traen consigo.
Ansí que, señor mío, estas honras que vuestra mer-   45
ced quiere darme por ser ministro [7] y adherente
de la caballería andante, como lo soy siendo escudero de vuestra merced, conviértalas en otras cosas que me sean de más cómodo [8] y provecho; que
éstas aunque las doy por bien recebidas, las renun- 50
cio para desde aquí al fin del mundo.

—Con todo eso, te has de sentar; porque a
quien se humilla, Dios le ensalza.

Y asiéndole por el brazo, le forzó a que junto
dél se sentase.   55

No entendían los cabreros aquella jerigonza [9] de
escuderos y de caballeros andantes, y no hacían
otra cosa que comer y callar, y mirar a sus huéspedes, que, con mucho donaire y gana, embaula-
ban [10] tasajo como el puño. Acabado el servicio de   60
carne, tendieron sobre las zaleas [11] gran cantidad
de bellotas avellanadas, y juntamente pusieron un
medio queso, más duro que si fuera hecho de ar-
gamasa. No estaba, en esto, ocioso el cuerno [12],

[6] Pavos.

[7] Servidor.

[8] Comodidad.

[9] Jerga.

[10] Engullían.

[11] Cueros de oveja cur-
tidos.

[12] Vaso hecho de cuer-
no de animal.

65   porque andaba a la redonda tan a menudo —ya
      lleno, ya vacío como arcaduz [13] de noria—, que   [13] Cangilón.
      con facilidad vació un zaque [14] de dos que estaban   [14] Odre pequeño.
      de manifiesto. Después que don Quijote hubo bien
      satisfecho su estómago, tomó un puño de bellotas
70   en la mano, y, mirándolas atentamente, soltó la
      voz a semejantes razones ▼:
          —Dichosa edad y siglos dichosos aquellos a
      quien los antiguos pusieron nombre de dorados,
      y no porque en ellos el oro, que en esta nuestra
75   edad de hierro tanto se estima, se alcanzase en
      aquella venturosa sin fatiga alguna, sino porque
      entonces los que en ella vivían ignoraban estas dos
      palabras de *tuyo* y *mío*. Eran en aquella santa edad
      todas las cosas comunes; a nadie le era necesario
80   para alcanzar su ordinario sustento tomar otro tra-
      bajo que alzar la mano y alcanzarle de las robus-
      tas encinas, que liberalmente les estaban convi-
      dando con su dulce y sazonado fruto. Las claras
      fuentes y corrientes ríos, en magnífica abundan-
85   cia, sabrosas y transparentes aguas les ofrecían.
      En las quiebras de las peñas y en lo hueco de los
      árboles formaban su república las solícitas y dis-
      cretas abejas, ofreciendo a cualquiera mano, sin
      interés alguno, la fértil cosecha de su dulcísimo
90   trabajo. Los valientes [15] alcornoques despedían de   [15] Grandes.
      sí, sin otro artificio que el de su cortesía, sus an-
      chas y livianas cortezas, con que se comenzaron a
      cubrir las casas, sobre rústicas estacas sustentadas,
      no más que para defensa de las inclemencias del
95   cielo. Todo era paz entonces, todo amistad, todo
      concordia; aún no se había atrevido la pesada reja

▼ Sigue ahora el Discurso de la Edad Dorada, el primero de los dos grandes discursos
de don Quijote. La contemplación de aquel apacible mundo rústico, de su vida natural,
y la visión y el sabor de las bellotas transportan a don Quijote a la evocación de otros
tiempos.

del corvo arado a abrir ni visitar las entrañas pia-
dosas de nuestra primera madre; que ella, sin ser
forzada, ofrecía, por todas las partes de su fértil y
espacioso seno, lo que pudiese hartar, sustentar y   100
deleitar a los hijos que entonces la poseían. Entonces sí que andaban las simples y hermosas zagale-
jas de valle en valle y de otero en otero en trenza
y en cabello [16], sin más vestidos de aquellos que
eran menester para cubrir honestamente lo que la   105
honestidad quiere y ha querido siempre que se cubra, y no eran sus adornos de los que ahora se
usan, a quien la púrpura de Tiro [17] y la por tantos
modos martirizada seda encarecen, sino de algu-
nas hojas verdes de lampazos [18] y yedra entreteji-   110
das, con lo que quizá iban tan pomposas y com-
puestas como van agora nuestras cortesanas con
las raras y peregrinas invenciones que la curiosidad ociosa les ha mostrado. Entonces se decora-
ban [19] los conceptos amorosos del alma simple y   115
sencillamente del mesmo modo y manera que ella
los concebía, sin buscar artificioso rodeo de palabras para encarecerlos. No había la fraude, el engaño ni la malicia mezcládose con la verdad y llaneza. La justicia se estaba en sus propios términos,   120
sin que la osasen turbar ni ofender los del favor
y los del interese [20], que tanto ahora la menosca-
ban, turban y persiguen. La ley del encaje ▾ aún
no se había sentado en el entendimiento del juez,
porque entonces no había que juzgar, ni quien fue-   125
se juzgado. Las doncellas y la honestidad andaban,
como tengo dicho, por dondequiera, sola y señora, sin temor que la ajena desenvoltura y lascivo
intento le menoscabasen, y su perdición nacía de

[16] Sin tocado, con la cabeza descubierta (sino-
nimia).

[17] Ciudad fenicia famo-
sa por sus tejidos y púr-
puras.

[18] Bardanas (plantas de
flores purpúreas).

[19] Expresaban.

[20] Interés (paragoge).

▾ La resolución arbitraria que el juez dictaba caprichosamente, según lo que se le «encajaba» en su cabeza, sin atender a las disposiciones legales.

130 su gusto y propria [21] voluntad ▼. Y agora, en estos
nuestros detestables siglos, no está segura ninguna, aunque la oculte y cierre [22] otro nuevo laberinto como el de Creta; porque allí, por los resqui-
cios o por el aire, con el celo de la maldita solici-
135 tud se les entra la amorosa pestilencia y les hace
dar con todo su recogimiento al traste. Para cuya
seguridad, andando más los tiempos y creciendo
más la malicia, se instituyó la orden de los caballeros andantes, para defender las doncellas, am-
140 parar las viudas y socorrer a los huérfanos y a los
menesterosos. Desta orden soy yo, hermanos cabreros, a quien agradezco el gasaje [23] y buen acogimiento que hacéis a mí y a mi escudero. Que,
aunque por ley natural están todos los que viven
145 obligados a favorecer a los caballeros andantes, todavía, por saber que sin saber vosotros esta obligación me acogistes y regalastes, es razón que, con
la voluntad a mí posible, os agradezca la vuestra.
      Toda esta larga arenga —que se pudiera muy
150 bien excusar— dijo nuestro caballero, porque las
bellotas que le dieron le trujeron a la memoria la
edad dorada, y antojósele hacer aquel inútil razonamiento a los cabreros, que, sin respondelle palabra, embobados y suspensos, le estuvieron escu-
155 chando. Sancho asimesmo callaba y comía bellotas, y visitaba muy a menudo el segundo zaque,
que, porque se enfriase el vino, le tenían colgado
de un alcornoque.
      Más tardó en hablar don Quijote que en acabar-
160 se la cena; al fin de la cual uno de los cabreros dijo:
      —Para que con más veras pueda vuestra mer-
ced decir, señor caballero andante, que le agasa-
jamos con prompta [24] y buena voluntad, queremos

[21] Propia.

[22] Encierre.

[23] Agasajo.

[24] Pronta.

▼ *Sola y señora*, y *le* (en singular) se refieren a *las doncellas y la honestidad*, considerados
ambos sintagmas nominales «como un todo abstracto» (M. de Riquer).

darle solaz y contento con hacer que cante un compañero nuestro que no tardará mucho en estar aquí;   165
el cual es un zagal muy entendido y muy enamorado y que, sobre todo, sabe leer y escrebir y es músico de un rabel [25], que no hay más que desear.

[25] Instrumento de cuer-
da que se tocaba con
arco.

Apenas había el cabrero acabado de decir esto
cuando llegó a sus oídos el son del rabel, y de allí   170
a poco llegó el que le tañía, que era un mozo de
hasta veinte y dos años, de muy buena gracia. Preguntáronle sus compañeros si había cenado, y respondiendo que sí, el que había hecho los ofrecimientos le dijo: 175

—De esa manera, Antonio, bien podrás hacernos placer de cantar un poco, porque vea este señor huésped que tenemos quién [26]; también por
los montes y selvas hay quien sepa de música. Hé-
mosle dicho tus buenas habilidades y deseamos   180
que las muestres y nos saques verdaderos; y así, te
ruego por tu vida que te sientes y cantes el romance de tus amores que te compuso el beneficiado [27]
tu tío, que en el pueblo ha parecido muy bien.

[26] Gente capaz (capaci-
dad, habilidad).

[27] Clérigo que goza de
un beneficio eclesiásti-
co.

—Que me place —respondió el mozo.   185

Y sin hacerse más de rogar, se sentó en el tronco de una desmochada encina, y, templando su rabel, de allí a poco, con muy buena gracia, comenzó a cantar, diciendo desta manera:

ANTONIO ▼   190

[28] Eulalia (forma rústica y arcaica).

[29] Aunque.

—Yo sé, Olalla [28], que me adoras,
puesto que [29] no me lo has dicho
ni aun con los ojos siquiera,
mudas lenguas de amoríos.

|||||||||||||||||||||||||||||||||||||||||||||||||||||||||||||||||||||||||||||||||||||||||||||||||||||||||||||||||

▼ El romance que va a cantar el zagal Antonio se encuadra plenamente en la tradición
literaria; y por su tono rústico y popular —y su léxico— se adecúa perfectamente al
mundo de los cabreros.

195   Porque sé que eres sabida [30],
           en que me quieres me afirmo;
           que nunca fue desdichado
           amor que fue conocido.

           Bien es verdad que tal vez [31],
200   Olalla, me has dado indicio
           que tienes de bronce el alma
           y el blanco pecho de risco.

           Mas, allá entre tus reproches
           y honestísimos desvíos,
205   tal vez la esperanza muestra
           la orilla de su vestido.

           Abalánzase al señuelo [32]
           mi fe, que nunca ha podido,
           ni menguar por no llamado,
210   ni crecer por escogido.

           Si el amor es cortesía,
           de la que tienes colijo
           que el fin de mis esperanzas
           ha de ser cual imagino.

215   Y si son servicios parte
           de hacer un pecho benigno,
           algunos de los que he hecho
           fortalecen mi partido.

           Porque si has mirado en ello,
220   más de una vez habrás visto
           que me he vestido en los lunes
           lo que me honraba el domingo.

           Como el amor y la gala
           andan un mesmo camino,
225   en todo tiempo a tus ojos
           quise mostrarme polido.

           Dejo el bailar por tu causa,
           ni las músicas te pinto
           que has escuchado a deshoras,
230   y al canto del gallo primo [33].

[30] Discreta.

[31] Alguna vez.

[32] Cebo (lo que sirve para atraer).

[33] Al primer canto del gallo (a medianoche).

No cuento las alabanzas
que de tu belleza he dicho;
que, aunque verdaderas, hacen
ser yo de algunas malquisto [34].

[34] Mal querido.

Teresa del Berrocal,   235
yo alabándote, me dijo:
«Tal piensa que adora a un ángel,
y viene a adorar a un jimio [35].

[35] Simio, mono.

Merced a los muchos dijes
y a los cabellos postizos,   240
y a hipócritas hermosuras,
que engañan al Amor mismo.»

Desmentíla y enojóse;

[36] Salió en su defensa.

volvió por ella [36] su primo:
desafióme, y ya sabes   245
lo que yo hice y él hizo.

[37] Como a una de tantas (vulgarismo).

No te quiero yo a montón [37],
ni te pretendo y te sirvo

[38] Amancebamiento.

por lo de barraganía [38];
que más bueno es mi designio.   250

Coyundas tiene la Iglesia

[39] Seda.

que son lazadas de sirgo [39],

[40] Cada uno de los arcos del yugo.

pon tú el cuello en la gamella [40],
verás como pongo el mío ▼.

Donde no, desde aquí juro   255
por el santo más bendito,
de no salir destas sierras
sino para capuchino.

Con esto dio el cabrero fin a su canto; y aunque don Quijote le rogó que algo más cantase, no   260
lo consintió Sancho Panza, porque estaba más

▼ Como explica Murillo, estos versos finales «patentizan cierta inspiración clerical» (no
se olvide que el supuesto autor del romance es un clérigo). La metáfora *lazadas de sirgo*
(lazos de seda) designa el matrimonio; y *el cuello en la gamella* es otra metáfora popular
referida también al matrimonio.

para dormir que para oír canciones. Y ansí dijo a
su amo:

—Bien puede vuestra merced acomodarse des-
265 de luego adonde ha de posar esta noche; que el
trabajo que estos buenos hombres tienen todo el
día no permite que pasen las noches cantando.

—Ya te entiendo, Sancho —le respondió don
Quijote—; que bien se me trasluce que las visitas
270 del zaque piden más recompensa de sueño que de
música.

—A todos nos sabe bien, bendito sea Dios
—respondió Sancho.

—No lo niego —replicó don Quijote—; pero
275 acomódate tú donde quisieres, que los de mi profesión mejor parecen velando que durmiendo ▼.
Pero, con todo esto, sería bien, Sancho, que me
vuelvas a curar esta oreja, que me va doliendo más
de lo que es menester.

280 Hizo Sancho lo que se le mandaba, y, viendo
uno de los cabreros la herida, le dijo que no tuviese pena, que él pondría remedio con que fácilmente se sanase. Y tomando algunas hojas de romero, de mucho que por allí había, las mascó y
285 las mezcló con un poco de sal, y aplicándosela a
la oreja, se la vendó muy bien, asegurándole que
no había menester otra medicina, y así fue la
verdad.

||||||||||||||||||||||||||||||||||||||||||||||||||||||||||||||||||||||||||||||||||||||||||||||||||||||||||||||||||||||||||||

▼ Ejemplo de antítesis doble: *velando/durmiendo; mi profesión* (caballeresca de don Quijote)/profesión no caballeresca de Sancho.

Capítulo XII

De lo que contó un cabrero a los que estaban con don Quijote

Estando en esto, llegó otro mozo de los que les traían de la aldea el bastimento [1], y dijo:

—¿Sabéis lo que pasa en el lugar, compañeros?

—¿Cómo lo podemos saber? —respondió uno dellos.

—Pues sabed —prosiguió el mozo— que murió esta mañana aquel famoso pastor estudiante llamado Grisóstomo [2], y se murmura que ha muerto de amores de aquella endiablada moza de Marcela, la hija de Guillermo el rico, aquella que se anda en hábito de pastora por esos andurriales.

—¿Por Marcela dirás? —dijo uno.

—Por ésa digo —respondió el cabrero—. Y es lo bueno que mandó en su testamento que le enterrasen en el campo, como si fuera moro, y que sea al pie de la peña donde está la fuente del alcornoque, porque, según es fama, y él dicen que lo dijo, aquel lugar es adonde él la vio la vez primera. Y también mandó otras cosas, tales, que los abades [3] del pueblo dicen que no se han de cumplir, ni es bien que se cumplan, porque parecen de gentiles. A todo lo cual responde aquel gran su amigo Ambrosio, el estudiante, que también se vistió de pastor con él, que se ha de cumplir todo, sin faltar nada, como lo dejó mandado Grisósto-

[1] Comestibles.

[2] Crisóstomo (forma rústica).

[3] Curas.

mo, y sobre esto anda el pueblo alborotado ▼; mas,
30   a lo que se dice, en fin se hará lo que Ambrosio
y todos los pastores sus amigos quieren; y mañana le vienen a enterrar con gran pompa adonde
tengo dicho. Y tengo para mí que ha de ser cosa
muy de ver; a lo menos, yo no dejaré de ir a ver-
35   la, si supiese no volver ⁴ mañana al lugar.

⁴ Aunque supiese que
no había de volver.

—Todos haremos lo mesmo —respondieron
los cabreros—; y echaremos suertes a quién ha
de quedar a guardar las cabras de todos.

—Bien dices, Pedro —dijo uno—; aunque no
40   será menester usar de esa diligencia, que yo me
quedaré por todos. Y no lo atribuyas a virtud y a
poca curiosidad mía, sino a que no me deja andar
el garrancho ⁵ que el otro día me pasó este pie.

⁵ Parte aguda y saliente
de un tronco o una
rama.

—Con todo eso, te lo agradecemos —respon-
45   dió Pedro.

Y don Quijote rogó a Pedro le dijese qué muerto era aquél y qué pastora aquélla; a lo cual Pedro
respondió que lo que sabía era que el muerto era
un hijodalgo rico, vecino de un lugar que estaba
50   en aquellas sierras, el cual había sido estudiante
muchos años en Salamanca, al cabo de los cuales
había vuelto a su lugar, con opinión de muy sabio
y muy leído.

—Principalmente, decían que sabía la ciencia
55   de las estrellas, y de lo que pasan, allá en el cielo,
el sol y la luna, porque puntualmente nos decía el
cris del sol y de la luna.

▼ El contraste entre pastores reales (cabreros) y pastores literarios se manifiesta ya en
estas líneas: Marcela, hija de padre rico, *anda en hábito de pastora;* Grisóstomo es un *pastor estudiante* (y «un hijodalgo rico», como se verá después); y Ambrosio es *el estudiante
que también se vistió de pastor.*

—*Eclipse* se llama, amigo, que no *cris*, el escurecerse esos dos luminares mayores —dijo don Quijote ▼.

60

Mas Pedro, no reparando en niñerías, prosiguió su cuento, diciendo:

—Asimesmo adevinaba [6] cuándo había de ser el año abundante o estil.

—*Estéril* queréis decir, amigo —dijo don Quijote.

65

—*Estéril* o *estil* —respondió Pedro—, todo se sale allá. Y digo que con esto que decía se hicieron su padre y sus amigos, que le daban crédito, muy ricos, porque hacían lo que él les aconsejaba, diciéndoles: «Sembrad este año cebada, no trigo; en éste podéis sembrar garbanzos y no cebada; el que viene será de guilla [7] de aceite; los tres siguientes no se cogerá gota.»

70

—Esa ciencia se llama astrología —dijo don Quijote.

75

—No sé yo cómo se llama —replicó Pedro—; mas sé que todo esto sabía, y, aún más. Finalmente, no pasaron muchos meses después que [8] vino de Salamanca, cuando un día remaneció [9] vestido de pastor, con su cayado y pellico [10], habiéndose quitado los hábitos largos que como escolar traía; y juntamente se vistió con él de pastor otro su grande amigo, llamado Ambrosio, que había sido su compañero en los estudios. Olvidábaseme de decir cómo Grisóstomo, el difunto, fue grande hombre de componer coplas; tanto, que él hacía los villancicos para la noche del Nacimiento del Se-

80

85

[6] Adivinaba.

[7] Buena cosecha.

[8] Desde que.

[9] Apareció inesperadamente.

[10] Zamarra de pastor.

▼ También estos dobletes etimológicos, con su desarrollo popular y culto de una misma raíz *(cris, eclipse; después, estil, estéril)* son muestras del perspectivismo lingüístico en el *Quijote,* de distintas maneras de hablar (Spitzer).

ñor, y los autos para el día de Dios ▼, que los re-
presentaban los mozos de nuestro pueblo, y todos
decían que eran por el cabo [11]. Cuando los del lugar vieron tan de improviso vestidos de pastores
a los dos escolares, quedaron admirados, y no podían adivinar la causa que les había movido a hacer aquella tan extraña mudanza. Ya en este tiempo era muerto el padre de nuestro Grisóstomo, y
él quedó heredado en mucha cantidad de hacienda, ansí en muebles como en raíces [12], y en no pequeña cantidad de ganado, mayor y menor, y en
gran cantidad de dineros; de todo lo cual quedó
el mozo señor desoluto [13], y en verdad que todo
lo merecía, que era muy buen compañero y caritativo, y amigo de los buenos, y tenía una cara
como una bendición. Después se vino a entender
que el haberse mudado de traje no había sido por
otra cosa que por andarse por estos despoblados
en pos de aquella pastora Marcela que nuestro zagal nombró denantes [14], de la cual se había enamorado el pobre difunto de Grisóstomo. Y quié-
roos decir agora, porque es bien que lo sepáis,
quién es esta rapaza; quizá, y aun sin quizá, no habréis oído semejante cosa en todos los días de
vuestra vida, aunque viváis más años que sarna.
    —Decid *Sarra* —replicó don Quijote, no pu-
diendo sufrir el trocar de los vocablos del cabrero.
    —Harto vive la sarna —respondió Pedro—;
y si es, señor, que me habéis de andar zahiriendo
a cada paso los vocablos, no acabaremos en un
año.
    —Perdonad, amigo —dijo don Quijote—;
que por haber tanta diferencia de *sarna* a *Sarra* os

[11] Bien acabados, perfectos.

[12] Bienes inmuebles.

[13] Absoluto (rusticismo).

[14] Antes (rusticismo).

▼ Se refiere al día del Corpus Christi, en cuya festividad era frecuente representar autos sacramentales.

lo dije; pero vos respondistes muy bien, porque
vive más *sarna* que *Sarra;* y proseguid vuestra historia, que no os replicaré más en nada ▼.

—Digo, pues, señor mío de mi alma —dijo el   125
cabrero—, que en nuestra aldea hubo un labrador aún más rico que el padre de Grisóstomo, el
cual se llamaba Guillermo, y al cual dio Dios,
amén de las muchas y grandes riquezas, una hija
de cuyo parto murió su madre, que fue la más   130
honrada mujer que hubo en todos estos contornos. No parece sino que ahora la veo, con aquella
cara que del un cabo tenía el sol y del otro la luna;
y, sobre todo, hacendosa y amiga de los pobres,
por lo que creo que debe de estar su ánima a la   135
hora de ahora gozando de Dios en el otro mundo.
De pesar de la muerte de tan buena mujer murió
su marido Guillermo, dejando a su hija Marcela,
muchacha y rica, en poder de un tío suyo sacerdote y beneficiado en nuestro lugar. Creció la niña   140
con tanta belleza, que nos hacía acordar de la de
su madre, que la tuvo muy grande; y, con todo
esto, se juzgaba que le había de pasar la de la hija.
Y así fue, que cuando llegó a edad de catorce a
quince años, nadie la miraba que no bendecía a   145
Dios, que tan hermosa la había criado, y los más
quedaban enamorados y perdidos por ella. Guardábala su tío con mucho recato y con mucho encerramiento; pero, con todo esto, la fama de su
mucha hermosura se extendió de manera que así   150
por ella como por sus muchas riquezas, no solamente de los de nuestro pueblo, sino de los de muchas leguas a la redonda, y de los mejores dellos,
era rogado, solicitado e importunado su tío se la

▼ La confusión de *sarna* con *Sarra* (forma anticuada de Sara, la mujer de Abraham) es
otro rusticismo del cabrero.

155 diese por mujer. Mas él, que a las derechas [15] es
buen cristiano, aunque quisiera casarla luego, así
como la vía [16] de edad, no quiso hacerlo sin su consentimiento, sin tener ojo [17] a la ganancia y gran-
jería que le ofrecía el tener la hacienda de la moza
160 dilatando su casamiento. Y a fe que se dijo esto
en más de un corrillo en el pueblo, en alabanza
del buen sacerdote. Que quiero que sepa, señor
andante, que en estos lugares cortos [18] de todo se
trata y de todo se murmura; y tened para vos,
165 como yo tengo para mí, que debía de ser demasiadamente bueno el clérigo que obliga a sus feli-
greses a que digan bien dél, especialmente en las
aldeas.

—Así es la verdad —dijo don Quijote—, y
170 proseguid adelante; que el cuento es muy bueno,
y vos, buen Pedro, le contáis con muy buena
gracia.

—La del Señor ▼ no me falte, que es la que hace
al caso. Y en lo demás sabréis que, aunque el tío
175 proponía a la sobrina y le decía las calidades de
cada uno, en particular, de los muchos que por
mujer la pedían, rogándole que se casase y esco-
giese a su gusto, jamás ella respondió otra cosa
sino que por entonces no quería casarse, y que,
180 por ser tan muchacha, no se sentía hábil para poder llevar la carga del matrimonio. Con estas que
daba, al parecer, justas excusas, dejaba el tío de
importunarla, y esperaba a que entrase algo más
en edad y ella supiese escoger compañía a su gus-
185 to. Porque decía él, y decía muy bien, que no habían de dar los padres a sus hijos estado contra su

[15] Rectamente, honra-
damente.

[16] Veía.

[17] Mirar, atender.

[18] Pequeños, de poco
vecindario.

▼ *La* [gracia] *del Señor* (zeugma dilógico). La fluidez en el encadenamiento entre habla
y réplica se intensifica al recoger el cabrero en su continuación la última palabra de su
interlocutor.

[19] Cuando menos me lo imaginaba.

[20] Cortejando.

[21] Apariencias.

[22] Aunque.

[23] Máquina de guerra para arrojar piedras.

[24] Suicidarse.

voluntad. Pero hételo aquí, cuando no me cato [19], que remanece un día la melindrosa Marcela hecha pastora; y, sin ser parte su tío ni todos los del pueblo, que se lo desaconsejaban, dio en irse al campo con las demás zagalas del lugar, y dio en guardar su mesmo ganado. Y así como ella salió en público y su hermosura se vio al descubierto, no os sabré buenamente decir cuántos ricos mancebos, hidalgos y labradores han tomado el traje de Grisóstomo y la andan requebrando [20] por esos campos. Uno de los cuales, como ya está dicho, fue nuestro difunto, del cual decían que la dejaba de querer, y la adoraba. Y no se piense que porque Marcela se puso en aquella libertad y vida tan suelta y de tan poco o de ningún recogimiento, que por eso ha dado indicio, ni por semejas [21], que venga en menoscabo de su honestidad y recato; antes es tanta y tal la vigilancia con que mira por su honra, que de cuantos la sirven y solicitan ninguno se ha alabado, ni con verdad se podrá alabar, que le haya dado alguna pequeña esperanza de alcanzar su deseo. Que, puesto que [22] no huye ni se esquiva de la compañía y conversación de los pastores, y los trata cortés y amigablemente, en llegando a descubrirle su intención cualquiera dellos, aunque sea tan justa y santa como la del matrimonio, los arroja de sí como con un trabuco [23]. Y con esta manera de condición hace más daño en esta tierra que si por ella entrara la pestilencia; porque su afabilidad y hermosura atrae los corazones de los que la tratan a servirla y a amarla; pero su desdén y desengaño los conduce a términos de desesperarse [24], y así, no saben qué decirle, sino llamarla a voces cruel y desagradecida, con otros títulos a éste semejantes, que bien la calidad de su condición manifiestan. Y si aquí estuviésedes, señor, algún día, veríades resonar estas sierras

y estos valles con los lamentos de los desengaña-
225 dos que la siguen. No está muy lejos de aquí un
sitio donde hay casi dos docenas de altas hayas, y
no hay ninguna que en su lisa corteza no tenga
grabado y escrito el nombre de Marcela, y encima de alguna, una corona grabada en el mesmo
230 árbol, como si más claramente dijera su amante
que Marcela la lleva y la merece de toda la hermosura humana. Aquí sospira un pastor, allí se
queja otro; acullá se oyen amorosas canciones, acá
desesperadas endechas[25]. Cuál hay que pasa todas

[25] Canciones tristes.

235 las horas de la noche sentado al pie de alguna encina o peñasco, y allí, sin plegar los llorosos ojos,
embebecido y transportado en sus pensamientos,
le halló el sol a la mañana, y cuál hay que, sin dar
vado[26] ni tregua a sus suspiros, en mitad del ar-

[26] Alivio.

240 dor de la más enfadosa siesta del verano, tendido
sobre la ardiente arena, envía sus quejas al piadoso cielo ▼. Y déste y de aquél, y de aquéllos y de
éstos, libre y desenfadadamente triunfa la hermosa Marcela, y todos los que la conocemos estamos
245 esperando en qué ha de parar su altivez y quién
ha de ser el dichoso que ha de venir a domeñar
condición tan terrible y gozar de hermosura tan
extremada. Por ser todo lo que he contado tan
averiguada verdad, me doy a entender que tam-
250 bién lo es la que nuestro zagal dijo que se decía
de la causa de la muerte de Grisóstomo. Y así os
aconsejo, señor, que no dejéis de hallaros mañana
a su entierro, que será muy de ver, porque Grisós-

▼ «La modulación estilística en el cuento de Pedro, de los vulgarismos rústicos y equi-
vocaciones del comienzo, propios del cabrero, a los epítetos, cultismos y paralelismos
del final que nos introducen en el mundo pastoril renacentista de Marcela y Grisóstomo, es una especie de *tour de force* tan magistralmente ejecutada que a veces pasa de-
sapercibida» (Allen).

tomo tiene muchos amigos, y no está de este lugar a aquel donde manda enterrarse media legua.   255

—En cuidado me lo tengo [27] —dijo don Quijote—, y agradézcoos el gusto que me habéis dado con la narración de tan sabroso cuento.

—¡Oh! —replicó el cabrero—, aún no sé yo la mitad de los casos sucedidos a los amantes de   260 Marcela; mas podría ser que mañana topásemos en el camino algún pastor que nos los dijese. Y por ahora, bien será que os vais [28] a dormir debajo de techado, porque el sereno [29] os podría dañar la herida, puesto que es tal la medicina que se os   265 ha puesto, que no hay que temer de contrario accidente.

Sancho Panza, que ya daba al diablo el tanto hablar del cabrero, solicitó, por su parte, que su amo se entrase a dormir en la choza de Pedro. Hízolo   270 así, y todo lo más de la noche se le pasó en memorias de su señora Dulcinea, a imitación de los amantes de Marcela. Sancho Panza se acomodó entre Rocinante y su jumento, y durmió, no como enamorado desfavorecido, sino como hombre mo-   275 lido a coces.

CAPÍTULO XIII

Donde se da fin al cuento de la pastora Marcela, con otros sucesos

Mas apenas comenzó a descubrirse el día por
5   los balcones del oriente ▼, cuando los cinco de los
seis cabreros se levantaron y fueron a despertar a
don Quijote, y a decille si estaba todavía con propósito de ir a ver el famoso entierro de Grisóstomo, y que ellos le harían compañía. Don Quijote,
10 que otra cosa no deseaba, se levantó y mandó a
Sancho que ensillase y enalbardase al momento,
lo cual él hizo con mucha diligencia, y con la mesma se pusieron luego todos en camino. Y no hubieron andado un cuarto de legua, cuando, al cru-
15 zar de una senda vieron venir hacia ellos hasta seis
pastores, vestidos con pellicos [1] negros y corona-
das las cabezas con guirnaldas de ciprés y de amarga adelfa ▼▼. Traía cada uno un grueso bastón de
acebo en la mano. Venían con ellos, asimesmo,
20 dos gentiles hombres de a caballo, muy bien aderezados de camino [2], con otros tres mozos de a pie
que los acompañaban. En llegándose a juntar se

[1] Zamarras.

[2] Con trajes de camino.

▼ Metáfora que constituía un lugar común en las descripciones del amanecer. (Véase la nota primera de la pág. 69.)
▼▼ Todas eran señales externas de luto del pastor literario. Por eso, más adelante, el narrador se refiere a «aquel tan triste traje».

saludaron cortésmente, y, preguntándose los unos
a los otros dónde iban, supieron que todos se encaminaban al lugar del entierro, y así, comenza-   25
ron a caminar todos juntos.

Uno de los de a caballo, hablando con su compañero, le dijo:

—Paréceme, señor Vivaldo, que habemos de
dar por bien empleada la tardanza que hiciéremos   30
en ver este famoso entierro, que no podrá dejar
de ser famoso, según estos pastores nos han contado extrañezas, ansí del muerto pastor como de
la pastora homicida.

—Así me lo parece a mí —respondió Vival-   35
do—; y no digo yo hacer tardanza de un día, pero
de cuatro la hiciera, a trueco de ³ verle.

Preguntóles don Quijote qué era lo que habían
oído de Marcela y de Grisóstomo. El caminante
dijo que aquella madrugada habían encontrado   40
con aquellos pastores, y que, por haberles visto en
aquel tan triste traje, les habían preguntado la ocasión por que iban de aquella manera; que uno de
ellos se lo contó, contando la extrañeza y hermosura de una pastora llamada Marcela, y los amo-   45
res de muchos que la recuestaban ⁴, con la muerte de aquel Grisóstomo a cuyo entierro iban. Finalmente, él contó todo lo que Pedro a don Quijote había contado.

Cesó esta plática, y comenzóse otra, preguntan-   50
do el que se llamaba Vivaldo a don Quijote qué
era la ocasión que le movía a andar armado de
aquella manera por tierra tan pacífica. A lo cual
respondió don Quijote:

—La profesión de mi ejercicio no consiente ni   55
permite que yo ande de otra manera. El buen
paso ⁵, el regalo y el reposo, allá se inventó para
los blandos cortesanos; mas el trabajo, la inquietud y las armas sólo se inventaron e hicieron para

³ A condición de.

⁴ Requerían.

⁵ La vida cómoda.

60   aquellos que el mundo llama caballeros andantes, de
        los cuales yo, aunque indigno, soy el menor de todos.
            Apenas le oyeron esto, cuando todos le tuvieron
        por loco; y por averiguarlo más y ver qué género
        de locura era el suyo, le tornó a preguntar Vival-
65   do que qué quería decir caballeros andantes.
            — ¿No han vuestras mercedes leído —respon-
        dió don Quijote— los anales e historias de Inga-
        laterra [6], donde se tratan las famosas fazañas del   [6] Inglaterra (epéntesis).
        rey Arturo, que continuamente en nuestro roman-
70   ce castellano llamamos el rey Artús, de quien es
        tradición antigua y común en todo aquel reino de
        la Gran Bretaña que este rey no murió, sino que,
        por arte de encantamento, se convirtió en cuervo,
        y que, andando los tiempos, ha de volver a reinar
75   y a cobrar su reino y cetro; a cuya causa no se pro-
        bará que desde aquel tiempo a éste haya ningún
        inglés muerto cuervo alguno? Pues en tiempo des-
        te buen rey fue instituida aquella famosa orden de
        caballería de los caballeros de la Tabla Redonda,
80   y pasaron, sin faltar un punto, los amores que allí
        se cuentan de don Lanzarote del Lago con la rei-
        na Ginebra, siendo medianera [7], dellos y sabido-   [7] Alcahueta.
        ra [8] aquella tan honrada dueña Quintañona ▼, de
        donde nació aquel tan sabido romance, y tan de-   [8] Sabedora.
85   cantado en nuestra España, de

            Nunca fuera caballero
            de damas tan bien servido
            como fuera Lanzarote
            cuando de Bretaña vino ▼▼,

▼ Arturo o Artús es el legendario rey medieval de Gales que dio origen a la legendaria
materia de Bretaña; la Tabla (Mesa) Redonda era la orden de caballería fundada en su
corte; de ella formaba parte Lanzarote del Lago, amante de la reina Ginebra, que era
la esposa del rey Arturo. La dueña Quintañona, medianera de los amores adúlteros de
Lanzarote y la reina Ginebra, es invención del romancero castellano.
▼▼ Véase la nota al pie de la pág. 74.

con aquel progreso tan dulce y tan suave de sus 90
amorosos y fuertes fechos. Pues desde entonces,
de mano en mano [9], fue aquella orden de caballería extendiéndose y dilatándose por muchas y diversas partes del mundo, y en ella fueron famosos y conocidos por sus fechos el valiente Amadís 95
de Gaula, con todos sus hijos y nietos ▼, hasta la
quinta generación, y el valeroso Felixmarte de Hircania y el nunca como se debe alabado Tirante el
Blanco, y casi que [10] en nuestros días vimos y co-
municamos y oímos al invencible y valeroso caba- 100
llero don Belianís de Grecia. Esto, pues, señores,
es ser caballero andante, y la que he dicho es la
orden de su caballería; en la cual, como otra vez
he dicho, yo, aunque pecador, he hecho profesión,
y lo mesmo que profesaron los caballeros referi- 105
dos profeso yo. Y así, me voy por estas soledades
y despoblados buscando las aventuras, con ánimo
deliberado de ofrecer mi brazo y mi persona a la
más peligrosa que la suerte me depare, en ayuda
de los flacos y menesterosos. 110

Por estas razones que dijo acabaron de enterar-
se los caminantes que era don Quijote falto de juicio, y del género de locura que lo señoreaba [11], de
lo cual recibieron la mesma admiración que recibían todos aquellos que de nuevo [12] venían en co- 115
nocimiento della. Y Vivaldo, que era persona muy
discreta y de alegre condición, por pasar sin pesadumbre el poco camino que decían que les faltaba, al llegar a la sierra del entierro, quiso darle ocasión a que pasase más adelante con sus disparа- 120
tes. Y así le dijo:

[9] De padres a hijos, por tradición.

[10] Casi casi.

[11] Dominaba.

[12] Por primera vez.

▼ *Amadís de Gaula* fue el libro iniciador de una larga serie de novelas de caballerías (hasta 24 libros). Sus primeros descendientes fueron Esplandián (hijo de Amadís) y Amadís
de Grecia (nieto).

—Paréceme, señor caballero andante, que
vuestra merced ha profesado una de las más estrechas profesiones que hay en la tierra, y tengo
125 para mí que aun la de los frailes cartujos no es tan
estrecha ▼.

—Tan estrecha bien podía ser —respondió
nuestro don Quijote—; pero tan necesaria en el
mundo no estoy en dos dedos de ponello en duda.
130 Porque, si va a decir verdad, no hace menos el soldado que pone en ejecución lo que su capitán le
manda que el mesmo capitán que se lo ordena.
Quiero decir que los religiosos, con toda paz y sosiego, piden al cielo el bien de la tierra; pero los
135 soldados y caballeros ponemos en ejecución lo que
ellos piden, defendiéndola con el valor de nuestros brazos y filos de nuestras espadas, no debajo
de cubierta, sino al cielo abierto, puestos por blanco de los insufribles rayos del sol en verano y de
140 los erizados hielos del invierno. Así, que somos ministros de Dios en la tierra, y brazos por quien se
ejecuta en ella su justicia. Y como las cosas de la
guerra y las a ella tocantes y concernientes no se
pueden poner en ejecución sino sudando, afanan-
145 do y trabajando, síguese que aquellos que la profesan tienen, sin duda, mayor trabajo que aquellos que en sosegada paz y reposo están rogando
a Dios favorezca a los que poco pueden. No quiero yo decir, ni me pasa por pensamiento, que es
150 tan buen estado el de caballero andante como el
del encerrado religioso; sólo quiero inferir [13], por
lo que yo padezco, que, sin duda, es más trabajo-
so y más aporreado, y más hambriento y sedien-

....
[13] Deducir.

▼ Los monjes de la orden religiosa de la Cartuja fueron conocidos durante varios siglos
como los más austeros y mortificados.

to, miserable, roto y piojoso; porque no hay duda
sino que los caballeros andantes pasados pasaron   155
mucha malaventura en el discurso de su vida. Y si
algunos subieron a ser emperadores por el valor
de su brazo, a fe que les costó buen porqué [14] de

[14] Buena cantidad.

su sangre y de su sudor, y que si a los que a tal
grado subieron les faltaran encantadores y sabios   160
que los ayudaran, que ellos quedaran bien defrau-
dados de sus deseos y bien engañados de sus
esperanzas.

—De ese parecer estoy yo —replicó el caminante—; pero una cosa, entre otras muchas, me   165
parece muy mal de los caballeros andantes, y es
que, cuando se ven en ocasión de acometer una
grande y peligrosa aventura, en que se vee [15] ma-

[15] Ve.

nifiesto peligro de perder la vida, nunca en aquel
instante de acometella se acuerdan de encomen-   170
darse a Dios, como cada cristiano está obligado a
hacer en peligros semejantes; antes se encomiendan a sus damas, con tanta gana y devoción como
si ellas fueran su Dios ▼: cosa que me parece que
huele algo a gentilidad.   175

—Señor —respondió don Quijote—, eso no
puede ser menos en ninguna manera, y caería en

[16] En infamia.

mal caso [16] el caballero andante que otra cosa hiciese; que ya está en uso y costumbre en la caballería andantesca que el caballero andante que al   180
acometer algún gran fecho de armas tuviese su señora delante vuelva a ella los ojos blanda y amorosamente, como que le pide con ellos le favorezca y ampare en el dudoso trance que acomete; y
aun si nadie le oye, está obligado a decir algunas   185

▼ Como señala Avalle-Arce, «es lo propio del amor cortés, tal cual este concepto se mantiene en los libros de caballerías».

palabras entre dientes, en que de todo corazón se
le encomiende; y desto tenemos innumerables
ejemplos en las historias. Y no se ha de entender
por esto que han de dejar de encomendarse a
190   Dios; que tiempo y lugar les queda para hacerlo
en el discurso de la obra.

     —Con todo eso —replicó el caminante—, me
queda un escrúpulo, y es que muchas veces he leído que se traban palabras entre dos andantes ca-
195   balleros, y, de una en otra, se les viene a encender la cólera, y a volver los caballos y tomar una
buena pieza [17] del campo, y luego, sin más ni más,   [17] Parte.
a todo el correr dellos, se vuelven a encontrar, y
en mitad de la corrida se encomiendan a sus da-
200   mas; y lo que suele suceder del encuentro es que
el uno cae por las ancas del caballo, pasado con
la lanza del contrario de parte a parte, y al otro
le viene [18] también, que, a no tenerse a las crines   [18] Aviene, acontece.
del suyo, no pudiera dejar de venir al suelo. Y no
205   sé yo cómo el muerto tuvo lugar para encomendarse a Dios en el discurso de esta tan acelerada
obra. Mejor fuera que las palabras que en la carrera gastó encomendándose a su dama las gastara
en lo que debía y estaba obligado como cristiano.
210   Cuanto más, que yo tengo para mí que no todos los caballeros andantes tienen damas a quien
encomendarse, porque no todos son enamorados.

     —Eso no puede ser —respondió don Quijo-
215   te—; digo que no puede ser que haya caballero
andante sin dama, porque tan propio y tan natural les es a los tales ser enamorados como al cielo
tener estrellas, y a buen seguro que no se haya visto historia donde se halle caballero andante sin
220   amores, y por el mesmo caso [19] que estuviese sin   [19] Por el mismo moti-
ellos, no sería tenido por legítimo caballero, sino   vo.
por bastardo, y que entró en la fortaleza de la ca-

ballería dicha, no por la puerta, sino por las bardas ²⁰, como salteador y ladrón.

—Con todo eso —dijo el caminante—, me parece, si mal no me acuerdo, haber leído que don Galaor, hermano del valeroso Amadís de Gaula, nunca tuvo dama señalada a quien pudiese encomendarse; y, con todo esto, no fue tenido en menos, y fue un muy valiente y famoso caballero. 225

230

A lo cual respondió nuestro don Quijote:

—Señor, una golondrina sola no hace verano. Cuanto más, que yo sé que de secreto estaba ese caballero muy bien enamorado; fuera que aquello de querer a todas bien cuantas bien le parecían, era condición natural, a quien no podía ir a la mano ²¹. Pero, en resolución, averiguado está muy bien que él tenía una sola a quien él había hecho señora de su voluntad, a la cual se encomendaba muy a menudo y muy secretamente, porque se preció de secreto caballero. 235

240

²¹ A la cual no podía reprimir.

—Luego si es de esencia que todo caballero andante haya de ser enamorado —dijo el caminante—, bien se puede creer que vuestra merced lo es, pues es de la profesión. Y si es que vuestra merced no se precia de ser tan secreto como don Galaor, con las veras que puedo le suplico, en nombre de toda esta compañía y en el mío, nos diga el nombre, patria, calidad y hermosura de su dama; que ella se tendría por dichosa de que todo el mundo sepa que es querida y servida de un tal caballero como vuestra merced parece. 245

250

Aquí dio un gran suspiro don Quijote, y dijo:

—Yo no podré afirmar si la dulce mi enemiga ▼ gusta o no de que el mundo sepa que yo la 255

▼ Estas contraposiciones (dulce/enemiga) son muy frecuentes en la poesía galante de los cancioneros. Aquí se alude a unos versos del poeta italiano Serafino Aquilano (siglo XV), que serán traducidos en el capítulo 38 del Quijote de 1615.

sirvo; sólo sé decir, respondiendo a lo que con tanto comedimiento se me pide, que su nombre es
Dulcinea; su patria El Toboso, un lugar de La Mancha; su calidad, por lo menos, ha de ser de prin-
260   cesa, pues es reina y señora mía; su hermosura, sobrehumana, pues en ella se vienen a hacer verdaderos todos los imposibles y quiméricos atributos
de belleza que los poetas dan a sus damas: que sus
cabellos son oro, su frente campos elíseos, sus ce-
265   jas arcos del cielo, sus ojos soles, sus mejillas rosas, sus labios corales, perlas sus dientes, alabastro su cuello, mármol su pecho, marfil sus manos,
su blancura nieve, y las partes que a la vista humana encubrió la honestidad son tales, según yo
270   pienso y entiendo, que sólo la discreta consideración puede encarecerlas, y no compararlas.

—El linaje, prosapia y alcurnia querríamos saber —replicó Vivaldo.

A lo cual respondió don Quijote:
275   —No es de los antiguos Curcios, Gayos y Ci-
piones [22] romanos, ni de los modernos Colonas y
Ursinos, ni de los Moncadas y Requesenes de Ca-
taluña, ni menos de los Rebellas y Villanovas de
Valencia, Palafoxes, Nuzas, Rocabertis, Corellas,
280   Lunas, Alagones, Urreas, Foces y Gurreas de Aragón, Cerdas, Manriques, Mendozas y Guzmanes de
Castilla, Alencastros, Pallas y Meneses de Portugal;
pero es de los del Toboso de La Mancha, linaje,
aunque moderno, tal, que puede dar generoso
285   principio a las más ilustres familias de los venideros siglos. Y no se me replique en esto, si no fuere
con las condiciones que puso Cervino al pie del
trofeo de las armas de Orlando, que decía:

Nadie las mueva
290   que estar no pueda con Roldán a prueba ▼.

....
[22] Escipiones.

▼ Son versos del *Orlando furioso,* de Ariosto; Cervino, preso en el cerco de París y libe-

23 Comparar.

24 Aunque.

25 No puedo creer que no haya llegado (forma vulgar de negativa).

26 Árbol al que se atribuían propiedades malignas.

—Aunque el mío es de los Cachopines de Laredo —respondió el caminante—, no le osaré yo poner con [23] el del Toboso de La Mancha, puesto que [24], para decir verdad, semejante apellido hasta ahora no ha llegado a mis oídos.   295

—¡Cómo eso no habrá llegado [25]! —replicó don Quijote.

Con gran atención iban escuchando todos los demás la plática de los dos, y aun hasta los mesmos cabreros y pastores conocieron la demasiada   300
falta de juicio de nuestro don Quijote. Sólo Sancho Panza pensaba que cuanto su amo decía era verdad, sabiendo él quién era y habiéndole conocido desde su nacimiento; y en lo que dudaba algo era en creer aquello de la linda Dulcinea del To-   305
boso, porque nunca tal nombre ni tal princesa había llegado jamás a su noticia, aunque vivía tan cerca del Toboso.

En estas pláticas iban, cuando vieron que, por la quiebra que dos altas montañas hacían, bajaban   310
hasta veinte pastores, todos con pellicos de negra lana vestidos y coronados con guirnaldas, que, a lo que después pareció, eran cuál de tejo [26] y cuál de ciprés. Entre seis dellos traían unas andas, cubiertas de mucha diversidad de flores y de ramos.   315
Lo cual visto por uno de los cabreros dijo:

—Aquellos que allí vienen son los que traen el cuerpo de Grisóstomo, y el pie de aquella montaña es el lugar donde él mandó que le enterrasen.

Por esto se dieron priesa a llegar, y fue a tiem-   320
po que ya los que venían habían puesto las andas

rado gracias a Orlando, habiendo encontrado las armas de éste, les puso este lacónico rótulo para impedir que nadie se apropiara del trofeo.

en el suelo, y cuatro dellos con agudos picos estaban cavando la sepultura a un lado de una dura
peña.

325   Recibiéronse los unos y los otros cortésmente,
y luego don Quijote y los que con él venían se pusieron a mirar las andas, y en ellas vieron cubierto de flores un cuerpo muerto, vestido como pastor, de edad, al parecer, de treinta años; y, aun-
330 que muerto, mostraba que vivo había sido de rostro hermoso y de disposición gallarda. Alrededor
dél tenía en las mesmas andas algunos libros y muchos papeles, abiertos y cerrados. Y así los que
esto miraban, como los que abrían la sepultura, y
335 todos los demás que allí había, guardaban un maravilloso silencio, hasta que uno de los que al
muerto trujeron dijo a otro:

—Mirá [27] bien, Ambrosio, si es éste el lugar que   [27] Mirad.
Grisóstomo dijo, ya que queréis que tan puntual-
340 mente se cumpla lo que dejó mandado en su
testamento.

—Éste es —respondió Ambrioso—; que muchas veces en él me contó mi desdichado amigo
la historia de su desventura. Allí me dijo él que
345 vio la vez primera a aquella enemiga mortal del linaje humano, y allí fue también donde la primera
vez le declaró su pensamiento, tan honesto como
enamorado, y allí fue, la última vez, donde Marcela le acabó de desengañar y desdeñar, de suerte
350 que puso fin a la tragedia de su miserable vida. Y
aquí, en memoria de tantas desdichas, quiso él
que le depositasen en las entrañas del eterno olvido.

Y volviéndose a don Quijote y a los caminan-
355 tes, prosiguió diciendo:

—Ese cuerpo, señores, que con piadosos ojos
estáis mirando, fue depositario de un alma en

quien el cielo puso infinita parte de sus riquezas ▼.
Ése es el cuerpo de Grisóstomo, que fue único en
el ingenio, solo en la cortesía, extremo en la gen-   360
tileza, fénix en la amistad, magnífico sin tasa, gra-
ve sin presunción, alegre sin bajeza, y, finalmente,
primero en todo lo que es ser bueno, y sin segundo en todo lo que fue ser desdichado. Quiso bien,
fue aborrecido; adoró, fue desdeñado; rogó a una   365
fiera, importunó a un mármol, corrió tras el vien-
to, dio voces a la soledad, sirvió a la ingratitud, de
quien alcanzó por premio ser despojos de la muerte en la mitad de la carrera de su vida, a la cual
dio fin una pastora a quien él procuraba eternizar   370
para que viviera en la memoria de las gentes, cual
lo pudieran mostrar bien esos papeles que estáis
mirando, si él no me hubiera mandado que los entregara al fuego en habiendo entregado su cuerpo
a la tierra.   375

   —De mayor rigor y crueldad usaréis vos con
ellos —dijo Vivaldo— que su mesmo dueño,
pues no es justo ni acertado que se cumpla la voluntad de quien lo que ordena va fuera de todo razonable discurso. Y no le tuviera bueno [28] Augus-   380
to César si consintiera que se pusiera en ejecución
lo que el divino Mantuano dejó en su testamento
mandado ▼▼. Ansí que, señor Ambrosio, ya que
deis el cuerpo de vuestro amigo a la tierra, no que-
ráis dar sus escritos al olvido; que si él ordenó   385
como agraviado, no es bien que vos cumpláis
como indiscreto. Antes haced, dando la vida a estos papeles, que la tenga siempre la crueldad de
Marcela, para que sirva de ejemplo, en los tiem-

....
[28] El discurso (zeugma).

▼ Estas palabras de Ambrosio constituyen un verdadero planto o elegía funeral.
▼▼ Alude a la creencia de que Virgilio dejó ordenado que fuese quemado el original de
la *Eneida,* porque no había podido revisarlo. Su amigo el emperador Octavio Augusto
se negó a respetar la decisión.

390   pos que están por venir, a los vivientes, para que
       se aparten y huyan de caer en semejantes despe-
       ñaderos; que ya sé yo, y los que aquí venimos, la
       historia deste vuestro enamorado y desesperado
       amigo, y sabemos la amistad vuestra, y la ocasión
395   de su muerte, y lo que dejó mandado al acabar
       de la vida; de la cual lamentable historia se puede
       sacar cuánto haya sido la crueldad de Marcela, el
       amor de Grisóstomo, la fe de la amistad vuestra,
       con el paradero que tienen los que a rienda suelta
400   corren por la senda que el desvariado amor delan-
       te de los ojos les pone. Anoche supimos la muerte
       de Grisóstomo, y que en este lugar había de ser
       enterrado, y así, de curiosidad y de lástima, deja-
       mos nuestro derecho viaje, y acordamos de venir
405   a ver con los ojos lo que tanto nos había lastima-
       do [29] en oíllo. Y en pago desta lástima, y del deseo   [29] Movido a lástima.
       que en nosotros nació de remedialla si pudiéra-
       mos, te rogamos, ¡oh discreto Ambrosio!, a lo me-
       nos, yo te lo suplico de mi parte, que, dejando de
410   abrasar estos papeles, me dejes llevar algunos
       dellos.

       Y sin aguardar que el pastor respondiese, alar-
       gó la mano y tomó algunos de los que más cerca
       estaban; viendo lo cual Ambrosio, dijo:
415   —Por cortesía consentiré que os quedéis, se-
       ñor, con los que ya habéis tomado; pero pensar
       que dejaré de abrasar los que quedan es pensa-
       miento vano.

       Vivaldo, que deseaba ver lo que los papeles de-
420   cían, abrió luego el uno dellos y vio que tenía por
       título Canción desesperada. Oyólo Ambrosio, y dijo:
           —Ese es el último papel que escribió el desdi-
       chado; y porque [30] veáis, señor, en el término que   [30] Para que.
       le tenían sus desventuras, leelde [31] de modo que   [31] Leedle (metátesis).
425   seáis oído; que bien os dará lugar a ello el que se
       tardare en abrir la sepultura.

—Eso haré yo de muy buena gana —dijo Vivaldo.

Y como todos los circunstantes tenían el mesmo deseo, se le pusieron a la redonda, y él, leyendo en voz clara, vio que así decía ▼:

430

▼ He aquí un ejemplo bien ilustrativo del movimiento continuo en la dinámica narrativa de la novela: el capítulo 13 termina, en un final abierto, con un verbo de lengua seguido de dos puntos *(así decía:)* referido a la *Canción desesperada,* cuyos versos ya se encuentran en el capítulo siguiente.

CAPÍTULO XIV

Donde se ponen los versos desesperados del difunto pastor, con otros no esperados sucesos

CANCIÓN DE GRISÓSTOMO ▼

5   Ya que quieres, cruel, que se publique
de lengua en lengua y de una en otra gente
del áspero rigor tuyo la fuerza,
haré que el mesmo infierno comunique
al triste pecho mío un son doliente,
10 con que el uso común de mi voz tuerza.
Y al par de mi deseo, que se esfuerza
a decir mi dolor y tus hazañas,
de la espantable voz irá el acento,
y en él mezcladas [1] por mayor tormento,
15 pedazos de las míseras entrañas.
Escucha, pues, y presta atento oído,
no al concertado son, sino al ruido
que de lo hondo de mi amargo pecho,
llevado de un forzoso desvarío,
20 por gusto mío sale y tu despecho ▼▼.

....

[1] Concuerda con *entrañas*, y no con *pedazos*, como era lógico.

||||||||||||||||||||||||||||||||||||||||||||||||||||||||||||||||||||||||||||||||||||||||||||||||||||||||||||

▼ El contraste entre «pastores cabreros» y «pastores pastoriles» se establece ahora entre el tono rústico y popular del romance cantado en el capítulo 11 y el modo culto pastoril de esta *Canción desesperada*.

▼▼ La canción está organizada según el patrón métrico de la canción petrarquista: consta de ocho estancias de 16 endecasílabos cada una y termina con un envío final de cinco versos, con el habitual apóstrofe del poeta a la canción misma. Como se ve, el último verso de cada estancia presenta una rima interna en la cuarta y quinta sílaba (final del primer hemistiquio) con el final del verso anterior.

El rugir del león, del lobo fiero
el temeroso [2] aullido, el silbo horrendo
de escamosa serpiente, el espantable
baladro [3] de algún monstruo, el agorero
graznar de la corneja, y el estruendo   25
del viento contrastado en mar instable [4];
del ya vencido toro el implacable
bramido, y de la viuda tortolilla
el sentible [5] arrullar; el triste canto
del envidiado búho [6], con el llanto   30
de toda la infernal negra cuadrilla,
salgan con la doliente ánima fuera ▼,
mezclados en un son, de tal manera,
que se confundan los sentidos todos,
pues la pena cruel que en mí se halla   35
para contalla pide nuevos modos.
De tanta confusión no las arenas
del padre Tajo oirán los tristes ecos,
ni del famoso Betis [7] las olivas:
que allí se esparcirán mis duras penas   40
en altos riscos y en profundos huecos,
con muerta lengua y con palabras vivas,
o ya en escuros valles, o en esquivas
playas, desnudas de contrato humano,
o adonde el sol jamás mostró su lumbre,   45
o entre la venenosa muchedumbre
de fieras que alimenta el libio llano [8];
que, puesto que en los páramos desiertos
los ecos roncos de mi mal, inciertos
suenen con tu rigor tan sin segundo,   50
por privilegio de mis cortos hados,
serán llevados por el ancho mundo.
Mata un desdén, atierra [9] la paciencia,
o verdadera o falsa, una sospecha;

2 Que causa temor.

3 Alarido, grito espantoso.

4 Inestable.

5 Sensible.

6 Envidiado por la belleza de sus ojos (creencia popular).

7 Guadalquivir.

8 La llanura de Libia.

9 Derriba, echa por tierra.

▼ Verso tomado de la égloga segunda de Garcilaso de la Vega (verso 606).

55   matan los celos con rigor más fuerte;
        desconcierta la vida larga ausencia;
        contra un temor de olvido no aprovecha
        firme esperanza de dichosa suerte.
        En todo hay cierta inevitable muerte;
60   mas yo, ¡milagro nunca visto!, vivo
        celoso, ausente, desdeñado y cierto
        de las sospechas que me tienen muerto,
        y en el olvido en quien mi fuego avivo,
        y, entre tantos tormentos, nunca alcanza
65   mi vista a ver en sombra[10] a la esperanza,   [10] Ni siquiera en som-
        ni yo, desesperado, la procuro;   bra.
        antes, por extremarme en mi querella,
        estar sin ella eternamente juro.
            ¿Puédese, por ventura, en un instante
70   esperar y temer, o es bien hacello,
        siendo las causas del temor más ciertas?
        ¿Tengo, si el duro celo[11] está delante,   [11] Celos.
        de cerrar estos ojos, si he de vello
        por mil heridas en el alma abiertas?
75   ¿Quién no abrirá de par en par las puertas
        a la desconfianza, cuando mira
        descubierto el desdén, y las sospechas,
        ¡oh amarga conversión!, verdades hechas
        y la limpia verdad vuelta en mentira?
80   ¡Oh, en el reino de amor fieros tiranos
        celos, ponedme un hierro en estas manos!
        Dame, desdén, una torcida soga.
        Mas ¡ay de mí!, que, con cruel victoria
        vuestra memoria el sufrimiento ahoga.
85   Yo muero, en fin; y porque nunca espere
        buen suceso en la muerte ni en la vida,
        pertinaz estaré en mi fantasía.
        Diré que va acertado el que bien quiere,
        y que es más libre el alma más rendida
90   a la de amor antigua tiranía.

Diré que la enemiga siempre mía
hermosa el alma como el cuerpo tiene,
y que su olvido de mi culpa nace,
y que en fe de los males que nos hace,
amor su imperio en justa paz mantiene.   95
Y con esta opinión y un duro lazo,
acelerando el miserable plazo
a que me han conducido sus desdenes,
ofreceré a los vientos cuerpo y alma,
sin lauro o palma de futuros bienes.   100
    Tú, que con tantas sinrazones muestras
la razón que me fuerza a que la haga
a la cansada vida que aborrezco,
pues ya ves que te da notorias muestras
esta del corazón profunda llaga,   105
de como alegre a tu rigor me ofrezco,
si, por dicha, conoces que merezco
que el cielo claro de tus bellos ojos
en mi muerte se turbe, no lo hagas;
que no quiero que en nada satisfagas,   110
al darte de mi alma los despojos.
Antes, con risa en la ocasión funesta
descubre que el fin mío fue tu fiesta;
mas gran simpleza es avisarte desto,
pues sé que está tu gloria conocida   115
en que mi vida llegue al fin tan presto.
    Venga, que es tiempo ya, del hondo abismo
Tántalo con su sed; Sísifo venga ▾

||||||||||||||||||||||||||||||||||||||||||||||||||||||||||||||||||||||||||||||||||||||||||||||||||||||||||||||||||

▾ Figuras mitológicas condenadas a eternos castigos: Tántalo, castigado a no poder beber, estando rodeado de agua, y a no comer, teniendo ramas de frutas cerca; Sísifo, condenado a subir una enorme piedra a la cima de una montaña, pero que rodaba cuesta abajo cada vez que estaba a punto de llegar; Ticio, condenado a que un buitre le roya las entrañas; Egión, castigado a permanecer atado a una rueda que gira eternamente; *las hermanas que trabajan tanto* eran las hijas de Dánao (danaides), condenadas a sacar agua con cubas agujereadas.

con el peso terrible de su canto;
120   Ticio traya [12] su buitre, y ansimismo   [12] Traiga.
con su rueda Egión no se detenga,
ni las hermanas que trabajan tanto,
y todos juntos su mortal quebranto
trasladen en mi pecho, y en voz baja
125   —si ya a un desesperado son debidas—
canten obsequias [13] tristes, doloridas,   [13] Exequias.
al cuerpo, a quien se niegue aun la mortaja.
Y el portero infernal de los tres rostros ▼,
con otras mil quimeras y mil monstros [14],   [14] Monstruos.
130   lleven el doloroso contrapunto;
que otra pompa mejor no me parece
que la merece un amador difunto.

Canción desesperada, no te quejes
cuando mi triste compañía dejes;
135   antes, pues que la causa do [15] naciste   [15] De donde.
con mi desdicha augmenta [16] su ventura,   [16] Aumenta.
aun en la sepultura no estés triste.

Bien les pareció, a los que escuchado habían, la
canción de Grisóstomo, puesto que [17] el que la   [17] Aunque.
140   leyó dijo que no le parecía que conformaba con
la relación que él había oído del recato y bondad
de Marcela, porque en ella se quejaba Grisóstomo
de celos, sospechas y de ausencia, todo en perjuicio del buen crédito y buena fama de Marcela. A
145   lo cual respondió Ambrosio, como aquel que sabía bien los más escondidos pensamientos de su
amigo:
—Para que, señor, os satisfagáis desa duda, es
bien que sepáis que cuando este desdichado escri-

▼ El perro Cerbero (Cancerbero), de tres cabezas, que guarda las puertas del infierno.

bió esta canción estaba ausente de Marcela, de 150
quien él se había ausentado por su voluntad, por
ver si usaba con él la ausencia de sus ordinarios
fueros; y como al enamorado ausente no hay cosa
que no le fatigue ni temor que no le dé alcance,
así le fatigaban a Grisóstomo los celos imaginados 155
y las sospechas temidas como si fueran verdaderas. Y con esto queda en su punto la verdad que
la fama pregona de la bondad de Marcela; la

....
[18] A la cual.

cual [18], fuera de ser cruel, y un poco arrogante, y
un mucho desdeñosa, la mesma envidia ni debe 160
ni puede ponerle falta alguna ▼.

—Así es la verdad —respondió Vivaldo.

Y queriendo leer otro papel de los que había re-
servado del fuego, lo estorbó una maravillosa visión —que tal parecía ella— que improvisamen- 165

....
[19] Por encima de.

te se les ofreció a los ojos; y fue que por cima de [19]
la peña donde se cavaba la sepultura pareció la
pastora Marcela, tan hermosa, que pasaba a su
fama su hermosura. Los que hasta entonces no la
habían visto la miraban con admiración y silencio; 170
y los que ya estaban acostumbrados a verla no
quedaron menos suspensos que los que nunca la
habían visto. Mas apenas la hubo visto Ambrosio,
cuando con muestras de ánimo indignado le dijo:

—¿Vienes a ver, por ventura, ¡oh fiero basilis- 175
co destas montañas!, si con tu presencia vierten
sangre las heridas deste miserable a quien tu cruel-

....
[20] De.

dad quitó la vida? ¿O vienes a ufanarte en [20] las
crueles hazañas de tu condición, o a ver desde esa
altura, como otro despiadado Nero, el incendio de 180

|||||||||||||||||||||||||||||||||||||||||||||||||||||||||||||||||||||||||||||||||||||||||||||||||

▼ Se cree que Cervantes había escrito esta *Canción desesperada* antes del *Quijote*. Seguramente por eso tiene que justificar ahora las contradicciones entre los versos que acusan
a Marcela de engaños e infidelidad y su reconocido «recato y bondad».

su abrasada Roma, o a pisar arrogante este desdichado cadáver, como la ingrata hija al de su padre Tarquino? Dinos presto a lo que vienes, o qué
es aquello de que más gustas; que por saber yo
185 que los pensamientos de Grisóstomo jamás dejaron de obedecerte en vida, haré que, aun él muerto, te obedezcan los de todos aquellos que se llamaron sus amigos ▾.

    —No vengo, ¡oh Ambrosio!, a ninguna cosa de
190 las que has dicho —respondió Marcela—, sino a
volver por [21] mí misma, y a dar a entender cuán   [21] A defenderme.
fuera de razón van todos aquellos que de sus pe-
nas y de la muerte de Grisóstomo me culpan; y
así, ruego a todos los que aquí estáis me estéis
195 atentos, que no será menester mucho tiempo ni
gastar muchas palabras para persuadir una verdad
a los discretos. Hízome el cielo, según vosotros decís, hermosa, y de tal manera, que sin ser podero-
sos a otra cosa, a que me améis os mueve mi her-
200 mosura, y por el amor que me mostráis, decís, y
aun queréis, que esté yo obligada a amaros. Yo conozco, con el natural entendimiento que Dios me
ha dado, que todo lo hermoso es amable; mas no
205 alcanzo que, por razón de ser amado, esté obligado lo que es amado por hermoso a amar a quien
le ama. Y más, que podría acontecer que el amador de lo hermoso fuese feo, y siendo lo feo digno de ser aborrecido, cae muy mal el decir: «Quié-
210 rote por hermosa; hasme de amar aunque sea   [22] Aunque.
feo.» Pero, puesto caso que [22] corran igualmente

▾ Ambrosio alude primero a la creencia germánica según la cual las heridas del muerto volvían a sangrar en presencia de su matador; después, al incendio de Roma provocado por Nerón; y, finalmente, a Tulia, esposa (no hija) de Tarquino el Soberbio, la
cual hizo matar a su propio padre (Servio Tulio) para que su esposo pudiera reinar.

las hermosuras, no por eso han de correr iguales
los deseos, que no todas hermosuras enamoran;
que algunas alegran la vista y no rinden la voluntad; que si todas las bellezas enamorasen y rindie-   215
sen, sería un andar las voluntades confusas y des-
caminadas, sin saber en cuál habían de parar; porque, siendo infinitos los sujetos hermosos, infinitos habían de ser los deseos. Y, según yo he oído
decir, el verdadero amor no se divide, y ha de ser   220
voluntario, y no forzoso. Siendo esto así, como yo
creo que lo es, ¿por qué queréis que rinda mi voluntad por fuerza, obligada no más de que decís
que me queréis bien? Si no, decidme: si como el
cielo me hizo hermosa me hiciera fea, ¿fuera justo   225
que me quejara de vosotros porque no me amá-
bades? Cuanto más, que habéis de considerar que
yo no escogí la hermosura que tengo, que, tal cual
es, el cielo me la dio de gracia, sin yo pedilla ni
escogella. Y así como la víbora no merece ser cul-   230
pada por la ponzoña que tiene, puesto que con
ella mata, por habérsela dado naturaleza, tampoco yo merezco ser reprehendida por ser hermosa;
que la hermosura en la mujer honesta es como el
fuego apartado o como la espada aguda; que ni él   235
quema ni ella corta a quien a ellos no se acerca.
La honra y las virtudes son adornos del alma, sin
las cuales el cuerpo, aunque lo sea, no debe de parecer hermoso. Pues si la honestidad es una de las
virtudes que al cuerpo y alma más adornan y her-   240
mosean, ¿por qué la ha de perder la que es ama-
da por hermosa, por corresponder a la intención
de aquel que, por sólo su gusto, con todas sus fuerzas e industrias [23] procura que la pierda? Yo nací
libre, y para poder vivir libre escogí la soledad de   245
los campos. Los árboles destas montañas son mi
compañía, las claras aguas destos arroyos mis espejos; con los árboles y con las aguas comunico

....
[23] Habilidades.

mis pensamientos y hermosura ▼. Fuego soy apar-
250 tado y espada puesta lejos. A los que he enamorado con la vista he desengañado con las palabras.
Y si los deseos se sustentan con esperanzas, no habiendo yo dado alguna a Grisóstomo ni a otro alguno, en fin, de ninguno dellos, bien se puede de-
255 cir que antes le mató su porfía que mi crueldad.
Y si se me hace cargo [24] que eran honestos sus pensamientos, y que por esto estaba obligada a corresponder a ellos, digo que cuando en ese mismo lugar donde ahora se cava su sepultura me descu-
260 brió la bondad de su intención, le dije yo que la
mía era vivir en perpetua soledad, y de que sola
la tierra gozase el fruto de mi recogimiento y los
despojos de mi hermosura; y si él, con todo este
desengaño, quiso porfiar contra la esperanza y na-
265 vegar contra el viento, ¿qué mucho que se anega-
se en la mitad del golfo de su desatino? Si yo le
entretuviera, fuera falsa; si le contentara, hiciera
contra mi mejor intención y prosupuesto [25]. Por-
fió desengañado, desesperó sin ser aborrecido:
270 ¡mirad ahora si será razón que de su pena se me
dé a mí la culpa! Quéjese el engañado, desespére-
se aquel a quien le faltaron las prometidas esperanzas, confíese el que yo llamare, ufánese el que
yo admitiere; pero no me llame cruel ni homicida
275 aquel a quien yo no prometo, engaño, llamo ni ad-
mito. El cielo aún hasta ahora no ha querido que
yo ame por destino, y el pensar que tengo de amar
por elección es excusado. Este general desengaño
sirva a cada uno de los que me solicitan de su par-
280 ticular provecho; y entiéndase de aquí adelante

[24] Imputa.

[25] Obrara contra mi
mejor intención y pro-
pósito.

▼ Todo el parlamento de Marcela es una síntesis de la concepción platónica del amor,
del concepto de la honestidad y la libertad de la mujer para elegir esposo, y del ideal
renacentista de vida campestre.

que si alguno por mí muriere, no muere de celoso
ni desdichado, porque quien a nadie quiere, a ninguno debe dar celos; que los desengaños no se han
de tomar en cuenta de desdenes. El que me llama
fiera y basilisco, déjeme como cosa perjudicial y   285
mala; el que me llama ingrata, no me sirva; el que
desconocida [26], no me conozca; quien cruel, no me
siga; que esta fiera, este basilisco, esta ingrata, esta
cruel y esta desconocida, ni los buscará, servirá,
conocerá ni seguirá en ninguna manera ▼. Que si   290
a Grisóstomo mató su impaciencia y arrojado deseo, ¿por qué se ha de culpar mi honesto proceder y recato? Si yo conservo mi limpieza con la
compañía de los árboles, ¿por qué ha de querer
que la pierda el que quiere que la tenga con los   295
hombres? Yo, como sabéis, tengo riquezas propias
y no codicio las ajenas; tengo libre condición y no
gusto de sujetarme; ni quiero ni aborrezco a nadie. No engaño a éste, ni solicito aquél; ni burlo
con uno, ni me entretengo con el otro. La conver-   300
sación honesta de las zagalas destas aldeas y el cuidado de mis cabras me entretiene. Tienen mis deseos por término estas montañas, y si de aquí salen, es a contemplar la hermosura del cielo, pasos
con que camina el alma a su morada primera ▼▼.   305
   Y en diciendo esto, sin querer oír respuesta alguna, volvió las espaldas y se entró por lo más
cerrado de un monte que allí cerca estaba, dejando admirados, tanto de su discreción como de su

[26] Desagradecida, in-
grata.

▼ Uno de los recursos estilísticos más frecuentes en el texto es la correlación disemi-
nativo-recolectiva. Uno de los mejores ejemplos es éste, en el cual Marcela sintetiza sus
razonamientos con notoria tensión emotiva (Moreno Báez).
▼▼ El discurso de Marcela es paralelo al de don Quijote sobre la Edad de Oro del mundo y las normas que lo regían; y ambos se contraponen al lenguaje rústico con que el
cabrero Pedro relató el cuento.

310   hermosura, a todos los que allí estaban. Y algunos
       dieron muestras —de aquellos que de la podero-
       sa flecha de los rayos de sus bellos ojos estaban he-
       ridos— de quererla seguir, sin aprovecharse del
       manifiesto desengaño que habían oído. Lo cual
315   visto por don Quijote, pareciéndole que allí venía
       bien usar de su caballería, socorriendo a las don-
       cellas menesterosas, puesta la mano en el puño de
       su espada, en altas e inteligibles voces, dijo:
           —Ninguna persona, de cualquier estado y con-
320   dición que sea, se atreva a seguir a la hermosa
       Marcela, so pena de [27] caer en la furiosa indigna-   [27] Bajo pena de.
       ción mía. Ella ha mostrado con claras y suficien-
       tes razones la poca o ninguna culpa que ha tenido
       en la muerte de Grisóstomo, y cuán ajena vive de
325   condescender con los deseos de ninguno de sus
       amantes; a cuya causa [28] es justo que, en lugar de   [28] Por lo cual.
       ser seguida y perseguida, sea honrada y estimada
       de todos los buenos del mundo, pues muestra que
       en él ella es sola la que con tan honesta intención
330   vive.
           O ya que fuese por las amenazas de don Quijo-
       te, o porque Ambrosio les dijo que concluyesen
       con lo que a su buen amigo debían, ninguno de
       los pastores se movió ni apartó de allí hasta que,
335   acabada la sepultura y abrasados los papeles de
       Grisóstomo, pusieron su cuerpo en ella, no sin mu-
       chas lágrimas de los circunstantes. Cerraron la se-
       pultura con una gruesa peña, en tanto que se aca-
       baba una losa que, según Ambrosio dijo, pensaba
340   mandar hacer, con un epitafio que había de decir
       desta manera:

               Yace aquí de un amador
               el mísero cuerpo helado,
               que fue pastor de ganado,   [29] Juego de palabras ba-
345   perdido por desamor [29].   sado en la antítesis ga-
                                                                       nado/perdido.

Murió a manos del rigor
de una esquiva hermosa ingrata,
con quien su imperio dilata
la tiranía de amor ▼.

Luego esparcieron por cima de la sepultura mu- 350
chas flores y ramos, y, dando todos el pésame a
su amigo Ambrosio, se despidieron dél. Lo mesmo hicieron Vivaldo y su compañero, y don Quijote se despidió de sus huéspedes y de los caminantes, los cuales le rogaron se viniese con ellos a 355
Sevilla, por ser lugar tan acomodado a hallar aventuras, que en cada calle y tras cada esquina se ofrecen más que en otro alguno. Don Quijote les agradeció el aviso y el ánimo que mostraban de hacerle merced, y dijo que por entonces no quería ni de- 360
bía ir a Sevilla, hasta que hubiese despojado todas
aquellas sierras de ladrones malandrines, de quien
era fama que todas estaban llenas. Viendo su buena determinación, no quisieron los caminantes im-
portunarle más, sino, tornándose a despedir de 365
nuevo, le dejaron y prosiguieron su camino, en el
cual no les faltó de qué tratar, así de la historia de
Marcela y Grisóstomo como de las locuras de don
Quijote. El cual determinó de ir a buscar a la pastora Marcela y ofrecerle todo lo que él podía en 370
su servicio. Mas no le avino como él pensaba, según se cuenta en el discurso desta verdadera historia, dando aquí fin la segunda parte.

||||||||||||||||||||||||||||||||||||||||||||||||||||||||||||||||||||||||||||||||||||||||||||||||||||||||||||||||||||||

▼ A los dos discursos citados y al cuento de Pedro se contrapone ahora el lacónico la-
mento académico que Ambrosio escribe para este epitafio.

CAPÍTULO XV

Donde se cuenta la desgraciada aventura que se topó don Quijote en topar con unos desalmados yangüeses [1]

[1] Naturales de Yanguas.

[2] Luego que.

Cuenta el sabio Cide Hamete Benengeli que, así como [2] don Quijote se despidió de sus huéspedes y de todos los que se hallaron al entierro del pastor Grisóstomo, él y su escudero se entraron por el mesmo bosque donde vieron que se había entrado la pastora Marcela; y, habiendo andado más de dos horas por él, buscándola por todas partes sin poder hallarla, vinieron a parar a un prado lleno de fresca yerba, junto del cual corría un arroyo apacible y fresco; tanto, que convidó y forzó a pasar allí las horas de la siesta, que rigurosamente comenzaba ya a entrar.

Apeáronse don Quijote y Sancho y, dejando al jumento y a Rocinante a sus anchuras pacer de la mucha yerba que allí había, dieron saco a [3] las alforjas, y, sin cerimonia alguna, en buena paz y compañía, amo y mozo comieron lo que en ellas hallaron.

[3] Saquearon.

No se había curado Sancho de echar sueltas [4] a Rocinante, seguro de que le conocía por tan man-

[4] No se había preocupado Sancho de poner trabas en las patas.

5

10

15

20

25   so y tan poco rijoso[5], que todas las yeguas de la
     dehesa de Córdoba no le hicieran tomar mal si-
     niestro[6]. Ordenó, pues, la suerte, y el diablo, que
     no todas veces duerme, que andaban por aquel va-
     lle paciendo una manada de hacas galicianas[7] de
30   unos arrieros gallegos, de los cuales es costumbre
     sestear con su recua en lugares y sitios de yerba
     y agua. Y aquel donde acertó a hallarse don Qui-
     jote era muy a propósito de los gallegos ▼.

     Sucedió, pues, que a Rocinante le vino en de-
35   seo de refocilarse con las señoras facas, y salien-
     do, así como las olió, de su natural paso y costum-
     bre, sin pedir licencia a su dueño, tomó un trotico
     algo picadillo y se fue a comunicar su necesidad
     con ellas. Mas ellas, que, a lo que pareció, debían
40   de tener más gana de pacer que de ál[8], recibié-
     ronle con las herraduras y con los dientes, de tal
     manera, que a poco espacio se le rompieron las
     cinchas, y quedó sin silla, en pelota[9]. Pero lo que
     él debió más de sentir fue que, viendo los arrieros
45   la fuerza que a sus yeguas se les hacía, acudieron
     con estacas, y tantos palos le dieron, que le derri-
     baron malparado en el suelo ▼▼.

     Ya en esto, don Quijote y Sancho, que la paliza
     de Rocinante habían visto, llegaban ijadeando[10];
50   y dijo don Quijote a Sancho:

     —A lo que yo veo, amigo Sancho, éstos no son
     caballeros, sino gente soez y de baja ralea. Dígolo,
     porque bien me puedes ayudar a tomar la debida

[5] Pendenciero.

[6] Mala costumbre, vi-
cio.

[7] Jacas gallegas.

[8] Otra cosa.

[9] En cueros.

[10] Jadeando.

▼ Aunque *yangüeses* eran los naturales de Yanguas, nombre de un pueblo de Segovia y
otro de Soria, estos arrieros son gallegos. Para ponderar la imperturbabilidad de Rocinante, Cervantes recurre a la fama del ganado caballar de la dehesa (tierra de pastos)
de Córdoba.

▼▼ En contraste con la ficción pastoril de Marcela y Grisóstomo y ambientado en este
bucólico lugar, se desencadena ahora la aventura de Rocinante con las *señoras facas*

venganza del agravio que delante de nuestros ojos
se le ha hecho a Rocinante.   55

—¿Qué diablos de venganza hemos de tomar
—respondió Sancho—, si éstos son más de veinte, y nosotros no más de dos, y aun quizá nosotros sino uno y medio?

—Yo valgo por ciento —replicó don Quijote.   60

Y sin hacer más discursos, echó mano a su espada y arremetió a los gallegos, y lo mesmo hizo
Sancho Panza, incitado y movido del ejemplo de
su amo. Y, a las primeras dio don Quijote una cuchillada a uno, que le abrió un sayo de cuero de   65
que venía vestido, con gran parte de la espalda.

Los gallegos, que se vieron maltratar de aquellos dos hombres solos, siendo ellos tantos, acudieron a sus estacas, y, cogiendo a los dos en medio, comenzaron a menudear sobre ellos con gran-   70
de ahínco y vehemencia. Verdad es que al segundo toque dieron con Sancho en el suelo, y lo mesmo le avino a don Quijote, sin que le valiese su
destreza y buen ánimo. Y quiso su ventura que viniese a caer a los pies de Rocinante, que aún no   75
se había levantado; donde se echa de ver la furia
con que machacan estacas puestas en manos rústicas y enojadas.

Viendo, pues, los gallegos el mal recado [11] que
habían hecho, con la mayor presteza que pudie-   80
ron cargaron su recua y siguieron su camino, dejando a los dos aventureros de mala traza y de
peor talante.

El primero que se resintió [12] fue Sancho Panza;
y hallándose junto a su señor, con voz enferma y   85
lastimada, dijo:

—¡Señor don Quijote! ¡Ah, señor don Quijote!

—¿Qué quieres, Sancho hermano? —respondió don Quijote con el mesmo tono afeminado y
doliente que Sancho.   90

---

[11] Mala acción.

[12] Se quejó.

—Querría, si fuese posible —respondió Sancho Panza—, que vuestra merced me diese dos tragos de aquella bebida del feo Blas, si es que la tiene vuestra merced ahí a mano. Quizá será de
95 provecho para los quebrantamientos de huesos como lo es para las feridas ▼.

—Pues, a tenerla yo aquí, desgraciado yo, ¿qué nos faltaba? —respondió don Quijote—. Mas yo te juro, Sancho Panza, a fe de caballero andante,
100 que antes que pasen dos días, si la fortuna no ordena otra cosa, la tengo de tener en mi poder, o mal me han de andar las manos [13].

[13] O muy torpe tendría que ser.

—Pues ¿en cuántos le parece a vuestra merced que podremos mover los pies? —replicó Sancho
105 Panza.

—De mí sé decir —dijo el molido caballero don Quijote— que no sabré poner término [14] a esos días. Mas yo me tengo la culpa de todo; que no había de poner mano a la espada contra hom-
110 bres que no fuesen armados caballeros como yo; y así, creo, que en pena de haber pasado [15] las leyes de la caballería, ha permitido el dios de las batallas que se me diese este castigo. Por lo cual, Sancho Panza, conviene que estés advertido en esto
115 que ahora te diré, porque importa mucho a la salud de entrambos; y es que, cuando veas que semejante canalla nos hace algún agravio, no aguardes a que yo ponga mano al espada para ellos, porque no lo haré en ninguna manera, sino pon tú
120 mano a tu espada y castígalos muy a tu sabor; que

[14] Plazo.

[15] Quebrantado.

▼ Los lazos afectivos entre don Quijote y Sancho empiezan a fortalecerse: don Quijote le responde *con el mesmo tono afeminado y doliente;* y Sancho inicia su lento proceso de quijotización, pues antes actuó *incitado y movido del ejemplo de su amo* (contagiado de su valor) y ahora emplea el arcaísmo caballeresco *feridas* y pide el bálsamo del feo Blas, prevaricación idiomática de «bálsamo de Fierabrás», citado en el capítulo 10.

si en su ayuda y defensa acudieren caballeros, yo te sabré defender y ofendellos [16] con todo mi poder, que ya habrás visto por mil señales y experiencias hasta adónde se extiende el valor de este mi fuerte brazo ▼.

Tal quedó de arrogante el pobre señor con el vencimiento del valiente vizcaíno. Mas no le pareció tan bien a Sancho Panza el aviso de su amo, que dejase de responder, diciendo:

—Señor, yo soy hombre pacífico, manso, sosegado, y sé disimular cualquiera injuria, porque tengo mujer y hijos que sustentar y criar. Así, que séale a vuestra merced también aviso, pues no puede ser mandato, que en ninguna manera pondré mano a la espada, ni contra villano ni contra caballero; y que, desde aquí para delante de Dios [17], perdono cuantos agravios me han hecho y han de hacer, ora me los haya hecho, o haga, o haya de hacer, persona alta o baja, rico o pobre, hidalgo o pechero [18], sin exceptar estado ni condición alguna.

Lo cual oído por su amo, le respondió:

—Quisiera tener aliento para poder hablar un poco descansado, y que el dolor que tengo en esta costilla se aplacara tanto cuanto [19], para darte a entender, Panza, en el error en que estás. Ven acá, pecador [20]: si el viento de la fortuna, hasta ahora tan contrario, en nuestro favor se vuelve, llevándonos las velas del deseo para que seguramente y sin contraste alguno tomemos puerto en alguna de las ínsulas que te tengo prometida, ¿qué sería de ti, si ganándola yo, te hiciese señor della? Pues, lo vendrás a imposibilitar por no ser caballero, ni

125

130

135

140

145

150

17 Desde ahora hasta mi muerte.

18 Persona obligada a pagar tributos (*pechos*).

19 Algo.

20 Infeliz, desdichado.

▼ Ocurrido el desastre, don Quijote lo explica recurriendo a las reglas de su código caballeresco.

quererlo ser, ni tener valor ni intención de vengar
155 tus injurias y defender tu señorío. Porque has de
saber que en los reinos y provincias nuevamente
conquistados nunca están tan quietos los ánimos
de sus naturales, ni tan de parte del nuevo señor,
que no se tengan temor de que han de hacer al-
160 guna novedad para alterar de nuevo las cosas, y
volver, como dicen, a probar ventura; y así, es menester que el nuevo posesor tenga entendimiento
para saberse gobernar y valor para ofender y defenderse en cualquiera acontecimiento.

165   —En este que ahora nos ha acontecido —respondió Sancho—, quisiera yo tener ese entendimiento y ese valor que vuestra merced dice; mas
yo le juro, a fe de pobre hombre, que más estoy
para bizmas [21] que para pláticas. Mire vuestra mer-   [21] Emplastos.
170 ced si se puede levantar, y ayudaremos a Rocinan-
te, aunque no lo merece, porque él fue la causa
principal de todo este molimiento. Jamás tal creí
de Rocinante, que le tenía por persona casta y tan
pacífica como yo [▼]. En fin, bien dicen que es me-
175 nester mucho tiempo para venir a conocer las personas, y que no hay cosa segura en esta vida.
¿Quién dijera que tras de aquellas tan grandes cuchilladas como vuestra merced dio a aquel desdichado caballero andante, había de venir por la
180 posta [22] y en seguimiento suyo esta tan grande   [22] Rápidamente.
tempestad de palos que ha descargado sobre nues-
tras espaldas?

—Aun las tuyas, Sancho —replicó don Quijote—, deben de estar hechas a semejantes nubla-
185 dos; pero las mías, criadas entre sinabafas y ho-   [23] Telas muy finas (usa-
landas [23], claro está que sentirán más el dolor des-   das por gente rica).

▼ Nótese que el escudero-labrador humaniza aquí la figura del caballo.

ta desgracia. Y si no fuese porque imagino..., ¿qué
digo imagino?... sé muy cierto, que todas estas incomodidades son muy anejas al ejercicio de las ar-
mas, aquí me dejaría morir de puro enojo.   190

A esto replicó el escudero:

—Señor, ya que estas desgracias son de la cosecha de la caballería, dígame vuestra merced si
suceden muy a menudo, o si tienen sus tiempos
limitados en que acaecen; porque me parece a mí   195
que a dos cosechas quedaremos inútiles para la
tercera, si Dios, por su infinita misericordia, no
nos socorre.

—Sábete, amigo Sancho —respondió don Qui-
jote—, que la vida de los caballeros andantes está   200
sujeta a mil peligros y desventuras, y ni más ni menos está en potencia propincua de [24] ser los caballeros andantes reyes y emperadores, como lo ha
mostrado la experiencia en muchos y diversos caballeros, de cuyas historias yo tengo entera noti-   205
cia. Y pudiérate contar agora, si el dolor me diera
lugar, de algunos que sólo por el valor de su brazo han subido a los altos grados que he contado,
y estos mesmos se vieron antes y después en diversas calamidades y miserias. Porque el valeroso   210
Amadís de Gaula se vio en poder de su mortal enemigo Arcalaus el encantador, de quien se tiene por
averiguado que le dio, teniéndole preso, más de
docientos azotes con las riendas de su caballo, atado a una columna de un patio ▼. Y aun hay un au-   215
tor secreto, y de no poco crédito, que dice que, habiendo cogido al Caballero del Febo con una cierta trampa, que se le hundió debajo de los pies, en
un cierto castillo, y al caer, se halló en una honda

[24] Está a punto de.

▼ Arcalaus, encantador o mago enemigo de Amadís, tuvo a éste preso en dos ocasiones.
En la primera lo tuvo encantado y en la segunda lo dejó caer por una trampa que se
hundió bajo sus pies.

220   sima debajo de tierra, atado de pies y manos, y
       allí le echaron una destas que llaman melecinas [25],   [25] Lavativas.
       de agua de nieve y arena, de lo que llegó muy al
       cabo; y si no fuera socorrido en aquella gran cui-
       ta [26] de un sabio grande amigo suyo, lo pasara   [26] Desventura.
225   muy mal el pobre caballero. Ansí, que bien puedo
       yo pasar entre tanta buena gente; que mayores
       afrentas son las que éstos pasaron que no las que
       ahora nosotros pasamos. Porque quiero hacerte
       sabidor, Sancho, que no afrentan las heridas que
230   se dan con los instrumentos que acaso se hallan
       en las manos. Y esto está en la ley del duelo, es-
       crito por palabras expresas; que si el zapatero da
       a otro con la horma que tiene en la mano, puesto
       que [27] verdaderamente es de palo [28], no por eso se   [27] Aunque.
235   dirá que queda apaleado aquel a quien dio con   [28] De madera.
       ella. Digo esto porque no pienses que, puesto que
       quedamos desta pendencia molidos, quedamos
       afrentados, porque las armas que aquellos hom-
       bres traían, con que nos machacaron, no eran
240   otras que sus estacas, y ninguno dellos, a lo que
       se me acuerda, tenía estoque, espada ni puñal.
           —No me dieron a mí lugar —respondió San-
       cho— a que mirase en tanto; porque apenas puse
       mano a mi tizona ▼; cuando me santiguaron [29] los   [29] Golpearon.
245   hombros con sus pinos, de manera que me quita-
       ron la vista de los ojos y la fuerza de los pies, dan-
       do conmigo adonde ahora yago [30], y adonde no   [30] Yazco (verbo *yacer*).
       me da pena alguna el pensar si fue afrenta o no
       lo de los estacazos, como me la da el dolor de los
250   golpes, que me han de quedar tan impresos en la
       memoria como en las espaldas.
           —Con todo eso, te hago saber, hermano Pan-

▼ *Tizona,* nombre de una de las espadas del Cid, equivale aquí a espada. Nótese la bra-
vuconada del socarrón escudero, pues Sancho no lleva espada.

za —replicó don Quijote—, que no hay memoria a quien el tiempo no acabe, ni dolor que muer-
te no le consuma.   255

—Pues ¿qué mayor desdicha puede ser —replicó Panza— de aquella que aguarda al tiempo
que la consuma y a la muerte que la acabe? Si esta
nuestra desgracia fuera de aquellas que con un par
de bizmas se curan, aún no tan malo; pero voy   260
viendo que no han de bastar todos los emplastos
de un hospital para ponerlas en buen término
siquiera.

—Déjate deso y saca fuerzas de flaqueza, Sancho —respondió don Quijote—, que así haré yo,   265
y veamos cómo está Rocinante; que, a lo que me
parece, no le ha cabido al pobre la menor parte
desta desgracia.

—No hay de qué maravillarse deso —respon-
dió Sancho—, siendo él tan buen caballero an-   270
dante; de lo que yo me maravillo es de que mi jumento haya quedado libre y sin costas [31] donde
nosotros salimos sin costillas.

—Siempre deja la ventura una puerta abierta
en las desdichas, para dar remedio a ellas —dijo   275
don Quijote—. Dígolo, porque esa bestezuela podrá suplir ahora la falta de Rocinante, llevándome
a mí desde aquí a algún castillo donde sea curado
de mis feridas. Y más, que no tendré a deshonra
la tal caballería, porque me acuerdo haber leído   280
que aquel buen viejo Sileno, ayo y pedagogo del
alegre dios de la risa, cuando entró en la ciudad
de las cien puertas iba, muy a su placer, caballero
sobre un muy hermoso asno ▼.

[31] Gastos (paronoma-
sia).

▼ Don Quijote confunde la ciudad egipcia de Tebas, que tenía cien puertas, con Tebas
de Beocia, ciudad que tenía siete puertas y era la patria de Baco, dios del vino y de la
risa; en esta última fue donde entró, como aquí se dice, Sileno, viejo preceptor de Baco.

285   —Verdad será que él debía de ir caballero,
como vuestra merced dice —respondió Sancho—; pero hay grande diferencia del ir caballero al ir atravesado como costal de basura.

         A lo cual respondió don Quijote:

290   —Las feridas que se reciben en las batallas antes dan honra que la quitan; así que, Panza amigo,
no me repliques más sino, como ya te he dicho,
levántate lo mejor que pudieres, y ponme de la
manera que más te agradare encima de tu jumen-

295 to, y vamos de aquí antes que la noche venga y
nos saltee [32] en este despoblado.

         —Pues yo he oído decir a vuestra merced
—dijo Panza— que es muy de caballeros andantes el dormir en los páramos y desiertos lo más

300 del año, y que lo tienen a mucha ventura.

         —Eso es —dijo don Quijote— cuando no
pueden más o cuando están enamorados; y es tan
verdad esto, que ha habido caballero que se ha estado sobre una peña, al sol y a la sombra, y a las

305 inclemencias del cielo, dos años, sin que lo supiese su señora. Y uno déstos fue Amadís, cuando, llamándose Beltenebros, se alojó en la Peña Pobre,
ni sé si ocho años o ocho meses, que no estoy muy
bien en la cuenta: basta que él estuvo allí hacien-

310 do penitencia, por no sé qué sinsabor que le hizo
la señora Oriana ▼. Pero dejemos ya esto, Sancho,
y acaba, antes que suceda otra desgracia al jumento, como a Rocinante.

         —Aun ahí sería el diablo [33] —dijo Sancho.

315   Y despidiendo treinta ayes, y sesenta sospiros,
y ciento y veinte pésetes [34] y reniegos de quien allí

[32] Nos sorprenda.

[33] Eso sería lo peor.

[34] Maldiciones.

▼ Beltenebros es el nombre adoptado por Amadís de Gaula cuando se retiró a la Peña
Pobre para hacer penitencia por creerse desamado de Oriana.

le había traído, se levantó, quedándose agobiado [35]
en la mitad del camino, como arco turquesco [36],
sin poder acabar de enderezarse; y con todo este
trabajo aparejó su asno, que también había anda- 320
do algo destraído con la demasiada libertad de
aquel día. Levantó luego a Rocinante, el cual, si tuviera lengua con que quejarse, a buen seguro que
Sancho ni su amo no le fueran en zaga.

En resolución, Sancho acomodó a don Quijote 325
sobre el asno y puso de reata [37] a Rocinante, y llevando al asno de cabestro, se encaminó, poco más
a menos, hacia donde le pareció que podía estar
el camino real. Y la suerte, que sus cosas de bien
en mejor iba guiando, aún no hubo andado una 330
pequeña legua, cuando le deparó el camino, en el
cual descubrió una venta que, a pesar suyo y gusto de don Quijote, había de ser castillo. Porfiaba
Sancho que era venta, y su amo que no, sino castillo; y tanto duró la porfía, que tuvieron lugar, 335
sin acabarla, de llegar a ella, en la cual Sancho se
entró, sin más averiguación, con toda su recua.

CAPÍTULO XVI

De lo que le sucedió al ingenioso hidalgo en la venta que él imaginaba ser castillo

El ventero, que vio a don Quijote atravesado en
el asno, preguntó a Sancho qué mal traía. Sancho
le respondió que no era nada, sino que había dado
una caída de una peña abajo, y que venía algo bru-
madas ¹ las costillas. Tenía el ventero por mujer a
una, no de la condición que suelen tener las de semejante trato, porque naturalmente ² era caritati-
va y se dolía de las calamidades de sus prójimos;
y así, acudió luego a curar a don Quijote y hizo
que una hija suya, doncella, muchacha y de muy
buen parecer, la ayudase a curar a su huésped. Servía en la venta, asimesmo, una moza asturiana, ancha de cara, llana de cogote ³; de nariz roma ⁴, del
un ojo tuerta y del otro no muy sana. Verdad es
que la gallardía del cuerpo suplía las demás faltas:
no tenía siete palmos de los pies a la cabeza, y las
espaldas, que algún tanto le cargaban, la hacían
mirar al suelo más de lo que ella quisiera. Esta gentil moza ▼, pues, ayudó a la doncella, y las dos hicieron una muy mala cama a don Quijote, en un
camaranchón ⁵ que, en otros tiempos, daba mani-

¹ Molidas.

² De naturaleza.

³ Parte superior y pos-
terior del cuello.

⁴ Chata.

⁵ Desván.

▼ La consideración de *gentil moza* referida a una joven fea, casi sin cogote, de nariz acha-
tada y medio jorobada, es otro ejemplo de ironía.

fiestos indicios que había servido de pajar muchos años. En la cual [6] también alojaba un arriero, que tenía su cama hecha un poco más allá de la de nuestro don Quijote. Y aunque era de las enjalmas [7] y mantas de sus machos, hacía mucha ventaja a la de don Quijote, que sólo contenía cuatro mal lisas tablas, sobre dos no muy iguales bancos y un colchón que en lo sutil parecía colcha, lleno de bodoques [8], que, a no mostrar que eran de lana por algunas roturas, al tiento, en la dureza, semejaban de guijarro, y dos sábanas hechas de cuero de adarga, y una frazada [9], cuyos hilos, si se quisieran contar, no se perdiera uno solo de la cuenta.

En esta maldita cama se acostó don Quijote, y luego la ventera y su hija le emplastaron de arriba abajo, alumbrándoles Maritornes, que así se llamaba la asturiana; y como al bizmalle [10] viese la ventera tan acardenalado a partes a don Quijote, dijo que aquello más parecían golpes que caída.

—No fueron golpes —dijo Sancho—; sino que la peña tenía muchos picos y tropezones. —Y que cada uno había hecho su cardenal. Y también le dijo—: Haga vuestra merced, señora, de manera que queden algunas estopas, que no faltará quien las haya menester; que también me duelen a mí un poco los lomos.

—Desa manera —respondió la ventera—, también debistes vos de caer.

—No caí —dijo Sancho Panza—; sino que del sobresalto que tomé de ver caer a mi amo, de tal manera me duele a mí el cuerpo, que me parece que me han dado mil palos.

—Bien podrá ser eso —dijo la doncella—; que a mí me ha acontecido muchas veces soñar que caía de una torre abajo, y que nunca acababa de llegar al suelo, y cuando despertaba del sueño,

25

30

35

40

45

50

55

60

hallarme tan molida y quebrantada como si verdaderamente hubiera caído ▼.

—Ahí está el toque, señora —respondió San-
65   cho Panza—; que yo, sin soñar nada, sino estando más despierto que ahora estoy, me hallo con
pocos menos cardenales que mi señor don Quijote.

—¿Cómo se llama este caballero? —preguntó
70   la asturiana Maritornes.

—Don Quijote de la Mancha —respondió Sancho Panza—; y es caballero aventurero, y de los
mejores y más fuertes que de luengos [11] tiempos   [11] Largos.
acá se han visto en el mundo.

75   —¿Qué es caballero aventurero? —replicó la
moza.

—¿Tan nueva sois en el mundo que no lo sabéis vos? —respondió Sancho Panza—. Pues sa-
bed, hermana mía, que caballero aventurero es   [12] En un momento.
80   una cosa que en dos palabras [12] se ve apaleado y
emperador. Hoy está [13] la más desdichada criatu-   [13] Es.
ra del mundo y la más menesterosa, y mañana
tendría dos o tres coronas de reinos que dar a su
escudero.

85   —Pues ¿cómo vos, siéndolo deste tan buen señor —dijo la ventera—, no tenéis, a lo que parece, siquiera algún condado?

—Aún es temprano —respondió Sancho—,
porque no ha sino un mes que andamos buscan-
90   do las aventuras, y hasta ahora no hemos topado
con ninguna que lo sea ▼▼. Y tal vez hay que se bus-

▼ Casalduero lo interpreta de acuerdo con el psicoanálisis: «esa caída que la deja ago-
tada [...] es un impulso vitalmente erótico que está deseando brotar, realizarse».
▼▼ Sancho ya habla de un mes, cuando hace sólo tres días que salieron de su aldea. Véase también el juego de palabras basado en el zeugma dilógico: *buscando las aventuras* (caballerescas) ... *ninguna que lo sea* (ventura, suceso venturoso), porque todas fueron
desventuras.

ca una cosa y se halla otra. Verdad es que, si mi
señor don Quijote sana desta herida o caída y yo
no quedo contrecho [14] della, no trocaría mis esperanzas con el mejor título de España.   95

Todas estas pláticas estaba escuchando muy
atento don Quijote, y sentándose en el lecho como
pudo, tomando de la mano a la ventera, le dijo:

—Creedme, fermosa señora, que os podéis llamar venturosa por haber alojado en este vuestro   100
castillo a mi persona, que es tal, que si yo no la
alabo es por lo que suele decirse que la alabanza
propia envilece; pero mi escudero os dirá quién
soy. Sólo os digo que tendré eternamente escrito
en mi memoria el servicio que me habedes fecho,   105
para agradecéroslo mientras la vida me durare; y
pluguiera [15] a los altos cielos que el amor no me
tuviera tan rendido y tan sujeto a sus leyes, y los
ojos de aquella hermosa ingrata que digo entre
mis dientes; que los desta fermosa doncella fue-   110
ran señores de mi libertad.

Confusas estaban la ventera y su hija y la buena de Maritornes oyendo las razones del andante
caballero, que así las entendían como si hablara
en griego, aunque bien alcanzaron que todas se en- 115
caminaban a ofrecimiento y requiebros; y, como
no usadas [16] a semejante lenguaje, mirábanle y admirábanse y parecíales otro hombre de los que se
usaban; y, agradeciéndole con venteriles razones
sus ofrecimientos, le dejaron, y la asturiana Mari- 120
tornes curó a Sancho, que no menos lo había menester que su amo.

Había el arriero concertado con ella que aquella noche se refocilarían juntos, y ella le había
dado su palabra de que, en estando sosegados los   125
huéspedes y durmiendo sus amos, le iría a buscar
y satisfacerle el gusto en cuanto le mandase. Y
cuéntase desta buena moza que jamás dio seme-

[14] Maltrecho.

[15] Agradara.

[16] No acostumbradas.

jantes palabras que no las cumpliese, aunque las
130 diese en un monte y sin testigo alguno, porque
presumía muy de hidalga, y no tenía por afrenta
estar en aquel ejercicio de servir en la venta, porque decía ella que desgracias y malos sucesos la habían traído a aquel estado.

135   El duro, estrecho, apocado y fementido [17] lecho
de don Quijote estaba primero [18] en mitad de
aquel estrellado ▾ establo, y luego, junto a él, hizo
el suyo Sancho, que sólo contenía una estera de
enea [19] y una manta, que antes mostraba ser de an-
140 jeo tundido [20] que de lana. Sucedía a estos dos le-
chos el del arriero, fabricado, como se ha dicho,
de las enjalmas y de todo el adorno de los dos mejores mulos que traía, aunque eran doce, lucios,
gordos y famosos, porque era uno de los ricos
145 arrieros de Arévalo [21], según lo dice el autor desta
historia, que deste arriero hace particular men-
ción, porque le conocía muy bien, y aun quieren
decir que era algo pariente suyo ▾▾. Fuera de que
Cide Hamete Benengeli fue historiador muy curio-
150 so y muy puntual en todas las cosas, y échase bien
de ver, pues las que quedan referidas, con ser tan
mínimas y tan rateras [22], no las quiso pasar en silencio; de donde podrán tomar ejemplo los historiadores graves, que nos cuentan las acciones tan
155 corta y sucintamente, que apenas nos llegan a los
labios, dejándose en el tintero, ya por descuido,
por malicia o ignorancia, lo más sustancial de la
obra. ¡Bien haya mil veces el autor de *Tablante de
Ricamonte,* y aquel del otro libro donde se cuenta

[17] Falso.

[18] El primero (según se entraba).

[19] Anea (planta cuyas hojas se usan para hacer esteras, sillas...).

[20] Tela basta y pelada (procedente de Anjou).

[21] Pueblo de Ávila.

[22] Ruines.

▾ *Estrellado,* porque la luz de los astros entraba por las grietas que había en el techo.
▾▾ El sugerir cierto grado de parentesco entre Cide Hamete Benengeli y este arriero es
otro ejemplo de la ironía cervantina: aquí se alude al origen morisco del arriero.

los hechos del conde Tomillas, y con qué puntua-   160
lidad lo describen todo ▼!

Digo, pues, que después de haber visitado el
arriero a su recua y dádole el segundo pienso, se
tendió en sus enjalmas y se dio a esperar a su pun-
tualísima Maritornes. Ya estaba Sancho bizmado   165
y acostado, y, aunque procuraba dormir, no lo
consentía el dolor de sus costillas; y don Quijote,
con el dolor de las suyas, tenía los ojos abiertos

²³ Era creencia vulgar
que las liebres duer-
men con los ojos abier-
tos.

como liebre ²³. Toda la venta estaba en silencio, y
en toda ella no había otra luz que la que daba una   170
lámpara, que colgada en medio del portal ardía.

Esta maravillosa quietud, y los pensamientos
que siempre nuestro caballero traía de los sucesos
que a cada paso se cuentan en los libros autores
de su desgracia, le trujo a la imaginación una de   175
las extrañas locuras que buenamente imaginarse
pueden; y fue que él se imaginó haber llegado a
un famoso castillo —que, como se ha dicho, castillos eran a su parecer todas las ventas donde alojaba—, y que la hija del ventero lo era del señor   180
del castillo, la cual, vencida de su gentileza, se había enamorado dél y prometido que aquella no-

²⁴ A hurto de (arcaís-
mo).

che, a furto de ²⁴ sus padres, vendría a yacer con
él una buena pieza; y teniendo toda esta quimera,
que él se había fabricado, por firme y valedera, se   185

²⁵ Afligir (arcaísmo).

comenzó a acuitar ²⁵ y a pensar en el peligroso
trance en que su honestidad se había de ver, y propuso en su corazón de no cometer alevosía a su señora Dulcinea del Toboso, aunque la mesma rei-

──────────────────────────────────

▼ *La crónica de los nobles caballeros Tablante de Ricamonte y Jofre* (1513) es un libro de caballerías traducido de la novela provenzal titulada *Jaufré* (siglo XII). El conde Tomillas
es un personaje de la novela *Historia de Enrique fi de Oliva* (1498). Y el elogio de la puntualidad en las descripciones de ambas novelas es una ironía más de Cervantes (Riquer).

190   na Ginebra con su dama Quintañona se le pusie-
       sen delante ▼.
           Pensando, pues, en estos disparates, se llegó el
       tiempo y la hora —que para él fue menguada ²⁶—   ²⁶ Infeliz.
       de la venida de la asturiana, la cual, en camisa y
195   descalza, cogidos los cabellos en una albanega de
       fustán ²⁷, con tácitos y atentados ²⁸ pasos, entró en   ²⁷ Redecilla de tela de
       el aposento donde los tres alojaban, en busca del   algodón.
       arriero. Pero apenas llegó a la puerta, cuando don   ²⁸ Dados con tiento.
       Quijote la sintió, y, sentándose en la cama, a pe-
200   sar de sus bizmas y con dolor de sus costillas, ten-
       dió los brazos para recebir a su fermosa doncella.
       La asturiana, que, toda recogida y callando, iba
       con las manos delante buscando a su querido,
       topó con los brazos de don Quijote, el cual la asió
205   fuertemente de una muñeca, y tirándola hacia sí,
       sin que ella osase hablar palabra, la hizo sentar so-
       bre la cama. Tentóle luego la camisa, y, aunque
       ella era de arpillera ²⁹, a él le pareció ser de finísi-   ²⁹ Funda de paño bas-
       mo y delgado cendal ³⁰. Traía en las muñecas unas   to.
210   cuentas de vidro ³¹, pero a él le dieron vislumbres   ³⁰ Tela fina de seda.
       de preciosas perlas orientales. Los cabellos, que en
       alguna manera tiraban a crines, él los marcó por   ³¹ Vidrio.
       hebras de lucidísimo oro de Arabia, cuyo resplan-
       dor al del mesmo sol escurecía. Y el aliento, que,
215   sin duda alguna, olía a ensalada fiambre y trasno-
       chada, a él le pareció que arrojaba de su boca un
       olor suave y aromático; y, finalmente, él la pintó
       en su imaginación de la misma traza y modo que
       lo había leído en sus libros de la otra princesa que

▼ Estamos leyendo uno de los mejores ejemplos del cuidado con que prepara Cervantes el ambiente de un episodio: la oscuridad casi completa y el absoluto silencio propi-
cian la *maravillosa quietud,* en la cual se desatan los pensamientos y la imaginación de
don Quijote. Todo ello es, además, parodia de situaciones habituales en las novelas de
caballerías. Para la referencia a la reina Ginebra y a la dueña Quintañona, véase la nota
primera de la pág. 176.

vino a ver el mal ferido caballero, vencida de sus   220
amores, con todos los adornos que aquí van puestos ▼. Y era tanta la ceguedad del pobre hidalgo,
que el tacto, ni el aliento, ni otras cosas que traía
en sí la buena doncella, no le desengañaban, las
cuales pudieran hacer vomitar a otro que no fue-   225
ra arriero; antes le parecía que tenía entre sus brazos a la diosa de la hermosura. Y teniéndola bien
asida, con voz amorosa y baja le comenzó a decir:
    —Quisiera hallarme en términos, fermosa y
alta señora, de poder pagar tamaña merced como   230
la que con la vista de vuestra gran fermosura me
habedes fecho ▼▼; pero ha querido la fortuna, que
no se cansa de perseguir a los buenos, ponerme
en este lecho, donde yago tan molido y quebrantado, que, aunque de mi voluntad quisiera satisfa-   235
cer a la vuestra, fuera imposible. Y más, que se
añade a esta imposibilidad otra mayor, que es la
prometida fe que tengo dada a la sin par Dulcinea del Toboso, única señora de mis más escondidos pensamientos; que si esto no hubiera de por   240
medio, no fuera yo tan sandio caballero que dejara pasar en blanco la venturosa ocasión en que
vuestra gran bondad me ha puesto.
    Maritornes estaba congojadísima y trasudando
de verse tan asida de don Quijote, y, sin entender   245
ni estar atenta a las razones que le decía, procuraba, sin hablar palabra, desasirse. El bueno del
arriero, a quien tenían despierto sus malos deseos,
desde el punto que entró su coima [32] por la puer-

....
[32] Concubina (en ger-
manía).

▼ Don Quijote imagina bellísima princesa a la fea prostituta Maritornes para adecuarla
a su juego: arpillera → cendal, cuentas de vidrio → preciosas piedras orientales, cabe-
llos-crines → hebras de oro de Arabia, etc.

▼▼ La lengua arcaizante de la fabla caballeresca de don Quijote aparece aquí «en contraste con la situación, para acrecentar la comicidad» (Rosenblat).

250   ta, la sintió, estuvo atentamente escuchando todo
       lo que don Quijote decía, y, celoso de que la as-
       turiana le hubiese faltado la palabra por otro, se
       fue llegando más al lecho de don Quijote, y estú-
       vose quedo hasta ver en qué paraban aquellas ra-
255   zones, que él no podía entender. Pero como vio
       que la moza forcejeaba por desasirse y don Qui-
       jote trabajaba por tenella, pareciéndole mal la bur-
       la, enarboló el brazo en alto y descargó tan terri-
       ble puñada sobre las estrechas quijadas del ena-
260   morado caballero, que le bañó toda la boca en san-
       gre; y, no contento con esto, se le subió encima
       de las costillas, y con los pies más que de trote, se
       las paseó todas de cabo a cabo ▼.

       El lecho, que era un poco endeble y de no fir-
265   mes fundamentos, no pudiendo sufrir la añadidu-
       ra del arriero, dio consigo en el suelo, a cuyo gran
       ruido despertó el ventero, y luego imaginó que de-
       bían de ser pendencias de Maritornes, porque, ha-
       biéndola llamado a voces, no respondía. Con esta
270   sospecha se levantó, y, encendiendo un candil, se   [33] Pelea, riña.
       fue hacia donde había sentido la pelaza [33]. La
       moza, viendo que su amo venía, y que era de con-
       dición terrible, toda medrosica y alborotada, se
       acogió a la cama de Sancho Panza, que aún dor-
275   mía, y allí se acorrucó y se hizo un ovillo. El ven-
       tero entró, diciendo:
          —¿Adónde estás, puta? A buen seguro que son
       tus cosas éstas.
          En esto despertó Sancho, y, sintiendo aquel bul-
280   to casi encima de sí, pensó que tenía la pesadilla,
       y comenzó a dar puñadas a una y otra parte, y,

▼ «La hija doncella y Maritornes son dos niveles de la lascivia, la ventera da la nota
de la caridad». Don Quijote y el arriero «sueñan despiertos», y, en medio, Sancho duerme, «entre el amor sublime de don Quijote y el ansia devoradora de la carne del arriero» (Casalduero).

entre otras, alcanzó con no sé cuántas a Maritornes, la cual, sentida del dolor, echando a rodar la
honestidad, dio el retorno a Sancho con tantas,
que, a su despecho, le quitó el sueño; el cual, vién-   285
dose tratar de aquella manera, y sin saber de
quién, alzándose como pudo, se abrazó con Maritornes, y comenzaron entre los dos la más reñida
y graciosa escaramuza del mundo.

Viendo, pues, el arriero, a la lumbre del candil   290
del ventero, cuál andaba su dama, dejando a don
Quijote, acudió a dalle el socorro necesario. Lo
mismo hizo el ventero, pero con intención diferente, porque fue a castigar a la moza, creyendo,
sin duda, que ella sola era la ocasión de toda aque-   295
lla armonía. Y así como suele decirse: el gato al
rato, el rato a la cuerda, la cuerda al palo ▼, daba
el arriero a Sancho, Sancho a la moza, la moza a
él, el ventero a la moza, y todos menudeaban con
tanta priesa, que no se daban punto de reposo; y   300
fue lo bueno que al ventero se le apagó el candil,
y, como quedaron ascuras [34], dábanse tan sin compasión todos a bulto, que a doquiera que ponían
la mano no dejaban cosa sana.

Alojaba acaso [35] aquella noche en la venta un   305
cuadrillero de los que llaman de la Santa Hermandad vieja de Toledo [36], el cual, oyendo ansimesmo
el extraño estruendo de la pelea, asió de su media
vara [37] y de la caja de lata [38] de sus títulos, y entró
ascuras en el aposento, diciendo: 310

—¡Ténganse a la justicia! ¡Ténganse a la Santa
Hermandad!

Y el primero con quien topó fue con el apuñea-

[34] A oscuras.

[35] Por casualidad.

[36] Institución anterior a la establecida por los Reyes Católicos.

[37] Señal de su autoridad.

[38] Caja para guardar documentos.

▼ Como señala Rodríguez Marín, se alude aquí a un cuento infantil, conocido en el fol-
clore universal y basado en el recurso estilístico de la concatenación. Adviértase también la ironía al hablar de *toda aquella armonía* y, antes, en *echando a rodar la honestidad*
(referido a Maritornes).

do de don Quijote, que estaba en su derribado le-
315   cho, tendido boca arriba, sin sentido alguno; y,
echándole a tiento mano a las barbas, no cesaba
de decir:

—¡Favor a la justicia!

Pero viendo que el que tenía asido no se bullía
320   ni meneaba, se dio a entender que estaba muerto,
y que los que allí dentro estaban eran sus mata-
dores, y con esta sospecha reforzó la voz, diciendo:

—¡Ciérrese la puerta de la venta! ¡Miren no se
vaya nadie que han muerto aquí a un hombre!

325   Esta voz sobresaltó a todos, y cada cual dejó la
pendencia en el grado que le tomó la voz. Retiró-
se el ventero a su aposento, el arriero a sus enjalmas, la moza a su rancho [39]; solos los desventura-
dos don Quijote y Sancho no se pudieron mover
330   de donde estaban. Soltó en esto el cuadrillero la
barba de don Quijote, y salió a buscar luz para buscar y prender los delincuentes; mas no la halló,
porque el ventero, de industria [40], había muerto la
lámpara cuando se retiró a su estancia, y fuele for-
335   zoso acudir a la chimenea, donde, con mucho trabajo y tiempo, encendió el cuadrillero otro candil.

[39] Alcoba rústica.

[40] Adrede.

CAPÍTULO XVII

Donde se prosiguen los innumerables trabajos que el bravo don Quijote y su buen escudero Sancho Panza pasaron en la venta que, por su mal, pensó que era castillo

5

Había ya vuelto en este tiempo de su parasismo [1] don Quijote, y, con el mesmo tono de voz con que el día antes había llamado a su escudero, cuando estaba tendido en el val de las estacas ▼, le comenzó a llamar, diciendo:

10

—Sancho amigo, ¿duermes? ¿Duermes, amigo Sancho?

—¿Qué tengo de dormir, pesia a mí [2] —respondió Sancho, lleno de pesadumbre y de despecho—, que no parece sino que todos los diablos han andado conmigo esta noche?

15

—Puédeslo creer ansí, sin duda —respondió don Quijote—; porque, o yo sé poco, o este castillo es encantado. Porque has de saber... Mas esto que ahora quiero decirte hasme de jurar que lo tendrás secreto hasta después de mi muerte.

20

—Sí juro —respondió Sancho.

—Dígolo —replicó don Quijote—, porque soy enemigo de que se quite la honra a nadie.

[1] Paroxismo (vulgarismo).

[2] Pese a mí, desdichado de mí.

▼ Recuerdo del primer verso de un romance viejo del Cid: «Por el val (valle) de las estacas / el buen Cid pasado había». Aquí alude a los «estacazos» recibidos en el episodio de los yangüeses (capítulo 15).

25   —Digo que sí juro —tornó a decir Sancho—
que lo callaré hasta después de los días de vuestra
merced, y plega [3] a Dios que lo pueda descubrir   [3] Plazca.
mañana.
        —¿Tan malas obras te hago, Sancho —respon-
30 dió don Quijote—, que me querrías ver muerto
con tanta brevedad?
        —No es por eso —respondió Sancho—, sino
porque soy enemigo de guardar mucho las cosas,
y no querría que se me pudriesen de guardadas.
35   —Sea por lo que fuere —dijo don Quijote—;
que más fío de tu amor y de tu cortesía; y así, has
de saber que esta noche me ha sucedido una de
las más extrañas aventuras que yo sabré encarecer; y, por contártela en breve, sabrás que poco
40 ha que a mí vino la hija del señor deste castillo,
que es la más apuesta y fermosa doncella que en
gran parte de la tierra se puede hallar. ¿Qué te podría decir del adorno de su persona? ¿Qué de su
gallardo entendimiento? ¿Qué de otras cosas ocul-
45 tas, que, por guardar la fe que debo a mi señora
Dulcinea del Toboso, dejaré pasar intactas y en silencio ▼? Sólo te quiero decir que, envidioso el cielo de tanto bien como la ventura me había puesto
en las manos, o quizá, y esto es lo más cierto, que,
50 como tengo dicho, es encantado este castillo, al
tiempo que yo estaba con ella en dulcísimos y
amorosísimos coloquios, sin que yo la viese ni supiese por dónde venía, vino una mano pegada a
algún brazo de algún descomunal gigante y asen-
55 tóme una puñada en las quijadas, tal, que las tengo todas bañadas en sangre; y después me molió
de tal suerte que estoy peor que ayer cuando los

▼ «¿Qué "cosas ocultas" dejará pasar intactas y en silencio don Quijote? Miente, miente de veras el caballero. Pero miente *como niño* que se las echa de hombre» (Serrano
Plaja).

gallegos, que, por demasías de Rocinante, nos hicieron el agravio que sabes. Por donde conjeturo que el tesoro de la fermosura desta doncella le debe de guardar algún encantado moro, y no debe de ser para mí.   60

—Ni para mí tampoco —respondió Sancho—, porque más de cuatrocientos moros me han aporreado a mí, de manera que el molimiento de las estacas fue tortas y pan pintado [4]. Pero   65
dígame, señor, ¿cómo llama a ésta buena y rara aventura, habiendo quedado della cual quedamos? Aun vuestra merced menos mal, pues tuvo en sus manos aquella incomparable fermosura que ha dicho ▼, pero yo, ¿qué tuve sino los mayores porra-   70
zos que pienso recebir en toda mi vida? ¡Desdichado de mí y de la madre que me parió, que ni soy caballero andante, ni lo pienso ser jamás, y de todas las malandanzas me cabe la mayor parte!   75

—Luego ¿también estás tú aporreado? —respondió don Quijote.

—¿No le he dicho que sí, pesia a mi linaje? —dijo Sancho.

—No tengas pena, amigo —dijo don Quijote—; que yo haré agora el bálsamo precioso con   80
que sanaremos en un abrir y cerrar de ojos.

Acabó en esto de encender el candil el cuadrillero, y entró a ver el que pensaba que era muerto; y así como le vio entrar Sancho, viéndole venir en camisa y con su paño de cabeza [5] y candil   85
en la mano y con una muy mala cara, preguntó a su amo:

—Señor, ¿si será éste, a dicha [6], el moro encantado, que nos vuelve a castigar, si se dejó algo en el tintero [7]?   90

[4] Expresión proverbial: indica que una desgracia, comparada con otra mayor, parece un bien.

[5] Gorro de dormir.

[6] Por ventura.

[7] Si dejó algo por hacer.

▼ Aquí, el arcaísmo *fermosura* en boca de Sancho realza tanto el contraste (hermosura imaginada/fealdad real y golpes recibidos) como la comicidad de la situación.

—No puede ser el moro —respondió don Quijote—, porque los encantados no se dejan ver de
nadie.

95   —Si no se dejan ver, déjanse sentir —dijo Sancho—; si no, díganlo mis espaldas.

—También lo podrían decir las mías —respondió don Quijote—; pero no es bastante indicio
ése para creer que este que se vee sea el encanta-
100   do moro.

Llegó el cuadrillero y, como los halló hablando
en tan sosegada conversación, quedó suspenso.
Bien es verdad que aún don Quijote se estaba boca
arriba, sin poderse menear, de puro molido y em-
105   plastado. Llegóse a él el cuadrillero y díjole:

—Pues, ¿cómo va, buen hombre?

—Hablara yo más bien criado —respondió
don Quijote—, si fuera que vos [8]. ¿Úsase en esta
tierra hablar desa suerte a los caballeros andan-
110   tes, majadero ▼?

El cuadrillero, que se vio tratar tan mal de un
hombre de tan mal parecer, no lo pudo sufrir, y,
alzando el candil con todo su aceite, dio a don Quijote con él en la cabeza, de suerte que le dejó muy
115   bien descalabrado; y como todo quedó ascuras, sa-
lióse luego; y Sancho Panza dijo:

—Sin duda, señor, que éste es el moro encantado, y debe de guardar el tesoro para otros, y
para nosotros sólo guarda las puñadas y los
120   candilazos.

—Así es —respondió don Quijote—, y no hay
que hacer caso destas cosas de encantamentos, ni
hay para qué tomar cólera ni enojo con ellas; que,
como son invisibles y fantásticas, no hallaremos

[8] Si yo fuera el mismo
que sois vos.

▼ El enojo de don Quijote se debe a que el tratamiento de *buen hombre* (equivalente a
«pobre hombre») se solía emplear para dirigirse a un inferior y tenía a veces un sentido
despectivo.

⁹ Por más que.

de quién vengarnos, aunque más ⁹ lo procuremos. 125
Levántate, Sancho, si puedes, y llama al alcaide
desta fortaleza, y procura que se me dé un poco
de aceite, vino, sal y romero para hacer el salutí-
fero bálsamo; que en verdad que creo que lo he

¹⁰ Ha causado.

bien menester ahora, porque se me va mucha san- 130
gre de la herida que esta fantasma me ha dado ¹⁰.

Levantóse Sancho con harto dolor de sus huesos, y fue ascuras donde estaba el ventero; y en-
contrándose con el cuadrillero, que estaba escuchando en qué paraba su enemigo, le dijo: 135

—Señor, quien quiera que seáis, hacednos merced y beneficio de darnos un poco de romero,
aceite, sal y vino, que es menester para curar uno
de los mejores caballeros andantes que hay en la
tierra, el cual yace en aquella cama malferido por 140
las manos del encantado moro que está en esta
venta ▼.

Cuando el cuadrillero tal oyó, túvole por hombre falto de seso; y porque ya comenzaba a amanecer, abrió la puerta de la venta, y, llamando al 145
ventero, le dijo lo que aquel buen hombre quería.
El ventero le proveyó de cuanto quiso, y Sancho
se lo llevó a don Quijote, que estaba con las manos en la cabeza, quejándose del dolor del candi-
lazo, que no le había hecho más mal que levantar- 150
le dos chichones algo crecidos, y lo que él pensaba que era sangre no era sino sudor que sudaba
con la congoja de la pasada tormenta.

¹¹ Elementos simples.

En resolución, él tomó sus simples ¹¹, de los cuales hizo un compuesto, mezclándolos todos y co- 155
ciéndolos un buen espacio, hasta que le pareció

▼ Nótese la gracia, comicidad y humor de esta petición de Sancho en proceso de quijotización —incluso emplea algún arcaísmo caballeresco.

que estaban en su punto. Pidió luego alguna redo-
ma [12] para echallo, y como no la hubo en la ven-   [12] Vasija.
ta, se resolvió de ponello en una alcuza o aceitera
160   de hoja de lata, de quien el ventero le hizo grata [13]   [13] Gratuita.
donación. Y luego dijo sobre la alcuza más de
ochenta paternostres y otras tantas avemarías, sal-
ves y credos, y a cada palabra acompañaba una
cruz, a modo de bendición; a todo lo cual se ha-
165   llaron presentes Sancho, el ventero y cuadrillero;
que ya el arriero sosegadamente andaba enten-   [14] Ocupándose de.
diendo en [14] el beneficio de sus machos.

Hecho esto, quiso él mesmo hacer luego la experiencia de la virtud de aquel precioso bálsamo
170   que él se imaginaba, y así, se bebió, de lo que no
pudo caber en la alcuza y quedaba en la olla don-
de se había cocido, casi media azumbre [15], y ape-   [15] Un litro, aproxima-
nas lo acabó de beber, cuando comenzó a vomi-   damente.
tar, de manera que no le quedó cosa en el estó-
175   mago; y con las ansias y agitación del vómito le
dio un sudor copiosísimo, por lo cual mandó que
le arropasen y le dejasen solo. Hiciéronlo ansí, y
quedóse dormido más de tres horas, al cabo de
las cuales despertó, y se sintió aliviadísimo del
180   cuerpo, y en tal manera mejor de su quebranta-
miento, que se tuvo por sano. Y verdaderamente
creyó que había acertado con el bálsamo de Fierabrás, y que con aquel remedio podía acometer
desde allí adelante, sin temor alguno, cualesquie-
185   ra ruinas [16], batallas y pendencias, por peligrosas   [16] Estragos.
que fuesen.

Sancho Panza, que también tuvo a milagro la
mejoría de su amo, le rogó que le diese a él lo que
quedaba en la olla, que no era poca cantidad. Con-
190   cedióselo don Quijote, y él, tomándola a dos manos, con buena fe y mejor talante, se la echó a pechos, y envasó bien poco menos que su amo. Es,
pues, el caso que el estómago del pobre Sancho

no debía de ser tan delicado como el de su amo,
y así, primero que vomitase, le dieron tantas an-   195
sias y bascas [17], con tantos trasudores y desmayos,
que él pensó bien y verdaderamente que era llegada su última hora; y viéndose tan afligido y con-
gojado, maldecía el bálsamo y al ladrón que se lo
había dado ▼. Viéndole así don Quijote, le dijo: 200

—Yo creo, Sancho, que todo este mal te viene
de no ser armado caballero, porque tengo para mí
que este licor no debe de aprovechar a los que no
lo son.

—Si eso sabía vuestra merced —replicó San-   205
cho—, ¡mal haya yo y toda mi parentela!, ¿para
qué consintió que lo gustase?

En esto hizo su operación el brebaje, y comenzó el pobre escudero a desaguarse por entrambas
canales, con tanta priesa, que la estera de enea, so-   210
bre quien se había vuelto a echar, ni la manta de
anjeo [18] con que se cubría, fueron más de provecho. Sudaba y trasudaba con tales parasismos y accidentes, que no solamente él, sino todos pensa-
ron que se le acababa la vida. Duróle esta borras-   215
ca y mala andanza casi dos horas, al cabo de las
cuales no quedó como su amo, sino tan molido y
quebrantado, que no se podía tener.

Pero don Quijote, que, como se ha dicho, se sintió aliviado y sano, quiso partirse luego a buscar   220
aventuras, pareciéndole que todo el tiempo que
allí se tardaba era quitársele al mundo y a los en
él menesterosos de su favor y amparo, y más, con
la seguridad y confianza que llevaba en su bálsamo. Y así, forzado deste deseo, él mismo ensilló a   225

....
[17] Náuseas.

....
[18] Ver notas 19 y 20 del
cap. 16.

|||||||||||||||||||||||||||||||||||||||||||||||||||||||||||||||||||||||||||||||||||||||||||||||||||||||||||||||

▼ La comicidad tanto en las actitudes de don Quijote y Sancho como en los diálogos
de ambos, cruzados con otros personajes de la venta, es uno de los rasgos más desta-
cados de este capítulo, en el cual se desarrolla la preparación y efectos del bálsamo de
Fierabrás. (Véase la nota de la pág. 148.)

Rocinante y enalbardó al jumento de su escudero, a quien también ayudó a vestir y a subir en el
asno. Púsose luego a caballo, y, llegándose a un
rincón de la venta, asió de un lanzón [19] que allí es-
230   taba, para que le sirviese de lanza.

19 Lanza corta.

Estábanle mirando todos cuantos había en la
venta, que pasaban de más de veinte personas; mi-
rábale también la hija del ventero, y él también
no [20] quitaba los ojos della, y de cuando en cuan-
235   do arrojaba un sospiro que parecía que le arrancaba de lo profundo de sus entrañas, y todos pensaban que debía de ser del dolor que sentía en las
costillas; a lo menos, pensábanlo aquellos que la
noche antes le habían visto bizmar ▼.

20 Tampoco.

240   Ya que [21] estuvieron los dos a caballo, puesto a
la puerta de la venta, llamó al ventero, y con voz
muy reposada y grave le dijo:

21 Así que.

—Muchas y muy grandes son las mercedes, señor alcaide, que en este vuestro castillo he recebi-
245   do, y quedo obligadísimo a agradecéroslas todos
los días de mi vida. Si os las puedo pagar en ha-
ceros vengado de algún soberbio que os haya fecho algún agravio, sabed que mi oficio no es otro
sino valer a los que poco pueden y vengar a los
250   que reciben tuertos [22], y castigar alevosías. Re-
corred vuestra memoria, y si halláis alguna cosa
deste jaez [23] que encomendarme, no hay sino decilla; que yo os prometo, por la orden de caballero que recebí, de faceros satisfecho y pagado a
255   toda vuestra voluntad.

22 Injusticias.

23 Calidad.

El ventero le respondió con el mesmo sosiego:
—Señor caballero, yo no tengo necesidad de
que vuestra merced me vengue ningún agravio,

▼ Una vez leído esto, cabe preguntarse con Serrano Plaja «qué piensa esa niña, que sueña sueños "raros"».

porque yo sé tomar la venganza que me parece
cuando se me hacen. Sólo he menester que vues-   260
tra merced me pague el gasto que esta noche ha
hecho en la venta, así de la paja y cebada de sus
dos bestias, como de la cena y camas.

—Luego, ¿venta es ésta? —replicó don Qui-
jote.   265

—Y muy honrada —respondió el ventero.

—Engañado he vivido hasta aquí —respondió
don Quijote ▼—; que en verdad que pensé que era
castillo, y no malo; pero, pues es ansí que no es
castillo, sino venta, lo que se podrá hacer por ago-   270
ra es que perdonéis por la paga; que yo no puedo
contravenir a la orden de los caballeros andantes,
de los cuales sé cierto, sin que hasta ahora haya
leído cosa en contrario, que jamás pagaron posada ni otra cosa en venta donde estuviesen, porque   275
se les debe de fuero [24] y de derecho cualquier buen
acogimiento que se les hiciere, en pago del insu-
frible trabajo que padecen buscando las aventuras
de noche y de día, en invierno y en verano, a pie
y a caballo, con sed y con hambre, con calor y   280
con frío, sujetos a todas las inclemencias del cielo
y a todos los incómodos [25] de la tierra.

—Poco tengo yo que ver en eso —respondió
el ventero—; págueseme lo que se me debe, y de-
jémonos de cuentos ni de caballerías; que yo no   285
tengo cuenta con otra cosa que con cobrar mi
hacienda.

—Vos sois un sandio y mal hostalero —respondió don Quijote.

Y poniendo piernas al Rocinante, y terciando su   290

[24] Por privilegio.

[25] Incomodidades.

▼ Nótese que cuando don Quijote se despide del ventero-alcaide y le ofrece sus servicios caballerescos, lo hace empleando arcaísmos; pero cuando ahora se le exige la paga,
porque no hay tal castillo ni alcaide, habla al ventero «en lenguaje llano y corriente».

lanzón, se salió de la venta, sin que nadie le detuviese, y él, sin mirar si le seguía su escudero, se
alongó [26] un buen trecho ▼.

26 Se alejó.

    El ventero, que le vio ir y que no le pagaba, acu-
295 dió a cobrar de Sancho Panza, el cual dijo que,
pues su señor no había querido pagar, que tampoco él pagaría; porque, siendo él escudero de caballero andante, como era, la mesma regla y razón corría por él como por su amo en no pagar
300 cosa alguna en los mesones y ventas. Amohinó-
se [27] mucho desto el ventero, y amenazóle que si

27 Disgustóse.

no le pagaba, que lo cobraría de modo que le pesase. A lo cual Sancho respondió que, por la ley
de caballería que su amo había recebido, no pa-
305 garía un solo cornado [28], aunque le costase la vida;

28 Moneda de poco va-
lor.

porque no había de perder por él la buena y antigua usanza de los caballeros andantes, ni se habían de quejar dél los escuderos de los tales que
estaban por venir al mundo, reprochándole el que-
310 brantamiento de tan justo fuero.

    Quiso la mala suerte del desdichado Sancho que
entre la gente que estaba en la venta se hallasen
cuatro perailes [29] de Segovia, tres agujeros [30] del

29 Pelaires, cardadores
de paño (metátesis).

Potro de Córdoba y dos vecinos de la Heria de Se-
315 villa, gente alegre, bien intencionada, maleante y

30 Fabricantes o vende-
dores de agujas.

juguetona ▼▼; los cuales, casi como instigados y
movidos de un mesmo espíritu, se llegaron a Sancho, y, apeándole del asno, uno dellos entró por
la manta de la cama del huésped, y, echándole en

▼ «¿Por qué insulta al hostalero? Porque le ha desmontado la ficción. ¿Por qué huye?
Por temor a que se la desmonte definitivamente "delante de Sancho Panza", por miedo
a tener que aceptar delante de Sancho que la venta lo es, y no castillo. Delante de Sancho no puede decir: "Sois un mal hostalero", que implica la aceptación de la realidad»
(Torrente Ballester).
▼▼ Tanto los parajes citados como las ocupaciones señaladas eran famosos en la vida
picaresca de la época.

ella, alzaron los ojos y vieron que el techo era algo   320
más bajo de lo que habían menester para su obra,
y determinaron salirse al corral, que tenía por lí-
mite el cielo. Y allí, puesto Sancho en mitad de la
manta, comenzaron a levantarle en alto y a hol-
garse con él, como con perro por carnestolen-   325
das [31].

³¹ Carnaval.

Las voces que el mísero manteado daba fueron
tantas, que llegaron a los oídos de su amo; el cual,
determinándose a escuchar atentamente, creyó
que alguna nueva aventura le venía, hasta que cla-   330
ramente conoció que el que gritaba era su escudero; y, volviendo las riendas, con un penado [32] galope llegó a la venta, y, hallándola cerrada, la ro-
deó por ver si hallaba por donde entrar; pero no
hubo llegado a las paredes del corral, que no eran   335
muy altas, cuando vio el mal juego que se le hacía
a su escudero. Viole bajar y subir por el aire, con
tanta gracia y presteza, que, si la cólera le dejara,
tengo para mí que se riera. Probó a subir desde el
caballo a las bardas; pero estaba tan molido y que-   340
brantado, que aun apearse no pudo; y así, desde
encima del caballo, comenzó a decir tantos denuestos y baldones [33] a los que a Sancho mantea-
ban, que no es posible acertar a escribillos; mas
no por esto cesaban ellos de su risa y de su obra,   345
ni el volador Sancho dejaba sus quejas, mezcladas
ya con amenazas, ya con ruegos; mas todo aprovechaba poco, ni aprovechó, hasta que de puro
cansados le dejaron.

³² Penoso.

³³ Oprobios.

Trujéronle allí su asno, y, subiéndole encima, le   350
arroparon con su gabán. Y la compasiva de Maritornes, viéndole tan fatigado, le pareció ser bien
socorrelle con un jarro de agua, y así, se le trujo
del pozo, por ser más frío. Tomóle Sancho, y llevándole a la boca, se paró a las voces que su amo   355
le daba, diciendo:

—¡Hijo Sancho, no bebas agua! ¡Hijo, no la bebas, que te matará! ¿Ves? Aquí tengo el santísimo
bálsamo —y enseñábale la alcuza del brebaje—,
360 que con dos gotas que dél bebas sanarás sin duda.
A estas voces volvió Sancho los ojos, como de
través, y dijo con otras mayores:
—Por dicha, ¿hásele olvidado a vuestra merced como yo no soy caballero, o quiere que acabe de vomi-
365 tar las entrañas que me quedaron de anoche? Guárdese su licor con todos los diablos, y déjeme a mí.
Y el acabar de decir esto y el comenzar a beber
todo fue uno; mas como al primer trago vio que
era agua, no quiso pasar adelante, y rogó a Mari-
370 tornes que se le trujese de vino, y así lo hizo ella
de muy buena voluntad, y lo pagó de su mesmo
dinero; porque, en efecto, se dice della que, aunque estaba en aquel trato, tenía unas sombras y lejos [34] de cristiana ▼.

34 Apariencias (tecnicis-
mo usado en pintura).

375 Así como bebió Sancho, dio de los carcaños [55]
a su asno, y, abriéndole la puerta de la venta de
par en par, se salió della, muy contento de no haber pagado nada y de haber salido con su intención, aunque había sido a costa de sus acostum-
380 brados fiadores, que eran sus espaldas. Verdad es
que el ventero se quedó con sus alforjas en pago
de lo que se le debía; mas Sancho no las echó menos, según salió turbado. Quiso el ventero atran-
car bien la puerta así como le vio fuera; mas no
385 lo consintieron los manteadores, que era gente
que, aunque don Quijote fuera verdaderamente
de los caballeros andantes de la Tabla Redonda,
no le estimaran en dos ardites [36].

55 Con los calcañares,
espoleó.

36 En nada (moneda de
poco valor).

▼ La humanísima comprensión de Cervantes salva también a Maritornes: después de
destacar su fealdad (física y espiritual) y de criticar ciertos prejuicios de la época en su
presunta hidalguía (en el capítulo anterior) y en su aludida ascendencia de cristiana vieja, acaba mostrándola como una mujer de espíritu caritativo.

CAPÍTULO XVIII

Donde se cuentan las razones que pasó Sancho Panza con su señor don Quijote, con otras aventuras dignas de ser contadas

Llegó Sancho a su amo marchito y desmayado, 5
tanto, que no podía arrear [1] a su jumento. Cuando así le vio don Quijote, le dijo:

—Ahora acabo de creer, Sancho bueno, que aquel castillo o venta, de que es encantado, sin duda; porque aquellos que tan atrozmente toma- 10
ron pasatiempo contigo, ¿qué podían ser sino fantasmas y gente del otro mundo? Y confirmo esto por haber visto que, cuando estaba por las bardas del corral mirando los actos de tu triste tragedia, no me fue posible subir por ellas, ni menos pude 15
apearme de Rocinante, porque me debían de tener encantado; que te juro por la fe de quien soy, que si pudiera subir o apearme, que yo te hiciera vengado de manera que aquellos follones y malandrines [2] se acordaran de la burla para siempre, 20
aunque en ello supiera [3] contravenir a las leyes de la caballería, que, como ya muchas veces te he dicho, no consienten que caballero ponga mano contra quien no lo sea, si no fuere en defensa de su propia vida y persona, en caso de urgente y 25
gran necesidad ▼.

[1] Espolear, aguijar.

[2] Fanfarrones y bellacos.

[3] Tuviera que.

▼ El recurso más querido por don Quijote, para explicar y justificar su actuación y al mismo tiempo mantener el sistema de su ficción, es el de los encantadores. (Véase la nota al pie de la pág. 126.)

—También me vengara yo si pudiera, fuera o
no fuera armado caballero, pero no pude; aunque
tengo para mí que aquellos que se holgaron con-
30   migo no eran fantasmas ni hombres encantados,
como vuestra merced dice, sino hombres de carne y de hueso como nosotros; y todos, según los
oí nombrar cuando me volteaban, tenían sus nombres, que el uno se llamaba Pedro Martínez, y el
35   otro Tenorio Hernández, y el ventero oí que se llamaba Juan Palomeque el Zurdo. Así que, señor, el
no poder saltar las bardas del corral, ni apearse
del caballo, en ál [4] estuvo que en encantamentos.   [4] En otra cosa.
Y lo que yo saco en limpio de todo esto es que es-
40   tas aventuras que andamos buscando, al cabo al
cabo [5] nos han de traer a tantas desventuras, que   [5] Reduplicación (inten-
no sepamos cuál es nuestro pie derecho. Y lo que   sificadora).
sería mejor y más acertado, según mi poco enten-
dimiento, fuera el volvernos a nuestro lugar, aho-
45   ra que es tiempo de la siega y de entender en la
hacienda, dejándonos de andar de Ceca en Meca
y de zoca en colodra ▼, como dicen.

—¡Qué poco sabes, Sancho —respondió don
Quijote—, de achaque [6] de caballería! Calla y ten   [6] Materia.
50   paciencia; que día vendrá donde veas por vista de
ojos [7] cuán honrosa cosa es andar en este ejerci-   [7] Pleonasmo (enfático).
cio. Si no, dime: ¿qué mayor contento puede ha-
ber en el mundo, o qué gusto puede igualarse al
de vencer una batalla y al de triunfar de su ene-
55   migo? Ninguno, sin duda alguna.

—Así debe de ser —respondió Sancho—,   [8] Aunque.
puesto que [8] yo no lo sé; sólo sé que, después que [9]
somos caballeros andantes, o vuestra merced lo es   [9] Desde que.
(que yo no hay para qué me cuente en tan hon-

▼ «Andar de un lado para otro e ir de mal en peor» (expresiones proverbiales).

roso número), jamás hemos vencido batalla algu- 60
na, si no fue la del vizcaíno, y aun de aquélla salió
vuestra merced con media oreja y media celada

menos; que después acá [10] todo ha sido palos y
más palos, puñadas y más puñadas, llevando yo
de ventaja el manteamiento, y haberme sucedido 65
por personas encantadas, de quien no puedo vengarme, para saber hasta dónde llega el gusto del
vencimiento del enemigo, como vuestra merced
dice.

—Ésa es la pena que yo tengo y la que tú de- 70
bes tener, Sancho —respondió don Quijote—;
pero de aquí adelante yo procuraré haber a las ma-

nos [11] alguna espada hecha por tal maestría, que
al que la trujere consigo no le puedan hacer ningún género de encantamentos; y aún podría ser 75
que me deparase la ventura aquella de Amadís,
cuando se llamaba *el Caballero de la Ardiente Espada,* que fue una de las mejores espadas que tuvo
caballero en el mundo, porque, fuera que tenía la
virtud dicha, cortaba como una navaja, y no ha- 80
bía armadura, por fuerte y encantada que fuese,
que se le parase delante ▾.

—Yo soy tan venturoso —dijo Sancho—, que
cuando eso fuese y vuestra merced viniese a hallar espada semejante, sólo vendría a servir y apro- 85

vechar a los armados caballeros, como el bálsamo;
y a los escuderos, que se los papen duelos [12].

—No temas eso, Sancho —dijo don Quijote—; que mejor lo hará el cielo contigo.

En estos coloquios iban don Quijote y su escu- 90

▾ Don Quijote parece confundir aquí la «Verde Espada» de Amadís de Gaula (Amadís
por excelencia) y la *Ardiente Espada* de su nieto Amadís de Grecia, llamado *El Caballero
de la Ardiente Espada.*

dero, cuando vio don Quijote que por el camino
que iban venía hacia ellos una grande y espesa polvareda; y, en viéndola, se volvió a Sancho y le dijo:

—Éste es el día, ¡oh Sancho!, en el cual se ha
95 de ver el bien que me tiene guardado mi suerte;
éste es el día, digo, en que se ha de mostrar, tanto como en otro alguno, el valor de mi brazo, y
en el que tengo de hacer obras que queden escritas en el libro de la Fama por todos los venideros
100 siglos. ¿Ves aquella polvareda que allí se levanta,
Sancho? Pues toda es cuajada [13] de un copiosísimo
ejército que de diversas e innumerables gentes por
allí viene marchando ▼.

—A esa cuenta, dos deben de ser —dijo San-
105 cho—; porque desta parte contraria se levanta
asimesmo otra semejante polvareda.

Volvió a mirarlo don Quijote, y vio que así era
la verdad; y alegrándose sobremanera, pensó sin
duda alguna que eran dos ejércitos, que venían a
110 embestirse y a encontrarse en mitad de aquella es-
paciosa llanura. Porque tenía a todas horas y mo-
mentos llena la fantasía de aquellas batallas, encantamentos, sucesos, desatinos, amores, desafíos,
que en los libros de caballerías se cuentan, y todo
115 cuanto hablaba, pensaba o hacía era encaminado
a cosas semejantes. Y la polvareda que había visto
la levantaban dos grandes manadas de ovejas y
carneros que, por aquel mesmo camino, de dos diferentes partes venían, las cuales, con el polvo, no
120 se echaron de ver hasta que llegaron cerca. Y con
tanto ahínco afirmaba don Quijote que eran ejércitos, que Sancho lo vino a creer, y a decirle:

—Señor, pues, ¿qué hemos de hacer nosotros?

[13] Está poblada.

▼ Este famosísimo episodio, en el cual una simple polvareda sirve de trampolín para
la imaginación, es la creación de realidad por medio del lenguaje poético (Pedro Salinas).

—¿Qué? —dijo don Quijote—. Favorecer y ayudar a los menesterosos y desvalidos. Y has de saber, Sancho, que este que viene por nuestra frente le conduce y guía el grande emperador Alifanfarón, señor de la grande isla Trapobana [14]; este otro que a mis espaldas marcha es el de su enemigo, el rey de los garamantas [15], Pentapolín del Arremangado Brazo, porque siempre entra en las batallas con el brazo derecho desnudo.

—Pues ¿por qué se quieren tan mal estos dos señores? —preguntó Sancho.

—Quiérense mal —respondió don Quijote— porque este Alifanfarón es un foribundo pagano, y está enamorado de la hija de Pentapolín, que es una muy fermosa y además agraciada señora, y es cristiana, y su padre no se la quiere entregar al rey pagano si no deja primero la ley de su falso profeta Mahoma y se vuelve a la suya ▼.

—¡Para mis barbas [16] —dijo Sancho—, si no hace muy bien Pentapolín, y que le tengo de ayudar en cuanto pudiere!

—En eso harás lo que debes, Sancho —dijo don Quijote—; porque para entrar en batallas semejantes no se requiere ser armado caballero.

—Bien se me alcanza eso —respondió Sancho—; pero ¿dónde pondremos a este asno que estemos ciertos de hallarle después de pasada la refriega? Porque el entrar en ella en semejante caballería no creo que está en uso hasta agora.

—Así es verdad —dijo don Quijote—. Lo que puedes hacer dél es dejarle a sus aventuras, ora se

125

130

135

140

145

150

[14] Sri Lanka; Ceilán (antigua Taprobana).

[15] Pueblo bárbaro de África.

[16] Por mis barbas (fórmula familiar de juramento).

▼ La parodia y la ironía son procedimientos básicos en este episodio, en el que se ridiculizan aventuras muy frecuentes en los libros de caballerías. En dichos libros, a los mahometanos se les llamaba *paganos;* pero el que don Quijote acuse de *falso profeta* a Mahoma es otra ironía de Cervantes.

155   pierda o no, porque serán tantos los caballos que
       tendremos después que salgamos vencedores, que
       aun corre peligro Rocinante no le trueque por
       otro. Pero estáme atento y mira, que te quiero dar
       cuenta de los caballeros más principales que en es-
160   tos dos ejércitos vienen. Y para que mejor los veas
       y notes, retirémonos a aquel altillo que allí se hace,
       de donde se deben de descubrir los dos ejércitos.
          Hiciéronlo ansí, y pusiéronse sobre una loma,
       desde la cual se vieran bien las dos manadas que
165   a don Quijote se le hicieron ejército, si las nubes
       de polvo que levantaban no les turbara y cegara
       la vista; pero, con todo esto, viendo en su imagi-
       nación lo que no veía ni había, con voz levantada
       comenzó a decir:
170   —Aquel caballero que allí ves de las armas jal-
       des [17], que trae en el escudo un león coronado,
       rendido a los pies de una doncella, es el valeroso
       Laurcalco, señor de la Puente de Plata; el otro de
       las armas de las flores de oro, que trae en el es-
175   cudo tres coronas de plata en campo azul, es el te-
       mido Micocolembo, gran duque de Quirocia; el
       otro de los miembros giganteos, que está a su de-
       recha mano, es el nunca medroso Brandabarba-
       rán de Boliche, señor de las tres Arabias [18], que vie-
180   ne armado de aquel cuero de serpiente, y tiene
       por escudo una puerta, que, según es fama, es una
       de las del templo que derribó Sansón, cuando con
       su muerte se vengó de sus enemigos ▼. Pero vuel-
       ve los ojos a estotra parte, y verás delante y en la
185   frente destotro ejército al siempre vencedor y ja-
       más vencido Timonel de Carcajona, príncipe de la
       Nueva Vizcaya, que viene armado con las armas

[17] De color amarillo encendido.

[18] Pétrea, Feliz y Desér-
tica.

▼ Destaca especialmente el derroche de ingenio que Cervantes realiza en la creación
humorística de nombres. ¿Cómo es posible que don Quijote pueda describir con tanta
precisión los escudos de los guerreros entre tanta polvareda?

[19] Divisiones del escudo.

[20] Rubio.

[21] Yegua corpulenta.

[22] Esmaltes en forma de copas o vasos que cubren el escudo.

[23] De enfrente.

[24] Montañeses.

[25] Feliz (paragoge).

partidas a cuarteles [19], azules, verdes, blancas y amarillas, y trae en el escudo un gato de oro en campo leonado [20], con una letra que dice: *Miau,* que es el principio del nombre de su dama, que, según se dice, es la sin par Miulina, hija del duque Alfeñiquén del Algarbe; el otro, que carga y oprime los lomos de aquella poderosa alfana [21], que trae las armas como nieve blancas y el escudo blanco y sin empresa alguna, es un caballero novel, de nación francés, llamado Pierres Papín, señor de las baronías de Utrique; el otro, que bate las ijadas con los herrados carcaños a aquella pintada y ligera cebra y trae las armas de los veros [22] azules, es el poderoso duque de Nerbia, Espartafilardo del Bosque, que trae por empresa en el escudo una esparraguera, con una letra en castellano que dice así: *Rastrea mi suerte* ▼.

Y desta manera fue nombrando muchos caballeros del uno y del otro escuadrón, que él se imaginaba, y a todos les dio sus armas, colores, empresas y motes, de improviso, llevado de la imaginación de su nunca vista locura, y, sin parar, prosiguió diciendo:

—A este escuadrón frontero [23] forman y hacen gentes de diversas naciones: aquí están los que bebían las dulces aguas del famoso Xanto; los montuosos [24] que pisan los masílicos campos; los que criban el finísimo y menudo oro en la felice [25] Arabia; los que gozan las famosas y frescas riberas del claro Termodonte; los que sangran por muchas y diversas vías al dorado Pactolo; los númidas, dudosos en sus promesas; los persas, arcos y fle-

190
195
200
205
210
215

▼ Cómica resulta también la precisión con que don Quijote describe las armas, especialmente la visión de aquel *gato de oro en campo leonado,* a pesar de la polvareda (de todos los caballeros citados, el único históricamente documentado es Pierres Papín, sevillano, mercader y fabricante de naipes.)

220   chas [26] famosos; los partos, los medos, que pelean
      huyendo; los árabes, de mudables casas; los ci-
      tas [27], tan crueles como blancos; los etíopes, de ho-
      radados labios, y otras infinitas naciones, cuyos
      rostros conozco y veo, aunque de los nombres no
225   me acuerdo ▼. En estotro escuadrón vienen los que
      beben las corrientes cristalinas del olivífero Be-
      tis [28]; los que tersan y pulen sus rostros con el li-
      cor del siempre rico y dorado Tajo; los que gozan
      las provechosas aguas del divino Genil; los que pi-
230   san los tartesios campos, de pastos abundantes;
      los que se alegran en los elíseos [29] jerezanos pra-
      dos; los manchegos, ricos y coronados de rubias
      espigas; los de hierro vestidos, reliquias antiguas
      de la sangre goda; los que en Pisuerga se bañan,
235   famoso por la mansedumbre de su corriente; los
      que su ganado apacientan en las extendidas dehe-
      sas del tortuoso Guadiana, celebrado por su es-
      condido curso; los que tiemblan con el frío del sil-
      voso [30] Pirineo y con los blancos copos del levan-
240   tado Apenino; finalmente, cuantos toda la Euro-
      pa en sí contiene y encierra ▼▼.

      ¡Válame Dios, y cuántas provincias dijo, cuán-
      tas naciones nombró, dándole a cada una, con ma-
      ravillosa presteza, los atributos que le pertenecían,
245   todo absorto y empapado en lo que había leído
      en sus libros mentirosos!

      Estaba Sancho Panza colgado [31] de sus palabras,

[26] Arqueros y flecheros (metonimia).

[27] Escitas.

[28] El Guadalquivir.

[29] Placenteros.

[30] Cubierto de selvas.

[31] Pendiente.

▼ Las gentes del ejército pagano son enumeradas según el río o campo principal de sus
tierras; *Xanto* es el río de Troya; los másilos eran pueblos de África; Termodonte, el río
de Capadocia; Pactolo, el río de Lidia (tenía pepitas de oro porque el rey Midas se bañó
en él); númidas, los naturales de Numidia (en la actual Argelia); partos, un pueblo guerrero de la antigüedad; medos, los de Media (en la actual Persia); citas, los de Escitia (antiguos países al norte del Danubio).

▼▼ En la enumeración del ejército cristiano (también según el río o campo principal) se
citan gentes de la península Ibérica, de tiempos antiguos y modernos, atendiendo a la
riqueza económica de cada lugar.

sin hablar ninguna, y de cuando en cuando volvía
la cabeza a ver si veía los caballeros y gigantes que
su amo nombraba; y como no descubría ninguno,   250
le dijo:

—Señor, encomiendo al diablo hombre, ni gigante, ni caballero de cuantos vuestra merced dice
parece por todo esto; a lo menos, yo no los veo;
quizá todo debe ser encantamento, como las fan-   255
tasmas de anoche.

—¿Cómo dices eso? —respondió don Quijote—. ¿No oyes el relinchar de los caballos, el tocar de los clarines, el ruido de los atambores?

—No oigo otra cosa —respondió Sancho—   260
sino muchos balidos de ovejas y carneros.

Y así era la verdad, porque ya llegaban cerca los
dos rebaños.

—El miedo que tienes —dijo don Quijote—
te hace, Sancho, que ni veas ni oyas [32] a derechas; 265
porque uno de los efectos del miedo es turbar los
sentidos y hacer que las cosas no parezcan lo que
son; y si es que tanto temes, retírate a una parte
y déjame solo; que solo basto a dar la victoria a
la parte a quien yo diere mi ayuda ▼.   270

Y diciendo esto, puso las espuelas a Rocinante,
y puesta la lanza en el ristre, bajó de la costezuela
como un rayo. Diole voces Sancho, diciéndole:

—¡Vuélvase vuestra merced, señor don Quijo-
te, que voto a Dios que son carneros y ovejas las   275
que va a embestir! ¡Vuélvase, desdichado del padre que me engendró! ¿Qué locura es ésta? Mire
que no hay gigante ni caballero alguno, ni gatos,

[32] Oigas.

▼ Como explica Torrente Ballester, las tres figuras actúan del modo que les es propio:
don Quijote, transformando la realidad y levantando la gran metáfora de los dos ejércitos a partir de una simple polvareda; el narrador, insistiendo en sus advertencias ex-
plicativas de la locura del caballero; y Sancho, observando correctamente la realidad,
que se manifiesta por indicios (balidos de ovejas y carneros).

280 ni armas, ni escudos partidos ni enteros, ni veros azules ni endiablados. ¿Qué es lo que hace? ¡Pecador soy yo a Dios [33]!

Ni por ésas volvió don Quijote; antes, en altas voces, iba diciendo:

—¡Ea, caballeros, los que seguís y militáis de-
285 bajo de las banderas del valeroso emperador Pentapolín del Arremangado Brazo, seguidme todos; veréis cuán fácilmente le doy venganza de su enemigo Alifanfarón de la Trapobana!

Esto diciendo, se entró por medio del escuadrón
290 de las ovejas, y comenzó de alanceallas con tanto coraje y denuedo como si de veras alanceara a sus mortales enemigos. Los pastores y ganaderos que con la manada venían dábanle voces que no hiciese aquello; pero, viendo que no aprovechaban,
295 desciñéronse las hondas y comenzaron a saludalle los oídos con piedras como el puño. Don Quijote no se curaba [34] de las piedras; antes, discurriendo a todas partes, decía:

—¿Adónde estás, soberbio Alifanfarón? Vente
300 a mí; que un caballero solo soy, que desea, de solo a solo [35], probar tus fuerzas y quitarte la vida, en pena de la que das al valeroso Pentapolín Garamanta.

Llegó en esto una peladilla de arroyo [36], y, dán-
305 dole en un lado, le sepultó dos costillas en el cuerpo. Viéndose tan maltrecho, creyó, sin duda, que estaba muerto o malferido y, acordándose de su licor, sacó su alcuza, y púsosela a la boca, y comenzó a echar licor en el estómago; mas, antes
310 que acabase de envasar lo que a él le parecía que era bastante, llegó otra almendra [37] y diole en la mano y en la alcuza, tan de lleno que se la hizo pedazos, llevándole de camino tres o cuatro dientes y muelas de la boca, y machucándole malamente
315 dos dedos de la mano.

[33] ¡Pecador de mí!

[34] Preocupaba.

[35] De hombre a hombre.

[36] Guijarro.

[37] Peladilla, guijarro.

Tal fue el golpe primero, y tal el segundo, que le fue forzoso al pobre caballero dar consigo del caballo abajo. Llegáronse a él los pastores, y creyeron que le habían muerto; y así, con mucha priesa, recogieron su ganado, y cargaron de las reses 320 muertas, que pasaban de siete, y sin averiguar otra cosa, se fueron ▼.

Estábase todo este tiempo Sancho sobre la cuesta, mirando las locuras que su amo hacía, y arrancábase las barbas, maldiciendo la hora y el punto 325 en que la fortuna se le había dado a conocer. Viéndole, pues, caído en el suelo, y que ya los pastores se habían ido, bajó de la cuesta y llegóse a él, y hallóle de muy mal arte [38], aunque no había perdido el sentido, y díjole: 330

—¿No le decía yo, señor don Quijote, que se volviese, que los que iba a acometer no eran ejércitos, sino manadas de carneros?

—Como eso [39] puede desparecer y contrahacer [40] aquel ladrón del sabio mi enemigo. Sábete, 335 Sancho, que es muy fácil cosa a los tales hacernos parecer lo que quieren, y este maligno que me persigue, envidioso de la gloria que vio que yo había de alcanzar desta batalla, ha vuelto los escuadrones de enemigos en manadas de ovejas. Si no, haz 340 una cosa, Sancho, por mi vida, porque te desengañes y veas ser verdad lo que te digo: sube en tu asno y síguelos bonitamente [41], y verás cómo, en alejándose de aquí algún poco, se vuelven en su ser primero, y, dejando de ser carneros, son hom- 345

[38] Traza.

[39] Cosas como ésas.

[40] Desfigurar.

[41] Con disimulo.

▼ El descalabro de don Quijote procede de un factor real descartado o ignorado, en este caso los pastores, que, escondidos en el polvo, don Quijote no ve o no tiene en cuenta. Nótese también que don Quijote busca a Alifanfarón y alcanza ovejas, dando muerte a más de siete; luego, ataca con la lanza hacia abajo a las ovejas, no de frente, como sería necesario para herir a Alifanfarón, que también va a caballo. «Si llama a Alifanfarón y alancea ovejas, es porque ve ovejas y no soldados» (Torrente Ballester).

bres hechos y derechos, como yo te los pinté primero. Pero no vayas agora, que he menester tu favor y ayuda; llégate a mí y mira cuántas muelas
y dientes me faltan, que me parece que no me ha
350   quedado ninguno en la boca ▾.

Llegóse Sancho tan cerca, que casi le metía los
ojos en la boca; y fue a tiempo que ya había obrado el bálsamo en el estómago de don Quijote, y
al tiempo que Sancho llegó a mirarle la boca, arro-
355   jó de sí, más recio que una escopeta, cuanto dentro tenía, y dio con todo ello en las barbas del
compasivo escudero.

—¡Santa María! —dijo Sancho—, y ¿qué es   ....
esto que me ha sucedido? Sin duda, este pecador [42]   [42] Desdichado.
360   está herido de muerte, pues vomita sangre por la
boca.

Pero reparando un poco más en ello, echó de
ver en la color, sabor y olor, que no era sangre,
sino bálsamo de la alcuza que él le había visto be-
365   ber; y fue tanto el asco que tomó, que, revolvién-
dosele el estómago, vomitó las tripas sobre su mismo señor, y quedaron entrambos como de perlas.
Acudió Sancho a su asno para sacar de las alforjas
con qué limpiarse y con qué curar a su amo, y
370   como no las halló estuvo a punto de perder el juicio. Maldíjose de nuevo, y propuso en su corazón
de dejar a su amo y volverse a su tierra, aunque
perdiese el salario de lo servido y las esperanzas
del gobierno de la prometida ínsula ▾▾.
375   Levántose en esto don Quijote, y, puesta la

▾ De lo dicho por don Quijote puede deducirse que éste sabe —y aun deja entender
implícitamente— que si Sancho fuese ahora vería carneros y no soldados.
▾▾ En contraste con el carácter fantástico de la aventura de los ejércitos-rebaños se produce ahora la bien realista vomitona recíproca de don Quijote y Sancho, quien lamenta
el robo de sus alforjas, motivo igualmente realista.

mano izquierda en la boca, porque no se le acabasen de salir los dientes, asió con la otra las riendas de Rocinante, que nunca se había movido de
junto a su amo —tal era de leal y bien acondicio-
nado—, y fuese adonde su escudero estaba, de   380
pechos [43] sobre su asno, con la mano en la mejilla, en guisa de hombre pensativo además [44]. Y
viéndole don Quijote de aquella manera, con
muestras de tanta tristeza, le dijo:

—Sábete, Sancho, que no es un hombre más   385
que otro si no hace más que otro. Todas estas
borrascas que nos suceden son señales de que
presto ha de serenar el tiempo y han de suceder-
nos bien las cosas; porque no es posible que el mal
ni el bien sean durables, y de aquí se sigue que,   390
habiendo durado mucho el mal, el bien está ya
cerca. Así, que no debes congojarte por las desgracias que a mí me suceden, pues a ti no te cabe
parte dellas.

—¿Cómo no? —respondió Sancho—. Por   395
ventura, el que ayer mantearon, ¿era otro que el
hijo de mi padre? Y las alforjas que hoy me faltan, con todas mis alhajas [45], ¿son de otro que del
mismo?

—¿Que te faltan las alforjas, Sancho? —dijo   400
don Quijote.

—Sí que me faltan —respondió Sancho.

—Dese modo, no tenemos qué comer hoy
—replicó don Quijote.

—Eso fuera —respondió Sancho— cuando   405
faltaran por estos prados las yerbas que vuestra
merced dice que conoce, con que suelen suplir semejantes faltas los tan malaventurados andantes
caballeros como vuestra merced es.

—Con todo eso —respondió don Quijote—,   410
tomara yo ahora más aína [46] un cuartal de pan [47],
o una hogaza y dos cabezas de sardinas arenques,

[43] Con el pecho apoya-
do.

[44] En demasía.

[45] Objetos de alguna estimación y valor.

[46] Más a gusto.

[47] La cuarta parte de
una hogaza.

que cuantas yerbas describe Dioscórides, aunque
fuera el ilustrado por el doctor Laguna ▼. Mas, con
415 todo esto, sube en tu jumento, Sancho el bueno,
y vente tras mí; que Dios, que es proveedor de todas las cosas, no nos ha de faltar, y más andando
tanto en su servicio como andamos, pues no falta
a los mosquitos del aire, ni a los gusanillos de la
420 tierra, ni a los renacuajos del agua. Y es tan piadoso, que hace salir su sol sobre los buenos y los
malos, y llueve sobre los injustos y justos.

—Más bueno era vuestra merced —dijo Sancho— para predicador que para caballero an-
425 dante.

—De todo sabían y han de saber los caballeros
andantes, Sancho —dijo don Quijote—; porque
caballero andante hubo en los pasados siglos que
así se paraba a hacer un sermón o plática en mi-
430 tad de un campo real [48] como si fuera graduado
por la Universidad de París; de donde se infiere
que nunca la lanza embotó [49] la pluma, ni la pluma la lanza ▼▼.

Ahora bien, sea así como vuestra merced dice
435 —respondió Sancho—; vamos [50] ahora de aquí,
y procuremos [51] donde alojar esta noche, y quiera
Dios que sea en parte donde no haya mantas, ni
manteadores, ni fantasmas, ni moros encantados;
que si los hay, daré al diablo el hato y el ga-
440 rabato [52].

[48] Campamento.

[49] Debilitó.

[50] Vayámonos.

[51] Busquemos.

[52] Lo daré todo por perdido (expresión proverbial).

▼ Dioscórides fue un botánico griego (siglo I), autor de trabajos sobre materia medicinal y venenos mortíferos. El doctor Andrés Laguna, médico y humanista segoviano (siglo XVI), fue el traductor y comentarista de la obra de Dioscórides.
▼▼ Nueva referencia al tema de las armas y las letras, cuyo desarrollo vendrá en los
capítulos 37-38.

—Pídeselo tú a Dios, hijo —dijo don Quijote—, y guía tú por donde quisieres; que esta vez quiero dejar a tu elección el alojarnos. Pero dame acá la mano, y atiéntame [53] con el dedo, y mira bien cuántos dientes y muelas me faltan deste lado derecho, de la quijada alta; que allí siento el dolor.   445

Metió Sancho los dedos, y estándole tentando, le dijo:

—¿Cuántas muelas solía vuestra merced tener en esta parte?   450

—Cuatro —respondió don Quijote—, fuera de la cordal [54], todas enteras y muy sanas.

—Mire vuestra merced bien lo que dice, señor —respondió Sancho.

—Digo cuatro, si no eran cinco —respondió   455
don Quijote—; porque en toda mi vida me han sacado diente ni muela de la boca, ni se me ha caído, ni comido de neguijón [55] ni de reuma alguna.

—Pues en esta parte de abajo —dijo Sancho— no tiene vuestra merced más de dos muelas y media; y en la de arriba, ni media, ni ninguna; que toda está rasa como la palma de la mano.   460

—¡Sin ventura yo! —dijo don Quijote, oyendo las tristes nuevas que su escudero le daba—; que más quisiera que me hubieran derribado un   465
brazo, como no fuera el de la espada. Porque te hago saber, Sancho, que la boca sin muelas es como molino sin piedra, y en mucho más se ha de estimar un diente que un diamante. Mas a todo esto estamos sujetos los que profesamos la estre-   470
cha orden de la caballería. Sube, amigo, y guía, que yo te seguiré al paso que quisieres.

Hízolo así Sancho, y encaminóse hacia donde le pareció que podía hallar acogimiento, sin salir del camino real, que por allí iba muy seguido [56].   475

---

[53] Tiéntame, examíname.

[54] Muela del juicio.

[55] Caries dental.

[56] Recto, derecho.

Yéndose, pues, poco a poco, porque el dolor de
las quijadas de don Quijote no le dejaba sosegar
ni atender a darse priesa, quiso Sancho entretene-
lle y divertille diciéndole alguna cosa, y entre otras
480   que le dijo, fue lo que se dirá en el siguiente
capítulo.

COMENTARIO 2 (Capítulo XVIII)

► Resume el contenido de este capítulo.

► ¿Cuáles son los aspectos temáticos fundamentales?

► Señala y explica las partes en que se divide la composición del capítulo.

► Analiza su estructura narrativa: modo narrativo, tratamiento del tiempo y del espacio.

► Comenta la técnica del diálogo.

► ¿Cuáles son los procedimientos técnicos y estilísticos empleados en el texto?

► ¿En qué se basan la comicidad y el humor?

► Comenta la actuación de don Quijote y Sancho en este capítulo.

CAPÍTULO XIX

De las discretas razones que Sancho pasaba con su amo, y de la aventura que le sucedió con un cuerpo muerto, con otros acontecimientos famosos

—Paréceme, señor mío, que todas estas desventuras que estos días nos han sucedido, sin duda alguna han sido pena del pecado cometido por vuestra merced contra la orden de su caballería, no habiendo cumplido el juramento que hizo de no comer pan a manteles ni con la reina folgar, con todo aquello que a esto se sigue y vuestra merced juró de cumplir, hasta quitar aquel almete de Malandrino, o como se llama el moro, que no me acuerdo bien ▼.

—Tienes mucha razón, Sancho —dijo don Quijote—; mas, para decirte verdad, ello se me había pasado de la memoria; y también puedes tener por cierto que por la culpa de no habérmelo

---

▼ Sancho contamina el nombre de Mambrino con «malandrín» (bellaco; *almete* designaba la parte de la armadura ligera, que sólo cubría el casco de la cabeza), lo cual, como el trastrueque de Fierabrás en «feo Blas» (cap. 15), es bien ilustrativo del perspectivismo lingüístico en la obra: Sancho, llevado por la etimología popular, trastrueca los nombres y los multiplica «porque todas las formas de nombres que retiene son sólo aproximaciones del nombre real» (Spitzer).

1 Alude a las *bulas de composición* para arreglar la posesión de bienes sin dueño conocido.

2 Los que trataban con excomulgados.

3 Sorprendió.

4 Provisión de comestibles (sinónimos).

5 Que va de un pueblo a otro.

6 Normalmente.

tú acordado en tiempo te sucedió aquello de la [20] manta; pero yo haré la enmienda; que modos hay de composición [1] en la orden de la caballería para todo.

—Pues ¿juré yo algo, por dicha? —respondió Sancho. [25]

—No importa que no hayas jurado —dijo don Quijote—; basta que yo entiendo que de participantes [2] no estás muy seguro, y, por sí o por no, no será malo proveernos de remedio.

—Pues si ello es así —dijo Sancho—, mire [30] vuestra merced no se le torne a olvidar esto, como lo del juramento; quizá les volverá la gana a las fantasmas de solazarse otra vez conmigo, y aun con vuestra merced, si le ven tan pertinaz.

En estas y otras pláticas les tomó [3] la noche en [35] mitad del camino, sin tener ni descubrir donde aquella noche se recogiesen; y lo que no había de bueno en ello era que perecían de hambre; que con la falta de las alforjas les faltó toda la despensa y matalotaje [4]. Y para acabar de confirmar esta [40] desgracia, les sucedió una aventura que, sin artificio alguno, verdaderamente lo parecía ▼. Y fue que la noche cerró con alguna escuridad; pero, con todo esto, caminaban, creyendo Sancho que, pues aquel camino era real [5], a una o dos leguas, de bue- [45] na razón [6] hallaría en él alguna venta.

Yendo, pues, desta manera, la noche escura, el escudero hambriento y el amo con gana de comer, vieron que por el mesmo camino que iban ve-

▼ En contraposición con las aventuras que contienen *artificio*, como el episodio realista de los rebaños, aparecen otras *sin artificio alguno*, como ésta del cuerpo muerto y los encamisados, la cual contiene un elemento de misterio, al menos en su inicio, con apariencia de «verdadera aventura» (Serrano Plaja).

50   nían hacia ellos gran multitud de lumbres [7], que
        no parecían sino estrellas que se movían. Pasmóse
        Sancho en viéndolas, y don Quijote no las tuvo to-
        das consigo; tiró el uno del cabestro a su asno, y
        el otro de las riendas a su rocino, y estuvieron que-
55   dos, mirando atentamente lo que podía ser aque-
        llo, y vieron que las lumbres se iban acercando a
        ellos, y mientras más se llegaban, mayores pare-
        cían; a cuya vista Sancho comenzó a temblar como
        un azogado [8], y los cabellos de la cabeza se le eri-
60   zaron a don Quijote, el cual, animándose un poco,
        dijo:
             —Ésta, sin duda, Sancho, debe de ser grandísi-
        ma y peligrosísima aventura, donde será necesa-
        rio que yo muestre todo mi valor y esfuerzo.
65   —¡Desdichado de mí! —respondió Sancho—.
        Si acaso esta aventura fuese de fantasmas, como
        me lo va pareciendo, ¿adónde habrá costillas que
        la sufran?
             —Por más fantasmas que sean —dijo don Qui-
70   jote—, no consentiré yo que te toque [9] en el pelo
        de la ropa; que si la otra vez se burlaron contigo,
        fue porque no pude yo saltar las paredes del
        corral; pero ahora estamos en campo raso, donde
        podré yo como quisiere esgrimir mi espada.
75   —Y si le encantan y entomecen [10], como la otra
        vez lo hicieron —dijo Sancho—, ¿qué aprovecha-
        rá estar en campo abierto o no?
             —Con todo eso —replicó don Quijote—, te
        ruego, Sancho, que tengas buen ánimo, que la ex-
80   periencia te dará a entender el que yo tengo.
             —Sí tendré, si a Dios place —respondió San-
        cho.
             Y, apartándose los dos a un lado del camino,
        tornaron a mirar atentamente lo que aquello de
85   aquellas lumbres que caminaban podría ser, y de
        allí a muy poco descubrieron muchos encamisa-

[7] Luces.

[8] Expresión proverbial, nacida del temblor provocado por el mercurio en mineros.

[9] Que [ninguna] te toque.

[10] Entumecen, impiden el movimiento.

dos ▼, cuya temerosa visión de todo punto remató
el ánimo de Sancho Panza, el cual comenzó a dar
diente con diente, como quien tiene frío de cuartana [11]; y creció más el batir y dentellear cuando   90
distintamente vieron lo que era, porque descubrieron hasta veinte encamisados, todos a caballo, con
sus hachas encendidas en las manos, detrás de los
cuales venía una litera cubierta de luto, a la cual
seguían otros seis de a caballo, enlutados hasta los   95
pies de las mulas; que bien vieron que no eran caballos en el sosiego con que caminaban. Iban los
encamisados murmurando entre sí, con una voz
baja y compasiva. Esta extraña visión, a tales horas y en tal despoblado, bien bastaba para poner   100
miedo en el corazón de Sancho, y aun en el de su
amo; y así fuera en cuanto a don Quijote, que ya
Sancho había dado al través con [12] todo su esfuerzo. Lo contrario le avino a su amo, al cual en aquel
punto se le representó en su imaginación al vivo   105
que aquella era una de las aventuras de sus libros.

Figurósele que la litera eran andas donde debía
de ir algún mal ferido o muerto caballero, cuya
venganza a él solo estaba reservada, y, sin hacer
otro discurso, enristró su lanzón, púsose bien en   110
la silla, y con gentil brío y continente se puso en
la mitad del camino por donde los encamisados
forzosamente habían de pasar, y cuando los vio
cerca alzó la voz y dijo:

—Deteneos, caballeros, o quienquiera que   115
seáis, y dadme cuenta de quién sois, de dónde venís, adónde vais, qué es lo que en aquellas andas

[11] Fiebre que se produ-
ce cada cuatro días.

[12] Había perdido.

▼ Los *encamisados* eran gentes armadas que se ponían unas camisas por encima del traje militar para reconocerse en las empresas nocturnas y distinguirse del enemigo. Éstos
son religiosos con sobrepellices por encima de las sotanas.

lleváis; que, según las muestras, o vosotros habéis
fecho, o vos han fecho, algún desaguisado, y con-
120 viene y es menester que yo lo sepa, o bien para
castigaros del mal que fecistes [13], o bien para ven-
garos del tuerto [14] que vos ficieron ▼.

    —Vamos de priesa —respondió uno de los en-
camisados—, y está la venta lejos, y no nos po-
125 demos detener a dar tanta cuenta como pedís.

    Y picando la mula, pasó adelante. Sintióse des-
ta respuesta grandemente don Quijote, y trabando del freno [15], dijo:

    —Deteneos, y sed más bien criado, y dadme
130 cuenta de lo que os he preguntado; si no, conmigo sois todos en batalla.

    Era la mula asombradiza, y al tomarla del freno
se espantó de manera que, alzándose en los pies,
dio con su dueño por las ancas en el suelo. Un
135 mozo que iba a pie, viendo caer al encamisado, comenzó a denostar [16] a don Quijote, el cual, ya en-
colerizado, sin esperar más, enristrando su lanzón,
arremetió a uno de los enlutados, y, mal ferido,
dio con él en tierra; y revolviéndose por los de-
140 más, era cosa de ver con la presteza que los acometía y desbarataba, que no parecía sino que en
aquel instante le habían nacido alas a Rocinante,
según andaba de ligero y orgulloso.

    Todos los encamisados eran gente medrosa y
145 sin armas, y así, con facilidad, en un momento dejaron la refriega y comenzaron a correr por aquel
campo, con las hachas encendidas, que no parecían sino a los de las máscaras que en noche de
regocijo y fiesta corren. Los enlutados asimesmo,

[13] Hicisteis (arcaísmo).

[14] Injusticia.

[15] Deteniendo por el freno (la mula del encamisado).

[16] Insultar.

▼ Como explica Torrente Ballester, el narrador viene insistiendo en los detalles terro-
ríficos y en su efecto sobre Sancho, quien no puede identificarlos como es su función.
Y don Quijote actúa ante la apariencia de esa realidad (misteriosa), no ante su esencia
(situación normal, traslado de un cuerpo muerto).

revueltos y envueltos en sus faldamentos y lo- 150
bas [17], no se podían mover; así que, muy a su salvo, don Quijote, los apaleó a todos y les hizo dejar el sitio, mal de su grado, porque todos pensa-
ron que aquél no era hombre, sino diablo del infierno que les salía a quitar el cuerpo muerto que 155
en la litera llevaban ▼.

Todo lo miraba Sancho, admirado del ardimien-
to de su señor, y decía entre sí:

—Sin duda este mi amo es tan valiente y esforzado como él dice. 160

Estaba una hacha ardiendo en el suelo, junto al
primero que derribó la mula, a cuya luz le pudo
ver don Quijote; y, llegándose a él, le puso la punta del lanzón en el rostro, diciéndole que se rin-
diese; si no, que le mataría. A lo cual respondió el 165
caído:

—Harto rendido estoy, pues no me puedo mover, que tengo una pierna quebrada; suplico a
vuestra merced, si es caballero cristiano, que no
me mate; que cometerá un gran sacrilegio, que soy 170
licenciado y tengo las primeras órdenes.

—Pues ¿quién diablos os ha traído aquí —dijo
don Quijote—, siendo hombre de Iglesia?

—¿Quién, señor? —replicó el caído—. Mi
desventura. 175

—Pues otra mayor os amenaza —dijo don
Quijote—, si no me satisfacéis a todo cuanto primero os pregunté.

—Con facilidad será vuestra merced satisfecho
—respondió el licenciado—; y así, sabrá vuestra 180
merced que, aunque denantes [18] dije que yo era li-

▼ Algunos cervantistas vieron en este episodio una reminiscencia del traslado del cuerpo de San Juan de la Cruz (llevado sigilosamente a Segovia en 1593). Sin embargo, la
aventura parece una réplica paródica de un episodio similar narrado en el *Palmerín de
Inglaterra.*

cenciado, no soy sino bachiller, y llámome Alonso López; soy natural de Alcobendas [19]; vengo de
la ciudad de Baeza, con otros once sacerdotes, que

....
[19] Pueblo de Madrid.

185 son los que huyeron con las hachas; vamos a la ciudad de Segovia acompañando un cuerpo muerto,
que va en aquella litera, que es de un caballero
que murió en Baeza, donde fue depositado, y ahora, como digo, llevábamos sus huesos a su sepul-
190 tura, que está en Segovia, de donde es natural.
    —¿Y quién le mató? —preguntó don Quijote.
    —Dios, por medio de unas calenturas pestilen-
tes que le dieron —respondió el bachiller ▼.
    —Desa suerte —dijo don Quijote—, quitado
195 me ha Nuestro Señor del trabajo que había de tomar en vengar su muerte, si otro alguno le hubiera muerto; pero habiéndole muerto quien le mató,
no hay sino callar y encoger los hombros, porque
lo mesmo hiciera si a mí mismo me matara. Y
200 quiero que sepa vuestra reverencia que yo soy un
caballero de La Mancha, llamado don Quijote, y
es mi oficio y ejercicio andar por el mundo ende-
rezando tuertos y desfaciendo agravios.
    —No sé cómo pueda ser eso de enderezar tuer-
205 tos —dijo el bachiller—, pues a mí de derecho
me habéis vuelto tuerto, dejándome una pierna
quebrada, la cual no se verá derecha en todos los
días de su vida; y el agravio que en mí habéis deshecho ha sido dejarme agraviado de manera que
210 me quedaré agraviado para siempre; y harta desventura ha sido topar con vos, que vais buscando
aventuras ▼▼.

|||||||||||||||||||||||||||||||||||||||||||||||||||||||||||||||||||||||||||||||||||||||||||||||||||||||||||||||||||

▼ Obsérvese la escrupulosa coherencia técnica del narrador: cuando antes Alonso López dijo ser licenciado, el narrador lo identifica por dicho título. Ahora, corregida la
mentira por el mismo Alonso López, el narrador corrige igualmente su identificación.
(Los grados universitarios de la época eran el de bachiller, licenciado y doctor.)
▼▼ Todo este párrafo es una cadena de juegos de palabras.

—No todas las cosas —respondió don Quijote— suceden de un mismo modo. El daño estu-
vo [20], señor bachiller Alonso López, en venir, como   215
veníades, de noche, vestidos con aquellas sobrepellices, con las hachas encendidas, rezando, cubiertos de luto, que propiamente semejábades cosa
mala y del otro mundo; y así, yo no pude dejar
de cumplir con mi obligación acometiéndoos, y os   220
acometiera aunque verdaderamente supiera que
érades los mesmos satanases del infierno, que por
tales os juzgué y tuve siempre.

—Ya que así lo ha querido mi suerte —dijo el
bachiller—, suplico a vuestra merced, señor caba-   225
llero andante (que tan mala andanza me ha da-
do) ▼, me ayude a salir de debajo desta mula, que
me tiene tomada una pierna entre el estribo y la
silla.

—¡Hablara yo para mañana [21]! —dijo don Qui-   230
jote—. Y ¿hasta cuándo aguardábades a decirme
vuestro afán?

Dio luego voces a Sancho Panza que viniese;
pero él no se curó de venir, porque andaba ocupado desvalijando una acémila [22] de repuesto que   235
traían aquellos buenos señores, bien bastecida [23]
de cosas de comer. Hizo Sancho costal [24] de su gabán, y recogiendo todo lo que pudo y cupo en el
talego, cargó su jumento, y luego acudió a las voces de su amo, y ayudó a sacar al señor bachiller   240
de la opresión de la mula, y, poniéndole encima
della, le dio la hacha; y don Quijote le dijo que siguiese la derrota [25] de sus compañeros, a quien de
su parte pidiese perdón del agravio, que no había

[20] Lo malo fue.

[21] Expresión prover-
bial, irónica: indica que
tarde se ha dicho lo
que se quería.

[22] Mula.

[23] Abastecida.

[24] Saco.

[25] Ruta.

▼ «Demasiadamente ingenioso se muestra aquí el Bachiller para el estado en que se le
pinta, siendo de todo punto inverosímil que estuviese entonces para tantos retruécanos
y sutilezas como se cuentan» (Clemencín).

245 sido en su mano [26] dejar de haberle hecho. Díjole   [26] No había podido.
también Sancho:
—Si acaso quisieren saber esos señores quién
ha sido el valeroso que tales los puso, diráles vuestra merced que es el famoso don Quijote de la
250 Mancha, que por otro nombre se llama *el Caballero de la Triste Figura.*

Con esto se fue el bachiller, y don Quijote preguntó a Sancho que qué le había movido a llamarle *el Caballero de la Triste Figura,* más entonces que
255 nunca.

—Yo se lo diré —respondió Sancho—; porque le he estado mirando un rato a la luz de aquella hacha que lleva aquel malandante, y verdaderamente tiene vuestra merced la más mala figura,
260 de poco acá, que jamás he visto; y débelo de haber causado, o ya el cansancio deste combate, o
ya la falta de las muelas y dientes ▼.

—No es eso —respondió don Quijote—; sino
que el sabio a cuyo cargo debe de estar el escribir
265 la historia de mis hazañas le habrá parecido que
será bien que yo tome algún nombre apelativo,
como lo tomaban todos los caballeros pasados:
cuál se llamaba *el de la Ardiente Espada;* cuál, *el del
Unicornio;* aquél, *de las Doncellas;* aquéste, *el del Ave
270 Fénix;* el otro, *el Caballero del Grifo;* estotro, *el de la
Muerte* ▼▼; y por estos nombres e insignias eran conocidos por toda la redondez de la tierra. Y así,
digo que el sabio ya dicho te habrá puesto en la
lengua y en el pensamiento ahora que me llama-

▼ Aumenta la polionomasia de don Quijote.
▼▼ Los sobrenombres corresponden, respectivamente, a Amadís de Grecia, don Belianís; Florandino de Macedonia (de la novela *El Caballero de la Cruz);* Florarlán de Tracia
(de *Florisel de Niquea);* un personaje de *Filesbián de Candaria* (según descubre Avalle-Arce)
y, de nuevo, Amadís de Grecia (Clemencín).

ses *el Caballero de la Triste Figura,* como pienso lla-   275
marme desde hoy en adelante; y para que mejor
me cuadre tal nombre, determino de hacer pintar, cuando haya lugar, en mi escudo una muy triste figura.

—No hay para qué gastar tiempo y dineros en   280
hacer esa figura —dijo Sancho—; sino lo que se
ha de hacer es que vuestra merced descubra la
suya y dé rostro a los que le miraren; que, sin más
ni más, y sin otra imagen ni escudo, le llamarán
el de la Triste Figura; y créame, que le digo verdad,   285
porque le prometo [27] a vuestra merced, señor, y
esto sea dicho en burlas, que le hace tan mala cara
la hambre y la falta de las muelas, que, como ya
tengo dicho, se podrá muy bien excusar [28] la triste pintura.   290

Rióse don Quijote del donaire de Sancho; pero
con todo, propuso de llamarse de aquel nombre
en pudiendo pintar su escudo o rodela, como había imaginado.

En esto volvió el bachiller y le dijo a don   295
Quijote:

—Olvidábaseme de decir que advierta vuestra
merced que queda descomulgado, por haber puesto las manos violentamente en cosa sagrada, *juxta
illud: Si quis suadente diabolo,* etc ▼.   300

—No entiendo ese latín —respondió don Quijote—, mas yo sé bien que no puse las manos,
sino este lanzón; cuanto más, que yo no pensé que
ofendía [29] a sacerdotes ni a cosas de la Iglesia, a
quien respeto y adoro como católico y fiel cristia-   305
no que soy, sino a fantasmas y a vestiglos [30] del
otro mundo. Y cuando eso así fuese, en la memo-

[27] Aseguro.

[28] Evitar.

[29] Atacaba.

[30] Monstruos horren-
dos.

▼ «Según aquello: Si alguien persuadido por el diablo»... Son palabras de un texto del
Concilio de Trento por el cual se excomulga a quien golpeare a un clérigo o monje.

ria tengo lo que le pasó al Cid Ruy Díaz, cuando
quebró la silla del embajador de aquel rey delante
de Su Santidad del Papa, por lo cual lo descomul-
310   gó, y anduvo aquel día el buen Rodrigo de Vivar
como muy honrado y valiente caballero ▼.

En oyendo esto el bachiller, se fue, como queda dicho, sin replicarle palabra. Quisiera don Quijote mirar si el cuerpo que venía en la litera eran
315   huesos o no; pero no lo consintió Sancho, diciéndole:

—Señor, vuestra merced ha acabado esta peligrosa aventura lo más a su salvo de todas las que
yo he visto; esta gente, aunque vencida y desba-
320   ratada, podría ser que cayese en la cuenta de que
los venció sola una persona, y, corridos y avergon-
zados desto, volviesen a rehacerse y a buscarnos,
y nos diesen en qué entender. El jumento está
como conviene, la montaña cerca, la hambre car-
325   ga, no hay que hacer sino retirarnos con gentil   ....
compás de pies ³¹, y como dicen, váyase el muer-   ³¹ A toda prisa.
to a la sepultura y el vivo a la hogaza ▼▼.

Y antecogiendo su asno, rogó a su señor que le
siguiese; el cual, pareciéndole que Sancho tenía ra-
330   zón, sin volverle a replicar le siguió. Y a poco trecho que caminaban por entre dos montañuelas,
se hallaron en un espacioso y escondido valle, donde se apearon, y Sancho alivió el jumento, y tendidos sobre la verde yerba, con la salsa de su ham-

▼ Alude al episodio legendario atribuido al Cid y divulgado en romances tardíos: arremetió contra la silla del rey de Francia porque estaba más destacada que la del de
España.
▼▼ Con éste comienzan los refranes de Sancho, uno de los rasgos más característicos del
escudero. Tanto en la expresión «el muerto a la fosada (sepultura) y el vivo a la hogaza» como en «el muerto al hoyo y el vivo al bollo», *hogaza* y *bollo* designan el pan, símbolo de la vida.

[32] Desayunaron.

[33] Alude al hábito de la buena mesa de los clérigos.

bre, almorzaron [32], comieron, merendaron y cena-   335
ron a un mesmo punto, satisfaciendo sus estóma-
gos con más de una fiambrera que los señores clérigos del difunto —que pocas veces se dejan mal
pasar [33]— en la acémila de su repuesto traían.

Mas sucedióles otra desgracia, que Sancho la   340
tuvo por la peor de todas, y fue que no tenían
vino que beber, ni aun agua que llegar a la boca;
y, acosados de la sed, dijo Sancho, viendo que el
prado donde estaban estaba colmado de verde y
menuda yerba, lo que se dirá en el siguiente   345
capítulo ▼.

▼ Véase la nota al pie de la pág. 187.

Capítulo XX

De la jamás vista ni oída aventura que con más poco peligro fue acabada de famoso caballero en el mundo, como la que acabó el valeroso don Quijote de la Mancha ▼

—No es posible, señor mío, sino que estas yerbas dan testimonio de que por aquí cerca debe de estar alguna fuente o arroyo que estas yerbas humedece, y así, será bien que vamos ¹ un poco más adelante; que ya toparemos donde podamos mitigar esta terrible sed que nos fatiga, que, sin duda, causa mayor pena que la hambre.

Parecióle bien el consejo a don Quijote, y tomando de la rienda a Rocinante, y Sancho del cabestro a su asno, después de haber puesto sobre él los relieves ² que de la cena quedaron, comenzaron a caminar por el prado arriba a tiento, porque la escuridad de la noche no les dejaba ver cosa alguna; mas no hubieron andado docientos pasos cuando llegó a sus oídos un grande ruido de agua, como que de algunos grandes y levantados riscos se despeñaba. Alegróles el ruido en gran manera;

¹ Vayamos.

² Sobras.

▼ Todo este capítulo está dominado por la ironía, que ya se manifiesta en el epígrafe, donde *jamás vista ni oída,* más que aludir a algo extraordinario, bien pudiera equivaler a «inexistente», o aludir a otro tipo de «aventura», que veremos en su momento.

[3] De improviso.

[4] Paronomasia.

[5] De naturaleza.

[6] *Que* redundante.

y parándose a escuchar hacia qué parte sonaba, oyeron a deshora[3] otro estruendo que les aguó el contento del agua[4], especialmente a Sancho, que naturalmente[5] era medroso y de poco ánimo. Digo que oyeron que daban unos golpes a compás, con un cierto crujir de hierros y cadenas, que, acompañados del furioso estruendo del agua, que[6] pusieran pavor a cualquier otro corazón que no fuera el de don Quijote[▼].

Era la noche, como se ha dicho, escura, y ellos acertaron a entrar entre unos árboles altos, cuyas hojas, movidas del blando viento, hacían un temeroso y manso ruido; de manera que la soledad, el sitio, la escuridad, el ruido del agua con el susurro de las hojas, todo causaba horror y espanto, y más cuando vieron que ni los golpes cesaban, ni el viento dormía, ni la mañana llegaba; añadiéndose a todo esto el ignorar el lugar donde se hallaban. Pero don Quijote, acompañado de su intrépido corazón, saltó sobre Rocinante, y, embrazando su rodela, terció su lanzón y dijo:

—Sancho amigo, has de saber que yo nací, por querer del cielo, en esta nuestra edad de hierro, para resucitar en ella la de oro, o la dorada, como suele llamarse[▼▼]. Yo soy aquel para quien están guardados los peligros, las grandes hazañas, los valerosos hechos. Yo soy, digo otra vez, quien ha de resucitar los de la Tabla Redonda, los Doce de Francia, y los Nueve de la Fama, y el que ha de poner en olvido los Platires, los Tablantes, Olivan-

25

30

35

40

45

50

[▼] Parece que el misterio de los encamisados prepara esta aventura, considerada como la de los sentidos (en paradoja con lo de *jamás vista ni oída)*, y preparada para alcanzar el mayor suspense.

[▼▼] Recuerdo del Discurso de la Edad Dorada, en el capítulo 11.

tes y Tirantes, los Febos y Belianises ▼, con toda
la caterva de los famosos caballeros andantes del
55 pasado tiempo, haciendo en este en que me hallo
tales grandezas, extrañezas y fechos de armas, que
escurezcan las más claras que ellos ficieron. Bien
notas, escudero fiel y legal [7], las tinieblas desta no-   [7] Justo.
che, su extraño silencio, el sordo y confuso es-
60 truendo destos árboles, el temeroso ruido de aquella agua en cuya busca venimos, que parece que
se despeña y derrumba desde los altos montes de
la Luna [8], y aquel incesable golpear que nos hiere   [8] Se creía que el Nilo
y lastima los oídos, las cuales cosas, todas juntas   nacía en el monte de la
65 y cada una por sí, son bastantes a infundir miedo,   Luna (Etiopía).
temor y espanto en el pecho del mesmo Marte [9],   [9] Dios de la guerra.
cuanto más en aquel que no está acostumbrado a
semejantes acontecimientos y aventuras. Pues
todo esto que yo te pinto son incentivos y desper-
70 tadores de mi ánimo, que ya hace que el corazón
me reviente en el pecho, con el deseo que tiene
de acometer esta aventura, por más dificultosa
que se muestra. Así que, aprieta un poco las cinchas a Rocinante, y quédate a Dios, y espérame
75 aquí hasta tres días no más, en los cuales, si no vol-
viere, puedes tú volverte a nuestra aldea, y desde
allí, por hacerme merced y buena obra [10], irás al   [10] Fórmula escribanil
Toboso, donde dirás a la incomparable señora mía   en testamentos.
Dulcinea que su cautivo [11] caballero murió por   [11] Desdichado.
80 acometer cosas que le hiciesen digno de poder llamarse suyo.
    Cuando Sancho oyó las palabras de su amo, co-
menzó a llorar con la mayor ternura del mundo,
y a decille:

▼ Explicados en notas en el capítulo 5 (Pares de Francia, Nueve de la Fama), en el 6
(Platir, Olivante, Tirante, Belianís), en el 9 (Platir), en el 16 (Tablante), en el 1 (Belianís)
y en los poemas preliminares (Belianís, Caballero del Febo).

—Señor, yo no sé por qué quiere vuestra mer-   85
ced acometer esta tan temerosa aventura; ahora
es de noche, aquí no nos vee [12] nadie; bien podemos torcer el camino y desviarnos del peligro,
aunque no bebamos en tres días; y pues no hay
quien nos vea, menos habrá quien nos note de co-   90
bardes; cuanto más que yo he oído predicar al
cura de nuestro lugar, que vuestra merced bien conoce, que quien busca el peligro perece en él; así,
que no es bien tentar a Dios acometiendo tan desaforado hecho, donde no se puede escapar sino   95
por milagro, y basta los [13] que ha hecho el cielo
con vuestra merced en librarle de ser manteado
como yo lo fui, y en sacarle vencedor, libre y salvo de entre tantos enemigos como acompañaban
al difunto. Y cuando todo esto no mueva ni ablan-   100
de ese duro corazón, muévale el pensar y creer
que apenas se habrá vuestra merced apartado de
aquí, cuando yo, de miedo, dé mi ánima a quien
quisiere llevarla. Yo salí de mi tierra y dejé hijos
y mujer por venir a servir a vuestra merced, cre-   105
yendo valer más y no menos; pero como la cudicia [14] rompe el saco, a mí me ha rasgado mis esperanzas, pues cuando más vivas las tenía de alcanzar aquella negra [15] y malhadada ínsula que
tantas veces vuestra merced me ha prometido, veo   110
que, en pago y trueco della, me quiere ahora dejar en un lugar tan apartado del trato humano.
Por un solo Dios, señor mío, que non se me faga
tal desaguisado [16] ▼; y ya que del todo no quiera
vuestra merced desistir de acometer este fecho, di-   115

[12] Ve.

[13] Los milagros (zeug-
ma).

[14] Codicia.

[15] Maldita.

[16] Agravio.

▼ Sancho va acumulando razones para conseguir que don Quijote no le abandone: lo
mismo echa mano de una máxima bíblica *(quien busca el peligro perece en él)* que de una
expresión proverbial *(la codicia rompe el saco),* e incluso emplea el lenguaje arcaico *(non
se me faga,* y después, *fecho).*

látelo, a lo menos, hasta la mañana; que, a lo que
a mí me muestra la ciencia que aprendí cuando
era pastor, no debe de haber desde aquí al alba
tres horas, porque la boca de la bocina está enci-
120 ma de la cabeza, y hace la media noche en la línea del brazo izquierdo.

—¿Cómo puedes tú, Sancho —dijo don Quijote—, ver dónde hace esa línea, ni dónde está
esa boca o ese colodrillo que dices, si hace la no-
125 che tan escura que no parece en todo el cielo estrella alguna ▾?

—Así es —dijo Sancho—; pero tiene el miedo muchos ojos, y vee las cosas debajo de tierra,
cuanto más encima en el cielo; puesto que [17], por   [17] Aunque.
130 buen discurso, bien se puede entender que hay
poco de aquí al día.

—Falte lo que faltare —respondió don Quijote—; que no se ha de decir por mí, ahora ni en
ningún tiempo, que lágrimas y ruegos me aparta-
135 ron de hacer lo que debía a estilo de caballero; y
así, te ruego, Sancho, que calles; que Dios, que me
ha puesto en corazón de acometer ahora esta tan
no vista y tan temerosa aventura, tendrá cuidado
de mirar por mi salud y de consolar tu tristeza. Lo
140 que has de hacer es apretar bien las cinchas a Rocinante, y quedarte aquí; que yo daré la vuelta
presto, o vivo o muerto.

Viendo, pues, Sancho la última resolución de su
amo, y cuán poco valían con él sus lágrimas, con-
145 sejos y ruegos, determinó de aprovecharse de su
industria [18], y hacerle esperar hasta el día, si pu-   [18] Astucia.
diese; y así cuando apretaba las cinchas al caba-

▾ Sancho afirma ver la boca de la Osa Menor *(bocina)*, no habiendo estrella alguna (su
explicación remite al procedimiento rústico de los pastores para calcular las horas). Después, don Quijote recrea el juego de palabras *esa boca o ese colodrillo*.

llo, bonitamente [19] y sin ser sentido,ató con el cabestro de su asno ambos pies a Rocinante, de manera que cuando don Quijote se quiso partir, no   150
pudo, porque el caballo no se podía mover sino a
saltos. Viendo Sancho Panza el buen suceso de su
embuste, dijo:

—Ea, señor, que el cielo, conmovido de mis lágrimas y plegarias, ha ordenado que no se pueda   155
mover Rocinante; y si vos queréis porfiar, y espolear, y dalle [20], será enojar a la Fortuna, y dar coces, como dicen, contra el aguijón.

[20] Darle, insistir.

Desesperábase con esto don Quijote, y, por más
que ponía las piernas [21] al caballo, menos le podía   160
mover; y, sin caer en la cuenta de la ligadura, tuvo
por bien de sosegarse y esperar, o a que amaneciese, o a que Rocinante se menease, creyendo, sin
duda que aquello venía de otra parte que de la industria de Sancho; y así, le dijo: 165

[21] Picaba con las espuelas.

—Pues así es, Sancho, que Rocinante no puede
moverse, yo soy contento de [22] esperar a que ría
el alba [23], aunque yo llore lo que ella tardare en
venir ▼.

[22] Me conformo con.
[23] Amanezca.

—No hay que llorar —respondió Sancho—,   170
que yo entretendré a vuestra merced contando
cuentos desde aquí al día, si ya no es que se quiere apear y echarse a dormir un poco sobre la verde yerba, a uso de caballeros andantes, para hallarse más descansado cuando llegue el día y pun-   175
to de acometer esta tan desemejable [24] aventura
que le espera.

[24] Incomparable.

—¿A qué llamas apear, o a qué dormir? —dijo
don Quijote—. ¿Soy yo, por ventura, de aquellos
caballeros que toman reposo en los peligros?   180

▼ Sancho emplea ahora el recurso supremo, que nunca le podría fallar: encanta a Rocinante, atando sus patas; y, naturalmente, don Quijote así lo entiende y acepta.

Duerme tú, que naciste para dormir, o haz lo que
quisieres, que yo haré lo que viere que más viene
con mi pretensión.

—No se enoje vuestra merced, señor mío
185   —respondió Sancho—, que no lo dije por tanto.

Y llegándose a él, puso la una mano en el arzón [25] delantero y la otra en el otro, de modo que
quedó abrazado con el muslo izquierdo de su amo,
sin osarse apartarse dél un dedo: tal era el miedo
190   que tenía a los golpes, que todavía alternativamen-
te sonaban. Díjole don Quijote que contase algún
cuento para entretenerle, como se lo había prometido, a lo que Sancho dijo que sí hiciera, si le
dejara el temor de lo que oía ▼.

195   —Pero, con todo eso, yo me esforzaré a decir
una historia [26], que, si la acierto a contar y no me
van a la mano [27], es la mejor de las historias; y es-
téme vuestra merced atento, que ya comienzo.
«Érase que se era, el bien que viniere para todos
200   sea, y el mal, para quien lo fuere a buscar...» Y advierta vuestra merced, señor mío, que el principio
que los antiguos dieron a sus consejas [28] no fue así
como quiera [29], que fue una sentencia de Catón
Zonzorino, romano, que dice: «Y el mal, para
205   quien le fuere a buscar», que viene aquí como anillo al dedo, para que vuestra merced se esté quedo, y no vaya a buscar el mal a ninguna parte,
sino que nos volvamos por otro camino, pues nadie nos fuerza a que sigamos éste, donde tantos
210   miedos nos sobresaltan ▼▼.

[25] Parte de la silla de montar.

[26] Cuento.

[27] No me interrumpen.

[28] Cuentos de los que se saca alguna enseñanza (consejo).

[29] De cualquier manera.

▼ Cervantes despliega su capacidad de invención para hacer de un incidente común algo extraordinario.

▼▼ El principio de este cuento responde a la fórmula habitual en los comienzos de cuentos populares. Nótese la prevaricación lingüística de Sancho, quien llama *zonzorino* (bellaco, fingido) a Catón el Censor (Censorino), político y orador romano a quien se atribuían máximas y sentencias.

—Sigue tu cuento, Sancho —dijo don Quijote—, y del camino que hemos de seguir déjame
a mí el cuidado.

—«Digo, pues —prosiguió Sancho—, que en
un lugar de Extremadura había un pastor cabre-   215
rizo, quiero decir que guardaba cabras, el cual pastor o cabrerizo, como digo, de mi cuento, se llamaba Lope Ruiz, y este Lope Ruiz andaba enamorado de una pastora que se llamaba Torralba, la
cual pastora llamada Torralba era hija de un ga-   220
nadero rico, y este ganadero rico...»

—Si desa manera cuentas tu cuento, Sancho
—dijo don Quijote—, repitiendo dos veces lo
que vas diciendo, no acabarás en dos días; dilo seguidamente, y cuéntalo como hombre de entendi-   225
miento, y si no, no digas nada.

—De la misma manera que yo lo cuento —respondió Sancho— se cuentan en mi tierra todas
las consejas, y yo no sé contarlo de otra, ni es bien
que vuestra merced me pida que haga usos nue-   230
vos.

—Di como quisieres —respondió don Quijote—; que pues la suerte quiere que no pueda dejar de escucharte, prosigue.

—«Así que, señor mío, de mi ánima —prosi-   235
guió Sancho—, que, como ya tengo dicho, este
pastor andaba enamorado de Torralba la pastora,
que era una moza rolliza, zahareña [30] y tiraba algo
a hombruna, porque tenía unos pocos de bigotes,
que parece que ahora la veo.»   240

—Luego ¿conocístela tú? —dijo don Quijote.

—No la conocí yo —respondió Sancho—;
pero quien me contó este cuento me dijo que era
tan cierto y verdadero, que podía bien, cuando lo
contase a otro, afirmar y jurar que lo había visto   245
todo. «Así que, yendo días y viniendo días [31], el
diablo, que no duerme y que todo lo añasca [32],

[30] Esquiva.

[31] Andando el tiempo.

[32] Enreda.

hizo de manera que el amor que el pastor tenía a la pastora se volviese en omecillo [33] y mala voluntad; y la causa fue, según malas lenguas, una cierta cantidad de celillos que ella le dio, tales, que pasaban de la raya y llegaban a lo vedado; y fue tanto lo que el pastor la aborreció de allí adelante, que, por no verla, se quiso ausentar de aquella tierra e irse donde sus ojos no la viesen jamás. La Torralba, que se vio desdeñada del Lope, luego le quiso bien, más que [34] nunca le había querido.»

—Ésa es natural condición de mujeres —dijo don Quijote—: desdeñar a quien las quiere y amar a quien las aborrece. Pasa adelante, Sancho.

—«Sucedió —dijo Sancho— que el pastor puso por obra su determinación, y, antecogiendo sus cabras, se encaminó por los campos de Extremadura, para pasarse a los reinos de Portugal. La Torralba, que lo supo, se fue tras él, y seguíale a pie y descalza desde lejos, con un bordón [35] en la mano y con unas alforjas al cuello, donde llevaba, según es fama, un pedazo de espejo y otro de un peine, y no sé qué botecillo de mudas [36] para la cara; mas, llevase lo que llevase, que yo no me quiero meter ahora en averiguallo, sólo diré que dicen que el pastor llegó con su ganado a pasar el río Guadiana, y en aquella sazón iba crecido y casi fuera de madre, y por la parte que llegó no había barca ni barco, ni quien le pasase a él ni a su ganado de la otra parte, de lo que se congojó mucho, porque veía que la Torralba venía ya muy cerca, y le había de dar mucha pesadumbre con sus ruegos y lágrimas; mas, tanto anduvo mirando, que vio un pescador, que tenía junto a sí un barco, tan pequeño, que solamente podían caber en él una persona y una cabra; y, con todo esto, le habló, y concertó con él que le pasase a él y a trecientas cabras que llevaba. Entró el pescador en

250
255
260
265
270
275
280

[33] Rencor.

[34] Aunque.

[35] Bastón con punta de hierro y adornos.

[36] Afeites.

el barco, y pasó una cabra; volvió, y pasó otra; tor-   285
nó a volver, y tornó a pasar otra.» Tenga vuestra
merced cuenta en las cabras que el pescador va pasando, porque si se pierde una de la memoria, se
acabará el cuento, y no será posible contar más palabras dél. «Sigo, pues, y digo que el desembarca-   290
dero de la otra parte estaba lleno de cieno y res-
baloso, y tardaba el pescador mucho tiempo en ir
y volver. Con todo esto, volvió por otra cabra, y
otra, y otra...»

—Haz cuenta que las pasó todas —dijo don   295
Quijote—; no andes yendo y viniendo desa manera, que no acabarás de pasarlas en un año.

—¿Cuántas han pasado hasta agora? —dijo
Sancho.

—Yo ¿qué diablos sé? —respondió don Qui-   300
jote.

—He ahí lo que yo dije; que tuviese buena
cuenta. Pues por Dios que se ha acabado el cuento, que no hay [37] pasar adelante ▼.

—¿Cómo puede ser eso? —respondió don   305
Quijote—. ¿Tan de esencia de la historia es saber
las cabras que han pasado, por extenso, que si se
yerra una del número no puedes seguir adelante
con la historia?

—No, señor, en ninguna manera —respondió   310
Sancho—; porque así como yo pregunté a vuestra merced que me dijese cuántas cabras habían
pasado, y me respondió que no sabía, en aquel
mesmo instante se me fue a mí de la memoria
cuanto me quedaba por decir, y a fe que era de   315
mucha virtud y contento.

....
[37] No cabe.

▼ Tanto la advertencia de Sancho narrador como la brusca interrupción del cuento
apuntan anticipadamente a la narración de Cardenio en Sierra Morena (cap. 24).

—¿De modo —dijo don Quijote— que ya la historia es acabada?

—Tan acabada es como mi madre —dijo
320   Sancho.

—Dígote de verdad —respondió don Quijote— que tú has contado una de las más nuevas consejas, cuento o historia, que nadie pudo pensar en el mundo, y que tal modo de contarla ni de-
325   jarla, jamás se podrá ver ni habrá visto en toda la vida, aunque no esperaba yo otra cosa de tu buen discurso; mas no me maravillo, pues quizá estos golpes, que no cesan, te deben de tener turbado el entendimiento ▼.

330   —Todo puede ser —respondió Sancho—; mas yo sé que en lo de mi cuento no hay más que decir: que allí se acaba do ³⁸ comienza el yerro de la cuenta del pasaje de las cabras.

³⁸ Donde.

—Acabe norabuena ³⁹ donde quisiere —dijo
335   don Quijote—, y veamos si se puede mover Rocinante.

³⁹ En hora buena.

Tornóle a poner las piernas, y él tornó a dar saltos y a estarse quedo: tanto estaba de bien atado.

En esto parece ser, o que el frío de la mañana,
340   que ya venía, o que Sancho hubiese cenado algunas cosas lenitivas ⁴⁰, o que fuese cosa natural —que es lo que más se debe creer—, a él le vino en voluntad y deseo de hacer lo que otro no pudiera hacer por él; mas era tanto el miedo que ha-
345   bía entrado en su corazón, que no osaba apartarse un negro de uña ⁴¹ de su amo. Pues pensar de no hacer lo que tenía gana, tampoco era posible; y así, lo que hizo, por bien de paz, fue soltar la

⁴⁰ Laxantes.

⁴¹ Lo más mínimo (hipérbole popular).

▼ El elogio de la originalidad y novedad formal es irónico, pues este «cuento de nunca acabar» era conocidísimo en la tradición oral, y se encontraba en varias colecciones literarias.

mano derecha que tenía asida al arzón trasero, con
la cual, bonitamente y sin rumor alguno, se soltó   350
la lazada corrediza con que los calzones se soste-
nían, sin ayuda de otra alguna, y, en quitándose-
la, dieron luego abajo, y se le quedaron como gri-

....
[42] Grilletes.

llos [42]. Tras esto, alzó la camisa lo mejor que pudo,
y echó al aire entrambas posaderas, que no eran   355
muy pequeñas. Hecho esto —que él pensó que
era lo más que tenía que hacer para salir de aquel
terrible aprieto y angustia—, le sobrevino otra

....
[43] Evacuar, defecar.

mayor, que fue que le pareció que no podía mu-
darse [43] sin hacer estrépito y ruido, y comenzó a   360
apretar los dientes y a encoger los hombros, recogiendo en sí el aliento todo cuanto podía; pero,
con todas estas diligencias, fue tan desdichado,
que, al cabo al cabo, vino a hacer un poco de ruido, bien diferente de aquel que a él le ponía tanto   365
miedo. Oyólo don Quijote, y dijo:

—¿Qué rumor es ése, Sancho?

—No sé, señor —respondió él—. Alguna cosa
nueva debe de ser; que las aventuras y desventuras nunca comienzan por poco.   370

Tornó otra vez a probar ventura, y sucedióle
tan bien, que, sin más ruido ni alboroto que el pasado, se halló libre de la carga que tanta pesadumbre le había dado. Mas como don Quijote tenía el
sentido del olfato tan vivo como el de los oídos,   375
y Sancho estaba tan junto y cosido con él, que casi
por línea recta subían los vapores hacia arriba, no
se pudo excusar de que algunos no llegasen a sus
narices; y apenas hubieron llegado, cuando él fue
al socorro, apretándolas entre los dos dedos, y,   380
con tono algo gangoso, dijo:

—Paréceme, Sancho, que tienes mucho miedo.

—Sí tengo —respondió Sancho—; mas, ¿en
qué lo echa de ver vuestra merced ahora más que
nunca?   385

—En que ahora más que nunca hueles, y no a
ámbar —respondió don Quijote.

—Bien podrá ser —dijo Sancho—, mas yo no
tengo la culpa, sino vuestra merced, que me trae
390   a deshoras y por estos no acostumbrados pasos.

—Retírate tres o cuatro allá, amigo —dijo don
Quijote, todo esto sin quitarse los dedos de las narices—, y desde aquí adelante ten más cuenta con
tu persona y con lo que debes a la mía; que la mu-
395   cha conversación que tengo contigo ha engendra-
do este menosprecio ▼.

—Apostaré —replicó Sancho— que piensa
vuestra merced que yo he hecho de mi persona ⁴⁴
alguna cosa que no deba.

400   —Peor es meneallo ⁴⁵, amigo Sancho —respondió don Quijote.

En estos coloquios y otros semejantes pasaron
la noche amo y mozo. Mas viendo Sancho que a
más andar ⁴⁶ se venía la mañana, con mucho tien-
405   to desligó a Rocinante y se ató los calzones. Como
Rocinante se vio libre, aunque él de suyo no era
nada brioso, parece que se resintió, y comenzó a
dar manotadas; porque corvetas ⁴⁷ —con perdón
suyo— no las sabía hacer. Viendo, pues, don Qui-
410   jote que ya Rocinante se movía, lo tuvo a buena
señal, y creyó que lo era de que acometiese aquella temerosa aventura.

Acabó en esto de descubrirse el alba, y de parecer distintamente las cosas, y vio don Quijote
415   que estaba entre unos árboles altos, que ellos eran
castaños, que hacen la sombra muy escura. Sintió

⁴⁴ He evacuado.

⁴⁵ Más vale no hablar
de ello (expresión pro-
verbial).

⁴⁶ A toda prisa.

⁴⁷ Movimiento sobre
las patas traseras.

▼ Otra muestra de cómo Cervantes aborda aspectos desagradables de la realidad: no
se recrea en ellos; emplea el procedimiento alusivo-elusivo mediante perífrasis eufemís-
ticas y la lítote o atenuación (hueles, y no a ámbar).

también que el golpear no cesaba, pero no vio
quién lo podía causar; y así, sin más detenerse,
hizo sentir las espuelas a Rocinante, y, tornando
a despedirse de Sancho, le mandó que allí le aguar-   420
dase tres días, a lo más largo, como ya otra vez se
lo había dicho, y que si al cabo dellos no hubiese
vuelto, tuviese por cierto que Dios había sido servido de que en aquella peligrosa aventura se le acabasen sus días. Tornóle a referir el recado y em-   425
bajada que había de llevar de su parte a su señora
Dulcinea, y que en lo que tocaba a la paga de sus
servicios no tuviese pena, porque él había dejado
hecho su testamento antes que saliera de su lugar,
donde se hallaría gratificado de todo lo tocante a   430
su salario, rata por cantidad [48], del tiempo que hubiese servido; pero, que si Dios le sacaba de aquel
peligro sano y salvo y sin cautela [49], se podía tener por muy más que cierta la prometida ín-
sula.   435

De nuevo tornó a llorar Sancho oyendo de nuevo las lastimeras razones de su buen señor, y determinó de no dejarle hasta el último tránsito y
fin de aquel negocio.

Destas lágrimas y determinación tan honrada   440
de Sancho Panza saca el autor desta historia que
debía de ser bien nacido, y, por lo menos, cristiano viejo ▼; cuyo sentimiento enterneció algo a su
amo, pero no tanto que mostrase flaqueza alguna;
antes, disimulando lo mejor que pudo, comenzó a   445
caminar hacia la parte por donde le pareció que
el ruido del agua y del golpear venía.

[48] A proporción, a prorrata.

[49] Fianza, prevención (fórmula legal).

▼ Cristiano viejo era la persona que no descendía de moros ni de judíos. Es ésta otra manifestación de la ironía cervantina: hacer que el autor moro Cide Hamete Benengeli alabe a Sancho como hombre limpio de sangre.

Seguíale Sancho a pie, llevando, como tenía de costumbre, del cabestro a su jumento, perpetuo
450 compañero de sus prósperas y adversas fortunas; y habiendo andado una buena pieza por entre aquellos castaños y árboles sombríos, dieron en un pradecillo que al pie de unas altas peñas se hacía, de las cuales se precipitaba un grandísimo gol-
455 pe de agua. Al pie de las peñas estaban unas casas mal hechas, que más parecían ruinas de edificios que casas, de entre las cuales advirtieron que salía el ruido y estruendo de aquel golpear, que aún no cesaba.

460 Alborotóse Rocinante con el estruendo del agua y de los golpes, y sosegándole don Quijote, se fue llegando poco a poco a las casas, encomendándose de todo corazón a su señora, suplicándole que en aquella temerosa jornada y empresa le favore-
465 ciese, y de camino se encomendaba también a Dios, que no le olvidase. No se le quitaba Sancho del lado, el cual alargaba cuanto podía el cuello y la vista, por entre las piernas de Rocinante, por ver si vería ya lo que tan suspenso y medroso le
470 tenía.

Otros cien pasos serían los que anduvieron, cuando, al doblar de una punta, pareció [50] descubierta y patente la misma causa, sin que pudiese ser otra, de aquel horrísono y para ellos espanta-
475 ble ruido, que tan suspensos y medrosos toda la noche los había tenido. Y eran —si no lo has, ¡oh lector!, por pesadumbre y enojo [51]— seis mazos de batán, que con sus alternativos golpes aquel estruendo formaban ▼.

[50] Apareció.

[51] Fórmulas para pedir perdón.

▼ Los *batanes* son mazos de madera que, movidos en una rueda por una corriente de agua, golpean los paños para desengrasarlos y darles la forma adecuada; *batán* es la máquina hidráulica compuesta de tales mazos.

Cuando don Quijote vio lo que era, enmudeció 480
y pasmóse de arriba abajo. Miróle Sancho, y vio
que tenía la cabeza inclinada sobre el pecho, con
muestras de estar corrido [52]. Miró también don
Quijote a Sancho, y viole que tenía los carrillos
hinchados, y la boca llena de risa, con evidentes 485
señales de querer reventar con ella, y no pudo su
melanconía [53] tanto con él, que a la vista de Sancho pudiese dejar de reírse; y como vio Sancho
que su amo había comenzado, soltó la presa de
manera que tuvo necesidad de apretarse las ija- 490
das [54] con los puños, por no reventar riendo. Cuatro veces sosegó, y otras tantas volvió a su risa,
con el mismo ímpetu que primero; de lo cual ya
se daba al diablo don Quijote, y más cuando le
oyó decir, como por modo de fisga [55]: 495

—«Has de saber, ¡oh Sancho amigo!, que yo
nací, por querer del cielo, en esta nuestra edad de
hierro, para resucitar en ella la dorada, o de oro.
Yo soy aquel para quien están guardados los peligros, las hazañas grandes, los valerosos fechos...» 500

Y por aquí fue repitiendo todas o las más razones que don Quijote dijo la vez primera que oyeron los temerosos golpes.

Viendo, pues, don Quijote que Sancho hacía
burla dél, se corrió y enojó en tanta manera, que 505
alzó el lanzón y le asentó dos palos, tales, que si,
como los recibió en las espaldas, los recibiera en
la cabeza, quedara libre de pagarle el salario, si no
fuera a sus herederos. Viendo Sancho que sacaba
tan malas veras de sus burlas, con temor de que 510
su amo no pasase adelante en ellas, con mucha humildad le dijo:

—Sosiéguese vuestra merced; que por Dios que
me burlo [56].

—Pues, porque os burláis, no me burlo yo 515
—respondió don Quijote—. Venid acá, señor ale-

52 Avergonzado.

53 Melancolía.

54 Las dos cavidades en-
tre las costillas falsas y
las caderas.

55 Burla.

56 Bromeo.

gre ▼: ¿Paréceos a vos que, si como éstos fueron
mazos de batán, fueran otra peligrosa aventura,
no había yo mostrado el ánimo que convenía para
520 emprendella y acaballa? ¿Estoy yo obligado, a di-
cha [57], siendo, como soy, caballero, a conocer y   [57] Por ventura.
destinguir los sones, y saber cuáles son de batán
o no? Y más, que podría ser, como es verdad, que
no los he visto en mi vida, como vos los habréis
525 visto, como villano ruin que sois, criado y nacido
entre ellos. Si no, haced vos que estos seis mazos
se vuelvan en seis jayanes [58], y echádmelos a las   [58] Gigantes.
barbas uno a uno, o todos juntos, y cuando yo no
diere con todos patas arriba, haced de mí la burla
530 que quisiéredes.
      —No haya más, señor mío —replicó San-
cho—; que yo confieso que he andado algo risueño en demasía. Pero dígame vuestra merced, ahora que estamos en paz (así Dios le saque de todas
535 las aventuras que le sucedieren tan sano y salvo
como le ha sacado désta), ¿no ha sido cosa de reír,
y lo es de contar, el gran miedo que hemos tenido? A lo menos, el que yo tuve; que de vuestra
merced ya yo sé que no le conoce, ni sabe qué es
540 temor ni espanto.
      —No niego yo —respondió don Quijote—
que lo que nos ha sucedido no sea cosa digna de
risa; pero no es digna de contarse, que no son todas las personas tan discretas que sepan poner en
545 su punto las cosas.
      —A lo menos —respondió Sancho—, supo
vuestra merced poner en su punto el lanzón, apun-
tándome a la cabeza, y dándome en las espaldas,

▼ Sancho ha parodiado en son de burla las palabras con que don Quijote anunciaba
prepararse para esta aventura. Por ello, don Quijote le propina dos palos y, en su réplica, le trata de vos.

gracias a Dios y a la diligencia que puse en ladearme. Pero vaya, que todo saldrá en la colada [59]; que yo he oído decir: «Ese te quiere bien, que te hace llorar»; y más, que suelen los principales señores, tras una mala palabra que dicen a un criado, darle luego unas calzas [60]; aunque no sé lo que le suelen dar tras haberle dado de palos, si ya no es que los caballeros andantes dan tras palos ínsulas, o reinos en tierra firme.

—Tal podría correr el dado [61] —dijo don Quijote—, que todo lo que dices viniese a ser verdad; y perdona lo pasado, pues eres discreto y sabes que los primeros movimientos no son en mano del hombre, y está advertido de aquí adelante en una cosa, para que te abstengas y reportes en el hablar demasiado conmigo; que en cuantos libros de caballerías he leído, que son infinitos, jamás he hallado que ningún escudero hablase tanto con su señor como tú con el tuyo. Y en verdad que lo tengo a gran falta, tuya y mía: tuya, en que me estimas en poco; mía, en que no me dejo estimar en más. Sí, que Gandalín, escudero de Amadís de Gaula, conde fue de la Ínsula Firme; y se lee dél que siempre hablaba a su señor con la gorra en la mano, inclinada la cabeza y doblado el cuerpo, *more turquesco* [62]. Pues, ¿qué diremos de Gasabal, escudero de don Galaor, que fue tan callado que, para declararnos la excelencia de su maravilloso silencio, sola una vez se nombra su nombre en toda aquella tan grande como verdadera historia ▼. De todo lo que he dicho has de inferir, Sancho, que es menester hacer diferencia de amo a mozo, de

.550

555

560

565

570

575

580

▼ Don Galaor era hermano de Amadís de Gaula. Algunos datos que don Quijote cita son ciertos en *Amadís de Gaula*. Pero nada de la *gorra, cabeza* y *cuerpo* en ademán de reverencia es cierto, y «el silencio de los escuderos dista mucho de ser lo que aquí pondera don Quijote» (Clemencín).

señor a criado y de caballero a escudero. Así que,
desde hoy en adelante, nos hemos de tratar con
más respeto, sin darnos cordelejo [63], porque, de
cualquiera manera que yo me enoje con vos, ha
585   de ser mal para el cántaro [64]. Las mercedes y beneficios que yo os he prometido llegarán a su tiempo; y si no llegaren, el salario, a lo menos, no se
ha de perder, como ya os he dicho.

—Está bien cuanto vuestra merced dice —dijo
590   Sancho—; pero querría yo saber, por si acaso no
llegase el tiempo de las mercedes y fuese necesario acudir al de los salarios, cuánto ganaba un escudero de un caballero andante en aquellos tiempos, y si se concertaban por meses, o por días,
595   como peones de albañir [65].

—No creo yo —respondió don Quijote— que
jamás los tales escuderos estuvieron a salario, sino
a merced. Y si yo ahora te le he señalado a ti en
el testamento cerrado que dejé en mi casa, fue por
600   lo que podía suceder; que aún no sé cómo prueba
en estos tan calamitosos tiempos nuestros la caballería, y no querría que por pocas cosas [66] penase
mi ánima en el otro mundo. Porque quiero que sepas, Sancho, que en él [67] no hay estado más peli-
605   groso que el de los aventureros.

—Así es verdad —dijo Sancho—, pues sólo el
ruido de los mazos de un batán pudo alborotar y
desasosegar el corazón de un tan valeroso andante aventurero como es vuestra merced. Mas bien
610   puede estar seguro que de aquí adelante no des-
pliegue mis labios para hacer donaire de las cosas
de vuestra merced, si no fuere para honrarle,
como a mi amo y señor natural.

—Desa manera —replicó don Quijote— vivi-
615   rás sobre la haz de la tierra; porque, después de a
los padres, a los amos se ha de respetar como si
lo fuesen.

[63] Sin gastarnos bro-
mas.

[64] Ha de resultar ma
para el más débil (ex
presión proverbial).

[65] Albañil.

[66] Por poca cosa.

[67] En este mundo.

CAPÍTULO XXI

Que trata de la alta aventura y rica ganancia del yelmo de Mambrino, con otras cosas sucedidas a nuestro invencible [1] caballero

[1] Ironía.

En esto, comenzó a llover un poco, y quisiera Sancho que se entraran en el molino de los batanes. Mas habíales cobrado tal aborrecimiento don Quijote por la pesada burla, que en ninguna manera quiso entrar dentro; y así, torciendo el camino a la derecha mano, dieron en otro como el que habían llevado el día de antes.

De allí a poco, descubrió don Quijote un hombre a caballo, que traía en la cabeza una cosa que relumbraba como si fuera de oro, y aun él apenas le hubo visto, cuando se volvió a Sancho y le dijo:

—Paréceme, Sancho, que no hay refrán que no sea verdadero, porque todos son sentencias sacadas de la mesma experiencia, madre de las ciencias todas, especialmente aquel que dice: «Donde una puerta se cierra, otra se abre.» Dígolo, porque si anoche nos cerró la ventura la puerta de la [2] que buscábamos, engañándonos con los batanes, ahora nos abre de par en par otra, para otra mejor y más cierta aventura, que si yo no acertare a entrar por ella, mía será la culpa, sin que la pueda dar a la poca noticia de batanes, ni a la escuridad de la noche. Digo esto, porque, si no me engaño, hacia nosotros viene uno que trae en su

[2] La ventura (zeugma).

cabeza puesto el yelmo de Mambrino, sobre que
30   yo hice el juramento que sabes ▼.

—Mire vuestra merced bien lo que dice, y mejor lo que hace —dijo Sancho—; que no querría
que fuesen otros batanes que nos acabasen de aba-
tanar [3] y aporrear el sentido.

[3] Golpear.

35   —¡Válate el diablo por hombre [4]! —replicó
don Quijote—. ¿Qué va de yelmo a batanes?

[4] ¡Vaya con el hombre!

—No sé nada —respondió Sancho—; mas a
fe que si yo pudiera hablar tanto como solía, que
quizá diera tales razones, que vuestra merced vie-
40   ra que se engañaba en lo que dice.

—¿Cómo me puedo engañar en lo que digo,
traidor escrupuloso? —dijo don Quijote—.
Dime, ¿no ves aquel caballero que hacia nosotros
viene, sobre un caballo rucio rodado [5], que trae
45   puesto en la cabeza un yelmo de oro?

[5] Pardo con manchas oscuras.

—Lo que yo veo y columbro —respondió Sancho— no es sino un hombre sobre un asno, pardo como el mío, que trae sobre la cabeza una cosa
que relumbra.

50   —Pues ése es el yelmo de Mambrino —dijo
don Quijote—. Apártate a una parte y déjame
con él a solas; verás cuán sin hablar palabra, por
ahorrar del tiempo, concluyo esta aventura, y queda por mío el yelmo que tanto he deseado.

55   —Yo me tengo en cuidado el apartarme —replicó Sancho—; mas quiera Dios —tornó a decir— que orégano sea, y no batanes ▼▼.

—Ya os he dicho, hermano, que no me men-

▼ Nótese que, una vez más, don Quijote se fija en las apariencias *(una cosa que relumbraba tanto como si fuera de oro)* y actúa como si ello fuese la realidad, adecuando ésta a
su quimera caballeresca. (Véase la nota segunda al pie de la pág. 150.)
▼▼ Sancho alude maliciosamente al refrán «Quiera Dios que orégano sea, y no se nos
vuelva alcaravea» (planta aromática menos estimada que el orégano).

6 Ni en el pensamiento.

7 Cercano.

8 Hacerse dar una sangría.

9 Latón.

téis, ni por pienso [6], más eso de los batanes —dijo don Quijote—; que voto..., y no digo más, que os batanee el alma.

Calló Sancho, con temor que su amo no cumpliese el voto que le había echado, redondo como una bola ▼.

Es, pues, el caso que el yelmo, y el caballo y caballero que don Quijote veía, era esto: que en aquel contorno había dos lugares, el uno tan pequeño, que ni tenía botica ni barbero, y el otro, que estaba junto [7], sí; y así, el barbero del mayor servía al menor, en el cual tuvo necesidad un enfermo de sangrarse [8], y otro de hacerse la barba, para lo cual venía el barbero, y traía una bacía de azófar [9]; y quiso la suerte que, al tiempo que venía, comenzó a llover, y porque no se le manchase el sombrero, que debía de ser nuevo, se puso la bacía sobre la cabeza; y, como estaba limpia, desde media legua relumbraba. Venía sobre un asno pardo, como Sancho dijo, y ésta fue la ocasión que a don Quijote le pareció caballo rucio rodado, y caballero, y yelmo de oro; que todas las cosas que veía con mucha facilidad las acomodaba a sus desvariadas caballerías y malandantes pensamientos ▼▼. Y cuando él vio que el pobre caballero llegaba cerca, sin ponerse con él en razones, a todo correr de Rocinante le enristró con el lanzón bajo, llevando intención de pasarle de parte a parte; mas cuando a él llegaba, sin detener la furia de su carrera, le dijo:

▼ El juramento completo de don Quijote sería «que voto a Dios», palabra que es el sujeto de *batanee* (golpee): «y que Dios os golpee el alma». Por eso el narrador aclara que lo echó *redondo como una bola* (el juramento).

▼▼ Hipálage doble, producida por el desplazamiento recíproco de los adjetivos: «malandantes caballerías y desvariados pensamientos».

—¡Defiéndete, cautiva [10] criatura, o entriégame de tu voluntad [11] lo que con tanta razón se me debe!

El barbero, que, tan sin pensarlo ni temerlo, vio venir aquella fantasma sobre sí, no tuvo otro remedio para poder guardarse del golpe de la lanza si no fue el dejarse caer del asno abajo; y no hubo tocado el suelo, cuando se levantó más ligero que un gamo, y comenzó a correr por aquel llano, que no le alcanzara el viento. Dejóse la bacía en el suelo, con la cual se contentó don Quijote, y dijo que el pagano había andado discreto, y que había imitado al castor, el cual, viéndose acosado de los cazadores, se taraza y arpa [12] con los dientes aquello por lo que él, por distinto [13] natural, sabe que es perseguido ▼. Mandó a Sancho que alzase el yelmo, el cual, tomándola ▼▼ en las manos, dijo:

—Por Dios que la bacía es buena, y que vale un real de a ocho como un maravedí ▼▼▼.

Y dándosela a su amo, se la puso luego en la cabeza, rodeándola a una parte y a otra, buscándole el encaje [14]; y como no se le hallaba, dijo:

—Sin duda que el pagano a cuya medida se forjó primero esta famosa celada [15], debía tener grandísima cabeza; y lo peor dello es que le falta la mitad.

Cuando Sancho oyó llamar a la bacía celada, no pudo tener la risa; mas vínosele a las mientes la cólera de su amo, y calló en la mitad della.

90
95
100
105
110
115

[10] Miserable.

[11] Entrégame de manera voluntaria.

[12] Se muerde y araña.

[13] Instinto.

[14] La babera (que cubría boca y quijadas).

[15] Pieza de armadura que cubre la cabeza.

▼ Alude a una creencia según la cual el castor llegaba a autocastrarse porque sabía que era perseguido por la sustancia medicinal (castóreo) que contenían sus órganos genitales (Clemencín).

▼▼ Alteración gramatical sólo aparente, pues mediante tal sutileza se explica que don Quijote manda coger el yelmo (lo que imagina) y Sancho coge la bacía (lo que ve).

▼▼▼ Fórmula vulgar de encarecer el valor de algo. El *real de a ocho* era una moneda de ocho reales, y el *maravedí* era la moneda de menos valor que había entonces.

—¿De qué te ríes, Sancho? —dijo don Quijote.

—Ríome —respondió él— de considerar la gran cabeza que tenía el pagano dueño deste almete ▼, que no semeja sino una bacía de barbero pintiparada.

—¿Sabes qué imagino, Sancho? Que esta famosa pieza deste encantado yelmo, por algún extraño accidente debió de venir a manos de quien no supo conocer ni estimar su valor, y, sin saber lo que hacía, viéndola de oro purísimo, debió de fundir la otra mitad para aprovecharse del precio, y de la otra mitad hizo ésta, que parece bacía de barbero, como tú dices. Pero, sea lo que fuere; que para mí que la conozco no hace al caso su transmutación; que yo la aderezaré en el primer lugar donde haya herrero, y de suerte que no le haga ventaja, ni aun le llegue, la que hizo y forjó el dios de las herrerías para el dios de las batallas ▼▼, y en este entretanto, la traeré como pudiere, que más vale algo que no nada; cuanto más que bien será bastante para defenderme de alguna pedrada.

—Eso será —dijo Sancho— si no se tira con honda, como se tiraron en la pelea de los dos ejércitos, cuando le santiguaron a vuestra merced las muelas y le rompieron el alcuza donde venía aquel benditísimo brebaje que me hizo vomitar las asaduras [16].

—No me da mucha pena el haberle perdido; que ya sabes tú, Sancho —dijo don Quijote—, que yo tengo la receta en la memoria.

[16] Entrañas (se refiere a la aventura de los rebaños).

▼ Nótese la astucia de Sancho para explicar la causa de su risa: frente a *celada, almete* era la pieza de una simple armadura ligera que sólo cubría el casco de la cabeza.
▼▼ Vulcano, dios del fuego —tenía su fragua en el Etna—, no forjó las armas de Marte, dios de la guerra, sino una red de hierro finísimo para atrapar a Venus, su mujer, y a Marte, amante de Venus, en su adulterio.

—También la tengo yo —respondió San-
cho—; pero si yo le hiciere ni le probare más en
150   mi vida, aquí sea mi hora [17]. Cuanto más, que no
pienso ponerme en ocasión de haberle menester,
porque pienso guardarme con todos mis cinco
sentidos de ser ferido ni de ferir a nadie ▼. De lo
del ser otra vez manteado, no digo nada; que se-
155   mejantes desgracias mal se pueden prevenir, y si
vienen, no hay que hacer otra cosa sino encoger
los hombros, detener el aliento, cerrar los ojos y
dejarse ir por donde la suerte y la manta nos
llevare.
160   —Mal cristiano eres, Sancho —dijo, oyendo
esto, don Quijote—, porque nunca olvidas la injuria que una vez te han hecho; pues sábete que
es de pechos nobles y generosos no hacer caso de
niñerías. ¿Qué pie sacaste cojo, qué costilla que-
165   brada, qué cabeza rota, para que no se te olvide
aquella burla? Que, bien apurada la cosa, burla
fue y pasatiempo; que, a no entenderlo yo ansí,
ya yo hubiera vuelto allá y hubiera hecho en tu
venganza más daño que el que hicieron los grie-
170   gos por la robada Elena. La cual, si fuera en este
tiempo, o mi Dulcinea fuera en aquél, pudiera estar segura que no tuviera tanta fama de hermosa
como tiene ▼▼.
        Y aquí dio un sospiro, y le puso en las nubes. Y
175   dijo Sancho:
        —Pase por burlas, pues la venganza no puede
pasar en veras; pero yo sé de qué calidad fueron
las veras y las burlas, y sé también que no se me

[17] La hora de mi muer-
te.

▼ Una vez más Sancho adopta el lenguaje arcaico de la fabla caballeresca en circunstancias cómicas.
▼▼ La hermosa Elena, esposa de Menelao, rey de Esparta, fue raptada por Paris, príncipe troyano, y ello desencadenó la guerra de Troya, que se canta en la *Ilíada*.

caerán de la memoria, como nunca se quitarán de las espaldas. Pero, dejando esto aparte, dígame vuestra merced qué haremos deste caballo rucio rodado, que parece asno pardo, que dejó aquí desamparado aquel Martino que vuestra merced derribó; que según él puso los pies en polvorosa [18] y cogió las de Villadiego ▼, no lleva pergenio [19] de volver por él jamás. Y ¡para mis barbas, si no es bueno el rucio!

—Nunca yo acostumbro —dijo don Quijote— despojar a los que venzo, ni es uso de caballería quitarles los caballos y dejarlos a pie, si ya no fuese que el vencedor hubiese perdido en la pendencia el suyo; que en tal caso lícito es tomar el del vencido, como ganado en guerra lícita. Así que, Sancho, deja ese caballo, o asno, o lo que tú quisieres que sea ▼▼; que como su dueño nos vea alongados [20] de aquí, volverá por él.

—Dios sabe si quisiera llevarle —replicó Sancho—, o, por lo menos, trocalle [21] con este mío, que no me parece tan bueno. Verdaderamente que son estrechas las leyes de caballería, pues no se extienden a dejar trocar un asno por otro; y querría saber si podría trocar los aparejos siquiera.

—En eso no estoy muy cierto —respondió don Quijote—; y en caso de duda, hasta estar mejor informado, digo que los trueques, si es que tienes dellos necesidad extrema.

—Tan extrema es —respondió Sancho—,

[18] Calle (en germanía).

[19] Traza.

[20] Alejados.

[21] Cambiarle.

180

185

190

195

200

205

▼ Véanse las notas léxicas 22 y 23 de poemas iniciales, a continuación del prólogo. Para el trastrueque lingüístico de *Martino* por Mambrino, véase la nota al pie de la pág. 256.

▼▼ He aquí una acabada muestra del perspectivismo lingüístico en el *Quijote,* en esta prueba de la tolerancia lingüística de don Quijote. Además, en la afirmación «o lo que tú quisieres que sea» Cervantes proclama su libertad artística.

que si fueran para mi misma persona no los hubiera menestar más.

210   Y luego, habilitado con aquella licencia, hizo *mu-
tatio caparum* ▼, y puso su jumento a las mil lindezas, dejándole mejorado en tercio y quinto [22].

....

[22] Favorecido al máxi-
mo (fórmula de las me-
joras testamentarias).

....

[23] Campamento (iro-
nía: es el «botín» halla-
do en el asno del bar-
bero).

Hecho esto, almorzaron de las sobras del real [23]
que del acémila despojaron, bebieron del agua del
215   arroyo de los batanes, sin volver la cara a mira-
llos; tal era el aborrecimiento que les tenían, por
el miedo en que les habían puesto.

Cortada, pues, la cólera, y aun la malenconía ▼▼,
subieron a caballo, y sin tomar determinado ca-
220   mino, por ser muy de caballeros andantes el no tomar ninguno cierto, se pusieron a caminar por
donde la voluntad de Rocinante quiso, que se llevaba tras sí la de su amo, y aun la del asno, que
siempre le seguía por dondequiera que guiaba, en
225   buen amor y compañía. Con todo esto, volvieron
al camino real, y siguieron por él a la ventura, sin
otro designio alguno.

Yendo, pues, así caminando, dijo Sancho a su
amo:

230   —Señor, ¿quiere vuestra merced darme licencia que departa un poco con él? Que después que
me puso aquel áspero mandamiento del silencio,
se me han podrido más de cuatro cosas en el estómago, y una sola que ahora tengo en el pico de
235   la lengua no querría que se mal lograse.

—Dila —dijo don Quijote—, y sé breve en tus

||||||||||||||||||||||||||||||||||||||||||||||||||||||||||||||||||||||||||||||||||||||||||||||||||||||||||||||

▼ «Cambio de capas» (aquí, cambio de aparejos), como hacían anualmente los cardenales y prelados de la curia romana el día de Resurrección: cambiaban las capas forra-
das por otras más ligeras.

▼▼ *Cortar la cólera* es «tomar un refrigerio entre dos comidas». Como señala Murillo, es
un «juego de palabras entre las dos acepciones de *cólera* (ira y bilis) y de *malenconía* [me-
lancolía] (irritación y desconsuelo, hipocondría)».

razonamientos; que ninguno hay gustoso si es largo.

—Digo, pues, señor —respondio Sancho—, que de algunos días a esta parte, he considerado   240
cuán poco se gana y granjea de andar buscando estas aventuras que vuestra merced busca por estos desiertos y encrucijadas de caminos, donde, ya que se venzan y acaben las más peligrosas, no hay quien las vea ni sepa, y así, se han de quedar en   245
perpetuo silencio, y en perjuicio de la intención de vuestra merced y de lo que ellas merecen. Y así, me parece que sería mejor, salvo el mejor parecer de vuestra merced, que nos fuésemos a servir a algún emperador, o a otro príncipe grande,   250
que tenga alguna guerra, en cuyo servicio vuestra merced muestre el valor de su persona, sus grandes fuerzas y mayor entendimiento; que, visto esto del señor a quien sirviéremos, por fuerza nos ha de remunerar, a cada cual según sus méritos, y allí   255
no faltará quien ponga en escrito las hazañas de vuestra merced, para perpetua memoria. De las mías no digo nada, pues no han de salir de los límites escuderiles; aunque sé decir que, si se usa en la caballería escribir hazañas de escuderos, que   260
no pienso que se han de quedar las mías entre renglones.

—No dices mal, Sancho —respondió don Quijote—; mas antes que se llegue a este término es menester andar por el mundo, como en aproba-   265
ción, buscando las aventuras, para que, acabando algunas, se cobre nombre y fama tal, que cuando se fuere a la corte de algún gran monarca ya sea el caballero conocido por sus obras; y que apenas le hayan visto entrar los muchachos por la puerta   270
de la ciudad, cuando todos le sigan y rodeen, dando voces, diciendo: «Éste es el caballero del Sol [24]», o de la Sierpe [25], o de otra insignia alguna, debajo

[24] El caballero del Febo.

[25] Esplandián.

de la cual hubiere acabado grandes hazañas. «Este
275 es —dirán— el que venció en singular batalla al
gigantazo Brocabruno de la Gran Fuerza; el que
desencantó al Gran Mameluco de Persia del largo
encantamiento en que había estado casi novecien-
tos años.» Así que, de mano en mano, irán prego-
280 nando tus hechos, y luego, al alboroto de los muchachos y de la demás gente, se parará a las fe-
nestras [26] de su real palacio el rey de aquel reino,   [26] Ventanas (arcaísmo).
y así como vea al caballero, conociéndole por las
armas, o por la empresa del escudo, forzosamen-
285 te ha de decir: «¡Ea, sus! ¡Salgan mis caballeros,
cuantos en mi corte están, a recebir a la flor de la
caballería, que allí viene!» A cuyo mandamiento
saldrán todos, y él llegará hasta la mitad de la escalera, y le abrazará estrechísimamente, y le dará
290 paz [27], besándole en el rostro, y luego le llevará   [27] Le saludará.
por la mano al aposento de la señora reina, adon-
de el caballero la hallará con la infanta, su hija,
que ha de ser una de las más fermosas y acabadas
doncellas que en gran parte de lo descubierto de
295 la tierra a duras penas se pueda hallar ▼. Sucederá
tras esto, luego en continente [28], que ella ponga   [28] En seguida.
los ojos en el caballero, y él en los della, y cada
uno parezca a otro cosa más divina que humana,
y, sin saber cómo ni cómo no, han de quedar pre-
300 sos y enlazados en la intricable red amorosa, y
con gran cuita [29] en sus corazones, por no saber   [29] Aflicción.
cómo se han de fablar para descubrir sus ansias y
sentimientos. Desde allí le llevarán, sin duda, a algún cuarto del palacio, ricamente aderezado, don-
305 de, habiéndole quitado las armas, le traerán un

▼ Esta imaginaria exposición de don Quijote constituye un esquema con un breve re-
pertorio de las situaciones más frecuentes en las novelas de caballerías, en el cual, como
es lógico, abundan los arcaísmos.

30 Jubón.

31 En la cual (cena).

32 Mesas.

33 Propuesta.

34 Provecho.

35 Satisfecha sobradamente.

36 Se afligirá.

rico manto de escarlata, con que se cubra; y si bien pareció armado, tan bien y mejor ha de parecer en farseto [30]. Venida la noche, cenará con el rey, reina e infanta, donde [31] nunca quitará los ojos della, mirándola a furto de los circunstantes, y ella hará lo mesmo con la mesma sagacidad, porque, como tengo dicho, es muy discreta doncella. Levantarse han las tablas [32], y entrará a deshora por la puerta de la sala un feo y pequeño enano, con una fermosa dueña que, entre dos gigantes, detrás del enano viene, con cierta aventura, hecha [33] por un antiquísimo sabio, que el que la acabare será tenido por el mejor caballero del mundo. Mandará luego el rey que todos los que están presentes la prueben, y ninguno le dará fin y cima sino el caballero huésped, en mucho pro [34] de su fama, de lo cual quedará contentísima la infanta, y se tendrá por contenta y pagada además [35], por haber puesto y colocado sus pensamientos en tan alta parte. Y lo bueno es que este rey, o príncipe, o lo que es, tiene una muy reñida guerra con otro tan poderoso como él, y el caballero huésped le pide (al cabo de algunos días que ha estado en su corte) licencia para ir a servirle en aquella guerra dicha. Darásela el rey de muy buen talante, y el caballero le besará cortésmente las manos por la merced que le face. Y aquella noche se despedirá de su señora la infanta por las rejas de un jardín, que cae en el aposento donde ella duerme, por las cuales ya otras muchas veces le había fablado, siendo medianera y sabidora de todo una doncella de quien la infanta mucho se fiaba. Sospirará él, desmayaráse ella, traerá agua la doncella, acuitaráse [36] mucho, porque viene la mañana, y no querría que fuesen descubiertos, por la honra de su señora. Finalmente, la infanta volverá en sí, y dará sus blancas manos por la reja al caballero, el

310

315

320

325

330

335

340

cual se las besará mil y mil veces, y se las bañará
en lágrimas. Quedará concertado entre los dos del
345 modo que se han de hacer saber sus buenos o malos sucesos, y rogarále la princesa que se detenga
lo menos que pudiere; prometérselo ha [37] él con   [37] Se lo prometerá.
muchos juramentos; tórnale a besar las manos, y
despídese con tanto sentimiento, que estará poco
350 por [38] acabar la vida. Vase desde allí a su aposen-   [38] En poco de.
to, échase sobre su lecho, no puede dormir del do-
lor de la partida, madruga muy de mañana, vase
a despedir del rey y de la reina y de la infanta; dí-
cenle, habiéndose despedido de los dos, que la se-
355 ñora infanta está mal dispuesta [39] y que no puede   [39] Indispuesta.
recebir visita; piensa el caballero que es de pena
de su partida, traspásasele el corazón, y falta poco
de no dar indicio manifiesto de su pena. Está la
doncella medianera delante, halo de notar todo,
360 váselo a decir a su señora, la cual la recibe con lágrimas, y le dice que una de las mayores penas
que tiene es no saber quién sea su caballero, y si
es de linaje de reyes o no; asegúrala la doncella
que no puede caber tanta cortesía, gentileza y va-
365 lentía como la de su caballero sino en subjeto real
y grave; consuélase con esto la cuitada; procura
consolarse, por no dar mal indicio de sí a sus padres, y a cabo de dos días sale en público. Ya se
es ido el caballero; pelea en la guerra, vence al ene-
370 migo del rey, gana muchas ciudades, triunfa de
muchas batallas, vuelve a la corte, ve a su señora
por donde suele, conciértase que la pida a su padre por mujer, en pago de sus servicios. No se la
quiere dar el rey, porque no sabe quién es; pero,
375 con todo esto, o robada, o de otra cualquier suerte que sea, la infanta viene a ser su esposa, y su
padre lo viene a tener a gran ventura, porque se
vino a averiguar que el tal caballero es hijo de un
valeroso rey de no sé qué reino, porque creo que

no debe estar en el mapa. Muérese el padre, he- 380
reda la infanta, queda rey el caballero en dos palabras [40]. Aquí entra luego el hacer mercedes a su
escudero y a todos aquellos que le ayudaron a subir
a tan alto estado: casa a su escudero con una doncella de la infanta, que será, sin duda, la que fue 385
tercera [41] en sus amores, que es hija de un duque
muy principal ▼.

—Eso pido, y barras derechas [42] —dijo Sancho—: a eso me atengo, porque todo, al pie de
la letra, ha de suceder por vuestra merced llamán- 390
dose *el Caballero de la Triste Figura*.

—No lo dudes, Sancho —replicó don Quijote—; porque del mesmo [43] y por los mesmos pasos que esto he contado suben y han subido los caballeros andantes a ser reyes y emperadores. Sólo 395
falta agora mirar qué rey de los cristianos o de los
paganos tenga guerra y tenga hija hermosa; pero
tiempo habrá para pensar esto, pues, como te tengo dicho, primero se ha de cobrar fama por otras
partes que se acuda a la corte. También me falta 400
otra cosa: que, puesto caso que se halle rey con
guerra y con hija hermosa, y que yo haya cobrado fama increíble por todo el universo, no sé yo
cómo se podía hallar que yo sea de linaje de reyes, o, por lo menos, primo segundo de empera- 405
dor; porque no me querrá el rey dar a su hija por
mujer, si no está primero muy enterado en esto,
aunque más [44] lo merezcan mis famosos hechos;
así que, por esta falta, temo perder lo que mi brazo tiene bien merecido. Bien es verdad que yo soy 410

[40] En brevísimo tiempo.

[41] Mediadora.

[42] Sin trampa (en el juego de barras).

[43] Del mismo modo.

[44] Por más que.

▼ Nótese el artificio con que se procede en el razonamiento: comienza con verbos en
futuro *(irán pregonando, saldrán, cenará,* etc.), continúa con verbos en presente *(vase, échase, piensa,* etc.) y concluye con verbos en pretérito, «como si las cosas fuesen ya pasadas
y cumplidas» *(es ido, se vino a averiguar).*

hijodalgo de solar conocido, de posesión y propriedad y de devengar quinientos sueldos ▼, y podría ser que el sabio que escribiese mi historia des-
lindase de tal manera mi parentela y decenden-
415   cia [45], que me hallase quinto o sexto nieto de rey.   [45] Ascendencia.
Porque te hago saber, Sancho, que hay dos mane-
ras de linajes en el mundo: unos que traen y derri-
ban su decendencia de príncipes y monarcas, a
quien poco a poco el tiempo ha deshecho, y han
420   acabado en punta, como pirámide puesta al revés;
otros tuvieron principio de gente baja, y van subiendo de grado en grado, hasta llegar a ser grandes señores. De manera que está la diferencia en
que unos fueron, que ya no son, y otros son, que
425   ya no fueron; y podría ser yo déstos, que, después
de averiguado, hubiese sido mi principio grande y
famoso, con lo cual se debía de contentar el rey
mi suegro, que hubiere de ser; y cuando no, la infanta me ha de querer de manera, que a pesar de
430   su padre, aunque claramente sepa que soy hijo de
un azacán [46], me ha de admitir por señor y por es-   [46] Aguador.
poso; y si no, aquí entra el roballa y llevalla don-
de más gusto me diere; que el tiempo o la muerte
ha de acabar el enojo de sus padres.
435   —Ahí entra bien también —dijo Sancho— lo
que algunos desalmados dicen: «No pidas de grado lo que puedes tomar por fuerza»; aunque mejor cuadra decir: «Más vale salto de mata que ruego de hombres buenos.» Dígolo porque si el señor
440   rey, suegro de vuestra merced, no se quisiere domeñar [47] a entregalle a mi señora la infanta, no   [47] Someter.
hay sino, como vuestra merced dice, roballa y tras-
ponella. Pero está el daño que en tanto que se ha-

▼ Ésta era la suma que un hidalgo tenía derecho a recibir como compensación de un
agravio (el sueldo era moneda antigua de valor variable).

[48] En ayunas.

gan las paces y se goce pacíficamente del reino, el
pobre escudero se podrá estar a diente [48] en esto   445
de las mercedes. Si ya no es que la doncella tercera, que ha de ser su mujer, se sale con la infanta,
y él pasa con ella su mala ventura, hasta que el cielo ordene otra cosa; porque bien podrá, creo yo,
desde luego dársela su señor por ligítima esposa.   450

[49] La (esposa).

—Eso no hay quien la [49] quite —dijo don
Quijote.

—Pues como eso sea —respondió Sancho—,
no hay sino encomendarnos a Dios, y dejar correr
la suerte por donde mejor lo encaminare.   455

—Hágalo Dios —respondió don Quijote—
como yo deseo y tú, Sancho, has menester, y ruin
sea quien por ruin se tiene.

[50] Por.

—Sea par [50] Dios —dijo Sancho—; que yo
cristiano viejo soy, y para ser conde esto me basta.   460

—Y aun te sobra —dijo don Quijote—, y
cuando no lo fueras, no hacía nada al caso; porque, siendo yo el rey, bien te puedo dar nobleza,
sin que la compres ni me sirvas con nada. Porque
en haciéndote conde, cátate ahí caballero, y digan   465
lo que dijeren; que a buena fe que te han de llamar señoría, mal que les pese.

[51] ¡A fe mía!

[52] Dar autoridad, en-
grandecer.

—Y ¡montas [51] que no sabría yo autorizar [52] el
litado! —dijo Sancho.

—*Dictado* has de decir, que no litado —dijo su   470
amo ▼.

[53] Criado que comunica
a los cofrades la cele-
bración de reuniones.

—Sea ansí —respondió Sancho Panza—. Digo
que le sabría bien acomodar, porque por vida mía
que un tiempo fui muñidor [53] de una cofradía, y
que me asentaba tan bien la ropa de muñidor, que   475

▼ Don Quijote «se nos presenta como defensor en toda circunstancia de la justeza verbal, como enemigo de los tuertos de lenguaje» (Rosenblat), y corrige la deformación lingüística de Sancho (*dictado:* título de dignidad o señorío).

decían todos que tenía presencia para poder ser
prioste [54] de la mesma cofradía. Pues ¿qué será
cuando me ponga un ropón ducal [55] a cuestas, o
me vista de oro y de perlas, a uso de conde ex-
480   tranjero? Para mí tengo que me han de venir a ver
de cien leguas.

      —Bien parecerás —dijo don Quijote—, pero
será menester que te rapes las barbas a menudo;
que, según las tienes de espesas, aborrascadas [56] y
485   mal puestas, si no te las rapas a navaja cada dos
días, por lo menos, a tiro de escopeta se echará
de ver lo que eres.

      —¿Qué hay más —dijo Sancho—, sino tomar
un barbero, y tenelle asalariado en casa? Y aun, si
490   fuere menester, le haré que ande tras mí, como caballerizo de grande.

      —Pues ¿cómo sabes tú —preguntó don Qui-
jote— que los grandes llevan detrás de sí a sus
caballerizos?

495   —Yo se lo diré —respondió Sancho—. Los
años pasados estuve un mes en la corte, y allí vi
que, paseándose un señor muy pequeño, que decían que era muy grande ▼, un hombre le seguía
a caballo a todas las vueltas que daba, que no pa-
500   recía sino que era su rabo. Pregunté que cómo
aquel hombre no se juntaba con el otro, sino que
siempre andaba tras dél. Respondiéronme que era
su caballerizo, y que era uso de grandes llevar tras
sí a los tales. Desde entonces lo sé tan bien, que
505   nunca se me ha olvidado.

      —Digo que tienes razón —dijo don Quijo-
te—, y que así puedes tú llevar a tu barbero; que

[54] Hermano mayor.

[55] Manto forrado de ar-
miño.

[56] Revueltas.

▼ Nótese la paradoja motivada por la asociación *muy pequeño* y *muy grande,* y el uso de
grande en el sentido de «señor», Grande de España.

los usos no vinieron todos juntos, ni se inventaron a una, y puedes ser tú el primero conde que
lleve tras sí su barbero; y aun es de más confianza   510
el hacer la barba que ensillar un caballo.

—Quédese eso del barbero a mi cargo —dijo
Sancho—, y al de vuestra merced se quede el procurar venir a ser rey y el hacerme conde.

—Así será —respondió don Quijote.   515

Y alzando los ojos, vio lo que se dirá en el siguiente capítulo.

CAPÍTULO XXII

De la libertad que dio don Quijote a muchos desdichados que, mal de su grado, los llevaban donde no quisieran ir

5   Cuenta Cide Hamete Benengeli, autor arábigo y manchego, en esta gravísima, altisonante, míni-ma, dulce e imaginada historia [▼], que después que entre el famoso don Quijote de la Mancha y Sancho Panza, su escudero, pasaron aquellas razones

10   que en el fin del capítulo veinte y uno quedan re-feridas, que don Quijote alzó los ojos y vio que por el camino que llevaba venían hasta doce hombres a pie, ensartados como cuentas en una gran cadena de hierro por los cuellos, y todos con es-

15   posas a las manos. Venían ansimismo con ellos dos hombres de a caballo y dos de a pie; los de a caballo, con escopetas de rueda [1], y los de a pie, con dardos y espadas; y que así como Sancho Pan-za los vido [2], dijo:

20   —Ésta es cadena de galeotes [3], gente forzada del rey, que va a las galeras.

[1] Con rueda giratoria para producir la chispa en el pedernal.

[2] Vio.

[3] Los forzados a remar en galeras.

[▼] Cualquiera que sea el significado de *mínima* (quizás, minuciosa, detallada), mediante esta heterogénea acumulación de adjetivos Cervantes «se complace en contraponer lo humilde a lo presuntuoso, lo grave a lo ligero y lo altisonante a lo mínimo» (A. Ramírez Araujo), intensificando con ello el tono humorístico, ya iniciado cuando llama a Cide Hamete «autor arábigo y manchego».

—¿Cómo gente forzada? —preguntó don Quijote—. ¿Es posible que el rey haga fuerza a ninguna gente?

—No digo eso —respondió Sancho—, sino que es gente que por sus delitos va condenada a servir al rey en las galeras, de por fuerza.

—En resolución —replicó don Quijote—, como quiera que ello sea, esta gente, aunque los llevan, van de por fuerza, y no de su voluntad.

—Así es —dijo Sancho.

—Pues desa manera —dijo su amo, aquí encaja la ejecución de mi oficio: desfacer fuerzas y socorrer y acudir a los miserables ▼.

—Advierta vuestra merced —dijo Sancho—, que la justicia, que es el mesmo rey, no hace fuerza ni agravio a semejante gente, sino que los castiga en pena de sus delitos.

Llegó, en esto, la cadena de los galeotes, y don Quijote, con muy corteses razones, pidió a los que iban en su guarda fuesen servidos de informalle y decille la causa o causas por que llevan aquella gente de aquella manera.

Una de las guardas [4] de a caballo respondió que eran galeotes, gente de Su Majestad, que iba a galeras, y que no había más que decir, ni él tenía más que saber.

—Con todo eso —replicó don Quijote—, querría saber de cada uno dellos en particular la causa de su desgracia.

Añadió a éstas otras tales y tan comedidas razones para moverlos a que le dijesen lo que deseaba, que la otra guarda de a caballo le dijo:

---

[4] Guardianes (era palabra femenina).

▼ Como en el caso de Andresillo (capítulo 4), don Quijote encuentra a unos menesterosos y se dispone a darles su ayuda. Sancho realiza la función «de hacer ver la realidad, si bien en esta ocasión no la visible y audible, sino la jurídica» (Torrente Ballester).

—Aunque llevamos aquí el registro y la fe [5] de
55 las sentencias de cada uno destos malaventurados,
no es tiempo éste de detenerles a sacarlas ni a lee-
llas; vuestra merced llegue y se lo pregunte a ellos
mesmos, que ellos lo dirán si quisieren, que sí
querrán, porque es gente que recibe gusto de ha-
60 cer y decir bellaquerías.

Con esta licencia, que don Quijote se tomara
aunque no se la dieran, se llegó a la cadena, y al
primero le preguntó que por qué pecados iba de
tan mala guisa [6]. Él le respondió que por enamo-
65 rado iba de aquella manera.

—¿Por eso no más? —replicó don Quijote—.
Pues si por enamorados echan a galeras, días ha
que pudiera yo estar bogando en ellas.

—No son los amores como los que vuestra
70 merced piensa —dijo el galeote—; que los míos
fueron que quise tanto a una canasta de colar [7]
atestada de ropa blanca, que la abracé conmigo
tan fuertemente, que a no quitármela la justicia
por fuerza, aún hasta agora no la hubiera dejado
75 de mi voluntad. Fue en fragante [8], no hubo lugar
de tormento [▾]; concluyóse la causa, acomodáron-
me las espaldas con ciento [9], y por añadidura tres
precisos [10] de gurapas, y acabóse la obra.

—¿Qué son gurapas? —preguntó don Quijote.
80 —Gurapas son galeras —respondió el galeote.

El cual era un mozo de hasta edad de veinte y
cuatro años, y dijo que era natural de Piedrahi-
ta [11]. Lo mesmo preguntó don Quijote al segundo,
el cual no respondió palabra, según iba de triste
85 y malencónico [12], mas respondió por él el primero
y dijo:

[5] Certificado.

[6] Manera.

[7] Canasta con ropa para blanquear.

[8] En flagrante (in fraganti).

[9] Cien azontes (elipsis).

[10] Tres años cabales (elipsis).

[11] Pueblo de Avila.

[12] Melancólico.

[▾] No hubo necesidad de tortura porque aquí la prueba del delito es evidente.

[13] El que *canta* (confesando o denunciando) un delito.

—Este, señor, va por canario [13], digo por músico y cantor.

—Pues ¿cómo? —repitió don Quijote—. ¿Por músicos y cantores van también a galeras? 90

—Sí, señor —respondió el galeote—; que no hay peor cosa que cantar en el ansia [14].

[14] El tormento del agua.

—Antes he yo oído decir —dijo don Quijote— que quien canta, sus males espanta.

—Acá es al revés —dijo el galeote—; que 95 quien canta una vez, llora toda la vida ▼.

—No lo entiendo —dijo don Quijote.

Mas una de las guardas le dijo:

—Señor caballero, cantar en el ansia se dice entre esta gente *non santa* confesar en el tormento. 100 A este pecador le dieron tormento y confesó su delito, que era ser cuatrero, que es ser ladrón de bestias, y por haber confesado le condenaron por seis años a galeras, amén de docientos azotes, que ya lleva en las espaldas; y va siempre pensativo y 105 triste, porque los demás ladrones que allá quedan y aquí van le maltratan y aniquilan, y escarnecen, y tienen en poco, porque confesó y no tuvo ánimo de decir nones [15]. Porque dicen ellos que tantas letras tiene un *no* como un *sí*, y que harta ven- 110 tura tiene un delincuente, que está en su lengua su vida o su muerte, y no en la de los testigos y probanzas; y para mí tengo que no van muy fuera de camino ▼▼.

[15] Decir que no.

—Y yo lo entiendo así —respondió don Qui- 115 jote.

▼ El capítulo de los galeotes es un cuadro satírico en el que se repasan algunas cuestiones sociales del momento. El diálogo es extraordinariamente ingenioso y está lleno de juegos de palabras (nótese la paradoja *canta/llora*) y de voces de germanía.

▼▼ Frente a otros episodios anteriores, que tenían un trasfondo caballeresco o pastoril, éste de los galeotes apunta a la realidad social del momento y ofrece un pequeño muestrario de temas propios de la picaresca.

El cual, pasando al tercero, preguntó lo que a
los otros; el cual, de presto y con mucho desenfa-
do, respondió y dijo:

120 —Yo voy por cinco años a las sonoras gurapas
por faltarme diez ducados.

—Yo daré veinte de muy buena gana —dijo
don Quijote— por libraros desa pesadumbre.

—Eso me parece —respondió el galeote—
125 como quien tiene dineros en mitad del golfo [16] y
se está muriendo de hambre, sin tener adonde
comprar lo que ha menester. Dígolo, porque si a
su tiempo tuviera yo esos veinte ducados que vuestra merced ahora me ofrece, hubiera untado con
130 ellos la péndola [17] del escribano y avivado el ingenio del procurador, de manera que hoy me viera
en mitad de la plaza de Zocodover, de Toledo, y
no en este camino, atraillado como galgo [18]; pero
Dios es grande; paciencia, y basta.

135 Pasó don Quijote al cuarto, que era un hombre
de venerable rostro, con una barba blanca que le
pasaba del pecho; el cual, oyéndose preguntar la
causa por que allí venía, comenzó a llorar y no respondió palabra; mas el quinto condenado le sir-
140 vió de lengua [19], y dijo:

—Este hombre honrado va por cuatro años a
galeras, habiendo paseado las acostumbradas, vestido, en pompa y a caballo ▼.

—Eso es —dijo Sancho Panza—, a lo que a
145 mí me parece, haber salido a la vergüenza.

—Así es —replicó el galeote—; y la culpa por
que le dieron esta pena es por haber sido corredor de oreja [20], y aun de todo el cuerpo. En efecto, quiero decir que este caballero va por alcahue-

[16] En alta mar.

[17] Hubiera sobornado (comprado) la pluma.

[18] Atado como perro.

[19] Intérprete.

[20] Agente comercial (alcahuete, en germanía).

▼ Las [calles] acostumbradas: por ellas se paseaba a los condenados para exponerlos a
la vergüenza pública, montados en un asno y acompañados de verdugo y guardianes.

[21] Sus adornos de (ribetes de).

[22] Sin mezcla de otra cosa.

[23] De cualquier manera.

[24] Inspector.

[25] Limitado.

[26] De mercaderías.

[27] Son negligentes y descuidados.

te, y por tener asimesmo sus puntas y collar de [21] hechicero.

—A no haberle añadido esas puntas y collar —dijo don Quijote—, por solamente el alcahuete limpio [22] no merecía él ir a bogar en las galeras, sino a mandallas y a ser general dellas. Porque no es así como quiera [23] el oficio de alcahuete; que es oficio de discretos y necesarísimo en la república bien ordenada, y que no le debía ejercer sino gente muy bien nacida; y aun había de haber veedor [24] y examinador de los tales, como le hay de los demás oficios, con número deputado [25] y conocido, como corredores de lonja [26], y desta manera se excusarían muchos males que se causan por andar este oficio y ejercicio entre gente idiota y de poco entendimiento, como son mujercillas de poco más a menos, pajecillos y truhanes de pocos años y de poca experiencia, que a la más necesaria ocasión, y cuando es menester dar una traza que importe, se les hielan las migas entre la boca y la mano [27], y no saben cuál es su mano derecha. Quisiera pasar adelante y dar las razones por que convenía hacer elección de los que en la república habían de tener tan necesario oficio; pero no es el lugar acomodado para ello; algún día lo diré a quien lo pueda proveer y remediar. Sólo digo ahora que la pena que me ha causado ver estas blancas canas y este rostro venerable en tanta fatiga por alcahuete, me la ha quitado el adjunto de ser hechicero. Aunque bien sé que no hay hechizos en el mundo que puedan mover y forzar la voluntad, como algunos simples piensan, que es libre nuestro albedrío, y no hay yerba ni encanto que le fuerce ▼. Lo que suelen hacer algunas mujercillas

▼ Don Quijote elogia el oficio de los intermediarios, porque quizás recuerda notables ejemplos de alcahuetería realizados por medianeras en libros caballerescos.

185   simples y algunos embusteros bellacos es algunas
        mixturas y venenos, con que vuelven locos a los
        hombres, dando a entender que tienen fuerza para
        hacer querer bien, siendo, como digo, cosa impo-
        sible forzar la voluntad.

        —Así es —dijo el buen viejo—; y, en verdad,
190   señor, que en lo de hechicero que no tuve culpa;
        en lo de alcahuete, no lo pude negar. Pero nunca
        pensé que hacía mal en ello; que toda mi inten-
        ción era que todo el mundo se holgase y viviese
        en paz y quietud, sin pendencias ni penas; pero no
195   me aprovechó nada este buen deseo para dejar de
        ir adonde no espero volver, según me cargan los
        años y un mal de orina que llevo, que no me deja
        reposar un rato.

        Y aquí tornó a su llanto, como de primero; y tú-
200   vole Sancho tanta compasión que sacó un real de
        a cuatro del seno y se lo dio de limosna ▼.

        Pasó adelante don Quijote, y preguntó a otro
        su delito, el cual respondió con no menos, sino
        con mucha más gallardía que el pasado:

205   —Yo voy aquí porque me burlé demasiada-
        mente con dos primas hermanas mías y con otras
        dos hermanas que no lo eran mías; finalmente,
        tanto me burlé con todas, que resultó de la burla
        crecer la parentela tan intricadamente [28], que no
210   hay diablo que la declare. Probóseme todo, faltó
        favor, no tuve dineros, víame a pique de perder
        los tragaderos [29], sentenciáronme a galeras por
        seis años, consentí: castigo es de mi culpa; mozo
        soy: dure la vida, que con ella todo se alcanza. Si
215   vuestra merced, señor caballero, lleva alguna cosa
        con que socorrer a estos pobretes, Dios se lo pa-

[28] Intricadamente, en-
marañadamente.

[29] Veíame a punto de
ser ahorcado.

▼ «Nótese cómo caracteriza Cervantes a Sancho: codicioso y generoso, astuto e inge-
nuo, pacífico y dispuesto a pelear cuando se le toca un pelo; materialista, pero unido
a don Quijote por el cariño, etc.» (Agostini).

gará en el cielo, y nosotros tendremos en la tierra
cuidado de rogar a Dios en nuestras oraciones por
la vida y salud de vuestra merced, que sea tan larga y tan buena como su buena presencia merece.   220

Éste iba en hábito de estudiante, y dijo una de
las guardas que era muy grande hablador y muy
gentil latino ▼.

Tras todos éstos, venía un hombre de muy buen
parecer, de edad de treinta años, sino que al mi-   225
rar metía el un ojo en el otro un poco. Venía di-
ferentemente atado que los demás porque traía
una cadena al pie, tan grande, que se la liaba por
todo el cuerpo, y dos argollas a la garganta, la una
en la cadena, y la otra de las que llaman guarda-   230
amigo o pie de amigo [30], de la cual decendían dos
hierros que llegaban a la cintura, en los cuales se
asían dos esposas, donde llevaba las manos, cerradas con un grueso candado, de manera que ni con
las manos podía llegar a la boca, ni podía bajar la   235
cabeza a llegar a las manos. Preguntó don Quijote
que cómo iba aquel hombre con tantas prisiones [31]
más que los otros. Respondióle la guarda porque
tenía aquel solo más delitos que todos los otros
juntos, y que era tan atrevido y tan grande bella-   240
co, que, aunque le llevaban de aquella manera, no
iban seguros dél, sino que temían que se les había
de huir.

— ¿Qué delitos puede tener —dijo don Quijo-
te—, si no han merecido más pena que echalle a   245
las galeras?

—Va por diez años —replicó la guarda—, que
es como muerte cevil [32]. No se quiera saber más
sino que este buen hombre es el famoso Ginés de

[30] Horquilla debajo de la barbilla para que no ocultase la cara.

[31] Grilletes y cadenas.

[32] Privación de todo derecho (como si no existiera).

▼ Cervantes se burló, en repetidas ocasiones, de la falsa erudición latinizante. Fijémonos en este galeote *muy grande hablador y muy gentil latino*. «¿No hay ahí una burla cruel?» (Rosenblat).

250   Pasamonte, que por otro nombre llaman Ginesi-
       llo de Parapilla.
            —Señor comisario —dijo entonces el galeo-
       te—, váyase poco a poco, y no andemos ahora a
       deslindar nombres y sobrenombres. Ginés me lla-
255   mo y no Ginesillo, y Pasamonte es mi alcurnia y
       no Parapilla, como voacé [33] dice; y cada uno se dé
       una vuelta a la redonda [34], y no hará poco.
            —Hable con menos tono —replicó el comisa-
       rio—, señor ladrón de más de la marca [35], si no
260   quiere que le haga callar, mal que le pese.
            —Bien parece —respondió el galeote— que
       va el hombre como Dios es servido; pero algún
       día sabrá alguno si me llamo Ginesillo de Parapi-
       lla o no.
265   —Pues ¿no te llaman así, embustero? —dijo
       la guarda.
            —Sí llaman —respondió Ginés—; mas yo
       haré que no me lo llamen, o me las pelaría [36] don-
       de yo digo entre mis dientes ▼. Señor caballero, si
270   tiene algo que darnos, dénoslo ya, y vaya con
       Dios; que ya enfada con tanto querer saber vidas
       ajenas; y si la mía quiere saber, sepa que yo soy
       Ginés de Pasamonte, cuya vida está escrita por es-
       tos pulgares.
275   —Dice verdad —dijo el comisario—; que él
       mesmo ha escrito su historia, que no hay más, y
       deja empeñado el libro en la cárcel, en docientos
       reales.
            —Y le pienso quitar [37] —dijo Ginés— si [38] que-
280   dara en docientos ducados.
            —¿Tan bueno es? —dijo don Quijote.

[33] Vuestra merced.

[34] Se mire a sí mismo (antes de reprender a otro).

[35] Mayor de lo normal.

[36] Las barbas (en señal de rabia).

[37] Rescatar.

[38] Aunque.

▼ Nótese el procedimiento de alusión-elusión tan propio de la elegancia cervantina: este galeote «demostró con su *escabrosa* alusión que era un desvergonzado» (Rodríguez Marín).

—Es tan bueno —respondió Ginés—, que
mal año para *Lazarillo de Tormes* y para todos cuantos de aquel género se han escrito o escribieren.
Lo que le sé decir a voacé es que trata verdades,   285
y que son verdades tan lindas y tan donosas [39], que
no pueden haber mentiras que se le igualen.

—¿Y cómo se intitula el libro? —preguntó don
Quijote.

—*La vida de Ginés de Pasamonte* —respondió el   290
mismo.

—¿Y está acabado? —preguntó don Quijote.

—¿Cómo puede estar acabado —respondió
él—, si aún no está acabada mi vida? Lo que está
escrito es desde mi nacimiento hasta el punto que   295
esta última vez me han echado en galeras ▼.

—Luego ¿otra vez habéis estado en ellas?
—dijo don Quijote.

—Para servir a Dios y al rey, otra vez he estado cuatro años, y ya sé a qué sabe el bizcocho [40]   300
y el corbacho [41] —respondió Ginés; y no me pesa
mucho de ir a ellas, porque allí tendré lugar de
acabar mi libro, que me quedan muchas cosas que
decir, y en las galeras de España hay más sosiego
de aquel que sería menester, aunque no es menes-   305
ter mucho más para lo que yo tengo de escribir,
porque me lo sé de coro [42].

—Hábil pareces —dijo don Quijote.

—Y desdichado —respondió Ginés—; porque
siempre las desdichas persiguen al buen ingenio.   310

—Persiguen a los bellacos —dijo el comisario.

[39] Graciosas.

[40] Pan cocido dos veces
(para que se conserve).

[41] Látigo.

[42] De memoria.

▼ He aquí una prueba de la conciencia artística de Cervantes, quien, por boca de Ginés
de Pasamonte, descubre la importancia literaria del *género* de la novela picaresca, iniciado con el anónimo *Lazarillo de Tormes* (1554), y consagrado con el *Guzmán de Alfarache*
(1599, la primera parte, y 1604, la segunda), de Mateo Alemán.

—Ya le he dicho, señor comisario —respondió Pasamonte—, que se vaya poco a poco; que aquellos señores no le dieron esa vara para que maltratase a los pobretes que aquí vamos, sino para que nos guiase y llevase adonde Su Majestad manda. Si no, ¡por vida de..., basta!, que podría ser que saliesen algún día en la colada [43] las manchas que se hicieron en la venta ▼; y todo el mundo calle, y viva bien, y hable mejor, y caminemos; que ya es mucho regodeo éste.

[43] Saliesen a relucir.

Alzó la vara en alto el comisario para dar a Pasamonte, en respuesta de sus amenazas; mas don Quijote se puso en medio, y le rogó que no le maltratase, pues no era mucho que quien llevaba tan atadas las manos tuviese algún tanto suelta la lengua. Y volviéndose a todos los de la cadena, dijo:

—De todo cuanto me habéis dicho, hermanos carísimos, he sacado en limpio que, aunque os han castigado por vuestras culpas, las penas que vais a padecer no os dan mucho gusto, y que vais a ellas muy de mala gana y muy contra vuestra voluntad; y que podría ser que el poco ánimo que aquél tuvo en el tormento, la falta de dineros déste, el poco favor del otro y, finalmente, el torcido juicio del juez, hubiese sido causa de vuestra perdición, y de no haber salido con la justicia que de vuestra parte teníades [44]. Todo lo cual se me representa a mí ahora en la memoria, de manera que me está diciendo, persuadiendo y aun forzando, que muestre con vosotros el efecto para que el cielo me arrojó al mundo, y me hizo profesar en él la orden de caballería que profeso, y el voto

[44] Teníais (arcaísmo).

▼ «Saliesen algún día a relucir» arbitrariedades o actos ilegales cometidos por el comisario en alguna venta.

que en ella hice de favorecer a los menesterosos
y opresos [45] de los mayores. Pero, porque sé que   345
una de las partes de la prudencia es que lo que se
puede hacer por bien no se haga por mal, quiero
rogar a estos señores guardianes y comisario sean
servidos de desataros y dejaros ir en paz; que no
faltarán otros que sirvan al rey en mejores ocasio-   350
nes; porque me parece duro caso hacer esclavos a
los que Dios y naturaleza hizo libres. Cuanto más,
señores guardas —añadió don Quijote—, que estos pobres no han cometido nada contra vosotros.
Allá se lo haya cada uno con su pecado; Dios hay   355
en el cielo, que no se descuida de castigar al malo,
ni de premiar al bueno, y no es bien que los hombres honrados sean verdugos de los otros hombres, no yéndoles nada en ello. Pido esto con esta
mansedumbre y sosiego, porque tenga, si lo cum-   360
plís, algo que agradeceros; y cuando de grado no
lo hagáis, esta lanza y esta espada, con el valor de
mi brazo, harán que lo hagáis por fuerza ▼.
   —¡Donosa majadería! —respondió el comisario—. ¡Bueno está el donaire con que ha salido a   365
cabo de rato [46]! ¡Los forzados del rey quiere que le
dejemos, como si tuviéramos autoridad para sol-
tarlos, o él la tuviera para mandárnoslo! Váyase
vuestra merced, señor, norabuena su camino adelante, y enderécese ese bacín [47] que trae en la ca-   370
beza, y no ande buscando tres pies al gato [48].
   —¡Vos sois el gato, y el rato, y el bellaco!
—respondió don Quijote.
   Y, diciendo y haciendo, arremetió con él tan
presto, que, sin que tuviese lugar de ponerse en de-   375

[45] Oprimidos.

[46] A destiempo, cuando menos se espera.

[47] Bacía; pero también significaba orinal (dilogía).

[48] Ocasión de disputa.

▼ Obsérvese que don Quijote comienza su parlamento recogiendo todas las quejas que ha oído, expone después su opinión sobre la libertad y las condenas, y acaba con el contraste entre su pacífica petición y su amenaza siguiente.

fensa, dio con él en el suelo, malherido de una lanzada; y avínole bien, que éste era el de la escopeta. Las demás guardas quedaron atónitas y suspensas del no esperado acontecimiento; pero, volviendo sobre sí, pusieron mano a sus espadas los de a caballo, y los de a pie a sus dardos, y arremetieron a don Quijote, que con mucho sosiego los aguardaba; y sin duda lo pasara mal, si los galeotes, viendo la ocasión que se les ofrecía de alcanzar libertad, no la procuraran, procurando romper la cadena donde venían ensartados. Fue la revuelta de manera, que las guardas, ya por acudir a los galeotes, que se desataban, ya por acometer a don Quijote, que los acometía, no hicieron cosa que fuese de provecho.

Ayudó Sancho, por su parte, a la soltura de Ginés de Pasamonte, que fue el primero que saltó en la campaña libre y desembarazado, y arremetiendo al comisario caído, le quitó la espada y la escopeta, con la cual, apuntando al uno y señalando al otro, sin disparalla jamás, no quedó guarda en todo el campo, porque se fueron huyendo, así de la escopeta de Pasamonte como de las muchas pedradas que los ya sueltos galeotes les tiraban.

Entristecióse mucho Sancho deste suceso, porque se le representó que los que iban huyendo habían de dar noticia del caso a la Santa Hermandad, la cual, a campana herida [49], saldría a buscar los delincuentes, y así se lo dijo a su amo, y le rogó que luego de allí se partiesen, y se emboscasen en la sierra, que estaba cerca.

—Bien está eso —dijo don Quijote—; pero yo sé lo que ahora conviene que se haga.

Y llamando a todos los galeotes, que andaban alborotados y habían despojado al comisario hasta dejarle en cueros, se le pusieron todos a la redonda para ver lo que les mandaba, y así les dijo:

[49] Con repique de campanas (que avisaban a la gente para ayudar a los cuadrilleros).

—De gente bien nacida es agradecer los beneficios que reciben, y uno de los pecados que más a Dios ofende es la ingratitud. Dígolo, porque ya habéis visto, señores, con manifiesta experiencia, el que de mí habéis recebido; en pago del cual querría, y es mi voluntad, que, cargados de esa cadena que quité de vuestros cuellos, luego os pongáis en camino y vais [50] a la ciudad del Toboso, y allí os presentéis ante la señora Dulcinea del Toboso, y le digáis que su caballero, el de la Triste Figura, se le envía a encomendar, y le contéis, punto por punto, todos los que ha tenido esta famosa aventura hasta poneros en la deseada libertad; y, hecho esto, os podréis ir donde quisiéredes, a la buena ventura [▼].

Respondió por todos Ginés de Pasamonte, y dijo:

—Lo que vuestra merced nos manda, señor y libertador nuestro, es imposible de toda imposibilidad cumplirlo, porque no podemos ir juntos por los caminos, sino solos y divididos, y cada uno por su parte, procurando meterse en las entrañas de la tierra, por no ser hallado de la Santa Hermandad, que, sin duda alguna, ha de salir en nuestra busca. Lo que vuestra merced puede hacer y es justo que haga, es mudar ese servicio y montazgo [51] de la señora Dulcinea del Toboso en alguna cantidad de avemarías y credos, que nosotros diremos por la intención de vuestra merced, y ésta es cosa que se podrá cumplir de noche y de día, huyendo o reposando, en paz o en guerra; pero pensar que hemos de volver ahora a las ollas de Egip-

[50] Vayáis.

[51] Tributo que gravaba el tránsito de ganado.

415

420

425

430

435

440

[▼] En este episodio don Quijote interpreta «elementalmente uno de los fines de la caballería medieval (dar libertad al forzado o esclavizado)» y liberta a los galeotes, en «un claro desquiciamiento del concepto de la justicia», una auténtica «quijotada» (Riquer).

445 to ▼, digo, a tomar nuestra cadena, y a ponernos
en camino del Toboso, es pensar que es ahora de
noche, que aún no son las diez del día, y es pedir
a nosotros eso como pedir peras al olmo.

—Pues ¡voto a tal! —dijo don Quijote, ya pues-
450 to en cólera—, don [52] hijo de la puta, don Ginesillo de Paropillo, o como os llamáis, que habéis
de ir vos solo, rabo entre piernas, con toda la cadena a cuestas.

Pasamonte, que no era nada bien sufrido, estan-
455 do ya enterado que don Quijote no era muy cuerdo, pues tal disparate había acometido como el de
querer darles libertad, viéndose tratar de aquella
manera, hizo del ojo [53] a los compañeros, y apartándose aparte, comenzaron a llover tantas pie-
460 dras sobre don Quijote, que no se daba manos a
cubrirse con la rodela; y el pobre de Rocinante no
hacía más caso de la espuela que si fuera hecho
de bronce. Sancho se puso tras su asno, y con él
se defendía de la nube y pedrisco que sobre en-
465 trambos llovía. No se pudo escudar tan bien don
Quijote, que no le acertasen no sé cuántos gui-
jarros en el cuerpo, con tanta fuerza, que dieron
con él en el suelo; y apenas hubo caído, cuando
fue sobre él el estudiante y le quitó la bacía de la
470 cabeza, y diole con ella tres o cuatro golpes en las
espaldas y otros tantos en la tierra, con que la hizo
pedazos. Quitáronle una ropilla [54] que traía sobre
las armas, y las medias calzas le querían quitar, si
las grebas [55] no lo estorbaran. A Sancho le quita-
475 ron el gabán, y dejándole en pelota [56], repartien-
do entre sí los demás despojos de la batalla, se fue-

[52] *Don* irónico y en tono de insulto.

[53] Guiñó un ojo.

[54] Vestidura corta.

[55] Armadura de las piernas.

[56] En ropas interiores.

▼ «A la vida regalada y abundante», expresión proverbial —aquí usada en sentido irónico— de origen bíblico, con la cual el pueblo de Israel en busca de la tierra prometida recordaba su estancia en Egipto.

ron cada uno por su parte, con más cuidado de escaparse de la Hermandad, que temían, que de cargarse de la cadena e ir a presentarse ante la señora Dulcinea del Toboso ▼.   480

Solos quedaron jumento y Rocinante, Sancho y don Quijote; el jumento, cabizbajo y pensativo, sacudiendo de cuando en cuando las orejas, pensando que aún no había cesado la borrasca de las piedras, que le perseguían los oídos; Rocinante, tendido junto a su amo, que también vino al suelo de otra pedrada; Sancho, en pelota y temeroso de la Santa Hermandad; don Quijote, mohinísimo [57] de verse tan malparado por los mismos a quien tanto bien había hecho.   485

490

....
[57] Muy apesadumbrado.

▼ El episodio de los galeotes es uno de los capítulos más importantes del *Quijote* de 1605. Con él termina el grupo compacto de aventuras anteriores a la entrada en Sierra Morena.

COMENTARIO 3 (Capítulo XXII)

► *Resume el argumento de este capítulo.*

► *Comenta los aspectos temáticos fundamentales.*

► *¿Cuáles son las partes o unidades menores en que se organiza la composición del capítulo?*

► *Analiza su estructura narrativa: modo narrativo, tiempo, espacio...*

► *Estudia la técnica del diálogo.*

► *Explica la actuación de don Quijote y Sancho en esta aventura.*

► *Comenta los recursos estilísticos más relevantes en el texto.*

► *Analiza las peculiaridades lingüísticas más notables.*

► *Comenta las referencias y alusiones literarias que encuentres en el texto.*

CAPÍTULO XXIII

De lo que aconteció al famoso don Quijote en Sierra Morena, que fue una de las más raras aventuras que en esta verdadera historia se cuentan

Viéndose tan malparado don Quijote, dijo a su escudero:

—Siempre, Sancho, lo he oído decir, que el hacer bien a villanos es echar agua en la mar. Si yo hubiera creído lo que me dijiste, yo hubiera excusado[1] esta pesadumbre; pero ya está hecho; paciencia, y escarmentar para desde aquí adelante.

—Así escarmentará vuestra merced —respondió Sancho— como yo soy turco; pero, pues dice que si me hubiera creído se hubiera excusado este daño, créame ahora y excusará otro mayor; porque le hago saber que con la Santa Hermandad no hay[2] usar de caballerías; que no se le da a ella por cuantos caballeros andantes hay dos maravedís; y sepa que ya me parece que sus saetas me zumban por los oídos▼.

—Naturalmente[3] eres cobarde, Sancho —dijo don Quijote—; pero porque no digas que soy contumaz y que jamás hago lo que me aconsejas, por

[1] Evitado.

[2] No vale.

[3] Por naturaleza.

▼ Alude a la práctica de la Santa Hermandad de sacar al campo a los condenados a muerte, atarlos a una estaca y asaetearlos hasta morir, para escarmiento de malhechores.

esta vez quiero tomar tu consejo y apartarme de   25
la furia que tanto temes; mas ha de ser con una
condición: que jamás, en vida ni en muerte, has
de decir a nadie que yo me retiré y aparté deste
peligro de miedo, sino por complacer a tus ruegos, que si otra cosa dijeres, mentirás en ello, y   30
desde ahora para entonces, y desde entonces para
ahora, te desmiento, y digo que mientes y mentirás todas las veces que lo pensares o lo dijeres ▼.
Y no me repliques más; que en sólo pensar que
me aparto y retiro de algún peligro, especialmen-   35
te déste, que parece que lleva algún es no es ⁴ de
sombra de miedo, estoy ya para quedarme, y para
aguardar aquí solo, no solamente a la Santa Hermandad que dices y temes, sino a los hermanos
de los doce tribus ⁵ de Israel, y a los siete Maca-   40
beos, y a Cástor y a Pólux, y aun a todos los hermanos y hermandades que hay en el mundo ▼▼.

—Señor —respondió Sancho—, que el retirar
no es huir, ni el esperar es cordura, cuando el peligro sobrepuja a la esperanza, y de sabios es guar-   45
darse hoy para mañana, y no aventurarse todo en
un día. Y sepa que, aunque zafio y villano, todavía
se me alcanza algo desto que llaman buen gobierno; así que no se arrepienta de haber tomado mi
consejo, sino suba en Rocinante, si puede, o si no,   50
yo le ayudaré, y sígame; que el caletre ⁶ me dice

⁴ Un poco (expresión proverbial).

⁵ Era palabra masculina.

⁶ Entendimiento.

||||||||||||||||||||||||||||||||||||||||||||||||||||||||||||||||||||||||||||||||||||||||||||||||||||||||||||||||||||

▼ Por esta vez don Quijote acepta el consejo de Sancho y ambos se adentran en Sierra
Morena para librarse de los cuadrilleros de la Santa Hermandad, que los buscarían por
haber libertado a los galeotes.

▼▼ Por asociación con *Hermandad,* don Quijote cita varios casos de hermanos prover-
bialmente conocidos, vengan o no a cuento: las doce tribus de Israel, que tuvieron su
principio en los doce hijos del patriarca Jacob (no tenían, pues, hermanos, pero sí jefes
o patriarcas hermanos); los siete hermanos descendientes de Judas Macabeo, que lucha-
ron contra Siria en defensa de las leyes judías; Cástor y Pólux, hermanos gemelos en
la mitología clásica, y símbolo de la amistad fraternal.

que hemos menester ahora más los pies que las
manos.

55   Subió don Quijote, sin replicarle más palabra, y
guiando Sancho sobre su asno, se entraron por
una parte de Sierra Morena, que allí junto estaba,
llevando Sancho intención de atravesarla toda e ir
a salir al Viso, o a Almodóvar del Campo [7], y esconderse algunos días por aquellas asperezas, por
60 no ser hallados si la Hermandad los buscase. Ani-
móle a esto haber visto que de la refriega de los
galeotes se había escapado libre la despensa [8] que
sobre su asno venía, cosa que la juzgó a milagro,
según fue lo que llevaron y buscaron los galeo-
65 tes [▼].

   Así como don Quijote entró por aquellas montañas, se le alegró el corazón, pareciéndole aquellos lugares acomodados para las aventuras que
buscaba. Reducíansele a la memoria [9] los maravi-
70 llosos acaecimientos que semejantes soledades y
asperezas habían sucedido a caballeros andantes.
Iba pensando en estas cosas, tan embebecido y
trasportado en ellas, que de ninguna otra se acordaba. Ni Sancho llevaba otro cuidado —después
75 que le pareció que caminaba por parte segura—
sino de satisfacer su estómago con los relieves [10]
que del despojo clerical habían quedado; y así iba
tras su amo sentado a la mujeriega sobre su jumento, sacando de un costal y embaulando en su
80 panza; y no se le diera por hallar otra ventura, entretanto que iba de aquella manera, un ardite.

[7] Pueblos de Ciudad Real (Viso del Marqués).

[8] Comestibles.

[9] Recordaba.

[10] Sobras.

▼ A partir de aquí se producen claros desajustes en torno al rucio de Sancho: unas veces está presente y otras se da como robado. Con el fin de solucionarlos, en la segunda
edición del *Quijote* (también en 1605) se intercaló aquí un largo párrafo en el que se re-
fería dicho robo, pero tal interpolación es disparatada, pues a continuación Sancho sigue acompañado por su jumento.

En esto, alzó los ojos y vio que su amo estaba
parado, procurando con la punta del lanzón alzar
no sé qué bulto que estaba caído en el suelo, por
lo cual se dio priesa a llegar a ayudarle, si fuese   85
menester; y cuando llegó fue a tiempo que alzaba
con la punta del lanzón un cojín [11] y una maleta
asida a él, medio podridos, o podridos del todo,
y deshechos; mas pesaba tanto, que fue necesario
que Sancho se apease a tomarlos, y mandóle su   90
amo que viese lo que en la maleta venía.

Hízolo con mucha presteza Sancho y, aunque la
maleta venía cerrada con una cadena y su candado, por lo roto y podrido della vio lo que en ella
había, que eran cuatro camisas de delgada holan-   95
da [12] y otras cosas de lienzo no menos curiosas [13]
que limpias, y en un pañizuelo halló un buen mon-
toncillo de escudos de oro; y así como los vio, dijo:

—¡Bendito sea todo el cielo, que nos ha depa-
rado una aventura que sea de provecho!   100

Y buscando más, halló un librillo de memoria [14],
ricamente guarnecido. Éste le pidió don Quijote,
y mandóle que guardase el dinero y lo tomase
para él. Besóle las manos Sancho por la merced,
y, desvalijando a la valija de su lencería [15], la puso   105
en el costal de la despensa. Todo lo cual, visto por
don Quijote, dijo:

—Paréceme, Sancho, y no es posible que sea
otra cosa, que algún caminante descaminado de-
bió de pasar por esta sierra, y, salteándole malan-   110
drines, le debieron de matar, y le trujeron a enterrar en esta tan escondida parte.

—No puede ser eso —respondió Sancho—,
porque si fueran ladrones, no se dejaran aquí este
dinero.   115

—Verdad dices —dijo don Quijote—, y así,
no adivino ni doy en lo que esto pueda ser; mas
espérate: veremos si en este librillo de memoria

[11] Manga, bolsa.

[12] Lienzo muy fino.

[13] Primorosas.

[14] Cuaderno de notas.

[15] Conjunto de lienzos.

120 hay alguna cosa escrita por donde podamos rastrear y venir en conocimiento de lo que deseamos.

Abrióle, y lo primero que halló en él escrito, como en borrador, aunque de muy buena letra, fue un soneto, que leyéndole alto, porque [16] Sancho también lo oyese, vio que decía desta manera:

[16] Para que.

125   O le falta al Amor conocimiento,
        o le sobra crueldad, o no es mi pena
        igual a la ocasión que me condena
        al género más duro de tormento.
        Pero si Amor es dios, es argumento
130   que nada ignora, y es razón muy buena
        que un dios no sea cruel. Pues ¿quién ordena
        el terrible dolor que adoro y siento?
        Si digo que sois vos, Fili, no acierto;
        que tanto mal en tanto bien no cabe,
135   ni me viene del cielo esta ruina.
        Presto habré de morir, que es lo más cierto;
        que al mal de quien la causa no se sabe
        milagro es acertar la medicina.

—Por esa trova [17] —dijo Sancho— no se puede saber nada, si ya no es que por ese hilo que está ahí se saque el ovillo de todo.

[17] Composición poética.

—¿Qué hilo está aquí? —dijo don Quijote.

—Paréceme —dijo Sancho— que vuestra merced nombró ahí *hilo*.

145 —No dije sino *Fili* —respondió don Quijote—, y éste, sin duda, es el nombre de la dama de quien se queja el autor deste soneto; y a fe que debe ser razonable poeta, o yo sé poco del arte ▼.

▼ Sancho transforma el nombre poético *Fili* (muy frecuente como nombre literario de mujer en la literatura del Siglo de Oro) en *hilo* «de acuerdo con la conciencia que ha adquirido de la correspondencia lingüística entre el modo de hablar de su señor y el suyo propio» (Spitzer).

—Luego ¿también —dijo Sancho— se le entiende a vuestra merced de trovas? 150

—Y más de lo que tú piensas —respondió don Quijote—, y veráslo cuando lleves una carta, escrita en verso de arriba abajo, a mi señora Dulcinea del Toboso. Porque quiero que sepas, Sancho, que todos o los más caballeros andantes de la edad 155 pasada eran grandes trovadores y grandes músicos; que estas dos habilidades o gracias, por mejor decir, son anexas a los enamorados andantes. Verdad es que las coplas de los pasados caballeros tienen más de espíritu que de primor ▼. 160

—Lea más vuestra merced —dijo Sancho—; que ya hallará algo que nos satisfaga.

Volvió la hoja don Quijote y dijo:

—Esto es prosa, y parece carta.

— ¿Carta misiva [18], señor? —preguntó Sancho. 165

—En el principio no parece sino de amores —respondió don Quijote.

—Pues lea vuestra merced alto —dijo Sancho—; que gusto mucho destas cosas de amores.

—Que me place —dijo don Quijote. 170

Y leyéndola alto, como Sancho se lo había rogado, vio que decía desta manera:

> *Tu falsa promesa y mi cierta desventura me llevan a parte donde antes volverán a tus oídos las nuevas de mi muerte que las razones de mis quejas. De-* 175
> *sechásteme, ¡oh ingrata!, por quien tiene más, no por quien vale más que yo; mas si la virtud fuera riqueza que se estimara, no envidiara yo dichas ajenas ni llorara desdichas propias. Lo que levantó tu hermosura han derribado tus obras; por ella entendí* 180

[18] Carta personal, distinta de los papeles oficiales, que se envía al ausente.

▼ Entre los lectores de libros de caballerías eran bien conocidas las canciones que componía y cantaba Amadís, el arpa de don Olivante o el laúd y el arpa de don Belianís.

que eras ángel, y por ellas conozco que eres mujer.
Quédate en paz, causadora de mi guerra, y haga el
cielo que los engaños de tu esposo estén siempre en-
cubiertos, porque tú no quedes arrepentida de lo que
185 *heciste* [19] *y yo no tome venganza de lo que no*   [19] Hiciste.
deseo ▼*.*

Acabando de leer la carta, dijo don Quijote:
—Menos por ésta que por los versos se puede
sacar más de que [20] quien la escribió es algún des-   [20] Nada más de que.
190 deñado amante.
Y hojeando casi todo el librillo, halló otros versos y cartas, que algunos pudo leer y otros no;
pero lo que todos contenían eran quejas, lamentos, desconfianzas, sabores y sinsabores, favores y
195 desdenes, solemnizados [21] los unos y llorados los   [21] Celebrados.
otros.
En tanto que don Quijote pasaba [22] el libro, pa-   [22] Repasaba.
saba Sancho la maleta, sin dejar rincón en toda
ella, ni en el cojín, que no buscase, escudriñase e
200 inquiriese, ni costura que no deshiciese, ni vedi-
ja [23] de lana que no escarmenase [24], porque no se   [23] Mechón.
quedase nada por diligencia ni mal recado: tal go-   [24] Desenredase.
losina habían despertado en él los hallados escu-
dos, que pasaban de ciento. Y aunque no halló
205 más de lo hallado, dio por bien empleados los vuelos de la manta, el vomitar del brebaje, las bendi-
ciones de las estacas, las puñadas del arriero, la falta de las alforjas, el robo del gabán y toda la hambre, sed y cansancio que había pasado en servicio
210 de su buen señor, pareciéndole que estaba más

▼ El estilo de esta carta se apoya en la acumulación de antítesis y juegos de palabras;
y el juego antitético se realza con un ritmo paralelístico y con una sucesión de simili-
cadencias (Rosenblat).

que rebién pagado con la merced recebida de la
entrega del hallazgo ▼.

Con gran deseo quedó el Caballero de la Triste
Figura de saber quién fuese el dueño de la male-
ta, conjeturando por el soneto y carta, por el di-   215
nero en oro y por las tan buenas camisas, que debía de ser de algún principal enamorado [25], a quien
desdenes y malos tratamientos de su dama debían
de haber conducido a algún desesperado término.
Pero como por aquel lugar inhabitable y escabro-   220
so no parecía persona alguna de quien poder informarse, no se curó de más que de pasar adelante, sin llevar otro camino que aquel que Rocinante quería, que era por donde él podía caminar,
siempre con imaginación que no podía faltar por   225
aquellas malezas alguna extraña aventura.

Yendo, pues, con este pensamiento, vio que por
cima de una montañuela que delante de los ojos
se le ofrecía, iba saltando un hombre, de risco en
risco y de mata en mata, con extraña ligereza. Fi-   230
gurósele que iba desnudo, la barba negra y espe-
sa, los cabellos muchos y rabultados [26], los pies
descalzos y las piernas sin cosa alguna; los muslos
cubrían unos calzones, al parecer, de terciopelo
leonado [27], mas tan hechos pedazos, que por mu-   235
chas partes se le descubrían las carnes. Traía la cabeza descubierta; y aunque pasó con la ligereza
que se ha dicho, todas estas menudencias miró y
notó el Caballero de la Triste Figura; y aunque lo
procuró, no pudo seguille, porque no era dado a   240
la debilidad de Rocinante andar por aquellas asperezas, y más siendo él de suyo pisacorto y fle-

---

[25] Enamorado de clase social elevada.

[26] Rebultados, en desorden.

[27] De color rubio oscuro.

▼ Son frecuentes las recapitulaciones de hechos pasados (como ésta referida a los episodios en que Sancho salió malparado) y las alusiones anticipadas a episodios futuros,
lo cual reafirma la unidad estructural de la novela.

mático. Luego imaginó don Quijote que aquél era
el dueño del cojín y de la maleta, y propuso en sí
245 de buscalle, aunque supiese [28] andar un año por
aquellas montañas, hasta hallarle; y así, mandó a
Sancho que se apease del asno y atajase por la una
parte de la montaña; que él iría por la otra, y podría ser que topasen, con esta diligencia, con aquel
250 hombre que con tanta priesa se les había quitado
de delante.

—No podré hacer eso —respondió Sancho—;
porque en apartándome de vuestra merced, luego
es conmigo el miedo, que me asalta con mil géne-
255 ros de sobresaltos y visiones. Y sírvale esto que
digo de aviso, para que de aquí adelante no me
aparte un dedo de su presencia.

—Así será —dijo el de la Triste Figura—, y
yo estoy muy contento de que te quieras valer de
260 mi ánimo, el cual no te ha de faltar, aunque te falte el ánima del cuerpo. Y vente ahora tras mí, poco
a poco, o como pudieres, y haz de los ojos lanter-
nas [29]; rodearemos esta serrezuela; quizá toparemos con aquel hombre que vimos, el cual, sin
265 duda alguna, no es otro que el dueño de nuestro
hallazgo.

A lo que Sancho respondió:

—Harto mejor sería no buscalle; porque si le
hallamos y acaso fuese el dueño del dinero, claro
270 está que lo tengo de restituir; y así, fuera mejor,
sin hacer esta inútil diligencia, poseerlo yo con
buena fe, hasta que, por otra vía menos curiosa y
diligente, pareciera su verdadero señor; y quizá
fuera a tiempo que lo hubiera gastado, y enton-
275 ces el rey me hacía franco [30].

—Engáñaste en eso, Sancho —respondió don
Quijote—; que ya que hemos caído en sospecha
de quién es el dueño, cuasi delante, estamos obligados a buscarle y volvérselos; y cuando no le bus-

[28] Tuviese que.

[29] Linternas.

[30] Libre de pago.

cásemos, la vehemente sospecha que tenemos de 280
que él lo sea nos pone ya en tanta culpa como si
lo fuese. Así que, Sancho amigo, no te dé pena el
buscalle, por la que a mí se me quitará si le hallo.

Y así, picó a Rocinante, y siguióle Sancho con
su acostumbrado jumento; y, habiendo rodeado 285
parte de la montaña, hallaron en un arroyo, caída, muerta y medio comida de perros y picada de
grajos, una mula ensillada y enfrenada; todo lo
cual confirmó en ellos más la sospecha de que
aquel que huía era el dueño de la mula y del cojín. 290

Estándola mirando, oyeron un silbo como de
pastor que guardaba ganado, y a deshora [31], a su
siniestra [32] mano, parecieron una buena cantidad
de cabras, y tras ellas, por cima de la montaña, pareció el cabrero que las guardaba, que era un hom- 295
bre anciano. Diole voces don Quijote, y rogóle que
bajase donde estaban. Él respondió a gritos que
quién les había traído por aquel lugar, pocas o ningunas veces pisado sino de pies de cabras o de lobos y otras fieras que por allí andaban. Respon- 300
dióle Sancho que bajase, que de todo le darían
buena cuenta [▼]. Bajó el cabrero, y en llegando
adonde don Quijote estaba, dijo:

—Apostaré que está mirando la mula de alquiler que está muerta en esa hondonada. Pues a bue- 305
na fe que ya ha seis meses que está en ese lugar.
Díganme: ¿han topado por ahí a su dueño?

—No hemos topado a nadie —respondió don
Quijote—, sino a un cojín y a una maletilla que
no lejos deste lugar hallamos. 310

[31] De improviso.

[32] Izquierda.

▼ Entre los miedos y los afanes de Sancho ante lo desconocido, y la curiosidad e in-
quebrantable voluntad de don Quijote, la próxima historia de amor es preparada con
abundantes motivos de suspense y, como en el caso de Marcela y Grisóstomo, intro-
ducida por unos cabreros.

—También la hallé yo —respondió el cabrero—; mas nunca la quise alzar ni llegar a ella, temeroso de algún desmán y de que no me la pidiesen por de hurto; que es el diablo sotil; y debajo
315 de los pies se levanta allombre [33] cosa donde tropiece y caya [34], sin saber cómo ni cómo no.

[33] Al hombre (rusticismo).

[34] Caiga.

—Eso mesmo es lo que yo digo —respondió Sancho—, que también la hallé yo, y no quise llegar a ella con un tiro de piedra: allí la dejé y allí
320 se queda como se estaba; que no quiero perro con cencerro [▼].

—Decidme, buen hombre —dijo don Quijote—, ¿sabéis vos quién sea el dueño destas prendas?
325 —Lo que sabré yo decir —dijo el cabrero— es que habrá al pie de [35] seis meses, poco más a menos [36], que llegó a una majada de pastores, que estará como tres leguas deste lugar, un mancebo de gentil talle y apostura, caballero sobre esa mesma
330 ma mula que ahí está muerta, y con el mesmo cojín y maleta que decís que hallastes y no tocastes [37]. Preguntónos que cuál parte desta sierra era la más áspera y escondida; dijímosle qué era esta donde ahora estamos, y es ansí la verdad; porque
335 si entráis media legua más adentro, quizá no acertaréis a salir; y estoy maravillado de cómo habéis podido llegar aquí, porque no hay camino ni senda que a este lugar encamine. Digo, pues, que, en oyendo nuestra respuesta el mancebo, volvió las
340 riendas y encaminó hacia el lugar donde le señalamos, dejándonos a todos contentos de su buen talle y admirados de su demanda y de la priesa con que le víamos [38] caminar y volverse hacia la

[35] Cerca de.

[36] Más o menos.

[37] Hallasteis y no tocasteis.

[38] Veíamos.

▼ Expresión proverbial: «perro que avise» (a posibles ladrones).

sierra; y desde entonces nunca más le vimos, hasta que desde allí a algunos días salió al camino a   345
uno de nuestros pastores, y, sin decille nada, se llegó a él y le dio muchas puñadas y coces, y luego
se fue a la borrica del hato, y le quitó cuanto pan
y queso en ella traía; y con extraña ligereza, hecho esto, se volvió a emboscar en la sierra ▼. Como   350
esto supimos algunos cabreros, le anduvimos a
buscar casi dos días por lo más cerrado desta
sierra, al cabo de los cuales le hallamos metido en
el hueco de un grueso y valiente [39] alcornoque. Salió a nosotros con mucha mansedumbre, ya roto   355
el vestido, y el rostro desfigurado y tostado del
sol, de tal suerte, que apenas le conocíamos; sino
que los vestidos, aunque rotos, con la noticia que
dellos teníamos, nos dieron a entender que era el
que buscábamos. Saludónos cortésmente, y en po-   360
cas y muy buenas razones nos dijo que no nos ma-
ravillásemos de verle andar de aquella suerte, porque así le convenía para cumplir cierta penitencia
que por sus muchos pecados le había sido impuesta. Rogámosle que nos dijese quién era; mas nun-   365
ca lo pudimos acabar con él [40]. Pedímosle también
que, cuando hubiese menester el sustento, sin el
cual no podía pasar, nos dijese dónde le hallaría-
mos, porque con mucho amor y cuidado se lo lle-
varíamos; y que si esto tampoco fuese de su gusto   370
que, a lo menos, saliese a pedirlo, y no a quitarlo,
a los pastores. Agradeció nuestro ofrecimiento, pidió perdón de los asaltos pasados, y ofreció de pe-
dillo de allí adelante por amor de Dios, sin dar mo-
lestia alguna a nadie. En cuanto lo que tocaba la   375
estancia de su habitación, dijo que no tenía otra

[39] Grande.

[40] Conseguir de él.

▼ Igual que en el relato del cabrero Pedro (capítulo 12), la narración de este viejo cabrero precede a la historia intercalada y avivará aún más la curiosidad de don Quijote.

que aquella que le ofrecía la ocasión donde le tomaba la noche; y acabó su plática con un tan tierno llanto, que bien fuéramos de piedra los que es-
380 cuchado le habíamos, si en él no le acompañára-
mos, considerándole cómo le habíamos visto la
vez primera, y cuál le veíamos entonces. Porque,
como tengo dicho, era un muy gentil y agraciado
mancebo, y en sus corteses y concertadas razones
385 mostraba ser bien nacido y muy cortesana perso-
na; que, puesto que [41] éramos rústicos los que le   [41] Aunque.
escuchábamos, su gentileza era tanta, que bastaba
a darse a conocer a la mesma rusticidad. Y estando en lo mejor de su plática, paró y enmudecióse;
390 clavó los ojos en el suelo por un buen espacio, en
el cual todos estuvimos quedos y suspensos, esperando en qué había de parar aquel embelesamien-
to, con no poca lástima de verlo; porque por lo
que hacía de abrir los ojos, estar fijo mirando al
395 suelo sin mover pestaña gran rato, y otras veces
cerrarlos, apretando los labios y enarcando las cejas, fácilmente conocimos que algún accidente de
locura le había sobrevenido. Mas él nos dio a entender presto ser verdad lo que pensábamos; por-
400 que se levantó con gran furia del suelo, donde se
había echado, y arremetió con el primero que halló junto a sí, con tal denuedo y rabia, que si no
se le quitáramos, le matara a puñadas y a boca-
dos; y todo esto hacía diciendo: «¡Ah, fementido [42]   [42] Falso.
405 Fernando! ¡Aquí, aquí me pagarás la sinrazón [43]   [43] Injusticia.
que me hiciste! Estas manos te sacarán el corazón,
donde albergan y tienen manida [44] todas las mal-   [44] Morada.
dades juntas, principalmente la fraude y el enga-
ño.» Y a éstas añadía otras razones, que todas se
410 encaminaban a decir mal de aquel Fernando, y a
tacharle de traidor y fementido. Quitámossele [45],   [45] Se lo quitamos.
pues, con no poca pesadumbre [46], y él, sin decir   [46] Trabajo.
más palabra, se apartó de nosotros y se emboscó

corriendo por entre estos jarales [47] y malezas, de modo que nos imposibilitó el seguille. Por esto conjeturamos que la locura le venía a tiempos [48], y que alguno que se llamaba Fernando le debía de haber hecho alguna mala obra, tan pesada cuanto lo mostraba el término a que le había conducido. Todo lo cual se ha confirmado después acá [49] con las veces, que han sido muchas, que él ha salido al camino, unas a pedir a los pastores le den de lo que llevan para comer, y otras a quitárselo por fuerza; porque cuando está con el accidente de la locura, aunque los pastores se lo ofrezcan de buen grado, no lo admite, sino que lo toma a puñadas; cuando está en su seso, lo pide por amor de Dios, cortés y comedidamente, y rinde por ello muchas gracias, y no con falta de lágrimas. Y en verdad os digo, señores —prosiguió el cabrero—, que ayer determinamos yo y cuatro zagales, los dos criados y los dos amigos míos, de buscarle hasta tanto que le hallemos, y después de hallado, ya por fuerza, ya por grado, le hemos de llevar a la villa de Almodóvar, que está de aquí ocho leguas, y allí le curaremos, si es que su mal tiene cura, o sabremos quién es cuando esté en su seso, y si tiene parientes a quien dar noticia de su desgracia. Esto es, señores, lo que sabré deciros de lo que me habéis preguntado; y entended que el dueño de las prendas que hallastes es el mesmo que vistes pasar con tanta ligereza como desnudez —que ya le había dicho don Quijote cómo había visto pasar aquel hombre saltando por la sierra.

El cual quedó admirado de lo que al cabrero había oído, y quedó con más deseo de saber quién era el desdichado loco, y propuso en sí lo mesmo que ya tenía pensado: de buscalle por toda la montaña, sin dejar rincón ni cueva en ella que no mirase, hasta hallarle. Pero hízolo mejor la suerte de

lo que él pensaba ni esperaba, porque en aquel
mesmo instante pareció por entre una quebrada
de una sierra, que salía donde ellos estaban, el
mancebo que buscaba, el cual venía hablando en-
455 tre sí cosas que no podían ser entendidas de cerca, cuanto más de lejos. Su traje era cual se ha pintado, sólo que llegando cerca, vio don Quijote que
un coleto [50] hecho pedazos que sobre sí traía era
de ámbar [51], por donde acabó de entender que
460 persona que tales hábitos traía no debía de ser de
ínfima calidad.

En llegando el mancebo a ellos, les saludó con
una voz desentonada y bronca, pero con mucha
cortesía. Don Quijote le volvió las saludes [52] con
465 no menos comedimiento, y, apeándose de Rocinante, con gentil continente y donaire, le fue a
abrazar, y le tuvo un buen espacio estrechamente
entre sus brazos, como si de luengos tiempos le hubiera conocido ▼. El otro, a quien podemos llamar
470 *el Roto de la Mala Figura* —como a don Quijote *el
de la Triste*—, después de haberse dejado abrazar,
le apartó un poco de sí, y, puestas sus manos en
los hombros de don Quijote, le estuvo mirando,
como que quería ver si le conocía; no menos ad-
475 mirado quizá de ver la figura, talle y armas de don
Quijote, que don Quijote lo estaba de verle a él.
En resolución, el primero que habló después del
abrazamiento fue el Roto, y dijo lo que se dirá adelante.

[50] Jubón de piel.

[51] Porque el jubón estaba dorado con ámbar
(sustancia olorosa).

[52] Los saludos.

▼ Este párrafo con este abrazo del *Roto de la Mala Figura* (Cardenio) y *el Caballero de la
Triste Figura* plasma una situación muda en la cual los dos «locos» se atraen y se
entienden.

CAPÍTULO XXIV

Donde se prosigue la aventura de la Sierra Morena

[1] Andrajoso.

Dice la historia que era grandísima la atención con que don Quijote escuchaba al astroso [1] caballero de la Sierra, el cual, prosiguiendo su plática, dijo:

—Por cierto, señor, quienquiera que seáis, que yo no os conozco, yo os agradezco las muestras y la cortesía que conmigo habéis usado, y quisiera yo hallarme en términos, que con más que la voluntad pudiera servir la [2] que habéis mostrado tenerme en el buen acogimiento que me habéis hecho; mas no quiere mi suerte darme otra cosa con que corresponda a las buenas obras que me hacen, que buenos deseos de satisfacerlas.

[2] Corresponder a la voluntad (zeugma).

—Los ▼ que yo tengo —respondió don Quijote— son de serviros; tanto, que tenía determinado de no salir destas sierras hasta hallaros y saber de vos si el dolor que en la extrañeza de vuestra vida mostráis tener se podía hallar algún género

5

10

15

20

▼ La dinámica narrativa del *Quijote* se apoya también en la fluidez y vivacidad de los diálogos. Dicha fluidez se incrementa mediante el encadenamiento entre habla y réplica: la respuesta de don Quijote retoma los mismos términos con que su interlocutor ha concluido, y, además, lo hace empleando el recurso del zeugma, variedad de la elipsis: *Los* [buenos deseos] *que yo...*

de remedio; y si fuera menester buscarle, buscarle con la diligencia posible. Y cuando vuestra desventura fuera de aquellas que tienen cerradas las
25 puertas a todo género de consuelo, pensaba ayu-
daros a llorarla y plañirla como mejor pudiera;
que todavía [3] es consuelo en las desgracias hallar   [3] Siempre.
quien se duela dellas. Y si es que mi buen intento
merece ser agradecido con algún género de corte-
30 sía, yo os suplico, señor, por la mucha que veo
que en vos se encierra, y juntamente os conjuro
por la cosa que en esta vida más habéis amado o
amáis, que me digáis quién sois y la causa que os
ha traído a vivir y a morir entre estas soledades
35 como bruto animal, pues moráis entre ellos tan
ajeno de vos mismo cual lo muestra vuestro traje
y persona. Y juro —añadió don Quijote— por la
orden de caballería que recebí, aunque indigno y
pecador, y por la profesión de caballero andante,
40 que si en esto, señor, me complacéis, de serviros
con las veras a que me obliga el ser quien soy, ora
remediando vuestra desgracia, si tiene remedio,
ora ayudándoos a llorarla, como os lo he prometido.
45   El Caballero del Bosque, que de tal manera oyó
hablar al de la Triste Figura, no hacía sino mirarle, y remirarle, y tornarle a mirar de arriba abajo [▼]; y después que le hubo bien mirado, le dijo:
—Si tienen algo que darme a comer, por amor
50 de Dios que me lo den; que, después de haber comido, yo haré todo lo que se me manda, en agradecimiento de tan buenos deseos como aquí se me
han mostrado.

[▼] En algunos casos se produce la acumulación de diversas formas del mismo verbo, y
el resultado es la intensificación de lo que se quiere significar. Nótese, además, que la
figura de Cardenio, loco de amores, es también sujeto de polionomasia.

Luego sacaron [4], Sancho de su costal y el cabrero de su zurrón, con que satisfizo el Roto su hambre, comiendo lo que le dieron como persona
atontada, tan apriesa, que no daba espacio de un
bocado al otro, pues antes los engullía que traga-
ba; y en tanto que comía, ni él ni los que le miraban hablaban palabra. Como acabó de comer, les
hizo de señas que le siguiesen, como lo hicieron,
y él los llevó a un verde pradecillo que a la vuelta
de una peña poco desviada de allí estaba. En llegando a él, se tendió en el suelo, encima de la yerba, y los demás hicieron lo mismo, y todo esto sin
que ninguno hablase, hasta que el Roto, después
de haberse acomodado en su asiento, dijo:

—Si gustáis, señores, que os diga en breves razones la inmensidad de mis desventuras, habéis-
me de prometer de que con ninguna pregunta, ni
otra cosa, no interromperéis [5] el hilo de mi triste
historia; porque en el punto que lo hagáis, en ése
se quedará lo que fuere contado.

Estas razones del Roto trujeron a la memoria a
don Quijote el cuento que le había contado su escudero, cuando no acertó el número de las cabras
que habían pasado el río, y se quedó la historia
pendiente ▼. Pero, volviendo al Roto, prosiguió diciendo:

—Esta prevención que hago es porque querría
pasar brevemente por el cuento de mis desgracias;
que el traerlas a la memoria no me sirve de otra
cosa que añadir otras [6] de nuevo, y mientras menos me preguntáredes, más presto acabaré yo de
decillas, puesto que [7] no dejaré por contar cosa al-

▼ Efectivamente, la condición anunciada por Cardenio recuerda la impuesta por Sancho en el inacabado cuento de las cabras (capítulo 20); y la referencia contribuye a crear
mayores lazos estructurales en la organización de la novela.

guna que sea de importancia para no [8] satisfacer   [8] *No redundante.*
del todo a vuestro deseo.

Don Quijote se lo prometió, en nombre de los
demás, y él, con este seguro, comenzó desta ma-
90   nera:

—Mi nombre es Cardenio; mi patria, una ciudad de las mejores desta Andalucía; mi linaje, noble; mis padres, ricos; mi desventura, tanta, que
la deben de haber llorado mis padres y sentido mi
95   linaje, sin poderla aliviar con su riqueza ▼; que para
remediar desdichas del cielo poco suelen valer los
bienes de fortuna. Vivía en esta mesma tierra un
cielo, donde puso el amor toda la gloria que yo
acertara a desearme: tal es la hermosura de Lus-
100 cinda, doncella tan noble y tan rica como yo, pero
de más ventura y de menos firmeza de la que a
mis honrados pensamientos se debía. A esta Luscinda amé, quise y adoré desde mis tiernos y primeros años, y ella me quiso a mí, con aquella sen-
105 cillez y buen ánimo que su poca edad permitía. Sabían nuestros padres nuestros intentos, y no les
pesaba dello, porque bien veían que, cuando pasaran adelante, no podían tener otro fin que el de
casarnos, cosa que casi la concertaba la igualdad
110 de nuestro linaje y riquezas. Creció la edad, y con
ella el amor de entrambos, que al padre de Luscinda le pareció que por buenos respetos estaba
obligado a negarme la entrada de su casa, casi imitando en esto a los padres de aquella Tisbe tan de-
115 cantada [9] de los poetas ▼▼. Y fue esta negación aña-   [9] *Ponderada.*

▼ El comienzo de la narración de Cardenio, con los datos fijos de su nombre, patria,
linaje, etc., contrasta con el ya comentado comienzo del *Quijote*.

▼▼ En la mitología, los amores de Píramo y Tisbe contrariaban a los padres de ésta. Por
ello se vieron obligados a comunicarse a través de una grieta de la pared que los
separaba.

dir llama a llama y deseo a deseo; porque, aunque
pusieron silencio a las lenguas, no le pudieron poner a las plumas, las cuales, con más libertad que
las lenguas, suelen dar a entender a quien quieren
lo que en el alma está encerrado; que muchas ve-   120
ces la presencia de la cosa amada turba y enmu-
dece la intención más determinada y la lengua
más atrevida. ¡Ay cielos, y cuántos billetes [10] le escribí! ¡Cuán regaladas y honestas respuestas tuve!
¡Cuántas canciones compuse y cuántos enamora-   125
dos versos, donde el alma declaraba y trasladaba [11]
sus sentimientos, pintaba sus encendidos deseos,
entretenía sus memorias y recreaba su voluntad!
En efecto, viéndome apurado, y que mi alma se
consumía con el deseo de verla, determiné poner   130
por obra y acabar en un punto lo que me pareció
que más convenía para salir con mi deseado y merecido premio, y fue el pedírsela a su padre por legítima esposa, como lo hice; a lo que él me respondió que me agradecía la voluntad que mostra-   135
ba de honralle, y de querer honrarme con prendas suyas, pero que, siendo mi padre vivo, a él tocaba de justo derecho hacer aquella demanda,
porque si no fuese con mucha voluntad y gusto
suyo, no era Luscinda mujer para tomarse ni dar-   140
se a hurto. Yo le agradecí su buen intento, pareciéndome que llevaba razón en lo que decía, y que
mi padre vendría en ello como [12] yo se lo dijese;
y con este intento, luego en aquel mismo instante
fui a decirle a mi padre lo que deseaba. Y al tiem-   145
po que entré en un aposento donde estaba, le hallé con una carta abierta en la mano, la cual, antes que yo le dijese palabra, me la dio y me dijo:
«Por esa carta verás, Cardenio, la voluntad que el
duque Ricardo tiene de hacerte merced.» Este du-   150
que Ricardo, como ya vosotros, señores, debéis saber, es un grande de España, que tiene su estado

10 Notas (cartas).

11 Ponía por escrito.

12 Aceptaría tan pronto
como.

en lo mejor desta Andalucía. Tomé y leí la carta,
la cual venía tan encarecida, que a mí mesmo me
155 pareció mal si mi padre dejaba de cumplir lo que
en ella se le pedía, que era que me enviase luego
donde él estaba; que quería que fuese compañero, no criado, de su hijo el mayor, y que él tomaba a cargo el ponerme en estado que correspon-
160 diese a la estimación en que me tenía. Leí la carta
y enmudecí leyéndola, y más cuando oí que mi padre me decía: «De aquí a dos días te partirás, Cardenio, a hacer la voluntad del duque, y da gracias
a Dios que te va abriendo camino por donde al-
165 cances lo que yo sé que mereces.» Añadió a éstas
otras razones de padre consejero. Llegóse el tér-   [13] Plazo.
mino [13] de mi partida, hablé una noche a Luscin-
da, díjele todo lo que pasaba, y lo mesmo hice a
su padre, suplicándole se entretuviese algunos días
170 y dilatase el darle estado hasta que yo viese lo que
Ricardo me quería; él me lo prometió, y ella me
lo confirmó con mil juramentos y mil desmayos.
Vine, en fin, donde el duque Ricardo estaba. Fui
dél tan bien recebido y tratado, que desde luego [14]   [14] Pronto.
175 comenzó la envidia a hacer su oficio, teniéndome-
la los criados antiguos, pareciéndoles que las
muestras que el duque daba de hacerme merced
habían de ser en perjuicio suyo. Pero el que más
se holgó con mi ida fue un hijo segundo del du-
180 que, llamado Fernando, mozo gallardo, gentil
hombre, liberal y enamorado [15], el cual, en poco   [15] Amoroso.
tiempo, quiso que fuese tan su amigo, que daba
que decir a todos; y aunque el mayor me quería
bien y me hacía merced, no llegó al extremo con
185 que don Fernando me quería y trataba. Es, pues,
el caso que, como entre los amigos no hay cosa secreta que no se comunique, y la privanza que yo
tenía con don Fernando dejaba de serlo, por ser
amistad, todos sus pensamientos me declaraba, es-

pecialmente uno enamorado, que le traía con un   190
poco de desasosiego. Quería bien a una labradora, vasalla de su padre, y ella los [16] tenía muy ricos, y era tan hermosa, recatada, discreta y honesta, que nadie que la conocía se determinaba en
cuál destas cosas tuviese más excelencia ni más se   195
aventajase. Estas tan buenas partes de la hermosa
labradora redujeron a tal término los deseos de
don Fernando, que se determinó, para poder al-
canzarlo y conquistar la entereza de la labradora,
darle palabra de ser su esposo; porque de otra ma-   200
nera era procurar lo imposible. Yo, obligado de su
amistad, con las mejores razones que supe, y con
los más vivos ejemplos que pude, procuré estor-
barle y apartarle de tal propósito; pero viendo que
no aprovechaba, determiné de decirle el caso al   205
duque Ricardo, su padre; mas don Fernando,
como astuto y discreto, se receló y temió desto,
por parecerle que estaba yo obligado, en vez de [17]
buen criado, no tener encubierta cosa que tan en
perjuicio de la honra de mi señor el duque venía;   210
y así, por divertirme [18] y engañarme, me dijo que
no hallaba otro mejor remedio para poder apartar de la memoria la hermosura que tan sujeto le
tenía, que el ausentarse por algunos meses, y que
quería que el ausencia fuese que los dos nos vinié-   215
semos en casa de mi padre, con ocasión que darían al duque que venía a ver y a feriar [19] unos
muy buenos caballos que en mi ciudad había, que
es madre de los mejores del mundo ▼. Apenas le
oí yo decir esto, cuando movido de mi afición,   220
aunque su determinación no fuera tan buena, la

[16] Los padres (zeugma).

[17] En calidad de.

[18] Apartarme, entrete-
nerme.

[19] Comprar o vender.

▼ De esta referencia a la calidad de los caballos se deduce que la ciudad andaluza a que
aludía Cardenio al comienzo de su narración es Córdoba, a la que ahora vuelve a aludir.

aprobara yo por una de las más acertadas que se
podían imaginar, por ver cuán buena ocasión y coyuntura se me ofrecía de volver a ver a mi Lus-
225   cinda. Con este pensamiento y deseo, aprobé su
parecer y esforcé su propósito, diciéndole que lo
pusiese por obra con la brevedad posible, porque,
en efecto, la ausencia hacía su oficio, a pesar de
los más firmes pensamientos. Ya, cuando él me
230   vino a decir esto, según después se supo, había go-
zado a la labradora con título de esposo [20], y esperaba ocasión de descubrirse a su salvo, temeroso
de lo que el duque su padre haría cuando supiese
su disparate. Sucedió, pues, que, como el amor en
235   los mozos, por la mayor parte, no lo es, sino apetito, el cual, como tiene por último fin el deleite,
en llegando a alcanzarle se acaba, y ha de volver
atrás aquello que parecía amor, porque no puede
pasar adelante del término que le puso naturale-
240   za, el cual término no le puso a lo que es verdadero amor... ▼; quiero decir que, así como don Fernando gozó a la labradora, se le aplacaron sus deseos y se resfriaron sus ahíncos; y si primero fingía quererse ausentar por remediarlos, ahora de
245   veras procuraba irse por no ponerlos en ejecución.
Diole el duque licencia, y mandóme que le acompañase. Venimos [21] a mi ciudad, recibióle mi padre como quien era, vi yo luego a Luscinda, tornaron a vivir —aunque no habían estado muer-
250   tos ni amortiguados— mis deseos, de los cuales
di cuenta, por mi mal, a don Fernando, por parecerme que, en la ley de la mucha amistad que mostraba, no le debía encubrir nada. Alabéle la her-

[20] Bajo promesa o jura-
mento de matrimonio.

[21] Vinimos.

▼ «Esta distinción entre el verdadero amor y el deseo está representada por el que siente Cardenio por Luscinda y Fernando por la labradora, respectivamente» (Agostini).

mosura, donaire y discreción de Luscinda, de tal
manera que mis alabanzas movieron en él los de-   255
seos de querer ver doncella de tantas buenas partes adornada. Cumplíselos yo, por mi corta suerte, enseñándosela una noche, a la luz de una vela,
por una ventana por donde los dos solíamos ha-
blarnos. Viola en sayo [22], tal [23], que todas las be-   260
llezas hasta entonces por él vistas las puso en olvido. Enmudeció, perdió el sentido, quedó absorto y, finalmente, tan enamorado, cual lo veréis en
el discurso del cuento de mi desventura. Y para encender más el deseo, que a mí me celaba [24], y al   265
cielo, a solas, descubría, quiso la fortuna que hallase un día un billete suyo, pidiéndome que la pidiese a su padre por esposa, tan discreto, tan honesto y tan enamorado, que, en leyéndolo, me
dijo que en sola Luscinda se encerraban todas las   270
gracias de hermosura y de entendimiento que en
las demás mujeres del mundo estaban repartidas.
Bien es verdad que quiero confesar ahora que,
puesto que [25] yo veía con cuán justas causas don
Fernando a Luscinda alababa, me pesaba de oír   275
aquellas alabanzas de su boca, y comencé a temer
y a recelarme dél, porque no se pasaba momento
donde no quisiese que tratásemos de Luscinda, y
él movía la plática, aunque la trujese por los cabellos [26]; cosa que despertaba en mí un no sé qué de   280
celos, no porque yo temiese revés alguno de la
bondad y de la fe de Luscinda; pero, con todo eso,
me hacía temer mi suerte lo mesmo que ella me
aseguraba. Procuraba siempre don Fernando leer
los papeles que yo a Luscinda enviaba, y los que   285
ella me respondía, a título [27] que de la discreción
de los dos gustaba mucho. Acaeció, pues, que habiéndome pedido Luscinda un libro de caballerías
en que leer, de quien era ella muy aficionada, que
era el de *Amadís de Gaula*...   290

[22] Vestidura que se pone por debajo de la capa.

[23] Y tal era su hermosura (elipsis).

[24] Ocultaba (paronomasia).

[25] Aunque.

[26] Trajese sin venir a cuento.

[27] Con el pretexto de.

No hubo bien oído don Quijote nombrar libro
de caballerías, cuando dijo ▼:

—Con que me dijera vuestra merced, al principio de su historia, que su merced de la señora
295   Luscinda era aficionada a libros de caballerías, no
fuera menester otra exageración para darme a en-
tender la alteza [28] de su entendimiento; porque no   [28] Altura.
le tuviera tan bueno como vos, señor, le habéis
pintado, si careciera del gusto de tan sabrosa le-
300   yenda [29]: así que, para conmigo, no es menester   [29] Lectura.
gastar más palabras en declararme su hermosura,
valor y entendimiento; que, con sólo haber entendido su afición, la confirmo por la más hermosa
y más discreta mujer del mundo. Y quisiera yo, se-
305   ñor, que vuestra merced le hubiera enviado junto
con Amadís de Gaula al bueno de Don Rugel de Grecia, que yo sé que gustará la señora Luscinda mucho de Daraida y Geraya, y de las discreciones del
pastor Darinel y de aquellos admirables versos de
310   sus bucólicas, cantadas y representadas por él con
todo donaire, discreción y desenvoltura. Pero
tiempo podrá venir en que se enmiende esa falta
y no dura más en hacerse la enmienda de cuanto
quiera vuestra merced ser servido de venirse con-
315   migo a mi aldea; que allí le podré dar más de trecientos libros, que son el regalo de mi alma y el
entretenimiento de mi vida; aunque tengo para mí
que ya no tengo ninguno, merced a la malicia de
malos y envidiosos encantadores ▼▼. Y perdóneme

▼ Nada más oír el nombre de Amadís, don Quijote, olvidándose de la condición impuesta —después se olvida incluso de Dulcinea—, interrumpe la narración de Cardenio. Con ello vuelve al primer plano de la novela a causa de un motivo relacionado con
los libros de caballerías.

▼▼ Don Quijote exagera al hablar de trescientos libros en su biblioteca —en el capítulo 6 se hallaron más de cien —. Don Rugel de Grecia es la tercera parte de Don Florisel de
Niquea, novela de caballerías de Feliciano de Silva. Daraida y Geraya, príncipes disfra-
zados de doncellas, y el pastor Darinel son personajes de dicha novela.

vuestra merced el haber contravenido a lo que 320
prometimos de no interrumpir su plática, pues,
en oyendo cosas de caballerías y de caballeros andantes, así es en mi mano dejar de hablar en ellos
como lo es en la de los rayos del sol dejar de ca-
lentar, ni humedecer en los de la luna ³⁰. Así que, 325
perdón, y proseguir, que es lo que ahora hace más
al caso.

En tanto que don Quijote estaba diciendo lo que
queda dicho, se le había caído a Cardenio la cabeza sobre el pecho, dando muestras de estar pro- 330
fundamente pensativo. Y, puesto que ³¹ dos veces
le dijo don Quijote que prosiguiese su historia, ni
alzaba la cabeza ni respondía palabra; pero al cabo
de un buen espacio la levantó y dijo:

—No se me puede quitar del pensamiento, ni 335
habrá quien me lo quite en el mundo, ni quien me
dé a entender otra cosa, y sería un majadero el
que lo contrario entendiese o creyese, sino que
aquel bellaconazo del maestro Elisabat estaba
amancebado con la reina Madásima. 340

—Eso no, ¡voto tal! —respondió con mucha
cólera don Quijote, y arrojóle³², como tenía de costumbre—; y ésa es una muy gran malicia, o bellaquería, por mejor decir: la reina Madásima fue
muy principal señora ▼, y no se ha de presumir 345
que tan alta princesa se había de amancebar con
un sacapotras ³³; y quien lo contrario entendiere,
miente como muy gran bellaco. Y yo se lo daré a
entender, a pie o a caballo, armado o desarmado,
de noche o de día, o como más gusto le diere. 350

³⁰ Se creía que la luna era planeta húmedo, causa del rocío matinal.

³¹ Aunque.

³² El juramento completo (elipsis).

³³ Cirujano (despectivo).

▼ En sus citas caballerescas Cardenio confunde la figura de Madásima —hay tres en el *Amadís de Gaula,* pero ninguna fue reina ni manceba de Elisabat, médico cirujano y consejero de Amadís— con la infanta Grasinda, quien sí tuvo amores con Elisabat (Clemencín).

Estábale mirando Cardenio muy atentamente,
al cual ya había venido el accidente de su locura
y no estaba para proseguir su historia; ni tampoco don Quijote se la oyera, según le había disgus-
355   tado lo que de Madásima le había oído. ¡Extraño
caso; que así volvió por ella [34] como si verdaderamente fuera su verdadera y natural señora: tal le
tenían sus descomulgados libros! Digo, pues, que
como ya Cardenio estaba loco y se oyó tratar de
360   mentís y de bellaco, con otros denuestos semejantes, parecióle mal la burla y alzó un guijarro que
halló junto a sí, y dio con él en los pechos tal golpe a don Quijote que le hizo caer de espaldas. Sancho Panza, que de tal modo vio parar a su señor,
365   arremetió al loco con el puño cerrado y el Roto
le recibió de tal suerte, que con una puñada dio
con él a sus pies, y luego se subió sobre él y le bru-
mó [35] las costillas muy a su sabor. El cabrero, que
le quiso defender, corrió el mesmo peligro. Y des-
370   pués que los tuvo a todos rendidos y molidos, los
dejó y se fue con gentil sosiego a emboscarse en
la montaña ▼.
Levantóse Sancho, y, con la rabia que tenía de
verse aporreado tan sin merecerlo, acudió a tomar
375   la venganza del cabrero, diciéndole que él tenía la
culpa de no haberles avisado que a aquel hombre
le tomaba a tiempos [36] la locura; que si esto supie-
ran hubieran estado sobre aviso para poderse
guardar. Respondió el cabrero que ya lo había di-
380   cho y que si él no lo había oído, que no era suya
la culpa. Replicó Sancho Panza y tornó a replicar
el cabrero y fue el fin de las réplicas asirse de las

[34] La defendió.

[35] Golpeó.

[36] A rachas.

▼ Es éste un buen ejemplo del propósito cervantino de «ficcionalizar la dificultad de
las relaciones humanas sobre la base de la palabra» (Percas de Ponseti).

barbas y darse tales puñadas, que si don Quijote
no los pusiera en paz, se hicieran pedazos. Decía
Sancho, asido con el cabrero: 385

—Déjeme vuestra merced, señor Caballero de
la Triste Figura; que en éste que es villano como
yo y no está armado caballero, bien puedo a mi
salvo satisfacerme del agravio que me ha hecho,
peleando con él mano a mano, como hombre hon-   390
rado.

—Así es —dijo don Quijote—; pero yo sé que
él no tiene ninguna culpa de lo sucedido.

Con esto los apaciguó y don Quijote volvió a
preguntar al cabrero si sería posible hallar a Car-   395
denio, porque quedaba con grandísimo deseo de
saber el fin de su historia. Díjole el cabrero lo que
primero le había dicho, que era no saber de cierto su manida [37]; pero que si anduviese mucho por
aquellos contornos, no dejaría de hallarle, o cuer-   400
do o loco ▼.

[37] Morada.

▼ Recapitulemos desde su comienzo los segmentos de esta novela intercalada, basada
en la fragmentación, que no ha hecho más que empezar: 1) hallazgo de la maleta de
Cardenio; 2) visión de un hombre saltando de risco en risco; 3) hallazgo de la mula muerta; 4) relato del cabrero; 5) aparición de Cardenio y narración parcial de su historia,
cuya interrupción está prevista desde el principio, pues «se anuncia una posible (segura) causa de su interrupción» (Torrente Ballester).

Capítulo XXV

Que trata de las extrañas cosas que en Sierra Morena sucedieron al valiente caballero de La Mancha, y de la imitación que hizo a[1] la penitencia de Beltenebros [▼]

[1] De.

Despidióse del cabrero don Quijote, y, subiendo otra vez sobre Rocinante, mandó a Sancho que le siguiese, el cual lo hizo, con su jumento, de muy mala gana. Íbanse poco a poco entrando en lo más áspero de la montaña, y Sancho iba muerto por razonar con su amo, y deseaba que él comenzase la plática, por no contravenir a lo que le tenía mandado; mas, no pudiendo sufrir tanto silencio, le dijo:

—Señor don Quijote, vuestra merced me eche su bendición y me dé licencia; que desde aquí me quiero volver a mi casa y a mi mujer y a mis hijos, con los cuales, por lo menos, hablaré y departiré todo lo que quisiere; porque querer vuestra merced que vaya con él por estas soledades de día y de noche y que no le hable cuando me diere gusto, es enterrarme en vida. Si ya quisiera la suerte que los animales hablaran, como hablaban en tiempo de Guisopete [2], fuera menos mal, porque

[2] Esopo, fabulista griego (s. VI a. de C.).

▼ Beltenebrós es el nombre que adoptó Amadís de Gaula en su penitencia en la Peña Pobre, pero que Cervantes pronunciaba Beltenébros. La penitencia del caballero es un lugar común en los libros de caballerías.

departiera yo con mi jumento lo que me viniera   25
en gana; y con esto pasare mi mala ventura; que
es recia cosa, y que no se puede llevar en paciencia, andar buscando aventuras toda la vida y no
hallar sino coces y manteamientos, ladrillazos y
puñadas, y con todo esto, nos hemos de coser la   30
boca, sin osar decir lo que el hombre tiene en su
corazón como si fuera mudo.

    —Ya te entiendo, Sancho —respondió don
Quijote—: tú mueres porque te alce el entredicho
que te tengo puesto en la lengua. Dale por alzado   35
y di lo que quisieres, con condición que no ha de
durar este alzamiento más de en cuanto [3] anduvié-
remos por estas sierras.

³ Mientras.

    —Sea ansí —dijo Sancho—; hable yo ahora,
que después Dios sabe lo que será; y comenzando   40
a gozar de ese salvoconducto, digo que ¿qué le iba
a vuestra merced en volver tanto por aquella reina Magimasa, o como se llama? O ¿qué hacía al
caso que aquel abad fuese su amigo o no ▼? Que
si vuestra merced pasara con ello, pues no era su   45
juez, bien creo yo que el loco pasara adelante con
su historia y se hubieran ahorrado el golpe del guijarro, y las coces, y aun más de seis torniscones [4].

⁴ Golpes, puñetazos.

    —A fe, Sancho —respondió don Quijote—,
que si tú supieras, como yo lo sé, cuán honrada y   50
cuán principal señora era la reina Madásima, yo
sé que dijeras que tuve mucha paciencia, pues no
quebré la boca por donde tales blasfemias salieron. Porque es muy gran blasfemia decir ni pensar que una reina esté amancebada con un ciruja-   55

▼ Sancho deforma ahora el nombre de Madásima en Magimasa, y el de Elisabat en
aquel abad; como antes convirtió el nombre de Esopo en Guisopete, prevaricación deri-
vada de las formas Isopet o Isopete, con las cuales se conocía el nombre de Esopo en
la Edad Media, contaminadas con la forma vulgar *guisopo* (hisopo).

no. La verdad del cuento es que aquel maestro Elisabat, que el loco dijo, fue un hombre muy prudente y de muy sanos consejos y sirvió de ayo y
de médico a la reina; pero pensar que ella era su
60 amiga es disparate digno de muy gran castigo ▼. Y
porque veas que Cardenio no supo lo que dijo, has
de advertir que cuando lo dijo ya estaba sin juicio.

—Eso digo yo —dijo Sancho—: que no había
para qué hacer cuenta de las palabras de un loco,
65 porque si la buena suerte no ayudara a vuestra
merced y encaminara el guijarro a la cabeza como
le encaminó al pecho, buenos quedáramos por haber vuelto por [5] aquella mi señora, que Dios co-
honda [6]. Pues ¡montas [7] que no se librara Carde-
70 nio por loco!

—Contra cuerdos y contra locos, está obligado cualquier caballero andante a volver por la
honra de las mujeres, cualesquiera que sean, cuanto más por las reinas de tan alta guisa y pro [8] como
75 fue la reina Madásima, a quien yo tengo particular afición por sus buenas partes [9]; porque, fuera
de haber sido fermosa, además fue muy prudente
y muy sufrida en sus calamidades, que las tuvo
muchas; y los consejos y compañía del maestro Eli-
80 sabat le fue y le fueron de mucho provecho y alivio para poder llevar sus trabajos con prudencia
y paciencia. Y de aquí tomó ocasión el vulgo ignorante y mal intencionado de decir y pensar que
ella era su manceba; y mienten, digo otra vez, y
85 mentirán otras docientas, todos los que tal pensa-
ren y dijeren.

[5] Haber defendido a.

[6] Confunda.

[7] A fe mía.

[8] Calidad e importan-
cia.

[9] Cualidades.

▼ Este comienzo del capítulo con la discusión sobre los amores de la reina Madásima
sirve para enlazar con el capítulo anterior y dar paso a continuación al tema de la penitencia y el amor platónico que don Quijote confiesa tener por Dulcinea.

—Ni yo lo digo ni lo pienso —respondió Sancho—; allá se lo hayan; con su pan se lo coman.
Si fueron amancebados o no, a Dios habrán dado
la cuenta. De mis viñas vengo, no sé nada; no soy   90
amigo de saber vidas ajenas; que el que compra y
miente, en su bolsa lo siente. Cuanto más, que desnudo nací, desnudo me hallo: ni pierdo ni gano;
mas que lo fuesen, ¿qué me va a mí? Y muchos
piensan que hay tocinos y no hay estacas. Mas   95
¿quién puede poner puertas al campo? Cuanto
más, que de Dios dijeron ▼.

—¡Válame Dios —dijo don Quijote—, y qué
de necedades vas, Sancho, ensartando! ¿Qué va de
lo que tratamos a los refranes que enhilas? Por tu   100
vida, Sancho, que calles y de aquí adelante, entre-
métete en espolear a tu asno y deja de hacello en
lo que no te importa. Y entiende con todos tus cinco sentidos que todo cuanto yo he hecho, hago e
hiciere, va muy puesto en razón y muy conforme   105
a las reglas de caballería, que las sé mejor que
cuantos caballeros las profesaron en el mundo.

—Señor —respondió Sancho—, y ¿es buena
regla de caballería que andemos perdidos por estas montañas, sin senda ni camino, buscando a un   110
loco, el cual, después de hallado, quizá le vendrá
en voluntad de acabar lo que dejó comenzado, no
de su cuento, sino de la cabeza de vuestra merced

▼ Nótese el contraste entre la fabla caballeresca de don Quijote en contraposición con
las prevaricaciones idiomáticas de Sancho y con su acumulación de refranes y expresiones proverbiales. «No sé nada, de mis viñas vengo», es refrán empleado para excu-
sarse de no haber presenciado algún mal hecho. «Muchos piensan que hay tocinos y
no hay siquiera las estacas de donde éstos cuelgan»: pasar por rico (o por malo) sin serlo. «Poner puertas al campo»: expresión que indica algo imposible. «Digan, que de Dios
dijeron»: si de Dios, con ser Dios, dijeron mal sus enemigos, ¿de quién no dirán mal
los suyos? (Rodríguez Marín).

y de mis costillas, acabándonoslas de romper de
115   todo punto?

—Calla, te digo otra vez, Sancho —dijo don
Quijote—; porque te hago saber que no sólo me
trae por estas partes el deseo de hallar al loco,
cuanto el que tengo de hacer en ellas una hazaña,
120   con que he de ganar perpetuo nombre y fama en
todo lo descubierto de la tierra; y será tal, que he
de echar con ella el sello [10] a todo aquello que puede hacer perfecto y famoso a un andante caballero.

[10] Con ella he de per-
feccionar.

125   —Y ¿es de muy gran peligro esa hazaña?
—preguntó Sancho Panza.

—No —respondió el de la Triste Figura—;
puesto que [11] de tal manera podía correr el dado [12]
que echásemos azar en lugar de encuentro ▼, pero
130   todo ha de estar en tu diligencia.

[11] Aunque.

[12] La suerte.

—¿En mi diligencia? —dijo Sancho.

—Sí —dijo don Quijote—; porque si vuelves
presto de adonde pienso enviarte, presto se acabará mi pena y presto comenzará mi gloria. Y por-
135   que no es bien que te tenga más suspenso, esperando en lo que han de parar mis razones, quiero,
Sancho, que sepas que el famoso Amadís de Gaula fue uno de los más perfectos caballeros andantes. No he dicho bien *fue uno*: fue el solo, el pri-
140   mero, el único, el señor de todos cuantos hubo en
su tiempo en el mundo. Mal año y mal mes para
don Belianís y para todos aquellos que dijeren que
se le igualó en algo, porque se engañan, juro cierto. Digo asimismo que cuando algún pintor quie-
145   re salir famoso en su arte, procura imitar los ori-

▼ «Que perdiésemos en vez de ganar». *Azar*: lance adverso; *encuentro*: lance favorable
(en el juego de dados).

ginales de los más únicos pintores que sabe. Y esta
mesma regla corre por todos los más oficios o ejercicios de cuenta que sirven para adorno de las repúblicas, y así lo ha de hacer y hace el que quiere
alcanzar nombre de prudente y sufrido, imitando   150
a Ulises, en cuya persona y trabajos nos pinta Homero [13] un retrato vivo de prudencia y de sufrimiento, como también nos mostró Virgilio, en
persona de Eneas [14], el valor de un hijo piadoso y
la sagacidad de un valiente y entendido capitán,   155
no pintándolo ni describiéndolo como ellos fueron, sino como habían de ser, para quedar ejemplo a los venideros hombres de sus virtudes. Desta mesma suerte, Amadís fue el norte, el lucero,
el sol de los valientes y enamorados caballeros, a   160
quien debemos de imitar todos aquellos que debajo de la bandera de amor y de la caballería mi-
litamos. Siendo, pues, esto ansí, como lo es, hallo
yo, Sancho amigo, que el caballero andante que
más le imitare estará más cerca de alcanzar la per-   165
fección de la caballería ▼. Y una de las cosas en
que más este caballero mostró su prudencia, valor, valentía, sufrimiento, firmeza y amor fue cuando se retiró, desdeñado de la señora Oriana [15], a
hacer penitencia en la Peña Pobre, mudado su   170
nombre en el de Beltenebros, nombre, por cierto,
significativo y proprio para la vida que él de su voluntad había escogido. Ansí, que me es a mí más
fácil imitarle en esto que no en hender gigantes,
descabezar serpientes, matar endriagos [16], desba-   175
ratar ejércitos, fracasar armadas y deshacer encantamentos. Y pues estos lugares son tan acomodados para semejantes efectos, no hay para qué se

[13] En la *Odisea*.

[14] En la *Eneida*.

[15] Amada —y luego es-
posa— de Amadís.

[16] Monstruos fabulo-
sos.

▼ En este corolario silogístico revela don Quijote su afán de convertir su vida en obra
de arte: decide imitar al modelo, a Amadís.

180 deje pasar la ocasión, que ahora con tanta comodidad me ofrece sus guedejas ▼.

—En efecto —dijo Sancho—, ¿qué es lo que
vuestra merced quiere hacer en este tan remoto lugar?

185 —¿Ya no te he dicho —respondió don Quijote— que quiero imitar a Amadís, haciendo aquí
del desesperado, del sandio y del furioso, por imitar juntamente al valiente don Roldán, cuando halló en una fuente las señales de que Angélica la Be-
190 lla había cometido vileza con Medoro, de cuya pesadumbre se volvió loco y arrancó los árboles, en-
turbió las aguas de las claras fuentes, mató pastores, destruyó ganados, abrasó chozas, derribó casas, arrastró yeguas e hizo otras cien mil insolencias [17], dignas de eterno nombre y escritura? Y,
195 puesto que [18] yo no pienso imitar a Roldán, o Orlando, o Rotolando (que todos estos tres nombres
tenía), parte por parte en todas las locuras que
hizo, dijo y pensó, haré el bosquejo, como mejor
pudiere, en las que me pareciere ser más esencia-
200 les ▼▼. Y podrá ser que viniese a contentarme con
sola la imitación de Amadís, que sin hacer locuras
de daño, sino de lloros y sentimientos, alcanzó tanta fama como el que más.

—Paréceme a mí —dijo Sancho—, que los ca-
205 balleros que lo tal ficieron fueron provocados y tuvieron causa para hacer esas necedades y peniten-

....
[17] Hechos insólitos.
....
[18] Aunque.

||||||||||||||||||||||||||||||||||||||||||||||||||||||||||||||||||||||||||||||||||||||||||||||||||||||||

▼ Alude a la figura alegórica de la Ocasión (Fortuna). Ésta se pintaba calva, sólo con
un copete (cabello levantado sobre la frente), al que uno se aferra cuando la suerte le
es propicia. Aquí el mechón es sustituido por las *guedejas*.

▼▼ Los tres nombres citados se refieren al legendario sobrino de Carlomagno: *Roldán*
(en francés, *Rolant*) es la forma castellana del nombre en las gestas y romances medie-
vales; *Orlando* es la forma italiana que aparece en los poemas épicos renacentistas; y *Ro-*
tolando es la forma latina del nombre. Orlando, protagonista del *Orlando furioso,* de Ariosto, enloquece por celos cuando Angélica se enamora del moro sarraceno Medoro.

cias; pero vuestra merced, ¿qué causa tiene para
volverse loco? ¿Qué dama le ha desdeñado, o qué
señales ha hallado que le den a entender que la señora Dulcinea del Toboso ha hecho alguna niñe-   210
ría con moro o cristiano?

—Ahí está el punto —respondió don Quijote—, y ésa es la fineza de mi negocio; que volverse loco un caballero andante con causa, ni grado

ni gracias [19]: el toque está desatinar sin ocasión y   215

dar a entender a mi dama que, si en seco hago
esto, ¿qué hiciera en mojado ▼? Cuanto más, que
harta ocasión tengo en la larga ausencia que he hecho de la siempre señora mía Dulcinea del Tobo-

so; que, como ya oíste decir a aquel pastor de   220

marras [20], Ambrosio, quien está ausente, todos los
males tiene y teme. Así que, Sancho amigo, no gas-
tes tiempo en aconsejarme que deje tan rara, tan

felice [21] y tan no vista imitación. Loco soy, loco he

de ser hasta tanto que tú vuelvas con la respuesta   225

de una carta que contigo pienso enviar a mi señora Dulcinea; y si fuere tal cual a mi fe se le debe,
acabarse ha mi sandez y mi penitencia; y si fuere
al contrario, seré loco de veras, y siéndolo, no sen-

tiré nada. Ansí que, de cualquiera manera que res-   230

ponda, saldré del conflicto y trabajo en que me de-
jares gozando el bien que me trujeres, por cuerdo, o no sintiendo el mal que me aportares, por
loco. Pero dime, Sancho, ¿traes bien guardado el

yelmo de Mambrino, que ya vi que le alzaste del   235

suelo cuando aquel desagradecido le quiso hacer
pedazos? Pero no pudo; donde se puede echar de
ver la fineza de su temple.

[19] No tiene mérito.

[20] De antes.

[21] Feliz (paragoge).

▼ La penitencia de don Quijote es un deliberado *acto gratuito*, realizado por un personaje autónomo que ha programado su vida y determinado lo que va a ser con absoluta
libertad y con libérrima voluntad (Avalle-Arce).

A lo cual respondió Sancho:

240 —Vive Dios, señor Caballero de la Triste Figura, que no puedo sufrir ni llevar en paciencia algunas cosas que vuestra merced dice, y que por
ellas vengo a imaginar que todo cuanto me dice
de caballerías y de alcanzar reinos e imperios, de

245 dar ínsulas y de hacer otras mercedes y grandezas, como es uso de caballeros andantes, que todo
debe de ser cosa de viento y mentira, y todo pas-
traña, o patraña [22], o como lo llamáremos. Porque   [22] Cuento.
quien oyere decir a vuestra merced que una bacía

250 de barbero es el yelmo de Mambrino y que no salga de este error en más de cuatro días, ¿qué ha
de pensar sino que quien tal dice y afirma debe
de tener güero [23] el juicio? La bacía yo la llevo en   [23] Huero, vacío.
el costal, toda abollada, y llévola para aderezarla

255 en mi casa y hacerme la barba en ella, si Dios me
diere tanta gracia, que algún día me vea con mi
mujer e hijos.

—Mira, Sancho, por el mismo que denantes [24]   [24] Antes.
juraste, te juro —dijo don Quijote— que tienes

260 el más corto entendimiento que tiene ni tuvo escudero en el mundo. ¿Qué es posible que en cuanto ha que andas conmigo no has echado de ver
que todas las cosas de los caballeros andantes parecen quimeras, necedades y desatinos, y que son

265 todas hechas al revés? Y no porque sea ello ansí,
sino porque andan entre nosotros siempre una caterva de encantadores que todas nuestras cosas
mudan y truecan y les vuelven según su gusto y
según tienen la gana de favorecernos o destruir-

270 nos; y así, eso que a ti te parece bacía de barbero
me parece a mí el yelmo de Mambrino y a otro
le parecerá otra cosa ▼. Y fue rara providencia del

▼ Excelente muestra del perspectivismo lingüístico en el *Quijote*.

sabio que es de mi parte hacer que parezca bacía
a todos los que real y verdaderamente es yelmo
de Mambrino, a causa que, siendo él de tanta es- 275
tima, todo el mundo me perseguirá por quitármele; pero como ven que no es más de un bacín de
barbero, no se curan de procuralle [25], como se
mostró bien en el que quiso rompelle y le dejó en
el suelo sin llevarle; que a fe que si le conociera, 280
que nunca él le dejara. Guárdale, amigo, que por
ahora no le he menester; que antes me tengo de
quitar todas estas armas y quedar desnudo como
cuando nací, si es que me da en voluntad de seguir en mi penitencia más a Roldán que a Ama- 285
dís ▼.

[25] Conseguirle.

[Aquella noche llegaron a la mitad de las en-
trañas de Sierra Morena, adonde le pareció a San-
cho pasar aquella noche, y aun otros algunos días,
a lo menos todos aquellos que durase el matalota- 290
je[26] que llevaba, y así hicieron noche entre dos pe-
ñas y entre muchos alcornoques. Pero la suerte fa-
tal, que, según opinión de los que no tienen lum-
bre de la verdadera fe, todo lo guía, guisa y com-
pone a su modo, ordenó que Ginés de Pasamonte, 295
el famoso embustero y ladrón que de la cadena por
virtud y locura de don Quijote se había escapado,
llevado del miedo de la Santa Hermandad, de
quien con justa razón temía, acordó de esconderse
en aquellas montañas y llevóle su suerte y su mie- 300
do a la misma parte donde había llevado a don
Quijote y a Sancho Panza, a hora y tiempo que los
pudo conocer y a punto que los dejó dormir. Y
como siempre los malos son desagradecidos y la ne-

[26] Provisión de comida.

▼ El texto que sigue, entre corchetes y en letra cursiva, es la interpolación del robo del
rucio de Sancho. (Véase la nota al pie de la pág. 324.)

305 *cesidad sea ocasión de acudir a lo que se debe, y*
      el remedio presente venza a lo por venir, Ginés,
      que no era ni agradecido ni bien intencionado,
      acordó de hurtar el asno a Sancho Panza, no cu-
      rándose de Rocinante por ser prenda tan mala
310 *para empeñada como para vendida. Dormía San-*
      cho Panza, hurtóle su jumento, y antes que ama-
      neciese se halló bien lejos de poder ser hallado. Sa-
      lió el aurora alegrando la tierra y entristeciendo
      a Sancho Panza, porque halló menos [27] *su rucio;*   [27] Echó de menos.
315 *el cual, viéndose sin él, comenzó a hacer el más*
      triste y doloroso llanto del mundo, y fue de ma-
      nera que don Quijote despertó a las voces, y oyó
      que en ellas decía:
      —¡Oh hijo de mis entrañas, nacido en mi mes-
320 *ma casa, brinco* [28] *de mis hijos, regalo de mi mu-*   [28] Alhaja, joyelito pe-
      jer, envidia de mis vecinos, alivio de mis cargas,   queño.
      y, finalmente, sustentador de la mitad de mi per-
      sona, porque con veinte y seis maravedís que ga-
      naba cada día, mediaba yo mi despensa [29]*!*   [29] Gasto.
325 *Don Quijote, que vio el llanto y supo la causa,*
      consoló a Sancho con las mejores razones que pudo
      y le rogó que tuviese paciencia, prometiéndole de
      darle una cédula de cambio, para que le diesen
      tres en su casa, de cinco que había dejado en ella.
330 *Consolóse Sancho con esto, y limpió sus lágrimas,*
      templó sus sollozos y agradeció a don Quijote la
      merced que le hacía.]

      Llegaron en estas pláticas al pie de una alta
      montaña, que casi como peñón tajado estaba sola
335 entre otras muchas que la rodeaban. Corría por
      su falda un manso arroyuelo, y hacíase por toda
      su redondez un prado tan verde y vicioso [30], que   [30] Frondoso, abundan-
      daba contento a los ojos que le miraban. Había   te.
      por allí muchos árboles silvestres y algunas plan-
340 tas y flores, que hacían el lugar apacible. Este si-

tio escogió el Caballero de la Triste Figura para hacer su penitencia, y así, en viéndole, comenzó a decir en voz alta, como si estuviera sin juicio:

   —Éste es el lugar, ¡oh cielos!, que diputo y es-
cojo para llorar la desventura en que vosotros   345
mesmos me habéis puesto ▼. Éste es el sitio donde
el humor de mis ojos acrecentará las aguas deste
pequeño arroyo, y mis continos [31] y profundos sospiros moverán a la contina [32] las hojas destos mon-
taraces árboles, en testimonio y señal de la pena   350
que mi asendereado [33] corazón padece. ¡Oh vosotros, quienquiera que seáis, rústicos dioses que en
este inhabitable lugar tenéis vuestra morada, oíd
las quejas deste desdichado amante, a quien una
luenga ausencia y unos imaginados celos han traí-   355
do a lamentarse entre estas asperezas, y a quejarse de la dura condición de aquella ingrata y bella,
término y fin de toda humana hermosura! ¡Oh vo-
sotras, napeas [34] y dríadas [35], que tenéis por costumbre de habitar en las espesuras de los montes,   360
así los ligeros y lascivos sátiros [36], de quien sois,
aunque en vano, amadas, no perturben jamás
vuestro dulce sosiego, que me ayudéis a lamentar
mi desventura, o, a lo menos, no os canséis de oílla! ¡Oh Dulcinea del Toboso, día de mi noche, glo-   365
ria de mi pena, norte de mis caminos, estrella de
mi ventura, así el cielo te la dé buena en cuanto
acertares a pedirle, que consideres el lugar y el estado a que tu ausencia me ha conducido, y que
con buen término correspondas al que a mi fe se   370
le debe! ¡Oh solitarios árboles, que desde hoy en
adelante habéis de hacer compañía a mi soledad,
dad indicio, con el blando movimiento de vuestras

[31] Continuos.

[32] Continuamente.

[33] Afligido.

[34] Ninfas de los valles.

[35] Ninfas de los bos-
ques.

[36] Semidioses con cuer-
nos y patas de macho
cabrío.

▼ «Para completar el personaje "artístico" que su imaginativa ha creado, don Quijote
considera un deber fingirse loco: *como si estuviera sin juicio*» (Avalle-Arce).

ramas, que no os desagrade mi presencia! ¡Oh tú,
375 escudero mío, agradable compañero en más prósperos y adversos sucesos, toma bien en la memoria lo que aquí me verás hacer, para que lo cuentes y recites a la causa total de todo ello ▼!

Y diciendo esto, se apeó de Rocinante y en un
380 momento le quitó el freno y la silla; y dándole una
palmada en las ancas, le dijo:

—Libertad te da el que sin ella queda, ¡oh caballo tan extremado por tus obras cuan desdichado por tu suerte! Vete por do quisieres; que en la
385 frente llevas escrito que no te igualó en ligereza el
Hipogrifo de Astolfo, ni el nombrado Frontino,
que tan caro le costó a Bradamante ▼▼.

Viendo esto Sancho, dijo:

—Bien haya quien nos quitó ahora del trabajo
390 de desenalbardar al rucio; que a fe que no faltaran palmadicas que dalle, ni cosas que decille en
su alabanza; pero si él aquí estuviera, no consintiera yo que nadie le desalbardara, pues no había
para qué; que a él no le tocaban las generales [37]
395 de enamorado ni de desesperado, pues no lo estaba su amo, que era yo, cuando Dios quería. Y
en verdad, señor Caballero de la Triste Figura, que
si es que mi partida y su locura de vuestra merced va de veras, que será bien tornar a ensillar a
400 Rocinante, para que supla la falta del rucio, por-

[37] Alude a las tachas señaladas por la ley a los
testigos.

▼ Es decir, a Dulcinea. «La transmutación de los elementos de la realidad [...] es total,
al punto que el *apacible lugar* se convierte en *inhabitable lugar,* lleno de *asperezas* y repleto
de *imaginados celos.* Y todo se llena con cuidado de elementos mitológicos o literarios
que cumplen la función indispensable de crear el telón más adecuado para vivir la vida
como una obra de arte: napeas, dríadas y sátiros» (Avalle-Arce).

▼▼ Con el apóstrofe a Rocinante la hipérbole alcanza su punto más elevado. Hipogrifo
es el caballo alado, hijo de grifo (mitad águila, mitad león) y yegua. Con él visitó Astolfo los montes de la Luna *(Orlando furioso).* Frontino era el caballo de Bradamante, heroína del *Orlando furioso,* y antes había sido de Sacripante.

que será ahorrar tiempo a mi ida y vuelta; que si
la hago a pie, no sé cuándo llegaré, ni cuándo volveré, porque, en resolución, soy mal caminante.

—Digo, Sancho —respondió don Quijote—,
que sea como tú quisieres, que no me parece mal   405
tu designio; y digo que de aquí a tres días te partirás, porque quiero que en este tiempo veas lo
que por ella hago y digo, para que se lo digas.

—Pues ¿qué más tengo de ver —dijo San-
cho— que lo que he visto?   410

—¡Bien estás en el cuento! —respondió don
Quijote—. Ahora me falta rasgar las vestiduras,
esparcir las armas, y darme de calabazadas por estas peñas, con otras cosas deste jaez, que te han
de admirar.   415

—Por amor de Dios —dijo Sancho—, que
mire vuestra merced cómo se da esas calabazadas;
que a tal peña podrá llegar, y en tal punto, que
con la primera se acabase la máquina [38] desta penitencia; y sería yo de parecer que, ya que a vues-   420
tra merced le parece que son aquí necesarias calabazadas y que no se puede hacer esta obra sin
ellas, se contentase, pues todo esto es fingido y
cosa contrahecha [39] y de burla, se contentase,
digo, con dárselas en el agua, o en alguna cosa   425
blanda, como algodón, y déjeme a mí el cargo,
que yo diré a mi señora que vuestra merced se las
daba en una punta de peña, más dura que la de
un diamante.

—Yo agradezco tu buena intención, amigo San-   430
cho —respondió don Quijote—; mas quiérote
hacer sabidor de que todas estas cosas que hago
no son de burlas, sino muy de veras; porque de
otra manera, sería contravenir a las órdenes de caballería, que nos mandan que no digamos menti-   435
ra alguna, pena de relasos [40], y el hacer una cosa
por otra lo mesmo es que mentir. Ansí que mis ca-

[38] Artificio.

[39] Imitada, disfrazada.

[40] Bajo pena de relap-
sos (reincidentes).

labazadas han de ser verdaderas, firmes y valede-
ras [41], sin que lleven nada del sofístico [42] ni del fan-
440   tástico. Y será necesario que me dejes algunas hilas [43] para curarme, pues que la ventura quiso que
nos faltase el bálsamo que perdimos ▼.

—Más fue perder el asno —respondió Sancho—, pues se perdieron en él las hilas y todo. Y
445   ruégole a vuestra merced que no se acuerde más
de aquel maldito brebaje; que en sólo oírle mentar se me revuelve el alma, no que el estómago.
Y más le ruego: que haga cuenta que son ya pasados los tres días que me ha dado de término
450   para ver las locuras que hace, que ya las doy por
vistas y por pasadas en cosa juzgada [44], y diré maravillas a mi señora; y escriba la carta y despácheme
me luego, porque tengo gran deseo de volver a
sacar a vuestra merced deste purgatorio donde le
455   dejo.

—¿Purgatorio le llamas, Sancho? —dijo don
Quijote—. Mejor hicieras de llamarle infierno, y
aun peor, si hay otra cosa que lo sea.

—*Quien ha infierno* —respondió Sancho—,
460   *nula es retencio* ▼▼, según he oído decir.

—No entiendo qué quiere decir *retencio* —dijo
don Quijote.

—*Retencio* es —respondió Sancho— que
quien está en el infierno nunca sale dél, ni puede.
465   Lo cual será al revés en vuestra merced, o a mí
me andarán mal los pies, si es que llevo espuelas

[41] Fórmula del lenguaje jurídico.

[42] Fingido con sutileza.

[43] Vendas.

[44] Fórmula que se aplica a la sentencia judicial irrevocable.

▼ Este capítulo constituye un remanso en la serie de aventuras. Por sí mismo y por la compleja red de relaciones con el resto de la obra es uno de los capítulos cruciales del *Quijote*.

▼▼ Otro ejemplo de deformación lingüística de Sancho, quien en la iglesia de su pueblo habría oído muchas veces las palabras latinas del Oficio de Difuntos *Quia in inferno nulla est redemptio* (porque en el infierno no hay redención).

45 En efecto.

46 Parece un anticipo de lo que se dirá en el capítulo XXXI.

47 Copiar.

48 De muy difícil lectura (se enlazaban todas las palabras de cada línea).

para avivar a Rocinante; y póngame yo una por una [45] en El Toboso, y delante de mi señora Dulcinea; que yo le diré tales cosas de las necedades y locuras, que todo es uno, que vuestra merced ha hecho y queda haciendo, que la venga a poner más blanda que un guante, aunque la halle más dura que un alcornoque; con cuya respuesta dulce y melificada volveré por los aires [46], como brujo, y sacaré a vuestra merced deste purgatorio, que parece infierno y no lo es, pues hay esperanza de salir dél, la cual, como tengo dicho, no la tienen de salir los que están en el infierno, ni creo que vuestra merced dirá otra cosa.

—Así es la verdad —dijo el de la Triste Figura—; pero ¿qué haremos para escribir la carta?

—Y la libranza pollinesca también —añadió Sancho.

—Todo irá inserto —dijo don Quijote—; y sería bueno, ya que no hay papel, que la escribiésemos, como hacían los antiguos, en hojas de árboles, o en unas tablitas de cera; aunque tan dificultoso será hallarse eso ahora como el papel. Mas ya me ha venido a la memoria dónde será bien, y aun más que bien, escribilla; que es en el librillo de memoria que fue de Cardenio, y tú tendrás cuidado de hacerla trasladar [47] en papel, de buena letra, en el primer lugar que hallares, donde haya maestro de escuela de muchachos, o si no, cualquiera sacristán te la trasladará; y no se la des a trasladar a ningún escribano, que hacen letra procesada [48], que no la entenderá Satanás.

—Pues ¿qué se ha de hacer de la firma? —dijo Sancho.

—Nunca las cartas de Amadís se firman —respondió don Quijote.

—Está bien —respondió Sancho—; pero la libranza forzosamente se ha de firmar, y ésa si se

traslada, dirán que la firma es falsa, y quedaréme
505 sin pollinos.

—La libranza irá en el mesmo librillo firmada;
que en viéndola mi sobrina, no pondrá dificultad
en cumplilla. Y en lo que toca a la carta de amores, pondrás por firma: «Vuestro hasta la muerte,
510 el Caballero de la Triste Figura.» Y hará poco al
caso que vaya de mano ajena, porque, a lo que yo
me sé acordar, Dulcinea no sabe ni escribir ni leer,
y en toda su vida ha visto letra mía ni carta mía,
porque mis amores y los suyos han sido siempre
515 platónicos, sin extenderse a más que un honesto
mirar. Y aun esto tan de cuando en cuando, que
osaré jurar con verdad que en doce años que ha
que la quiero más que a la lumbre destos ojos que
han [49] de comer la tierra, no la he visto cuatro ve-   [49] Ha (solecismo).
520 ces; y aun podrá ser que destas cuatro veces no hu-
biese ella echado de ver la una que la miraba: tal
es el recato y encerramiento con que su padre, Lorenzo Corchuelo, y su madre, Aldonza Nogales, la
han criado.

525 —¡Ta, ta! —dijo Sancho—. ¿Que la hija de Lorenzo Corchuelo es la señora Dulcinea del Toboso, llamada por otro nombre Aldonza Lorenzo ▼?

—Ésa es —dijo don Quijote—, y es la que merece ser señora de todo el Universo.

530 —Bien la conozco —dijo Sancho—, y sé de-
cir que tira tan bien una barra como el más for-   [50] Dios (el que da).
zudo zagal de todo el pueblo. ¡Vive el Dador [50], que
es moza de chapa [51], hecha y derecha y de pelo en   [51] Moza valerosa.
pecho, y que puede sacar la barba del lodo [52] a   [52] Sacar de apuros.

▼ Don Quijote se instala en la tradición del amor cortés, se refiere constantemente a
su amada como *señora* (los trovadores se dirigían a las suyas como *midons:* mi señor) y
parece encontrar en el nombre de Dulcinea la *senhal* o seudónimo poético con que referirse a la dama de sus pensamientos sin nombrarla en forma identificable (así lo hacían los trovadores) (Avalle-Arce).

cualquier caballero andante o por andar que la tuviere por señora! ¡Oh hideputa[53], qué rejo[54] que tiene, y qué voz! Sé decir que se puso un día encima del campanario del aldea a llamar a unos zagales suyos que andaban en un barbecho[55] de su padre, y aunque estaban de allí a más de media legua, así la oyeron como si estuvieran al pie de la torre. Y lo mejor que tiene es que no es nada melindrosa, porque tiene mucho de cortesana ▼: con todos se burla y de todo hace mueca y donaire. Ahora digo, señor Caballero de la Triste Figura, que no solamente puede y debe vuestra merced hacer locuras por ella, sino que, con justo título, puede desesperarse y ahorcarse; que nadie habrá que lo sepa que no diga que hizo demasiado de bien, puesto que[56] le lleve el diablo. Y querría ya verme en camino, sólo por vella, que ha muchos días que no la veo, y debe de estar ya trocada, porque gasta mucho la faz de las mujeres andar siempre al campo, al sol y al aire. Y confieso a vuestra merced una verdad, señor don Quijote: que hasta aquí he estado en una grande ignorancia; que pensaba bien y fielmente que la señora Dulcinea debía de ser alguna princesa de quien vuestra merced estaba enamorado, o alguna persona tal, que mereciese los ricos presentes que vuestra merced le ha enviado, así el del vizcaíno como el de los galeotes, y otros muchos que deben de ser, según deben de ser muchas las victorias que vuestra merced ha ganado y ganó en el tiempo que yo aún no era su escudero. Pero, bien considerado, ¿qué se le ha de dar a la señora Aldonza Lorenzo, digo, a la señora Dulcinea del To-

535

540

545

550

555

560

565

▼ Afirmación llena de ambigüedad y malicia; tanto puede indicar un elogio como una pulla: ¿señora de la corte o mujer pública?

boso, de que se le vayan a hincar de rodillas delante della los vencidos que vuestra merced le en-
570 vía y ha de enviar? Porque podría ser que al tiempo que ellos llegasen estuviese ella rastrillando
lino, o trillando en las eras, y ellos se corriesen [57]
de verla, y ella se riese y enfadase del presente.

[57] Se afrentasen.

    —Ya te tengo dicho antes de agora muchas ve-
575 ces, Sancho —dijo don Quijote—, que eres muy
grande hablador y que, aunque de ingenio boto [58],
muchas veces despuntas de agudo; mas para que
veas cuán necio eres tú y cuán discreto soy yo,
quiero que me oyas [59] un breve cuento. Has de sa-
580 ber que una viuda hermosa, moza, libre y rica, y
sobre todo, desenfadada, se enamoró de un mozo
motilón [60], rollizo y de buen tomo; alcanzólo a saber su mayor [61], y un día dijo a la buena viuda,
por vía de fraternal reprehensión: «Maravillado es-
585 toy, señora, y no sin mucha causa, de que una mujer tan principal, tan hermosa y tan rica como
vuestra merced, se haya enamorado de un hombre tan soez, tan bajo y tan idiota como fulano, habiendo en esta casa tantos maestros, tantos pre-
590 sentados [62] y tantos teólogos, en quien vuestra
merced pudiera escoger como entre peras, y decir: Éste quiero, aquéste no quiero.» Mas ella le
respondió con mucho donaire y desenvoltura:
«Vuestra merced, señor mío, está muy engañado,
595 y piensa muy a lo antiguo si piensa que yo he escogido mal en fulano, por idiota que le parece,
pues para lo que yo le quiero, tanta filosofía sabe,
y más, que Aristóteles.» Así que, Sancho, por lo
que yo quiero a Dulcinea del Toboso, tanto vale
600 como la más alta princesa de la tierra ▼. Sí, que no

[58] Romo, torpe.

[59] Oigas.

[60] Fraile lego.

[61] Superior.

[62] Teólogos que aún no han recibido el grado de maestros.

▼ Es ésta una buena muestra del hábil juego de ficción mantenido por don Quijote; en tal juego, la condición ontológica de Dulcinea es, en el contexto narrativo, «menos aún que mero fantasma: mera palabra» (Torrente Ballester).

todos los poetas que alaban damas debajo de un nombre que ellos a su albedrío les ponen, es verdad que las tienen. ¿Piensas tú que las Amariles [63], las Filis, las Silvias, las Dianas, las Galateas, las Alidas y otras tales de que los libros, los romances, las tiendas de los barberos, los teatros de las comedias, están llenos, fueron verdaderamente damas de carne y hueso, y de aquellos que las celebran y celebraron? No, por cierto, sino que las más se las fingen, por dar subjeto [64] a sus versos, y porque los tengan por enamorados y por hombres que tienen valor para serlo. Y así, bástame a mí pensar y creer que la buena de Aldonza Lorenzo es hermosa y honesta; y en lo del linaje importa poco, que no han de ir a hacer la información dél para darle algún hábito [65], y yo me hago cuenta que es la más alta princesa del mundo. Porque has de saber, Sancho, si no lo sabes, que dos cosas solas incitan a amar más que otras, que son la mucha hermosura y la buena fama, y estas dos cosas se hallan consumadamente en Dulcinea, porque en ser hermosa ninguna le iguala, y en la buena fama, pocas le llegan. Y para concluir con todo, yo imagino que todo lo que digo es así, sin que sobre ni falte nada, y píntola en mi imaginación como la deseo, así en la belleza como en la principalidad, y ni la llega Elena, ni la alcanza Lucrecia, ni otra alguna de las famosas mujeres de las edades pretéritas, griega, bárbara o latina ▼. Y diga cada uno lo que quisiere; que si por esto fuere reprehendido de los ignorantes, no seré castigado de los rigurosos.

[marginal notes]
[63] Amarilis.
[64] Sujeto, materia.
[65] Hábito de las órdenes militares.

[line numbers: 605, 610, 615, 620, 625, 630]

▼ El rapto de la griega Elena por Paris desencadenó la guerra de Troya *(Ilíada);* la dama romana Lucrecia fue violada por un hijo de Tarquino el Soberbio y se suicidó después de decírselo a su esposo.

—Digo que en todo tiene vuestra merced razón —respondió Sancho—, y que yo soy un
635 asno. Mas no sé yo para qué nombro asno en mi
boca, pues no se ha de mentar la soga en casa del
ahorcado. Pero venga la carta, y a Dios, que me
mudo[66].

Sacó el libro de memoria don Quijote y, apar-
640 tándose a una parte, con mucho sosiego comenzó
a escribir la carta, y en acabándola, llamó a Sancho y le dijo que se la quería leer, porque la tomase de memoria, si acaso se le perdiese por el camino, porque de su desdicha todo se podía temer.
645 A lo cual respondió Sancho:

—Escríbala vuestra merced dos o tres veces ahí
en el libro, y démele, que yo le llevaré bien guardado; porque pensar que yo la he de tomar en la
memoria es disparate; que la tengo tan mala, que
650 muchas veces se me olvida cómo me llamo. Pero,
con todo eso, dígamela vuestra merced, que me
holgaré mucho de oílla, que debe de ir como de
molde.

—Escucha, que así dice —dijo don Quijote:

655 CARTA DE DON QUIJOTE A DULCINEA DEL TOBOSO

Soberana y alta señora:
El ferido de punta de ausencia y el llagado de
las telas del corazón, dulcísima Dulcinea del Tobo-
so, te envía la salud que él no tiene. Si tu fermosu-
660 *ra me desprecia, si tu valor no es en mi pro[67], si tus*
desdenes son en mi afincamiento[68], maguer[69] que
yo sea asaz[70] de sufrido, mal podré sostenerme en
esta cuita, que, además de ser fuerte, es muy dura-
dera. Mi buen escudero Sancho te dará entera re-
665 *lación, ¡oh bella ingrata, amada enemiga mía!, del*
modo que por tu causa quedo. Si gustares de acorrer-
me, tuyo soy, y si no, haz lo que te viniere en gusto,

---

[66] Expresión familiar de despedida.

[67] Provecho.

[68] Aflicción (arcaísmo).

[69] Aunque (arcaísmo).

[70] Bastante.

> *que con acabar mi vida habré satisfecho a tu cruel-*
> *dad y a mi deseo.*
>   *Tuyo hasta la muerte,*   670
>
>   EL CABALLERO DE LA TRISTE FIGURA ▼

—Por vida de mi padre —dijo Sancho en
oyendo la carta—, que es la más alta cosa que jamás he oído. ¡Pesia a mí, y cómo que le dice vuestra merced ahí todo cuanto quiere, y qué bien que   675
encaja en la firma *El Caballero de la Triste Figura!*
Digo de verdad que es vuestra merced el mesmo
diablo, y que no hay cosa que no sepa.

—Todo es menester —respondió don Quijo-
te— para el oficio que trayo [71].   680

—Ea, pues —dijo Sancho—, ponga vuestra
merced en esotra vuelta la cédula de los tres pollinos, y fírmela con mucha claridad porque la co-
nozcan en viéndola.

—Que me place —dijo don Quijote.   685
Y habiéndola escrito, se la leyó, que decía ansí:

Mandará vuestra merced, por esta primera [72] de
pollinos, señora sobrina, dar a Sancho Panza, mi es-
cudero, tres de los cinco que dejé en casa y están a
cargo de vuestra merced. Los cuales tres pollinos se   690
los mando librar y pagar por otros tantos aquí rece-
bidos de contado, que consta, y con su carta de pago
serán bien dados. Fecha en las entrañas de Sierra
Morena a veinte y dos de agosto deste presente año.

[71] Traigo.

[72] Primera cédula.

▼ Tanto en su contenido como en su lenguaje y estilo (sentires archifinos, frases rim-
bombantes, proliferación de arcaísmos...), esta carta es una parodia del lugar común en
que se habían convertido las epístolas amatorias en los libros de caballerías (las de Oriana a Amadís, por ejemplo).

695   —Buena está —dijo Sancho—: fírmela vuestra merced.

—No es menester firmarla —dijo don Quijote—, sino solamente poner mi rúbrica, que es lo
mesmo que firma, y para tres asnos, y aun para
700   trecientos, fuera bastante ▼.

—Yo me confío de vuestra merced —respondió Sancho—. Déjeme, iré a ensillar a Rocinante,
y aparéjese[73] vuestra merced a echarme su bendi-   [73] Prepárese.
ción; que luego pienso partirme, sin ver las sande-
705   ces que vuestra merced ha de hacer, que yo diré
que le vi hacer tantas, que no quiera más.

—Por lo menos, quiero, Sancho, y porque es
menester ansí, quiero, digo, que me veas en cueros, y hacer una o dos docenas de locuras, que las
710   haré en menos de media hora, porque habiéndo-   [74] A salvo de tu con-
las tú visto por tus ojos, puedas jurar a tu salvo[74]   ciencia.
en las demás que quisieres añadir; y asegúrote que
no dirás tú tantas cuantas yo pienso hacer.

—Por amor de Dios, señor mío, que no vea yo
715   en cueros a vuestra merced, que me dará mucha
lástima y no podré dejar de llorar; y tengo tal la
cabeza, del llanto que anoche hice por el rucio,
que no estoy para meterme en nuevos lloros; y si
es que vuestra merced gusta de que yo vea algu-
720   nas locuras, hágalas vestido, breves y las que le vi-
nieren más a cuento. Cuanto más, que para mí no
era menester nada deso, y, como ya tengo dicho,
fuera ahorrar el camino de mi vuelta, que ha de

‖‖‖

▼ Esta cédula o libranza de pollinos es una divertida parodia del lenguaje de los documentos comerciales. Don Quijote no firma la cédula. ¿Por qué? Si firma como don Quijote, el documento carece de validez legal; y con el nombre del hidalgo Alonso Quija-
no, se destruiría el juego de la ficción caballeresca. Por ello, sólo la rubrica (Torrente
Ballester).

ser con las nuevas que vuestra merced desea y merece. Y si no, aparéjese la señora Dulcinea; que si   725
no responde como es razón, voto hago solemne a
quien puedo [75] que le tengo de sacar la buena respuesta del estómago a coces y a bofetones. Porque, ¿dónde se ha de sufrir que un caballero andante, tan famoso como vuestra merced, se vuel-   730
va loco, sin qué ni para qué, por una...? No me lo
haga decir la señora, porque por Dios que despo-
trique y lo eche todo a doce, aunque nunca se venda [76]. ¡Bonico soy yo para eso! ¡Mal me conoce!
¡Pues a fe que si me conociese, que me ayunase [77]!   735

—Así, Sancho —dijo don Quijote—, que, a lo
que parece, que no estás tú más cuerdo que yo.

—No estoy tan loco —respondió Sancho—;
mas estoy más colérico. Pero, dejando esto aparte, ¿qué es lo que ha de comer vuestra merced en   740
tanto que yo vuelvo? ¿Ha de salir al camino, como
Cardenio, a quitárselo a los pastores?

—No te dé pena ese cuidado —respondió don
Quijote—, porque, aunque tuviera, no comiera
otra cosa que las yerbas y frutos que este prado y   745
estos árboles me dieren; que la fineza de mi negocio está en no comer y en hacer otras asperezas
equivalentes. A Dios, pues.

—Pero, ¿sabe vuestra merced qué temo? Que
no tengo de acertar a volver a este lugar donde   750
agora le dejo, según está de escondido.

—Toma bien las señas, que yo procuraré no
apartarme destos contornos —dijo don Quijote—, y aun tendré cuidado de subirme por estos
más altos riscos, por ver si te descubro cuando   755
vuelvas. Cuanto más, que lo más acertado será,
para que no me yerres y te pierdas, que cortes algunas retamas de las muchas que por aquí hay, y
las vayas poniendo de trecho a trecho, hasta salir
a lo raso, las cuales te servirán de mojones y se-   760

[75] A Dios (eufemismo).

[76] Lo eche todo a ro-
dar, sin reparar en las
consecuencias (expre-
sión proverbial).

[77] Respetase.

ñales para que me halles cuando vuelvas, a imitación del hilo del laberinto de Perseo ▼.

—Así lo haré —respondió Sancho Panza.

765
Y cortando algunos [78], pidió la bendición a su señor, y, no sin muchas lágrimas de entrambos, se
despidió dél. Y subiendo sobre Rocinante, a quien
don Quijote encomendó mucho, y que mirase por
él como por su propria persona, se puso en camino del llano, esparciendo de trecho a trecho los ra-
770
mos de la retama, como su amo se lo había acon-
sejado. Y así se fue, aunque todavía le importuna-
ba don Quijote que le viese siquiera hacer dos locuras. Mas no hubo andado cien pasos, cuando
volvió y dijo:

775
—Digo, señor, que vuestra merced ha dicho
muy bien: que para que pueda jurar sin cargo de
conciencia que le he visto hacer locuras, será bien
que vea siquiera una, aunque bien grande la he visto en la quedada de vuestra merced.

780
—¿No te lo decía yo? —dijo don Quijote—.
Espérate, Sancho, que en un credo [79] las haré.

Y desnudándose con toda priesa los calzones,
quedó en carnes y en pañales, y luego, sin más ni
más, dio dos zapatetas en el aire y dos tumbas [80]
785
la cabeza abajo y los pies en alto, descubriendo cosas que, por no verlas otra vez, volvió Sancho la
rienda a Rocinante, y se dio por contento y satisfecho de que podía jurar que su amo quedaba
loco. Y así, le dejaremos ir su camino, hasta la vuel-
790
ta, que fue breve.

[78] Algunos *ramos de la retama* (mencionados después).

[79] En un momento.

[80] Volteretas.

▼ La referencia mitológica de don Quijote se basa en el error de confundir a Perseo,
héroe mitológico que decapitó a Medusa (una de las tres gorgonas), con Teseo, autor
de la muerte del minotauro en el laberinto de Creta.

Capítulo XXVI

Donde se prosiguen las finezas que de enamorado hizo don Quijote en Sierra Morena

Y volviendo a contar lo que hizo el de la Triste Figura después que se vio solo, dice la historia que así como don Quijote acabó de dar las tumbas o vueltas de medio abajo desnudo y de medio arriba vestido, y que vio que Sancho se había ido, sin querer aguardar a ver más sandeces, se subió sobre una punta de una alta peña, y allí tornó a pensar lo que otras muchas veces había pensado, sin haberse jamás resuelto en ello, y era que cuál sería mejor y le estaría más a cuento: imitar a Roldán en las locuras desaforadas [1] que hizo, o Amadís en las malencónicas [2]; y hablando entre sí mesmo, decía:

—Si Roldán fue tan buen caballero y tan valiente como todos dicen, ¿qué maravilla, pues al fin era encantado, y no le podía matar nadie si no era metiéndole un alfiler de a blanca [3] por la punta del pie, y él traía siempre los zapatos con siete suelas de hierro? Aunque no le valieron tretas contra Bernardo del Carpio, que se las entendió, y le ahogó entre los brazos, en Roncesvalles. Pero, dejando en él lo de la valentía a una parte, vengamos a lo de perder el juicio, que es cierto que le perdió, por las señales que halló en la Fortuna [4] y

[1] Sin medida (fuera de ley).

[2] Melancólicas.

[3] Alfiler grueso, que costaba una blanca (medio maravedí).

[4] Por azar.

por las nuevas [5] que le dio el pastor de que Angélica había dormido más de dos siestas con Medoro, un morillo de cabellos enrizados y paje de
Agramante [▼]. Y si él entendió que esto era verdad
y que su dama le había cometido desaguisado, no
hizo mucho en volverse loco. Pero yo, ¿cómo puedo imitalle en las locuras, si no le imito en la ocasión dellas? Porque mi Dulcinea del Toboso osaré
yo jurar que no ha visto en todos los días de su
vida moro alguno, ansí como él es, en su mismo
traje, y que se está hoy como la madre que la parió [▼▼], y haríale agravio manifiesto si, imaginando
otra cosa della, me volviese loco de aquel género
de locura de Roldán el furioso. Por otra parte, veo
que Amadís de Gaula, sin perder el juicio y sin hacer locuras, alcanzó tanta fama de enamorado
como el que más; porque lo que hizo, según su historia, no fue más de que, por verse desdeñado de
su señora Oriana, que le había mandado que no
pareciese ante su presencia hasta que fuese su voluntad, de que [6] se retiró a la Peña Pobre en compañía de un ermitaño, y allí se hartó de llorar y
de encomendarse a Dios, hasta que el cielo le
acorrió [7], en medio de su mayor cuita [8] y necesidad. Y si esto es verdad, como lo es, ¿para qué
quiero yo tomar trabajo agora de desnudarme del
todo, ni dar pesadumbre a estos árboles, que no
me han hecho mal alguno? Ni tengo para qué en-

[5] Noticias.

[6] Por lo cual.

[7] Socorrió (arcaísmo).

[8] Aflicción (arcaísmo).

[▼] Don Quijote confunde otra vez los personajes del *Orlando furioso*, de Ariosto, donde se dice que Orlando (Roldán) sólo podía ser herido por la planta del pie; pero lo de las *suelas de hierro* corresponde a Ferragús. Y Medoro no fue paje de Agramante, sino del africano Dardinel. Bernardo del Carpio es el héroe legendario a quien se atribuye la victoria de Roncesvalles, donde fue derrotado el ejército de Carlomagno y muertos los doce Pares, entre ellos Roldán.

[▼▼] Nótese la ironía y la aparente ambigüedad de esta expresión: *como la madre que la parió,* en vez de «como su madre la parió», de sentido bien diferente.

turbiar el agua clara destos arroyos, los cuales me
han de dar de beber cuando tenga gana. Viva la
memoria de Amadís, y sea imitado de don Quijo-
te de la Mancha en todo lo que pudiere; del cual   60
se dirá lo que del otro se dijo: que si no acabó
grandes cosas, murió por acometellas ▼; y si yo no
soy desechado ni desdeñado de Dulcinea del Toboso, bástame, como ya he dicho, estar ausente
della. Ea, pues, manos a la obra: venid a mi me-   65
moria cosas de Amadís, y enseñadme por dónde
tengo de comenzar a imitaros. Mas ya sé que lo
más que él hizo fue rezar y encomendarse a Dios;
pero, ¿qué haré de rosario, que no le tengo?

En esto le vino al pensamiento cómo le haría,   70
y fue que rasgó una gran tira de las faldas de la
camisa, que andaban colgando, y diole once ñu-
dos ⁹, el uno más gordo que los demás, y esto le
sirvió de rosario el tiempo que allí estuvo, donde
rezó un millón de avemarías ▼▼. Y lo que le fatiga-   75
ba mucho era no hallar por allí otro ermitaño que
le confesase y con quien consolarse. Y así, se entretenía paseándose por el pradecillo, escribiendo
y grabando por las cortezas de los árboles y por
la menuda arena muchos versos, todos acomoda-   80
dos a su tristeza, y algunos en alabanza de Dulcinea. Mas los que se pudieron hallar enteros y que
se pudiesen leer después que a él allí le hallaron,
no fueron más que estos que aquí se siguen:

⁹ Nudos.

‖‖

▼ Alusión mitológica que recuerda el epitafio que las Náyades de las Hespérides pusieron en la tumba de Faetonte, según cuenta Ovidio en sus *Metamorfosis:* «yace aquí Faetonte, conductor del carro de su padre (el Sol); si no lo pudo gobernar, sucumbió al menos después de una noble tentativa» (los caballos se desbocaron, y Zeus fulminó a Fae-
tón en el río Po).

▼▼ Nótese la hipérbole y la sarcástica broma: «hacer que el héroe rezara un millón de
avemarías, usando como rosario "una gran tira de las faldas de la camisa", que es de
imaginar que no estaría muy limpia» (A. Castro).

85   Árboles, yerbas y plantas
        que en aqueste sitio estáis,
        tan altos, verdes y tantas,
        si de mi mal no os holgáis,
        escuchad mis quejas santas.

90   Mi dolor no os alborote,
        aunque más terrible sea;
        pues, por pagaros escote [10],   [10] La parte que corresponde a cada uno.
        aquí lloró don Quijote
        ausencias de Dulcinea

95   del Toboso.
        Es aquí el lugar adonde
        el amador más leal
        de su señora se esconde,
        y ha venido a tanto mal

100   sin saber cómo o por dónde.
        Tráele amor al estricote [11],   [11] A mal traer, sin sosiego.
        que es de muy mala ralea;
        y así, hasta henchir un pipote [12],   [12] Llenar un barril pequeño.
        aquí lloró don Quijote

105   ausencias de Dulcinea
            del Toboso.
        Buscando las aventuras
        por entre las duras peñas,
        maldiciendo entrañas duras,

110   que entre riscos y entre breñas
        halla el triste desventuras,
            hirióle amor con su azote,
        no con su blanda correa;
        y en tocándole el cogote,

115   aquí lloró don Quijote
        ausencias de Dulcinea
            del Toboso ▼.

▼ Los detalles de la penitencia del caballero forman un cuadro paródico y ridículo, que ahora se completa con estos tres pares de quintillas.

No causó poca risa en los que hallaron los versos referidos el añadidura *del Toboso* al nombre de
Dulcinea, porque imaginaron que debió de imagi-   120
nar don Quijote que si en nombrando a Dulcinea
no decía también *del Toboso,* no se podría entender la copla; y así fue la verdad, como él después
confesó. Otros muchos escribió, pero, como se ha
dicho, no se pudieron sacar en limpio, ni enteros,   125
más destas tres coplas. En esto, y en suspirar, y
en llamar a los faunos y silvanos [13] de aquellos bosques, a las ninfas de los ríos, a la dolorosa y hú-
mida Eco [14], que le respondiese, consolasen y es-
cuchasen, se entretenía, y en buscar algunas yer-   130
bas con que sustentarse en tanto que Sancho volvía; que, si como tardó tres días, tardara tres semanas, el Caballero de la Triste Figura quedara
tan desfigurado, que no le conociera la madre que
lo parió.   135

Y será bien dejalle envuelto entre sus suspiros
y versos por contar lo que le avino a Sancho Panza en su mandadería [15] ▼. Y fue que, en saliendo al
camino real, se puso en busca del del Toboso, y
otro día [16] llegó a la venta donde le había sucedi-   140
do la desgracia de la manta; y no la hubo bien visto, cuando le pareció que otra vez andaba en los
aires, y no quiso entrar dentro, aunque llegó a
hora que lo pudiera y debiera hacer, por ser la del
comer y llevar en deseo de gustar algo caliente,   145
que había grandes [17] días que todo era fiambre.

Esta necesidad le forzó a que llegase junto a la
venta, todavía dudoso si entraría o no. Y estando
en esto, salieron de la venta dos personas que luego [18] le conocieron. Y dijo el uno al otro: 150

[13] Divinidades mitológicas (menores) de los campos y de las selvas.

[14] Ninfa que, desdeñada por Narciso, llora y muere de dolor.

[15] Embajada.

[16] Al día siguiente.

[17] Muchos.

[18] Inmediatamente.

▼ Como vemos, este capítulo se compone de dos partes, que muestran la separación
de don Quijote y Sancho: se procura atender juntamente a don Quijote en Sierra Morena y a Sancho en su viaje.

—Dígame, señor licenciado, aquél del caballo, ¿no es Sancho Panza, el que dijo el ama de nuestro aventurero que había salido con su señor por escudero?

155 —Sí es —dijo el licenciado—; y aquel es el caballo de nuestro don Quijote.

Y conociéronle tan bien, como aquellos que eran el cura y el barbero de su mismo lugar, y los que hicieron el escrutinio y acto general [19] de los

160 libros. Los cuales, así como acabaron de conocer a Sancho Panza y a Rocinante, deseosos de saber de don Quijote, se fueron a él, y el cura le llamó por su nombre, diciéndole:

—Amigo Sancho Panza, ¿adónde queda vues-
165 tro amo?

Conociólos luego Sancho Panza, y determinó de encubrir el lugar y la suerte donde y como su amo quedaba; y así, les respondió que su amo quedaba ocupado en cierta parte y en cierta cosa que le era

170 de mucha importancia, la cual él no podía descubrir, por los ojos que en la cara tenía.

—No, no —dijo el barbero—, Sancho Panza, si vos no nos decís dónde queda, imaginaremos, como ya imaginamos, que vos le habéis muerto y

175 robado, pues venís encima de su caballo. En verdad que nos habéis de dar el dueño del rocín, o sobre eso, morena ▼.

—No hay para qué conmigo amenazas, que yo no soy hombre que robo ni mato a nadie: a cada

180 uno mate su ventura, o Dios, que le hizo. Mi amo queda haciendo penitencia en la mitad desta montaña, muy a su sabor.

Y luego, de corrida y sin parar, les contó de la

[19] Auto de fe general.

▼ Expresión proverbial que contiene una amenaza en tono de burla: «haré y aconteceré, si no se hace lo que digo».

suerte que quedaba, las aventuras que le habían
sucedido, y cómo llevaba la carta a la señora Dul-   185
cinea del Toboso, que era la hija de Lorenzo Corchuelo, de quien estaba enamorado hasta los híga-
dos.

Quedaron admirados los dos de lo que Sancho
Panza les contaba, y aunque ya sabían la locura   190
de don Quijote y el género della, siempre que la
oían se admiraban de nuevo. Pidiéronle a Sancho
Panza que les enseñase la carta que llevaba a la señora Dulcinea del Toboso. Él dijo que iba escrita
en un libro de memoria, y que era orden de su se-   195
ñor que la hiciese trasladar [20] en papel en el primer lugar que llegase; a lo cual dijo el cura que se
la mostrase; que él la trasladaría de muy buena letra. Metió la mano en el seno Sancho Panza, buscando el librillo, pero no le halló, ni le podía ha-   200
llar si [21] le buscara hasta agora, porque se había
quedado don Quijote con él, y no se le había dado,
ni a él se le acordó de pedírsele.

Cuando Sancho vio que no hallaba el libro, fué-
sele parando mortal el rostro; y tornándose a ten-   205
tar todo el cuerpo muy apriesa, tornó a echar de
ver que no le hallaba, y, sin más ni más, se echó
entrambos puños a las barbas, y se arrancó la mitad dellas, y luego, apriesa y sin cesar, se dio media docena de puñadas en el rostro y en las nari-   210
ces, que se las bañó todas en sangre. Visto lo cual
por el cura y el barbero, le dijeron que qué le había sucedido, que tan mal se paraba.

—¿Qué me ha de suceder —respondió Sancho—, sino el haber perdido de una mano a   215
otra [22], en un estante [23], tres pollinos, que cada uno
era como un castillo ▼?

[20] Copiar.

[21] Aunque.

[22] En breve tiempo (sinonimia).

[23] Instante (rusticismo).

▼ La comicidad se basa aquí en el uso y abuso de la hipérbole.

—¿Cómo es eso? —replicó el barbero.

—He perdido el libro de memoria —respon
220 dió Sancho—, donde venía carta para Dulcinea,
y una cédula firmada de su [24] señor, por la cual
mandaba que su sobrina me diese tres pollinos, de
cuatro o cinco que estaban en casa.

    Y con esto, les contó la pérdida del rucio. Con
225 solóle el cura, y díjole que en hallando a su señor
él le haría revalidar la manda y que tornase a hacer la libranza en papel, como era uso y costumbre, porque las que se hacían en libros de memoria jamás se aceptaban ni cumplían.

230   Con esto se consoló Sancho, y dijo que como
aquello fuese ansí, que no le daba mucha pena la
pérdida de la carta de Dulcinea, porque él la sabía
casi de memoria, de la cual se podría trasladar
donde y cuando quisiesen.

235   —Decildo [25], Sancho, pues —dijo el barbero—; que después la trasladaremos.

    Paróse Sancho Panza a rascar la cabeza para
traer a la memoria la carta, y ya se ponía sobre
un pie, y ya sobre otro; unas veces miraba al sue
240 lo, otras al cielo, y al cabo de haberse roído la mitad de la yema de un dedo, teniendo suspensos a
los que esperaban que ya la dijese, dijo al cabo de
grandísimo rato:

    —Por Dios, señor licenciado, que los diablos
245 lleven la cosa que de la carta se me acuerda; aunque en el principio decía: «Alta y sobajada [26] señora».

    —No diría —dijo el barbero— *sobajada,* sino
sobrehumana o soberana señora [▼].

[24] De la sobrina.

[25] Decidlo (metátesis).

[26] Sobada, manoseada.

—Así es —dijo Sancho—. Luego, si mal no 250
me acuerdo, proseguía..., si mal no me acuerdo:
«El llego [27] y falto de sueño, y el ferido besa a vuestra merced las manos, ingrata y muy desconocida
hermosa», y no sé qué decía de salud y de enfermedad que le enviaba, y por aquí iba escurrien- 255
do [28], hasta que acababa en «Vuestro hasta la
muerte, el Caballero de la Triste Figura».

No poco gustaron los dos de ver la buena memoria de Sancho Panza, y alabáronsela mucho, y
le pidieron que dijese la carta otras dos veces, para 260
que ellos, ansimesmo, la tomasen de memoria
para trasladalla a su tiempo. Tornóla a decir Sancho otras tres veces, y otras tantas volvió a decir
otros tres mil disparates ▼. Tras esto, contó asimesmo las cosas de su amo, pero no habló palabra 265
acerca del manteamiento que le había sucedido en
aquella venta en la cual rehusaba entrar. Dijo también cómo su señor, en trayendo que le trujese
buen despacho de la señora Dulcinea del Toboso,
se había de poner en camino a procurar cómo ser 270
emperador, o, por lo menos, monarca, que así lo
tenían concertado entre los dos; y era cosa muy
fácil venir a serlo, según era el valor de su persona y la fuerza de su brazo; y que en siéndolo, le
había de casar a él, porque ya sería viudo, que no 275
podía ser menos, y le había de dar por mujer a
una doncella de la emperatriz, heredera de un rico
y grande estado de tierra firme, sin ínsulos ni ínsulas, que ya no las quería.

▼ «También esas líneas salidas del alma y de la mano del caballero, han de sufrir la
suerte de todo lo de su amo; este breve escrito es imagen resumida del que lo escribió,
porque empieza siendo magnífica pretensión de aventura amorosa, lance de otro mundo, y remata en ridículo suceso de risa y mofa» (Salinas).

280   Decía esto Sancho con tanto reposo, limpiándo-
se de cuando en cuando las narices, y con tan poco
juicio, que los dos se admiraron de nuevo, considerando cuán vehemente había sido la locura de
don Quijote, pues había llevado tras sí el juicio de
285   aquel pobre hombre. No quisieron cansarse en sacarle del error en que estaba, pareciéndoles que,
pues no le dañaba nada la conciencia, mejor era
dejarle en él, y a ellos les sería de más gusto oír
sus necedades. Y así, le dijeron que rogase a Dios
290   por la salud de su señor; que cosa contingente y
muy agible [29] era venir, con el discurso [30] del tiempo, a ser emperador, como él decía, o, por lo menos, arzobispo, o otra dignidad equivalente. A lo
cual respondió Sancho:
295   —Señores, si la fortuna rodease las cosas de
manera que a mi amo le viniese en voluntad de
no ser emperador, sino de ser arzobispo, querría
yo saber agora qué suelen dar los arzobispos andantes a sus escuderos.
300   —Suélenles dar —respondió el cura— algún
beneficio, simple o curado [31], o alguna sacristanía,
que les vale mucho de renta rentada [32], amén del
pie de altar [33], que se suele estimar en otro tanto.
—Para eso será menester —replicó Sancho—
305   que el escudero no sea casado, y que sepa ayudar
a misa, por lo menos; y si esto es así, ¡desdichado
de yo [34], que soy casado y no sé la primera letra
del ABC! ¿Qué será de mí si a mi amo le da antojo de ser arzobispo, y no emperador, como es uso
310   y costumbre de los caballeros andantes ▼?

[29] Factible.

[30] Transcurso.

[31] Sin obligación aneja
de cura de almas (sim-
ple) o con dicha obliga-
ción (curado).

[32] Renta fija.

[33] Estipendio eventual
y variable.

[34] De mí (rusticismo).

▼ Aun con su propensión a los trastrueques idiomáticos y rusticismos, la figura de Sancho experimenta un notable avance en su proceso de quijotización, que es aquí recurso
de comicidad, como lo es también la creación del sintagma *arzobispos andantes* o la expresión *sin ínsulos ni ínsulas*.

—No tengáis pena, Sancho amigo —dijo el barbero—; que aquí ³⁵ rogaremos a vuestro amo, y
se lo aconsejaremos, y aun se lo pondremos en
caso de conciencia, que sea emperador y no arzobispo, porque le será más fácil, a causa de que él   315
es más valiente que estudiante.

—Así me ha parecido a mí —respondió Sancho—; aunque sé decir que para todo tiene habilidad. Lo que yo pienso hacer de mi parte es rogarle a Nuestro Señor que le eche a aquellas par-   320
tes donde él más se sirva y adonde a mí más mercedes me haga.

—Vos lo decís como discreto —dijo el cura—,
y lo haréis como buen cristiano. Mas lo que ahora
se ha de hacer es dar orden cómo sacar a vuestro   325
amo de aquella inútil penitencia que decís que queda haciendo; y para pensar el modo que hemos
de tener, y para comer, que ya es hora, será bien
nos entremos en esta venta.

Sancho dijo que entrasen ellos, que él esperaría   330
allí fuera, y que después les diría la causa por que
no entraba ni le convenía entrar en ella; mas que
les rogaba que le sacasen allí algo de comer que
fuese cosa caliente, y, ansimismo, cebada para Rocinante. Ellos se entraron y le dejaron, y de allí a   335
poco el barbero le sacó de comer. Después, habiendo bien pensado entre los dos el modo que
tendrían para conseguir lo que deseaban, vino el
cura en un pensamiento muy acomodado al gus-
to de don Quijote, y para lo que ellos querían. Y   340
fue que dijo al barbero que lo que había pensado
era que él se vestiría en hábito de doncella andante, y que él procurase ponerse lo mejor que pudiese como escudero, y que así irían adonde don
Quijote estaba, fingiendo ser ella una doncella afli-   345
gida y menesterosa, y le pediría un don, el cual él
no podría dejársele de otorgar, como valeroso ca-

ballero andante. Y que el don que le pensaba pedir era que se viniese con ella donde ella le llevase, a desfacelle [36] un agravio que un mal caballero le tenía fecho, y que le suplicaba ansimesmo que no la mandase quitar su antifaz, ni la demandase cosa [37] de su facienda, fasta que la hubiese fecho derecho de aquel mal caballero, y que creyese, sin duda, que don Quijote vendría en todo cuanto le pidiese por este término, y que desta manera le sacarían de allí, y le llevarían a su lugar, donde procurarían ver si tenía algún remedio su extraña locura.

[36] Deshacerle (arcaísmo).

[37] Preguntase nada (arcaísmo).

Capítulo XXVII

De cómo salieron con su intención el cura y el barbero, con otras cosas dignas de que se cuenten en esta grande historia

No le pareció mal al barbero la invención del 5
cura, sino tan bien, que luego la pusieron por
obra. Pidiéronle a la ventera una saya y unas tocas [1], dejándole en prendas una sotana nueva del
cura. El barbero hizo una gran barba de una cola
rucia o roja de buey, donde el ventero tenía col- 10
gado el peine [2]. Preguntóles la ventera que para
qué le pedían aquellas cosas. El cura le contó en
breves razones la locura de don Quijote, y cómo
convenía aquel disfraz para sacarle de la montaña, donde a la sazón estaba. Cayeron luego el ven- 15
tero y la ventera en que el loco era su huésped,
el del bálsamo, y el amo del manteado escudero,
y contaron al cura todo lo que con él les había pasado, sin callar lo que tanto callaba Sancho ▼. En
resolución, la ventera vistió al cura de modo que 20
no había más que ver: púsole una saya de paño,
llena de fajas de terciopelo negro de un palmo en
ancho, todas acuchilladas [3], y unos corpiños [4] de

[1] Velos con que las mujeres se cubren la cabeza.

[2] Trabados los dientes del peine entre las cerdas (de la cola).

[3] Abiertas a trechos.

[4] Jubones sin mangas.

▼ *Lo que tanto callaba Sancho* era su manteamiento (en el capítulo 17). Esta venta, de Juan Palomeque, es el centro espacial del *Quijote* de 1605. La misma función desempeña el castillo de los duques en el *Quijote* de 1615.

terciopelo verde, guarnecidos con unos ribetes de
25   raso blanco, que se debieron de hacer, ellos y la
saya, en tiempo del rey Wamba ▼. No consintió el
cura que le tocasen [5], sino púsose en la cabeza un   [5] Aderezasen la cabeza
birretillo de lienzo colchado que llevaba para dor-   con adornos.
mir de noche, y ciñóse por la frente una liga de
30   tafetán negro, y con otra liga hizo un antifaz, con
que se cubrió muy bien las barbas y el rostro. En-
casquetóse su sombrero, que era tan grande que
le podía servir de quitasol, y cubriéndose su herre-
ruelo [6], subió en su mula a mujeriegas, y el barbe-   [6] Capa corta.
35   ro en la suya, con su barba que le llegaba a la cintura, entre roja y blanca, como aquella que, como
se ha dicho, era hecha de la cola de un buey barro-
so [7].   [7] De pelaje rojizo.

     Despidiéronse de todos, y de la buena de Mari-
40   tornes, que prometió de rezar un rosario, aunque
pecadora, porque Dios les diese buen suceso [8] en   [8] Éxito.
tan arduo y tan cristiano negocio como era el que
habían emprendido.

     Mas, apenas hubo salido de la venta, cuando le
45   vino al cura un pensamiento: que hacía mal en haberse puesto de aquella manera, por ser cosa indecente que un sacerdote se pusiese así, aunque
le fuese mucho en ello; y diciéndoselo al barbero,
le rogó que trocasen trajes, pues era más justo que
50   él fuese la doncella menesterosa, y que él haría el
escudero [9]; y que así se profanaba menos su dig-   [9] Representaría el pa-
nidad; y que si no lo quería hacer, determinaba   pel de escudero.
de no pasar adelante, aunque a don Quijote se le
llevase el diablo.
55   En esto llegó Sancho, y de ver a los dos en aquel

▼ «En época muy antigua» (expresión proverbial). El rey visigodo Wamba (siglo VII) quedó así convertido en personaje proverbial.

traje no pudo tener la risa. En efecto, el barbero
vino en [10] todo aquello que el cura quiso, y, tro-
cando la invención, el cura le fue informando el
modo que había de tener, y las palabras que había de decir a don Quijote para moverle y forzar-   60
le a que con él se viniese, y dejase la querencia del
lugar que había escogido para su vana penitencia ▼. El barbero respondió que, sin que se le diese
lección, él lo pondría bien en su punto. No quiso
vestirse por entonces, hasta que estuviesen junto   65
de donde don Quijote estaba, y así, dobló sus vestidos, y el cura acomodó su barba, y siguieron su
camino, guiándolos Sancho Panza, el cual les fue
contando lo que les aconteció con el loco que hallaron en la sierra, encubriendo, empero, el hallaz-   70
go de la maleta y de cuanto en ella venía; que ma-

guer [11] que tonto, era un poco codicioso el mancebo.

    Otro día [12] llegaron al lugar donde Sancho ha-
bía dejado puestas las señales de las ramas para   75
acertar el lugar donde había dejado a su señor; y,
en reconociéndole, les dijo cómo aquella era la entrada, y que bien se podían vestir, si era que aquello hacía al caso para la libertad de su señor. Porque ellos le habían dicho antes que el ir de aque-   80
lla suerte y vestirse de aquel modo era toda la importancia para sacar a su amo de aquella mala
vida que había escogido, y que le encargaban mu-

cho que no dijese a su amo quién [13] ellos eran, ni
que los conocía; y que si le preguntase, como se   85
lo había de preguntar, si dio la carta a Dulcinea,

▼ Como vemos, el proyecto del cura va cambiando sobre la marcha. Aquí, en alusión
irónica a la dignidad del cargo eclesiástico, se produce la primera modificación, el in-
tercambio de papeles entre el cura y el barbero.

dijese que sí, y que, por no saber leer, le había respondido de palabra, diciéndole que le mandaba,
so pena de la su desgracia ▼, que luego al momen-
90   to se viniese a ver con ella, que era cosa que le importaba mucho, porque con esto y con lo que ellos
pensaban decirle tenían por cosa cierta reducirle
a mejor vida, y hacer con él que luego se pusiese
en camino para ir a ser emperador o monarca,
95   que en lo de ser arzobispo no había de qué temer.

Todo lo escuchó Sancho, y lo tomó muy bien
en la memoria, y les agradeció mucho la intención
que tenían de aconsejar a su señor fuese emperador y no arzobispo, porque él tenía para sí que,
100   para hacer mercedes a sus escuderos, más podían
los emperadores que los arzobispos andantes.
También les dijo que sería bien que él fuese delante a buscarle y darle la respuesta de su señora;
que ya sería ella bastante a sacarle de aquel lugar,
105   sin que ellos se pusiesen en tanto trabajo. Pareció-
les bien lo que Sancho Panza decía, y así, determinaron de aguardarle, hasta que volviese con las
nuevas del hallazgo de su amo.

Entróse Sancho por aquellas quebradas de la
110   sierra, dejando a los dos en una [14], por donde   [14] Una quebrada (zeug-
corría un pequeño y manso arroyo, a quien ha-   ma).
cían sombra agradable y fresca otras peñas y algunos árboles que por allí estaban. El calor, y el
día que allí llegaron, era de los del mes de agosto,
115   que por aquellas partes suele ser el ardor muy
grande; la hora, las tres de la tarde: todo lo cual
hacía al sitio más agradable, y que convidase a que
en él esperasen la vuelta de Sancho, como lo hicieron.

▼ «So pena de la [pena] de su desgracia» (zeugma); bajo pena de perder su gracia.

Estando, pues, los dos allí sosegados y a la som- 120
bra, llegó a sus oídos una voz que, sin acompañar-
la son de algún otro instrumento, dulce y regala-
damente sonaba, de que no poco se admiraron,
por parecerles que aquél no era lugar donde pudiese haber quien tan bien cantase. Porque aun- 125
que suele decirse que por las selvas y campos se
hallan pastores de voces extremadas, más son en-
carecimientos de poetas que verdades ▼; y más
cuando advirtieron que lo que oían cantar eran
versos, no de rústicos ganaderos, sino de discre- 130
tos cortesanos. Y confirmó esta verdad haber sido
los versos que oyeron éstos:

¿Quién menoscaba mis bienes?
　Desdenes.
Y ¿quién aumenta mis duelos?   135
　Los celos.
Y ¿quién prueba mi paciencia?
　Ausencia.
De ese modo, en mi dolencia
ningún remedio se alcanza,   140
pues me matan la esperanza
desdenes, celos y ausencia.

¿Quién me causa este dolor?
　Amor.
Y ¿quién mi gloria repugna ▼▼?   145
　Fortuna.
Y ¿quién consiente en mi duelo?
　El cielo.

▼ Es una alusión al mundo idealizado de la novela pastoril. Nótese que, una vez más,
se presenta un episodio con cierto aire de misterio, producido en este caso por el canto
del personaje antes de aparecer.

▼▼ Para mantener la rima consonante debe leerse *repuna*, como seguramente se pronunciaba entonces la forma verbal *repugna*.

150   De ese modo, yo recelo
morir deste mal extraño,
pues se aumentan en mi daño
amor, fortuna y el cielo.

¿Quién mejorará mi suerte?
    La muerte.
155   Y el bien de amor, ¿quién le alcanza?
    Mudanza.
Y sus males, ¿quién los cura?
    Locura.
De ese modo, no es cordura
160   querer curar la pasión
cuando los remedios son
muerte, mudanza y locura ▼.

La hora, el tiempo, la soledad, la voz y la des-
treza del que cantaba causó [15] admiración y con-   [15] Todo causó.
165   tento en los dos oyentes, los cuales se estuvieron
quedos, esperando si alguna otra cosa oían; pero
viendo que duraba algún tanto el silencio, determinaron de salir a buscar el músico que con tan
buena voz cantaba. Y queriéndolo poner en efec-
170   to, hizo la mesma voz que no se moviesen, la cual
llegó de nuevo a sus oídos, cantando este soneto:

SONETO

Santa amistad, que con ligeras alas,
tu apariencia quedándose en el suelo,
175   entre benditas almas, en el cielo,
subiste alegre a las impíreas [16] salas,   [16] Empíreas, celestiales.

▼ Esta composición está formada por tres ovillejos.

desde allá, cuando quieres, nos señalas
la justa paz cubierta con un velo,
por quien a veces se trasluce el celo
de buenas obras que, a la fin, son malas.   180

Deja el cielo, ¡oh amistad!, o no permitas
que el engaño se vista tu librea,
con que destruye a la intención sincera;

que si tus apariencias no le quitas,
presto ha de verse el mundo en la pelea   185
de la discorde confusión primera.

El canto se acabó con un profundo suspiro, y
los dos con atención volvieron a esperar si más se
cantaba; pero viendo que la música se había vuelto en sollozos y en lastimeros ayes, acordaron de   190
saber quién era el triste, tan extremado en la voz
como doloroso en los gemidos; y no anduvieron
mucho, cuando, al volver [17] de una punta de una
peña, vieron a un hombre del mismo talle y figura que Sancho Panza les había pintado cuando les   195
contó el cuento de Cardenio; el cual hombre,
cuando los vio, sin sobresaltarse, estuvo quedo,
con la cabeza inclinada sobre el pecho a guisa de [18]
hombre pensativo, sin alzar los ojos a mirarlos más
de la vez primera, cuando de improviso llegaron.   200
El cura, que era hombre bien hablado, como el
que ya tenía noticia de su desgracia, pues por las
señas le había conocido, se llegó a él, y con breves aunque muy discretas razones le rogó y persuadió que aquella tan miserable vida dejase, por-   205
que allí no la perdiese, que era la desdicha mayor
de las desdichas. Estaba Cardenio entonces en su
entero juicio, libre de aquel furioso accidente que
tan a menudo le sacaba de sí mismo; y así, viendo
a los dos en traje tan no usado de los que por aque-   210

---

[17] A la vuelta.

[18] En actitud de.

llas soledades andaban, no dejó de admirarse algún tanto, y más cuando oyó que le habían hablado en su negocio, como en cosa sabida —porque
las razones que el cura le dijo así lo dieron a en-
215   tender—; y así, respondió desta manera:
      —Bien veo yo, señores, quienquiera que seáis,
que el cielo que tiene cuidado de socorrer a los
buenos, y aun a los malos muchas veces, sin yo
merecerlo, me envía, en estos tan remotos y apar-
220   tados lugares del trato común de las gentes, algunas personas que, poniéndome delante de los ojos
con vivas y varias razones cuán sin ella [19] ando en   [19] Sin razón (zeugma).
hacer la vida que hago, han procurado sacarme
désta a mejor parte; pero como no saben que sé
225   yo que en saliendo deste daño he de caer en otro
mayor, quizá me deben de tener por hombre de
flacos discursos, y aun, lo que peor sería, por de
ningún juicio. Y no sería maravilla que así fuese,
porque a mí se me trasluce que la fuerza de la ima-
230   ginación de mis desgracias es tan intensa y puede
tanto en mi perdición que, sin que yo pueda ser
parte a estorbarlo, vengo a quedar como piedra,
falto de todo buen sentido y conocimiento; y vengo a caer en la cuenta desta verdad, cuando algu-
235   nos me dicen y muestran señales de las cosas que
he hecho en tanto que aquel terrible accidente me
señorea [20], y no sé más que dolerme en vano y   [20] Domina.
maldecir sin provecho mi ventura, y dar por dis-
culpa de mis locuras el decir la causa dellas a cuan-
240   tos oírla quieren; porque viendo los cuerdos cuál
es la causa, no se maravillarán de los efectos, y si
no me dieren remedio, a lo menos no me darán
culpa, convirtiéndoseles el enojo de mi desenvoltura en lástima de mis desgracias. Y si es que vo-
245   sotros, señores, venís con la mesma intención que
otros han venido, antes que paséis adelante en
vuestras discretas persuasiones, os ruego que es-

cuchéis el cuento, que no le tiene ▼, de mis desventuras, porque quizá, después de entendido,
ahorraréis del trabajo que tomaréis en consolar un   250
mal que de todo consuelo es incapaz.

Los dos, que no deseaban otra cosa que saber
de su mesma boca la causa de su daño, le rogaron
se la contase, ofreciéndole de no hacer otra cosa
de la que él quisiese, en su remedio o consuelo; y   255
con esto, el triste caballero comenzó su lastimera
historia, casi por las mesmas palabras y pasos que
la había contado a don Quijote y al cabrero pocos
días atrás, cuando, por ocasión [21] del maestro Elisabat y puntualidad [22] de don Quijote en guardar   260
el decoro a la caballería, se quedó el cuento imperfecto [23], como la historia lo deja contado. Pero
ahora quiso la buena suerte que se detuvo el accidente de la locura y le dio lugar de contarlo hasta el fin; y así, llegando al paso del billete [24] que   265
había hallado don Fernando entre el libro de *Amadís de Gaula,* dijo Cardenio que le tenía bien en la
memoria, y que decía desta manera:

Luscinda a Cardenio

Cada día descubro en vos valores que me obligan   270
y fuerzan a que en más os estime; y así, si quisiére-
des sacarme desta deuda sin ejecutarme en la hon-
ra ▼▼, *lo podréis muy bien hacer. Padre tengo, que*
os conoce y que me quiere bien, el cual, sin forzar
mi voluntad, cumplirá la que será justo que vos ten-   275
gáis, si es que me estimáis, como decís y como yo creo.

---

[21] Por causa.

[22] Diligencia.

[23] Inacabado.

[24] Al suceso de la carta.

▼ «Que escuchéis el cuento, que no tiene cuento». Es un zeugma complejo o dilógico,
pues en el primer caso *cuento* significa «relato», y en el segundo equivale a «cuenta»,
«número». Es decir, «el cuento que no tiene fin» (por el imposible recuento de tantas
desventuras).

▼▼ Expresión jurídica («ejecutarse la sentencia»), empleada en los tribunales cuando se
pone por obra la sentencia dada, que se cumple a pesar de la apelación.

—Por este billete me moví a pedir a Luscinda
por esposa, como ya os he contado, y éste fue por
quien ²⁵ quedó Luscinda en la opinión de don Fer-
280   nando por una de las más discretas y avisadas mujeres de su tiempo; y este billete fue el que le puso
en deseo de destruirme, antes que el mío se efec-
tuase. Díjele yo a don Fernando en lo que reparaba el padre de Luscinda, que era en que mi padre
285   se la pidiese, lo cual yo no le osaba decir, temeroso que no vendría en ello ²⁶, no porque no tuviese
bien conocida la calidad, bondad, virtud y hermosura de Luscinda, y que tenía partes ²⁷ bastantes
para ennoblecer cualquier otro linaje de España,
290   sino porque yo entendía dél que deseaba que no
me casase tan presto, hasta ver lo que el duque Ricardo hacía conmigo. En resolución, le dije que no
me aventuraba a decírselo a mi padre, así por
aquel inconveniente como por otros muchos que
295   me acobardaban, sin saber cuáles eran, sino que
me parecía que lo que yo desease jamás había de
tener efecto. A todo esto me respondió don Fernando que él se encargaba de hablar a mi padre
y hacer con él que hablase al de Luscinda. ¡Oh Ma-
300   rio ambicioso, oh Catilina cruel, oh Sila facinoro-
so ²⁸, oh Galalón embustero, oh Vellido traidor, oh
Julián vengativo, oh Judas codicioso ▼! Traidor,
cruel, vengativo y embustero, ¿qué de servicios te
había hecho este triste, que con tanta llaneza te
305   descubrió los secretos y contentos de su corazón?
¿Qué ofensa te hice? ¿Qué palabras te dije, o qué
consejos te di, que no fuesen todos encaminados
a acrecentar tu honra y tu provecho? Mas ¿de qué

²⁵ Por el que (se refiere a *billete*).

²⁶ No se avendría a ello.

²⁷ Cualidades.

²⁸ Facineroso.

▼ El patetismo del relato de Cardenio se disuelve aquí en una «afectada tirada retórica», acumulando apóstrofes enfáticos y artificiosos (y después interrogaciones retóricas) que componen una amplia lista de traidores célebres.

me quejo, ¡desventurado de mí!, pues es cosa cierta que cuando traen las desgracias la corriente de   310
las estrellas, como vienen de alto a bajo, despe-
ñándose con furor y con violencia, no hay fuerza
en la tierra que las detenga, ni industria humana
que prevenirlas pueda? ¿Quién pudiera imaginar
que don Fernando, caballero ilustre, discreto, obli-   315
gado de mis servicios, poderoso para alcanzar lo
que el deseo amoroso le pidiese dondequiera que

le ocupase, se había de enconar ²⁹, como suele decirse, en tomarme a mí una sola oveja, que aún
no poseía? Pero quédense estas consideraciones   320
aparte, como inútiles y sin provecho, y añudemos
el roto hilo de mi desdichada historia. Digo, pues,
que pareciéndole a don Fernando que mi presencia le era inconveniente para poner en ejecución
su falso y mal pensamiento, determinó de enviar-   325
me a su hermano mayor con ocasión de pedirle
unos dineros para pagar seis caballos, que de in-

dustria ³⁰ y sólo para este efecto de que me ausen-
tase (para poder mejor salir con su dañado intento), el mesmo día que se ofreció hablar a mi pa-   330
dre los compró, y quiso que yo viniese por el dinero. ¿Pude yo prevenir esta traición? ¿Pude, por
ventura, caer en imaginarla? No, por cierto; antes
con grandísimo gusto me ofrecí a partir luego,
contento de la buena compra hecha. Aquella no-   335
che hablé con Luscinda, y le dije lo que con don
Fernando quedaba concertado, y que tuviese firme esperanza de que tendrían efecto nuestros bue-

nos y justos deseos. Ella me dijo, tan segura ³¹
como yo de la traición de don Fernando, que pro-   340
curase volver presto, porque creía que no tardaría
más la conclusión de nuestras voluntades que tardase mi padre de hablar al suyo. No sé qué se fue,
que, en acabando de decirme esto, se le llenaron
los ojos de lágrimas y un nudo se le atravesó en   345

la garganta, que no le dejaba hablar palabra de
otras muchas que me pareció que procuraba decirme. Quedé admirado deste nuevo accidente, hasta
allí jamás en ella visto, porque siempre nos hablá-
350   bamos, las veces que la buena fortuna y mi diligencia lo concedía, con todo regocijo y contento,
sin mezclar en nuestras pláticas lágrimas, suspiros,
celos, sospechas o temores. Todo era engrandecer
yo mi ventura, por habérmela dado el cielo por se-
355   ñora; exageraba [32] su belleza, admirábame de su
valor y entendimiento. Volvíame ella el recam-
bio [33], alabando en mí lo que, como a enamorada,
le parecía digno de alabanza. Con esto, nos con-
tábamos cien mil niñerías y acaecimientos de
360   nuestros vecinos y conocidos, y a lo que más se extendía mi desenvoltura era a tomarle, casi por
fuerza, una de sus bellas y blancas manos, y lle-
garla a mi boca, según daba lugar la estrecheza [34]
de una baja reja que nos dividía. Pero la noche
365   que precedió al triste día de mi partida, ella lloró,
gimió y suspiró, y se fue, y me dejó lleno de confusión y sobresalto, espantado de haber visto tan
nuevas y tan tristes muestras de dolor y sentimiento en Luscinda; pero, por no destruir mis esperan-
370   zas, todo lo atribuí a la fuerza del amor que me tenía y al dolor que suele causar la ausencia en los
que bien se quieren. En fin, yo me partí, triste y
pensativo, llena el alma de imaginaciones y sospechas, sin saber lo que sospechaba ni imaginaba;
375   claros indicios que me mostraban el triste suceso
y desventura que me estaba guardada. Llegué al
lugar donde era enviado; di las cartas al hermano
de don Fernando; fui bien recibido, pero no bien
despachado, porque me mandó aguardar, bien a
380   mi disgusto, ocho días, y en parte donde el duque
su padre no me viese, porque su hermano le escribía que le enviase cierto dinero sin su sabidu-

[32] Encarecía.

[33] Correspondía ella con el doble.

[34] Estrechez.

⁵ Sin su conocimiento.

⁶ En peligro.

⁷ Por casualidad.

ría ³⁵, y todo fue invención del falso don Fernando, pues no le faltaban a su hermano dineros para despacharme luego. Orden y mandato fue éste que me puso en condición ³⁶ de no obedecerle, por parecerme imposible sustentar tantos días la vida en la ausencia de Luscinda, y más habiéndola dejado con la tristeza que os he contado; pero, con todo esto, obedecí como buen criado, aunque veía que había de ser a costa de mi salud. Pero a los cuatro días que allí llegué, llegó un hombre en mi busca con una carta, que me dio, que en el sobrescrito conocí ser de Luscinda, porque la letra dél era suya. Abríla, temeroso y con sobresalto, creyendo que cosa grande debía de ser la que la había movido a escribirme estando ausente, pues presente pocas veces lo hacía. Preguntéle al hombre, antes de leerla, quién se la había dado y el tiempo que había tardado en el camino. Díjome que acaso ³⁷ pasando por una calle de la ciudad a la hora de medio día, una señora muy hermosa le llamó desde una ventana, los ojos llenos de lágrimas, y que con mucha priesa le dijo: «Hermano, si sois cristiano, como parecéis, por amor de Dios os ruego que encaminéis luego esta carta al lugar y a la persona que dice el sobrescrito, que todo es bien conocido, y en ello haréis un gran servicio a Nuestro Señor; y para que no os falte comodidad de poderlo hacer, tomad lo que va en este pañuelo.» Y diciendo esto, me arrojó por la ventana un pañuelo, donde venían atados cien reales y esta sortija de oro que aquí traigo, con esa carta que os he dado. Y luego, sin aguardar respuesta mía, se quitó de la ventana, aunque primero vio cómo yo tomé la carta y el pañuelo, y por señas le dije que haría lo que me mandaba. Y así, viéndome tan bien pagado del trabajo que podía tomar en traérosla, y conociendo por el sobrescrito que éra-

385

390

395

400

405

410

415

420   des vos a quien se enviaba, porque yo, señor, os
       conozco muy bien, y obligado asimesmo de las lá-
       grimas de aquella hermosa señora, determiné de
       no fiarme de otra persona, sino venir yo mesmo
       a dárosla, y en diez y seis horas que ha que se me
425   dio, he hecho el camino, que sabéis que es de diez
       y ocho leguas.» En tanto que el agradecido y nue-
       vo correo esto me decía, estaba yo colgado [38] de   [38] Pendiente.
       sus palabras, temblándome las piernas, de mane-
       ra que apenas podía sostenerme. En efecto, abrí
430   la carta y vi que contenía estas razones:

           *La palabra que don Fernando os dio de hablar a
       vuestro padre para que hablase al mío, la ha cum-
       plido más en su gusto que en vuestro provecho. Sa-
       bed, señor, que él me ha pedido por esposa, y mi pa-
435   dre, llevado de la ventaja que él piensa que don Fer-
       nando os hace, ha venido en lo que quiere, con tan-
       tas veras, que de aquí a dos días se ha de hacer el
       desposorio, tan secreto y tan a solas, que sólo han de
       ser testigos los cielos y alguna gente de casa. Cuál yo
440   quedo, imaginaldo [39]; si os cumple venir, veldo [40]; y   [39] Imaginadlo (metáte-
       si os quiero bien o no, el suceso deste negocio os lo   sis).
       dará a entender. A Dios plega [41] que ésta llegue a   [40] Vedlo (metátesis).
       vuestras manos antes que la mía [42] se vea en condi-
       ción de juntarse con la de quien tan mal sabe guar-   [41] Plazca.
445   dar la fe que promete.*   [42] Mi mano (zeugma).

           Éstas, en suma, fueron las razones que la carta
       contenía y las que me hicieron poner luego en ca-
       mino, sin esperar otra respuesta ni otros dineros;
       que bien claro conocí entonces que no la compra
450   de los caballos, sino la de su gusto, había movido
       a don Fernando a enviarme a su hermano. El eno-
       jo que contra don Fernando concebí, junto con el

temor de perder la prenda que con tantos años de servicios y deseos tenía granjeada, me pusieron alas, pues, casi como en vuelo, otro día [43] me puse en mi lugar al punto y hora que convenía para ir a hablar a Luscinda. Entré secreto, y dejé una mula en que venía en casa del buen hombre que me había llevado la carta, y quiso la suerte que entonces la tuviese tan buena, que hallé a Luscinda puesta a la reja, testigo de nuestros amores. Conocióme Luscinda luego, y conocíla yo, mas no como debía ella conocerme y yo conocerla. Pero, ¿quién hay en el mundo que se pueda alabar que ha penetrado y sabido el confuso pensamiento y condición mudable de una mujer? Ninguno, por cierto. Digo, pues, que, así como Luscinda me vio, me dijo: «Cardenio, de boda estoy vestida; ya me están aguardando en la sala don Fernando el traidor y mi padre el codicioso, con otros testigos, que antes lo serán de mi muerte que de mi desposorio. No te turbes, amigo, sino procura hallarte presente a este sacrificio, el cual si no pudiere ser estorbado de mis razones, una daga llevo escondida que podrá estorbar más determinadas fuerzas, dando fin a mi vida y principio a que conozcas la voluntad que te he tenido y tengo.» Yo le respondí turbado y apriesa, temeroso no me faltase lugar [44] para responderla: «Hagan, señora, tus obras verdaderas tus palabras; que si tú llevas daga para acreditarte, aquí llevo yo espada para defenderte con ella o para matarme, si la suerte nos fuere contraria.» No creo que pudo oír todas estas razones, porque sentí que la llamaban apriesa, porque el desposado aguardaba. Cerróse con esto la noche de mi tristeza, púsoseme el sol de mi alegría; quedé sin luz en los ojos y sin discurso en el entendimiento. No acertaba a entrar en su casa, ni podía moverme a parte alguna; pero conside-

[43] Al día siguiente.

[44] Tiempo, ocasión.

490   rando cuánto importaba mi presencia para lo que
suceder pudiese en aquel caso, me animé lo más
que pude y entré en su casa; y como ya sabía muy
bien todas sus entradas y salidas, y más con el alboroto que de secreto en ella andaba, nadie me
495   echó de ver; así que, sin ser visto, tuve lugar de ponerme en el hueco que hacía una ventana de la
mesma sala, que con las puntas y remates de dos
tapices se cubría, por entre las cuales podía yo ver,
sin ser visto, todo cuanto en la sala se hacía.
500   ¿Quién pudiera decir ahora los sobresaltos que me
dio el corazón mientras allí estuve, los pensamientos que me ocurrieron, las consideraciones que
hice, que fueron tantas y tales, que ni se pueden
decir ni aun es bien que se digan? Basta que se-
505   páis que el desposado entró en la sala sin otro
adorno que los mesmos vestidos ordinarios que solía. Traía por padrino a un primo hermano de Luscinda, y en toda la sala no había persona de fuera, sino los criados de casa. De allí a un poco, sa-
510   lió de una recámara Luscinda, acompañada de su
madre y de dos doncellas suyas, tan bien aderezada y compuesta como su calidad y hermosura merecían, y como quien era la perfección de la gala
y bizarría cortesana. No me dio lugar mi suspen-
515   sión y arrobamiento para que mirase y notase en
particular lo que traía vestido; sólo pude advertir
a las colores, que eran encarnado y blanco, y en
las vislumbres [45] que las piedras y joyas del toca-   [45] Reflejos.
do y de todo el vestido hacían, a todo lo cual se
520   aventajaba la belleza singular de sus hermosos y
rubios cabellos, tales, que, en competencia de las
preciosas piedras y de las luces de cuatro hachas
que en la sala estaban, la suya con más resplandor a los ojos ofrecían. ¡Oh memoria, enemiga
525   mortal de mi descanso! ¿De qué sirve representar-
me ahora la incomparable belleza de aquella ado-

rada enemiga mía? ¿No será mejor, cruel memoria, que me acuerdes y representes lo que entonces hizo para que, movido de tan manifiesto agravio, procure, ya que no la venganza, a lo menos   530
perder la vida? No os canséis, señores, de oír estas digresiones que hago; que no es mi pena de
aquellas que puedan ni deban contarse sucintamente y de paso, pues cada circunstancia suya me
parece a mí que es digna de un largo discurso.   535

A esto le respondió el cura que no sólo no se
cansaban en oírle, sino que les daba mucho gusto
las menudencias [46] que contaba, por ser tales, que
merecían no pasarse en silencio, y la mesma atención que lo principal del cuento ▼.   540

—Digo, pues —prosiguió Cardenio—, que estando todos en la sala, entró el cura de la parro-
quia y, tomando a los dos por la mano para hacer
lo que en tal acto se requiere, al decir: «¿Queréis,
señora Luscinda, al señor don Fernando, que está   545
presente, por vuestro legítimo esposo, como lo
manda la Santa Madre Iglesia?», yo saqué toda la
cabeza y cuello de entre los tapices, y con atentí-
simos oídos y alma turbada me puse a escuchar
lo que Luscinda respondía, esperando de su res-   550
puesta la sentencia de mi muerte o la confirmación de mi vida. ¡Oh, quién se atreviera a salir entonces, diciendo a voces!: «¡Ah Luscinda, Luscinda! ¡Mira lo que haces; considera lo que me debes;
mira que eres mía, y que no puedes ser de otro!   555
Advierte que el decir tú *sí* y el acabárseme la vida
ha de ser todo a un punto. ¡Ah traidor don Fernan-

....
[46] Pormenores.

▼ La justificación de las digresiones en la narración de Cardenio tanto puede valer para
la historia de éste como para las narraciones intercaladas en el *Quijote* (una de las cuales
es, precisamente, la de Cardenio-Luscinda-don Fernando-Dorotea).

do, robador de mi gloria, muerte de mi vida! ¿Qué
quieres? ¿Qué pretendes? Considera que no pue-
560   des cristianamente llegar al fin de tus deseos, porque Luscinda es mi esposa, y yo soy su marido.»
¡Ah, loco de mí! ¡Ahora que estoy ausente y lejos
del peligro, digo que había de hacer lo que no hice!
¡Ahora que dejé robar mi cara prenda, maldigo al
565   robador, de quien pudiera vengarme si tuviera corazón para ello, como le tengo para quejarme! En
fin, pues fui entonces cobarde y necio, no es mucho que muera ahora corrido, arrepentido y loco.
Estaba esperando el cura la respuesta de Luscin-
570   da, que se detuvo un buen espacio en darla, y
cuando yo pensé que sacaba la daga para acredi-   [47] Cobrar fama y hon-
tarse [47], o desataba la lengua para decir alguna ver-   ra.
dad o desengaño que en mi provecho redundase,
oigo que dijo con voz desmayada y flaca: «Sí quie-
575   ro», y lo mesmo dijo don Fernando, y, dándole el
anillo, quedaron en disoluble ▼ nudo ligados. Llegó el desposado a abrazar a su esposa, y ella, poniéndose la mano sobre el corazón, cayó desmayada en los brazos de su madre. Resta ahora decir
580   cuál quedé yo viendo, en el *sí* que había oído, bur-
ladas mis esperanzas, falsas las palabras y promesas de Luscinda, imposibilitado de cobrar en algún
tiempo [48] el bien que en aquel instante había per-   [48] En ningún tiempo,
dido. Quedé falto de consejo, desamparado, a mi   nunca.
585   parecer, de todo el cielo, hecho enemigo de la
tierra que me sustentaba, negándome el aire aliento para mis suspiros y el agua humor para mis
ojos; sólo el fuego se acrecentó, de manera que
todo ardía de rabia y de celos. Alborotáronse to-

▼ Nudo o matrimonio *disoluble,* porque Luscinda se casa contra su voluntad con don
Fernando.

dos con el desmayo de Luscinda, y, desabrochán- 590
dole su madre el pecho para que le diese el aire,
se descubrió en él un papel cerrado, que don Fernando tomó luego y se le puso a leer a la luz de
una de las hachas; y, en acabando de leerle, se sentó en una silla y se puso la mano en la mejilla, con 595
muestras de hombre muy pensativo, sin acudir a
los remedios que a su esposa se hacían para que
del desmayo volviese. Yo, viendo alborotada toda
la gente de casa, me aventuré a salir, ora fuese visto o no, con determinación que si me viesen, de 600
hacer un desatino tal, que todo el mundo viniera
a entender la justa indignación de mi pecho en el
castigo del falso don Fernando, y aun en el mudable de la desmayada traidora. Pero mi suerte,
que para mayores males, si es posible que los haya, 605
me debe tener guardado, ordenó que en aquel
punto me sobrase el entendimiento que después
acá [49] me ha faltado; y así, sin querer tomar venganza de mis mayores enemigos, que, por estar
tan sin pensamiento mío [50], fuera fácil tomarla, 610
quise tomarla de mi mano y ejecutar en mí la pena
que ellos merecían, y aun quizá con más rigor del
que con ellos se usara, si entonces les diera muerte, pues la que se recibe repentina, presto acaba
la pena; mas la que se dilata con tormentos, siem- 615
pre mata, sin acabar la vida. En fin, yo salí de
aquella casa y vine a la de aquel donde había dejado la mula; hice que me la ensillase, sin despedirme dél subí en ella, y salí de la ciudad, sin osar,
como otro Lot, volver el rostro a miralla ▼; y cuan- 620

[49] Desde entonces acá.

[50] Tan sin pensar en mí.

▼ Alusión bíblica. En el libro del *Génesis,* Lot, hermano de Abraham, se salvó de la destrucción de Sodoma, mientras que su mujer quedó convertida en estatua de sal por mirar atrás.

do me vi en el campo solo, y que la escuridad de
la noche me encubría y su silencio convidaba a
quejarme, sin respeto o miedo de ser escuchado
ni conocido, solté la voz y desaté la lengua en tan-
625 tas maldiciones de Luscinda y de don Fernando,
como si con ellas satisficiera el agravio que me habían hecho. Dile títulos de cruel, de ingrata, de falsa y desagradecida; pero, sobre todos, de codicio-
sa, pues la riqueza de mi enemigo la había cerra-
630 do los ojos de la voluntad, para quitármela a mí
y entregarla a aquel con quien más liberal y franca la fortuna se había mostrado; y en mitad de la
fuga [51] destas maldiciones y vituperios, la descul-
paba [52], diciendo que no era mucho que una don-
635 cella recogida en casa de sus padres, hecha y acostumbrada siempre a obedecerlos, hubiese querido
condescender con su gusto, pues le daban por esposo a un caballero tan principal, tan rico y tan
gentil hombre, que, a no querer recebirle, se po-
640 día pensar, o que no tenía juicio, o que en otra parte tenía la voluntad, cosa que redundaba tan en
perjuicio de su buena opinión y fama. Luego volvía diciendo que, puesto que [53] ella dijera que yo
era su esposo, vieran ellos que no había hecho en
645 escogerme tan mala elección, que no la disculpa-
ran, pues antes de ofrecérseles don Fernando no
pudieran ellos mesmos acertar a desear, si con razón midiesen su deseo, otro mejor que yo para esposo de su hija; y que bien pudiera ella, antes de
650 ponerse en el trance forzoso y último de dar la
mano, decir que ya yo le había dado la mía; que
yo viniera y concediera con todo cuanto ella acertara a fingir en este caso. En fin, me resolví en que
poco amor, poco juicio, mucha ambición y deseos
655 de grandezas hicieron que se olvidase de las palabras con que me había engañado, entretenido y
sustentado en mis firmes esperanzas y honestos

[51] La mayor fuerza.

[52] Disculpaba.

[53] Aunque.

deseos. Con estas voces y con esta inquietud caminé lo que quedaba de aquella noche, y di al amanecer en una entrada destas sierras, por las cuales caminé otros tres días, sin senda ni camino alguno, hasta que vine a parar a unos prados, que no sé a qué mano destas montañas caen, y allí pregunté a unos ganaderos que hacia dónde era lo más áspero destas sierras. Dijéronme que hacia esta parte. Luego me encaminé a ella, con intención de acabar aquí la vida, y en entrando por estas asperezas, del cansancio y de la hambre se cayó mi mula muerta, o, lo que yo más creo, por desechar de sí tan inútil carga como en mí llevaba. Yo quedé a pie, rendido de la naturaleza, traspasado de hambre, sin tener, ni pensar buscar, quien me socorriese. De aquella manera estuve no sé qué tiempo, tendido en el suelo, al cabo del cual me levanté sin hambre, y hallé junto a mí a unos cabreros, que, sin duda, debieron ser los que mi necesidad remediaron, porque ellos me dijeron de la manera que me habían hallado, y cómo estaba diciendo tantos disparates y desatinos, que daba indicios claros de haber perdido el juicio; y yo he sentido en mí después acá que no todas veces le tengo cabal, sino tan desmedrado y flaco, que hago mil locuras, rasgándome los vestidos, dando voces por estas soledades, maldiciendo mi ventura y repitiendo en vano el nombre amado de mi enemiga, sin tener otro discurso ni intento [54] entonces que procurar acabar la vida voceando; y cuando en mí vuelvo, me hallo tan cansado y molido, que apenas puedo moverme. Mi más común habitación es en el hueco de un alcornoque, capaz de cubrir este miserable cuerpo. Los vaqueros y cabreros que andan por estas montañas, movidos de caridad, me sustentan, poniéndome el manjar por los caminos y por las peñas por donde entien-

660

665

670

675

680

685

690

[54] Razonamiento ni intención.

695 den que acaso podré pasar y hallarlo; y así, aunque entonces me falte el juicio, la necesidad natural me da a conocer el mantenimiento, y despierta en mí el deseo de apetecerlo y la voluntad de
tomarlo. Otras veces me dicen ellos, cuando me
700 encuentran con juicio, que yo salgo a los caminos
y que se lo quito por fuerza, aunque me lo den de
grado, a los pastores que vienen con ello del lugar
a las majadas. Desta manera paso mi miserable y
extrema vida ⁵⁵, hasta que el cielo sea servido de
705 conducirle a su último fin, o de ponerle en mi memoria, para que no me acuerde de la hermosura
y de la traición de Luscinda y del agravio de don
Fernando; que si esto él hace sin quitarme la vida,
yo volveré a mejor discurso mis pensamientos;
710 donde no, no hay sino rogarle que absolutamente
tenga misericordia de mi alma, que yo no siento
en mí valor ni fuerzas para sacar el cuerpo desta
estrecheza ⁵⁶ en que por mi gusto he querido ponerle. Esta es, ¡oh señores!, la amarga historia
715 de mi desgracia: decidme si es tal, que pueda ce-
lebrarse con menos sentimientos que los que en
mí habéis visto, y no os canséis en persuadirme ni
aconsejarme lo que la razón os dijere que puede
ser bueno para mi remedio, porque ha de aprove-
720 char conmigo lo que aprovecha la medicina rece-
tada de famoso médico al enfermo que recebir no
la quiere. Yo no quiero salud sin Luscinda, y pues
ella gustó de ser ajena, siendo, o debiendo ser,
mía, guste yo de ser de la desventura, pudiendo
725 haber sido de la buena dicha. Ella quiso, con su
mudanza, hacer estable mi perdición; yo querré,
con procurar perderme, hacer contenta su voluntad, y será ejemplo a los por venir de que a mí
solo faltó lo que a todos los desdichados sobra, a
730 los cuales suele ser consuelo la imposibilidad de tenerle, y en mí es causa de mayores sentimientos

⁵⁵ Ultima parte de mi vida.

⁵⁶ Estrechez.

y males, porque aun pienso que no se han de acabar con la muerte ▼.

Aquí dio fin Cardenio a su larga plática y tan
desdichada como amorosa historia; y al tiempo   735
que el cura se prevenía para decirle algunas razones de consuelo, le suspendió una voz que llegó a
sus oídos, que en lastimados acentos oyeron que
decía lo que se dirá en la cuarta parte desta narración, que en este punto dio fin a la tercera el sa-   740
bio y atentado [57] historiador Cide Hamete Benengeli.

....
▼ Prudente.

|||||||||||||||||||||||||||||||||||||||||||||||||||||||||||||||||||||||||||||||||||||||||||||||||||||||||||||||||||||

▼ En la nota al pie de la pág. 351 quedan señalados los cinco primeros segmentos de
esta novela intercalada. Lo que ahora hemos leído constituye el segmento sexto: encuentro de Cardenio con el cura y el barbero, y nueva narración, parcial y complemen-
taria, de la novela sentimental de Cardenio-Luscinda-don Fernando-Dorotea.

CUARTA PARTE DEL INGENIOSO HIDALGO DON QUIJOTE DE LA MANCHA ▼

CAPÍTULO XXVIII

Que trata de la nueva y agradable aventura que al cura y barbero sucedió en la mesma Sierra

Felicísimos y venturosos fueron los tiempos donde se echó al mundo el audacísimo caballero don Quijote de la Mancha, pues por haber tenido tan honrosa determinación como fue el querer resucitar y volver al mundo la ya perdida y casi muerta orden de la andante caballería, gozamos ahora, en esta nuestra edad, necesitada de alegres entretenimientos, no sólo de la dulzura de su verdadera historia, sino de los cuentos y episodios della, que, en parte, no son menos agradables y artificiosos y verdaderos que la misma historia. La cual, prosiguiendo su rastrillado [1], torcido y aspado [2] hilo ▼▼, cuenta que, así como el cura comenzó a prevenirse para consolar a Cardenio, lo impidió

[1] Hilo al que se ha limpiado la estopa.

[2] Hilo que se hace madeja en el aspa.

▼ El *Quijote* de 1605 muestra una división externa en cuatro partes, de extensión desigual, que no se ajusta en nada a los cuatro bloques narrativos en que está organizada la estructura de la novela.

▼▼ Con las dos tríadas de adjetivos *(agradables y artificiosos y verdaderos, rastrillado, torcido y aspado)*, Cervantes defiende y justifica aquí la inclusión de estas narraciones intercaladas en su novela, cuyo intrincado curso, con tantos personajes y tramas entrelazadas, obedece al ideal estético de la diversidad.

una voz que llegó a sus oídos, que, con tristes acentos, decía desta manera: 20

—¡Ay, Dios! ¡Si será posible que he ya hallado
lugar que pueda servir de escondida sepultura a
la carga pesada deste cuerpo, que tan contra mi
voluntad sostengo! Sí será, si la soledad que prometen estas sierras no me miente. ¡Ay, desdicha-   25
da, y cuán más agradable compañía harán estos
riscos y malezas a mi intención, pues me darán lugar para que con quejas comunique mi desgracia
al cielo, que no la de ningún hombre humano,
pues no hay ninguno en la tierra de quien se pue-   30
da esperar consejo en las dudas, alivio en las quejas, ni remedio en los males!

Todas estas razones oyeron y percibieron el
cura y los que con él estaban, y por parecerles,
como ello era, que allí junto las decían, se levan-   35
taron a buscar el dueño, y no hubieron andado
veinte pasos, cuando detrás de un peñasco vieron
sentado al pie de un fresno a un mozo vestido
como labrador, al cual, por tener inclinado el rostro, a causa de que se lavaba los pies en el arroyo   40
que por allí corría, no se le pudieron ver por entonces; y ellos llegaron con tanto silencio, que dél
no fueron sentidos, ni él estaba a otra cosa atento
que a lavarse los pies, que eran tales, que no parecían sino dos pedazos de blanco cristal que en-   45
tre las otras piedras del arroyo se habían nacido.
Suspendióles la blancura y belleza de los pies, pareciéndoles que no estaban hechos a pisar terrones, ni a andar tras el arado y los bueyes, como
mostraba el hábito de su dueño.   50

Y así, viendo que no habían sido sentidos, el
cura, que iba delante, hizo señas a los otros dos
que se agazapasen o escondiesen detrás de unos
pedazos de peña que allí había, y así lo hicieron todos, mirando con atención lo que el mozo hacía,   55

el cual traía puesto un capotillo pardo de dos hal-
das ³, muy ceñido al cuerpo con una toalla blanca. Traía ansimesmo unos calzones y polainas ⁴ de
paño pardo, y en la cabeza una montera parda. Te-
60 nía las polainas levantadas hasta la mitad de la
pierna, que, sin duda alguna, de blanco alabastro
parecía. Acabóse de lavar los hermosos pies, y luego, con un paño de tocar, que sacó debajo de la
montera, se los limpió; y al querer quitársele, alzó
65 el rostro, y tuvieron lugar los que mirándole estaban de ver una hermosura incomparable, tal, que
Cardenio dijo al cura, con voz baja:
     —Ésta, ya que no es Luscinda, no es persona
humana, sino divina.
70   El mozo se quitó la montera y, sacudiendo la cabeza a una y a otra parte, se comenzaron a desco-
ger y desparcir ⁵ unos cabellos, que pudieran los
del sol tenerles envidia. Con esto conocieron que
el que parecía labrador era mujer, y delicada, y
75 aun la más hermosa que hasta entonces los ojos
de los dos habían visto, y aun los de Cardenio, si
no hubieran mirado y conocido a Luscinda; que
después afirmó que sola la belleza de Luscinda podía contender con aquélla. Los luengos y rubios
80 cabellos no sólo le cubrieron las espaldas, mas
toda en torno la escondieron debajo de ellos, que
si no eran los pies, ninguna otra cosa de su cuerpo se parecía ⁶; tales y tantos eran. En esto, les sirvió de peine unas manos, que si los pies en el agua
85 habían parecido pedazos de cristal, las manos en
los cabellos semejaban pedazos de apretada nieve;
todo lo cual en más admiración y en más deseo
de saber quién era ponía a los tres que la miraban ▼.

³ Pequeño capote par-
do, abierto por los cos-
tados hasta abajo.

⁴ Medias calzas que
caen sobre el empeine
del pie.

⁵ Desplegar y esparcir.

⁶ Se veía.

▼ Nótense los motivos de suspense y misterio novelesco en la presentación de este
personaje.

Por esto determinaron de mostrarse, y, al mo- 90
vimiento que hicieron de ponerse en pie, la hermosa moza alzó la cabeza y, apartándose los cabellos de delante de los ojos con entrambas manos,
miró los que el ruido hacían; y apenas los hubo visto, cuando se levantó en pie y, sin aguardar a cal- 95
zarse, ni a recoger los cabellos, asió con mucha
presteza un bulto, como de ropa, que junto a sí tenía, y quiso ponerse en huida, llena de turbación
y sobresalto. Mas no hubo dado seis pasos cuando, no pudiendo sufrir los delicados pies la aspe- 100
reza de las piedras, dio consigo en el suelo. Lo cual
visto por los tres, salieron a ella, y el cura fue el
primero que le dijo:

—Deteneos, señora, quienquiera que seáis; que
los que aquí veis sólo tienen intención de serviros. 105
No hay para qué os pongáis en tan impertinente
huida, porque ni vuestros pies lo podrán sufrir ni
nosotros consentir.

A todo esto ella no respondía palabra, atónita
y confusa. Llegaron, pues, a ella, y asiéndola por 110
la mano el cura, prosiguió diciendo:

—Lo que vuestro traje, señora, nos niega, vuestros cabellos nos descubren: señales claras que no
deben de ser de poco momento las causas que han
disfrazado vuestra belleza en hábito tan indigno, 115
y traídola a tanta soledad como es ésta, en la cual
ha sido ventura el hallaros, si no para dar remedio a vuestros males, a lo menos para darles consejo, pues ningún mal puede fatigar tanto, ni llegar tan al extremo de serlo, mientras no acaba la 120
vida, que rehúya de no escuchar siquiera el consejo que con buena intención se le da al que lo padece. Así que, señora mía, o señor mío, o lo que
vos quisierdes [7] ser, perded el sobresalto que nuestra vista os ha causado y contadnos vuestra bue- 125
na o mala suerte; que en nosotros juntos, o en

....
[7] Quisiereis (quisiére-
des).

cada uno, hallaréis quien os ayude a sentir [8] vuestras desgracias.

En tanto que el cura decía estas razones, estaba
130   la disfrazada moza como embelesada, mirándolos
a todos, sin mover labio ni decir palabra alguna,
bien así como rústico aldeano que de improviso
se le muestran cosas raras y dél jamás vistas. Mas
volviendo el cura a decirle otras razones al mes
135   mo efecto encaminadas, dando ella un profundo
suspiro, rompió el silencio y dijo:

—Pues que la soledad destas sierras no ha sido
parte para encubrirme, ni la soltura de mis descompuestos cabellos no ha permitido que sea
140   mentirosa mi lengua, en balde sería fingir yo de
nuevo ahora lo que, si se me creyese, sería más
por cortesía que por otra razón alguna. Presupuesto esto, digo, señores, que os agradezco el ofrecimiento que me habéis hecho, el cual me ha pues
145   to en obligación de satisfaceros en todo lo que me
habéis pedido, puesto que [9] temo que la relación
que os hiciere de mis desdichas os ha de causar,
al par de la compasión, la pesadumbre, porque no
habéis de hallar remedio para remediarlas ni con
150   suelo para entretenerlas [10]. Pero, con todo esto,
porque no ande vacilando mi honra en vuestras intenciones [11], habiéndome ya conocido por mujer
y viéndome moza, sola y en este traje, cosas, todas juntas, y cada una por sí, que pueden echar
155   por tierra cualquier honesto crédito, os habré de
decir lo que quisiera callar, si pudiera ▼.

Todo esto dijo sin parar la que tan hermosa mujer parecía, con tan suelta lengua, con voz tan sua

▼ «Este contraste entre la aparición instantánea y clara de Dorotea y la tortuosa, confusa, gradual y entrecortada de Cardenio, es admirable trasunto de sus respectivos caracteres» (Madariaga).

ve, que no menos les admiró su discreción que su
hermosura. Y tornándole a hacer nuevos ofreci-   160
mientos y nuevos ruegos para que lo prometido
cumpliese, ella, sin hacerse más de rogar, calzán-
dose con toda honestidad y recogiendo sus cabellos, se acomodó en el asiento de una piedra, y,
puestos los tres alrededor della, haciéndose fuerza   165
por detener algunas lágrimas que a los ojos se le
venían, con voz reposada y clara comenzó la historia de su vida desta manera:

[12] Del cual.

—En esta Andalucía hay un lugar de quien [12]
toma título un duque, que le hace uno de los que   170
llaman grandes en España ▼. Éste tiene dos hijos:
el mayor, heredero de su estado y, al parecer, de
sus buenas costumbres, y el menor, no sé yo de
qué sea heredero, sino de las traiciones de Vellido
y de los embustes de Galalón ▼▼. Deste señor son   175
vasallos mis padres, humildes en linaje, pero tan
ricos, que si los bienes de su naturaleza igualaran
a los de su fortuna, ni ellos tuvieran más que desear ni yo temiera verme en la desdicha en que
me veo; porque quizá nace mi poca ventura de la   180
que no tuvieron ellos en no haber nacido ilustres.
Bien es verdad que no son tan bajos que puedan
afrentarse de su estado, ni tan altos que a mí me
quiten la imaginación que tengo de que de su humildad viene mi desgracia. Ellos, en fin, son labra-   185
dores, gente llana, sin mezcla de alguna raza mal
sonante, y, como suele decirse, cristianos viejos

[13] Rancios.

ranciosos [13], pero tan ricos, que su riqueza y magnífico trato les va poco a poco adquiriendo nom-

▼ Rodríguez Marín afirmó que el episodio de Cardenio tuvo una base real. Recordemos ahora que la cuna de Cardenio es Córdoba. El lugar andaluz al que ahora alude
Dorotea es Osuna, de donde toma su nombre la casa ducal de Osuna.

▼▼ Véase nota al pie de la pág. 400.

190   bre de hidalgos, y aun de caballeros ▼. Puesto
       que [14] de la mayor riqueza y nobleza que ellos se
       preciaban era de tenerme a mí por hija; y así por
       no tener otra ni otro que los heredase como por
       ser padres, y aficionados [15], yo era una de las más
195   regaladas hijas que padres jamás regalaron. Era el
       espejo en que se miraban, el báculo de su vejez, y
       el sujeto a quien encaminaban, midiéndolos con
       el cielo, todos sus deseos; de los cuales, por ser
       ellos tan buenos, los míos no salían un punto. Y
200   del mismo modo que yo era señora de sus ánimos,
       ansí lo era de su hacienda. Por mí se recebían y
       despedían los criados; la razón y cuenta de lo que
       se sembraba y cogía pasaba por mi mano; los mo-
       linos de aceite, los lagares del vino [16], el número
205   del ganado mayor y menor, el de las colmenas. Fi-
       nalmente, de todo aquello que un tan rico labra-
       dor como mi padre puede tener y tiene, tenía yo
       la cuenta, y era la mayordoma y señora, con tan-
       ta solicitud mía y con tanto gusto suyo, que bue-
210   namente no acertaré a encarecerlo. Los ratos que
       del día me quedaban, después de haber dado lo
       que convenía a los mayorales [17], a capataces y a
       otros jornaleros, los entretenía en ejercicios que
       son a las doncellas tan lícitos como necesarios,
215   como son los que ofrece la aguja y la almohadilla,
       y la rueca [18] muchas veces; y si alguna, por recrear
       el ánimo, estos ejercicios dejaba, me acogía al en-
       tretenimiento de leer algún libro devoto, o a to-
       car una arpa, porque la experiencia me mostraba
220   que la música compone los ánimos descompues-
       tos y alivia los trabajos que nacen del espíritu.
       Ésta, pues, era la vida que yo tenía en casa de mis

[14] Aunque.

[15] Afectuosos.

[16] Recipientes donde se pisa la uva para obtener el mosto.

[17] Pastores principales que cuidan de los rebaños o cabañas.

[18] Instrumento que sirve para hilar.

▼ En la narración de Dorotea se revelan importantes aspectos de la sociedad española de la época. Aquí se insiste en tres fundamentales: el linaje, el dinero y la cuestión social y religiosa de las castas, de la limpieza de sangre.

padres, la cual, si tan particularmente he contado,
no ha sido por ostentación ni por dar a entender
que soy rica, sino porque se advierta cuán sin cul-   225
pa me he venido de aquel buen estado que he dicho al infelice en que ahora me hallo. Es, pues, el
caso que, pasando mi vida en tantas ocupaciones
y en un encerramiento tal, que al de un monesterio pudiera compararse, sin ser vista, a mi pare-   230
cer, de otra persona alguna que de los criados de
casa, porque los días que iba a misa era tan de mañana, y tan acompañada de mi madre y de otras
criadas, y yo tan cubierta y recatada, que apenas

vían [19] mis ojos más tierra de aquella donde ponía   235
los pies, y, con todo esto, los del amor, o los de
la ociosidad, por mejor decir, a quien los de lince
no pueden igualarse ▼, me vieron, puestos en la solicitud de don Fernando, que éste es el nombre
del hijo menor del duque que os he contado.   240

No hubo bien nombrado a don Fernando la que
el cuento contaba, cuando a Cardenio se le mudó
la color del rostro, y comenzó a trasudar, con tan
grande alteración, que el cura y el barbero, que

miraron [20] en ello, temieron que le venía aquel ac-   245
cidente de locura que habían oído decir que de
cuando en cuando le venía. Mas Cardenio no hizo
otra cosa que trasudar y estarse quedo, mirando
de hito en hito a la labradora, imaginando quién
ella era ▼▼, la cual, sin advertir en los movimientos   250
de Cardenio, prosiguió su historia, diciendo:

▼ Alude a la antigua creencia que atribuía a los linces una vista extraordinariamente
aguda.

▼▼ Obsérvese el escrupuloso comportamiento del narrador: llama a Dorotea *la que el
cuento contaba,* por su condición de narradora de su propia historia, y no la identifica
como Dorotea porque ella aún no ha dicho su nombre. Cardenio se altera visiblemente
porque ya imagina —como también el lector— quién es Dorotea; en cambio, el cura
y el barbero, con menos información que él, interpretan erróneamente la causa de dicha alteración.

—Y no me hubieron bien visto, cuando, según
él dijo después, quedó tan preso de mis amores
cuanto lo dieron bien a entender sus demostracio-
255   nes. Mas por acabar presto con el cuento, que no
le tiene ▼, de mis desdichas, quiero pasar en silencio las diligencias que don Fernando hizo para declararme su voluntad. Sobornó toda la gente de
mi casa, dio y ofreció dádivas y mercedes a mis pa-
260   rientes. Los días eran todos de fiesta y de regocijo
en mi calle; las noches no dejaban dormir a nadie
las músicas. Los billetes [21] que, sin saber cómo, a
mis manos venían, eran infinitos, llenos de ena-
moradas [22] razones y ofrecimientos, con menos le-
265   tras que promesas y juramentos. Todo lo cual no
sólo no me ablandaba, pero me endurecía de manera como si fuera mi mortal enemigo, y que todas las obras que para reducirme a su voluntad hacía, las hiciera para el efecto contrario; no porque
270   a mí me pareciese mal la gentileza de don Fernando, ni que tuviese a demasía sus solicitudes, porque me daba un no sé qué de contento verme tan
querida y estimada de un tan principal caballero,
y no me pesaba ver en sus papeles mis alabanzas;
275   que en esto, por feas que seamos las mujeres, me
parece a mí que siempre nos da gusto el oír que
nos llaman hermosas. Pero a todo esto se opone
mi honestidad, y los consejos continuos que mis
padres me daban, que ya muy al descubierto sa-
280   bían la voluntad de don Fernando, porque ya a él
no se le daba nada de que todo el mundo la supiese. Decíanme mis padres que en sola mi virtud
y bondad dejaban y depositaban su honra y fama,
y que considerase la desigualdad que había entre

[21] Cartas.

[22] Amorosas.

▼ Véase nota primera al pie de la pág. 399.

mí y don Fernando, y que por aquí echaría de ver   285
que sus pensamientos, aunque él dijese otra cosa,
más se encaminaban a su gusto que a mi provecho; y que si yo quisiese poner en alguna manera
algún inconveniente para que él se dejase de su in-
justa pretensión, que ellos me casarían luego con   290
quien yo más gustase, así de los más principales
de nuestro lugar como de los circunvecinos, pues
todo se podía esperar de su mucha hacienda y de
mi buena fama. Con estos ciertos prometimien-
tos [23], y con la verdad que ellos me decían, forti-   295
ficaba yo mi entereza, y jamás quise responder a
don Fernando palabra que le pudiese mostrar,
aunque de muy lejos, esperanza de alcanzar su deseo. Todos estos recatos míos, que él debía de tener por desdenes, debieron de ser causa de avivar   300
más su lascivo apetito, que este nombre quiero dar
a la voluntad que me mostraba; la cual, si ella fuera como debía, no la supiérades vosotros ahora,
porque hubiera faltado la ocasión de decírosla. Finalmente, don Fernando supo que mis padres an-   305
daban por darme estado [24], por quitalle a él la esperanza de poseerme, o, a lo menos, porque yo tuviese más guardas para guardarme, y esta nueva
o sospecha fue causa para que hiciese lo que ahora oiréis. Y fue que una noche, estando yo en mi   310
aposento con sola la compañía de una doncella
que me servía, teniendo bien cerradas las puertas,
por temor que, por descuido, mi honestidad no ▼
se viese en peligro, sin saber ni imaginar cómo, en
medio destos recatos y prevenciones, y en la sole-   315
dad deste silencio y encierro, me le hallé delante;
cuya vista me turbó de manera, que me quitó la

[23] Seguras promesas.

[24] Casarme.

▼ Uso redundante del adverbio de negación *no*, como en otras ocasiones.

de mis ojos y me enmudeció la lengua. Y así, no
fui poderosa de dar voces, ni aun él creo que me

320   las dejara dar, porque luego se llegó [25] a mí y tomándome entre sus brazos (porque yo, como digo,
no tuve fuerzas para defenderme, según estaba
turbada), comenzó a decirme tales razones, que no
sé cómo es posible que tenga tanta habilidad la

325   mentira, que las sepa componer de modo que parezcan tan verdaderas. Hacía el traidor que sus lágrimas acreditasen sus palabras y los suspiros su
intención. Yo, pobrecilla, sola entre los míos, mal
ejercitada en casos semejantes, comencé, no sé en

330   qué modo, a tener por verdaderas tantas falsedades, pero no de suerte que me moviesen a compasión menos que buena sus lágrimas y suspiros.
Y así, pasándoseme aquel sobresalto primero, torné algún tanto a cobrar mis perdidos espíritus, y

335   con más ánimo del que pensé que pudiera tener,
le dije: «Si como estoy, señor, en tus brazos, estuviera entre los de un león fiero, y el librarme dellos se me asegurara con que hiciera, o dijera, cosa
que fuera en perjuicio de mi honestidad, así fuera

340   posible hacella o decilla como es posible dejar de
haber sido lo que fue. Así que, si tú tienes ceñido
mi cuerpo con tus brazos, yo tengo atada mi alma
con mis buenos deseos, que son tan diferentes de
los tuyos como lo verás, si con hacerme fuerza qui-

345   sieres pasar adelante en ellos. Tu vasalla soy, pero
no tu esclava; ni tiene ni debe tener imperio la nobleza de tu sangre para deshonrar y tener en poco
la humildad de la mía; y en tanto me estimo yo,
villana y labradora, como tú, señor y caballero.

350   Conmigo no han de ser de ningún efecto tus fuerzas, ni han de tener valor tus riquezas, ni tus palabras han de poder engañarme, ni tus suspiros y
lágrimas enternecerme. Si alguna de todas estas
cosas que he dicho viera yo en el que mis padres

----

[25] Inmediatamente se acercó.

me dieran por esposo, a su voluntad se ajustara la   355
mía, y mi voluntad de la suya no saliera; de modo
que, como quedara con honra, aunque quedara
sin gusto, de grado te entregara lo que tú, señor,
ahora con tanta fuerza procuras. Todo esto he di-

26 No ha de pensarse.
cho, porque no es pensar [26] que de mí alcance cosa   360

27 Legítimo.
alguna el que no fuere mi ligítimo [27] esposo.» «Si
no reparas más que en eso, bellísima Dorotea»
(que éste es el nombre desta desdichada), dijo el
desleal caballero, «ves aquí te doy la mano de ser-

28 Esconde.
lo tuyo, y sean testigos desta verdad los cielos, a   365
quien ninguna cosa se asconde [28], y esta imagen
de Nuestra Señora que aquí tienes ▼.»

Cuando Cardenio le oyó decir que se llamaba
Dorotea, tornó de nuevo a sus sobresaltos y acabó de confirmar por verdadera su primera opi-   370

29 Interrumpir.
nión; pero no quiso interromper [29] el cuento, por
ver en qué venía a parar lo que él ya casi sabía;
sólo dijo:

—¿Que Dorotea es tu nombre, señora? Otra
he oído yo decir del mesmo, que quizá corre pa-
rejas con tus desdichas. Pasa adelante, que tiem-   375

30 Causen admiración.
po vendrá en que te diga cosas que te espanten [30]

31 Muevan a lástima.
en el mesmo grado que te lastimen [31].

Reparó Dorotea en las razones de Cardenio y
en su extraño y desastrado traje, y rogóle que si

32 Sus asuntos.
alguna cosa de su hacienda [32] sabía, se la dijese lue-   380
go; porque si algo le había dejado bueno la fortuna, era el ánimo que tenía para sufrir cualquier desastre que le sobreviniese, segura de que, a su pa-

▼ Todo esto equivalía a prometerse por esposo (de serlo tuyo: de ser tu esposo), en matrimonio clandestino. Tales matrimonios, frecuentes en la época —y con frecuentes re-
sultados como el presente—, fueron prohibidos por el Concilio de Trento (1545-1563).

385   recer, ninguno podía llegar que el que tenía acre-
       centase un punto.

       —No le perdiera yo, señora —respondió Car-
       denio—, en decirte lo que pienso, si fuera verdad
       lo que imagino, y hasta ahora no se pierde coyun-
390   tura, ni a ti te importa nada el saberlo.

       —Sea lo que fuere —respondió Dorotea—, lo
       que en mi cuento pasa fue que tomando don Fer-
       nando una imagen que en aquel aposento estaba,
       la puso por testigo de nuestro desposorio. Con pa-
395   labras eficacísimas y juramentos extraordinarios,
       me dio la palabra de ser mi marido, puesto que,
       antes que acabase de decirlas, le dije que mirase
       bien lo que hacía y que considerase el enojo que
       su padre había de recebir de verle casado con una
400   villana [33], vasalla suya; que no le cegase mi hermo-   [33] Habitante de una vi-
       sura, tal cual era, pues no era bastante para hallar   lla o aldea.
       en ella disculpa de su yerro, y que si algún bien
       me quería hacer, por el amor que me tenía, fuese
       dejar correr mi suerte a lo igual de lo que mi ca-
405   lidad podía, porque nunca los tan desiguales casa-
       mientos se gozan ni duran mucho en aquel gusto
       con que se comienzan. Todas estas razones que
       aquí he dicho le dije, y otras muchas de que no
       me acuerdo; pero no fueron parte para que él de-
410   jase de seguir su intento, bien ansí como el que
       no piensa pagar, que al concertar de la barata [34],   [34] Contrato fraudulen-
       no repara en inconvenientes. Yo, a esta sazón, hice   to.
       un breve discurso conmigo, y me dije a mí mes-
       ma: «Sí, que no seré yo la primera que por vía de
415   matrimonio haya subido de humilde a grande es-
       tado, ni será don Fernando el primero a quien her-
       mosura, o ciega afición, que es lo más cierto, haya
       hecho tomar compañía desigual a su grandeza.
       Pues si no hago ni mundo ni uso nuevo, bien es
420   acudir a esta honra que la suerte me ofrece, pues-
       to que en éste no dure más la voluntad que me

[35] El término (zeugma).

[36] Disposición.

[37] Falso.

muestra de cuanto dure el cumplimiento de su deseo, que, en fin, para con Dios seré su esposa. Y si quiero con desdenes despedille, en término le veo que, no usando el [35] que debe, usará el de la fuerza, y vendré a quedar deshonrada y sin disculpa de la culpa que me podía dar el que no supiere cuán sin ella he venido a este punto. Porque ¿qué razones serán bastantes para persuadir a mis padres, y a otros, que este caballero entró en mi aposento sin consentimiento mío?» Todas estas demandas y respuestas revolví yo en un instante en la imaginación, y, sobre todo, me comenzaron a hacer fuerza y a inclinarme a lo que fue, sin yo pensarlo, mi perdición, los juramentos de don Fernando, los testigos que ponía, las lágrimas que derramaba y, finalmente, su disposición [36] y gentileza, que, acompañada con tantas muestras de verdadero amor, pudieran rendir a otro tan libre y recatado corazón como el mío. Llamé a mi criada, para que en la tierra acompañase a los testigos del cielo. Tornó don Fernando a reiterar y confirmar sus juramentos; añadió a los primeros nuevos santos por testigos; echóse mil futuras maldiciones, si no cumpliese lo que me prometía; volvió a humedecer sus ojos y a acrecentar sus suspiros; apretóme más entre sus brazos, de los cuales jamás me había dejado. Y con esto, y con volverse a salir del aposento mi doncella, yo dejé de serlo ▼ y él acabó de ser traidor y fementido [37]. El día que sucedió a la noche de mi desgracia, se venía aun no tan apriesa como yo pienso que don Fernando deseaba; porque, después de cumplido

425

430

435

440

445

450

▼ Nótese el juego de palabras: ... *mi doncella, yo dejé de ser doncella* (zeugma complejo o dilógico), donde «doncella» significa primero «criada» y después «mujer virgen».

aquello que el apetito pide, el mayor gusto que
puede venir es apartarse de donde le alcanzaron.
Digo esto, porque don Fernando dio priesa por
partirse de mí, y por industria [38] de mi doncella,
que era la misma que allí le había traído, antes
que amaneciese se vio en la calle. Y al despedirse
de mí, aunque no con tanto ahínco y vehemencia
como cuando vino, me dijo que estuviese segura
de su fe, y de ser firmes y verdaderos sus juramentos; y, para más confirmación de su palabra, sacó
un rico anillo del dedo y lo puso en el mío. En efecto, él se fue, y yo quedé ni sé si triste o alegre;
esto sé bien decir: que quedé confusa y pensativa
y casi fuera de mí con el nuevo acaecimiento, y
no tuve ánimo, o no se me acordó, de reñir a mi
doncella por la traición cometida de encerrar a
don Fernando en mi mismo aposento, porque aún
no me determinaba si era bien o mal el que me
había sucedido. Díjele, al partir, a don Fernando
que por el mesmo camino de aquélla podía verme
otras noches, pues ya era suya, hasta que, cuando
él quisiese, aquel hecho se publicase [39]. Pero no
vino otra alguna, si no fue la siguiente, ni yo pude
verle en la calle ni en la iglesia en más de un mes,
que en vano me cansé en solicitallo, puesto que
supe que estaba en la villa y que los más días iba
a caza, ejercicio de que él era muy aficionado. Estos días y estas horas bien sé yo que para mí fueron aciagos y menguadas ▼, y bien sé que comencé a dudar en ellos, y aun a descreer de la fe de
don Fernando; y sé también que mi doncella oyó
entonces las palabras que en reprehensión de su
atrevimiento antes no había oído; y sé que me fue
forzoso tener cuenta con mis lágrimas, y con la

455
460
465
470
475
480
485

[38] Astucia.

[39] Se hiciese público.

▼ *Aciagos,* los días, y *menguadas,* las horas. «Hora menguada» equivale a «hora infeliz».

compostura de mi rostro, por no dar ocasión a
que mis padres me preguntasen que de qué andaba descontenta y me obligasen a buscar mentiras   490
que decilles. Pero todo esto se acabó en un punto,
llegándose uno donde se atropellaron respetos y
se acabaron los honrados discursos, y adonde se
perdió la paciencia y salieron a plaza mis secretos
pensamientos. Y esto fue porque de allí a pocos   495
días se dijo en el lugar cómo en una ciudad allí cerca se había casado don Fernando con una doncella hermosísima en todo extremo, y de muy principales padres, aunque no tan rica, que por la dote
pudiera aspirar a tan noble casamiento. Díjose que   500
se llamaba Luscinda, con otras cosas que en sus
desposorios sucedieron, dignas de admiración.

Oyó Cardenio el nombre de Luscinda, y no hizo
otra cosa que encoger los hombros, morderse los
labios, enarcar las cejas, y dejar de allí a poco caer   505
por sus ojos dos fuentes de lágrimas. Mas no por
esto dejó Dorotea de seguir su cuento, diciendo:

—Llegó esta triste nueva a mis oídos, y, en lugar de helárseme el corazón en oílla, fue tanta la
cólera y rabia que se encendió en él, que faltó   510
poco para no salirme por las calles dando voces,
publicando la alevosía y traición que se me había
hecho. Mas templóse esta furia por entonces con
pensar de poner aquella mesma noche por obra
lo que puse; que fue ponerme en este hábito, que   515
me dio uno de los que llaman zagales en casa de
los labradores, que era criado de mi padre, al cual
descubrí toda mi desventura y le rogué me acompañase hasta la ciudad donde entendí que mi enemigo estaba. Él, después que hubo reprehendido   520
mi atrevimiento y afeado mi determinación, viéndome resuelta en mi parecer, se ofreció a tenerme compañía, como él dijo, hasta el cabo [40] del
mundo. Luego al momento encerré en una almo-

[40] El fin.

525   hada [41] de lienzo un vestido de mujer y algunas jo-
       yas y dineros, por lo que podía suceder. Y en el
       silencio de aquella noche, sin dar cuenta a mi trai-
       dora doncella, salí de mi casa, acompañada de mi
       criado y de muchas imaginaciones, y me puse en
530   camino de la ciudad a pie, llevada en vuelo del de-
       seo de llegar, ya que no a estorbar lo que tenía
       por hecho, a lo menos, a decir a don Fernando
       me dijese con qué alma lo había hecho. Llegué en
       dos días y medio donde quería, y en entrando por
535   la ciudad pregunté por la casa de los padres de
       Luscinda, y al primero a quien hice la pregunta
       me respondió más de lo que yo quisiera oír. Díjo-
       me la casa y todo lo que había sucedido en el des-
       posorio de su hija, cosa tan pública en la ciudad,
540   que se hace en corrillos [42] para contarla por toda
       ella. Díjome que la noche que don Fernando se
       desposó con Luscinda, después de haber ella dado
       el sí de ser su esposa, le había tomado un recio des-
       mayo y que llegando su esposo a desabrocharle el
545   pecho para que le diese el aire, le halló un papel
       escrito de la misma letra de Luscinda, en que de-
       cía y declaraba que ella no podía ser esposa de
       don Fernando, porque lo era de Cardenio, que, a
       lo que el hombre me dijo, era un caballero muy
550   principal, de la mesma ciudad; y que si había dado
       el sí a don Fernando, fue por no salir de la obe-
       diencia de sus padres ▼. En resolución, tales razo-
       nes dijo que contenía el papel, que daba a enten-
       der que ella había tenido intención de matarse en
555   acabándose de desposar, y daba allí las razones

[41] Funda de almohada.

[42] Que las gentes hacen corrillos.

▼ Con la narración de Dorotea, meticulosamente construida en su gradual suspense y en su carácter complementario de la de Cardenio, el cruce de narraciones de historias relacionadas con el período de Sierra Morena, llega a ser un reflejo de la vida misma, con su entramado social formado por diversas peripecias de una historia común.

por que se había quitado la vida; todo lo cual dicen que confirmó una daga que le hallaron no sé
en qué parte de sus vestidos. Todo lo cual visto
por don Fernando, pareciéndole que Luscinda le
había burlado y escarnecido y tenido en poco,   560
arremetió a ella antes que de su desmayo volviese
y con la misma daga que le hallaron la quiso dar
de puñaladas, y lo hiciera, si sus padres y los que
se hallaron presentes no se lo estorbaran. Dijeron
más: que luego se ausentó don Fernando, y que   565
Luscinda no había vuelto de su parasismo [43] hasta
otro día [44], que contó a sus padres cómo ella era
verdadera esposa de aquel Cardenio que he dicho.
Supe más: que el Cardenio, según decían, se halló
presente a los desposorios, y que en viéndola des-   570
posada, lo cual él jamás pensó, se salió de la ciudad desesperado, dejándole primero escrita una
carta, donde daba a entender el agravio que Luscinda le había hecho y de cómo él se iba adonde
gentes no le viesen. Esto todo era público y noto-   575
rio en toda la ciudad y todos hablaban dello y más
hablaron cuando supieron que Luscinda había faltado de casa de sus padres y de la ciudad, pues
no la hallaron en toda ella, de que perdían el juicio sus padres y no sabían qué medio se tomar   580
para hallarla. Esto que supe, puso en bando [45] mis
esperanzas y tuve por mejor no haber hallado a
don Fernando, que no [46] hallarle casado, pareciéndome que aún no estaba del todo cerrada la puerta a mi remedio, dándome yo a entender que po-   585
dría ser que el cielo hubiese puesto aquel impedimento en el segundo matrimonio, por atraerle a
conocer lo que al primero debía, y a caer en la
cuenta de que era cristiano y que estaba más obligado a su alma que a los respetos humanos. To-   590
das estas cosas revolvía en mi fantasía, y me con-
solaba sin tener consuelo, fingiendo unas esperan-

[43] Paroxismo.

[44] El día siguiente.

[45] Reanimó.

[46] No redundante.

zas largas y desmayadas, para entretener la vida
que ya aborrezco. Estando, pues, en la ciudad, sin
595 saber qué hacerme, pues a don Fernando no hallaba, llegó a mis oídos un público pregón, donde
se prometía grande hallazgo [47] a quien me hallase,   [47] Recompensa
dando las señas de la edad y del mesmo traje que
traía. Y oí decir que se decía que me había sacado
600 de casa de mis padres el mozo que conmigo vino,
cosa que me llegó al alma, por ver cuán de caída
andaba mi crédito, pues no bastaba perderle con
mi venida, sino añadir el con quién, siendo subje-
to [48] tan bajo y tan indigno de mis buenos pensa-   [48] Sujeto.
605 mientos. Al punto que oí el pregón, me salí de la
ciudad con mi criado, que ya comenzaba a dar
muestras de titubear en la fe que de fidelidad me
tenía prometida, y aquella noche nos entramos
por lo espeso desta montaña, con el miedo de
610 no [49] ser hallados. Pero como suele decirse que un   [49] No redundante.
mal llama a otro, y que el fin de una desgracia sue-
le ser principio de otra mayor, así me sucedió a
mí, porque mi buen criado, hasta entonces fiel y
seguro, así como me vio en esta soledad, incitado
615 de su mesma bellaquería antes que de mi hermosura, quiso aprovecharse de la ocasión que, a su
parecer, estos yermos le ofrecían, y, con poca vergüenza y menos temor de Dios ni respeto mío, me
requirió de amores; y viendo que yo con feas [50] y   [50] Con (palabras) que
620 justas palabras respondía a las desvergüenzas de   afean.
sus propósitos, dejó aparte los ruegos, de quien [51]   [51] De los cuales.
primero pensó aprovecharse, y comenzó a usar de
la fuerza. Pero el justo cielo, que pocas o ningunas veces deja de mirar y favorecer a las justas in-
625 tenciones, favoreció las mías, de manera que con
mis pocas fuerzas y con poco trabajo, di con él
por un derrumbadero, donde le dejé, ni sé si muerto o si vivo. Y luego, con más ligereza que mi so-
bresalto y cansancio pedían [52], me entré por estas   [52] Permitían.

montañas, sin llevar otro pensamiento ni otro di- 630
signio [53] que esconderme en ellas y huir de mi padre y de aquellos que de su parte me andaban buscando. Con este deseo ha no sé cuántos meses que
entré en ellas, donde hallé un ganadero que me llevó por su criado a un lugar que está en las entra- 635
ñas desta sierra, al cual he servido de zagal todo
este tiempo, procurando estar siempre en el campo por encubrir estos cabellos que ahora, tan sin
pensarlo, me han descubierto. Pero toda mi industria y toda mi solicitud fue y ha sido de ningún 640
provecho, pues mi amo vino en conocimiento de
que yo no era varón y nació en él el mesmo mal
pensamiento que en mi criado; y como no siempre la fortuna con los trabajos da los remedios, no
hallé derrumbadero ni barranco de donde despe- 645
ñar y despenar al amo ▾, como le hallé para el criado, y así, tuve por menor inconveniente dejalle y
asconderme de nuevo entre estas asperezas que
probar con él mis fuerzas o mis disculpas [54]. Digo,
pues, que me torné a emboscar [55] y a buscar don- 650
de sin impedimento alguno pudiese con suspiros
y lágrimas rogar al cielo se duela de mi desventura y me dé industria y favor para salir della, o para
dejar la vida entre estas soledades, sin que quede
memoria desta triste, que tan sin culpa suya ha- 655
brá dado materia para que de ella se hable y mur-
mure en la suya y en las ajenas tierras.

54 Argumentos, excusas.

55 Ocultar (paronomasia).

▾ Juego de palabras basado en la paronomasia: *despeñar* (arrojar desde una eminencia o lugar alto) y *despenar* (sacar las penas) al amo.

CAPÍTULO XXIX

Que trata de la discreción de la hermosa Dorotea, con otras cosas de mucho gusto y pasatiempo

5   —Ésta es, señores, la verdadera historia de mi
tragedia ▼: mirad y juzgad ahora si los suspiros que
escuchastes [1], las palabras que oístes [2] y las lágrimas que de mis ojos salían, tenían ocasión bastante para mostrarse en mayor abundancia; y consi-
10 derada la calidad de mi desgracia, veréis que será
en vano el consuelo, pues es imposible el remedio
della. Sólo os ruego (lo que con facilidad podréis
y debéis hacer) que me aconsejéis dónde podré pasar la vida sin que me acabe el temor y sobresalto
15 que tengo de ser hallada de los que me buscan;
que aunque sé que el mucho amor que mis padres
me tienen me asegura que seré dellos bien recebida, es tanta la vergüenza que me ocupa [3] sólo de
el pensar que, no como ellos pensaban, tengo de
20 parecer a su presencia, que tengo por mejor des-

[1] Escuchasteis.

[2] Oisteis.

[3] Estorba.

▼ El final del capítulo anterior y el comienzo de éste, con la intervención ininterrum-
pida de Dorotea —sus palabras quedan separadas tan sólo por el epígrafe del capítulo—, es una excelente muestra del movimiento continuo en la dinámica narrativa de
la obra.

terrarme para siempre de ser vista que no verles
el rostro, con pensamiento que ellos miran el mío
ajeno de la honestidad que de mí se debían de tener prometida ▼.

Calló en diciendo esto, y el rostro se le cubrió   25
de un color que mostró bien claro el sentimiento
y vergüenza del alma. En las suyas sintieron los
que escuchado la habían tanta lástima como admiración de su desgracia; y aunque luego quisiera
el cura consolarla y aconsejarla, tomó primero la   30
mano [4] Cardenio, diciendo:

— En fin, señora, ¿que tú eres la hermosa Dorotea, la hija única del rico Clenardo?

Admirada quedó Dorotea cuando oyó el nom-
bre de su padre, y de ver cuán de poco era el que   35
le nombraba, porque ya se ha dicho de la mala manera que Cardenio estaba vestido, y así, le dijo:

— Y ¿quién sois vos, hermano, que así sabéis el
nombre de mi padre? Porque yo, hasta ahora, si
mal no me acuerdo, en todo el discurso del cuen-   40
to de mi desdicha no le he nombrado.

— Soy —respondió Cardenio— aquel sin ventura que, según vos, señora, habéis dicho, Luscinda dijo que era su esposa. Soy el desdichado Cardenio, a quien el mal término de aquel que a vos   45
os ha puesto en el [5] que estáis, me ha traído a que
me veáis cual me veis, roto, desnudo, falto de todo
humano consuelo, y, lo que es peor de todo, falto
de juicio, pues no le tengo sino cuando al cielo se
le antoja dármele por algún breve espacio. Yo, Do-   50
rotea, soy el que me hallé presente a las sinrazo-

[4] Se adelantó.

[5] El término (zeugma).

▼ El encuentro con Dorotea (y la narración que ella acaba de hacer) constituye el séptimo segmento de la novela sentimental de Cardenio-Luscinda-don Fernando-Dorotea.
(Véase nota al pie de la pág. 413.)

nes [6] de don Fernando y el que aguardó oír el sí
que de ser su esposa pronunció Luscinda. Yo soy
el que no tuvo ánimo para ver en qué paraba su
55   desmayo ni lo que resultaba del papel que le fue
hallado en el pecho, porque no tuvo el alma sufrimiento para ver tantas desventuras juntas; y así,
dejé la casa y la paciencia, y una carta que dejé a
un huésped mío, a quien rogué que en manos de
60   Luscinda la pusiese, y víneme a estas soledades,
con intención de acabar en ellas la vida, que desde aquel punto aborrecí, como mortal enemiga
mía. Mas no ha querido la suerte quitármela, con-
tentándose con quitarme el juicio, quizá por guar-
65   darme para la buena ventura que he tenido en hallaros; pues siendo verdad, como creo que lo es,
lo que aquí habéis contado, aún podría ser que a
entrambos nos tuviese el cielo guardado mejor suceso en nuestros desastres que nosotros pensa-
70   mos. Porque, presupuesto que Luscinda no puede
casarse con don Fernando, por ser mía, ni don Fernando con ella, por ser vuestro, y haberlo ella tan
manifiestamente declarado, bien podemos esperar
que el cielo nos restituya lo que es nuestro, pues
75   está todavía en ser [7], y no se ha enajenado ni deshecho. Y pues este consuelo tenemos, nacido no
de muy remota esperanza, ni fundado en desvariadas imaginaciones, suplícoos, señora, que to-
méis otra resolución en vuestros honrados pensa-
80   mientos, pues yo la pienso tomar en los míos, aco-
modándoos a esperar mejor fortuna; que yo os
juro por la fe de caballero y de cristiano de no de-
sampararos hasta veros en poder de don Fernando, y que cuando con razones no le pudiere atraer
85   a que conozca lo que os debe, de usar entonces la
libertad que me concede el ser caballero, y poder
con justo título [8] desafialle en razón de la sinrazón
que os hace, sin acordarme de mis agravios, cuya

[6] Acciones injustas.

[7] Está intacto, íntegro.

[8] Pretexto.

venganza dejaré al cielo, por acudir en la tierra a
los vuestros ▼.   90

   Con lo que Cardenio dijo se acabó de admirar
Dorotea, y, por no saber qué gracias volver a tan
grandes ofrecimientos, quiso tomarle los pies para
besárselos, mas no lo consintió Cardenio, y el licenciado respondió por entrambos, y aprobó el   95
buen discurso [9] de Cardenio, y sobre todo, les
rogó, aconsejó y persuadió que se fuesen con él a
su aldea, donde se podrían reparar [10] de las cosas
que les faltaban, y que allí se daría orden cómo
buscar a don Fernando, o cómo llevar a Dorotea   100
a sus padres, o hacer lo que más les pareciese con-
veniente. Cardenio y Dorotea se lo agradecieron,
y aceptaron la merced que se les ofrecía. El barbero, que a todo había estado suspenso y callado,
hizo también su buena plática y se ofreció con no   105
menos voluntad que el cura a todo aquello que
fuese bueno para servirles.

   Contó asimesmo con brevedad la causa que allí
los había traído, con la extrañeza de la locura de
don Quijote, y cómo aguardaban a su escudero,   110
que había ido a buscalle. Vínosele a la memoria a
Cardenio, como por sueños, la pendencia que con
don Quijote había tenido, y contóla a los demás;
mas no supo decir qué causa fue su quistión [11].

   En esto, oyeron voces y conocieron que el que   115
las daba era Sancho Panza, que, por no haberlos
hallado en el lugar donde los dejó, los llamaba a
voces. Saliéronle al encuentro y, preguntándole
por don Quijote, les dijo como le había hallado
desnudo en camisa, flaco, amarillo y muerto de   120

[9] Razonamiento.

[10] Abastecer.

[11] Cuestión.

▼ Las narraciones de Cardenio y Dorotea aparecen ahora a los ojos de sus mismos
narradores-protagonistas como dos ramas de la misma historia sentimental, de momento bastante alejada de la acción principal del *Quijote*.

hambre, y suspirando por su señora Dulcinea; y
que puesto que [12] le había dicho que ella le man-   [12] Aunque.
daba que saliese de aquel lugar y se fuese al del
Toboso, donde le quedaba esperando, había res-
125   pondido que estaba determinado de no parecer
ante su fermosura hasta que hobiese [13] fecho faza-   [13] Hubiese.
ñas que le ficiesen digno de su gracia ▼. Y que si
aquello pasaba adelante, corría peligro de no venir a ser emperador, como estaba obligado, ni aun
130   arzobispo, que era lo menos que podía ser. Por
eso, que mirasen lo que se había de hacer para sacarle de allí.
      El licenciado le respondió que no tuviese pena;
que ellos le sacarían de allí, mal que le pesase. Con-
135   tó luego a Cardenio y a Dorotea lo que tenían pensado para remedio de don Quijote, a lo menos
para llevarle a su casa. A lo cual dijo Dorotea que
ella haría la doncella menesterosa mejor que el
barbero, y más, que tenía allí vestidos con que ha-
140   cerlo al natural, y que la dejasen el cargo de saber
representar todo aquello que fuese menester para
llevar adelante su intento, porque ella había leído
muchos libros de caballerías y sabía bien el estilo
que tenían las doncellas cuitadas [14] cuando pedían   [14] Afligidas.
145   sus dones a los andantes caballeros.
      —Pues no es menester más —dijo el cura—
sino que luego se ponga por obra; que, sin duda,
la buena suerte se muestra en favor mío, pues, tan
sin pensarlo, a vosotros, señores, se os ha comen-
150   zado a abrir puerta para vuestro remedio, y a nosotros se nos ha facilitado la que habíamos menester.

▼ Estas palabras —que pertenecen a la voz del narrador, pero que éste no hace más
que referir en estilo indirecto lo que Sancho cuenta al cura y al barbero— ilustran claramente la adopción, por parte de Sancho, de la fabla caballeresca de don Quijote.

15 Funda de almohada.

Sacó luego Dorotea de su almohada [15] una saya entera de cierta telilla rica y una mantellina de otra vistosa tela verde, y de una cajita un collar y otras joyas, con que en un instante se adornó de manera que una rica y gran señora parecía. Todo aquello, y más, dijo que había sacado de su casa para lo que se ofreciese, y que hasta entonces no se le había ofrecido ocasión de habello menes-

16 Necesitarlo.

ter [16]. A todos contentó en extremo su mucha gracia, donaire y hermosura, y confirmaron a don Fernando por de poco conocimiento, pues tanta belleza desechaba.

Pero el que más se admiró fue Sancho Panza, por parecerle —como era así verdad— que en todos los días de su vida había visto tan hermosa criatura; y así, preguntó al cura con grande ahínco le dijese quién era aquella tan fermosa señora, y qué era lo que buscaba por aquellos andurriales.

—Esta hermosa señora —respondió el cura—, Sancho hermano, es, como quien no dice nada, es la heredera por línea recta de varón del gran reino de Micomicón, la cual viene en busca de vuestro amo a pedirle un don, el cual es que la desfaga un tuerto o agravio que un mal gigante le tiene fecho ▼; y a la fama que de buen caballero

17 Todo el mundo conocido.

vuestro amo tiene por todo lo descubierto [17], de Guinea ha venido a buscarle esta princesa.

18 Búsqueda.

—Dichosa buscada [18] y dichoso hallazgo —dijo a esta sazón Sancho Panza—, y más si mi amo es tan venturoso que desfaga ese agravio y enderece ese tuerto, matando a ese hideputa dese gigante que vuestra merced dice: que sí matará si él le en-

155

160

165

170

175

180

▼ Ahora es el cura quien remeda la fabla caballeresca de don Quijote para explicar a Sancho, en tono de burla que acrecienta la comicidad de la situación, la presencia de Dorotea.

185   cuentra, si ya no fuese fantasma; que contra los
       fantasmas no tiene mi señor poder alguno. Pero
       una cosa quiero suplicar a vuestra merced, entre
       otras, señor licenciado, y es que porque a mi amo
       no le tome gana de ser arzobispo, que es lo que
190   yo temo, que vuestra merced le aconseje que se
       case luego con esta princesa, y así quedará impo-
       sibilitado de recebir órdenes arzobispales, y ven-
       drá con facilidad a su imperio, y yo al fin de mis
       deseos; que yo he mirado bien en ello y hallo por
195   mi cuenta que no me está bien que mi amo sea ar-
       zobispo, porque yo soy inútil para la Iglesia, pues
       soy casado, y andarme ahora a traer dispensacio-
       nes para poder tener renta por la Iglesia, tenien-
       do, como tengo, mujer y hijos, sería nunca aca-
200   bar. Así que, señor, todo el toque está en que mi
       amo se case luego con esta señora, que hasta aho-
       ra no sé su gracia [19], y así, no la llamo por su nom-   [19] Su nombre.
       bre.
          —Llámase —respondió el cura— la princesa
205   Micomicona, porque llamándose su reino Micomi-
       cón, claro está que ella se ha de llamar así ▼.
          —No hay duda en eso —respondió San-
       cho—; que yo he visto a muchos tomar el apelli-
       do y alcurnia [20] del lugar donde nacieron, llamán-   [20] Denominación.
210   dose Pedro de Alcalá, Juan de Úbeda y Diego de
       Valladolid, y esto mesmo se debe de usar allá en
       Guinea: tomar las reinas los nombres de sus rei-
       nos.
          —Así debe de ser —dijo el cura—; y en lo del ca-

▼ Vale la pena reparar en la ingeniosa creación del nombre del reino y de la princesa:
«mico» significa «mono de cola larga» (mico + mico en aumentativo forman Micomicón y Micomicona). Pero también puede basarse en la expresión «dar el mico»: engañar, faltar a un compromiso; con lo cual estamos ante un nombre simbólico: «la do-
blemente engañada», «la engañada del reino del engaño».

[21] Pondré en ello todos mis esfuerzos.

sarse vuestro amo, yo haré en ello todos mis pode- 215
ríos [21].

Con lo que quedó tan contento Sancho cuanto
el cura admirado de su simplicidad, y de ver cuán
encajados tenía en la fantasía los mesmos disparates que su amo, pues sin alguna duda se daba a 220
entender que había de venir a ser emperador.

Ya en esto se había puesto Dorotea sobre la
mula del cura y el barbero se había acomodado al
rostro la barba de la cola de buey, y dijeron a Sancho que los guiase adonde don Quijote estaba, al 225
cual advirtieron que no dijese que conocía al licenciado ni al barbero, porque en no conocerlos consistía todo el toque de venir a ser emperador su
amo; puesto que ni el cura ni Cardenio quisieron
ir con ellos, porque no se le acordase a don Qui- 230
jote la pendencia que con Cardenio había tenido,
y el cura porque no era menester por entonces su
presencia. Y así, los dejaron ir delante, y ellos los
fueron siguiendo a pie, poco a poco. No dejó de
avisar el cura lo que había de hacer Dorotea, a lo 235
que ella dijo que descuidasen, que todo se haría
sin faltar punto, como lo pedían y pintaban los libros de caballerías.

Tres cuartos de legua habrían andando, cuan-

[22] Intrincadas.

do descubrieron a don Quijote entre unas intrica- 240
das [22] peñas, ya vestido, aunque no armado, y así
como Dorotea le vio y fue informada de Sancho,
que aquél era don Quijote, dio del azote a su palafrén, siguiéndole el bien barbado barbero ▼. Y en
llegando junto a él, el escudero se arrojó de la 245

▼ La expresión *dio del azote a su palafrén* es un lugar común en las novelas de caballerías. Cervantes parodia dicha situación aplicando irónicamente la designación de *palafrén* (caballo manso que solían montar las damas) a la mula del cura.

mula y fue a tomar en los brazos a Dorotea, la
cual, apeándose con grande desenvoltura, se fue
a hincar de rodillas ante las de don Quijote; y aunque él pugnaba por levantarla, ella, sin levantar-
250   se, le fabló en esta guisa [23]:

    —De aquí no me levantaré, ¡oh valeroso y es-
forzado caballero!, fasta que la vuestra bondad y
cortesía me otorgue un don, el cual redundará en
honra y prez [24] de vuestra persona y en pro de la
255   más desconsolada y agraviada doncella que el sol
ha visto. Y si es que el valor de vuestro fuerte brazo corresponde a la voz de vuestra inmortal fama,
obligado estáis a favorecer a la sin ventura que de
tan lueñes [25] tierras viene, al olor de vuestro famo-
260   so nombre, buscándoos para remedio de sus desdichas ▼.

    —No os responderé palabra, fermosa señora
—respondió don Quijote—, ni oiré más cosa de
vuestra facienda [26], fasta que os levantéis de tierra.
265   —No me levantaré, señor —respondió la afli-
gida doncella—, si primero por la vuestra cortesía no me es otorgado el don que pido.

    —Yo vos le otorgo y concedo —respondió
don Quijote—, como no se haya de cumplir en
270   daño o mengua de mi rey, de mi patria y de aquella que de mi corazón y libertad tiene la llave ▼▼.

    —No será en daño ni mengua de los que de-
cís, mi buen señor —replicó la dolorosa doncella.

[23] Habló de esta mane-
ra (arcaísmo).

[24] Fama.

[25] Lejanas (arcaísmo).

[26] Vuestros asuntos.

▼ También ahora Dorotea-Micomicona adopta el tono y el lenguaje arcaizante de la fabla caballeresca *(fasta, la vuestra bondad, lueñes)*. En su parlamento, adecuadamente in-
troducido por el narrador con la expresión arcaizante *fabló en esta guisa,* se aprecian rasgos de ironía burlesca, como se desprende de su venida *al olor de vuestro famoso nombre.*

▼▼ «Las tres condiciones que pone don Quijote compendian parte del credo caballeresco: rey, patria, dama. Falta el concepto religioso, que veremos más adelante en frases
como "Vamos de aquí, en el nombre de Dios, a favorecer esta gran señora"» (Agostini).

Y, estando en esto, se llegó Sancho Panza al oído de su señor y muy pasito [27] le dijo:

—Bien puede vuestra merced, señor, concederle el don que pide, que no es cosa de nada: sólo es matar a un gigantazo, y esta que lo pide es la alta princesa Micomicona, reina del gran reino Micomicón de Etiopía ▼.

—Sea quien fuere —respondió don Quijote—, que yo haré lo que soy obligado y lo que me dicta mi conciencia, conforme a lo que profesado tengo.

Y volviéndose a la doncella, dijo:

—La vuestra gran fermosura se levante, que yo le otorgo el don que pedirme quisiere.

—Pues el que pido es —dijo la doncella— que la vuestra magnánima persona se venga luego conmigo donde yo le llevare y me prometa que no se ha de entremeter en otra aventura ni demanda alguna hasta darme venganza de un traidor que, contra todo derecho divino y humano, me tiene usurpado mi reino.

—Digo que así lo otorgo —respondió don Quijote—, y así podéis, señora, desde hoy más, desechar la malenconía [28] que os fatiga y hacer que cobre nuevos bríos y fuerzas vuestra desmayada esperanza; que con el ayuda de Dios y la de mi brazo, vos os veréis presto restituida en vuestro reino y sentada en la silla de vuestro antiguo y grande estado, a pesar y a despecho de los follones [29] que contradecirlo quisieren. Y manos a labor; que en la tardanza dicen que suele estar el peligro.

▼ El proceso de quijotización de Sancho avanza notablemente en este capítulo. Nótese, además, que el escudero confunde ahora Guinea —de donde viene la Micomicona, como dijo antes el cura— con Etiopía.

305   La menesterosa doncella pugnó con mucha porfía por besarle las manos; mas don Quijote, que en todo era comedido y cortés caballero, jamás lo consintió; antes la hizo levantar y la abrazó con mucha cortesía y comedimiento; y mandó a San-

310 cho que requiriese las cinchas a Rocinante, y le armase luego al punto. Sancho descolgó las armas, que, como trofeo, de un árbol estaban pendientes, y, requiriendo las cinchas, en un punto armó a su señor, el cual, viéndose armado, dijo:

315   —Vamos de aquí, en el nombre de Dios, a favorecer esta gran señora ▼.

     Estábase el barbero aún de rodillas, teniendo gran cuenta de disimular la risa y de que no se le cayese la barba, con cuya caída quizá quedaran to-

320 dos sin conseguir su buena intención; y viendo que ya el don estaba concedido, y con la diligencia que don Quijote se alistaba para ir a cumplirle, se levantó y tomó de la otra mano a su señora, y entre los dos la subieron en la mula. Luego subió

325 don Quijote sobre Rocinante, y el barbero se acomodó en su cabalgadura, quedándose Sancho a pie, donde [30] de nuevo se le renovó la pérdida del rucio, con la falta que entonces le hacía; mas todo lo llevaba con gusto, por parecerle que ya su se-

330 ñor estaba puesto en camino y muy a pique de ser emperador, porque sin duda alguna pensaba que se había de casar con aquella princesa, y ser, por lo menos, rey de Micomicón. Sólo le daba pesadumbre el pensar que aquel reino era en tierra

[30] De donde, por lo cual.

▼ La ficción del cura ha alcanzado su forma definitiva con la figura de Dorotea-Micomicona, con lo cual, en este capítulo y en los siguientes, se desarrolla una ficción dentro de otra ficción. Nótese, además, que con la transformación de Dorotea, mujer real con sus amores, en Micomicona, princesa fingida, se intensifica la ilusión de realidad en todo lo referido a don Quijote.

de negros y que la gente que por sus vasallos le   335
diesen habían de ser todos negros, a lo cual hizo
luego en su imaginación un buen remedio, y díjose a sí mismo:

— ¿Qué se me da a mí que mis vasallos sean negros? ¿Habrá más que cargar con ellos y traerlos   340
a España, donde los podré vender, y adonde me
los pagarán de contado, de cuyo dinero podré
comprar algún título o algún oficio con que vivir
descansado todos los días de mi vida? ¡No, sino
dormíos, y no tengáis ingenio ni habilidad para   345
disponer de las cosas y para vender treinta o diez
mil vasallos en dácame esas pajas [31]! ¡Par [32] Dios
que los he de volar [33], chico con grande [34], o como
pudiere, y que, por negros que sean, los he de volver blancos o amarillos! ¡Llegaos, que me mamo   350
el dedo ▼!

Con esto andaba tan solícito y tan contento, que
se le olvidaba la pesadumbre de caminar a pie.

Todo esto miraban de entre unas breñas Cardenio y el cura, y no sabían qué hacerse para jun-   355
tarse con ellos; pero el cura, que era gran tracis-
ta [35], imaginó luego lo que harían para conseguir
lo que deseaban, y fue que con unas tijeras que
traía en un estuche quitó con mucha presteza la
barba a Cardenio, y vistióle un capotillo pardo que   360
él traía, y diole un herreruelo [36] negro, y él se quedó en calzas y en jubón ▼▼; y quedó tan otro de lo

[31] En un momento.

[32] Por.

[33] Vender a toda prisa (en un vuelo).

[34] Unos con otros.

[35] Inventor ingenioso.

[36] Capa corta.

▼ En este gracioso monólogo Sancho revela su quijotización por vía de la codicia. El monólogo está lleno de expresiones irónicas *(No, sino dormíos... no tengáis...* son negaciones irónicas), de juegos de palabras *(volver* [a los negros] *blancos o amarillos:* convertirlos en plata u oro) y expresiones proverbiales, también irónicas (¡Acercaos, que soy tonto; que me chupo el dedo!).

▼▼ Es decir, «sin abrigo o ropa exterior», que se ponía por encima de las calzas, que cubrían los muslos y las piernas, y el jubón, que cubría el cuerpo y los brazos.

que antes parecía Cardenio, que él mesmo no se
conociera, aunque a un espejo se mirara. Hecho
365 esto, puesto ya que [37] los otros habían pasado adelante en tanto que ellos se disfrazaron, con facilidad salieron al camino real antes que ellos, porque las malezas y malos pasos de aquellos lugares
no concedían que anduviesen tanto los de a caba-
370 llo como los de a pie. En efecto, ellos se pusieron
en el llano, a la salida de la sierra, y así como salió della don Quijote y sus camaradas, el cura se
le puso a mirar muy de espacio [38], dando señales
de que le iba reconociendo, y al cabo de haberle
375 una buena pieza estado mirando, se fue a él abiertos los brazos y diciendo a voces:

—Para bien sea hallado el espejo de la caballería, el mi buen compatriote [39] don Quijote de la
Mancha, la flor y la nata de la gentileza, el ampa-
380 ro y remedio de los menesterosos, la quinta esencia [40] de los caballeros andantes.

Y diciendo esto, tenía abrazado por la rodilla de
la pierna izquierda a don Quijote, el cual, espantado de lo que veía y oía decir y hacer a aquel
385 hombre, se le puso a mirar con atención, y, al fin,
le conoció, y quedó como espantado de verle y
hizo grande fuerza por apearse; mas el cura no lo
consintió, por lo cual don Quijote decía:

—Déjeme vuestra merced, señor licenciado,
390 que no es razón que yo esté a caballo, y una tan
reverenda persona como vuestra merced esté a
pie.

—Eso no consentiré yo en ningún modo
—dijo el cura—: estése la vuestra grandeza a ca-
395 ballo, pues estando a caballo acaba las mayores fa-
zañas ▼ y aventuras que en nuestra edad se han vis-

[37] Puesto que ya.

[38] Despacio, atenta-
mente.

[39] Compatriota.

[40] Quintaesencia.

▼ Véase nota al pie de la pág. 441.

to; que a mí, aunque indigno sacerdote, bastárame subir en las ancas de una destas mulas destos señores que con vuestra merced caminan, si no lo han por enojo. Y aun haré cuenta que voy caballero sobre el caballo Pegaso, o sobre la cebra o alfana [41] en que cabalgaba aquel famoso moro Muzaraque, que aún hasta ahora yace encantado en la gran cuesta Zulema, que dista poco de la gran Compluto ▼.

—Aún no caía yo en tanto, mi señor licenciado —respondió don Quijote—; y yo sé que mi señora la princesa será servida, por mi amor, de mandar a su escudero dé a vuestra merced la silla de su mula, que él podrá acomodarse en las ancas, si es que ella las sufre.

—Sí sufre, a lo que yo creo —respondió la princesa—; y también sé que no será menester mandárselo al señor mi escudero, que él es tan cortés y tan cortesano, que no consentirá que una persona eclesiástica vaya a pie, pudiendo ir a caballo.

—Así es —respondió el barbero.

Y apeándose en un punto, convidó al cura con la silla, y él la tomó sin hacerse mucho de rogar. Y fue el mal que al subir a las ancas el barbero, la mula, que, en efecto, era de alquiler, que para decir que era mala esto basta, alzó un poco los cuartos traseros y dio dos coces en el aire, que, a darlas en el pecho de maese Nicolás, o en la cabeza, él diera al diablo la venida por don Quijote. Con todo eso, le sobresaltaron de manera, que cayó en

400

405

410

415

420

425

[41] Caballo corpulento y brioso.

▼ Pegaso era el mitológico caballo alado de Belerofonte, hijo de Poseidón (intentó subir a la morada de Zeus y éste lo castigó precipitándolo en la tierra); el moro Muzaraque es un personaje que no se ha podido identificar; la cuesta de Zulema es un cerro próximo a Alcalá de Henares, llamada antiguamente Compluto.

el suelo, con tan poco cuidado de las barbas, que
se le cayeron en el suelo; y como se vio sin ellas,
430   no tuvo otro remedio sino acudir a cubrirse el rostro con ambas manos y a quejarse que le habían
derribado las muelas. Don Quijote, como vio todo
aquel mazo de barbas [42], sin quijadas y sin sangre,   [42] Mata de pelo.
lejos del rostro del escudero caído, dijo:
435   —¡Vive Dios, que es gran milagro éste! ¡Las
barbas le ha derribado y arrancado del rostro,
como si las quitaran a posta [43]!   [43] Adrede.
El cura, que vio el peligro que corría su inven-
ción de ser descubierta, acudió luego a las barbas
440   y fuese con ellas adonde yacía maese Nicolás, dando aún voces todavía, y de un golpe, llegándole la
cabeza a su pecho, se las puso, murmurando sobre él unas palabras, que dijo que era cierto en-
salmo [44] apropiado para pegar barbas, como lo ve-   [44] Modo supersticioso
445   rían; y cuando se las tuvo puestas, se apartó, y que-   de curar con oraciones.
dó el escudero tan bien barbado y tan sano como
de antes, de que se admiró don Quijote sobremanera, y rogó al cura que cuando tuviese lugar le
enseñase aquel ensalmo; que él entendía que su
450   virtud a más que pegar barbas se debía de extender, pues estaba claro que de donde las barbas se
quitasen había de quedar la carne llagada y mal-
trecha, y que, pues todo lo sanaba, a más que barbas aprovechaba.
455   —Así es —dijo el cura, y prometió de ense-
ñársele en la primera ocasión ▼.

▼ Todo esto ha sido cuidadosamente preparado por Cervantes. Obsérvese que don Quijote percibe agudamente la situación: «no habla para nada de muelas, pero sí de barbas»;
y ante la ficción del ensalmo, «¿cómo ante una cosa semejante, "mágica", no insiste don
Quijote?» Finge no advertir la trampa porque encaja en su juego (Serrano Plaja). «¿No
está burlándose de los que creen burlarse de él?» (Torrente Ballester).

Concertáronse que por entonces subiese el cura,
y a trechos se fuesen los tres mudando, hasta que
llegasen a la venta, que estaría hasta dos leguas de
allí. Puestos los tres a caballo, es a saber, don Qui-   460
jote, la princesa y el cura, y los tres a pie, Cardenio, el barbero y Sancho Panza, don Quijote dijo
a la doncella:

—Vuestra grandeza, señora mía, guíe por don-
de más gusto le diere.   465

Y antes que ella respondiese, dijo el licenciado:

—¿Hacia qué reino quiere guiar la vuestra señoría? ¿Es, por ventura, hacia el de Micomicón?
Que sí debe de ser, o yo sé poco de reinos.

Ella, que estaba bien en todo, entendió que ha-   470
bía de responder que sí, y así, dijo:

—Sí, señor; hacia ese reino es mi camino.

—Si así es —dijo el cura—, por la mitad de
mi pueblo hemos de pasar y de allí tomará vuestra merced la derrota [45] de Cartagena, donde se   475
podrá embarcar con la buena ventura; y si hay
viento próspero, mar tranquilo y sin borrasca, en
poco menos de nueve años se podrá estar a vista
de la gran laguna Meona, digo, Meótides, que está
poco más de cien jornadas más acá del reino de   480
vuestra grandeza ▼.

—Vuestra merced está engañado, señor mío
—dijo ella—, porque no ha dos años que yo partí dél, y en verdad que nunca tuve buen tiempo,
y, con todo eso, he llegado a ver lo que tanto de-   485
seaba, que es al señor don Quijote de la Mancha,
cuyas nuevas [46] llegaron a mis oídos así como puse
los pies en España, y ellas me movieron a buscar-

[45] Ruta.

[46] Noticias.

▼ Llamar *Meona* a la laguna *Meótides* (Meotis o Meótide, golfo del mar Negro) es una
chocarrería del cura.

le, para encomendarme en su cortesía y fiar mi jus-
490   ticia del valor de su invencible brazo.

—No más; cesen mis alabanzas —dijo a esta
sazón don Quijote— porque soy enemigo de todo
género de adulación; y aunque ésta no lo sea, todavía ofenden mis castas orejas semejantes pláti-
495   cas. Lo que yo sé decir, señora mía, que ora tenga
valor o no, el que tuviere o no tuviere se ha de emplear en vuestro servicio hasta perder la vida; y
así, dejando esto para su tiempo, ruego al señor
licenciado me diga qué es la causa que le ha traí-
500   do por estas partes tan solo, y tan sin criados, y
tan a la ligera, que me pone espanto [47].

—A eso yo responderé con brevedad —respondió el cura—, porque sabrá vuestra merced,
señor don Quijote, que yo y maese Nicolás, nues-
505   tro amigo y nuestro barbero, íbamos a Sevilla a cobrar cierto dinero que un pariente mío que ha muchos años que pasó a Indias me había enviado, y
no tan pocos que no pasan de sesenta mil pesos
ensayados, que es otro que tal [48]; y pasando ayer
510   por estos lugares, nos salieron al encuentro cuatro salteadores y nos quitaron hasta las barbas; y
de modo nos las quitaron, que le convino al barbero ponérselas postizas; y aun a este mancebo
que aquí va —señalando a Cardenio— le pusie-
515   ron como de nuevo. Y es lo bueno que es pública
fama por todos estos contornos que los que nos
saltearon son de unos galeotes que dicen que li-
bertó, casi en este mesmo sitio, un hombre tan valiente que, a pesar del comisario y de las guardas,
520   los soltó a todos; y, sin duda alguna, él debía de
estar fuera de juicio, o debe de ser tan grande bellaco como ellos, o algún hombre sin alma y sin
conciencia, pues quiso soltar al lobo entre las ovejas, a la raposa entre las gallinas, a la mosca entre
525   la miel; quiso defraudar la justicia, ir contra su rey

[47] Asombro.

[48] Que valían el doble
de los pesos corrientes
(comprobando su por-
centaje de oro y plata).

y señor natural, pues fue contra sus justos mandamientos. Quiso, digo, quitar a las galeras sus
pies [49], poner en alboroto a la Santa Hermandad,
que había muchos años que reposaba. Quiso, finalmente, hacer un hecho por donde se pierda su   530
alma y no se gane su cuerpo.

Habíales contado Sancho al cura y al barbero
la aventura de los galeotes, que acabó su amo con
tanta gloria suya, y por esto cargaba la mano el
cura refiriéndola, por ver lo que hacía o decía don   535
Quijote, al cual se le mudaba la color a cada palabra, y no osaba decir que él había sido el libertador de aquella buena gente.

—Éstos, pues —dijo el cura—, fueron los que
nos robaron. Que Dios, por su misericordia, se lo   540
perdone al que no los dejó llevar al debido supli-
cio [▼].

....
[49] Remeros, galeotes
(metáfora).

▼ Véase la nota al pie de la pág. 436.

CAPÍTULO XXX

Que trata del gracioso artificio y orden que se tuvo en sacar a nuestro enamorado caballero de la asperísima penitencia en que se había puesto

5

No hubo bien acabado el cura, cuando Sancho dijo:

—Pues mía fe [1], señor licenciado, el que hizo esa fazaña ▼ fue mi amo, y no porque yo no le dije
10 antes y le avisé que mirase lo que hacía, y que era pecado darles libertad, porque todos iban allí por grandísimos bellacos.

—Majadero —dijo a esta sazón don Quijo-te—, a los caballeros andantes no les toca ni ata-
15 ñe averiguar si los afligidos, encadenados y opresos que encuentran por los caminos van de aquella manera, o están en aquella angustia, por sus culpas, o por sus gracias; sólo le [2] toca ayudarles como a menesterosos, poniendo los ojos en sus pe-
20 nas, y no en sus bellaquerías. Yo topé un rosario y sarta de gente mohína y desdichada, y hice con ellos lo que mi religión [3] me pide, y lo demás allá se avenga; y a quien mal le ha parecido, salvo la santa dignidad del señor licenciado y su honrada

[1] A fe mía.

[2] Le (al caballero).

[3] La orden de caballería.

▼ Nótese el arcaísmo caballeresco en boca de Sancho. Y obsérvese, una vez más, cómo en la siguiente réplica de don Quijote, sobre la liberación de los galeotes, al caballero «le sabe a poco "la justicia sólo justa"» (Serrano Plaja).

[4] Materia.

[5] Armadura que cubría la parte superior de la cabeza.

[6] Cada una de las dos piezas de madera de la silla.

[7] Arreglarla.

[8] Acuérdesele.

[9] Se callara.

[10] Ofensa, menosprecio.

persona, digo que sabe poco de achaque [4] de caballería, y que miente como un hideputa y mal nacido, y esto le haré conocer con mi espada, donde más largamente se contiene [v].

Y esto dijo afirmándose en los estribos y calándose el morrión [5], porque la bacía de barbero, que a su cuenta era el yelmo de Mambrino, llevaba colgado del arzón [6] delantero, hasta adobarla [7] del mal tratamiento que la [vv] hicieron los galeotes.

Dorotea, que era discreta y de gran donaire, como quien ya sabía el menguado humor de don Quijote y que todos hacían burla dél, sino Sancho Panza, no quiso ser para menos, y viéndole tan enojado, le dijo:

—Señor caballero, miémbresele [8] a la vuestra merced el don que me tiene prometido, y que, conforme a él, no puede entremeterse en otra aventura, por urgente que sea; sosiegue vuestra merced el pecho; que si el señor licenciado supiera que por ese invicto brazo habían sido librados los galeotes, él se diera tres puntos en la boca [9], y aun se mordiera tres veces la lengua, antes que haber dicho palabra que en despecho [10] de vuestra merced redundara.

—Eso juro yo bien —dijo el cura—, y aun me hubiera quitado un bigote [vvv].

—Yo callaré, señora mía —dijo don Quijote—, y reprimiré la justa cólera que ya en mi pe-

25

30

35

40

45

50

[v] Fórmula de juramento. Nótese el desatino en afirmar el valor de su espada, cuando en realidad no la lleva, pues, como él mismo dirá más adelante, Ginés de Pasamonte se la había llevado.

[vv] Nueva sutileza lingüística que apoya el juego de perspectivas: *colgado,* referido a la bacía-yelmo, porque para don Quijote era yelmo, y se sustituye por el pronombre *la,* porque para los galeotes era bacía.

[vvv] Entonces los curas solían llevar bigote y perilla. Y se decía *bigotes* y *un bigote,* porque son dos, uno a cada lado del labio (Rodríguez Marín).

cho se había levantado, y iré quieto y pacífico hasta tanto que os cumpla el don prometido; pero en
55 pago deste buen deseo os suplico me digáis, si no
se os hace de mal, cuál es la vuestra cuita y cuántas, quiénes y cuáles son las personas de quien os
tengo de dar debida, satisfecha y entera venganza.

—Eso haré yo de gana —respondió Doro-
60 tea—, si es que no os enfadan oír lástimas y desgracias.

—No enfadará, señora mía —respondió don
Quijote.

A lo que respondió Dorotea:

65   —Pues así es, esténme vuestras mercedes atentos.

No hubo ella dicho esto, cuando Cardenio y el
barbero se le pusieron al lado, deseosos de ver
cómo fingía su historia la discreta Dorotea, y lo
70 mismo hizo Sancho, que tan engañado iba con ella
como su amo. Y ella, después de haberse puesto
bien en la silla y prevenídose con toser y hacer
otros ademanes, con mucho donaire comenzó a
decir desta manera:

75   —Primeramente, quiero que vuestras mercedes sepan, señores míos, que a mí me llaman...

Y detúvose aquí un poco, porque se le olvidó el
nombre que el cura le había puesto; pero él acudió al remedio, porque entendió en lo que repa-
80 raba, y dijo:

—No es maravilla, señora mía, que la vuestra
grandeza se turbe y empache contando sus desventuras; que ellas suelen ser tales, que muchas veces quitan la memoria a los que maltratan, de tal
85 manera, que aun de sus mesmos nombres no se
les acuerda, como han hecho con vuestra gran señoría, que se ha olvidado que se llama la princesa
Micomicona, legítima heredera del gran reino Micomicón; y con este apuntamiento puede la vues-

[11] Volver a traer.

[12] Entendió.

[13] Linda, limita.

[14] Evitar.

tra grandeza reducir [11] ahora fácilmente a su lasti-   90
mada memoria todo aquello que contar quisiere.

—Así es la verdad —respondió la doncella—,
y desde aquí adelante creo que no será menester
apuntarme nada; que yo saldré a buen puerto con
mi verdadera historia. La cual es que el rey mi pa-   95
dre, que se llamaba Tinacrio el Sabidor ▼, fue muy
docto en esto que llaman el arte mágica y alcanzó [12] por su ciencia que mi madre, que se llamaba
la reina Jaramilla, había de morir primero que él,
y que de allí a poco tiempo él también había de   100
pasar desta vida y yo había de quedar huérfana
de padre y madre. Pero decía él que no le fatigaba tanto esto cuanto le ponía en confusión saber
por cosa muy cierta que un descomunal gigante,
señor de una grande ínsula, que casi alinda [13] con   105
nuestro reino, llamado Pandafilando de la Fosca
Vista, porque es cosa averiguada que, aunque tiene los ojos en su lugar y derechos, siempre mira
al revés, como si fuese bizco, y esto lo hace él de
maligno y por poner miedo y espanto a los que   110
mira, digo que supo que este gigante, en sabiendo
mi orfandad, había de pasar con gran poderío sobre mi reino y me lo había de quitar todo, sin dejarme una pequeña aldea donde me recogiese;
pero que podía excusar [14] toda esta ruina y des-   115
gracia si yo me quisiese casar con él; mas, a lo que
él entendía, jamás pensaba que me vendría a mí
en voluntad de hacer tan desigual casamiento; y
dijo en esto la pura verdad, porque jamás me ha
pasado por el pensamiento casarme con aquel gi-   120

▼ *Tinacrio el Sabidor* (sabio) es el nombre de un mago encantador que aparece en el *Ca-*
ballero del Febo y en otras novelas de caballerías (Clemencín). Se llamaba «tinacrio» o «tri-
nacrio» al natural de Trinacria, en Sicilia (Rodríguez Marín). Los demás nombres son
inventados, y, como siempre, con notorio derroche de ingenio y humor.

gante, pero ni con otro alguno, por grande y desaforado que fuese. Dijo también mi padre que
después que él fuese muerto y viese yo que Pandafilando comenzaba a pasar sobre mi reino, que
125   no aguardase a ponerme en defensa, porque sería
destruirme, sino que libremente le dejase desem-
barazado [15] el reino, si quería excusar la muerte y   [15] Libre.
total destrucción de mis buenos y leales vasallos,
porque no había de ser posible defenderme de la
130   endiablada fuerza del gigante; sino que luego, con
algunos de los míos, me pusiese en camino de las
Españas, donde hallaría el remedio de mis males
hallando a un caballero andante, cuya fama en
este tiempo se extendería por todo este reino, el
135   cual se había de llamar, si mal no me acuerdo, don
Azote, o don Gigote [▼].

—Don Quijote, diría, señora— dijo a esta sazón Sancho Panza—, o, por otro nombre, el Caballero de la Triste Figura.

140   —Así es la verdad —dijo Dorotea—. Dijo
más: que había de ser alto de cuerpo, seco de rostro y que en el lado derecho, debajo del hombro
izquierdo, o por allí junto, había de tener un lunar pardo con ciertos cabellos a manera de cerdas.

145   En oyendo esto don Quijote, dijo a su escudero:
—Ten aquí, Sancho, hijo, ayúdame a desnudar;
que quiero ver si soy el caballero que aquel sabio
rey dejó profetizado.

—Pues ¿para qué quiere vuestra merced des-
150   nudarse? —dijo Dorotea.

—Para ver si tengo ese lunar que vuestro padre dijo —respondió don Quijote.

▼ También estas humorísticas contaminaciones lingüísticas de la Micomicona contribuyen a incrementar la polionomasia de don Quijote. *Azote:* instrumento y acción de
azotar; *Gigote:* guiso de carne picada. Seguidamente, es curioso que sea precisamente Sancho quien corrige los trastrueques idiomáticos de Dorotea-Micomicona.

—No hay para qué desnudarse —dijo Sancho—, que yo sé que tiene vuestra merced un lunar desas señas en la mitad del espinazo, que es señal de ser hombre fuerte.   155

—Eso basta —dijo Dorotea—; porque con los amigos no se ha de mirar en pocas cosas [16], y que esté en el hombro o que esté en el espinazo, importa poco, basta que haya lunar y esté donde estuviere, pues todo es una mesma carne; y, sin   160 duda, acertó mi buen padre en todo y yo he acertado en encomendarme al señor don Quijote, que él es por quien mi padre dijo, pues las señales del rostro vienen con las de la buena fama que este   165 caballero tiene no sólo en España, pero en toda La Mancha, pues apenas me hube desembarcado en Osuna, cuando oí decir tantas hazañas suyas, que luego me dio el alma que era el mesmo que venía a buscar ▼.   170

—Pues ¿cómo se desembarcó vuestra merced en Osuna, señora mía —preguntó don Quijote—, si no es puerto de mar?

Mas antes que Dorotea respondiese, tomó el cura la mano [17] y dijo: 175

—Debe de querer decir la señora princesa que después que desembarcó en Málaga, la primera parte donde oyó nuevas de vuestra merced fue en Osuna.

—Eso quise decir —dijo Dorotea.   180

—Y esto lleva camino [18] —dijo el cura—, y prosiga vuestra majestad adelante.

—No hay que proseguir —respondió Dorotea—, sino que, finalmente, mi suerte ha sido tan

[16] Cosas pequeñas.

[17] Se adelantó el cura.

[18] Va bien guiado.

▼ Nuevas burlas de la dicharachera Dorotea-Micomicona: irónicamente, se refiere a España como una parte de La Mancha; y habla de Osuna (provincia de Sevilla) como puerto de mar (recuérdese que Osuna es, además, el lugar natal de don Fernando y Dorotea).

185   buena en hallar al señor don Quijote, que ya me
      cuento y tengo por reina y señora de todo mi rei-
      no, pues él, por su cortesía y magnificencia, me
      ha prometido el don de irse conmigo dondequie-
      ra que yo le llevare, que no será a otra parte que
190   a ponerle delante de Pandafilando de la Fosca Vis-
      ta, para que le mate y me restituya lo que tan con-
      tra razón me tiene usurpado; que todo esto ha de
      suceder a pedir de boca, pues así lo dejó profeti-
      zado Tinacrio el Sabidor, mi buen padre; el cual
195   también dejó dicho y escrito en letras caldeas o
      griegas, que yo no las sé leer, que si este caballero
      de la profecía, después de haber degollado al gi-
      gante, quisiese casarse conmigo, que yo me otor-
      gase luego [19] sin réplica alguna por su legítima es-   [19] Inmediatamente.
200   posa y le diese la posesión de mi reino, junto con
      la de mi persona.
            —¿Qué te parece, Sancho amigo? —dijo a este
      punto don Quijote—. ¿No oyes lo que pasa? ¿No
      te lo dije yo? Mira si tenemos ya reino que man-
205   dar y reina con quien casar.
            —¡Eso juro yo —dijo Sancho— para el puto
      que no se casare en abriendo el gaznatico al señor
      Pandahilado ▼! Pues ¡monta [20] que es mala la rei-   [20] A fe mía.
      na! ¡Así se me vuelvan las pulgas de la cama!
210   Y diciendo esto, dio dos zapatetas en el aire, con
      muestras de grandísimo contento, y luego fue a to-
      mar las riendas de la mula de Dorotea, y hacién-
      dola detener, se hincó de rodillas ante ella, supli-
      cándole le diese las manos para besárselas, en se-
215   ñal que la recibía por su reina y señora. ¿Quién
      no había de reír de los circunstantes, viendo la lo-
      cura del amo y la simplicidad del criado? En efec-

▼ Más ejemplos de deformaciones lingüísticas en boca del quijotizado Sancho, quien llama *gaznatico* al gaznate del gigante y trastrueca el nombre de Pandafilando en
Pandahilado.

to, Dorotea se las dio y le prometió de hacerle gran señor en su reino, cuando el cielo le hiciese tanto bien que se lo dejase cobrar y gozar. Agradecióselo Sancho con tales palabras que renovó la risa en todos.   220

—Ésta, señores —prosiguió Dorotea—, es mi historia; sólo resta por deciros que de cuanta gente de acompañamiento saqué de mi reino no me ha quedado sino sólo este buen barbado escudero, porque todos se anegaron en una gran borrasca que tuvimos a vista del puerto, y él y yo salimos en dos tablas a tierra, como por milagro; y así, es todo milagro y misterio el discurso [21] de mi vida, como lo habréis notado. Y si en alguna cosa he andado demasiada [22], o no tan acertada como debiera, echad la culpa a lo que el señor licenciado dijo al principio de mi cuento: que los trabajos continuos y extraordinarios quitan la memoria al que los padece.   235

—Ésa no me quitarán a mí, ¡oh alta y valerosa señora! —dijo don Quijote—, cuantos yo pasare en serviros, por grandes y no vistos que sean; y así, de nuevo confirmo el don que os he prometido y juro de ir con vos al cabo del mundo, hasta verme con el fiero enemigo vuestro, a quien pienso, con el ayuda de Dios y de mi brazo, tajar la cabeza soberbia con los filos desta... no quiero decir buena espada, merced a Ginés de Pasamonte, que me llevó la mía ▼.   245

Esto dijo entre dientes, y prosiguió diciendo:

—Y después de habérsela tajado y puéstoos en pacífica posesión de vuestro estado, quedará a

225

230

240

[21] Transcurso.

[22] Prolija.

▼ No ha aparecido hasta ahora ninguna referencia al robo de la espada por Ginés de Pasamonte. Lo más probable es que se trate de un descuido de Cervantes en la última revisión del texto de la novela (Avalle-Arce. Véase la nota primera al pie de la pág. 455.)

250   vuestra voluntad hacer de vuestra persona lo que
       más en talante os viniere; porque mientras que yo
       tuviere ocupada la memoria y cautiva la voluntad,
       perdido el entendimiento, a aquella..., y no digo
       más, no es posible que yo arrostre, ni por pien-
255   so [23], el casarme, aunque fuese con el ave fénix ▼.

    [23] Ni en el pensamien-
to.

       Parecióle tan mal a Sancho lo que últimamente
       su amo dijo acerca de no querer casarse, que, con
       grande enojo, alzando la voz dijo:
       —Voto a mí, y juro a mí, que no tiene vuestra
260   merced, señor don Quijote, cabal juicio. Pues
       ¿cómo es posible que pone vuestra merced en
       duda el casarse con tan alta princesa como aqués-
       ta? ¿Piensa que le ha de ofrecer la fortuna tras
       cada cantillo [24] semejante ventura como la que
265   ahora se le ofrece? ¿Es, por dicha, más hermosa
       mi señora Dulcinea? No, por cierto, ni aun con la
       mitad, y aun estoy por decir que no llega a su za-
       pato de la que está delante. Así, noramala alcan-
       zaré yo el condado que espero, si vuestra merced
270   se anda a pedir cotufas en el golfo [25]. Cásese, cá-
       sese luego, encomiéndole yo a Satanás, y tome ese
       reino que se le viene a las manos de vobis, vobis [26],
       y en siendo rey, hágame marqués o adelantado, y
       luego, siquiera se lo lleve el diablo todo.
275   Don Quijote, que tales blasfemias oyó decir con-
       tra su señora Dulcinea, no lo pudo sufrir, y, alzan-
       do el lanzón, sin hablalle palabra a Sancho, y sin
       decirle esta boca es mía, le dio tales dos palos, que
       dio con él en tierra; y si no fuera porque Dorotea
280   le dio voces que no le diera más, sin duda le qui-
       tara allí la vida.

    [24] Esquina.

    [25] Pedir cosas imposi-
bles *(cotufas:* tubérculos
parecidos a las chufas).

    [26] De bóbilis bóbilis, de
balde (deformación lin-
güística).

▼ Se creía que la fabulosa ave fénix era única en su especie y que renacía de sus propias cenizas. Es símbolo de persona o cosa única en su clase.

—¿Pensáis —le dijo a cabo de rato—, villano ruin, que ha de haber lugar siempre para ponerme la mano en la horcajadura ▼ y que todo ha de ser errar vos y perdonaros yo? Pues no lo penséis, bellaco descomulgado, que sin duda lo estás, pues has puesto lengua en la sin par Dulcinea. Y ¿no sabéis vos, gañán [27], faquín [28], belitre [29], que si no fuese por el valor que ella infunde en mi brazo, que no le tendría yo para matar una pulga? Decid, socarrón de lengua viperina, y ¿quién pensáis que ha ganado este reino y cortado la cabeza a este gigante y héchoos a vos marqués, que todo esto doy ya por hecho y por cosa pasada en cosa juzgada [30], si no es el valor de Dulcinea, tomando a mi brazo por instrumento de sus hazañas? Ella pelea en mí, y vence en mí, y yo vivo y respiro en ella, y tengo vida y ser ▼▼. ¡Oh hideputa bellaco, y cómo sois desagradecido, que os veis levantado del polvo de la tierra a ser señor de título, y correspondéis a tan buena obra con decir mal de quien os la hizo!

No estaba tan maltrecho Sancho, que no oyese todo cuanto su amo le decía, y levantándose con un poco de presteza, se fue a poner detrás del palafrén [31] de Dorotea, y desde allí dijo a su amo:

—Dígame, señor: si vuestra merced tiene determinado de no casarse con esta gran princesa, claro está que no será el reino suyo, y no siéndolo, ¿qué mercedes me puede hacer? Esto es de lo

285

290

295

300

305

[27] Hombre (rudo) de labranza.

[28] Ganapán.

[29] Pícaro.

[30] Véase nota 44 del cap. 25.

[31] Véase nota al pie de la pág. 443.

▼ «Tener conmigo demasiada familiaridad», faltarme al respeto (horcajadura: ángulo que forman las piernas en su nacimiento). Nótese que, como en el episodio de los batanes (capítulo 20), el enfado lleva a don Quijote a tratar de vos a Sancho; pero después vuelve al tratamiento de tú.

▼▼ Todos estos conceptos son característicos del amor cortés. (Véase nota al pie de la página 93.)

310   que yo me quejo; cásese vuestra merced una por   [32] Por ahora.
        una [32] con esta reina, ahora que la tenemos aquí
        como llovida del cielo, y después puede volverse [33]   [33] Amancebarse.
        con mi señora Dulcinea; que reyes debe de haber
        habido en el mundo que hayan sido amanceba-
315   dos. En lo de la hermosura no me entremeto; que,
        en verdad, si va a decirla, que entrambas me pa-
        recen bien, puesto que yo nunca he visto a la se-
        ñora Dulcinea.

            —¿Cómo que no la has visto, traidor blasfemo?
320   —dijo don Quijote—. Pues ¿no acabas de traer-
        me ahora un recado de su parte?

            —Digo que no la he visto tan despacio —dijo
        Sancho— que pueda haber notado particular-
        mente su hermosura y sus buenas partes [34] punto   [34] Cualidades.
325   por punto; pero así a bulto, me parece bien.

            —Ahora te disculpo —dijo don Quijote—, y
        perdóname el enojo que te he dado; que los pri-
        meros movimientos no son en manos de los hom-
        bres.

330   —Ya yo lo veo —respondió Sancho—, y así,
        en mí la gana de hablar siempre es primero mo-
        vimiento y no puedo dejar de decir, por una vez
        siquiera, lo que me viene a la lengua.

            —Con todo eso —dijo don Quijote—, mira,
335   Sancho, lo que hablas, porque tantas veces va el
        cantarillo a la fuente... ▼, y no te digo más.

            —Ahora bien —respondió Sancho—, Dios
        está en el cielo, que ve las trampas y será juez de
        quién hace más mal: yo en no hablar bien o vues-   [35] En obrar mal.
340   tra merced en oballo [35].

            —No haya más —dijo Dorotea—; corred,
        Sancho, y besad la mano a vuestro señor, y pedil-

▼ El refrán es «Tantas veces va el cántaro a la fuente, que deja el asa o la frente» (o
«que quiebra el asa o la frente»). Es decir, que acaba rompiéndose.

[36] Pedidle (metátesis).

[37] Prudente.

[38] Viniste.

[39] Detalles.

de [36] perdón, y de aquí adelante andad más atentado [37] en vuestras alabanzas y vituperios y no di-
gáis mal de aquesa señora Tobosa, a quien yo no			345
conozco si no es para servilla, y tened confianza
en Dios que no os ha de faltar un estado donde
viváis como un príncipe.

Fue Sancho cabizbajo y pidió la mano a su se-
ñor, y él se la dio con reposado continente; y de-		350
pués que se la hubo besado, le echó la bendición
y dijo a Sancho que se adelantasen un poco, que
tenía que preguntalle y que departir con él cosas
de mucha importancia. Hízolo así Sancho y apar-
táronse los dos algo adelante, y díjole don Quijote:		355

—Después que veniste [38], no he tenido lugar ni
espacio para preguntarte muchas cosas de parti-
cularidad [39] acerca de la embajada que llevaste y
de la respuesta que trujiste; y ahora, pues la for-
tuna nos ha concedido tiempo y lugar, no me nie-		360
gues tú la ventura que puedes darme con tan buenas nuevas.

—Pregunte vuestra merced lo que quisiere
—respondió Sancho—; que a todo daré tan bue-
na salida como tuve la entrada. Pero suplico a			365
vuestra merced, señor mío, que no sea de aquí
adelante tan vengativo.

—¿Por qué lo dices, Sancho? —dijo don Quijote.

—Dígolo —respondió— porque estos palos			370
de agora más fueron por la pendencia que entre
los dos trabó el diablo la otra noche ▼ que por lo
que dije contra mi señora Dulcinea, a quien amo
y reverencio como a una reliquia, aunque en ella
no lo haya, sólo por ser cosa de vuestra merced.		375

▼ Se refiere Sancho a *la pendencia* pasada en la noche del episodio de los batanes
(cap. 20).

—No tornes a esas pláticas, Sancho, por tu vida
—dijo don Quijote—, que me dan pesadumbre;
ya te perdoné entonces, y bien sabes tú que suele
decirse: a pecado nuevo, penitencia nueva.

380   *[Mientras esto pasaba ▼, vieron venir por el ca-*
mino donde ellos iban a un hombre caballero [40] *so-*   [40] Montado a caballo.
bre un jumento y cuando llegó cerca les parecía
que era gitano. Pero Sancho Panza, que doquiera
que vía [41] *asnos se le iban los ojos y el alma, ape-*   [41] Veía.
385   *nas hubo visto al hombre, cuando conoció que era*
Ginés de Pasamonte, y por el hilo del gitano sacó
el ovillo de su asno, como era la verdad, pues era
el rucio sobre que Pasamonte venía. El cual, por
no ser conocido y por vender el asno, se había pues-
390   *to en traje de gitano, cuya lengua y otras muchas,*
sabía hablar, como si fueran naturales suyas. Viole
Sancho y conocióle; y apenas le hubo visto y cono-
cido, cuando a grandes voces dijo:
—¡Ah, ladrón Ginesillo! ¡Deja mi prenda,
395   *suelta mi vida, no te empaches con mi descanso,*
deja mi asno, deja mi regalo! ¡Huye, puto; ausén-
tate, ladrón, y desampara lo que no es tuyo!
No fueran menester tantas palabras ni baldo-
nes [42], *porque a la primera saltó Ginés y, tomando*   [42] Injurias.
400   *un trote que parecía carrera, en un punto se au-*
sentó y alejó de todos.
Sancho llegó a su rucio y, abrazándole, le dijo:
—¿Cómo has estado, bien mío, rucio de mis
ojos, compañero mío?

▼ Todo este fragmento que figura en letra cursiva y entre corchetes es el texto en que
se refiere el hallazgo del rucio de Sancho Panza. El texto, que no aparece en la primera
edición de la obra, fue añadido en la segunda, publicada también en 1605. (Véase
nota al pie de la pág. 361.)

Y con esto le besaba y acariciaba, como si fuera   405
persona. El asno callaba y se dejaba besar y aca-
riciar de Sancho, sin responderle palabra alguna.
Llegaron todos y diéronle el parabién del hallazgo
del rucio, especialmente don Quijote, el cual le dijo
que no por eso anulaba la póliza de los tres polli-   410
nos. Sancho se lo agradeció.]

En tanto que los dos iban en estas pláticas, dijo
el cura a Dorotea que había andado muy discreta,
así en el cuento como en la brevedad dél y en la
similitud que tuvo con los de los libros de caballe-   415
rías. Ella dijo que muchos ratos se había entretenido en leellos [43]; pero que no sabía ella dónde
eran las provincias ni puertos de mar, y que así había dicho a tiento que se había desembarcado en
Osuna.   420

—Yo lo entendí así —dijo el cura—, y por
eso acudí luego a decir lo que dije, con que se acomodó todo. Pero ¿no es cosa extraña ver con
cuánta facilidad cree este desventurado hidalgo todas estas invenciones y mentiras, sólo porque lle-   425
van el estilo y modo de las necedades de sus libros ▼?

—Sí es —dijo Cardenio—, y tan rara y nunca
vista, que yo no sé si queriendo inventarla y fabri-
carla mentirosamente, hubiera tan agudo ingenio   430
que pudiera dar en ella ▼▼.

—Pues otra cosa hay en ello —dijo el cura—:
que fuera de las simplicidades que este buen hi-

[43] Leerlos.

▼ Efectivamente, don Quijote se dispone a cumplir su compromiso con la Micomicona
porque la ficción de la princesa encaja perfectamente en la del caballero, quien, por tanto, no puede negarse a cumplir su misión.

▼▼ Con estas palabras en boca de Cardenio reafirma sutilmente Cervantes la fe en su
obra, la clara consciencia que él tenía de la grandeza y originalidad de su novela.

435

dalgo dice tocantes a su locura, si le tratan de otras cosas, discurre con bonísimas razones y muestra tener un entendimiento claro y apacible en todo; de manera que, como no le toquen en sus caballerías, no habrá nadie que le juzgue sino por de muy buen entendimiento.

440

En tanto que ellos iban en esta conversación, prosiguió don Quijote con la suya y dijo a Sancho:

—Echemos, Panza amigo, pelillos a la mar [44] en esto de nuestras pendencias, y dime ahora, sin tener cuenta con enojo ni rencor alguno: ¿Dónde,

445

cómo y cuándo hallaste a Dulcinea? ¿Qué hacía? ¿Qué le dijiste? ¿Qué te respondió? ¿Qué rostro hizo [45] cuando leía mi carta? ¿Quién te la trasladó [46]? Y todo aquello que vieres que en este caso es digno de saberse, de preguntarse y satisfacerse,

450

sin que añadas o mientas por darme gusto, ni menos te acortes por no quitármele ▼.

—Señor —respondió Sancho—, si va a decir la verdad, la carta no me la trasladó nadie, porque yo no llevé carta alguna.

455

—Así es como tú dices —dijo con Quijote—, porque el librillo de memoria donde yo la escribí le hallé en mi poder a cabo de dos días de tu partida, lo cual me causó grandísima pena, por no saber lo que habías tú de hacer cuando te vieses sin

460

carta, y creí siempre que te volvieras desde el lugar donde la echaras menos.

—Así fuera —respondió Sancho—, si no la hubiera yo tomado en la memoria cuando vuestra merced me la leyó, de manera que se la dije a

465

un sacristán, que me la trasladó del entendimien-

[44] Olvidemos las rencillas, reconciliémonos (expresión proverbial).

[45] ¿Qué cara puso?

[46] Copió.

▼ El bombardeo de preguntas de don Quijote a Sancho obedece a que el caballero (del amor cortés) «nunca tuvo la oportunidad de ver a su amada ni de cerca ni de lejos, y así nunca recibió el sumo gozo de ser saludado por Dulcinea» (Avalle-Arce).

47 Cartas con censuras
que daban los jueces
eclesiásticos.

to tan punto por punto, que dijo que en todos los
días de su vida, aunque había leído muchas cartas
de descomunión [47], no había visto ni leído tan linda carta como aquélla.

—Y ¿tiénesla todavía en la memoria, Sancho?   470
—dijo don Quijote.

48 Dije.

—No, señor —respondió Sancho—, porque
después que la di [48], como vi que no había de ser
de más provecho, di en olvidalla. Y si algo se me
acuerda, es aquello del *sobajada,* digo, del *soberana*   475
señora, y lo último: *Vuestro hasta la muerte, el Caballero de la Triste Figura.* Y en medio destas dos cosas le puse más de trecientas almas, y vidas, y ojos
míos.

CAPÍTULO XXXI

De los sabrosos razonamientos que pasaron entre don Quijote y Sancho Panza, su escudero, con otros sucesos

5 —Todo eso no me descontenta ▾; prosigue adelante —dijo don Quijote—. Llegaste, ¿y qué hacía aquella reina de la hermosura? A buen seguro que la hallaste ensartando perlas, o bordando alguna empresa ¹ con oro de cañutillo ² para este su
10 cautivo caballero.

—No la hallé —respondió Sancho— sino ahechando ³ dos hanegas ⁴ de trigo en un corral de su casa.

—Pues haz cuenta —dijo don Quijote— que
15 los granos de aquel trigo eran granos de perlas, tocados de sus manos. Y si miraste, amigo, el trigo ¿era candeal, o trechel?

—No era sino rubión —respondió Sancho ▾▾.

—Pues yo te aseguro —dijo don Quijote—
20 que, ahechado por sus manos, hizo pan candeal, sin duda alguna. Pero pasa adelante: cuando le diste mi carta, ¿besóla? ¿Púsosela sobre la cabeza ⁵?

¹ Insignia o divisa simbólica.

² Oro hilado.

³ Cribando.

⁴ Fanegas (porción de granos que cabe en esta medida de capacidad).

⁵ Era señal de respeto.

▾ Véase la nota al pie de la pág. 436.

▾▾ *Candeal* es el trigo de harina muy blanca y de superior calidad; *trechel,* trigo de mucho peso que se siembra en primavera y fructifica en verano; *rubión,* trigo rubio, de granos dorados.

¿Hizo alguna ceremonia digna de tal carta, o qué hizo?

—Cuando yo se la iba a dar —respondió Sancho, ella estaba en la fuga del meneo de [6] una buena parte de trigo que tenía en la criba, y díjome: «Poned, amigo, esa carta sobre aquel costal [7]; que no la puedo leer hasta que acabe de acribar todo lo que aquí está.»

—¡Discreta señora! —dijo don Quijote—. Eso debió de ser por leerla despacio y recrearse con ella. Adelante, Sancho. Y en tanto que estaba en su menester, ¿qué coloquios pasó contigo? ¿Qué te preguntó de mí? Y tú, ¿qué le respondiste? Acaba, cuéntamelo todo; no se te quede en el tintero una mínima ▼.

—Ella no me preguntó nada —dijo Sancho—; mas yo le dije de la manera que vuestra merced, por su servicio, quedaba haciendo penitencia, desnudo de la cintura arriba, metido entre estas sierras como si fuera salvaje, durmiendo en el suelo, sin comer pan a manteles ni sin peinarse la barba, llorando y maldiciendo su fortuna.

—En decir que maldecía mi fortuna dijiste mal —dijo don Quijote—; porque antes la bendigo y bendeciré todos los días de mi vida, por haberme hecho digno de merecer amar tan alta señora como Dulcinea del Toboso.

—Tan alta es —respondió Sancho—, que a buena fe que me lleva a mí más de un coto [8].

—Pues ¿cómo, Sancho? —dijo don Quijote—. ¿Haste medido tú con ella?

—Medíme en esta manera —respondió Sancho—: que llegándole a ayudar a poner un costal

25

30

35

40

45

50

55

[6] Movía con mayor intensidad.

[7] Saco.

[8] Medida de los dedos de la mano juntos y horizontales y el pulgar levantado.

▼ La parte o cosa más pequeña. Una *mínima* es la nota musical de muy breve duración; vale la mitad de la semibreve.

de trigo sobre un jumento, llegamos tan juntos,
que eché de ver que me llevaba más de un gran
palmo.

60   —Pues ¡es verdad —replicó don Quijote—
que no acompaña esa grandeza y la adorna con
mil millones de gracias del alma! Pero no me ne-
garás, Sancho, una cosa: cuando llegaste junto a
ella, ¿no sentiste un olor sabeo, una fragancia aromática, y un no sé qué de bueno, que yo no acier-
65   to a dalle nombre? Digo, ¿un túho o tufo como si
estuvieras en la tienda de algún curioso guantero ▼?

—Lo que sé decir —dijo Sancho— es que sentí un olorcillo algo hombruno, y debía de ser que
70   ella, con el mucho ejercicio, estaba sudada y algo
correosa [9].

—No sería eso —respondió don Quijote—,
sino que tú debías de estar romadizado [10], o te de-
biste de oler a ti mismo, porque yo sé bien a lo
75   que huele aquella rosa entre espinas, aquel lirio
del campo, aquel ámbar desleído [11].

—Todo puede ser —respondió Sancho—;
que muchas veces sale de mí aquel olor que entonces me pareció que salía de su merced de la se-
80   ñora Dulcinea; pero no hay de qué maravillarse,
que un diablo parece a otro.

—Y bien —prosiguió don Quijote—, he aquí
que acabó de limpiar su trigo y de enviallo al molino. ¿Qué hizo cuando leyó la carta?

85   —La carta —dijo Sancho— no la leyó, porque dijo que no sabía leer ni escribir; antes la rasgó y la hizo menudas piezas, diciendo que no la

[9] Grasienta.

[10] Acatarrado.

[11] Disuelto.

▼ Don Quijote habla de *olor sabeo,* de Sabá, aludiendo a esta región de la antigua Arabia Feliz, famosa por su incienso y otras sustancias olorosas. La referencia a *la tienda
de algún curioso guantero* se debe a que los guantes solían estar perfumados con ámbar.

quería dar a leer a nadie, porque no se supiesen
en el lugar sus secretos, y que bastaba lo que yo
le había dicho de palabra ▼ acerca del amor que   90
vuestra merced le tenía y de la penitencia extraordinaria que por su causa quedaba haciendo. Y, finalmente, me dijo que dijese a vuestra merced que
le besaba las manos, y que allí quedaba con más
deseo de verle que de escribirle; y que, así le su-   95
plicaba y mandaba que, vista la presente [12], saliese de aquellos matorrales y se dejase de hacer disparates, y se pusiese luego luego [13] en camino del
Toboso, si otra cosa de más importancia no le sucediese, porque tenía gran deseo de ver a vuestra   100
merced ▼▼. Rióse mucho cuando le dije cómo se llamaba vuestra merced *el Caballero de la Triste Figura.* Preguntéle si había ido allá el vizcaíno de
marras [14]; díjome que sí, y que era un hombre muy
de bien. También le pregunté por los galeotes;   105
mas díjome que no había visto hasta entonces alguno.

—Todo va bien hasta agora —dijo don Quijote—. Pero dime: ¿qué joya fue la que te dio al des-
pedirte, por las nuevas que de mí le llevaste? Por-   110
que es usada y antigua costumbre entre los caballeros y damas andantes dar a los escuderos, doncellas o enanos que les llevan nuevas, de sus damas a ellos, a ellas de sus andantes, alguna rica
joya en albricias [15], en agradecimiento de su re-   115
cado.

[12] La presente carta (elipsis).

[13] Inmediatamente (reduplicación intensificadora).

[14] De antes.

[15] Regalo que se da al que trae una buena noticia.

▼ «Bastaba, en efecto, que don Quijote tuviera un asidero, por pequeño que fuese, para seguir [...] jugando» (Serrano Plaja).

▼▼ «¿Qué más podría desear un caballero *enamorado* para precipitarse en busca de su amada?» Y sin embargo, don Quijote, consciente de la mentira de Sancho, se limitará a contestar: *todo va bien hasta agora,* y «se entretiene en "niñerías", como preguntar a Sancho si fue y volvió "en volandas"» (Serrano Plaja).

—Bien puede eso ser así, y yo la tengo por buena usanza. Pero eso debió de ser en los tiempos pasados; que ahora sólo se debe de acostumbrar a
120   dar un pedazo de pan y queso, que esto fue lo que
me dio mi señora Dulcinea, por las bardas de un
corral, cuando della me despedí; y aun, por más
señas, era el queso ovejuno ▼.

—Es liberal en extremo —dijo don Quijote—,
125   y si no te dio joya de oro, sin duda debió de ser
porque no la tendría allí a la mano para dártela;
pero buenas son mangas después de Pascua ▼▼; yo
la veré, y se satisfará todo. ¿Sabes de qué estoy
maravillado, Sancho? De que me parece que fuis-
130   te y veniste [16] por los aires, pues poco más de tres   [16] Viniste.
días has tardado en ir y venir desde aquí al Tobo-
so, habiendo de aquí allá más de treinta leguas.
Por lo cual me doy a entender que aquel sabio nigromante que tiene cuenta con mis cosas y es mi
135   amigo, porque por fuerza le hay, y le ha de haber,
so pena que yo no sería buen caballero andante,
digo que este tal te debió de ayudar a caminar,
sin que tú lo sintieses; que hay sabio déstos que
coge a un caballero andante durmiendo en su
140   cama, y sin saber cómo o en qué manera, amane-   [17] Al día siguiente.
ce otro día [17] más de mil leguas de donde anoche-
ció. Y si no fuese por esto, no se podrían socorrer
en sus peligros los caballeros andantes unos a
otros, como se socorren a cada paso. Que acaece   [18] Región (rusa) de
145   estar uno peleando en las sierras de Armenia [18]   Asia.

▼ En este capítulo se establece un contraste doble: entre la ficción improvisada por Dorotea en el capítulo anterior y las mentiras fabricadas ahora por Sancho; y entre las fi-
guraciones de don Quijote y el engaño de Sancho, quien adecúa sus mentiras a la realidad de su mundo.

▼▼ Expresión proverbial que indica que algo muy deseado se cumple algo después de
lo que se pretendía (manga: propina).

19 Monstruo fabuloso.

20 Monstruo horrendo.

21 Cuando más descuidado estoy.

22 Inglaterra (epéntesis).

23 Su casa.

con algún endriago [19], o con algún fiero vestiglo [20], o con otro caballero, donde lleva lo peor de la batalla y está ya a punto de muerte, y cuando no os me cato [21], asoma por acullá, encima de una nube, o sobre un carro de fuego, otro caballero amigo suyo, que poco antes se hallaba en Ingalaterra [22], que le favorece y libra de muerte, y a la noche se halla en su posada [23], cenando muy a su sabor; y suele haber de la una a la otra parte dos o tres mil leguas. Y todo esto se hace por industria y sabiduría destos sabios encantadores que tienen cuidado destos valerosos caballeros. Así que, amigo Sancho, no se me hace dificultoso creer que en tan breve tiempo hayas ido y venido desde este lugar al del Toboso, pues, como tengo dicho, algún sabio amigo te debió de llevar en volandillas, sin que tú lo sintieses ▼.

—Así sería —dijo Sancho—, porque a buena fe que andaba Rocinante como si fuera asno de gitano con azogue en los oídos ▼▼.

—Y ¡cómo si llevaba azogue! —dijo don Quijote—, y aun una legión de demonios, que es gente que camina y hace caminar, sin cansarse, todo aquello que se les antoja. Pero, dejando esto aparte, ¿qué te parece a ti que debo yo de hacer ahora cerca de [24] lo que mi señora me manda que la vaya a ver? Que, aunque yo veo que estoy obligado a cumplir su mandamiento, véome también imposibilitado del don que he prometido a la princesa

150

155

160

165

170

24 Acerca de.

▼ Don Quijote «es consciente de todas las falsedades urdidas por Sancho». Si no las descubre es «por temor a las consecuencias; una mentira destruida puede destruir el inverosímil, maravilloso edificio de don Quijote, pero frágil, como hecho de palabras» (Torrente Ballester).

▼▼ Era una treta frecuente entre los gitanos echar azogue (mercurio) en los oídos de los asnos y caballos para que corrieran más y parecieran así más briosos.

175   que con nosotros viene, y fuérzame la ley de ca-
      ballería a cumplir mi palabra antes que mi gusto.
      Por una parte, me acosa y fatiga el deseo de ver
      a mi señora; por otra, me incita y llama la prome-
      tida fe y la gloria que he de alcanzar en esta em-
180   presa. Pero lo que pienso hacer será caminar aprie-
      sa y llegar presto donde está este gigante, y en lle-
      gando, le cortaré la cabeza, y pondré a la princesa
      pacíficamente en su estado, y al punto daré la
      vuelta a ver a la luz que mis sentidos alumbra, a
185   la cual daré tales disculpas, que ella venga a tener
      por buena mi tardanza, pues verá que todo redun-
      da en aumento de su gloria y fama, pues cuanta
      yo he alcanzado, alcanzo y alcanzare por las armas
      en esta vida, toda me viene del favor que ella me
190   da y de ser yo suyo ▼.
         —¡Ay —dijo Sancho—, y cómo está vuestra
      merced lastimado de esos cascos! Pues dígame, se-
      ñor: ¿piensa vuestra merced caminar este camino
      en balde, y dejar pasar y perder un tan rico y tan
195   principal casamiento como éste, donde le dan en
      dote un reino, que a buena verdad que he oído de-
      cir que tiene más de veinte mil leguas de contor-
      no, y que es abundantísimo de todas las cosas que
      son necesarias para el sustento de la vida huma-
200   na, y que es mayor que Portugal y que Castilla jun-
      tos? Calle, por amor de Dios, y tenga vergüenza
      de lo que ha dicho, y tome mi consejo, y perdó-
      neme, y cásese luego en el primer lugar que haya
      cura, y si no, ahí está nuestro licenciado, que lo
205   hará de perlas. Y advierta que ya tengo edad para

||||||||||||||||||||||||||||||||||||||||||||||||||||||||||||||||||||||||||||||||||||||||||||||||||||||||||||||||||||||||||||||||||||||||

▼ ¿No parece sospechosa la actitud de don Quijote? No sólo pide consejo a Sancho sobre una cuestión tan capital, sino que él mismo, «que ha supeditado toda su vida a Dulcinea, en el momento que ella le "suplica y manda" que vaya a verla se pone a buscar
moratorias de mal pagador» (Serrano Plaja). Dulcinea es una genial concepción poética.

dar consejos, y que este que le doy le viene de molde, y que más vale pájaro en mano que buitre volando, porque quien bien tiene y mal escoge, por bien que se enoja no se venga [25].

—Mira, Sancho —respondió don Quijote—, 210 si el consejo que me das de que me case es porque sea luego rey en matando al gigante, y tenga cómodo [26] para hacerte mercedes y darte lo prometido, hágote saber que sin casarme podré cumplir tu deseo muy fácilmente, porque yo sacaré de 215 adahala [27], antes de entrar en la batalla, que, saliendo vencedor della, ya que no me case, me han de dar una parte del reino, para que la pueda dar a quien yo quisiere, y en dándomela, ¿a quién quieres tú que la dé sino a ti? 220

—Eso está claro —respondió Sancho—; pero mire vuestra merced que la escoja hacia la marina, porque, si no me contentare la vivienda, pueda embarcar mis negros vasallos y hacer dellos lo que ya he dicho. Y vuestra merced no se cure [28] 225 de ir por agora a ver a mi señora Dulcinea, sino váyase a matar al gigante, y concluyamos este negocio; que por Dios que se me asienta que ha de ser de mucha honra y de mucho provecho.

—Dígote, Sancho —dijo don Quijote—, que 230 estás en lo cierto, y que habré de tomar tu consejo en cuanto el ir antes con la princesa que a ver a Dulcinea. Y avísote que no digas nada a nadie, ni a los que con nosotros vienen, de lo que aquí hemos departido y tratado; que pues Dulcinea es 235 tan recatada, que no quiere que se sepan sus pensamientos, no será bien que yo, ni otro por mí, los descubra ▼.

[25] «Por mal que le venga no se enoje» (Sancho trastrueca uno de sus refranes).

[26] Comodidad.

[27] Adehala, propina.

[28] Preocupe.

▼ Una de las normas que el código del amor cortés imponía al amante era la consigna del silencio y secreto, que don Quijote parece recordar aquí (Avalle-Arce).

240 —Pues si eso es así —dijo Sancho—, ¿cómo
hace vuestra merced que todos los que vence por
su brazo se vayan a presentar ante mi señora Dulcinea, siendo esto firma de su nombre que la quiere bien y que es su enamorado? Y siendo forzoso
que los que fueren se han de ir a hincar de fino-
245 jos [29] ante su presencia, y decir que van de parte
de vuestra merced a dalle la obediencia, ¿cómo se
pueden encubrir los pensamientos de entrambos?
—¡Oh, qué necio y qué simple que eres! —dijo
don Quijote—. ¿Tú no ves, Sancho, que eso todo
250 redunda en su mayor ensalzamiento? Porque has
de saber que en este nuestro estilo de caballería
es gran honra tener una dama muchos caballeros
andantes que la sirvan, sin que se extiendan más
sus pensamientos que a servilla por sólo ser ella
255 quien es, sin esperar otro premio de sus muchos
y buenos deseos sino que ella se contente de acep-
tarlos por sus caballeros ▼.
—Con esa manera de amor —dijo Sancho—
he oído yo predicar que se ha de amar a Nuestro
260 Señor, por sí solo, sin que nos mueva esperanza
de gloria o temor de pena. Aunque yo le querría
amar y servir por lo que pudiese.
—¡Válate [30] el diablo por villano —dijo don
Quijote—, y qué de discreciones dices a las veces!
265 No parece sino que has estudiado.

[29] De hinojos, de rodi-
llas (arcaísmo).

[30] Válgate.

▼ Sancho no entiende a su enamorado amo y pregunta, porque, «como rústico y pa-
lurdo que era, no puede ni conocer las imposiciones del amor cortés». «Don Quijote
casi revienta de rabia, y en rudos términos vuelve a insinuar a su escudero la idea tro-
vadoresca de *servicio*» (Avalle-Arce). Con en el servicio feudal del vasallo a su señor, en
el amor cortés el amante era vasallo de la dama, y su obligación era servirla (y, en obligación recíproca, la dama daría su protección y guía al amante, como también el señor
debía proteger a sus vasallos).

—Pues a fe mía que no sé leer —respondió Sancho ▼.

En esto les dio voces maese Nicolás que esperasen un poco; que querían detenerse a beber en una fontecilla que allí estaba. Detúvose don Quijote, con no poco gusto de Sancho, que ya estaba cansado de mentir tanto y temía no le cogiese su amo a palabras [31]; porque, puesto que [32] él sabía que Dulcinea era una labradora del Toboso, no la había visto en toda su vida ▼▼. 270

275

Habíase en este tiempo vestido Cardenio los vestidos que Dorotea traía cuando la hallaron, que aunque no eran muy buenos, hacían mucha ventaja a los que dejaba. Apeáronse junto a la fuente, y con lo que el cura se acomodó en la venta satisficieron, aunque poco, la mucha hambre que todos traían. 280

Estando en esto, acertó a pasar por allí un muchacho que iba de camino, el cual, poniéndose a mirar con mucha atención a los que en la fuente estaban, de allí a poco arremetió a don Quijote y, abrazándole por las piernas, comenzó a llorar muy de propósito, diciendo: 285

—¡Ay, señor mío! ¿No me conoce vuestra merced? Pues míreme bien, que yo soy aquel mozo Andrés que quitó vuestra merced de la encina donde estaba atado. 290

Reconocióle don Quijote, y asiéndole por la mano se volvió a los que allí estaban, y dijo:

—Porque vean vuestras mercedes cuán de im- 295

....
[a] Le envolviese a preguntas (no redundante).
....
[2] Aunque.

▼ He aquí otro ejemplo bien ilustrativo de la ironía cervantina: don Quijote habla desʔe su perspectiva caballeresca, situado en la tradición del amor cortés, y la inesperada ʔespuesta de Sancho «se refiere específicamente al amor divino». «La verdad, como sueʔ, ha hablado otra vez por boca de los simples» (Avalle-Arce).

▼ Evidente contradicción entre lo que el narrador dice ahora de Sancho y lo que el esʔudero dijo en el capítulo 25, donde afirmó conocer a Aldonza-Dulcinea.

300   portancia es haber caballeros andantes en el mun-
       do, que desfagan los tuertos y agravios que en él
       se hacen por los insolentes y malos hombres que
       en él viven, sepan vuestras mercedes que los días
       pasados, pasando yo por un bosque, oí unos gri-
305   tos y unas voces muy lastimosas, como de perso-
       na afligida y menesterosa; acudí luego, llevado de
       mi obligación, hacia la parte donde me pareció
       que las lamentables voces sonaban, y hallé atado
       a una encina a este muchacho que ahora está de-
310   lante, de lo que me huelgo en el alma, porque será
       testigo que no me dejará mentir en nada. Digo
       que estaba atado en la encina, desnudo del medio
       cuerpo arriba, y estábale abriendo a azotes con las
       riendas de una yegua [33] un villano, que después

[33] En el capítulo 4 se dijo que con una *pretina* o cinturón de cuero.

315   supe que era amo suyo; y así como yo le vi le pre-
       gunté la causa de tan atroz vapulamiento; respon-
       dió el zafio que le azotaba porque era su criado, y
       que ciertos descuidos que tenía nacían más de la-
       drón que de simple. A lo cual este niño dijo: «Se-
320   ñor, no me azota sino porque le pido mi salario.»
       El amo replicó no sé qué arengas y disculpas, las
       cuales, aunque de mí fueron oídas, no fueron ad-
       mitidas. En resolución, yo le hice desatar, y tomé
       juramento al villano de que le llevaría consigo y
325   le pagaría un real sobre otro, y aun sahumados [34].

[34] Perfumados, mejorados.

       ¿No es verdad todo esto, hijo Andrés? ¿No notas-
       te con cuánto imperio se lo mandé, y con cuánta
       humildad prometió de hacer todo cuanto yo le im-
       puse, y notifiqué y quise? Responde; no te turbes
330   ni dudes en nada; di lo que pasó a estos señores,
       porque se vea y considere ser del provecho que
       digo haber caballeros andantes por los caminos ▼.

▼ Todo este capítulo discurre lleno de comicidad y humor, características acrecentada
ahora —si bien con amarga ironía, como veremos—, con la aparición del mozo Andrés, a quien don Quijote cree haber librado de los malos tratos de su amo.

—Todo lo que vuestra merced ha dicho es mucha verdad —respondió el muchacho—; pero el fin del negocio sucedió muy al revés de lo que vuestra merced se imagina.   335

—¿Cómo al revés? —replicó don Quijote—. Luego ¿no te pagó el villano?

—No sólo no me pagó —respondió el muchacho—, pero así como vuestra merced traspuso del   340 bosque y quedamos solos, me volvió a atar a la mesma encina, y me dio de nuevo tantos azotes, que quedé hecho un San Bartolomé [35] desollado. Y a cada azote que me daba, me decía un donaire y chufeta [36] acerca de hacer burla de vuestra mer-   345 ced, que, a no sentir yo tanto dolor, me riera de lo que decía. En efecto, él me paró tal, que hasta ahora he estado curándome en un hospital del mal que el mal villano entonces me hizo. De todo lo cual tiene vuestra merced la culpa, porque si se   350 fuera su camino adelante y no viniera donde no le llamaban, ni se entremetiera en negocios ajenos, mi amo se contentara con darme una o dos docenas de azotes, y luego me soltara y pagara cuanto me debía. Mas como vuestra merced le   355 deshonró [37] tan sin propósito, y le dijo tantas villanías, encendiósele la cólera, y como no la pudo vengar en vuestra merced, cuando se vio solo descargó sobre mí el nublado [38], de modo que me parece que no seré más hombre en toda mi   360 vida.

—El daño estuvo —dijo don Quijote— en irme yo de allí, que no me había de ir hasta dejarte pagado; porque bien debía yo de saber, por luengas experiencias, que no hay villano que guar-   365 de palabra que tiene, si él vee [39] que no le está bien guardalla. Pero ya te acuerdas, Andrés, que yo juré que si no te pagaba, que había de ir a buscarle, y

[35] Apóstol desollado y crucificado en Armenia.

[36] Cuchufleta, burla.

[37] Injurió.

[38] Desahogó en mí la cólera.

[39] Ve.

que le había de hallar, aunque se escondiese en el
370 vientre de la ballena ▼.

—Así es la verdad —dijo Andrés—, pero no
aprovechó nada.

—Ahora verás si aprovecha —dijo don Quijote.

375 Y diciendo esto, se levantó muy apriesa y mandó a Sancho que enfrenase a Rocinante, que estaba paciendo en tanto que ellos comían.

Preguntóle Dorotea qué era lo que hacer quería. Él le respondió que quería ir a buscar al villa-
380 no y castigalle de tan mal término, y hacer pagado a Andrés hasta el último maravedí, a despecho
y pesar de cuantos villanos hubiese en el mundo.
A lo que ella respondió que advirtiese que no podía, conforme al don prometido, entremeterse en
385 ninguna empresa hasta acabar la suya, y que pues
esto sabía él mejor que otro alguno, que sosegase
el pecho hasta la vuelta de su reino.

—Así es verdad —respondió don Quijote—,
y es forzoso que Andrés tenga paciencia hasta la
390 vuelta, como vos, señora, decís; que yo le torno a
jurar y a prometer de nuevo de no parar hasta hacerle vengado y pagado.

—No me creo desos juramentos —dijo Andrés—; más quisiera tener agora con que llegar a
395 Sevilla que todas las venganzas del mundo; déme,
si tiene ahí, algo que coma y lleve, y quédese con
Dios su merced y todos los caballeros andantes,
que tan bien andantes sean ellos para castigo
como lo han sido para conmigo.

||||||||||||||||||||||||||||||||||||||||||||||||||||||||||||||||||||||||||||||||||||||||||||||||||||||||||||||||||||||||||||||||||||||||||||||

▼ Alusión al episodio bíblico de Jonás (uno de los profetas menores del Antiguo Testamento), engullido por un enorme pez (la *ballena,* por antonomasia) y arrojado a una
playa a los tres días.

Sacó de su repuesto Sancho un pedazo de pan 400
y otro de queso, y dándoselo al mozo, le dijo:

—Tomá [40], hermano Andrés; que a todos nos
alcanza parte de vuestra desgracia.

—Pues ¿qué parte os alcanza a vos? —pregun-
tó Andrés.   405

—Esta parte de queso y pan que os doy —respondió Sancho—, que Dios sabe si me ha de hacer falta o no, porque os hago saber, amigo, que
los escuderos de los caballeros andantes estamos
sujetos a mucha hambre y a mala ventura, y aun   410
a otras cosas que se sienten mejor que se dicen.

Andrés asió de su pan y queso y, viendo que nadie le daba otra cosa, abajó su cabeza y tomó el
camino en las manos [41], como suele decirse. Bien
es verdad que, al partirse, dijo a don Quijote: 415

—Por amor de Dios, señor caballero andante,
que si otra vez me encontrare, aunque vea que me
hacen pedazos, no me socorra ni ayude, sino déjeme con mi desgracia, que no será tanta, que no
sea mayor la que me vendrá de su ayuda de vues- 420
tra merced, a quien Dios maldiga, y a todos cuantos caballeros andantes han nacido en el mundo.

Íbase a levantar don Quijote para castigalle,
mas él se puso a correr de modo que ninguno se
atrevió a seguille. Quedó corridísimo [42] don Quijo- 425
te del cuento de Andrés, y fue menester que los
demás tuviesen mucha cuenta con no reírse, por
no acaballe de correr del todo.

[40] Tomad.

[41] Se puso en camino.

[42] Avergonzadísimo
(juego de palabras).

CAPÍTULO XXXII

Que trata de lo que sucedió en la venta a toda la cuadrilla de don Quijote

Acabóse la buena comida, ensillaron luego y,
5   sin que les sucediese cosa digna de contar, llegaron otro día [1] a la venta, espanto y asombro de
Sancho Panza ▼; y aunque él quisiera no entrar en
ella, no lo pudo huir. La ventera, ventero, su hija
y Maritornes, que vieron venir a don Quijote y a
10 Sancho, les salieron a recebir con muestras de mucha alegría, y él las recibió con grave continente
y aplauso [2], y díjoles que le aderezasen otro mejor
lecho que la vez pasada, a lo cual le respondió la
huéspeda que como la pagase mejor que la otra
15 vez, que ella se la [3] daría de príncipes. Don Quijote dijo que sí haría, y así le aderezaron uno razonable en el mismo caramanchón [4] de marrás , y él
se acostó luego, porque venía muy quebrantado y
falto de juicio.
20   No se hubo bien encerrado, cuando la huéspeda arremetió al barbero, y asiéndole de la barba,
dijo:
—Para mi santiguada [5], que no se ha aún de
aprovechar más de mi rabo para su barba, y que

[1] Al día siguiente.

[2] Tono solemne.

[3] La cama (sinónimo de lecho).

[4] Camaranchón, desván (metátesis).

[5] Véase nota 20 del cap. 5.

▼ A causa del manteamiento y de otros avatares referidos en los capítulos 16 y 17. La venta se convierte ahora en lugar de cruce de gentes y de historias, de vida y literatura.

me ha de volver mi cola; que anda lo de mi ma-   25
rido por esos suelos, que es vergüenza; digo, el peine, que solía yo colgar de mi buena cola ▼.

No se la quería dar el barbero, aunque ella más
tiraba, hasta que el licenciado dijo que se la diese;
que ya no era menester más usar de aquella in-   30
dustria, sino que se descubriese y mostrase en su
misma forma, y dijese a don Quijote que cuando
le despojaron los ladrones galeotes se habían venido a aquella venta huyendo, y que si preguntase por el escudero de la princesa, le dirían que ella   35
le había enviado adelante a dar aviso a los de su
reino cómo ella iba y llevaba consigo al libertador
de todos. Con esto dio de buena gana la cola a la
ventera el barbero, y asimismo le volvieron todos
los adherentes que había prestado para la libertad   40
de don Quijote. Espantáronse [6] todos los de la venta de la hermosura de Dorotea, y aun del buen talle del zagal Cardenio. Hizo el cura que les aderezasen de comer de lo que en la venta hubiese, y
el huésped, con esperanza de mejor paga, con di-   45
ligencia les aderezó una razonable comida; y a
todo esto dormía don Quijote, y fueron de parecer de no despertalle, porque más provecho le haría por entonces el dormir que el comer.

Trataron sobre comida [7], estando delante el   50
ventero, su mujer, su hija, Maritornes, todos los
pasajeros, de la extraña locura de don Quijote y
del modo que le habían hallado. La huéspeda les
contó lo que con él y con el arriero les había acontecido, y mirando si acaso estaba allí Sancho,   55

[6] Asombráronse.

[7] De sobremesa.

▼ La ventera se refiere a la cola de buey (en la que el ventero colgaba el peine) que
había prestado al cura y al barbero (cap. 27). Sin embargo, aunque ella corrige y matiza
sus expresiones, el contexto y el modo de decirlas *(mi rabo, mi cola, lo de mi marido)* hace
que éstas encierren picantes equívocos referidos a la sexualidad.

como no le viese, contó todo lo de su manteamiento, de que no poco gusto recibieron. Y como el
cura dijese que los libros de caballerías que don
Quijote había leído le habían vuelto el juicio, dijo
60   el ventero:

—No sé yo cómo puede ser eso; que en verdad que, a lo que yo entiendo, no hay mejor letrado [8] en el mundo, y que tengo ahí dos o tres dellos, con otros papeles, que verdaderamente me
65   han dado la vida, no sólo a mí, sino a otros muchos. Porque cuando es tiempo de la siega, se recogen aquí, las fiestas, muchos segadores, y siempre hay algunos que saben leer, el cual [9] coge uno
destos libros en las manos, y rodeámonos dél más
70   de treinta, y estámosle escuchando con tanto gusto, que nos quita mil canas [10]; a lo menos, de mí
sé decir que cuando oyo [11] decir aquellos furibundos y terribles golpes que los caballeros pegan,
que me toma gana de hacer otro tanto, y que
75   querría estar oyéndolos noches y días.

—Y yo ni más ni menos —dijo la ventera—,
porque nunca tengo buen rato en mi casa si no
aquel que vos estáis escuchando leer; que estáis
tan embobado, que no os acordáis de reñir por en-
80   tonces.

—Así es la verdad —dijo Maritornes—; y a
buena fe que yo también gusto mucho de oír aquellas cosas, que son muy lindas, y más cuando cuentan que se está la otra señora debajo de unos na-
85   ranjos abrazada con su caballero, y que les está
una dueña haciéndoles la guarda, muerta de envidia y con mucho sobresalto. Digo que todo esto
es cosa de mieles.

—Y a vos ¿qué os parece, señora doncella?
90   —dijo el cura, hablando con la hija del ventero.

—No sé, señor, en mi ánima [12] —respondió
ella—; también yo lo escucho, y en verdad que,

[8] Lectura.

[9] Uno de los cuales.

[10] Nos alegra, nos re-
juvenece.

[11] Oigo.

[12] Por mi alma.

aunque no lo entiendo, que recibo gusto en oí-
llo [13]; pero no gusto yo de los golpes de que mi padre gusta, sino de las lamentaciones que los caba- 95
lleros hacen cuando están ausentes de sus señoras; que en verdad que algunas veces me hacen llorar, de compasión que les tengo ▼.

—Luego ¿bien las remediárades vos, señora
doncella —dijo Dorotea—, si por vos lloraran? 100

—No sé lo que me hiciera —respondió la
moza—; sólo sé que hay algunas señoras de aqué-
llas tan crueles, que las llaman sus caballeros ti-
gres y leones y otras mil inmundicias. Y, ¡Jesús!,
yo no sé qué gente es aquella tan desalmada y tan 105
sin conciencia, que por no mirar a un hombre honrado, le dejan que se muera o que se vuelva loco.
Yo no sé para qué es tanto melindre; si lo hacen
de honradas, cásense con ellos, que ellos no desean otra cosa. 110

—Calla, niña —dijo la ventera—, que parece
que sabes mucho destas cosas, y no está bien a las
doncellas saber ni hablar tanto.

—Como me lo pregunta este señor —respondió ella—, no pude dejar de respondelle. 115

—Ahora bien —dijo el cura—, traedme, se-
ñor huésped, aquesos [14] libros, que los quiero ver.

—Que me place —respondió él.

Y entrando en su aposento, sacó dél una maletilla vieja, cerrada con una cadenilla y, abriéndo- 120
la, halló en ella tres libros grandes y unos papeles
de muy buena letra, escritos de mano. El primer
libro que abrió vio que era *Don Cirongilio de Tracia* [15]; y el otro, de *Felixmarte de Hircania* [16]; y el

[13] Oírlo.

[14] Esos.

[15] De Bernardo de Var-
gas (1545).

[16] De Melchor de Orte-
ga (1556).

▼ Como vemos, reaparecen ahora diversas actitudes ante la lectura de novelas y ante
la caballería andante: la identificación del ventero con aquellos héroes, la evasión de la
ventera, la perspectiva sensual de Maritornes y la sentimental de la hija de los venteros.

125   otro, la *Historia del Gran Capitán Gonzalo Hernández*
      de Córdoba, con la vida de Diego García de Paredes [17].
      Así como el cura leyó los dos títulos primeros, vol-
      vió el rostro al barbero y dijo:
            —Falta nos hacen aquí ahora el ama de mi ami-
130   go y su sobrina.
            —No hacen —respondió el barbero—; que
      también sé yo llevallos al corral o la chimenea,
      que en verdad que hay muy buen fuego en ella.
            —Luego ¿quiere vuestra merced quemar más ▼
135   libros? —dijo el ventero.
            —No más —dijo el cura— que estos dos: el
      de *Don Cirongilio* y el de *Felixmarte*.
            —Pues, ¿por ventura —dijo el ventero— mis
      libros son herejes o flemáticos, que los quiere que-
140   mar?
            —*Cismáticos* queréis decir, amigo —dijo el bar-
      bero—; que no *flemáticos* ▼▼.
            —Así es —replicó el ventero.—. Mas si algu-
      no quiere quemar, sea ese del Gran Capitán y dese
145   Diego García; que antes dejaré quemar un hijo que
      dejar quemar ninguno desotros [18].
            —Hermano mío —dijo el cura—, estos dos li-
      bros son mentirosos y están llenos de disparates
      y devaneos. Y este del Gran Capitán es historia
150   verdadera, y tiene los hechos de Gonzalo Hernán-
      dez de Córdoba, el cual, por sus muchas y gran-
      des hazañas, mereció ser llamado de todo el mun-
      do *Gran Capitán,* renombre famoso y claro, y dél
      sólo merecido; y este Diego García de Paredes fue

[17] De Hernán Pérez del
Pulgar (1580).

[18] De esos otros.

▼ Bastantes aspectos de este capítulo recuerdan claramente el escrutinio del capítulo 6.
Pero nada puede explicar que el ventero hable de *quemar más libros.* Probablemente se
trata de un descuido o de una errata («mis libros» en vez de *más libros).*

▼▼ Ahora es el ventero quien trastrueca la palabra *cismáticos* (que introducen cisma o discordia) en *flemáticos.*

[19] Ciudad de Cáceres.

[20] Espada grande y ancha.

[21] Cronista (epéntesis).

[22] Exclamación que realza la insignificancia de lo que alguien ha dicho.

[23] Muñecos hechos con habas.

[24] Hizo frente a.

[25] Echando cada pierna por su lado.

un principal caballero, natural de la ciudad de Trujillo [19], en Extremadura, valentísimo soldado y de tantas fuerzas naturales, que detenía con un dedo una rueda de molino en la mitad de su furia; y, puesto con un montante [20] en la entrada de una puente, detuvo a todo un innumerable ejército, que no pasase por ella. Y hizo otras tales cosas, que si como él las cuenta, y las escribe él asimismo, con la modestia de caballero y de coronista [21] propio, las escribiera otro libre y desapasionado, pusieran en su olvido las de los Héctores, Aquiles y Roldanes ▼.

—¡Tomaos con mi padre [22]! —dijo el dicho ventero—. ¡Mirad de qué se espanta: de detener una rueda de molino! Por Dios, ahora había vuestra merced de leer lo que hizo Felixmarte de Hircania, que de un revés solo partió cinco gigantes por la cintura, como si fueran hechos de habas, como los frailecicos [23] que hacen los niños. Y otra vez arremetió con un grandísimo y poderosísimo ejército, donde llevó [24] más de un millón y seiscientos mil soldados, todos armados desde el pie hasta la cabeza, y los desbarató a todos, como si fueran manadas de ovejas. Pues ¿qué me dirán del bueno de don Cirongilio de Tracia, que fue tan valiente y animoso como se verá en el libro, donde cuenta que navegando por un río, le salió de la mitad del agua una serpiente de fuego, y él, así como la vio, se arrojó sobre ella, y se puso a horcajadas [25] encima de sus escamosas espaldas, y le apretó con ambas manos la garganta con tanta fuerza,

155

160

165

170

175

180

185

▼ Gonzalo Hernández (Fernández) de Córdoba, conocido como «El Gran Capitán», fue un glorioso guerrero de los ejércitos de los Reyes Católicos (siglos XV·XVI). Diego García de Paredes, célebre coronel en los ejércitos del Gran Capitán, fue llamado el Sansón de Extremadura. Héctor y Aquiles fueron héroes legendarios de la antigüedad (Héctor, troyano, y Aquiles, griego, en la *Ilíada*, de Homero).

que viendo la serpiente que la iba ahogando, no
tuvo otro remedio sino dejarse ir a lo hondo del
río, llevándose tras sí al caballero, que nunca la
quiso soltar? Y cuando llegaron allá abajo, se ha-
190 lló en unos palacios y en unos jardines tan lindos,
que era maravilla, y luego la sierpe se volvió en
un viejo anciano, que le dijo tantas de cosas, que
no hay más que oír. Calle, señor, que si oyese esto,
se volvería loco de placer. ¡Dos higas [26] para el
195 Gran Capitán y para ese Diego García que dice ▼!
Oyendo esto Dorotea, dijo callando [27] a Cardenio:

—Poco le falta a nuestro huésped para hacer
la segunda parte [28] de don Quijote.

200 —Así me parece a mí —respondió Cardenio—, porque, según da indicio, él tiene por cierto que todo lo que estos libros cuentan pasó ni
más ni menos que lo que lo escriben, y no le harán creer
otra cosa frailes descalzos.

205 —Mirad, hermano —tornó a decir el cura—,
que no hubo en el mundo Felixmarte de Hircania,
ni don Cirolingio de Tracia, ni otros caballeros semejantes que los libros de caballerías cuentan,
porque todo es compostura y ficción de ingenios
210 ociosos, que los compusieron para el efecto que
vos decís de entretener el tiempo, como lo entre-
tienen leyéndolos vuestros segadores. Porque realmente os juro que nunca tales caballeros fueron
en el mundo, ni tales hazañas ni disparates acon-
215 tecieron en él.

—¡A otro perro con ese hueso! —respondió el
ventero—. ¡Como si yo no supiese cuántas son

[26] Expresión despectiva que se acompañaba de un gesto denigratorio.

[27] Por lo bajo.

[28] Representar el segundo papel.

▼ Nótese que este «aquijotado» ventero confunde lo histórico y lo fabuloso o legendario, cree las ficciones de los libros de caballerías con un entusiasmo comparable al del mismo don Quijote.

cinco y adónde me aprieta el zapato! No piense
vuestra merced darme papilla, porque por Dios
que no soy nada blanco ▼. ¡Bueno es que quiera   220
darme vuestra merced a entender que todo aquello que estos buenos libros dicen sean disparates
y mentiras, estando impreso con licencia de los
señores del Consejo Real, como si ellos fueran gente que habían de dejar imprimir tanta mentira jun-   225
ta y tantas batallas y tantos encantamentos que
quitan el juicio!

—Ya os he dicho, amigo —replicó el cura—,
que esto se hace para entretener nuestros ociosos
pensamientos; y así como se consiente en las re-   230
públicas bien concertadas que haya juegos de aje-
drez, de pelota y de trucos ²⁹, para entretener a algunos que ni tienen, ni deben, ni pueden trabajar, así se consiente imprimir y que haya tales libros, creyendo, como es verdad, que no ha de ha-   235
ber alguno tan ignorante que tenga por historia
verdadera ninguna destos libros. Y si me fuera lícito agora, y el auditorio lo requiriera, yo dijera
cosas acerca de lo que han de tener los libros de
caballerías para ser buenos, que quizá fueran de   240
provecho y aun de gusto para algunos; pero yo espero que vendrá tiempo en que lo pueda comunicar con quien pueda remediallo, y en este entretanto creed, señor ventero, lo que os he dicho, y
tomad vuestros libros, y allá os avenid ³⁰ con sus   245
verdades o mentiras, y buen provecho os hagan,
y quiera Dios que no cojeéis del pie que cojea vuestro huésped don Quijote.

²⁹ Juego parecido al bi-
llar.

³⁰ Os componed, os
compongáis.

▼ Serie de expresiones proverbiales encadenadas: «¡A mí no me engañas tú!» «¡Como
si no supiese cuántos dedos tengo en la mano y dónde están mis limitaciones! No piense V. M. engañarme como a los niños, porque por Dios que no soy nada bobo» (*blanco*:
bobo, necio, en germanía).

—Eso no —respondió el ventero—; que no
250 seré yo tan loco que me haga caballero andante;
que bien veo que ahora no se usa lo que se usaba
en aquel tiempo, cuando se dice que andaban por
el mundo estos famosos caballeros.

A la mitad desta plática se halló Sancho presen-
255 te, y quedó muy confuso y pensativo de lo que había oído decir que ahora no se usaban caballeros
andantes, y que todos los libros de caballerías eran
necedades y mentiras, y propuso en su corazón de
esperar en lo que paraba aquel viaje de su amo, y
260 que si no salía con la felicidad que él pensaba, determinaba de dejalle y volverse con su mujer y sus
hijos a su acostumbrado trabajo ▼.

Llevábase la maleta y los libros el ventero; más
el cura le dijo:
265 —Esperad, que quiero ver qué papeles son esos
que de tan buena letra están escritos.

Sacólos el huésped, y dándoselos a leer, vio hasta obra de [31] ocho pliegos escritos de mano, y al
principio tenían un título grande que decía: *Novela*
270 *del curioso impertinente.* Leyó el cura para sí tres o
cuatro renglones, y dijo:

—Cierto que no me parece mal el título desta
novela, y que me viene voluntad de leella toda.

A lo que respondió el ventero:
275 —Pues bien puede leella su reverencia, porque
le hago saber que algunos huéspedes que aquí la
han leído les ha contentado mucho, y me la han
pedido con muchas veras; mas yo no se la he que-

[31] Cerca de, aproxima-
damente.

▼ A las perspectivas de la ventera, Maritornes, la hija y el ventero se añade ahora la
perplejidad de Sancho y el mayor desarrollo del punto de vista del cura. «En cierta manera nos hallamos ante un segundo escrutinio, aunque el aprovechamiento estético de
la teoría expresada en esta ocasión sobrepasa en riqueza y variedad al de la primera»
(Avalle-Arce).

rido dar, pensando vólversela a quien aquí dejó
esta maleta olvidada con estos libros y esos pape-   280
les; que bien puede ser que vuelva su dueño por
aquí algún tiempo, y aunque sé que me han de hacer falta los libros, a fe que se los he de volver;
que, aunque ventero, todavía soy cristiano▼.

—Vos tenéis mucha razón, amigo —dijo el   285
cura—; mas, con todo eso, si la novela me contenta, me la habéis de dejar trasladar ³².

—De muy buena gana —respondió el ventero.

Mientras los dos esto decían, había tomado Cardenio la novela y comenzado a leer en ella, y pa-   290
reciéndole lo mismo que al cura, le rogó que la leyese de modo que todos la oyesen.

—Sí leyera —dijo el cura—, si no fuera mejor gastar este tiempo en dormir que en leer.

—Harto reposo será para mí —dijo Doro-   295
tea— entretener el tiempo oyendo algún cuento,
pues aún no tengo el espíritu tan sosegado que me
conceda dormir cuando fuera razón.

—Pues desa manera —dijo el cura—, quiero
leerla, por curiosidad siquiera; quizá tendrá algu-   300
na ³³ de gusto.

Acudió maese Nicolás a rogarle lo mesmo, y
Sancho también; lo cual visto del cura, y entendiendo que a todos daría gusto y él le recibiría,
dijo: 305

—Pues así es, esténme todos atentos; que la novela comienza desta manera ▼▼:

³² Copiar.

³³ Alguna *curiosidad* o
alguna *razón* (zeugma).

▼ Es decir, «todavía soy honrado» (pues los venteros tenían fama de ladrones). Téngase, además, en cuenta que en la época de Cervantes la palabra *novela* (italianismo, procedente de *novella)* designaba lo que hoy entendemos por «novela corta».

▼▼ Véase la nota al pie de la pág. 187.

Capítulo XXXIII

Donde se cuenta la novela del curioso impertinente [▼]

«En Florencia, ciudad rica y famosa de Italia, en
5   la provincia que llaman Toscana, vivían Anselmo
y Lotario, dos caballeros ricos y principales, y tan
amigos que, por excelencia y antonomasia, de todos los que los conocían *los dos amigos* eran llama-
dos. Eran solteros, mozos de una misma edad y
10   de unas mismas costumbres; todo lo cual era bastante causa a que los dos con recíproca amistad
se correspondiesen. Bien es verdad que el Anselmo era algo más inclinado a los pasatiempos amorosos que el Lotario, al cual llevaban tras sí los de
15   la caza; pero cuando se ofrecía, dejaba Anselmo
de acudir a sus gustos, por seguir los de Lotario,
y Lotario dejaba los suyos, por acudir a los de Anselmo; y desta manera andaban tan a una sus voluntades, que no había concertado reloj que así lo
20   anduviese.

Andaba Anselmo perdido de amores de una
doncella principal y hermosa de la misma ciudad,
hija de tan buenos padres y tan buena ella por sí,

▼ La interpolación de narraciones en el *Quijote* fue siempre muy discutida, especialmente la de *El curioso impertinente*. Ya el mismo Cervantes se refirió a ello en el *Quijote* de
1615 (en los capítulos 3 y 44).

que se determinó, con el parecer de su amigo Lo-
tario, sin el cual ninguna cosa hacía, de pedilla por   25
esposa a sus padres, y así lo puso en ejecución; y
el que llevó la embajada fue Lotario, y el que concluyó el negocio tan a gusto de su amigo, que en
breve tiempo se vio puesto en la posesión que deseaba, y Camila tan contenta de haber alcanzado   30
a Anselmo por esposo, que no cesaba de dar gra-
cias al cielo, y a Lotario, por cuyo medio tanto
bien le había venido.

Los primeros días, como todos los de boda sue-
len ser alegres, continuó [1] Lotario como solía la   35
casa de su amigo Anselmo, procurando honralle,
festejalle y regocijalle con todo aquello que a él le
fue posible. Pero acabadas las bodas y sosegada
ya la frecuencia de las visitas y parabienes, comen-
zó Lotario a descuidarse con cuidado [2] de las idas   40
en casa de Anselmo, por parecerle a él —como
es razón que parezca a todos los que fueren discretos— que no se han de visitar ni continuar las
casas de los amigos casados de la misma manera
que cuando eran solteros; porque aunque la bue-   45
na y verdadera amistad no puede ni debe de ser
sospechosa en nada, con todo esto, es tan delicada la honra del casado, que parece que se puede
ofender aun de los mesmos hermanos, cuanto más
de los amigos.   50

Notó Anselmo la remisión [3] de Lotario, y formó dél quejas grandes, diciéndole que si él supiera que el casarse había de ser parte para no co-
municalle [4] como solía, que jamás lo hubiera hecho, y que si, por la buena correspondencia que   55
los dos tenían mientras él fue soltero, habían alcanzado tan dulce nombre como el de ser llama-
dos *los dos amigos*, que no permitiese, por querer hacer del circunspecto, sin otra ocasión alguna, que
tan famoso y tan agradable nombre se perdiese;   60

[1] Frecuentó.

[2] Intencionadamente.

[3] Encogimiento y poca solicitud.

[4] Tratarle.

y que así, le suplicaba, si era lícito que tal término
de hablar se usase entre ellos, que volviese a ser
señor de su casa, y a entrar y salir en ella como
de antes, asegurándole que su esposa Camila no
65   tenía otro gusto ni otra voluntad que la que él quería que tuviese, y que por haber sabido ella con
cuántas veras los dos se amaban, estaba confusa
de ver en él tanta esquiveza ▼.

A todas estas y otras muchas razones que An-
70   selmo dijo a Lotario para persuadille volviese
como solía a su casa, respondió Lotario con tanta
prudencia, discreción y aviso, que Anselmo quedó satisfecho de la buena intención de su amigo,
y quedaron de concierto que dos días en la sema-
75   na y las fiestas fuese Lotario a comer con él; y aunque esto quedó así concertado entre los dos, propuso Lotario de no hacer más de aquello que viese que más convenía a la honra de su amigo, cuyo
crédito ⁵ estimaba en más que el suyo proprio. De-   ⁵ Honra, fama.
80   cía él, y decía bien, que el casado a quien el cielo
había concedido mujer hermosa, tanto cuidado
había de tener qué amigos llevaba a su casa como
en mirar con qué amigas su mujer conversaba,
porque lo que no se hace ni concierta en las pla-
85   zas, ni en los templos, ni en las fiestas públicas, ni   ⁶ Visitas de devoción a
estaciones ⁶ —cosas que no todas veces las han   iglesias.
de negar los maridos a sus mujeres—, se concier-
ta y facilita en casa de la amiga o la parienta de
quien más satisfacción se tiene.

90   También decía Lotario que tenían necesidad los
casados de tener cada uno algún amigo que le advirtiese de los descuidos que en su proceder hiciese, porque suele acontecer que con el mucho amor

▼ En esta novela corta Cervantes construye una novela psicológica italianizante, una
«novela ejemplar», como las incluidas en su colección de *Novelas ejemplares* (1613).

que el marido a la mujer tiene, o no le advierte o
no le dice, por no enojalla, que haga o deje de ha-   95
cer algunas cosas, que el hacellas o no, le sería de
honra o de vituperio; de lo cual, siendo del amigo
advertido, fácilmente pondría remedio en todo.
Pero ¿dónde se hallará amigo tan discreto y tan
leal y verdadero como aquí Lotario le pide? No lo   100
sé yo, por cierto; sólo Lotario era éste, que con
toda solicitud y advertimiento miraba por la honra de su amigo, y procuraba dezmar, frisar [7] y
acortar los días del concierto del ir a su casa, porque no pareciese mal al vulgo ocioso y a los ojos   105
vagabundos y maliciosos la entrada de un mozo
rico, gentilhombre y bien nacido, y de las buenas
partes [8] que él pensaba que tenía, en la casa de
una mujer tan hermosa como Camila; que, puesto
que [9] su bondad y valor podía poner freno a toda   110
maldiciente lengua, todavía no quería poner en
duda [10] su crédito ni el de su amigo, y por esto los
más de los días del concierto los ocupaba y entretenía en otras cosas, que él daba a entender ser
inexcusables. Así que en quejas del uno y discul-   115
pas del otro se pasaban muchos ratos y partes del
día.

Sucedió, pues, que uno [11] que los dos se andaban paseando por un prado fuera de la ciudad,
Anselmo dijo a Lotario las semejantes razones: 120

—Pensabas, amigo Lotario, que a las mercedes
que Dios me ha hecho en hacerme hijo de tales padres como fueron los míos y al darme, no con
mano escasa, los bienes, así los que llaman de naturaleza como los de fortuna, no puedo yo corres- 125
ponder con agradecimiento que llegue al bien recebido, y sobre [12] al que me hizo en darme a ti por
amigo y a Camila por mujer propria, dos prendas
que las estimo, si no en el grado que debo, en el
que puedo. Pues con todas estas partes, que sue-   130

[7] Diezmar, disminuir (tríada de sinónimos).

[8] Cualidades.

[9] Aunque.

[10] Ni aun así quería exponer.

[11] Un día (zeugma).

[12] Supere, exceda.

len ser el todo con que los hombres suelen y pueden vivir contentos, vivo yo el más despechado y
el más desabrido hombre de todo el universo
mundo; porque no sé qué días a esta parte me fa-
135   tiga y aprieta un deseo tan extraño y tan fuera del
uso común de otros, que yo me maravillo de mí
mismo, y me culpo y me riño a solas, y procuro
callarlo y encubrirlo de mis proprios pensamientos; y así me ha sido posible salir con este secreto
140   como si de industria [13] procurara decillo a todo el   [13] Adrede.
mundo. Y pues que, en efecto, él ha de salir a pla-
za, quiero que sea en la del archivo de tu secreto,
confiado que, con él y con la diligencia que pondrás, como mi amigo verdadero, en remediarme,
145   yo me veré presto libre de la angustia que me causa, y llegará mi alegría por tu solicitud al agrado
que ha llegado mi descontento por mi locura ▼.

Suspenso tenían a Lotario las razones de Anselmo, y no sabía en qué había de parar tan larga pre-
150   vención o preámbulo, y aunque iba revolviendo
en su imaginación qué deseo podría ser aquel que
a su amigo tanto fatigaba, dio siempre muy lejos
del blanco de la verdad; y por salir presto de la
agonía que le causaba aquella suspensión, le dijo
155   que hacía notorio agravio a su mucha amistad en
andar buscando rodeos para decirle sus más en-
cubiertos pensamientos, pues tenía cierto que se
podía prometer dél, o ya consejos para entretene-
llos, o ya remedio para cumplillos.

160   —Así es la verdad —respondió Anselmo—, y
con esa confianza te hago saber, amigo Lotario,

▼ Esta novelita cervantina es una recreación —con mayor profundidad psicológica—
del tradicional «cuento de los dos amigos», tratado, entre otros, en el *Decamerón* (jornada octava, narración octava), de Boccaccio (siglo XIV), y en *La Galatea* (1585), del mismo Cervantes.

que el deseo que me fatiga es pensar si Camila, mi
esposa, es tan buena y tan perfecta como yo pienso, y no puedo enterarme en esta verdad, si no es
probándola de manera que la prueba manifieste   165
los quilates de su bondad, como el fuego muestra
los del oro. Porque yo tengo para mí, ¡oh amigo!,
que no es una mujer más buena de cuanto es o
no es solicitada, y que aquella sola es fuerte que
no se dobla a las promesas, a las dádivas, a las lá-   170
grimas y a las continuas importunidades de los so-
lícitos amantes. Porque ¿qué hay que agradecer
—decía él— que una mujer sea buena, si nadie
le dice que sea mala? ¿Qué mucho que esté recogida y temerosa la que no le dan ocasión para que   175
se suelte, y la que sabe que tiene marido que, en
cogiéndola en la primera desenvoltura, la ha de
quitar la vida? Ansí que la que es buena por temor, o por falta de lugar [14], yo no la quiero tener
en aquella estima en que tendré a la solicitada y   180
perseguida, que salió con la corona del vencimiento. De modo que por estas razones, y por otras
muchas que te pudiera decir para acreditar y for-
talecer la opinión que tengo, deseo que Camila,
mi esposa, pase por estas dificultades, y se acriso-   185
le y quilate [15] en el fuego de verse requerida y solicitada, y de quien tenga valor [16] para poner en
ella sus deseos; y si ella sale, como creo que saldrá, con la palma desta batalla, tendré yo por sin
igual mi ventura. Podré yo decir que está colmo [17]   190
el vacío de mis deseos, diré que me cupo en suerte la mujer fuerte, de quien el Sabio dice que
¿quién la hallará ▼? Y cuando esto suceda al revés
de lo que pienso, con el gusto de ver que acerté

[14] Ocasión.

[15] Aquilate.

[16] Mérito.

[17] Colmado.

▼ Cita bíblica que alude a uno de los *Proverbios* de Salomón: «La mujer fuerte, ¿quién
la hallará? Porque su estima sobrepasa largamente a la de las piedras preciosas.»

195   en mi opinión, llevaré sin pena la [18] que de razón   [18] La pena (zeugma).
       podrá causarme mi tan costosa experiencia. Y pro-
       supuesto [19] que ninguna cosa de cuantas me dije-   [19] Presupuesto.
       res en contra de mi deseo ha de ser de algún pro-
       vecho para dejar de ponerle por la obra, quiero,
200   ¡oh amigo Lotario!, que te dispongas a ser el ins-
       trumento que labre aquesta obra de mi gusto; que
       yo te daré lugar para que lo hagas, sin faltarte
       todo aquello que yo viere ser necesario para soli-
       citar a una mujer honesta, honrada, recogida y de-
205   sinteresada. Y muéveme, entre otras cosas, a fiar
       de ti esta tan ardua empresa, el ver que si de ti es
       vencida Camila, no ha de llegar el vencimiento a
       todo trance y rigor, sino a sólo a tener por hecho
       lo que se ha de hacer, por buen respeto, y así no
210   quedaré yo ofendido más de con el deseo, y mi in-
       juria quedará escondida en la virtud de tu silen-
       cio, que bien sé que en lo que me tocare ha de ser
       eterno como el de la muerte. Así que, si quieres
       que yo tenga vida que pueda decir que lo es, des-
215   de luego [20] has de entrar en esta amorosa batalla,   [20] Desde este momen-
       no tibia ni perezosamente, sino con el ahínco y di-   to.
       ligencia que mi deseo pide, y con la confianza que
       nuestra amistad me asegura.

       Éstas fueron las razones que Anselmo dijo a Lo-
220   tario, a todas las cuales estuvo tan atento, que si
       no fueron las que quedan escritas que le dijo, no
       desplegó sus labios hasta que hubo acabado; y
       viendo que no decía más, después que le estuvo
       mirando un buen espacio, como si mirara otra
225   cosa que jamás hubiera visto, que le causara ad-
       miración y espanto, le dijo:

       —No me puedo persuadir, ¡oh amigo Ansel-
       mo!, a que no sean burlas las cosas que me has di-
       cho; que a pensar que de veras las decías, no con-
230   sintiera que tan adelante pasaras, porque con no
       escucharte previniera tu larga arenga. Sin duda

imagino, o que no me conoces, o que yo no te conozco. Pero no; que bien sé que eres Anselmo, y
tú sabes que yo soy Lotario; el daño está en que
yo pienso que no eres el Anselmo que solías, y tú   235
debes de haber pensado que tampoco yo soy el
Lotario que debía ser, porque las cosas que me
has dicho, ni son de aquel Anselmo mi amigo, ni
las que me pides se han de pedir a aquel Lotario
que tú conoces. Porque los buenos amigos han de   240
probar a sus amigos y valerse dellos, como dijo un
poeta, *usque ad aras* ▼, que quiso decir que no se habían de valer de su amistad en cosas que fuesen
contra Dios. Pues si esto sintió un gentil de la amistad, ¿cuánto mejor es que lo sienta el cristiano,   245
que sabe que por ninguna humana ha de perder
la amistad divina? Y cuando el amigo tirase tanto
la barra [21], que pusiese aparte los respetos del cielo por acudir a los de su amigo, no ha de ser por
cosas ligeras y de poco momento, sino por aque-   250
llas en que vaya la honra y la vida de su amigo.
Pues dime tú ahora, Anselmo: ¿cuál destas dos cosas tienes en peligro para que yo me aventure a
complacerte y a hacer una cosa tan detestable
como me pides? Ninguna, por cierto; antes me pi-   255
des, según yo entiendo, que procure y solicite quitarte la honra y la vida, y quitármela a mí juntamente. Porque si yo he de procurar quitarte la
honra, claro está que te quito la vida, pues el hombre sin honra peor es que un muerto; y siendo yo   260
el instrumento, como tú quieres que lo sea, de tanto mal tuyo, ¿no vengo a quedar deshonrado, y,
por el mesmo consiguiente, sin vida? Escucha,
amigo Anselmo, y ten paciencia de no responder-

[21] Llegase tan lejos.

▼ «Hasta el altar», expresión proverbial que procede de una sentencia de Pericles (orador y político ateniense del siglo V a. de C.), en atribución de Plutarco.

265   me hasta que acabe de decirte lo que se me ofre-
      ciere acerca de lo que te ha pedido tu deseo; que
      tiempo quedará para que tú me repliques y yo te
      escuche.

      —Que me place —dijo Anselmo—; di lo que
270   quisieres.

      Y Lotario prosiguió diciendo:

      —Paréceme, ¡oh Anselmo!, que tienes tú aho-
      ra el ingenio como el que siempre tienen los mo-
      ros, a los cuales no se les puede dar a entender el
275   error de su secta con las acotaciones de la Santa
      Escritura, ni con razones que consistan en especu-
      lación del entendimiento, ni que vayan fundadas
      en artículos de fe, sino que les han de traer ejem-
      plos palpables, fáciles, inteligibles, demonstrati-
280   vos [22], indubitables, con demostraciones matemá-   [22] Demostrativos.
      ticas que no se pueden negar, como cuando dicen:
      «Si de dos partes iguales quitamos partes iguales,
      las que quedan también son iguales»; y cuando
      esto no entiendan de palabra, como en efecto, no
285   lo entienden, háseles de mostrar con las manos, y
      ponérselo delante de los ojos, y, aun con todo
      esto, no basta nadie con ellos a persuadirles las
      verdades de mi sacra religión. Y este mesmo tér-
      mino y modo me convendrá usar contigo, porque
290   el deseo que en ti ha nacido va tan descaminado
      y tan fuera de todo aquello que tenga sombra de
      razonable, que me parece que ha de ser tiempo
      gastado [23] el que ocupare en darte a entender tu   [23] Malgastado, perdido.
      simplicidad, que por ahora no le quiero dar otro
295   nombre, y aun estoy por dejarte en tu desatino,
      en pena de tu mal deseo; mas no me deja usar des-
      te rigor la amistad que te tengo, la cual no con-
      siente que te deje puesto en tan manifiesto peli-
      gro de perderte. Y porque claro lo veas, dime, An-
300   selmo: ¿tú no me has dicho que tengo de solicitar
      a una retirada, persuadir a una honesta, ofrecer a

una desinteresada, servir a una prudente. Sí, que
me lo has dicho. Pues si tú sabes que tienes mujer
retirada, honesta, desinteresada y prudente, ¿qué
buscas ▼? Y si piensas que de todos mis asaltos ha   305
de salir vencedora, como saldrá sin duda, ¿qué mejores títulos piensas darle después que los que ahora tiene, o que será más después de lo que es ahora? O es que tú no la tienes por la que dices, o tú
no sabes lo que pides. Si no la tienes por lo que   310
dices, ¿para qué quieres probarla, sino, como a
mala, hacer della lo que más te viniere en gusto?
Mas si es tan buena como crees, impertinente cosa
será hacer experiencia de la mesma verdad, pues,
después de hecha, se ha de quedar con la estima-   315
ción que primero tenía. Así que es razón conclu-
yente que el intentar las cosas de las cuales antes
nos puede suceder daño que provecho es de jui-
cios sin discurso y temerarios, y más cuando quieren intentar aquellas a que no son forzados ni   320
compelidos ²⁴, y que de muy lejos traen descubierto que el intentarlas es manifiesta locura. Las cosas dificultosas se intentan por Dios, o por el mundo, o por entreambos a dos: las que se acometen
por Dios son las que acometieron los santos, aco-   325
metiendo a vivir vida de ángeles en cuerpos humanos; las que se acometen por respeto del mundo son las de aquellos que pasan tanta infinidad
de agua, tanta diversidad de climas, tanta extrañeza de gentes, por adquirir estos que llaman bie-   330
nes de fortuna. Y las que se intentan por Dios y
por el mundo juntamente son aquellas de los valerosos soldados, que apenas veen ²⁵ en el contrario muro abierto tanto espacio cuanto es el que

▼ Este largo parlamento constituye una argumentación dialéctica en la cual Lotario empieza recogiendo algunas ideas de su amigo para rebatirlas, a veces punto por punto.

335 pudo hacer una redonda bala de artillería, cuan-
     do, puesto aparte todo temor, sin hacer discurso
     ni advertir al manifiesto peligro que les amenaza,
     llevados en vuelo de las alas del deseo de volver
     por [26] su fe, por su nación y por su rey, se arrojan   [26] Defender.
340 intrépidamente por la mitad de mil contrapues-
     tas [27] muertes que los esperan. Estas cosas son las   [27] Puestas en contra.
     que suelen intentarse y es honra, gloria y prove-
     cho intentarlas, aunque tan llenas de inconvenien-
     tes y peligros ▼. Pero la que tú dices que quieres
345 intentar y poner por obra, ni te ha de alcanzar glo-
     ria de Dios, bienes de la fortuna, ni fama con los
     hombres; porque, puesto que [28] salgas con ella   [28] Aunque.
     como deseas, no has de quedar ni más ufano, ni
     más rico, ni más honrado que estás ahora; y si no
350 sales, te has de ver en la mayor miseria que ima-
     ginarse pueda, porque no te ha de aprovechar
     pensar entonces que no sabe nadie la desgracia
     que te ha sucedido, porque bastará para afligirte
     y deshacerte que la sepas tú mesmo. Y para con-
355 firmación desta verdad, te quiero decir una estan-
     cia que hizo el famoso poeta Luis Tansilo, en el
     fin de su primera parte de *Las lágrimas de San Pe-
     dro,* que dice así:

       Crece el dolor y crece la vergüenza
360   en Pedro, cuando el día se ha mostrado,
       y aunque allí no ve a nadie, se avergüenza
       de sí mesmo, por ver que había pecado:
       que a un magnánimo pecho a haber vergüenza

▼ Téngase en cuenta que estos razonamientos de Lotario anticipan de alguna manera
el tema que don Quijote desarrollará más adelante en su *Discurso de las armas y las letras*
(capítulos 37-38).

no sólo ha de moverle el ser mirado;
que de sí se avergüenza cuando yerra,   365
si bien otro ²⁹ no vee que cielo y tierra ▼.

Así que no excusarás ³⁰ con el secreto tu dolor; antes tendrás que llorar contino ³¹, si no lágrimas de
los ojos, lágrimas de sangre del corazón, como las
lloraba aquel simple doctor que nuestro poeta nos   370
cuenta que hizo la prueba del vaso, que con me-
jor discurso, se excusó de hacerla el prudente Reinaldos; que puesto que aquello sea ficción poética, tiene en sí encerrados secretos morales dignos
de ser advertidos y entendidos e imitados ▼▼.   375
Cuanto más que con lo que ahora pienso decirte
acabarás de venir en conocimiento del grande
error que quieres cometer. Dime, Anselmo, si el
cielo, o la suerte buena, te hubiera hecho señor y
legítimo posesor de un finísimo diamante, de cuya   380
bondad y quilates estuviesen satisfechos cuantos
lapidarios ³² le viesen, y que todos a una voz y de
común parecer dijesen que llegaba en quilates,
bondad y fineza a cuanto se podía extender la naturaleza de tal piedra, y tú mesmo lo creyeses así,   385
sin saber otra cosa en contrario, ¿sería justo que
te viniese en deseo de tomar aquel diamante, y ponerle entre un ayunque ³³ y un martillo, y allí, a
pura fuerza de golpes y brazos, probar si es tan
duro y tan fino como dicen? Y más, si lo pusieses   390

²⁹ Otra cosa.

³⁰ Evitarás.
³¹ Continuamente.

³² Profesionales en la-
brar piedras preciosas.

³³ Yunque.

▼ La estrofa citada por Lotario es una octava traducida por Cervantes del poema religioso *Las lágrimas de San Pedro* (1585), obra del poeta napolitano Luigi Tansillo
(1510-1568).

▼▼ Aquí se alude a episodios contados por Ariosto en su *Orlando furioso:* un caballero in-
vita a cenar a Reinaldos de Montalbán y le propone beber de un vaso mágico que indica a los maridos si las mujeres les han sido fieles. Reinaldos rechaza la prueba, y el
caballero llora amargamente, porque él sí la había hecho, y todos sus invitados anteriores también.

por obra; que, puesto caso que la piedra hiciese re-
sistencia a tan necia prueba, no por eso se le aña-
diría más valor ni más fama, y si se rompiese, cosa
que podría ser, ¿no se perdía todo? Sí, por cierto,
395   dejando a su dueño en estimación de que todos le
tengan por simple. Pues haz cuenta, Anselmo amigo, que Camila es finísimo diamante, así en tu estimación como en la ajena, y que no es razón po-
nerla en contingencia de que se quiebre, pues aun-
400   que se quede con su entereza, no puede subir a
más valor del que ahora tiene, y si faltase y no re-
sistiese, considera desde ahora cuál quedarías sin
ella, y con cuánta razón te podrías quejar de ti
mesmo, por haber sido causa de su perdición y la
405   tuya. Mira que no hay joya en el mundo que tanto valga como la mujer casta y honrada, y que
todo el honor de las mujeres consiste en la opinión buena que dellas se tiene; y pues la de tu esposa es tal que llega al extremo de bondad que sa-
410   bes, ¿para qué quieres poner esta verdad en duda?
Mira, amigo, que la mujer es animal imperfecto,
y que no se le han de poner embarazos donde tropiece y caiga, sino quitárselos y despejalle el camino de cualquier inconveniente, para que sin pesa-
415   dumbre corra ligera a alcanzar la perfección que
le falta, que consiste en el ser virtuosa. Cuentan
los naturales [34] que el arminio es un animalejo que
tiene una piel blanquísima, y que cuando quieren
cazarle, los cazadores usan deste artificio: que, sa-
420   biendo las partes por donde suele pasar y acudir,
las atajan con lodo, y después, ojeándole [35], le encaminan hacia aquel lugar, y así como el arminio
llega al lodo, se está quedo y se deja prender y cau-
tivar [36], a trueco de [37] no pasar por el cieno y per-
425   der y ensuciar su blancura, que la estima en más
que la libertad y la vida. La honesta y casta mujer
es arminio, y es más que nieve blanca y limpia la

[34] Naturalistas, filóso-
fos naturales.

[35] Espantándole y aco-
sándole.

[36] Apresar.

[37] A cambio de.

virtud de la honestidad, y el que quisiere que no
la pierda, antes la guarde y conserve, ha de usar
de otro estilo diferente que con el arminio se tie-   430
ne, porque no le han de poner delante el cieno de
los regalos y servicios de los importunos amantes,
porque quizá, y aun sin quizá, no tiene tanta virtud y fuerza natural que pueda por sí mesma atropellar y pasar por aquellos embarazos, y es nece-   435
sario quitárselos y ponerle delante la limpieza de
la virtud y la belleza que encierra en sí la buena
fama ▼. Es asimesmo la buena mujer como espejo
de cristal luciente y claro, pero está sujeto a em-
pañarse y escurecerse con cualquier aliento que le   440
toque. Hase de usar con la honesta mujer el estilo
que con las reliquias: adorarlas y no tocarlas. Hase
de guardar y estimar la mujer buena como se guarda y estima un hermoso jardín que está lleno de
flores y rosas, cuyo dueño no consiente que nadie   445
le pasee ni manosee; basta que desde lejos y por
entre las verjas de hierro gocen de su fragancia y
hermosura. Finalmente, quiero decirte unos versos que se me han venido a la memoria, que los
oí en una comedia moderna, que me parece que   450
hacen al propósito de lo que vamos tratando.
Aconsejaba un prudente viejo a otro, padre de una
doncella, que la recogiese, guardase y encerrase,
y entre otras razones, le dijo éstas:

> Es de vidrio la mujer;   455
> pero no se ha de probar
> si se puede o no quebrar,
> porque todo podría ser.

▼ Nótese la serie de comparaciones empleadas por Lotario en su argumentación. La
referida al armiño es pura fábula.

            Y es más fácil el quebrarse,
460   y no es cordura ponerse
        a peligro de romperse
        lo que no puede soldarse.
            Y en esta opinión estén
        todos, y en razón la fundo;
465   que si hay Dánaes en el mundo,
        hay pluvias [38] de oro también ▼.   [38] Lluvias.

Cuanto hasta aquí te he dicho, ¡oh Anselmo!, ha
sido por lo que a ti te toca; y ahora es bien que
se oiga algo de lo que a mí me conviene; y si fue-
470 re largo, perdóname; que todo lo requiere el laberinto donde te has entrado y de donde quieres que
yo te saque. Tú me tienes por amigo y quieres quitarme la honra, cosa que es contra toda amistad;
y aun no sólo pretendes esto, sino que procuras
475 que yo te la quite a ti. Que me la quieres quitar a
mí está claro, pues cuando Camila vea que yo la
solicito, como me pides, cierto está que me ha de
tener por hombre sin honra y mal mirado, pues
intento y hago una cosa tan fuera de aquello que
480 el ser quien soy y tu amistad me obliga. De que
quieres que te la quite a ti no hay duda, porque
viendo Camila que yo la solicito, ha de pensar que
yo he visto en ella alguna liviandad que me dio
atrevimiento a descubrirle mi mal deseo, y tenién-
485 dose por deshonrada, te toca a ti, como a cosa
suya, su mesma deshonra. Y de aquí nace lo que
comúnmente se platica [39]: que el marido de la mu-   [39] Practica.
jer adúltera, puesto que él no lo sepa ni haya dado

▼ No se ha identificado la comedia de donde proceden estas tres redondillas. Los dos
últimos versos aluden a la fábula mitológica en la cual Júpiter, enamorado de Dánae,
a quien su padre tenía encerrada en una torre, se transformó en lluvia de oro para poder gozarla.

ocasión para que su mujer no sea la que debe, ni
haya sido en su mano, ni en su descuido y poco   490
recato estorbar su desgracia, con todo, le llaman
y le nombran con nombre de vituperio y bajo, y
en cierta manera le miran los que la maldad de su
mujer saben con ojos de menosprecio, en cambio
de [40] mirarle con los de lástima, viendo que no por   495
su culpa, sino por el gusto de su mala compañera,
está en aquella desventura. Pero quiérote decir la
causa por que con justa razón es deshonrado el
marido de la mujer mala, aunque él no sepa que
lo es, ni tenga culpa, ni haya sido parte, ni dado   500
ocasión, para que ella lo sea. Y no te canses de oír-
me: que todo ha de redundar en tu provecho.
Cuando Dios crió a nuestro primero padre en el
Paraíso terrenal, dice la divina Escritura que infun-
dió Dios sueño en Adán, y que estando durmien-   505
do, le sacó una costilla del lado siniestro, de la cual
formó a nuestra madre Eva; y así como Adán despertó y la miró, dijo: «Ésta es carne de mi carne
y hueso de mis huesos.» Y Dios dijo: «Por ésta dejará el hombre a su padre y madre, y serán dos   510
en una carne misma» ▼. Y entonces fue instituido
el divino sacramento del matrimonio, con tales lazos, que sola la muerte puede desatarlos. Y tiene
tanta fuerza y virtud este milagroso sacramento,
que hace que dos diferentes personas sean una   515
mesma carne; y aun hace más en los buenos casados, que, aunque tienen dos almas, no tienen
más de una voluntad. Y de aquí viene que, como
la carne de la esposa sea una mesma con la del esposo, las manchas que en ella caen, o los defectos   520
que se procura, redundan en la carne del marido,
aunque él no haya dado, como queda dicho, oca-

[40] En vez de.

▼ Cita bíblica del libro del *Génesis*.

sión para aquel daño. Porque así como el dolor
del pie o de cualquier miembro del cuerpo huma-
525   no le siente todo el cuerpo, por ser todo de una
carne mesma, y la cabeza siente el daño del tobi-
llo, sin que ella se le haya causado, así el marido
es participante de la deshonra de la mujer, por ser
una mesma cosa con ella. Y como las honras y des-
530   honras del mundo sean todas y nazcan de carne
y sangre, y las de la mujer mala sean deste género, es forzoso que al marido le quepa parte dellas,
y sea tenido por deshonrado sin que él lo sepa.
Mira, pues, ¡oh Anselmo!, al peligro que te pones
535   en querer turbar el sosiego en que tu buena esposa vive. Mira por cuán vana e impertinente curiosidad quieres revolver los humores que ahora están sosegados en el pecho de tu casta esposa. Advierte que lo que aventuras a ganar es poco, y que
540   lo que perderás será tanto, que lo dejaré en su
punto, porque me faltan palabras para encarecerlo. Pero si todo cuanto he dicho no basta a mo-
verte de tu mal propósito, bien puedes buscar otro
instrumento de tu deshonra y desventura; que yo
545   no pienso serlo, aunque por ello pierda tu amistad, que es la mayor pérdida que imaginar puedo.
       Calló en diciendo esto el virtuoso y prudente
Lotario, y Anselmo quedó tan confuso y pensativo, que por un buen espacio no le pudo respon-
550   der palabra; pero, en fin, le dijo:
       —Con la atención que has visto he escuchado,
Lotario amigo, cuanto has querido decirme, y en
tus razones, ejemplos y comparaciones he visto la
mucha discreción que tienes y el extremo de la
555   verdadera amistad que alcanzas; y ansimesmo [41]
veo y confieso que si no sigo tu parecer y me voy
tras el mío, voy huyendo del bien y corriendo tras
el mal. Prosupuesto [42] esto, has de considerar que
yo padezco ahora la enfermedad que suelen tener

[41] Asimismo.

[42] Presupuesto.

algunas mujeres, que se les antoja comer tierra, 560
yeso, carbón, y otras cosas peores, aún asquero-
sas para mirarse, cuanto más para comerse ▼; así
que es menester usar de algún artificio para que
yo sane, y esto se podía hacer con facilidad, sólo
con que comiences, aunque tibia y fingidamente, 565
a solicitar a Camila, la cual no ha de ser tan tierna, que a los primeros encuentros dé con su honestidad por tierra; y con solo este principio quedaré contento, y tú habrás cumplido con lo que
debes a nuestra amistad, no solamente dándome 570
la vida, sino persuadiéndome de no verme sin honra. Y estás obligado a hacer esto por una razón
sola, y es que, estando yo, como estoy, determinado de poner en plática [43] esta prueba, no has tú
de consentir que yo dé cuenta de mi desatino a 575
otra persona, con que pondría en aventura [44] el honor que tú procuras que no pierda; y cuando el
tuyo no esté en el punto que debe en la intención [45] de Camila en tanto que la solicitares, importa poco o nada, pues con brevedad, viendo en 580
ella la entereza que esperamos, le podrás decir la
pura verdad de nuestro artificio, con que volverá
tu crédito al ser primero. Y pues tan poco aventuras y tanto contento me puedes dar aventurán-
dote, no lo dejes de hacer, aunque más inconve- 585
nientes se te pongan delante, pues, como ya he dicho, con sólo que comiences daré por concluida
la causa ▼▼.

Viendo Lotario la resoluta [46] voluntad de Anselmo, y no sabiendo qué más ejemplos traerle ni 590

[43] En práctica.

[44] En peligro.

[45] Opinión.

[46] Resuelta.

▼ Se cree que esto es alusión a algún tipo de histerismo femenino, a ciertos antojos durante el embarazo o incluso a alguna moda femenina para provocar la opilación (su-
presión del flujo menstrual).

▼▼ «Dar por concluida la causa» es aquí expresión familiar tomada del lenguaje
curialesco.

qué más razones mostrarle para que no la siguiese, y viendo que le amenazaba que daría a otro
cuenta de su mal deseo, por evitar mayor mal, determinó de contentarle y hacer lo que le pedía,
595   con propósito e intención de guiar aquel negocio
de modo que, sin alterar los pensamientos de Camila, quedase Anselmo satisfecho; y así le respon-
dió que no comunicase [47] su pensamiento con otro   [47] Tratase.
alguno, que él tomaba a su cargo aquella empre-
600   sa, la cual comenzaría cuando a él le diese más gusto. Abrazóle Anselmo tierna y amorosamente, y
agradecióle su ofrecimiento, como si alguna grande merced le hubiera hecho, y quedaron de acuerdo entre los dos que desde otro día siguiente se co-
605   menzase la obra; que él le daría lugar y tiempo
como a sus solas pudiese hablar a Camila, y asimesmo le daría dineros y joyas que darla y que
ofrecerla. Aconsejóle que le diese músicas, que escribiese versos en su alabanza, y que, cuando él
610   no quisiese tomar trabajo de hacerlos, él mesmo
los haría. A todo se ofreció Lotario, bien con diferente intención que Anselmo pensaba.

Y con este acuerdo se volvieron a casa de Anselmo, donde hallaron a Camila con ansia y cui-
615   dado, esperando a su esposo, porque aquel día tardaba en venir más de lo acostumbrado.

Fuese Lotario a su casa, y Anselmo quedó en la
suya, tan contento como Lotario fue pensativo, no
sabiendo qué traza dar para salir bien de aquel im-
620   pertinente negocio. Pero aquella noche pensó el
modo que tendría para engañar a Anselmo sin
ofender a Camila, y otro día [48] vino a comer con   [48] Al día siguiente.
su amigo, y fue bien recebido de Camila, la cual
le recebía y regalaba con mucha voluntad, por en-
625   tender la buena que su esposo le tenía.

Acabaron de comer, levantaron los manteles y
Anselmo dijo a Lotario que se quedase allí con Ca-

mila en tanto que él iba a un negocio forzoso, que
dentro de hora y media volvería. Rogóle Camila
que no se fuese, y Lotario se ofreció a hacerle com- 630
pañía; mas nada aprovechó con Anselmo; antes
importunó a Lotario que se quedase y le aguardase, porque tenía que tratar con él una cosa de mucha importancia. Dijo también a Camila que no
dejase solo a Lotario en tanto que él volviese. En 635
efecto, él supo tan bien fingir la necesidad o necedad [49] de su ausencia, que nadie pudiera entender que era fingida. Fuese Anselmo, y quedaron
solos a la mesa Camila y Lotario, porque la demás
gente de casa toda se había ido a comer. Viose Lo- 640
tario puesto en la estacada [50] que su amigo deseaba y con el enemigo delante, que pudiera vencer
con sola su hermosura a un escuadrón de caballeros armados ▼: mirad si era razón que le temiera
Lotario. 645

Pero lo que hizo fue poner el codo sobre el brazo de la silla, y la mano abierta en la mejilla, y pidiendo perdón a Camila del mal comedimiento,
dijo que quería reposar un poco en tanto que Anselmo volvía. Camila le respondió que mejor repo- 650
saría en el estrado [51] que en la silla, y así, le rogó
se entrase a dormir en él. No quiso Lotario, y allí
se quedó dormido hasta que volvió Anselmo, el
cual, como halló a Camila en su aposento y a Lotario durmiendo, creyó que, como se había tarda- 655
do tanto, ya habían tenido los dos lugar para hablar, y aun para dormir, y no vio la hora en que
Lotario despertase, para volverse con él fuera y
preguntarle de su ventura.

[49] Paronomasia.

[50] En el riesgo.

[51] Habitación donde las
señoras, recostadas en
cojines, recibían visitas.

▼ Nótese la metáfora de resonancias caballerescas, en términos bélicos (estacada: palen-
que, campo cerrado por estacas donde se celebraban los torneos, desafíos...).

660   Todo le sucedió como él quiso; Lotario despertó, y luego salieron los dos de casa, y así, le preguntó lo que deseaba, y le respondió Lotario que
no le había parecido ser bien que la primera vez
se descubriese del todo, y así no había hecho otra
665 cosa que alabar a Camila de hermosa, diciéndole
que en toda la ciudad no se trataba de otra cosa
que de su hermosura y discreción, y que éste le había parecido buen principio para entrar ganando
la voluntad, y disponiéndola a que otra vez le es-
670 cuchase con gusto, usando en esto del artificio que
el demonio usa cuando quiere engañar a alguno
que está puesto en atalaya de mirar por sí; que se
transforma en ángel de luz, siéndolo él de tinieblas, y poniéndole delante apariencias buenas, al
675 cabo descubre quién es y sale con su intención, si
a los principios no es descubierto su engaño. Todo
esto le contentó mucho a Anselmo, y dijo que
cada día daría el mesmo lugar, aunque no saliese
de casa, porque en ella se ocuparía en cosas que
680 Camila no pudiese venir en conocimiento de su artificio.

    Sucedió, pues, que se pasaron muchos días que
sin decir Lotario palabra a Camila, respondía a Anselmo que la hablaba y jamás podía sacar della
685 una pequeña muestra de venir [52] en ninguna cosa
que mala fuese, ni aun dar una señal de sombra
de esperanza; antes decía que le amenazaba que si
de aquel mal pensamiento no se quitaba, que lo
había de decir a su esposo.

690   —Bien está —dijo Anselmo—. Hasta aquí ha
resistido Camila a las palabras; es menester ver
cómo resiste a las obras; yo os daré mañana dos
mil escudos de oro para que se los ofrezcáis, y aun
se los deis, y otros tantos para que compréis joyas
695 con que cebarla; que las mujeres suelen ser aficio-
nadas, y más si son hermosas, por más castas que

[52] Consentir.

sean, a esto de traerse bien ⁵³ y andar galanas; y
si ella resiste a esta tentación, yo quedaré satisfecho y no os daré más pesadumbre.

Lotario respondió que ya que había comenza-   700
do, que él llevaría hasta el fin aquella empresa,
puesto que entendía salir della cansado y vencido.
Otro día recibió los cuatro mil escudos, y con ellos
cuatro mil confusiones, porque no sabía qué decirse para mentir de nuevo; pero, en efecto, deter-   705
minó de decirle que Camila estaba tan entera a las
dádivas y promesas como a las palabras, y que no
había para qué cansarse más, porque todo el tiempo se gastaba en balde.

Pero la suerte, que las cosas guiaba de otra ma-   710
nera, ordenó que, habiendo dejado Anselmo solos a Lotario y a Camila, como otras veces solía,
él se encerró en un aposento y por los agujeros
de la cerradura estuvo mirando y escuchando lo
que los dos trataban, y vio que en más de media   715
hora Lotario no habló palabra a Camila, ni se la

hablara si ⁵⁴ allí estuviera un siglo, y cayó en la
cuenta de que cuanto su amigo le había dicho de
las respuestas de Camila todo era ficción y mentira. Y para ver si esto era ansí, salió del aposento,   720
y llamando a Lotario aparte, le preguntó qué nuevas había y de qué temple estaba Camila. Lotario

le respondió que no pensaba más darle puntada
en ⁵⁵ aquel negocio, porque respondía tan áspera
y desabridamente, que no tendría ánimo para vol-   725
ver a decirle cosa alguna.

—¡Ah —dijo Anselmo—, Lotario, Lotario, y
cuán mal correspondes a lo que me debes y a lo
mucho que de ti confío! Ahora te he estado mirando por el lugar que concede la entrada desta   730
llave, y he visto que no has dicho palabra a Camila, por donde me doy a entender que aun las primeras le tienes por decir; y si esto es así, como sin

735 duda lo es, ¿para qué me engañas ▼, o por qué
quieres quitarme con tu industria los medios que
yo podría hallar para conseguir mi deseo?

No dijo más Anselmo, pero bastó lo que había
dicho para dejar corrido [56] y confuso a Lotario; el   [56] Avergonzado.
cual, casi como tomando por punto de honra el
740 haber sido hallado en mentira, juró a Anselmo que
desde aquel momento tomaba tan a su cargo el
contentalle y no mentille, cual lo vería si con curiosidad lo espiaba; cuanto más que no sería menester usar de ninguna diligencia, porque la que
745 él pensaba poner en satisfacelle le quitaría de toda
sospecha. Creyóle Anselmo, y para dalle comodidad más segura y menos sobresaltada, determinó
de hacer ausencia de su casa por ocho días, yéndose a la de un amigo suyo, que estaba en una al-
750 dea, no lejos de la ciudad; con el cual amigo concertó que le enviase a llamar con muchas veras,
para tener ocasión con Camila de su partida.

¡Desdichado y mal advertido de ti, Anselmo!
¿Qué es lo que haces? ¿Qué es lo que trazas? ¿Qué
755 es lo que ordenas? Mira que haces contra ti mismo, trazando tu deshonra y ordenando tu perdición. Buena es tu esposa Camila; quieta y sosegadamente la posees; nadie sobresalta tu gusto; sus
pensamientos no salen de las paredes de su casa;
760 tú eres su cielo en la tierra, el blanco de sus deseos, el cumplimiento de sus gustos y la medida
por donde mide su voluntad, ajustándola en todo
con la tuya y con la del cielo. Pues si la mina de
su honor, hermosura, honestidad y recogimiento
765 te da sin ningún trabajo toda la riqueza que tiene
y tú puedes desear, ¿para qué quieres ahondar la

▼ «Lotario le engaña porque no le engaña, paradoja que apunta a la tragedia final
(Avalle-Arce).

tierra, y buscar nuevas vetas de nuevo y nunca visto tesoro, poniéndote a peligro que todo venga
abajo, pues, en fin, se sustenta sobre los débiles
arrimos de su flaca naturaleza? Mira que el que   770
busca lo imposible, es justo que lo posible se le niegue, como lo dijo mejor un poeta, diciendo:

> Busco en la muerte la vida,
> salud en la enfermedad,
> en la prisión libertad,   775
> en lo cerrado salida
> y en el traidor lealtad.
> Pero mi suerte, de quien
> jamás espero algún bien,
> con el cielo ha estatuido   780
> que, pues lo imposible pido,
> lo posible aun no me den ▼.

   Fuese otro día Anselmo a la aldea, dejando dicho a Camila que el tiempo que él estuviese ausente vendría Lotario a mirar por su casa y a co-   785
mer con ella; que tuviese cuidado de tratalle como
a su mesma persona. Afligióse Camila, como mujer discreta y honrada, de la orden que su marido
le dejaba, y díjole que advirtiese que no estaba
bien que nadie, él ausente, ocupase la silla de su   790
mesa, y que si lo hacía por no tener confianza que
ella sabría gobernar su casa, que probase por
aquella vez, y vería por experiencia como para mayores cuidados era bastante. Anselmo le replicó
que aquél era su gusto, y que no tenía más que ha-   795
cer que bajar la cabeza y obedecelle. Camila dijo
que ansí lo haría, aunque contra su voluntad.

||||||||||||||||||||||||||||||||||||||||||||||||||||||||||||||||||||||||||||||||||||||||||||||||||||||||||||

▼ No se ha identificado al poeta autor de estos versos, que, con su serie de antítesis,
recuerdan la poesía amatoria de los cancioneros. La estrofa es una falsa décima, equivalente a dos quintillas rimadas de manera independiente.

Partióse Anselmo, y otro día vino a su casa Lotario, donde fue rescebido [57] de Camila con amo-
800 roso y honesto acogimiento; la cual jamás se puso
en parte donde Lotario la viese a solas, porque
siempre andaba rodeada de sus criados y criadas,
especialmente de una doncella suya llamada Leonela, a quien ella mucho quería, por haberse cria-
805 do desde niñas las dos juntas en casa de los padres de Camila, y cuando se casó con Anselmo la
trujo consigo. En los tres días primeros nunca Lotario le dijo nada, aunque pudiera, cuando se levantaban los manteles y la gente se iba a comer
810 con mucha priesa, porque así se lo tenía mandado Camila. Y aun tenía orden Leonela que comie-
se primero que Camila, y que de su lado jamás se
quitase; mas ella, que en otras cosas de su gusto
tenía puesto el pensamiento y había menester
815 aquellas horas y aquel lugar para ocuparle en sus
contentos, no cumplía todas veces el mandamiento de su señora; antes los dejaba solos, como si
aquello le hubieran mandado. Mas la honesta presencia de Camila, la gravedad de su rostro, la com-
820 postura de su persona era tanta, que ponía freno
a la lengua de Lotario.

Pero el provecho que las muchas virtudes de Camila hicieron poniendo silencio en la lengua de Lotario, redundó más en daño de los dos, porque si
825 la lengua callaba, el pensamiento discurría y tenía
lugar de contemplar, parte por parte, todos los extremos de bondad y de hermosura que Camila tenía, bastantes a enamorar una estatua de mármol,
no que un corazón de carne.

830 Mirábala Lotario en el lugar y espacio que había de hablarla, y consideraba cuán digna era de
ser amada, y esta consideración comenzó poco a
poco a dar asaltos a los respetos que a Anselmo
tenía, y mil veces quiso ausentarse de la ciudad y

[57] Recibido.

irse donde jamás Anselmo le viese a él, ni él viese   835
a Camila; mas ya le hacía impedimento y detenía
el gusto que hallaba en mirarla. Hacíase fuerza y
peleaba consigo mismo por desechar y no sentir
el contento que le llevaba a mirar a Camila. Cul-
pábase a solas de su desatino; llamábase mal ami-   840
go, y aun mal cristiano; hacía discursos y comparaciones entre él y Anselmo, y todos paraban en
decir que más había sido la locura y confianza de
Anselmo que su poca fidelidad, y que si así tuviera disculpa para con Dios como para con los hom-   845
bres de lo que pensaba hacer, que no temiera pena
por su culpa.

En efecto, la hermosura y la bondad de Camila,
juntamente con la ocasión que el ignorante marido le había puesto en las manos, dieron con la leal-   850
tad de Lotario en tierra. Y, sin mirar a otra cosa
que aquella a que su gusto le inclinaba, al cabo de
tres días de la ausencia de Anselmo, en los cuales
estuvo en continua batalla por resistir a sus deseos, comenzó a requebrar [58] a Camila, con tanta   855
turbación y con tan amorosas razones que Camila
quedó suspensa, y no hizo otra cosa que levantarse de donde estaba y entrarse en su aposento, sin
respondelle palabra alguna. Mas no por esta sequedad se desmayó en Lotario la esperanza, que   860
siempre nace juntamente con el amor; antes tuvo
en más a Camila. La cual, habiendo visto en Lotario lo que jamás pensara, no sabía qué hacerse.
Y, pareciéndole no ser cosa segura ni bien hecha
darle ocasión ni lugar a que otra vez la hablase, de-   865
terminó de enviar aquella mesma noche, como lo
hizo, a un criado suyo con un billete [59] a Anselmo,
donde le escribió estas razones ▼:

[58] Lisonjear, cortejar.

[59] Carta.

▼ Véase la segunda nota al pie de la pág. 187.

Capítulo XXXIV

Donde se prosigue la novela del curioso impertinente

Así como suele decirse que parece mal el ejército
sin su general y el castillo sin su castellano [1], *digo*
yo que parece muy peor la mujer casada y moza sin
su marido, cuando justísimas ocasiones no lo impi-
den. Yo me hallo tan mal sin vos, y tan imposibili-
tada de no poder sufrir esta ausencia, que si presto
no venís, me habré de ir a entretener [2] *en casa de*
mis padres, aunque deje sin guarda la vuestra; por-
que la [3] *que me dejastes, si es que quedó con tal tí-*
tulo, creo que mira más por su gusto que por lo que
a vos os toca; y pues sois discreto, no tengo más que
deciros, ni aun es bien que más os diga ▼.

Esta carta recibió Anselmo, y entendió por ella
que Lotario había ya comenzado la empresa, y que
Camila debía de haber respondido como él deseaba; y, alegre sobremanera de tales nuevas, respondió a Camila, de palabra, que no hiciese muda-
miento de su casa en modo ninguno, porque él
volvería con mucha brevedad. Admirada quedó

[1] Señor del castillo.

[2] Estar provisionalmen-
te.

[3] La guarda (zeugma).

▼ Esta carta recuerda en algunos aspectos la enviada por Luscinda a Cardenio (segunda carta en el cap. 27). Nótense los términos bélicos en la comparación inicial.

Camila de la respuesta de Anselmo, que la puso
en más confusión que primero, porque ni se atre-
vía a estar en su casa, ni menos irse a la de sus pa-   25
dres, porque en la quedada ⁴ corría peligro su honestidad, y en la ida, iba contra el mandamiento
de su esposo.

....
⁴ Acto de quedarse.

En fin, se resolvió en lo que le estuvo peor, que
fue en el quedarse, con determinación de no huir   30
la presencia de Lotario por no dar que decir a sus
criados, y ya le pesaba de haber escrito lo que escribió a su esposo, temerosa de que no ⁵ pensase
que Lotario había visto en ella alguna desenvoltura que le hubiese movido a no guardalle el decoro   35
que debía. Pero, fiada en su bondad, se fió en Dios
y en su buen pensamiento, con que pensaba resistir callando a todo aquello que Lotario decirle quisiese, sin dar más cuenta a su marido, por no ponerle en alguna pendencia y trabajo.   40

....
⁵ No redundante.

Y aun andaba buscando manera como discul-
par a Lotario con Anselmo, cuando le preguntase
la ocasión que le había movido a escribirle aquel
papel. Con estos pensamientos, más honrados que
acertados ni provechosos, estuvo otro día escu-   45
chando a Lotario, el cual cargó la mano de manera que comenzó a titubear la firmeza de Camila,
y su honestidad tuvo harto que hacer en acudir a
los ojos, para que no diesen muestra de alguna
amorosa compasión que las lágrimas y las razones   50
de Lotario en su pecho habían despertado. Todo
esto notaba Lotario, y todo le encendía.

Finalmente, a él le pareció que era menester, en
el espacio y lugar que daba la ausencia de Anselmo, apretar el cerco a aquella fortaleza, y así, aco-   55
metió a su presunción con las alabanzas de su hermosura, porque no hay cosa que más presto rinda y allane las encastilladas torres de la vanidad
de las hermosas que la mesma vanidad, puesta en

60   las lenguas de la adulación ▼. En efecto, él, con
       toda diligencia, minó la roca de su entereza, con
       tales pertrechos, que aunque Camila fuera toda de
       bronce, viniera al suelo. Lloró, rogó, ofreció, adu-
       ló, porfió y fingió Lotario ▼▼ con tantos sentimien-
65   tos, con muestra de tantas veras, que dio al tra-
       vés ⁶ con el recato de Camila y vino a triunfar de   ⁶ Echó a pique.
       lo que menos se pensaba y más deseaba.
           Rindióse Camila; Camila se rindió; pero ¿qué
       mucho, si la amistad de Lotario no quedó en pie?
70   Ejemplo claro que nos muestra que sólo se vence
       la pasión amorosa con huilla ⁷, y que nadie se ha   ⁷ Huirla, evitarla.
       de poner a brazos con tan poderoso enemigo, por-
       que es menester fuerzas divinas para vencer las su-
       yas humanas. Sólo supo Leonela la flaqueza de su
75   señora, porque no se la pudieron encubrir los dos
       malos amigos y nuevos amantes. No quiso Lota-
       rio decir a Camila la pretensión de Anselmo, ni
       que él le había dado lugar para llegar a aquel pun-
       to, porque no tuviese en menos su amor, y pen-
80   sase que así, acaso y sin pensar, y no de propósi-
       to, la había solicitado.
           Volvió de allí a pocos días Anselmo a su casa,
       y no echó de ver lo que faltaba en ella, que era lo
       que en menos tenía y más estimaba. Fuese luego
85   a ver a Lotario, y hallóle en su casa; abrazáronse
       los dos, y el uno preguntó por las nuevas de su
       vida o de su muerte.
           —Las nuevas que te podré dar, ¡oh amigo An-
       selmo! —dijo Lotario—, son de que tienes una

▼ El uso de metáforas y comparaciones de resonancias bélicas en la expresión del ase-
dio amoroso es un recurso frecuente en este capítulo.

▼▼ El dinamismo en el ritmo narrativo se logra por medio de la acumulación de verbos,
cuyo efecto intensificador en este resumen narrativo queda aún más realzado por la
similicadencia.

mujer que dignamente puede ser ejemplo y coro-   90
na de todas las mujeres buenas. Las palabras que
le he dicho se las ha llevado el aire; los ofrecimientos se han tenido en poco; las dádivas no se han
admitido; de algunas lágrimas fingidas mías se ha
hecho burla notable. En resolución, así como Ca-   95
mila es cifra de toda belleza, es archivo donde asis-
te la honestidad y vive el comedimiento y el recato, y todas las virtudes que pueden hacer loable y
bien afortunada a una honrada mujer. Vuelve a tomar tus dineros, amigo, que aquí los tengo, sin ha-   100
ber tenido necesidad de tocar a ellos, que la entereza de Camila no se rinde a cosas tan bajas como
son dádivas ni promesas. Conténtate, Anselmo, y
no quieras hacer más pruebas de las hechas, y
pues a pie enjuto has pasado el mar de las dificul-   105
tades y sospechas que de las mujeres suelen y pueden tenerse, no quieras entrar de nuevo en el profundo piélago de nuevos inconvenientes, ni quieras hacer experiencia con otro piloto de la bon-
dad y fortaleza del navío que el cielo te dio en suer-   110
te para que en él pasases la mar deste mundo, sino
haz cuenta que estás ya en seguro puerto, y aférra-
te con las áncoras de la buena consideración, y déjate estar hasta que te vengan a pedir la deuda que
no hay hidalguía humana que de pagarla se ex-   115
cuse ▼.

Contentísimo quedó Anselmo de las razones de
Lotario, y así se las creyó como si fueran dichas
por algún oráculo. Pero, con todo eso, le rogó que
no dejase la empresa, aunque no fuese más que   120

▼ Es decir, la muerte (perífrasis). En este parlamento de Lotario el estilo metafórico
(ahora en términos marineros) resulta afectado, y en su misma afectación expresa for-
malmente el engaño.

por curiosidad y entretenimiento, aunque no se
aprovechase de allí adelante de tan ahincadas diligencias como hasta entonces. Y que sólo quería
que le escribiese algunos versos en su alabanza, de-
125   bajo del nombre de Clori, porque él le daría a entender a Camila que andaba enamorado [8] de una
dama, a quien le había puesto aquel nombre por
poder celebrarla con el decoro que a su honestidad se le debía. Y que, cuando Lotario no quisiera
130   tomar trabajo de escribir los versos, que él los haría [▼].

    —No será menester eso —dijo Lotario—,
pues no me son tan enemigas las musas que algunos ratos del año no me visiten. Dile tú a Camila
135   lo que has dicho del fingimiento de mis amores;
que los versos yo los haré, si no tan buenos como
el subjeto [9] merece, serán, por lo menos, los mejores que yo pudiere.

    Quedaron deste acuerdo el impertinente y el
140   traidor amigo; y, vuelto Anselmo a su casa, preguntó a Camila lo que ella ya se maravillaba que
no se lo hubiese preguntado: que fue que le dijese
la ocasión por que le había escrito el papel que le
envió. Camila le respondió que le había parecido
145   que Lotario la miraba un poco más desenvuelta-
mente que cuando él estaba en casa; pero que ya
estaba desengañada y creía que había sido imaginación suya, porque ya Lotario huía de vella y de
estar con ella a solas. Díjole Anselmo que bien po-
150   día estar segura de aquella sospecha, porque él sabía que Lotario andaba enamorado de una doncella principal de la ciudad, a quien él celebraba

[8] Que (Lotario) andaba
enamorado.

[9] Sujeto, asunto.

▼ Como vemos, la figura de Anselmo se acerca mucho a lo que podríamos llamar «un
don Quijote de los celos».

debajo del nombre de Clori, y que, aunque no lo
estuviera, no había que temer de la verdad de Lotario y de la mucha amistad de entrambos. Y, a   155
no estar avisada Camila de Lotario de que eran fingidos aquellos amores de Clori, y que él se lo había dicho a Anselmo por poder ocuparse algunos
ratos en las mismas alabanzas de Camila, ella, sin
duda, cayera en la desesperada red de los celos;   160
mas, por estar ya advertida, pasó aquel sobresalto
sin pesadumbre.

[10] De sobremesa.

Otro día, estando los tres sobre mesa [10], rogó
Anselmo a Lotario dijese alguna cosa de las que
había compuesto a su amada Clori; que, pues Ca-   165
mila no la conocía, seguramente podía decir lo
que quisiese.

—Aunque la conociera —respondió Lotario—, no encubriera yo nada, porque cuando algún amante loa a su dama de hermosa y la nota   170
de cruel, ningún oprobio hace a su buen crédito.
Pero, sea lo que fuere, lo que sé decir, que ayer
hice un soneto a la ingratitud desta Clori, que dice
ansí:

SONETO   175

En el silencio de la noche, cuando
ocupa el dulce sueño a los mortales,

[11] La triste cuenta de
mis grandes males.

la pobre cuenta de mis ricos males [11]
estoy al cielo y a mi Clori dando.
Y al tiempo cuando el sol se va mostrando   180
por las rosadas puertas orientales,
con suspiros y acentos desiguales
voy la antigua querella renovando.
Y cuando el sol, de su estrellado asiento
derechos rayos a la tierra envía,   185
el llanto crece y doblo los gemidos.

Vuelve la noche, y vuelvo al triste cuento,
y siempre hallo, en mi mortal porfía,
al cielo, sordo; a Clori, sin oídos ▼.

190   Bien le pareció el soneto a Camila, pero mejor
a Anselmo, pues le alabó, y dijo que era demasiadamente cruel la dama que a tan claras verdades
no correspondía. A lo que dijo Camila:
—Luego ¿todo aquello que los poetas enamo-
195   rados dicen es verdad?
—En cuanto poetas, no la dicen —respondió
Lotario—; mas en cuanto enamorados, siempre
quedan tan cortos como verdaderos.
—No hay duda deso —replicó Anselmo, todo
200   por apoyar y acreditar los pensamientos de Lotario con Camila, tan descuidada del artificio de Anselmo como ya enamorada de Lotario.
Y así, con el gusto que de sus cosas tenía, y más,
teniendo por entendido que sus deseos y escritos
205   a ella se encaminaban, y que ella era la verdadera
Clori, le rogó que si otro soneto o otros versos sabía, los dijese:
—Si sé —respondió Lotario—; pero no creo
que es tan bueno como el primero, o, por mejor
210   decir, menos malo. Y podréislo bien juzgar, pues
es éste:

SONETO

Yo sé que muero; y si no soy creído,
es más cierto el morir, como es más cierto
215   verme a tus pies, ¡oh bella ingrata!, muerto,
antes que de adorarte arrepentido.

||||||||||||||||||||||||||||||||||||||||||||||||||||||||||||||||||||||||||||||||||||||||||||||||||||||||||||||||

▼ El tema principal de este soneto se centra en las quejas del enamorado ante la indi-
ferencia de la amada. Es un motivo temático muy frecuente en la lírica amorosa de la
época.

Podré yo verme en la región de olvido,
de vida y gloria y de favor desierto,
y allí verse podrá en mi pecho abierto
cómo tu hermoso rostro está esculpido.   220
Que esta reliquia guardo para el duro
trance que me amenaza mi porfía,
que en tu mismo rigor se fortalece.
¡Ay de aquel que navega, el cielo escuro,
por mar no usado y peligrosa vía,   225
adonde norte o puerto no se ofrece ▼!

También alabó este segundo soneto Anselmo
como había hecho el primero, y desta manera iba
añadiendo eslabón a eslabón a la cadena con que
se enlazaba y trababa su deshonra, pues cuando   230
más Lotario le deshonraba, entonces le decía que
estaba más honrado. Y con esto, todos los escalo-
nes que Camila bajaba hacia el centro de su menosprecio, los subía, en la opinión de su marido,
hacia la cumbre de la virtud y de su buena fama.   235
Sucedió en esto que, hallándose una vez, entre
otras, sola Camila con su doncella, le dijo:

—Corrida [12] estoy, amiga Leonela, de ver en
cuán poco he sabido estimarme, pues siquiera no
hice que con el tiempo comprara Lotario la ente-   240
ra posesión que le di tan presto de mi voluntad.
Temo que ha de estimar mi presteza o ligereza,
sin que eche de ver la fuerza que él me hizo para
no poder resistirle.

—No te dé pena eso, señora mía —respondió   245
Leonela; que no está la monta [13] ni es causa para
menguar la estimación darse lo que se da presto,
si, en efecto, lo que se da es bueno, y ello por sí

[12] Avergonzada.

[13] El toque, la impor-
tancia.

▼ La crítica y la teoría literarias conforman uno de los aspectos temáticos más relevantes del *Quijote*. En este caso, como en otros, Cervantes está haciendo autocrítica de sus
dos sonetos por medio de los personajes de su novela.

digno de estimarse. Y aun suele decirse que el que
luego [14] da, da dos veces.

—También se suele decir —dijo Camila—,
que lo que cuesta poco se estima en menos.

—No corre por ti esa razón —respondió Leonela—, porque el amor, según he oído decir, unas
veces vuela y otras anda; con éste corre, y con
aquél va despacio; a unos entibia, y a otros abra-
sa; a unos hiere, y a otros mata; en un mesmo punto comienza la carrera de sus deseos, y en aquel
mesmo punto la acaba y concluye; por la mañana
suele poner el cerco a una fortaleza, y a la noche
la tiene rendida, porque no hay fuerza que le re-
sista. Y siendo así, ¿de qué te espantas, o de qué
temes, si lo mismo debe haber acontecido a Lotario, habiendo tomado el amor por instrumento de
rendirnos ▼ la ausencia de mi señor? Y era forzoso
que en ella se concluyese lo que el amor tenía determinado, sin dar tiempo al tiempo para que Anselmo le tuviese de volver, y con su presencia quedase imperfecta [15] la obra. Porque el amor no tiene otro mejor ministro [16] para ejecutar lo que desea que es la ocasión: de la ocasión se sirve en todos sus hechos, principalmente en los principios.
Todo esto sé yo muy bien, más de experiencia que
de oídas, y algún día te lo diré, señora, que yo también soy de carne y de sangre moza. Cuanto más,
señora Camila, que no te entregaste ni diste tan
luego [17], que primero no hubieses visto en los ojos,
en los suspiros, en las razones y en las promesas
y dádivas de Lotario toda su alma, viendo en ella
y en sus virtudes cuán digno era Lotario de ser
amado. Pues si esto es ansí, no te asalten la ima-

▼ *Rendirnos,* en plural, porque Leonela, cómplice en los amores de Camila, también
anda en relaciones con un mancebo de la ciudad.

ginación esos escrupulosos y melindrosos pensamientos, sino asegúrate que Lotario te estima
como tú le estimas a él, y vive con contento y satisfacción de que ya que caíste en el lazo amoro-   285
so, es el que te aprieta de valor y de estima. Y que
no sólo tiene las cuatro eses que dicen que han de
tener los buenos enamorados, sino todo un ABC
entero ▼; si no, escúchame, y verás como te le digo
de coro [18]. Él es, según yo veo y a mí me parece,   290
agradecido, bueno, caballero, dadivoso, enamora-
do, firme, gallardo, honrado, ilustre, leal, mozo,
noble, [h]onesto, principal, quantioso, rico, y las
eses que dicen, y luego, tácito, verdadero. La X no
le cuadra, porque es letra áspera; la Y ya está di-   295
cha [19]; la Z, zelador de tu honra.

 Rióse Camila del ABC de su doncella, y túvola
por más plática [20] en las cosas de amor que ella decía. Y así lo confesó ella, descubriendo a Camila
cómo trataba amores con un mancebo bien naci-   300
do, de la mesma ciudad; de lo cual se turbó Camila, temiendo que era aquél camino por donde
su honra podía correr riesgo. Apuróla si pasaban
sus pláticas [21] a más que serlo. Ella, con poca vergüenza y mucha desenvoltura, le respondió que sí   305
pasaban. Porque es cosa ya cierta que los descuidos de las señoras quitan la vergüenza a las criadas, las cuales, cuando ven a las amas echar tras-
piés [22], no se les da nada a ellas de cojear, ni de
que lo sepan.   310

 No pudo hacer otra cosa Camila sino rogar a
Leonela no dijese nada de su hecho al que decía
ser su amante, y que tratase sus cosas con secre-

[18] De memoria.

[19] Porque la y griega se equipara con la i latina.

[20] Práctica, experta.

[21] Conversaciones.

[22] Dar tropezones.

▼ Las *cuatro eses* son las de «sabio, solo, solícito y secreto». El abecedario de amor era un juego de ingenio frecuente en la época. El que a continuación recita Leonela es una muestra.

to, porque no viniesen a noticia de Anselmo ni de
315   Lotario. Leonela respondió que así lo haría; mas
cumpliólo de manera, que hizo cierto el temor de
Camila de que por ella había de perder su crédito. Porque la deshonesta y atrevida Leonela, después que vio que el proceder de su ama no era el
320   que solía, atrevióse a entrar y poner dentro de
casa a su amante, confiada que, aunque su señora
lo viese, no había de osar descubrille; que este
daño acarrean, entre otros, los pecados de las señoras: que se hacen esclavas de sus mesmas cria-
325   das, y se obligan a encubrirles sus deshonestidades y vilezas, como aconteció con Camila; que,
aunque vio una y muchas veces que su Leonela estaba con su galán en un aposento de su casa, no
sólo no la osaba reñir, mas dábale lugar a que lo
330   encerrase, y quitábale todos los estorbos, para que
no fuese visto de su marido.

Pero no los pudo quitar, que Lotario no le viese
una vez salir, al romper del alba; el cual, sin conocer quién era, pensó primero que debía de ser al-
335   guna fantasma; más cuando le vio caminar, em-
bozarse y encubrirse con cuidado y recato, cayó
de su simple pensamiento, y dio en otro, que fuera la perdición de todos, si Camila no lo remedia-
ra. Pensó Lotario que aquel hombre que había vis-
340   to salir tan a deshora de casa de Anselmo no había entrado en ella por Leonela, ni aun se acordó
si Leonela era [23] en el mundo. Sólo creyó que Camila, de la misma manera que había sido fácil y
ligera con él, lo era para otro; que estas añadidu-
345   ras trae consigo la maldad de la mujer mala: que
pierde el crédito de su honra con el mesmo a
quien se entregó rogada y persuadida, y cree que
con mayor facilidad se entrega a otros, y da infa-
lible crédito a cualquiera sospecha que desto le
350   venga. Y no parece sino que le faltó a Lotario en

[23] Existía.

este punto todo su buen entendimiento, y se le
fueron de la memoria todos sus advertidos discursos, pues sin hacer alguno que bueno fuese, ni aun
razonable, sin más ni más, antes que Anselmo se
levantase, impaciente y ciego de la celosa rabia   355
que las entrañas le roía, muriendo por vengarse
de Camila, que en ninguna cosa le había ofendido, se fue a Anselmo y le dijo:

—Sábete, Anselmo, que ha muchos días que he
andado peleando conmigo mesmo, haciéndome   360
fuerza a no decirte lo que ya no es posible ni justo
que más te encubra. Sábete que la fortaleza de Camila está ya rendida y sujeta a todo aquello que
yo quisiere hacer della; y si he tardado en descu-
brirte esta verdad, ha sido por ver si era algún li-   365
viano antojo suyo, o si lo hacía por probarme y
ver si eran con propósito firme tratados los amores que, con tu licencia, con ella he comenzado.
Creí ansimismo que ella, si fuera la que debía y la
que entrambos pensábamos, ya te hubiera dado   370
cuenta de mi solicitud; pero habiendo visto que se
tarda, conozco que son verdaderas las promesas
que me ha dado de que cuando otra vez hagas ausencia de tu casa, me hablará en la recámara, don-
de está el repuesto [24] de tus alhajas —y era la ver-   375
dad que allí le solía hablar Camila—; y no quiero
que precipitosamente corras a hacer alguna venganza, pues no está aún cometido el pecado sino
con pensamiento, y podría ser que desde éste hasta el tiempo de ponerle por obra se mudase el [25]   380
de Camila, y naciese en su lugar el arrepentimiento. Y así, ya que en todo o en parte has seguido
siempre mis consejos, sigue y guarda uno que ahora te diré, para que sin engaño y con medroso ad-
vertimento [26] te satisfagas de aquello que más vie-   385
res que te convenga. Finge que te ausentas por dos
o tres días, como otras veces sueles, y haz de ma-

[24] Escondite.

[25] El pensamiento (zeugma).

[26] Advertimiento.

nera que te quedes escondido en tu recámara,
pues los tapices que allí hay y otras cosas con que
390   te puedas encubrir te ofrecen mucha comodidad,
y entonces verás por tus mismos ojos, y yo por
los míos, lo que Camila quiere; y si fuere la maldad que se puede temer antes que esperar, con silencio, sagacidad y discreción podrás ser el verdu-
395   go de tu agravio ▼.

Absorto, suspenso y admirado quedó Anselmo
con las razones de Lotario, porque le cogieron en
tiempo donde menos las esperaba oír, porque ya
tenía a Camila por vencedora de los fingidos asal-
400   tos de Lotario, y comenzaba a gozar la gloria del
vencimiento. Callando estuvo por un buen espacio, mirando al suelo sin mover pestaña, y al cabo
dijo:

—Tú lo has hecho, Lotario, como yo esperaba
405   de tu amistad; en todo he de seguir tu consejo;
haz lo que quisieres y guarda aquel secreto que ves
que conviene en caso tan no pensado.

Prometióselo Lotario, y, en apartándose dél, se
arrepintió totalmente de cuanto le había dicho,
410   viendo cuán neciamente había andado, pues pudiera él vengarse de Camila, y no por camino tan
cruel y tan deshonrado. Maldecía su entendimiento, afeaba su ligera determinación y no sabía qué
medio tomarse para deshacer lo hecho, o para da-
415   lle alguna razonable salida. Al fin acordó de dar
cuenta de todo a Camila, y como no faltaba lugar [27] para poderlo hacer, aquel mismo día la ha-

[27] Ocasión.

▼ La interpolación de ésta —y de otras— novelitas en el *Quijote* constituye una tem-
prana manifestación del recurso de la novela en la novela, una ficción dentro de otra,
con lo cual las figuras ficticias de Anselmo, Lotario, Camila y Leonela contribuyen a
dar mayor ilusión de realidad a los personajes que, reunidos en la venta, leen la novela
interpolada, es decir, a los personajes del *Quijote* y a don Quijote mismo (también fic-
ticios, claro está).

lló sola, y ella, así como vio que le podía hablar,
le dijo:

—Sabed, amigo Lotario, que tengo una pena   420
en el corazón, que me le aprieta de suerte que parece que quiere reventar en el pecho, y ha de ser
maravilla si no lo hace; pues ha llegado la desver-
güenza de Leonela a tanto, que cada noche encierra a un galán suyo en esta casa y se está con   425
él hasta el día, tan a costa de mi crédito, cuanto
le quedará campo abierto de juzgarlo al que le viere salir a horas tan inusitadas de mi casa. Y lo que
me fatiga es que no la puedo castigar ni reñir; que
el ser ella secretario de nuestros tratos me ha pues-   430
to un freno en la boca para callar los suyos, y temo
que de aquí ha de nacer algún mal suceso.

Al principio que Camila esto decía creyó Lotario que era artificio para desmentille que el hombre que había visto salir era de Leonela, y no suyo;   435
pero viéndola llorar, y afligirse, y pedirle remedio,
vino a creer la verdad, y, en creyéndola, acabó de
estar confuso y arrepentido del todo. Pero, con
todo esto, respondió a Camila que no tuviese
pena; que él ordenaría remedio para atajar la in-   440
solencia de Leonela. Díjole asimismo lo que, insti-
gado de la furiosa rabia de los celos, había dicho
a Anselmo, y cómo estaba concertado de esconderse en la recámara, para ver desde allí a la clara
la poca lealtad que ella le guardaba. Pidióle per-   445
dón desta locura, y consejo para poder remedia-
lla y salir bien de tan revuelto laberinto como su
mal discurso le había puesto.

Espantada quedó Camila de oír lo que Lotario
le decía, y con mucho enojo y muchas y discretas   450
razones le riñó y afeó su mal pensamiento, y la
simple y mala determinación que había tenido.
Pero, como naturalmente [28] tiene la mujer ingenio
presto para el bien y para el mal, más que el va-

---

[28] Por naturaleza.

455   rón, puesto que le va faltando cuando de propó-
       sito se pone a hacer discursos, luego al instante ha-
       lló Camila el modo de remediar tan al parecer in-
       remediable [29] negocio, y dijo a Lotario que procu-
       rase que otro día [30] se escondiese Anselmo donde
460   decía, porque ella pensaba sacar de su escondi-
       miento comodidad para que desde allí en adelan-
       te los dos se gozasen sin sobresalto alguno; y, sin
       declararle del todo su pensamiento, le advirtió que
       tuviese cuidado que en estando Anselmo escondi-
465   do, él viniese cuando Leonela le llamase, y que a
       cuanto ella le dijese le respondiese como respon-
       diera aunque no supiera que Anselmo le escucha-
       ba. Porfió Lotario que le acabase de declarar su in-
       tención, porque con más seguridad y aviso guar-
470   dase todo lo que viese ser necesario.
           —Digo —dijo Camila— que no hay más que
       guardar, si no fuere responderme como yo os pre-
       guntare —no queriendo Camila darle antes cuen-
       ta de lo que pensaba hacer, temerosa que no qui-
475   siese seguir el parecer que a ella tan bueno le pa-
       recía, y siguiese o buscase otros que no podrían
       ser tan buenos.
           Con esto, se fue Lotario; y Anselmo, otro día,
       con la excusa de ir a aquella aldea de su amigo,
480   se partió y volvió a esconderse; que lo pudo hacer
       con comodidad, porque de industria [31] se la die-
       ron Camila y Leonela.
           Escondido, pues, Anselmo, con aquel sobresal-
       to que se puede imaginar que tendría el que espe-
485   raba ver por sus ojos hacer notomía ▼ de las en-
       trañas de su honra, íbase a pique de perder el
       sumo bien que él pensaba que tenía en su querida

[29] Irremediable.

[30] Al día siguiente.

[31] Adrede.

▼ Anatomía, disección. Aquí, en el sentido figurado de «hacer examen minucioso de las entrañas de su honra».

Camila. Seguras ya y ciertas Camila y Leonela que
Anselmo estaba escondido, entraron en la recámara, y apenas hubo puesto los pies en ella Camila,   490
cuando, dando un gran suspiro, dijo:

—¡Ay, Leonela amiga! ¿No sería mejor que antes que llegase a poner en ejecución lo que no
quiero que sepas, porque no procures estorbarlo,
que tomases la daga de Anselmo, que te he pedi-   495
do, y pasases con ella este infame pecho mío? Pero
no hagas tal; que no será razón que yo lleve la
pena de la ajena culpa. Primero quiero saber qué
es lo que vieron en mí los atrevidos y deshonestos
ojos de Lotario que fuese causa de darle atrevi-   500
miento a descubrirme un tan mal deseo como es
el que me ha descubierto, en desprecio de su amigo y en deshonra mía. Ponte, Leonela, a esa ventana, y llámale; que sin duda alguna se debe de estar en la calle, esperando poner en efecto su mala   505
intención. Pero primero se pondrá la [32] cruel cuanto honrada mía.

—¡Ay, señora mía! —respondió la sagaz y advertida Leonela—. Y ¿qué es lo que quieres hacer
con esta daga? ¿Quieres por ventura quitarte la   510
vida o quitársela a Lotario? Que cualquiera destas
cosas que quieras ha de redundar en pérdida de
tu crédito y fama. Mejor es que disimules tu agravio, y no des lugar a que este mal hombre entre
ahora en esta casa y nos halle solas. Mira, señora,   515
que somos flacas mujeres, y él es hombre, y determinado; y como viene con aquel mal propósito, ciego y apasionado, quizá antes que tú pongas
en ejecución el tuyo, hará él lo que te estaría más
mal que quitarte la vida. ¡Mal haya mi señor An-   520
selmo, que tanto mal ha querido dar a este desue-
llacaras [33] en su casa! Y ya, señora, que le mates [34],
como yo pienso que quieres hacer, ¿qué hemos de
hacer dél después de muerto?

[32] La intención (zeug-
ma).

[33] Desvergonzado.

[34] Y una vez que le ma-
tes.

525   —¿Qué, amiga? —respondió Camila—. Deja-
rémosle para que Anselmo le entierre, pues será
justo que tenga por descanso el trabajo que toma-
re en poner debajo de la tierra su misma infamia.
Llámale, acaba; que todo el tiempo que tardo en
530   tomar la debida venganza de mi agravio parece
que ofendo a la lealtad que a mi esposo debo.
        Todo esto escuchaba Anselmo, y a cada pala-
bra que Camila decía se le mudaban los pensamientos. Mas cuando entendió que estaba resuel-
535   ta en matar a Lotario, quiso salir y descubrirse,
porque tal cosa no se hiciese; pero detúvole el deseo de ver en qué paraba tanta gallardía y honesta resolución, con propósito de salir a tiempo que
la estorbase.
540   Tomóle en esto a Camila un fuerte desmayo y,
arrojándose encima de una cama que allí estaba,
comenzó Leonela a llorar muy amargamente y a
decir:
        —¡Ay, desdichada de mí si fuese tan sin ventu-
545   ra, que se me muriese aquí entre mis brazos la flor
de la honestidad del mundo, la corona de las buenas mujeres, el ejemplo de la castidad...!
        Con otras cosas a éstas semejantes, que ningu-
no la escuchara que no la tuviera por la más las-
550   timada y leal doncella del mundo, y a su señora
por otra nueva y perseguida Penélope ▼. Poco tardó en volver de su desmayo Camila, y al volver
en sí, dijo:
        —¿Por qué no vas, Leonela, a llamar al más
555   leal amigo de amigo que vio el sol o cubrió la noche? Acaba, corre, aguija, camina, no se esfogue [35]

[35] Desfogue, apague.

▼ Alusión irónica al personaje de la *Odisea:* Penélope, esposa de Ulises y símbolo de la fidelidad conyugal, esperó veinte años a su marido, resistiendo el acoso de los pretendientes.

con la tardanza el fuego de la cólera que tengo, y se pase en amenazas y maldiciones la justa venganza que espero.

—Ya voy a llamarle, señora mía —dijo Leonela—; mas hasme de dar primero esa daga, porque no hagas cosa, en tanto que falto, que dejes con ella que llorar toda la vida a todos los que bien te quieren.   560

—Ve segura, Leonela amiga, que no haré —respondió Camila—, porque ya que sea atrevida y simple a tu parecer en volver por [36] mi honra, no lo he de ser tanto como aquella Lucrecia de quien dicen que se mató sin haber cometido error alguno, y sin haber muerto primero a quien tuvo la causa de su desgracia ▼. Yo moriré, si muero, pero ha de ser vengada y satisfecha del que me ha dado ocasión de venir a este lugar a llorar sus atrevimientos nacidos tan sin culpa mía.   565   570

Mucho se hizo de rogar Leonela antes que saliese a llamar a Lotario, pero en fin salió, y entre tanto que volvía, quedó Camila diciendo, como que hablaba consigo misma: 575

—¡Válame Dios! ¿No fuera más acertado haber despedido a Lotario, como otras muchas veces lo he hecho, que no ponerle en condición, como ya le he puesto, que me tenga por deshonesta y mala, siquiera este tiempo que he de tardar en desengañarle? Mejor fuera, sin duda; pero no quedara yo vengada ni la honra de mi marido satisfecha, si tan a manos lavadas [37] y tan a paso llano se volviera a salir de donde sus malos pensamientos le entraron. Pague el traidor con la vida lo que in-   580   585

[36] Defender.

[37] Sin consecuencias.

▼ Según la leyenda, Lucrecia, dama romana esposa de Tarquino Colatino, fue violada por un hijo de Tarquino el Soberbio y se suicidó clavándose un puñal, después de decírselo a su esposo.

tentó con tan lascivo deseo. Sepa el mundo, si aca-
590   so llegare a saberlo, de que Camila no sólo guar-
dó la lealtad a su esposo, sino que le dio venganza
del que se atrevió a ofendelle. Mas, con todo, creo
que fuera mejor dar cuenta desto a Anselmo; pero
ya se la apunté a dar en la carta que le escribí al
595   aldea, y creo que el no acudir él al remedio del
daño que allí le señalé, debió de ser que, de puro
bueno y confiado, no quiso ni pudo creer que en
el pecho de su tan firme amigo pudiese caber género de pensamiento que contra su honra fuese,
600   ni aun yo lo creí después, por muchos días, ni lo
creyera jamás, si su insolencia no llegara a tanto,
que las manifiestas dádivas y las largas promesas
y las continuas lágrimas no me lo manifestaran.
Mas ¿para qué hago yo ahora estos discursos?
605   ¿Tiene, por ventura, una resolución gallarda necesidad de consejo alguno? No, por cierto. ¡Afuera,
pues, traidores! ¡Aquí, venganzas! ¡Entre el falso,
venga, llegue, muera y acabe, y suceda lo que su-
cediere! Limpia entré en poder del que el cielo me
610   dio por mío; limpia he de salir dél, y, cuando mucho, saldré bañada en mi casta sangre, y en la im-
pura del más falso amigo que vio la amistad en el
mundo.

Y diciendo esto, se paseaba por la sala con la
615   daga desenvainada, dando tan desconcertados y
desaforados pasos y haciendo tales ademanes, que
no parecía sino que le faltaba el juicio, y que no
era mujer delicada, sino un rufián desesperado.
Todo lo miraba Anselmo, cubierto detrás de
620   unos tapices donde se había escondido, y de todo
se admiraba, y ya le parecía que lo que había visto y oído era bastante satisfacción para mayores
sospechas, y ya quisiera que la prueba de venir Lotario faltara, temeroso de algún mal repentino su-
625   ceso. Y estando ya para manifestarse y salir, para

abrazar y desengañar a su esposa, se detuvo porque vio que Leonela volvía con Lotario de la
mano; y así como Camila le vio, haciendo con la
daga en el suelo una gran raya delante della, le
dijo: 630

—Lotario, advierte lo que te digo: si a dicha ³⁸
te atrevieres a pasar desta raya que ves, ni aun llegar a ella, en el punto que viere que lo intentas,
en ese mismo me pasaré el pecho con esta daga
que en las manos tengo. Y antes que a esto me res-   635
pondas palabra, quiero que otras algunas me es-
cuches; que después responderás lo que más te
agradare. Lo primero, quiero, Lotario, que me digas si conoces a Anselmo mi marido, y en qué opinión le tienes; y lo segundo, quiero saber también   640
si me conoces a mí. Respóndeme a esto, y no te
turbes, ni pienses mucho lo que has de responder,
pues no son dificultades las que te pregunto.

No era tan ignorante Lotario, que desde el primer punto que Camila le dijo que hiciese escon-   645
der a Anselmo, no hubiese dado en la cuenta de
lo que ella pensaba hacer; y así, correspondió con
su intención tan discretamente y tan a tiempo, que
hicieran los dos pasar aquella mentira por más que
cierta verdad; y así, respondió a Camila desta ma-   650
nera:

—No pensé yo, hermosa Camila, que me lla-
mabas para preguntarme cosas tan fuera de la intención con que yo aquí vengo. Si lo haces por di-
latarme la prometida merced, desde más lejos pu-   655
dieras entretenerla, porque tanto más fatiga el
bien deseado cuanto la esperanza está más cerca
de poseello; pero porque no digas que no respon-
do a tus preguntas, digo que conozco a tu esposo
Anselmo, y nos conocemos los dos desde nuestros   660
más tiernos años; y no quiero decir lo que tú tan
bien sabes de nuestra amistad, por no me hacer

testigo del agravio que el amor hace que le haga,
poderosa disculpa de mayores yerros. A ti te co-
665   nozco y tengo en la misma posesión [39] que él te tie-   [39] Reputación.
ne; que, a no ser así, por menos prendas que las
tuyas no había yo de ir contra lo que debo a ser
quien soy y contra las santas leyes de la verdadera amistad, ahora por tan poderoso enemigo
670   como el amor por mí rompidas [40] y violadas.   [40] Rotas.

      —Si eso confiesas —respondió Camila—, ene-
migo mortal de todo aquello que justamente merece ser amado, ¿con qué rostro osas parecer ante
quien sabes que es el espejo donde se mira aquel
675   en quien tú te debieras mirar, para que vieras con
cuán poca ocasión le agravias? Pero ya cayo [41], ¡ay,   [41] Caigo.
desdichada de mí!, en la cuenta de quién te ha he-
cho tener tan poca [42] con lo que a ti mismo debes,   [42] Poca cuenta (zeug-
que debe de haber sido alguna desenvoltura mía,   ma).
680   que no quiero llamarla deshonestidad, pues no habrá procedido de deliberada determinación, sino
de algún descuido de los que las mujeres que piensan que no tienen de quién recatarse suelen hacer
inadvertidamente. Si no, dime: ¿cuándo, ¡oh trai-
685   dor!, respondí a tus ruegos con alguna palabra o
señal que pudiese despertar en ti alguna sombra
de esperanza de cumplir tus infames deseos?
¿Cuándo tus amorosas palabras no fueron deshe-
chas y reprehendidas de las mías con rigor y con
690   aspereza? ¿Cuándo tus muchas promesas y mayores dádivas fueron de mí creídas ni admitidas?
Pero, por parecerme que alguno no puede perse-
verar en el intento amoroso luengo [43] tiempo, si   [43] Largo.
no es sustentado de alguna esperanza, quiero atri-
695   buirme a mí la culpa de tu impertinencia, pues,
sin duda, algún descuido mío ha sustentado tanto
tiempo tu cuidado, y así, quiero castigarme y darme la pena que tu culpa merece. Y porque vieses
que siendo conmigo tan inhumana, no era posible

dejar de serlo contigo, quise traerte a ser testigo   700
del sacrificio que pienso hacer a la ofendida honra de mi tan honrado marido, agraviado de ti con
el mayor cuidado que te ha sido posible, y de mí
también con el poco recato que he tenido del huir
la ocasión, si alguna te di, para favorecer y cano-   705
nizar [44] tus malas intenciones. Torno a decir que
la sospecha que tengo que algún descuido mío engendró en ti tan desvariados pensamientos es la
que más me fatiga, y la que yo más deseo castigar
con mis propias manos, porque, castigándome   710
otro verdugo, quizá sería más pública mi culpa;
pero antes que esto haga, quiero matar muriendo,
y llevar conmigo quien me acabe de satisfacer el
deseo de la venganza que espero y tengo, viendo
allá, dondequiera que fuere, la pena que da la jus-   715
ticia desinteresada y que no se dobla al que en términos tan desesperados me ha puesto ▼.

Y diciendo estas razones, con una increíble fuerza y ligereza arremetió a Lotario con la daga desenvainada, con tales muestras de querer enclavár-   720
sela en el pecho, que casi él estuvo en duda si aquellas demostraciones eran falsas o verdaderas, porque le fue forzoso valerse de su industria [45] y de
su fuerza para estorbar que Camila no le diese. La
cual tan vivamente fingía aquel extraño embuste   725
y fealdad, que, por dalle color de verdad, la quiso
matizar con su misma sangre; porque, viendo que
no podía haber a Lotario, o fingiendo que no podía, dijo:

[44] Aprobar.

[45] Habilidad.

.,..||||||||||||||||||||||||||||||||||||||||||||||||||||||||||||||||||||||||||||||||||||||||||||||||||||||||||||||||||||||||||||||||||||||||||

▼▼ «El remedo de la hinchazón retórica —frecuente en los desafíos de don Quijote, en
sus invocaciones, en sus ofrecimientos— se entreteje de tal manera con el relato, en
toda la obra, que a ratos parece que Cervantes es su propia víctima» (Rosenblat): por
ejemplo, en esta fingida comedia que representan Camila, Leonela y Lotario.

730   —Pues la suerte no quiere satisfacer del todo
mi tan justo deseo, a lo menos, no será tan poderosa que, en parte, me quite que no le satisfaga.

Y haciendo fuerza para soltar la mano de la
daga, que Lotario la tenía asida, la sacó, y guian-
735   do su punta por parte que pudiese herir no pro-
fundamente, se la entró y escondió por más arriba de la islilla [46] del lado izquierdo, junto al hombro, y luego se dejó caer en el suelo, como desmayada.

[46] Sobaco.

740   Estaban Leonela y Lotario suspensos y atónitos
de tal suceso, y todavía dudaban de la verdad de
aquel hecho, viendo a Camila tendida en tierra y
bañada en su sangre. Acudió Lotario con mucha
presteza, despavorido y sin aliento, a sacar la daga,
745   y en ver la pequeña herida, salió del temor que
hasta entonces tenía, y de nuevo se admiró de la
sagacidad, prudencia y mucha discreción de la hermosa Camila; y, por acudir con lo que a él le tocaba, comenzó a hacer una larga y triste lamenta-
750   ción sobre el cuerpo de Camila, como si estuviera
difunta, echándose muchas maldiciones, no sólo a
él, sino al que había sido la causa de habelle puesto en aquel término. Y como sabía que le escuchaba su amigo Anselmo, decía cosas que el que le
755   oyera le tuviera mucha más lástima que a Camila,
aunque muerta la juzgara.

Leonela la tomó en brazos y la puso en el lecho, suplicando a Lotario fuese a buscar quien secretamente a Camila curase. Pedíale asimismo
760   consejo y parecer de lo que dirían a Anselmo de
aquella herida de su señora, si acaso viniese antes
que estuviese sana. Él respondió que dijesen lo que
quisiesen; que él no estaba para dar consejo que
de provecho fuese; sólo le dijo que procurase to-
765   marle la sangre [47], porque él se iba adonde gentes
no le viesen. Y con muestras de mucho dolor y

[47] Restañarle.

sentimiento, se salió de casa, y cuando se vio solo
y en parte donde nadie le veía, no cesaba de hacerse cruces, maravillándose de la industria de Camila y de los ademanes tan proprios [48] de Leone-   770
la. Consideraba cuán enterado había de quedar
Anselmo de que tenía por mujer a una segunda
Porcia ▼, y deseaba verse con él para celebrar los
dos la mentira y la verdad más disimulada que jamás pudiera imaginarse.   775

Leonela tomó, como se ha dicho, la sangre a su
señora, que no era más de aquello que bastó para
acreditar su embuste, y lavando con un poco de
vino la herida, se la ató lo mejor que supo, diciendo tales razones en tanto que la curaba, que aun-   780
que no hubieran precedido otras, bastaran a hacer creer a Anselmo que tenía en Camila un simu-
lacro [49] de la honestidad.

Juntáronse a las palabras de Leonela otras de
Camila, llamándose cobarde y de poco ánimo,   785
pues le había faltado al tiempo que fuera más necesario tenerle, para quitarse la vida, que tan
aborrecida tenía. Pedía consejo a su doncella si daría [50], o no, todo aquel suceso a su querido esposo, la cual le dijo que no se lo dijese, porque le pon-   790
dría en obligación de vengarse de Lotario, lo cual
no podría ser sin mucho riesgo suyo, y que la buena mujer estaba obligada a no dar ocasión a su
marido a que riñese, sino a quitalle todas aquellas
que le fuese posible.   795

Respondió Camila que le parecía muy bien su
parecer, y que ella le seguiría; pero que en todo
caso convenía buscar qué decir a Anselmo de la

[48] Propios.

[49] Imagen, modelo.

[50] Diría.

▼ Porcia fue la esposa de Marco Bruto, uno de los asesinos de Julio César. Cuando se
enteró de que su esposo se había suicidado, ella se suicidó también. Su figura es modelo tradicional de castidad.

causa de aquella herida, que él no podría dejar de
800 ver; a lo que Leonela respondía que ella, ni aun
burlando, no sabía mentir.

—Pues yo, hermana —replicó Camila—, ¿qué
tengo de saber, que no me atreveré a forjar ni sustentar una mentira, si me fuese en ello la vida? Y
805 si es que no hemos de saber dar salida a esto, mejor será decirle la verdad desnuda, que no que nos
alcance en mentirosa cuenta.

—No tengas pena, señora; de aquí a mañana
—respondió Leonela— yo pensaré qué le diga-
810 mos y quizá que por ser la herida donde es, la podrás encubrir sin que él la vea, y el cielo será servido de favorecer a nuestros tan justos y tan honrados pensamientos. Sosiégate, señora mía, y procura sosegar tu alteración, porque mi señor no te
815 halle sobresaltada, y lo demás déjalo a mi cargo,
y al de Dios, que siempre acude a los buenos deseos.

Atentísimo había estado Anselmo a escuchar y
a ver representar la tragedia de la muerte de su
820 honra; la cual con tan extraños y eficaces afectos
la representaron los personajes della, que pareció
que se habían transformado en la misma verdad
de lo que fingían. Deseaba mucho la noche, y el
tener lugar para salir de su casa, y ir a verse con
825 su buen amigo Lotario, congratulándose con él de
la margarita preciosa [51] que había hallado en el desengaño de la bondad de su esposa. Tuvieron cuidado las dos de darle lugar y comodidad a que saliese, y él, sin perdella, salió, y luego fue a buscar
830 a Lotario; el cual hallado, no se puede buenamente contar los abrazos que le dio, las cosas que de
su contento le dijo, las alabanzas que dio a Camila. Todo lo cual escuchó Lotario sin poder dar
muestras de alguna alegría, porque se le represen-
835 taba a la memoria cuán engañado estaba su ami-

[51] Perla de mucho pre-
cio.

go, y cuán injustamente él le agraviaba. Y aunque
Anselmo veía que Lotario no se alegraba, creía ser
la causa por haber dejado a Camila herida y haber él sido la causa.

Y así, entre otras razones, le dijo que no tuviese   840
pena del suceso de Camila, porque, sin duda, la herida era ligera, pues quedaban de concierto de en-
cubrírsela a él; y que, según esto, no había de qué
temer, sino que de allí adelante se gozase y alegra-
se con él, pues por su industria y medio él se veía   845
levantado a la más alta felicidad que acertara a desearse, y quería que no fuesen otros sus entretenimientos que en hacer versos en alabanza de Camila, que la hiciesen eterna en su memoria de los
siglos venideros. Lotario alabó su buena determi-   850
nación y dijo que él, por su parte, ayudaría a levantar tan ilustre edificio.

Con esto quedó Anselmo el hombre más sabrosamente engañado que pudo haber en el mundo:
él mismo llevó por la mano a su casa, creyendo   855
que llevaba el instrumento de su gloria, toda la
perdición de su fama. Recebíale Camila con rostro, al parecer, torcido, aunque con alma risueña.
Duró este engaño algunos días, hasta que al cabo
de pocos meses volvió Fortuna su rueda, y salió a   860
plaza ⁵² la maldad con tanto artificio hasta allí cubierta, y a Anselmo le costó la vida su impertinente curiosidad.»

⁵² Se hizo pública.

Capítulo XXXV

Donde se da fin a la novela del curioso impertinente

Poco más quedaba por leer de la novela, cuando del caramanchón [1] donde reposaba don Quijote salió Sancho Panza todo alborotado, diciendo a voces:

—Acudid, señores, presto y socorred a mi señor, que anda envuelto en la más reñida y trabada batalla que mis ojos han visto. ¡Vive Dios, que ha dado una cuchillada al gigante enemigo de la señora princesa Micomicona, que le ha tajado la cabeza cercen a cercen ▼; como si fuera un nabo!

—¿Qué dices, hermano? —dijo el cura, dejando de leer lo que de la novela quedaba—. ¿Estáis en vos, Sancho? ¿Cómo diablos puede ser eso que decís, estando el gigante dos mil leguas de aquí?

En esto, oyeron un gran ruido en el aposento, y que don Quijote decía a voces:

—¡Tente, ladrón, malandrín [2], follón [3]; que aquí te tengo, y no te ha de valer tu cimitarra [4]!

Y parecía que daba grandes cuchilladas por las paredes. Y dijo Sancho:

—No tienen que pararse a escuchar, sino entren a despartir [5] la pelea, o a ayudar a mi amo; aunque ya no será menester, porque, sin duda al-

5

10

15

20

25

[1] Camaranchón, desván (metátesis).

[2] Bellaco.

[3] Fanfarrón.

[4] Sable corto.

[5] Separar, apaciguar.

▼ «Cercén a cercén» (era entonces palabra llana), enteramente y en redondo.

guna, el gigante está ya muerto, y dando cuenta
a Dios de su pasada y mala vida; que yo vi correr
la sangre por el suelo, y la cabeza cortada y caída
30   a un lado, que es tamaña como un gran cuero de
vino.

—Que me maten —dijo a esta sazón el ventero— si don Quijote, o don diablo, no ha dado alguna cuchillada en alguno de los cueros de vino
35   tinto que a su cabecera estaban llenos, y el vino
derramado debe de ser lo que le parece sangre a
este buen hombre ▼.

Y con esto, entró en el aposento, y todos tras
él, y hallaron a don Quijote en el más extraño tra-
40   je del mundo. Estaba en camisa, la cual no era tan
cumplida, que por delante le acabase de cubrir los
muslos, y por detrás tenía seis dedos menos; las
piernas eran muy largas y flacas, llenas de vello y
no nada limpias; tenía en la cabeza un bonetillo [6]
45   colorado, grasiento, que era del ventero. En el brazo izquierdo tenía revuelta la manta de la cama,
con quien [7] tenía ojeriza Sancho, y él se sabía bien
el porqué [8], y en la derecha, desenvainada la espada, con la cual daba cuchilladas a todas partes, di-
50   ciendo palabras como si verdaderamente estuviera peleando con algún gigante. Y es lo bueno que
no tenía los ojos abiertos, porque estaba durmiendo y soñando que estaba en batalla con el gigante; que fue tan intensa la imaginación de la aven-
55   tura que iba a fenecer [9], que le hizo soñar que ya
había llegado al reino de Micomicón, y que ya estaba en la pelea con su enemigo. Y había dado tantas cuchilladas en los cueros, creyendo que las
daba en el gigante, que todo el aposento estaba lle-

----

[6] Gorro de dormir.

[7] Con la cual.

[8] Con ella le mantearon
(cap. 17).

[9] Acabar.

▼ Con su «descomunal batalla» don Quijote, que llevaba ya muchas páginas lejos del
primer plano de la novela, vuelve a ocupar el espacio narrativo que le es propio en el
protagonismo de la obra.

no de vino ▼. Lo cual visto por el ventero, tomó   60
tanto enojo, que arremetió con don Quijote, y a
puño cerrado le comenzó a dar tantos golpes, que
si Cardenio y el cura no se le quitaran, él acabara
la guerra del gigante; y, con todo aquello, no despertaba el pobre caballero, hasta que el barbero   65
trujo un gran caldero de agua fría del pozo y se
le echó por todo el cuerpo de golpe, con lo cual
despertó don Quijote, mas no con tanto acuerdo,
que echase de ver de la manera que estaba.

¹⁰ Sutilmente.

Dorotea, que vio cuán corta y sotilmente ¹⁰ es-   70
taba vestido, no quiso entrar a ver la batalla de su
ayudador y de su contrario.

Andaba Sancho buscando la cabeza del gigante
por todo el suelo, y como no la hallaba, dijo:

—Ya yo sé que todo lo desta casa es encanta-   75
mento; que la otra vez, en este mesmo lugar donde ahora me hallo, me dieron muchos mojicones
y porrazos, sin saber quién me los daba y nunca
pude ver a nadie ▼▼; y ahora no parece por aquí
esta cabeza que vi cortar por mis mismísimos ojos,   80
y la sangre corría del cuerpo como de una fuente.

— ¿Qué sangre ni qué fuente dices, enemigo de
Dios y de sus santos? —dijo el ventero—. ¿No

¹¹ Ves.

vees ¹¹, ladrón, que la sangre y la fuente no es otra
cosa que estos cueros que aquí están horadados y   85
el vino tinto que nada en este aposento, que na-
dando vea yo el alma, en los infiernos, de quien
los horadó?

▼ En el episodio del acuchillamiento de los cueros de vino aprovechó Cervantes motivos tradicionales y folclóricos. Nótese que todos los pormenores responden a una minuciosa preparación de la «batalla», siendo todo transformado mediante una gran metáfora, que adecúa la realidad a la ficción caballeresca.

▼▼ Se refiere a los golpes recibidos en el altercado nocturno protagonizado por don Quijote, Maritornes y el arriero en el capítulo 16.

—No sé nada —respondió Sancho—; sólo sé
90 que vendré a ser tan desdichado, que, por no hallar esta cabeza, se me ha de deshacer mi condado, como la sal en el agua.

Y estaba peor Sancho despierto que su amo durmiendo; tal le tenían las promesas que su amo le
95 había hecho. El ventero se desesperaba de ver la
flema [12] del escudero y el maleficio del señor, y ju-
raba que no había de ser como la vez pasada, que
se le fueron sin pagar, y que ahora no le habían
de valer los previlegios de su caballería para dejar
100 de pagar lo uno y lo otro, aun hasta lo que pudiesen costar las botanas [13] que se habían de echar a
los rotos cueros.

Tenía el cura de las manos a don Quijote, el
cual, creyendo que ya había acabado la aventura,
105 y que se hallaba delante de la princesa Micomicona, se hincó de rodillas delante del cura, diciendo:

—Bien puede la vuestra grandeza, alta y famosa señora, vivir, de hoy más, segura que [14] le pueda hacer mal esta mal nacida criatura, y yo tam-
110 bién, de hoy más, soy quito [15] de la palabra que
os di, pues, con el ayuda del alto Dios y con el favor de aquella por quien yo vivo y respiro, tan
bien la he cumplido ▼.

—¿No lo dije yo? —dijo oyendo esto San-
115 cho—. Sí que no estaba yo borracho: ¡mirad si tiene puesto ya en sal mi amo al gigante! ¡Ciertos
son los toros; mi condado está de molde ▼▼!

[12] Lentitud.

[13] Remiendos, parches.

[14] Descuidada de que.

[15] Quedo libre.

▼ Don Quijote aceptó la ficción inventada por Dorotea y ahora, metamorfoseando
cuanto hay en el camaranchón, mata al gigante, cumple su palabra y, por tanto, queda
libre.
▼▼ Serie de expresiones proverbiales: «¡Mirad si ha matado y salado [como a los cerdos
en la matanza] ya mi amo al gigante! ¡Cierto es ello; mi condado está seguro y hecho
a mi medida!» Nótese que, en este capítulo, el proceso de quijotización de Sancho llega
a su punto culminante en el *Quijote* de 1605.

¿Quién no había de reír con los disparates de
los dos, amo y mozo? Todos reían sino el ventero, que se daba a Satanás. Pero, en fin, tanto hi-   120
cieron el barbero, Cardenio y el cura, que, con no
poco trabajo, dieron con don Quijote en la cama,
el cual se quedó dormido, con muestras de grandísimo cansancio. Dejáronle dormir, y saliéronse
al portal de la venta a consolar a Sancho Panza de   125
no haber hallado la cabeza del gigante, aunque
más tuvieron que hacer en aplacar al ventero, que
estaba desesperado por la repentina muerte de sus
cueros. Y la ventera decía en voz y en grito:

—En mal punto y en hora menguada entró en   130
mi casa este caballero andante, que nunca mis ojos
le hubieran visto, que tan caro me cuesta. La vez
pasada se fue con el costo de una noche, de cena,
cama, paja y cebada, para él y para su escudero,
y un rocín y un jumento, diciendo que era caba-   135
llero aventurero, que mala ventura le dé Dios, a
él y a cuantos aventureros hay en el mundo, y que
por esto no estaba obligado a pagar nada, que así
estaba escrito en los aranceles [16] de la caballería
andantesca. Y ahora, por su respeto, vino estotro   140
señor y me llevó mi cola y hámela vuelto con más
de dos cuartillos [17] de daño, toda pelada, que no
puede servir para lo que la quiere mi marido ▼. Y
por fin y remate de todo, romperme mis cueros
y derramarme mi vino, que derramada le vea yo   145
su sangre. ¡Pues no se piense; que por los huesos
de mi padre y por el siglo [18] de mi madre, si no
me lo han de pagar un cuarto sobre otro, o no me
llamaría yo como me llamo, ni sería hija de quien
soy!   150

[16] Decretos.

[17] Medio real (dos cuartas partes de un real).

[18] Por la vida eterna.

▼ Véase la nota al pie de la página 485.

Estas y otras razones tales decía la ventera con
grande enojo, y ayudábala su buena criada Maritornes. La hija callaba, y de cuando en cuando se
sonreía ▼. El cura lo sosegó todo, prometiendo de
155   satisfacerles su pérdida lo mejor que pudiese, así
de los cueros como del vino, y principalmente del
menoscabo de la cola, de quien tanta cuenta hacían. Dorotea consoló a Sancho Panza diciéndole
que cada y cuando [19] que pareciese haber sido ver-

[19] Siempre que.

160   dad que su amo hubiese descabezado al gigante,
le prometía, en viéndose pacífica en su reino, de
darle el mejor condado que en él hubiese. Consolóse con esto Sancho, y aseguró a la princesa que
tuviese por cierto que él había visto la cabeza del
165   gigante, y que, por más señas, tenía una barba que
le llegaba a la cintura, y que si no parecía era porque todo cuanto en aquella casa pasaba era por
vía de encantamento, como él lo había probado
otra vez que había posado en ella. Dorotea dijo
170   que así lo creía, y que no tuviese pena, que todo
se haría bien y sucedería a pedir de boca.

▼ ¿Por qué calla y no se solidariza con su madre en la defensa de sus intereses? ¿Por qué se sonríe?

COMENTARIO 4 (Capítulo XXXV, líneas 1 a 171)

◣ *Resume el argumento de este episodio.*

◣ *¿Cuáles son los aspectos temáticos fundamentales?*

◣ *Señala y explica las partes en que se divide la composición de este fragmento.*

◣ *Analiza la figura del narrador: actitud, modo narrativo, grado de conocimiento...*

◣ *¿Cuáles son los puntos de vista en el relato de este episodio?*

Sosegados todos, el cura quiso acabar de leer la novela, porque vio que faltaba poco, Cardenio, Dorotea y todos los demás le rogaron la acabase. Él, que a todos quiso dar gusto, y por el que él tenía de leerla, prosiguió el cuento, que así decía:

175

«Sucedió, pues, que, por la satisfacción que Anselmo tenía de la bondad de Camila, vivía una vida contenta y descuidada, y Camila, de industria, hacía mal rostro [20] a Lotario, porque Anselmo entendiese al revés de la voluntad que le tenía, y para más confirmación de su hecho, pidió licencia Lotario para no venir a su casa, pues claramente se mostraba la pesadumbre que con su vista Camila recebía; mas el engañado Anselmo le dijo que en ninguna manera tal hiciese. Y desta manera, por mil maneras era Anselmo el fabricador de su deshonra, creyendo que lo era de su gusto.

180

185

En esto, el [21] que tenía Leonela de verse cualificada y notada con sus amores, llegó a tanto, que, sin mirar a otra cosa, se iba tras él a suelta rienda, fiada en que su señora la encubría, y aun la advertía del modo que con poco recelo pudiese ponerle en ejecución. En fin, una noche sintió Anselmo pasos en el aposento de Leonela, y queriendo entrar a ver quién los daba, sintió que le detenían

190

195

[20] Adrede, ponía mala cara.

[21] El gusto (zeugma).

► Estudia el tratamiento del tiempo y el espacio narrativos.

► Comenta los procedimientos técnicos y estilísticos más significativos.

► Explica la actuación de don Quijote y Sancho.

► Explica la relación de este episodio con los capítulos anteriores y posteriores.

► Sancho forma parte del auditorio que escucha la lectura de El curioso impertinente. ¿Cómo se explica entonces el que salga dando voces del aposento donde duerme don Quijote?

la puerta, cosa que le puso más voluntad de abrir-
la; y tanta fuerza hizo que la abrió y entró dentro
a tiempo que vio que un hombre saltaba por la
200   ventana a la calle; y acudiendo con presteza a alcanzarle o conocerle, no pudo conseguir lo uno ni
lo otro, porque Leonela se abrazó con él, diciéndole:
        —Sosiégate, señor mío, y no te alborotes, ni si-
205   gas al que de aquí saltó; es cosa mía, y tanto, que
es mi esposo ▼.
        No lo quiso creer Anselmo; antes, ciego de eno-
jo, sacó la daga y quiso herir a Leonela, diciéndole que le dijese la verdad; si no, que la mataría.
210   Ella, con el miedo, sin saber lo que se decía, le dijo:
        —No me mates, señor, que yo te diré cosas de
más importancia de las que puedes imaginar.
        —Dilas luego [22] —dijo Anselmo—; si no,   [22] Inmediatamente.
muerta eres.
215   —Por ahora será imposible —dijo Leonela—,
según estoy de turbada; déjame hasta mañana,
que entonces sabrás de mí lo que te ha de admirar; y está seguro que el que saltó por esta ventana es un mancebo desta ciudad, que me ha dado
220   la mano de ser mi esposo.
        Sosegóse con esto Anselmo y quiso aguardar el
término que se le pedía, porque no pensaba oír
cosa que contra Camila fuese, por estar de su bondad tan satisfecho y seguro; y así, se salió del apo-
225   sento, y dejó encerrada en él a Leonela, diciéndole que de allí no saldría hasta que le dijese lo que
tenía que decirle.
        Fue luego a ver a Camila y a decirle, como le
dijo, todo aquello que con su doncella le había pa-

▼ Nótese el entrecruzamiento de planos narrativos, de enclaves espaciales y tempora-
les (Quijote, Curioso...: venta manchega, ciudad de Florencia...).

sado, y la palabra que le había dado de decirle   230
grandes cosas y de importancia. Si se turbó Camila o no, no hay para qué decirlo, porque fue tanto el temor que cobró, creyendo verdaderamente,
y era de creer, que Leonela había de decir a Anselmo todo lo que sabía de su poca fe, que no tuvo   235
ánimo para esperar si su sospecha salía falsa o no,
y aquella mesma noche, cuando le pareció que Anselmo dormía, juntó las mejores joyas que tenía y
algunos dineros, y, sin ser de nadie sentida [23], salió de casa y se fue a la de Lotario, a quien contó   240
lo que pasaba, y le pidió que la pusiese en cobro [24]
o que se ausentasen los dos donde de Anselmo pudiesen estar seguros. La confusión en que Camila
puso a Lotario fue tal, que no le sabía responder
palabra, ni menos sabía resolverse en lo que haría.   245

En fin, acordó de llevar a Camila a un monesterio, en quien era priora una su hermana. Consintió Camila en ello, y con la presteza que el caso
pedía la llevó Lotario y la dejó en el monesterio,
y él ansimesmo se ausentó luego de la ciudad, sin   250
dar parte a nadie de su ausencia.

Cuando amaneció, sin echar de ver Anselmo
que Camila faltaba de su lado, con el deseo que tenía de saber lo que Leonela quería decirle, se levantó y fue adonde la había dejado encerrada.   255
Abrió y entró en el aposento, pero no halló en él
a Leonela; sólo halló puestas unas sábanas añuda-
das a la ventana, indicio y señal que por allí se había descolgado e ido. Volvió luego muy triste a decírselo a Camila y, no hallándola en la cama ni en   260
toda la casa, quedó asombrado. Preguntó a los
criados de casa por ella, pero nadie le supo dar razón de lo que pedía [25].

Acertó acaso [26], andando a buscar a Camila, que
vio sus cofres abiertos y que dellos faltaban las   265
más de sus joyas, y con esto acabó de caer en la

[23] Oída.

[24] Que la ocultase; pro-
tegiese.

[25] Preguntaba.

[26] Ocurrió por casuali-
dad.

cuenta de su desgracia, y en que no era Leonela
la causa de su desventura. Y ansí como estaba, sin
acabarse de vestir, triste y pensativo, fue a dar
270   cuenta de su desdicha a su amigo Lotario. Mas
cuando no le halló, y sus criados le dijeron que
aquella noche había faltado de casa, y había llevado consigo todos los dineros que tenía, pensó perder el juicio. Y para acabar de concluir con todo,
275   volviéndose a su casa, no halló en ella ninguno de
cuantos criados ni criadas tenía, sino la casa desierta y sola.

No sabía qué pensar, qué decir, ni qué hacer, y
poco a poco se le iba volviendo [27] el juicio. Con-   [27] Trastornando.
280   templábase y mirábase en un instante sin mujer,
sin amigo y sin criados, desamparado, a su parecer, del cielo que le cubría, y sobre todo sin honra, porque en la falta de Camila vio su perdición ▼.

Resolvióse, en fin, a cabo de una gran pieza [28],   [28] De un buen rato.
285   de irse a la aldea de su amigo, donde había esta-
do cuando dio lugar a que se maquinase toda
aquella desventura. Cerró las puertas de su casa,
subió a caballo, y con desmayado aliento se puso
en camino; y apenas hubo andado la mitad, cuan-
290   do, acosado de sus pensamientos, le fue forzoso   [29] Atar las riendas de su
apearse y arrendar su caballo [29] a un árbol, a cuyo   caballo.
tronco se dejó caer, dando tiernos y dolorosos suspiros, y allí se estuvo hasta casi que anochecía; y
aquella hora vio que venía un hombre a caballo
295   de la ciudad y, después de haberle saludado, le
preguntó qué nuevas había en Florencia. El ciudadano respondió:

—Las más extrañas que muchos días ha se han
oído en ella; porque se dice públicamente que Lo-

▼ En toda esta historia, «el error de Anselmo es doble. Piensa que su mujer es un ser
abstracto. [...] Erróneo es también su concepto de la amistad» (A. Castro).

tario, aquel grande amigo de Anselmo el rico, que 300
vivía a 30 San Juan, se llevó esta noche a Camila,
mujer de Anselmo, el cual tampoco parece. Todo
esto ha dicho una criada de Camila, que anoche
la halló el gobernador descolgándose con una sá-
bana por las ventanas de la casa de Anselmo ▼. En 305
efecto, no sé puntualmente cómo pasó el negocio;
sólo sé que toda la ciudad está admirada deste suceso, porque no se podía esperar tal hecho de la
mucha y familiar amistad de los dos, que dicen
que era tanta, que los llamaban *los dos amigos*. 310

— ¿Sábese, por ventura —dijo Anselmo—, el
camino que llevan Lotario y Camila?

—Ni por pienso 31 —dijo el ciudadano—,
puesto que 32 el gobernador ha usado de mucha diligencia en buscarlos. 315

—A Dios vais 33, señor —dijo Anselmo.

—Con Él quedéis —respondió el ciudadano, y
fuese.

Con tan desdichadas nuevas, casi casi llegó a términos Anselmo, no sólo de perder el juicio, sino 320
de acabar la vida ▼▼. Levantóse como pudo, y llegó a casa de su amigo, que aún no sabía su desgracia; mas como le vio llegar amarillo, consumi-
do y seco, entendió que de algún grave mal venía
fatigado. Pidió luego Anselmo que le acostasen, y 325

que le diesen aderezo de escribir 34. Hízose así, y
dejáronle acostado y solo, porque él así lo quiso,
y aun que le cerrasen la puerta. Viéndose, pues,
solo, comenzó a cargar tanto la imaginación de su

▼ ¿Cómo pudo informar Leonela de la desaparición de Camila y Lotario si nada hay
en el texto que indique que ella pueda haberse enterado?

▼▼ «El gran crimen de Anselmo es el haber hecho una abstracción de la vida [...] encara
la cuestión vital de la honra de su mujer, Camila, como si fuese un acertijo de índole
matemática» (Avalle-Arce).

330   desventura, que claramente conoció que se le iba
       acabando la vida; y así, ordenó de dejar noticia de
       la causa de su extraña muerte; y comenzando a es-
       cribir, antes que acabase de poner todo lo que que-
       ría, le faltó el aliento y dejó la vida en las manos
335   del dolor que le causó su curiosidad impertinente.
       Viendo el señor de casa que era ya tarde y que
       Anselmo no llamaba, acordó de entrar a saber si
       pasaba adelante su indisposición, y hallóle tendi-
       do boca abajo, la mitad del cuerpo en la cama y
340   la otra mitad sobre el bufete, sobre el cual estaba,
       con el papel escrito y abierto, y él tenía aún la plu-
       ma en la mano. Llegóse el huésped [35] a él, habién-   [35] El dueño de la casa.
       dole llamado primero, y trabándole por la mano,
       viendo que no le respondía, y hallándole frío, vio
345   que estaba muerto. Admiróse y congojóse en gran
       manera, y llamó a la gente de casa para que vie-
       sen la desgracia a Anselmo sucedida, y, finalmen-
       te, leyó el papel, que conoció que de su mesma
       mano estaba escrito, el cual contenía estas razo-
350   nes:

           Un necio e impertinente deseo me quitó la vida.
           Si las nuevas de mi muerte llegaren a los oídos de
           Camila, sepa que yo la perdono, porque no estaba
           ella obligada a hacer milagros, ni yo tenía necesi-
355   *dad de querer que ella los hiciese; y pues yo fui el*
           fabricador de mi deshonra, no hay para qué... ▼

       Hasta aquí escribió Anselmo, por donde se echó
       de ver que en aquel punto, sin poder acabar la ra-
       zón, se le acabó la vida. Otro día [36] dio aviso su   [36] Al día siguiente.

▼ Anselmo, a diferencia de otros maridos de la época, reconoce su culpa y muere dis-
culpando a Camila, sin pensar siquiera en lavar su afrenta con sangre (como era habitual en la vida y en el teatro).

amigo a los parientes de Anselmo de su muerte, 360
los cuales ya sabían su desgracia, y el monesterio
donde Camila estaba, casi en el término de acompañar a su esposo en aquel forzoso viaje, no por
las nuevas del muerto esposo, mas por las que
supo del ausente amigo. Dícese que aunque se vio 365
viuda, no quiso salir del monesterio, ni menos hacer profesión de monja, hasta que, no de allí a muchos días, le vinieron nuevas que Lotario había
muerto en una batalla que en aquel tiempo dio

[37] Monsieur, señor.   monsiur [37] de Lautrec al Gran Capitán Gonzalo 370
Fernández de Córdoba en el reino de Nápoles ▼,
donde había ido a parar el tarde arrepentido amigo; lo cual, sabido por Camila, hizo profesión, y
acabó en breves días la vida, a las rigurosas manos de tristezas y melancolías. Éste fue el fin que 375
tuvieron todos, nacido de un tan desatinado principio.»

—Bien —dijo el cura— me parece esta novela; pero no me puedo persuadir que esto sea verdad; y si es fingido, fingió mal el autor, porque no 380
se puede imaginar que haya marido tan necio, que
quiera hacer tan costosa experiencia como Anselmo. Si este caso se pusiera entre un galán y una
dama, pudiérase llevar; pero entre marido y mujer, algo tiene del imposible; y en lo que toca al 385
modo de contarle, no me descontenta.

▼ Alude probablemente a la batalla de Ceriñola (1503), en la que Odet de Foix, señor
de Lautrec, siendo aún muy joven, combatió con los franceses contra el Gran Capitán.

Capítulo XXXVI

Que trata de la brava y descomunal batalla que don Quijote tuvo con unos cueros de vino tinto ▼, con otros raros sucesos que en la venta le sucedieron

Estando en esto, el ventero, que estaba a la puerta de la venta, dijo:

—Esta que viene es una hermosa tropa de huéspedes: si ellos paran aquí, gaudeamus [1] tenemos.

—¿Qué gente es? —dijo Cardenio.

—Cuatro hombres —respondió el ventero— vienen a caballo, a la jineta, con lanzas y adargas [2], y todos con antifaces [3] negros; y junto con ellos viene una mujer vestida de blanco, en un sillón [4], ansimesmo cubierto el rostro, y otros dos mozos de a pie.

—¿Vienen muy cerca? —preguntó el cura.

—Tan cerca —respondió el ventero—, que ya llegan.

Oyendo esto Dorotea, se cubrió el rostro, y Cardenio se entró en el aposento de don Quijote; y casi no habían tenido lugar para esto, cuando en-

[1] Regocijo, fiesta (palabra latina vulgarizada).

[2] Escudos.

[3] Para protegerse del sol y del polvo.

[4] Silla de montar propia de mujeres.

▼ Este epígrafe es erróneo; por lo menos su primera mitad no se corresponde con el contenido del capítulo, pues la batalla con los cueros de vino ya concluyó en el capítulo anterior.

traron en la venta todos los que el ventero había
dicho; y apeándose los cuatro de a caballo, que de 25
muy gentil talle y disposición eran, fueron a apear
a la mujer que en el sillón venía; y, tomándola uno
dellos en sus brazos, la sentó en una silla que estaba a la entrada del aposento donde Cardenio se
había escondido. En todo este tiempo, ni ella ni 30
ellos se habían quitado los antifaces, ni hablado
palabra alguna; sólo que al sentarse la mujer en la
silla dio un profundo suspiro, y dejó caer los brazos, como persona enferma y desmayada. Los mozos de a pie llevaron los caballos a la caballeriza ▼. 35

Viendo esto el cura, deseoso de saber qué gente era aquella que con tal traje y tal silencio estaba, se fue donde estaban los mozos, y a uno dellos le preguntó lo que ya deseaba, el cual le respondió: 40

—Pardiez [5], señor, yo no sabré deciros qué gente sea ésta; sólo sé que muestra ser muy principal,
especialmente aquel que llegó a tomar en sus brazos a aquella señora que habéis visto; y esto dígolo porque todos los demás le tienen respeto, y no 45
se hace otra cosa más de la que él ordena y manda.

—Y la señora, ¿quién es? —preguntó el cura.

—Tampoco sabré decir eso —respondió el
mozo—, porque en todo el camino no la he visto 50
el rostro; suspirar sí la he oído muchas veces, y
dar unos gemidos, que parece que con cada uno
dellos quiere dar el alma. Y no es de maravillar
que no sepamos más de lo que habemos dicho [6],
porque mi compañero y yo no ha más de dos días 55
que los acompañamos; porque, habiéndolos en-

[5] Eufemismo en vez de «Por Dios».

[6] Hemos dicho.

▼ Una vez más, el suspense es creado por la aparición misteriosa de nuevos personajes, armados, con el rostro oculto y en silencio.

contrado en el camino, nos rogaron y persuadie-
ron que viniésemos con ellos hasta el Andalucía,
ofreciéndose a pagárnoslo muy bien.

60   —Y ¿habéis oído nombrar a alguno dellos?
—preguntó el cura.

—No, por cierto —respondió el mozo—, porque todos caminan con tanto silencio, que es maravilla, porque no se oye entre ellos otra cosa que
65   los suspiros y sollozos de la pobre señora, que nos
mueven a lástima; y sin duda tenemos creído que
ella va forzada dondequiera que va; y según se
puede colegir por su hábito, ella es monja, o va a
serlo, que es lo más cierto, y quizá porque no le
70   debe de nacer de voluntad el monjío, va triste,
como parece.

—Todo podría ser —dijo el cura.

Y dejándolos, se volvió adonde estaba Dorotea,
la cual, como había oído suspirar a la embozada [7],
75   movida de natural compasión, se llegó a ella y le
dijo:

—¿Qué mal sentís, señora mía? Mirad si es alguno de quien [8] las mujeres suelen tener uso y experiencia de curarle; que de mi parte os ofrezco
80   una buena voluntad de serviros.

A todo esto callaba la lastimada señora; y aunque Dorotea tornó con mayores ofrecimientos, todavía se estaba en su silencio, hasta que llegó el
caballero embozado, que dijo el mozo que los de-
85   más obedecían, y dijo a Dorotea:

—No os canséis, señora, en ofrecer nada a esa
mujer, porque tiene por costumbre de no agradecer cosa que por ella se hace, ni procuréis que os
responda, si no queréis oír alguna mentira de su
90   boca.

—Jamás la dije —dijo a esta sazón la que hasta allí había estado callando—; antes por ser tan
verdadera [9] y tan sin trazas mentirosas me veo

---

[7] Que lleva cubierto el rostro.

[8] Del cual.

[9] Veraz.

ahora en tanta desventura; y desto vos mesmo
quiero que seáis el testigo, pues mi pura verdad   95
os hace a vos ser falso y mentiroso.

Oyó estas razones Cardenio bien clara y distintamente, como quien estaba tan junto de quien
las decía, que sola la puerta del aposento de don
Quijote estaba en medio ▼, y así como las oyó, dan-   100
do una gran voz dijo:

——¡Válgame Dios! ¿Qué es esto que oigo? ¿Qué
voz es esta que ha llegado a mis oídos?

Volvió la cabeza a estos gritos aquella señora,
toda sobresaltada, y no viendo quién las ¹⁰ daba,   105
se levantó en pie y fuese a entrar en el aposento;
lo cual visto por el caballero, la detuvo, sin dejar-
la mover un paso. A ella, con la turbación y desasosiego, se le cayó el tafetán con que traía cubierto el rostro, y descubrió una hermosura incompa-   110
rable y un rostro milagroso, aunque descolorido
y asombrado, porque con los ojos andaba rodean-
do todos los lugares donde alcanzaba con la vista,
con tanto ahínco, que parecía persona fuera de juicio; cuyas señales, sin saber por qué las hacía, pu-   115
sieron gran lástima en Dorotea y en cuantos la miraban. Teníala el caballero fuertemente asida por
las espaldas, y por estar tan ocupado en tenerla,
no pudo acudir a alzarse el embozo, que se le caía,
como, en efecto, se le cayó del todo; y alzando los   120
ojos Dorotea, que abrazada con la señora estaba,
vio que el que abrazada ansimesmo la tenía era su

¹⁰ Las voces (zeugma).

▼ En el capítulo 32 se dijo que don Quijote se acostó en el *camaranchón de marras,* donde había ocurrido el altercado entre don Quijote, Maritornes, el arriero y Sancho (en
el cap. 16). Dicho desván estaría en lo más elevado del edificio, próximo al tejado (por
eso se le llamó *estrellado establo;* véase la primera nota al pie de la pág. 218). Luego, o
Cardenio no entró (no subió) en el aposento de don Quijote, sino en otro que estaba
al lado del portal; o si Cardenio se escondió en el aposento de don Quijote, ¿cómo se
explica que estuviese *tan junto* de quienes hablaban en el portal? (Clemencín).

esposo don Fernando; y apenas le hubo conocido,
cuando, arrojando de lo íntimo de sus entrañas un
125 luengo [11] y tristísimo ¡ay!, se dejó caer de espaldas   [11] Largo.
desmayada; y a no hallarse allí junto el barbero,
que la recogió en los brazos, ella diera consigo en
el suelo.

Acudió luego el cura a quitarle el embozo, para
130 echarle agua en el rostro, y así como la descubrió,
la conoció don Fernando, que era el que estaba
abrazado con la otra, y quedó como muerto en
verla; pero no porque dejase, con todo esto, de tener a Luscinda, que era la que procuraba soltarse
135 de sus brazos; la cual había conocido en el suspiro
a Cardenio, y él la había conocido a ella. Oyó asimesmo Cardenio el ¡ay! que dio Dorotea cuando
se cayó desmayada, y, creyendo que era su Luscinda, salió del aposento despavorido, y lo prime-
140 ro que vio fue a don Fernando, que tenía abrazada a Luscinda. También don Fernando conoció
luego a Cardenio, y todos tres, Luscinda, Cardenio y Dorotea, quedaron mudos y suspensos, casi
sin saber lo que les había acontecido [▼].

145 Callaban todos y mirábanse todos: Dorotea a
don Fernando, don Fernando a Cardenio, Cardenio a Luscinda y Luscinda a Cardenio. Mas quien
primero rompió el silencio fue Luscinda, hablando a don Fernando desta manera:

150 —Dejadme, señor don Fernando, por lo que
debéis a ser quien sois, ya que por otro respeto
no lo hagáis, dejadme llegar al muro de quien yo

▼ Entre tales sorpresas, desmayos y reconocimientos, nótese que la venta de Juan Palomeque sigue siendo lugar de cruce de gentes y de historias. Y la novela interpolada
de Cardenio-Luscinda-don Fernando-Dorotea/Micomicona se muestra ahora con todos
los cabos que atan sus vidas entrelazadas.

soy yedra, al arrimo de quien no me han podido
apartar vuestras importunaciones, vuestras amenazas, vuestras promesas ni vuestras dádivas. No-   155
tad cómo el cielo, por desusados y a nosotros en-
cubiertos caminos, me ha puesto a mi verdadero
esposo delante. Y bien sabéis por mil costosas experiencias que sola la muerte fuera bastante para
borrarle de mi memoria. Sean, pues, parte tan cla-   160
ros desengaños para que volváis, ya que no podáis
hacer otra cosa, el amor en rabia, la voluntad en
despecho, y acabadme con él la vida; que como
yo la rinda delante de mi buen esposo, la daré por
bien empleada; quizá con mi muerte quedará sa-   165
tisfecho de la fe que le mantuve hasta el último
trance de la vida.

Había en este entretanto vuelto Dorotea en sí,
y había estado escuchando todas las razones que
Luscinda dijo, por las cuales vino en conocimien-   170
to de quién ella era; que viendo que don Fernando aún no la dejaba de los brazos, ni respondía a
sus razones, esforzándose lo más que pudo, se levantó y se fue a hincar de rodillas a sus pies, y
derramando mucha cantidad de hermosas y lasti-   175
meras lágrimas, así le comenzó a decir:

—Si ya no es, señor mío, que los rayos deste
sol que en tus brazos eclipsado tienes te quitan y
ofuscan los de tus ojos, ya habrás echado de ver
que la que a tus pies está arrodillada es la sin ven-   180
tura, hasta que tú quieras, y la desdichada Dorotea. Yo soy aquella labradora humilde a quien tú,
por tu bondad o por tu gusto, quisiste levantar a
la alteza [12] de poder llamarse tuya. Soy la que, encerrada en los límites de la honestidad, vivió vida   185
contenta hasta que, a las voces de tus importunidades, y al parecer, justos y amorosos sentimientos, abrió las puertas de su recato y te entregó las
llaves de su libertad, dádiva de ti tan mal agrade-

....
[12] Altura.

190   cida, cual lo muestra bien claro haber sido forzoso hallarme en el lugar donde me hallas, y verte
yo a ti de la manera que te veo. Pero, con todo
esto, no querría que cayese en tu imaginación pensar que he venido aquí con pasos de mi deshonra,
195   habiéndome traído sólo los del dolor y sentimiento de verme de ti olvidada. Tú quisiste que yo fuese tuya, y quisístelo de manera que, aunque ahora
quieras que no lo sea, no será posible que tú dejes
de ser mío. Mira, señor mío, que puede ser recom-
200   pensa a la hermosura y nobleza por quien me dejas la incomparable voluntad que te tengo. Tú no
puedes ser de la hermosa Luscinda, porque eres
mío, ni ella puede ser tuya, porque es de Cardenio. Y más fácil te será, si en ello miras, reducir
205   tu voluntad a querer a quien te adora, que no encaminar la que te aborrece a que bien te quiera.
Tú solicitaste mi descuido; tú rogaste a mi entereza; tú no ignoraste mi calidad; tú sabes bien de la
manera que me entregué a toda tu voluntad; no
210   te queda lugar ni acogida de llamarte a engaño. Y
si esto es así, como lo es, y tú eres tan cristiano
como caballero, ¿por qué por tantos rodeos dila-
tas de hacerme venturosa en los fines, como me
heciste [13] en los principios? Y si no me quieres por
215   la que soy, que soy tu verdadera y legítima esposa, quiéreme, a lo menos, y admíteme por tu esclava; que como yo esté en tu poder, me tendré
por dichosa y bien afortunada. No permitas, con
dejarme y desampararme, que se hagan y junten
220   corrillos en mi deshonra; no des tan mala vejez a
mis padres, pues no lo merecen los leales servicios
que, como buenos vasallos, a los tuyos siempre
han hecho. Y si te parece que has de aniquilar tu
sangre por mezclarla con la mía, considera que po-
225   cas o ninguna nobleza hay en el mundo que no
haya corrido por este camino, y que la que se

[13] Hiciste.

14 Descendencias.

toma de las mujeres no es la que hace al caso ▼ en las ilustres decendencias [14]; cuanto más, que la verdadera nobleza consiste en la virtud, y si ésta a ti te falta negándome lo que tan justamente me debes, yo quedaré con más ventajas de noble que las que tú tienes. En fin, señor, lo que últimamente te digo es que, quieras o no quieras, yo soy tu esposa; testigos son tus palabras, que no han ni deben ser mentirosas, si ya es que te precias de aquello por que me desprecias ▼▼; testigo será la firma que hiciste [15], y testigo el cielo, a quien tú llamaste por testigo de lo que me prometías. Y cuando todo esto falte, tu misma conciencia no ha de faltar de dar voces callando en mitad de tus alegrías, volviendo por [16] esta verdad que te he dicho, y turbando tus mejores gustos y contentos ▼▼▼.

15 Nada se dijo de tal firma.

16 Defendiendo.

Estas y otras razones dijo la lastimada Dorotea, con tanto sentimiento y lágrimas, que los mismos que acompañaban a don Fernando, y cuantos presentes estaban, la acompañaron en ellas. Escuchóla don Fernando sin replicalle palabra, hasta que ella dio fin a las suyas, y principio a tantos sollozos y suspiros, que bien había de ser corazón de bronce el que con muestras de tanto dolor no se enterneciera. Mirándola estaba Luscinda, no menos lastimada de su sentimiento que admirada de su mucha discreción y hermosura, y, aunque quisiera llegarse a ella y decirle algunas palabras de consuelo, no la dejaban los brazos de don Fernan-

230

235

240

245

250

255

▼ Según se estableció en las *Partidas* de Alfonso X el Sabio, por larga tradición histórica, en Castilla la nobleza del linaje la transmitían los varones, no las mujeres.

▼▼ «Si ya es que te precias de nobleza, por la que me desprecias» (paronomasia).

▼▼▼ Respecto de estos parlamentos de Luscinda y Dorotea, véase nota al pie de la página 543.

do, que apretada la tenían. El cual, lleno de confusión y espanto, al cabo de un buen espacio que
atentamente estuvo mirando a Dorotea, abrió los
brazos y, dejando libre a Luscinda, dijo:

260 —Venciste, hermosa Dorotea, venciste; porque
no es posible tener ánimo para negar tantas verdades juntas.

Con el desmayo que Luscinda había tenido así
como la dejó don Fernando, iba a caer en el sue-
265 lo; mas hallándose Cardenio allí junto, que a las espaldas de don Fernando se había puesto porque
no le conociese ▼ pospuesto todo temor y aventu-
rando a todo riesgo, acudió a sostener a Luscinda, y, cogiéndola entre sus brazos, le dijo:

270 —Si el piadoso cielo gusta y quiere que ya tengas algún descanso, leal, firme y hermosa señora
mía, en ninguna parte creo yo que le tendrás más
seguro que en estos brazos que ahora te reciben,
y otro tiempo te recibieron, cuando la fortuna qui-
275 so que pudiese llamarte mía.

A estas razones, puso Luscinda en Cardenio los
ojos, y, habiendo comenzado a conocerle [17], primero por la voz, y asegurándose que él era con la
vista, casi fuera de sentido y sin tener cuenta a nin-
280 gún honesto respeto, le echó los brazos al cuello
y, juntando su rostro con el de Cardenio, le dijo:

—Vos sí, señor mío, sois el verdadero dueño
desta vuestra captiva [18], aunque más lo impida la
contraria suerte, y aunque más amenazas le hagan
285 a esta vida que en la vuestra se sustenta.

Extraño espectáculo fue éste para don Fernando y para todos los circunstantes, admirándose de

....
[17] Otro descuido: ya se
habían reconocido an-
tes.

....
[18] Cautiva.

▼ Entre otros descuidos de Cervantes en este capítulo, destaca especialmente éste: Cardenio y don Fernando se han reconocido al comienzo del capítulo (como también se
habían reconocido ya Luscinda y Cardenio).

tan no visto suceso. Parecióle a Dorotea que don
Fernando había perdido la color del rostro y que
hacía ademán de querer vengarse de Cardenio,   290
porque le vio encaminar la mano a ponella en la
espada; y así como lo pensó, con no vista presteza
se abrazó con él por las rodillas, besándoselas y teniéndole apretado, que no le dejaba mover, y, sin
cesar un punto de sus lágrimas, le decía: 295

—¿Qué es lo que piensas hacer, único refugio
mío, en este tan impensado trance? Tú tienes a
tus pies a tu esposa, y la que quieres que lo sea
está en los brazos de su marido. Mira si te estará
bien, o te será posible deshacer lo que el cielo ha   300
hecho, o si te convendrá querer levantar a [19] igualar a ti mismo a la que, pospuesto todo inconveniente, confirmada en su verdad y firmeza, delante de tus ojos tiene los suyos, bañados de licor
amoroso el rostro y pecho de su verdadero espo-   305
so. Por quien Dios es te ruego, y por quien tú eres
te suplico, que este tan notorio desengaño no sólo
no acreciente tu ira, sino que la mengüe en tal manera, que con quietud y sosiego permitas que estos dos amantes le tengan sin impedimento [20]   310
tuyo todo el tiempo que el cielo quisiere conce-
dérsele, y en esto mostrarás la generosidad de tu
ilustre y noble pecho, y verá el mundo que tiene
contigo más fuerza la razón que el apetito ▼.

En tanto que esto decía Dorotea, aunque Car-   315
denio tenía abrazada a Luscinda, no quitaba los
ojos de don Fernando, con determinación de que,
si le viese hacer algún movimiento en su perjuicio,

[19] Hasta.

[20] Impedimento.

▼ «Cervantes derrochó gracias y bellezas sobre este delicado personaje [Dorotea] que
destinaba a un tálamo ducal. Y cuando habla de ella hay en sus palabras especial dejo
de ternura. Dorotea es su hija predilecta» (Madariaga).

procurar defenderse y ofender [21] como mejor pu-
320   diese a todos aquellos que en su daño se mostra-
sen, aunque le costase la vida. Pero a esta sazón
acudieron los amigos de don Fernando, y el cura
y el barbero, que a todo habían estado presentes,
sin que faltase el bueno de Sancho Panza, y todos
325   rodeaban a don Fernando, suplicándole tuviese
por bien de mirar las lágrimas de Dorotea, y que
siendo verdad, como sin duda ellos creían que lo
era, lo que en sus razones había dicho, que no permitiese quedase defraudada de sus tan justas es-
330   peranzas. Que considerase que, no acaso [22], como
parecía, sino con particular providencia del cielo,
se habían todos juntado en lugar donde menos
ninguno pensaba. Y que advirtiese —dijo el
cura— que sola la muerte podía apartar a Luscin-
335   da de Cardenio, y aunque los dividiesen filos de alguna espada, ellos tendrían por felicísima su muerte y que en los lazos inremediables [23] era suma cordura, forzándose y venciéndose a sí mismo, mostrar un generoso pecho, permitiendo que por sola
340   su voluntad los dos gozasen el bien que el cielo ya
les había concedido; que pusiese los ojos ansimesmo en la beldad de Dorotea, y vería que pocas o
ninguna se le podían igualar, cuanto más hacerle
ventaja, y que juntase a su hermosura su humil-
345   dad y el extremo del amor que le tenía, y, sobre
todo, advirtiese que si se preciaba de caballero y
de cristiano, que no podía hacer otra cosa que
cumplille la palabra dada; y que, cumpliéndosela,
cumpliría con Dios y satisfaría a las gentes discre-
350   tas, las cuales saben y conocen que es prerrogativa de la hermosura, aunque esté en sujeto humilde, como se acompañe con la honestidad, poder
levantarse e igualarse a cualquiera alteza [24], sin
nota de menoscabo del que la levanta e iguala a
355   sí mismo; y cuando se cumplen las fuertes leyes

[21] Atacar.

[22] No por casualidad.

[23] Irremediables.

[24] Altura.

del gusto, como en ello no intervenga pecado, no
debe de ser culpado el que las sigue.

En efecto, a estas razones añadieron todos
otras, tales y tantas, que el valeroso pecho de don
Fernando —en fin, como alimentado con ilustre   360
sangre— se ablandó y se dejó vencer de la verdad, que él no pudiera negar aunque quisiera; y
la señal que dio de haberse rendido y entregado
al buen parecer que se le había propuesto fue aba-
jarse y abrazar a Dorotea, diciéndole: 365

—Levantaos, señora mía; que no es justo que
esté arrodillada a mis pies la que yo tengo en mi
alma ▼; y si hasta aquí no he dado muestras de lo
que digo, quizá ha sido por orden del cielo, para
que viendo yo en vos la fe con que me amáis, os   370
sepa estimar en lo que merecéis. Lo que os ruego
es que no me reprehendáis mi mal término [25] y mi
mucho descuido, pues la misma ocasión y fuerza
que me movió para aceptaros por mía, esa misma
me impelió para procurar no ser vuestro. Y que   375
esto sea verdad, volved y mirad los ojos de la ya
contenta Luscinda, y en ellos hallaréis disculpa de
todos mis yerros; y pues ella halló y alcanzó lo que
deseaba, y yo he hallado en vos lo que me cumple, viva ella segura y contenta luengos y felices   380
años con su Cardenio, que yo rogaré al cielo que
me los deje vivir con mi Dorotea.

Y diciendo esto, la tornó a abrazar y a juntar su
rostro con el suyo, con tan tierno sentimiento, que
le fue necesario tener gran cuenta con que las lá-   385
grimas no acabasen de dar indubitables señas de
su amor y arrepentimiento. No lo hicieron así las
de Luscinda y Cardenio, y aun las de casi todos
los que allí presentes estaban, porque comenzaron

[25] Conducta.

▼ Nótese la antítesis en esta expresión propia de la galantería de don Fernando.

390   a derramar tantas, los unos de contento proprio [26],   [26] Propio.
       y los otros del ajeno, que no parecía sino que al-
       gún grave y mal caso a todos había sucedido. Has-
       ta Sancho Panza lloraba, aunque después dijo que
       no lloraba él sino por ver que Dorotea no era,
395   como él pensaba, la reina Micomicona, de quien
       él tantas mercedes esperaba ▼. Duró algún espa-
       cio, junto con el llanto, la admiración en todos, y
       luego Cardenio y Luscinda se fueron a poner de
       rodillas ante don Fernando, dándole gracias de la
400   merced que les había hecho, con tan corteses ra-
       zones, que don Fernando no sabía qué responder-
       les; y así, los levantó y abrazó con muestras de mu-
       cho amor y de mucha cortesía.
            Preguntó luego a Dorotea le dijese cómo había
405   venido a aquel lugar, tan lejos del suyo. Ella, con
       breves y discretas razones, contó todo lo que an-
       tes había contado a Cardenio, de lo cual gustó tan-
       to don Fernando y los que con él venían, que qui-
       sieran que durara el cuento más tiempo: tanta era
410   la gracia con que Dorotea contaba sus desventu-
       ras. Y así como hubo acabado, dijo don Fernando
       lo que en la ciudad le había acontecido después
       que halló el papel en el seno de Luscinda, donde
       declaraba ser esposa de Cardenio, y no poderlo
415   ser suya. Dijo que la quiso matar, y lo hiciera si
       de sus padres no fuera impedido; y que así, se sa-
       lió de su casa despechado y corrido [27], con deter-   [27] Avergonzado.
       minación de vengarse con más comodidad, y que
       otro día supo cómo Luscinda había faltado de casa
420   de sus padres, sin que nadie supiese decir dónde

▼ La situación de lágrimas y melodramatismo general experimenta un momentáneo vi
raje con la tristeza de Sancho a causa de que el invento de la Micomicona se derrumba
ante sus ojos.

se había ido, y que, en resolución, al cabo de algunos meses vino a saber cómo estaba en un monesterio, con voluntad de quedarse en él toda la vida, si no la pudiese pasar con Cardenio; y que así como lo supo, escogiendo para su compañía 425 aquellos tres caballeros, vino al lugar donde estaba, a la cual no había querido hablar, temeroso que en sabiendo que él estaba allí, había de haber más guarda en el monesterio; y así, aguardando un día a que la portería estuviese abierta, dejó a 430 los dos a la guarda de la puerta, y él, con otro, habían entrado en el monesterio buscando a Luscinda, la cual hallaron en el claustro hablando con una monja; y, arrebatándola, sin darle lugar a otra cosa, se habían venido con ella a un lugar donde 435 se acomodaron de aquello que hubieron menester para traella. Todo lo cual habían podido hacer bien a su salvo [28], por estar el monesterio en el campo, buen trecho fuera del pueblo. Dijo que así como Luscinda se vio en su poder, perdió todos 440 los sentidos, y que después de vuelta en sí, no había hecho otra cosa sino llorar y suspirar, sin hablar palabra alguna; y que así, acompañados de silencio y de lágrimas, habían llegado a aquella venta, que para él era haber llegado al cielo, donde 445 se rematan y tienen fin todas las desventuras de la tierra ▼.

[28] Sin peligro alguno.

▼ Este capítulo contiene los dos últimos segmentos de esta novela fragmentaria. 8.º: Dorotea y Cardenio hallan en la venta a don Fernando y Luscinda; y 9.º: Desenlace (Torrente Ballester). Véase nota al pie de la página 437.

CAPÍTULO XXXVII

Que trata donde se prosigue la historia de la famosa infanta Micomicona, con otras graciosas aventuras

5   Todo esto escuchaba Sancho, no con poco dolor de su ánima, viendo que se le desparecían [1] e
iban en humo las esperanzas de su dictado [2], y que
la linda princesa Micomicona se le había vuelto en
Dorotea, y el gigante en don Fernando, y su amo
10   se estaba durmiendo a sueño suelto, bien descuidado de todo lo sucedido. No se podía asegurar
Dorotea si era soñado el bien que poseía. Cardenio estaba en el mismo pensamiento, y el de Luscinda corría por la misma cuenta. Don Fernando
15   daba gracias al cielo por la merced recebida y haberle sacado de aquel intricado [3] laberinto, donde
se hallaba tan a pique de perder el crédito y el
alma; y, finalmente, cuantos en la venta estaban,
estaban contentos y gozosos del buen suceso que
20   habían tenido tan trabados y desesperados negocios.
       Todo lo ponía en su punto el cura, como dis-
creto, y a cada uno daba el parabién del bien alcanzado; pero quien más jubilaba [4] y se contenta-
25   ba era la ventera, por la promesa que Cardenio y
el cura le habían hecho de pagalle todos los daños e intereses [5] que por cuenta de don Quijote le
hubiesen venido. Sólo Sancho, como ya se ha di-

[1] Desaparecían, difumi-
naban.

[2] Título de dignidad y
señorío.

[3] Intrincado, enmara-
ñado.

[4] Se alegraba.

[5] Fórmula escribanil.

cho, era el afligido, el desventurado y el triste; y así, con malencónico ⁶ semblante, entró a su amo, el cual acababa de despertar, a quien dijo: 30

—Bien puede vuestra merced, señor Triste Figura, dormir todo lo que quisiere, sin cuidado de matar a ningún gigante, ni de volver a la princesa su reino, que ya todo está hecho y concluido ▼. 35

—Eso creo yo bien —respondió don Quijote—, porque he tenido con el gigante la más descomunal y desaforada batalla que pienso tener en todos los días de mi vida, y de un revés, ¡zas!, le derribé la cabeza en el suelo, y fue tanta la sangre 40 que le salió, que los arroyos corrían por la tierra como si fueran de agua.

—Como si fueran de vino tinto, pudiera vuestra merced decir mejor —respondió Sancho—; porque quiero que sepa vuestra merced, si es que 45 no lo sabe, que el gigante muerto es un cuero horadado, y la sangre, seis arrobas de vino tinto que encerraba en su vientre; y la cabeza cortada es la puta que me ▼▼ parió, y llévelo todo Satanás.

—Y ¿qué es lo que dices, loco? —replicó don 50 Quijote—. ¿Estás en tu seso?

—Levántese vuestra merced —dijo Sancho—, y verá el buen recado ⁷ que ha hecho, y lo que tenemos que pagar, y verá a la reina convertida en una dama particular, llamada Dorotea, con 55 otros sucesos que, si cae en ellos, le han de admirar.

▼ En medio de la tranquilidad y contento generales, es Sancho Panza —y luego también don Quijote— quien pone la nota de comicidad, con su decepción por venirse abajo sus afanes de recompensa y señorío.

▼▼ El uso de *me*, en vez de *te*, es una forma reticente de zaherir al interlocutor, pues Sancho no piensa en su madre, sino en la de don Quijote.

—No me maravillaría de nada deso —replicó
don Quijote—, porque, si bien te acuerdas, la otra
60   vez que aquí estuvimos te dije yo que todo cuanto
aquí sucedía eran cosas de encantamento, y no sería mucho que ahora fuese lo mesmo.

—Todo lo creyera yo —respondió Sancho—,
si también mi manteamiento fuera cosa dese
65   jaez [8]; mas no lo fue, sino real y verdaderamente;
y vi yo que el ventero que aquí está hoy día tenía
del un cabo de la manta, y me empujaba hacia el
cielo con mucho donaire y brío, y con tanta risa
como fuerza; y donde interviene conocerse las per-
70   sonas, tengo para mí, aunque simple y pecador,
que no hay encantamento alguno, sino mucho
molimiento y mucha mala ventura.

—Ahora bien, Dios lo remediará —dijo don
Quijote—; dame de vestir y déjame salir allá fue-
75   ra; que quiero ver los sucesos y transformaciones
que dices.

Diole de vestir Sancho, y en el entretanto que
se vestía, contó el cura a don Fernando y a los demás las locuras de don Quijote, y del artificio que
80   habían usado para sacarle de la Peña Pobre, donde él se imaginaba estar, por desdenes de su señora. Contóles asimismo casi todas las aventuras
que Sancho había contado, de que no poco se admiraron y rieron, por parecerles lo que a todos pa-
85   recía: ser el más extraño género de locura que podía caber en pensamiento desparatado [9]. Dijo más
el cura: que pues ya el buen suceso de la señora
Dorotea impidía [10] pasar con su disignio [11] adelante, que era menester inventar y hallar otro para
90   poderle llevar a su tierra. Ofrecióse Cardenio de
proseguir lo comenzado, y que Luscinda haría y representaría la persona de Dorotea.

—No —dijo don Fernando—, no ha de ser
así; que yo quiero que Dorotea prosiga su inven-

[8] De esa clase.

[9] Disparatado.

[10] Impedía.

[11] Designio, plan.

ción; que como no sea muy lejos de aquí el lugar   95
deste buen caballero, yo holgaré de que se procure su remedio.

—No está más de dos jornadas de aquí.

—Pues aunque estuviera más, gustara yo de ca-
minallas, a trueco de [12] hacer tan buena obra.   100

Salió, en esto, don Quijote, armado de todos sus
pertrechos, con el yelmo, aunque abollado, de
Mambrino en la cabeza, embrazado de su rodela
y arrimado a su tronco o lanzón. Suspendió a don
Fernando y a los demás la extraña presencia de   105
don Quijote, viendo su rostro de media legua de
andadura ▾, seco y amarillo, la desigualdad de sus
armas y su mesurado continente, y estuvieron callando, hasta ver lo que él decía; el cual, con mucha gravedad y reposo, puestos los ojos en la her-   110
mosa Dorotea, dijo:

—Estoy informado, hermosa señora, deste mi
escudero que la vuestra grandeza se ha aniquila-
do, y vuestro ser se ha deshecho, porque de reina
y gran señora que solíades ser os habéis vuelto en   115
una particular doncella. Si esto ha sido por orden
del rey nigromante de vuestro padre, temeroso
que yo no os diese la necesaria y debida ayuda,
digo que no supo ni sabe de la misa la media ▾▾,
y que fue poco versado en las historias caballeres-   120
cas; porque si él las hubiera leído y pasado tan
atentamente y con tanto espacio [13] como yo las
pasé y leí, hallara a cada paso cómo otros caballeros de menor fama que la mía habían acabado co-

[12] A condición de.

[13] Tanto tiempo.

▾ «Largo como media legua de camino» (hipérbole que exagera la largura de la cara del caballero).

▾▾ Esta expresión popular resulta cómica y humorística por su contraste con la elevación y solemnidad de la intervención de don Quijote (nótense los arcaísmos).

125   sas más dificultosas, no siéndolo mucho matar a
       un gigantillo, por arrogante que sea; porque no
       ha muchas horas que yo me vi con él, y... quiero
       callar, porque no me digan que miento; pero el
       tiempo, descubridor de todas las cosas, lo dirá
130   cuando menos lo pensemos.
           —Vístesos [14] vos con dos cueros, que no con   [14] Os visteis.
       un gigante —dijo a esta sazón el ventero.
           Al cual mandó don Fernando que callase y no
       interrumpiese la plática de don Quijote en ningu-
135   na manera: y don Quijote prosiguió diciendo:
           —Digo, en fin, alta y desheredada señora ▼,
       que si por la causa que he dicho vuestro padre ha
       hecho este metamorfóseos [15] en vuestra persona,   [15] Metamorfosis, trans-
       que no le deis crédito alguno; porque no hay nin-   formación.
140   gún peligro en la tierra por quien [16] no se abra ca-   [16] Por el cual.
       mino mi espada, con la cual, poniendo la cabeza
       de vuestro enemigo en tierra, os pondré a vos la
       corona de la vuestra en la cabeza, en breves días.
           No dijo más don Quijote, y esperó a que la prin-
145   cesa le respondiese, la cual, como ya sabía la de-
       terminación de don Fernando de que se prosiguie-
       se adelante en el engaño hasta llevar a su tierra a don
       Quijote, con mucho donaire y gravedad le respon-
       dió:
150   —Quienquiera que os dijo, valeroso caballero
       de la Triste Figura, que yo me había mudado y tro-
       cado de mi ser, no os dijo lo cierto, porque la mis-
       ma que ayer fui me soy hoy. Verdad es que algu-
       na mudanza han hecho en mí ciertos acaecimien-
155   tos de buena ventura, que me la han dado la me-
       jor que yo pudiera desearme; pero no por eso he
       dejado de ser la que antes y de tener los mesmos
       pensamientos de valerme del valor de vuestro va-

▼ Nótese la comicidad de este tratamiento.

leroso e invenerable ▾ brazo que siempre he tenido. Así que, señor mío, vuestra bondad vuelva la   160
honra al padre que me engendró, y téngale por
hombre advertido y prudente, pues con su ciencia halló camino tan fácil y tan verdadero para remediar mi desgracia, que yo creo que si por vos,
señor, no fuera, jamás acertara a tener la ventura   165
que tengo; y en esto digo tanta verdad como son
buenos testigos della los más destos señores que
están presentes. Lo que resta es que mañana nos
pongamos en camino, porque ya hoy se podrá hacer poca jornada, y en lo demás del buen suceso   170
que espero, lo dejaré a Dios y al valor de vuestro
pecho.

　　Esto dijo la discreta Dorotea, y en oyéndolo don
Quijote, se volvió a Sancho, y con muestras de mu-
cho enojo, le dijo: 175

　　—Ahora te digo, Sanchuelo, que eres el mayor
bellacuelo que hay en España. Dime, ladrón vaga-
mundo [17], ¿no me acabaste de decir ahora que esta
princesa se había vuelto en una doncella que se llamaba Dorotea y que la cabeza que entiendo que   180
corté a un gigante era la puta que te parió, con
otros disparates que me pusieron en la mayor confusión que jamás he estado en todos los días de
mi vida? ¡Voto... —y miró al cielo y apretó los
dientes— que estoy por hacer un estrago en ti,   185
que ponga sal en la mollera a todos cuantos mentirosos escuderos hubiere de caballeros andantes,
de aquí adelante, en el mundo!

　　—Vuestra merced se sosiegue, señor mío
—respondió Sancho—; que bien podría ser que   190

----

17 Vagabundo.

▾ Dorotea vuelve a hacer gala de su imaginación y gracia verbal, pues, aprovechando
el parecido fónico entre *invenerable* e *invulnerable,* llama a don Quijote, en son de burla,
algo bien diferente de lo que cabía esperar.

yo me hubiese engañado en lo que toca a la mu-
tación de la señora princesa Micomicona; pero en
lo que toca a la cabeza del gigante, o, a lo menos,
a la horadación de los cueros, y a lo de ser vino
195 tinto la sangre, no me engaño, vive Dios, porque
los cueros allí están heridos, a la cabecera del lecho de vuestra merced, y el vino tinto tiene hecho un lago el aposento, y si no, al freír de los huevos lo verá [18]; quiero decir que lo verá cuando aquí
200 su merced del señor ventero le pida el menoscabo de todo. De lo demás, de que la señora reina
se esté como se estaba, me regocijo en el alma,
porque me va mi parte, como a cada hijo de vecino.

205   —Ahora yo te digo, Sancho —dijo don Quijote—, que eres un mentecato, y perdóname, y
basta.

—Basta —dijo don Fernando—, y no se hable más en esto; y pues la señora princesa dice que
210 se camine mañana, porque ya hoy es tarde, hága-
se así, y esta noche la podremos pasar en buena
conversación, hasta el venidero día, donde todos
acompañaremos al señor don Quijote, porque
queremos ser testigos de las valerosas e inauditas
215 hazañas que ha de hacer en el discurso [19] desta
grande empresa que a su cargo lleva.

—Yo soy el que tengo de serviros y acompaña-
ros —respondió don Quijote—, y agradezco mucho la merced que se me hace y la buena opinión
220 que de mí se tiene, la cual procuraré que salga verdadera, o me costará la vida, y aun más, si más
costarme puede.

Muchas palabras de comedimiento y muchos
ofrecimientos pasaron entre don Quijote y don
225 Fernando; pero a todo puso silencio un pasajero
que en aquella sazón entró en la venta, el cual en
su traje mostraba ser cristiano recién venido de

[18] Cuando llegue la ocasión lo verá (expresión
proverbial).

[19] Transcurso.

tierra de moros, porque venía vestido con una casaca de paño azul, corta de faldas, con medias
mangas y sin cuello; los calzones eran asimismo   230
de lienzo azul, con bonete de la misma color; traía
unos borceguíes datilados [20] y un alfanje morisco,
puesto en un tahelí [21] que le atravesaba el pecho.
Entró luego tras él, encima de un jumento, una
mujer a la morisca vestida, cubierto el rostro con   235
una toca en la cabeza; traía un bonetillo de bro-
cado, y vestida una almalafa [22] que desde los hombros a los pies la cubría ▼.

> Era el hombre de robusto y agraciado talle, de
> edad de poco más de cuarenta años, algo moreno   240
> de rostro, largo de bigotes y la barba muy bien
> puesta; en resolución, él mostraba en su apostura
> que si estuviera bien vestido, le juzgaran por per-
> sona de calidad y bien nacida.

> Pidió, en entrando, un aposento, y como le di-   245
> jeron que en la venta no le había, mostró recebir
> pesadumbre, y llegándose a la que en el traje pa-
> recía mora, la apeó en sus brazos. Luscinda, Do-
> rotea, la ventera, su hija y Maritornes, llevadas del
> nuevo y para ellas nunca visto traje, rodearon a la   250
> mora, y Dorotea, que siempre fue agraciada, co-
> medida y discreta, pareciéndole que así ella como
> el que la traía se acongojaban por la falta de apo-
> sento, le dijo:

> —No os dé mucha pena, señora mía, la inco-   255
> modidad de regalo que aquí falta, pues es proprio
> de ventas no hallarse en ellas; pero, con todo esto,
> si gustáredes de pasar con nosotras —señalando

[20] Botas moriscas de color de dátil.

[21] Cinto ancho.

[22] Manto grande.

▼ La venta sigue siendo lugar de reunión y de cruce de gentes y de historias. Y, como
en otras ocasiones, la presentación de dos nuevos personajes se hace realzando las notas que contribuyen a incrementar el suspense y misterio (con el exotismo de los trajes).

a Luscinda—, quizá en el discurso de este camino
260   habréis hallado otros no tan buenos acogimientos.
No respondió nada a esto la embozada, ni hizo
otra cosa que levantarse de donde sentado se había, y puestas entrambas manos cruzadas sobre el
pecho, inclinada la cabeza, dobló el cuerpo en se-
265   ñal de que lo agradecía. Por su silencio imaginaron que, sin duda alguna, debía de ser mora, y
que no sabía hablar cristiano [23]. Llegó en esto el   [23] Castellano.
cautivo, que entendiendo en otra cosa hasta en-
tonces había estado, y viendo que todas tenían
270   cercada a la que con él venía, y que ella a cuanto
le decían callaba, dijo:
—Señoras mías, esta doncella apenas entiende
mi lengua, ni sabe hablar otra ninguna sino conforme a su tierra, y por esto no debe de haber res-
275   pondido, ni responde, a lo que se le ha preguntado.
—No se le pregunta otra cosa ninguna —respondió Luscinda— sino ofrecelle por esta noche
nuestra compañía y parte del lugar donde nos aco-
280   modáremos, donde se le hará el regalo que la comodidad ofreciere, con la voluntad que obliga a
servir a todos los extranjeros que dello tuvieren
necesidad, especialmente siendo mujer a quien se
sirve.
285   —Por ella y por mí —respondió el capti-
vo [24]— os beso, señora mía, las manos, y estimo   [24] Cautivo.
mucho y en lo que es razón la merced ofrecida,
que en tal ocasión, y de tales personas como vuestro parecer muestra, bien se echa de ver que ha
290   de ser muy grande.
—Decidme, señor —dijo Dorotea—: ¿esta señora es cristiana o mora? Porque el traje y el silencio nos hace pensar que es lo que no querríamos que fuese.

—Mora es en el traje y en el cuerpo; pero en   295
el alma es muy grande cristiana, porque tiene
grandísimos deseos de serlo.

—Luego, ¿no es baptizada [25]? —replicó Luscinda.

—No ha habido lugar [26] para ello —respondió   300
el captivo— después que [27] salió de Argel, su patria y tierra, y hasta agora no se ha visto en peligro de muerte tan cercana, que obligase a bapti-
zalla sin que supiese primero todas las ceremonias
que nuestra Madre la Santa Iglesia manda; pero   305
Dios será servido que presto se bautice con la decencia que la calidad de su persona merece, que
es más de lo que muestra su hábito y el mío.

Con estas razones puso gana en todos los que
escuchándole estaban de saber quién fuese la   310
mora y el captivo; pero nadie se lo quiso preguntar por entonces, por ver que aquella sazón era
más para procurarles descanso que para pregun-
tarles sus vidas. Dorotea la tomó por la mano y la
llevó a sentar junto a sí, y le rogó que se quitase   315
el embozo. Ella miró al cautivo, como si le preguntara le dijese lo que decían y lo que ella haría. El,
en lengua arábiga, le dijo que le pedían se quitase
el embozo, y que lo hiciese; y así, se lo quitó, y descubrió un rostro tan hermoso que Dorotea la tuvo   320
por más hermosa que a Luscinda, y Luscinda por
más hermosa que a Dorotea, y todos los circunstantes conocieron que si alguno se podría igualar
al de las dos, era el de la mora, y aun hubo algunos que le aventajaron [28] en alguna cosa. Y como   325
la hermosura tenga prerrogativa y gracia de re-
conciliar los ánimos y atraer las voluntades, luego
se rindieron todos al deseo de servir y acariciar a
la hermosa mora.

Preguntó don Fernando al captivo cómo se lla-   330
maba la mora, el cual respondió que *lela* [29] Zorai-

---

[25] Bautizada.

[26] Ocasión.

[27] Desde que.

[28] Le concedieron ventaja.

[29] Señora (en árabe).

da; y así como esto oyó ella, entendió lo que le habían preguntado al cristiano, y dijo con mucha
priesa, llena de congoja y donaire:

335   —¡No, no Zoraida: María, María! —dando a
entender que se llamaba María y no Zoraida.

Estas palabras y el grande afecto con que la
mora las dijo hicieron derramar más de una lágri-
ma a algunos de los que la escucharon, especial-
340 mente a las mujeres, que de su naturaleza son tiernas y compasivas. Abrazóla Luscinda con mucho
amor, diciéndole:

—Sí, sí, María, María.

A lo cual respondió la mora:

345   —¡Sí, sí, María; Zoraida *macange!* —que quiere
decir *no* ▼.

Ya en esto llegaba la noche, y por orden de los
que venían con don Fernando había el ventero
puesto diligencia y cuidado en aderezarles de ce-
350 nar lo mejor que a él le fue posible. Llegada, pues,
la hora, sentáronse todos a una larga mesa como
de tinelo [30], porque no la había redonda ni cuadrada en la venta, y dieron la cabecera y principal
asiento, puesto que [31] él lo rehusaba, a don Quijo-
355 te, el cual quiso que estuviese a su lado la señora
Micomicona, pues él era su aguardador [32]. Luego
se sentaron Luscinda y Zoraida, y frontero [33] dellas don Fernando y Cardenio, y luego el cautivo
y los demás caballeros, y al lado de las señoras, el
360 cura y el barbero. Y así, cenaron con mucho contento, y acrecentóseles más viendo que, dejando
de comer don Quijote, movido de otro semejante

[30] Comedor de la ser-
vidumbre.

[31] Aunque.

[32] Guardador, protec-
tor.

[33] Enfrente.

▼ En esta primera aparición de Zoraida-María, mora en el traje y en el cuerpo, pero
cristiana en el alma, los dos nombres «no son otra cosa más que el reflejo lingüístico
de su doble naturaleza» (Spitzer).

espíritu que el que le movió a hablar tanto como
habló cuando cenó con los cabreros ▼, comenzó a
decir: 365

—Verdaderamente, si bien se considera, señores míos, grandes e inauditas cosas ven los que
profesan la orden de la andante caballería. Si no,
¿cuál de los vivientes habrá en el mundo que ahora por la puerta deste castillo entrara, y de la suer-   370
te que estamos nos viere, que juzgue y crea que nosotros somos quien somos? ¿Quién podrá decir
que esta señora que está a mi lado es la gran reina que todos sabemos, y que yo soy aquel Caballero de la Triste Figura que anda por ahí en boca   375
de la fama? Ahora no hay que dudar, sino que
esta arte y ejercicio excede a todas aquellas y
aquellos que los hombres inventaron, y tanto más
se ha de tener en estima cuanto a más peligros
está sujeto. Quítenseme delante los que dijeren   380
que las letras hacen ventaja a las armas; que les
diré, y sean quien se fueren, que no saben lo que
dicen. Porque la razón que los tales suelen decir y
a lo que ellos más se atienen, es que los trabajos
del espíritu exceden a los del cuerpo, y que las ar-   385
mas sólo con el cuerpo se ejercitan como si fuese
su ejercicio oficio de ganapanes [34]; para el cual no
es menester más de buenas fuerzas, o como si en
esto que llamamos armas los que las profesamos
no se encerrasen los actos de la fortaleza, los cua-   390
les piden para ejecutallos mucho entendimiento,
o como si no trabajase el ánimo del guerrero que

[34] Hombres que se ga-
nan la vida transpor-
tando cargas.

▼ Se refiere al discurso de la Edad Dorada, que don Quijote pronunció en el capítulo 11. Sigue a continuación el célebre Discurso de las Armas y las Letras La función de
este discurso, cuyo tema viene anunciado por la entrada del capitán cautivo (armas), es
múltiple: aplaza la narración de la historia de los dos personajes que acaban de llegar,
incrementa el suspense, y devuelve a don Quijote al primer plano de la acción.

tiene a su cargo un ejército, o la defensa de una ciudad sitiada, así con el espíritu como con el cuer-
395 po. Si no, véase si se alcanza con las fuerzas corporales a saber y conjeturar el intento del enemigo, los disignios[35], las estratagemas, las dificultades, el prevenir los daños que se temen; que todas estas cosas son acciones del entendimiento, en
400 quien no tiene parte alguna el cuerpo. Siendo pues ansí, que las armas requieren espíritu[36], como las letras, veamos ahora cuál de los dos espíritus, el del letrado o el del guerrero, trabaja más. Y esto se vendrá a conocer por el fin y paradero a que
405 cada uno se encamina, porque aquella intención se ha de estimar en más que tiene por objeto más noble fin. Es el fin y paradero de las letras..., y no hablo ahora de las divinas, que tienen por blanco llevar y encaminar las almas al cielo; que a un fin
410 tan sin fin como éste ninguno otro se le puede igualar: hablo de las letras humanas, que es su fin poner en su punto la justicia distributiva y dar a cada uno lo que es suyo, entender y hacer que las buenas leyes se guarden. Fin, por cierto, generoso
415 y alto y digno de grande alabanza, pero no de tanta como merece aquel a que las armas atienden, las cuales tienen por objeto y fin la paz, que es el mayor bien que los hombres pueden desear en esta vida. Y así, las primeras buenas nuevas que
420 tuvo el mundo y tuvieron los hombres fueron las que dieron los ángeles la noche que fue nuestro día ▼, cuando cantaron en los aires: «Gloria sea en las alturas, y paz en la tierra a los hombres de buena voluntad»; y a la salutación que el mejor maes-

[35] Designios, planes.

[36] Entendimiento, ingenio.

▼ «La noche en que nació Cristo». Siguen varias citas de los Evangelios (de San Lucas, San Mateo y San Juan).

[37] Cristo (perífrasis).

[38] Favorecidos.

[39] Presupuesta.

tro de la tierra y del cielo [37] enseñó a sus allega-   425
dos y favoridos [38] fue decirles que cuando entrasen en alguna casa, dijesen: «Paz sea en esta casa»;
y otras muchas veces les dijo: «Mi paz os doy; mi
paz os dejo; paz sea con vosotros», bien como joya
y prenda dada y dejada de tal mano; joya que, sin   430
ella, en la tierra ni en el cielo puede haber bien alguno. Esta paz es el verdadero fin de la guerra,
que lo mesmo es decir armas que guerra. Prosu-
puesta [39], pues, esta verdad, que el fin de la guerra
es la paz, y que en esto hace ventaja al fin de las   435
letras, vengamos ahora a los trabajos del cuerpo
del letrado y a los del profesor de las armas, y véase cuáles son mayores ▼.

De tal manera y por tan buenos términos iba
prosiguiendo en su plática don Quijote, que obli-   440
gó a que por entonces ninguno de los que escuchándole estaban le tuviese por loco. Antes, como
todos los más eran caballeros, a quien son anejas
las armas, le escuchaban de muy buena gana; y él
prosiguió diciendo: 445

—Digo, pues, que los trabajos del estudiante
son éstos: principalmente pobreza, no porque todos sean pobres, sino por poner este caso en todo
el extremo que pueda ser; y en haber dicho que
padece pobreza me parece que no había que decir   450
más de su mala ventura; porque quien es pobre
no tiene cosa buena ▼▼. Esta pobreza la padece por
sus partes, ya en hambre, ya en frío, ya en desnu-

||||||||||||||||||||||||||||||||||||||||||||||||||||||||||||||||||||||||||||||||||||||||||||||||||||||||

▼ Don Quijote retoma un viejo tema medieval y lo aborda con una actitud polémica
propia del humanismo renacentista. Se recogen también enseñanzas de la experiencia
misma de Cervantes.

▼▼ «La vivencia de la pobreza ocupa un amplio sector de la obra total de Cervantes»
(Avalle-Arce), el cual con frecuencia respira por la herida: la pobreza y el infortunio le
acompañaron casi siempre.

455 dez, ya en todo junto; pero, con todo eso, no es
tanta, que no coma, aunque sea un poco más tarde de lo que se usa, aunque sea de las sobras de
los ricos, que es la mayor miseria del estudiante
este que entre ellos llaman *andar a la sopa* ▼, y no
les falta algún ajeno brasero o chimenea, que, si

460 no callenta [40], a lo menos entibie su frío, y, en fin,   [40] Calienta.
la noche duermen debajo de cubierta. No quiero
llegar a otras menudencias, conviene a saber, de
la falta de camisas y no sobra de zapatos, la rari-
dad [41] y poco pelo del vestido, ni aquel ahitarse [42]   [41] Lo ralo o escaso.

465 con tanto gusto, cuando la buena suerte les depa-   [42] Hartarse.
ra algún banquete. Por este camino que he pinta-
do, áspero y dificultoso, tropezando aquí, cayen-
do allí, levantándose acullá, tornando a caer acá,
llegan al grado que desean; el cual alcanzado, a

470 muchos hemos visto que, habiendo pasado por estas Sirtes y por estas Scilas y Caribdis ▼▼ como llevados en vuelo de la favorable fortuna, digo que
los hemos visto mandar y gobernar el mundo desde una silla, trocada su hambre en hartura, su frío

475 en refrigerio [43], su desnudez en galas y su dormir   [43] Alivio, beneficio.
en una estera en reposar en holandas y damascos,
premio justamente merecido de su virtud. Pero
contrapuestos y comparados sus trabajos con los
del mílite [44] guerrero, se quedan muy atrás en   [44] Soldado.

480 todo, como ahora diré.

▼ «Acudir a los conventos a comer la sopa para pobres» (expresión proverbial).
▼▼ *Sirtes, Scilas* y *Caribdis* son escollos marinos que simbolizan todo tipo de peligros.

CAPÍTULO XXXVIII

Que trata del curioso discurso que hizo don Quijote de las armas y las letras

Prosiguiendo don Quijote, dijo ▼:

—Pues comenzamos en el estudiante por la pobreza y sus partes, veamos si es más rico el soldado. Y veremos que no hay ninguno más pobre en la misma pobreza, porque está atenido a la miseria de su paga, que viene o tarde o nunca, o a lo que garbeare ▼▼ por sus manos, con notable peligro de su vida y de su conciencia. Y a veces suele ser su desnudez tanta, que un coleto acuchillado [1] le sirve de gala y de camisa, y en la mitad del invierno se suele reparar de las inclemencias del cielo, estando en la campaña rasa, con sólo el aliento de su boca, que, como sale de lugar vacío, tengo por averiguado que debe de salir frío, contra toda naturaleza. Pues esperad que espere que llegue la noche para restaurarse de todas estas incomodidades en la cama que le aguarda, la cual, si

[1] Jubón con aberturas en forma de cuchillos, y roto a cuchilladas (dilogía).

5

10

15

20

▼ Véase la nota al pie de la página 436.

▼▼ El retrato que hace don Quijote de la vida del militar corresponde a la vida del soldado raso. «Ese *garbear,* robar o pillar, del argot de los delincuentes, rompe bruscamente la tensión dramática —don Quijote está hablando en tono elevado—, y traslada a los oyentes a una esfera social distinta» (Rosenblat).

no es por su culpa, jamás pecará de estrecha; que
bien puede medir en la tierra los pies que quisiere, y revolverse en ella a su sabor, sin temor que
se le encojan las sábanas. Lléguese, pues, a todo
25 esto, el día y la hora de recebir el grado de su ejercicio [2]: lléguese un día de batalla, que allí le pon-
drán la borla en la cabeza ▼, hecha de hilas, para
curarle algún balazo, que quizá le habrá pasado las
sienes, o le dejará estropeado de brazo o pierna.
30 Y cuando esto no suceda, sino que el cielo piadoso le guarde y conserve sano y vivo, podrá ser que
se quede en la mesma pobreza que antes estaba,
y que sea menester que suceda uno y otro ren-
cuentro [3], una y otra batalla, y que de todas salga
35 vencedor, para medrar en algo; pero estos milagros vense raras veces. Pero decidme, señores, si
habéis mirado en ello: ¿cuán menos son los premiados por la guerra que los que han perecido en
ella? Sin duda, habéis de responder, que no tienen
40 comparación, ni se pueden reducir a cuenta los
muertos, y que se podrán contar los premiados vivos con tres letras de guarismo [4]. Todo esto es al
revés en los letrados, porque de faldas, que no
quiero decir de mangas ▼▼, todos tienen en qué en-
45 tretenerse [5]. Así que, aunque es mayor el trabajo
del soldado, es mucho menor el premio. Pero a
esto se puede responder que es más fácil premiar
a dos mil letrados que a treinta mil soldados, porque a aquéllos se premian con darles oficios que

[2] El grado militar (ironía).

[3] Encuentro, combate.

[4] Con tres cifras (me-
nos de mil, pues).

[5] Mantenerse, susten-
tarse.

▼ Continúa el juego con la ironía y el doble sentido: para el soldado, la *borla* (adorno
que indicaba que se había recibido un grado académico superior) está formada por el
vendaje de sus heridas en la cabeza.

▼▼ «De manera lícita o ilícita; por buen o mal camino». *Faldas:* honorarios legítimos; *mangas:* regalos para sobornar.

por fuerza se han de dar a los de su profesión, y   50
a éstos no se pueden premiar sino con la mesma
hacienda del señor a quien sirven; y esta imposibilidad fortifica más la razón que tengo. Pero dejemos esto aparte, que es laberinto de muy dificultosa salida, sino volvamos a la preeminencia de   55
las armas contra las letras, materia que hasta ahora está por averiguar, según son las razones que
cada una de su parte alega; y entre las que he dicho, dicen las letras que sin ellas no se podrían sustentar las armas, porque la guerra también tiene   60
sus leyes y está sujeta a ellas, y que las leyes caen
debajo de lo que son letras y letrados. A esto responden las armas que las leyes no se podrán sustentar sin ellas, porque con las armas se defien-
den las repúblicas, se conservan los reinos, se guar- 65
dan las ciudades, se aseguran los caminos, se des-
pejan los mares de cosarios [6] y, finalmente, si por
ellas no fuese, las repúblicas, los reinos, las mo-
narquías, las ciudades, los caminos de mar y tierra
estarían sujetos al rigor y a la confusión que trae   70
consigo la guerra el tiempo que dura y tiene licencia de usar de sus previlegios y de sus fuerzas. Y
es razón averiguada que aquello que más cuesta
se estima y se debe de estimar en más. Alcanzar
alguno a ser eminente en letras le cuesta tiempo,   75
vigilias, hambre, desnudez, vaguidos [7] de cabeza,
indigestiones de estómago y otras cosas a estas adherentes, que, en parte, ya las tengo referidas. Mas
llegar uno por sus términos a ser buen soldado le
cuesta todo lo que a el [8] estudiante, en tanto ma-   80
yor grado, que no tiene comparación, porque a
cada paso está a pique de perder la vida. Y ¿qué
temor de necesidad y pobreza puede llegar ni fatigar al estudiante, que llegue al que tiene un soldado, que, hallándose cercado en alguna fuerza [9]   85
y estando de posta [10], o guarda en algún revellín

[6] Corsarios, piratas.

[7] Vahídos, desvaneci-
mientos.

[8] Al.

[9] Fortaleza.

[10] De centinela.

o caballero ▼, siente que los enemigos están mi-
nando hacia la parte donde él está, y no puede
apartarse de allí por ningún caso, ni huir el peli-
90   gro que de tan cerca le amenaza? Sólo lo que puede hacer es dar noticia a su capitán de lo que pasa,
para que lo remedie con alguna contramina, y él
estarse quedo, temiendo y esperando cuándo im-
provisamente ha de subir a las nubes sin alas, y ba-
95   jar al profundo sin su voluntad. Y si éste parece
pequeño peligro, veamos si le iguala o hace ventajas el de embestirse dos galeras por las proas en
mitad del mar espacioso, las cuales enclavijadas y
trabadas, no le queda al soldado más espacio del
100   que concede dos pies de tabla del espolón [11], y,
con todo esto, viendo que tiene delante de sí tantos ministros de la muerte que le amenazan cuantos cañones de artillería se asestan de la parte contraria, que no distan de su cuerpo una lanza, y
105   viendo que al primer descuido de los pies iría a visitar los profundos senos de Neptuno [12], y, con
todo esto, con intrépido corazón, llevado de la
honra que le incita, se pone a ser blanco de tanta
arcabucería, y procura pasar por tan estrecho paso
110   al bajel contrario. Y lo que más es de admirar: que
apenas uno ha caído donde no se podrá levantar
hasta la fin del mundo, cuando otro ocupa su mesmo lugar; y si éste también cae en el mar, que
como a enemigo le aguarda, otro y otro le suce-
115   de, sin dar tiempo al tiempo de sus muertes: valentía y atrevimiento el mayor que se puede hallar en todos los trances de la guerra. Bien hayan
aquellos benditos siglos que carecieron de la espantable furia de aquestos endemoniados instru-

[11] Punta en que remata la proa de la nave.

[12] Dios mitológico de los mares.

▼ Son términos militares de fortificación: *revellín:* terraplén o valladar exterior de una fortificación; *caballero:* obra defensiva interior y más elevada.

mentos de la artillería, a cuyo inventor tengo para 120
mí que en el infierno se le está dando el premio
de su diabólica invención, con la cual dio causa
que un infame y cobarde brazo quite la vida a un
valeroso caballero, y que, sin saber cómo o por
dónde, en la mitad del coraje y brío que enciende 125
y anima a los valientes pechos, llega una desman-
dada bala, disparada de quien quizá huyó y se espantó del resplandor que hizo el fuego al disparar
de la maldita máquina, y corta y acaba en un instante los pensamientos y vida de quien la merecía 130
gozar luengos siglos ▼. Y así, considerando esto, estoy por decir que en el alma me pesa de haber tomado este ejercicio de caballero andante en edad
tan detestable como es esta en que ahora vivimos,
porque aunque a mí ningún peligro me pone mie- 135
do, todavía me pone recelo pensar si la pólvora y
el estaño [13] me han de quitar la ocasión de hacerme famoso y conocido por el valor de mi brazo y
filos de mi espada, por todo lo descubierto de la
tierra. Pero haga el cielo lo que fuere servido; que 140
tanto seré más estimado, si salgo con lo que pretendo, cuanto a mayores peligros me he puesto
que se pusieron los caballeros andantes de los pasados siglos ▼▼.

Todo este largo preámbulo dijo don Quijote en 145
tanto que los demás cenaban, olvidándose de lle-

[13] El plomo.

▼ Se refiere a los arcabuces (maldita máquina). La diatriba contra las armas de fuego coincide con la consideración que frecuentemente se tenía de ellas, como inventos de cobardes y necesitados.

▼▼ Recuérdese que aquellos benditos siglos fueron los de la Edad Dorada, sobre la que don
Quijote disertó en el capítulo 11. Al referirse ahora a ella, y después a la edad tan detestable como es ésta en que ahora vivimos (la edad de hierro), don Quijote mismo relaciona
explícitamente sus dos discursos.

var bocado a la boca, puesto que [14] algunas veces le había dicho Sancho Panza que cenase; que después habría lugar para decir todo lo que quisiese.

150 En los que escuchado le habían sobrevino nueva lástima de ver que hombre que, al parecer, tenía buen entendimiento y buen discurso en todas las cosas que trataba, le hubiese perdido tan rematadamente en tratándole de su negra y pizmienta [15]
155 caballería. El cura le dijo que tenía mucha razón en todo cuanto había dicho en favor de las armas, y que él, aunque letrado y graduado, estaba de su mesmo parecer.

Acabaron de cenar, levantaron los manteles, y
160 en tanto que la ventera, su hija y Maritornes aderezaban el camaranchón de don Quijote de la Mancha, donde habían determinado que aquella noche las mujeres solas en él se recogiesen, don Fernando rogó al cautivo les contase el discurso
165 de su vida, porque no podría ser sino que fuese peregrino y gustoso, según las muestras que había comenzado a dar, viniendo en compañía de Zoraida. A lo cual respondió el cautivo que de muy buena gana haría lo que se le mandaba, y que sólo te-
170 mía que el cuento no había de ser tal, que les diese el gusto que él deseaba; pero que, con todo eso, por no faltar en obedecelle, le contaría. El cura y todos los demás se lo agradecieron, y de nuevo se lo rogaron. Y él, viéndose rogar de tantos, dijo que
175 no eran menester ruegos adonde el mandar tenía tanta fuerza ▼.

—Y así, estén vuestras mercedes atentos, y oirán un discurso verdadero a quien [16] podría ser

[14] Aunque.

[15] Maldita y negra como la pez.

[16] Al cual.

▼ El discurso sobre las armas y las letras preludia así la historia del cautivo (armas); y también la del oidor (letras), historias que se narran en los capítulos siguientes.

que no llegasen los mentirosos que con curioso y
pensado artificio suelen componerse. 180
　　Con esto que dijo hizo que todos se acomoda-
sen y le prestasen un grande silencio; y él, viendo
que ya callaban y esperaban lo que decir quisiese,
con voz agradable y reposada comenzó a decir desta manera ▼: 185

▼ Véase la segunda nota al pie de la pág. 495.

Capítulo XXXIX

Donde el cautivo cuenta su vida y sucesos ▾

—En un lugar de las montañas de León tuvo
principio mi linaje, con quien ¹ fue más agradeci-
5 da y liberal la naturaleza que la fortuna, aunque
en la estrecheza ² de aquellos pueblos todavía alcanzaba mi padre fama de rico, y verdaderamente lo fuera si así se diera maña a conservar su hacienda como se la daba en gastalla. Y la condición
10 que tenía de ser liberal y gastador le procedió de
haber sido soldado los años de su juventud; que
es escuela la soldadesca donde el mezquino se hace
franco ³, y el franco, pródigo, y si algunos soldados se hallan miserables, son como monstruos que
15 se ven raras veces. Pasaba mi padre los términos
de la liberalidad y rayaba en los de ser pródigo,
cosa que no le es de ningún provecho al hombre
casado y que tiene hijos que le han de suceder en
el nombre y en el ser. Los que mi padre tenía eran
20 tres, todos varones y todos de edad de poder elegir estado. Viendo, pues, mi padre que, según él
decía, no podía irse a la mano ⁴ contra su condi-

¹ Con el cual.

² Estrechez.

³ Liberal, dadivoso.

⁴ Contenerse, moderar-
se.

▾ La historia del cautivo es otra narración intercalada en el *Quijote* y también ha sido
objeto de discusiones (véase la nota al pie de la pág. 496). Sin embargo, no es una narración enteramente ajena y leída como *El curioso impertinente,* sino una narración oral y
autobiográfica, cuyo narrador-protagonista está presente en la venta y participa en la
misma reunión que los demás personajes del *Quijote.*

ción, quiso privarse del instrumento y causa que
le hacía gastador y dadivoso, que fue privarse de
la hacienda, sin la cual el mismo Alejandro pare-   25
ciera estrecho ▼.

Y así, llamándonos un día a todos tres a solas
en un aposento, nos dijo unas razones semejantes
a las que ahora diré: «—Hijos, para deciros que
os quiero bien basta saber y decir que sois mis hi-   30
jos; y para entender que os quiero mal basta saber que no me voy a la mano ⁵ en lo que toca a
conservar vuestra hacienda. Pues para que enten-
dáis desde aquí adelante que os quiero como padre, y que no os quiero destruir como padrastro,   35
quiero hacer una cosa con vosotros que ha muchos días que la tengo pensada y con madura consideración dispuesta. Vosotros estáis ya en edad
de tomar estado, o, a lo menos, de elegir ejercicio, tal que, cuando mayores, os honre y aprove-   40
che. Y lo que he pensado es hacer de mi hacienda
cuatro partes: las tres os daré a vosotros, a cada
uno lo que le tocare, sin exceder en cosa alguna,
y con la otra me quedaré yo para vivir y susten-
tarme los días que el cielo fuere servido de darme   45
de vida. Pero querría que después que cada uno tuviese en su poder la parte que le toca de su hacienda, siguiese uno de los caminos que le diré.
Hay un refrán en nuestra España, a mi parecer
muy verdadero, como todos lo son, por ser sen-   50
tencias breves sacadas de la luenga y discreta experiencia; y el que yo digo dice: "Iglesia, o mar, o
casa real", como si más claramente dijera: "Quien
quisiere valer y ser rico, siga, o la Iglesia, o nave-
gue, ejercitando el arte de la mercancía, o entre a   55

⁵ No me contengo.

▼ La figura de Alejandro Magno, rey de Macedonia (siglo IV a. de C.), fue ejemplo tradicional de prodigalidad.

servir a los reyes en sus casas"; porque dicen: "Más
vale migaja de rey que merced de señor". Digo
esto porque querría y es mi voluntad, que uno de
vosotros siguiese las letras, el otro la mercancía, y
60   el otro siguiese al rey en la guerra, pues es dificultoso entrar a servirle en su casa; que ya que la
guerra no dé muchas riquezas, suele dar mucho valor y mucha fama. Dentro de ocho días os daré
toda vuestra parte en dineros [6], sin defraudaros en   [6] En dinero efectivo.
65   un ardite, como lo veréis por la obra. Decidme
ahora si queréis seguir mi parecer y consejo en lo
que os he propuesto.» Y mandándome a mí, por
ser el mayor, que respondiese, después de haberle dicho que no se deshiciese de la hacienda, sino
70   que gastase todo lo que fuese su voluntad, que nosotros éramos mozos para saber ganarla, vine a
concluir en que cumpliría su gusto, y que el mío
era seguir el ejercicio de las armas, sirviendo en él
a Dios y a mi rey. El segundo hermano hizo los
75   mesmos ofrecimientos, y escogió el irse a las Indias, llevando empleada la hacienda que le cupie-
se. El menor, y, a lo que yo creo, el más discreto,
dijo que quería seguir la Iglesia, o irse a acabar sus
comenzados estudios a Salamanca [▼].
80   Así como acabamos de concordarnos y escoger
nuestros ejercicios, mi padre nos abrazó a todos,
y con la brevedad que dijo puso por obra cuanto
nos había prometido; y dando a cada uno su par-
te, que, a lo que se me acuerda, fueron cada [7] tres   [7] Para cada uno.
85   mil ducados en dineros, porque un nuestro tío
compró toda la hacienda y la pagó de contado,
porque no saliese del tronco de la casa, en un mesmo día nos despedimos todos tres de nuestro buen

[▼] Como veremos después, se llama Juan Pérez de Viedma, y es el oidor (juez de audiencia) que aparecerá en esta misma venta, en el capítulo 42.

padre, y en aquel mesmo, pareciéndome a mí ser
inhumanidad que mi padre quedase viejo y con   90
tan poca hacienda, hice con él que de mis tres mil
tomase los dos mil ducados, porque a mí me bastaba el resto para acomodarme de lo que había
menester un soldado. Mis dos hermanos, movidos
de mi ejemplo, cada uno le dio mil ducados. De   95
modo que a mi padre le quedaron cuatro mil en
dineros, y más tres mil que, a lo que parece, valía
la hacienda que le cupo, que no quiso vender, sino
quedarse con ella en raíces [8]. Digo, en fin, que nos
despedimos dél y de aquel nuestro tío que he di-   100
cho, no sin mucho sentimiento y lágrimas de todos, encargándonos que les hiciésemos saber, todas las veces que hubiese comodidad para ello, de
nuestros sucesos, prósperos o adversos. Prometí-
mosselo, y abrazándonos y echándonos su bendi-   105
ción, el uno tomó el viaje de Salamanca, el otro
de Sevilla, y yo el de Alicante, adonde tuve nuevas que había una nave ginovesa que cargaba allí
lana para Génova ▼.

Éste hará veinte y dos años que salí de casa de   110
mi padre, y en todos ellos, puesto que [9] he escrito
algunas cartas, no he sabido dél ni de mis hermanos nueva alguna. Y lo que en este discurso de
tiempo he pasado lo diré brevemente. Embarqué-
me en Alicante, llegué con próspero viaje a Géno- 115
va, fui desde allí a Milán, donde me acomodé de
armas y de algunas galas de soldado, de donde
quise ir a asentar mi plaza al Piamonte; y estando
ya de camino para Alejandría de la Palla [10], tuve

[8] En bienes inmuebles.

[9] Aunque.

[10] Alessandria della Pa-
glia, plaza fuerte en el
ducado de Milán.

▼ Nótese la semejanza entre este comienzo de la narración del cautivo y el de las narraciones populares; larga separación de los hijos (tres) y el padre, que da los oportunos
consejos; y, además, como veremos después, feliz encuentro de los dos hermanos en
esta venta (el cautivo y el oidor).

120   nuevas que el gran duque de Alba pasaba a Flandes ▼. Mudé propósito, fuime con él, servíle en las
jornadas que hizo, halléme en la muerte de los
condes de Eguemón y de Hornos, alcancé a ser alférez de un famoso capitán de Guadalajara, llama-
125   do Diego de Urbina, y a cabo de algún tiempo que
llegué a Flandes, se tuvo nuevas de la liga que la
Santidad del Papa Pío Quinto, de felice [11] recorda-   [11] Feliz (paragoge).
ción, había hecho con Venecia y con España, con-
tra el enemigo común, que es el Turco. El cual en
130   aquel mesmo tiempo había ganado con su armada la famosa isla de Chipre, que estaba debajo del
dominio del Veneciano: y pérdida lamentable y
desdichada ▼▼.

     Súpose cierto que venía por general desta liga
135   el serenísimo don Juan de Austria, hermano natural de nuestro buen rey don Felipe. Divulgóse el
grandísimo aparato de guerra que se hacía; todo
lo cual me incitó y conmovió el ánimo y el deseo
de verme en la jornada que se esperaba; y aunque
140   tenía barruntos, y casi promesas ciertas, de que
en la primera ocasión que se ofreciese sería pro-
movido a capitán, lo quise dejar todo y venirme,
como me vine, a Italia. Y quiso mi buena suerte
que el señor don Juan de Austria acababa de lle-
145   gar a Génova; que pasaba a Nápoles a juntarse
con la armada de Venecia, como después lo hizo

▼ Teniendo en cuenta que don Fernando Álvarez de Toledo, tercer duque de Alba, llegó a Bruselas en 1567, al frente de diez mil hombres, y que hace *veintidós años* que e
cautivo salió de su casa, es fácil comprobar que el presente narrativo del relato se sitú
en torno a 1589.

▼▼ Los *condes de Eguemón y de Hornos* (en realidad, conde de Egmont el uno y de Hon
el otro) fueron dos célebres insurrectos degollados en Bruselas en 1568. Diego de Ur
bina fue un famoso capitán del tercio de don Miguel de Moncada (en su compañía lu
chó Cervantes en Lepanto). La isla de Chipre, que pertenecía a Venecia, fue conquista
da por los turcos en 1569.

[12] Messina, ciudad del noroeste de Sicilia.

en Mecina [12]. Digo, en fin, que yo me hallé en aquella felicísima jornada, ya hecho capitán de infantería, a cuyo honroso cargo me subió mi buena suerte, más que mis merecimientos ▼. Y aquel día, que fue para la cristiandad tan dichoso, porque en él se desengañó el mundo y todas las naciones del error en que estaban, creyendo que los turcos eran invencibles por la mar, en aquel día, digo, donde quedó el orgullo y soberbia otomana quebrantada, entre tantos venturosos como allí hubo —porque más ventura tuvieron los cristianos que allí murieron que los que vivos y vencedores quedaron—, yo solo fui el desdichado; pues, en cambio de que pudiera esperar, si fuera en los romanos siglos, alguna naval corona ▼▼, me vi aquella noche que siguió a tan famoso día con cadenas a los pies y esposas a las manos. Y fue desta suerte: que habiendo el Uchalí, rey de Argel, atrevido y venturoso cosario [13], embestido y rendido la capitana [14] de Malta, que solos tres caballeros quedaron vivos en ella, y éstos mal heridos, acudió la capitana de Juan Andrea a socorrella, en la cual yo iba con mi compañía ▼▼▼, y haciendo lo que debía en ocasión semejante, salté en la galera contraria, la cual, desviándose de la que la había embestido, estorbó que mis soldados me siguiesen, y así me hallé solo entre mis enemigos, a

150

155

160

165

170

[13] Corsario.

[14] La galera del capitán.

▼ Aquella *felicísima jornada* fue la batalla de Lepanto (1571), en la que Cervantes participó como soldado raso.

▼▼ Los romanos concedían la corona naval, de oro, al primero que saltaba a la nave enemiga.

▼▼▼ El Uchalí fue un renegado calabrés que combatió en Lepanto y llegó a virrey de Argel. Malta es una isla en el Mediterráneo (entre Sicilia y África), cuya soberanía dio Carlos I en 1530 a la orden militar y religiosa de los Caballeros de Malta. Juan Andrea de Oria (Doria), sobrino del célebre genovés Andrea Doria, fue un capitán de las galeras de España en Lepanto.

175 quien no pude resistir, por ser tantos; en fin, me
rindieron lleno de heridas. Y como ya habréis, señores, oído decir que el Uchalí se salvó con toda
su escuadra, vine yo a quedar cautivo en su poder, y solo fui el triste entre tantos alegres y el cautivo entre tantos libres; porque fueron quince mil
180 cristianos los que aquel día alcanzaron la deseada
libertad, que todos venían al remo en la turquesca armada.

Lleváronme a Constantinopla, donde el Gran
Turco Selim hizo general de la mar a mi amo, por-
185 que había hecho su deber en la batalla, habiendo
llevado por muestra de su valor el estandarte de
la religión de Malta. Halléme el segundo año, que
fue el de setenta y dos, en Navarino, bogando en
la capitana de los tres fanales ▼. Vi y noté la oca-
190 sión que allí se perdió de no coger en el puerto
toda el armada turquesca, porque todos los leven-
tes [15] y genízaros [16] que en ella venían tuvieron por
cierto que les habían de embestir dentro del mesmo puerto, y tenían a punto su ropa y pasama-
195 ques [17], que son sus zapatos, para huirse luego por
tierra, sin esperar ser combatidos: tanto era el miedo que habían cobrado a nuestra armada. Pero el
cielo lo ordenó de otra manera, no por culpa ni
descuido del general que a los nuestros regía, sino
200 por los pecados de la cristiandad, y porque quiere
y permite Dios que tengamos siempre verdugos
que nos castiguen. En efecto, el Uchalí se recogió
a Modón, que es una isla que está junto a Navarino, y echando la gente en tierra, fortificó la boca
205 del puerto, y estúvose quedo hasta que el señor

[15] Soldados de infante-
ría de marina.

[16] Soldados de infante-
ría (de tierra).

[17] Babuchas, sandalia
de cuero.

▼ Selim II fue Sultán de los turcos desde 1566 hasta su muerte, en 1574. La religió[n]
de Malta era la Orden de Malta, también llamada de San Juan de Jerusalén. Navarin[o]
es un puerto y fortaleza del sur del Peloponeso. Y la *capitana de los tres fanales* (farole[s]
era la nave del comandante general de la armada.

[18] Don Juan de Austria.

[19] Corsario.

[20] Iba acercándoseles.

[21] Madero en la popa de las galeras en el cual se sostenía el toldo.

don Juan [18] se volvió. En este viaje se tomó la galera que se llamaba *La Presa,* de quien era capitán un hijo de aquel famoso cosario [19] Barbarroja. Tomóla la capitana de Nápoles, llamada *La Loba,* regida por aquel rayo de la guerra, por el padre de los soldados, por aquel venturoso y jamás vencido capitán don Álvaro de Bazán, marqués de Santa Cruz. Y no quiero dejar de decir lo que sucedió en la presa de *La Presa* ▼. Era tan cruel el hijo de Barbarroja, y trataba tan mal a sus cautivos, que así como los que venían al remo vieron que la galera *Loba* les iba entrando [20] y que los alcanzaba, soltaron todos a un tiempo los remos, y asieron de su capitán, que estaba sobre el estanterol [21] gritando que bogasen apriesa, y pasándole de banco en banco, de popa a proa, le dieron bocados, que a poco más que pasó del árbol ya había pasado su ánima al infierno: tal era, como he dicho, la crueldad con que los trataba y el odio que ellos le tenían. Volvimos a Constantinopla, y el año siguiente, que fue el de setenta y tres, se supo en ella cómo el señor don Juan había ganado a Túnez, y quitado aquel reino a los turcos, y puesto en posesión dél a Muley Hamet, cortando las esperanzas que de volver a reinar en él tenía Muley Hamida, el moro más cruel y más valiente que tuvo el mundo ▼▼. Sintió mucho esta pérdida el Gran Turco, y, usando de la sagacidad que todos los de

210

215

220

225

230

▼ El *famoso corsario* citado fue Cheredín Barbarroja, célebre marino y corsario que llegó a ser general de la armada y rey de Argel (el capitán de *La Presa* fue el nieto, no el hijo de Barbarroja). El capitán don Álvaro de Bazán, primer marqués de Santa Cruz, fue considerado como el mejor marino de su tiempo.

▼▼ Don Juan de Austria ocupó Túnez en 1573; Muley Hamet (Muhammad), hijo del rey de Túnez, fue repuesto por don Juan de Austria en el gobierno del país; su hermano, Muley Hamida (Ahmad), había destronado a su padre y reinado desde 1542 hasta 1569, en que fue depuesto por los turcos.

su casa tienen, hizo paz con venecianos, que mu-
235 cho más que él la deseaban, y el año siguiente de
setenta y cuatro acometió a la Goleta y al fuerte
que junto a Túnez había dejado medio levantado
el señor don Juan. En todos estos trances andaba
yo al remo, sin esperanza de libertad alguna; a lo
240 menos, no esperaba tenerla por rescate, porque tenía determinado de no escribir las nuevas de mi
desgracia a mi padre.

Perdióse, en fin, la Goleta; perdióse el fuerte, sobre las cuales plazas hubo de soldados turcos, pa-
245 gados, setenta y cinco mil, y de moros y alára-
bes [22] de toda la África, más de cuatrocientos mil,   [22] Árabes.
acompañado este tan gran número de gente con
tantas municiones y pertrechos de guerra, y con
tantos gastadores [23], que con las manos y a puña-   [23] Zapadores.
250 dos de tierra pudieran cubrir la Goleta y el fuerte.
Perdióse primero la Goleta, tenida hasta entonces
por inexpugnable, y no se perdió por culpa de sus
defensores, los cuales hicieron en su defensa todo
aquello que debían y podían, sino porque la expe-
255 riencia mostró la facilidad con que se podían le-
vantar trincheas [24] en aquella desierta arena, por-   [24] Trincheras.
que a dos palmos se hallaba agua, y los turcos no
la hallaron a dos varas; y así, con muchos sacos
de arena levantaron las trincheas tan altas, que so-
260 brepujaban las murallas de la fuerza [25], y tirándo-   [25] Sobrepasaban las
les a caballero ▼, ninguno podía parar, ni asistir a   murallas de la fortale-
la defensa. Fue común opinión que no se habían   za.
de encerrar los nuestros en la Goleta, sino espe-
rar en campaña al desembarcadero [26], y los que   [26] Desembarco.
265 esto dicen hablan de lejos y con poca experiencia

▼ «Tirándoles desde mayor altura». (Véase la nota al pie de la pág. 598.) La Goleta,
fortaleza que defendía el puerto de Túnez, había sido tomada por Carlos I (en 1535),
quien arrojó de allí a Barbarroja. Después fue recobrada por los turcos en 1574.

de casos semejantes; porque si en la Goleta y en el fuerte apenas había siete mil soldados, ¿cómo podía tan poco número, aunque más esforzados fuesen, salir a la campaña y quedar en las fuerzas, contra tanto como era el de los enemigos? Y ¿cómo es posible dejar de perderse fuerza que no es socorrida, y más cuando la cercan enemigos muchos y porfiados, y en su mesma tierra? Pero a muchos les pareció, y así me pareció a mí, que fue particular gracia y merced que el cielo hizo a España en permitir que se asolase aquella oficina y capa de maldades, y aquella gomia [27] o esponja y polilla de la infinidad de dineros que allí sin provecho se gastaban, sin servir de otra cosa que de conservar la memoria de haberla ganado la felicísima del invictísimo Carlos Quinto, como si fuera menester para hacerla eterna, como lo es y será, que aquellas piedras la sustentaran ▼. Perdióse también el fuerte, pero fuéronle ganando los turcos palmo a palmo, porque los soldados que lo defendían pelearon tan valerosa y fuertemente, que pasaron de veinte y cinco mil enemigos los que mataron, en veinte y dos asaltos generales que les dieron. Ninguno cautivaron sano de trecientos [28] que quedaron vivos, señal cierta y clara de su esfuerzo y valor, y de lo bien que se habían defendido y guardado sus plazas. Rindióse a partido [29] un pequeño fuerte o torre que estaba en mitad del estaño [30], a cargo de don Juan Zanoguera, caballero valenciano y famoso soldado. Cautivaron [31] a don Pedro Puertocarrero, general de la Goleta, el cual hizo cuanto fue posible por defender su fuerza; y sintió tanto el haberla perdido, que de pesar

270

275

280

285

290

295

[27] Persona que engulle con voracidad.

[28] Trescientos.

[29] Capituló aceptando todas las condiciones.

[30] Estanque, laguna.

[31] Hicieron cautivo.

▼ Cervantes, presente en la empresa de Túnez, critica aquí la intención de conservar la Goleta, porque le parecía inútil.

murió en el camino de Constantinopla, donde le
300 llevaban cautivo. Cautivaron ansimesmo al general del fuerte, que se llamaba Gabrio Cervellón, caballero milanés, grande ingeniero y valentísimo
soldado. Murieron en estas dos fuerzas muchas
personas de cuenta, de las cuales fue una Pagán
305 de Oria, caballero del hábito de San Juan, de condición generoso, como lo mostró la suma liberalidad que usó con su hermano, el famoso Juan de
Andrea de Oria ▼; y lo que más hizo lastimosa su
muerte fue haber muerto a manos de unos alára-
310 bes de quien se fió, viendo ya perdido el fuerte,
que se ofrecieron de llevarle en hábito de moro a
Tabarca, que es un portezuelo o casa que en aquellas riberas tienen los ginoveses que se ejercitan
en la pesquería del coral; los cuales alárabes le cor-
315 taron la cabeza y se la trujeron al general de la armada turquesca, el cual cumplió con ellos nuestro
refrán castellano: «Que aunque la traición aplace,
el traidor se aborrece»; y así, se dice que mandó
el general ahorcar a los que le trujeron el presen-
320 te, porque no se le habían traído vivo. Entre los
cristianos que en el fuerte se perdieron, fue uno
llamado don Pedro de Aguilar, natural no sé de
qué lugar del Andalucía, el cual había sido alférez
en el fuerte, soldado de mucha cuenta y de raro
325 entendimiento; especialmente tenía particular gracia en lo que llaman poesía. Dígolo porque su suerte le trujo a mi galera y a mi banco, y a ser esclavo de mi mesmo patrón; y antes que nos partié-
semos de aquel puerto hizo este caballero dos so-
330 netos a manera de epitafios, el uno a la Goleta y
el otro al fuerte. Y en verdad que los tengo de de-

▼ Todos estos personajes son rigurosamente históricos.

cir, porque los sé de memoria y creo que antes
causarán gusto que pesadumbre.

En el punto que el cautivo nombró a don Pe-
dro de Aguilar, don Fernando miró a sus camara-   335
das, y todos tres se sonrieron, y cuando llegó a decir de los sonetos, dijo el uno:

—Antes que vuestra merced pase adelante, le
suplico me diga qué se hizo ese don Pedro de Aguilar ▼ que ha dicho.   340

—Lo que sé es —respondió el cautivo— que
al cabo de dos años que estuvo en Constantinopla
se huyó en traje de arnaute [32] con un griego espía,
y no sé si vino en libertad, puesto que [33] creo que
sí, porque de allí a un año vi yo al griego en Cons-   345
tantinopla, y no le pude preguntar el suceso de
aquel viaje.

—Pues lo fue —respondió el caballero—, porque ese don Pedro es mi hermano, y está ahora
en nuestro lugar, bueno y rico, casado y con tres   350
hijos.

—Gracias sean dadas a Dios —dijo el cautivo— por tantas mercedes como le hizo; porque
no hay en la tierra, conforme mi parecer, contento que se iguale a alcanzar la libertad perdida.   355

—Y más —replicó el caballero—, que yo sé
los sonetos que mi hermano hizo.

—Dígalos, pues, vuestra merced —dijo el cautivo—, que los sabrá decir mejor que yo.

—Que me place —respondió el caballero—;   360
y el de la Goleta decía así ▼▼:

[32] Albanés.

[33] Aunque.

||||||||||||||||||||||||||||||||||||||||||||||||||||||||||||||||||||||||||||||||||||||||||||

▼ Se desconoce la identificación de este Pedro de Aguilar, el único personaje de los citados no documentado históricamente.

▼▼ Véase la nota al pie de la pág. 521.

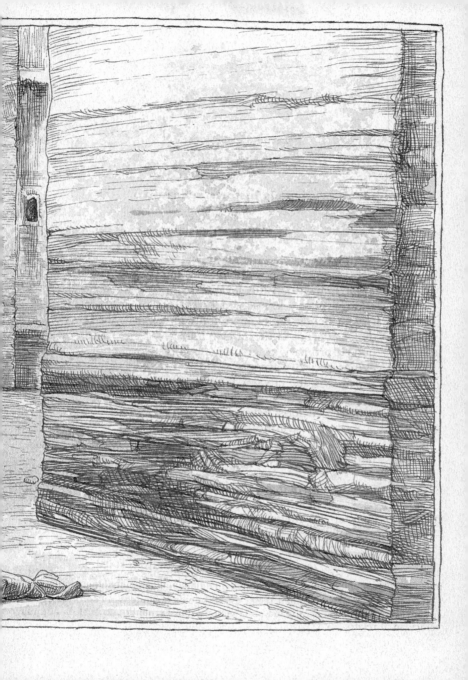

CAPÍTULO XL

Donde se prosigue la historia del cautivo

SONETO

Almas dichosas que del mortal velo [1]
libres y exentas, por el bien que obrastes,
desde la baja tierra os levantastes,
a lo más alto y lo mejor del cielo,

    y, ardiendo en ira y en honroso celo,
de los cuerpos la fuerza ejercitastes,
que en propia y sangre ajena colorastes
el mar vecino y arenoso suelo;

    primero que el valor faltó la vida
en los cansados brazos que, muriendo,
con ser vencidos, llevan la victoria.

    Y esta vuestra mortal, triste caída
entre el muro y el hierro, os va adquiriendo
fama que el mundo os da, y el cielo gloria.

[1] El cuerpo.

—Desa mesma manera lo sé yo —dijo el cautivo ▼.

    —Pues el del fuerte, si mal no me acuerdo
—dijo el caballero—, dice así:

||||||||||||||||||||||||||||||||||||||||||||||||||||||||||||||||||||||||||||||||||||||||||||||||||||||||||||||||||||||||||||

▼ Téngase en cuenta que quien recita estos sonetos atribuidos a Pedro de Aguilar es
su hermano (que ahora acompaña en la venta a don Fernando), lo cual da aún mayor
veracidad al relato.

SONETO

De entre esta tierra estéril, derribada,
destos terrones por el suelo echados,
las almas santas de tres mil soldados   25
subieron vivas a mejor morada,
  siendo primero, en vano, ejercitada
la fuerza de sus brazos esforzados,
hasta que, al fin, de pocos y cansados,
dieron la vida al filo de la espada.   30
  Y éste es el suelo que continuo [2] ha sido
de mil memorias lamentables lleno
en los pasados siglos y presentes.
  Mas no más justas de su duro seno
habrán al claro cielo almas subido,   35
ni aun él sostuvo cuerpos tan valientes.

No parecieron mal los sonetos [▼], y el cautivo se
alegró con las nuevas que de su camarada le dieron, y, prosiguiendo su cuento, dijo:
—Rendidos, pues, la Goleta y el fuerte, los tur- 40
cos dieron orden en desmantelar la Goleta, porque el fuerte quedó tal que no hubo qué poner
por tierra, y para hacerlo con más brevedad y menos trabajo, la minaron por tres partes; pero con
ninguna [3] se pudo volar lo que parecía menos fuer- 45
te, que eran las murallas viejas, y todo aquello que
había quedado en pie de la fortificación nueva que
había hecho el Fratín, con mucha facilidad vino a
tierra [▼▼]. En resolución, la armada volvió a Cons-

[2] Continuamente.

[3] Ninguna mina (zeugma).

ıı

▼ Con estas palabras del narrador, Cervantes mismo revela su crítica del escaso valor
literario de estos dos sonetos dedicados a la exaltación de los valientes caídos en la Goleta y a cantar el valor de los muertos en el fuerte.

▼▼ El Fratín (el frailecillo) es el nombre que se dio al ingeniero italiano Giacomo Paleaz-
zo, a quien los reyes de España encargaron la misión de fortificar varias plazas.

50   tantinopla triunfante y vencedora, y de allí a po-
      cos meses murió mi amo el Uchalí [v], al cual llama-
      ban *Uchalí Fartax,* que quiere decir, en lengua tur-
      quesca, *el renegado tiñoso,* porque lo era, y es cos-
      tumbre entre los turcos ponerse nombres de algu-
55   na falta que tengan, o de alguna virtud que en
      ellos haya. Y esto es porque no hay entre ellos sino   [4] Descienden.
      cuatro apellidos de linajes, que decienden [4] de la
      casa Otomana [5], y los demás, como tengo dicho,   [5] Son los de Muham-
      toman nombre y apellido ya de las tachas del cuer-   mat, Mustafá, Murad y
60   po y ya de las virtudes del ánimo. Y este Tiñoso   Alí.
      bogó el remo, siendo esclavo del Gran Señor ca-
      torce años, y a más de los treinta y cuatro de su
      edad renegó, de despecho de que un turco, estan-
      do al remo, le dio un bofetón, y por poderse ven-
65   gar dejó su fe; y fue tanto su valor, que, sin subir
      por los torpes medios y caminos que los más pri-
      vados del Gran Turco suben, vino a ser rey de Ar-
      gel, y después, a ser general de la mar, que es el
      tercero cargo que hay en aquel señorío [vv]. Era ca-
70   labrés de nación, y moralmente fue hombre de
      bien, y trataba con mucha humanidad a sus cau-
      tivos, que llegó a tener tres mil, los cuales, des-
      pués de su muerte, se repartieron, como él lo dejó
      en su testamento, entre el Gran Señor, que tam-
75   bién es hijo heredero de cuantos mueren y entra
      a la parte con los más hijos que deja el difunto, y
      entre sus renegados; y yo cupe a un renegado ve-   [6] Aprendiz de marine-
      neciano que, siendo grumete [6] de una nave, le cau-   ro.

---

[v] Cervantes altera aquí la cronología histórica, que hasta ahora respeta fielmente el relato del cautivo. El renegado Uchalí murió en 1587, y no a los pocos meses de la conquista de la Goleta, en 1574.

[vv] Efectivamente, los cargos eran, de mayor a menor, Gran Visir (primer ministro), Muf-
tí (jurisconsulto) y Capitán Bajá (general del mar). *Señorío:* imperio.

....
[7] Mancebos (sodomi-
tas, según Clemencín).

tivó el Uchalí, y le quiso tanto, que fue uno de los
más regalados garzones [7] suyos, y él vino a ser el   80
más cruel renegado que jamás se ha visto. Llamá-
base Azán Agá, y llegó a ser muy rico, y a ser rey
de Argel ▼, con el cual yo vine de Constantinopla,
algo contento, por estar tan cerca de España, no
porque pensase escribir a nadie el desdichado su-   85
ceso mío, sino por ver si me era más favorable la
suerte en Argel que en Constantinopla, donde ya
había probado mil maneras de huirme, y ninguna
tuvo sazón ni ventura; y pensaba en Argel buscar
otros medios de alcanzar lo que tanto deseaba,   90
porque jamás me desamparó la esperanza de te-
ner libertad, y cuando en lo que fabricaba, pensaba y ponía por obra no correspondía el suceso a
la intención, luego, sin abandonarme, fingía y buscaba otra esperanza que me sustentase, aunque   95
fuese débil y flaca. Con esto entretenía la vida, encerrado en una prisión o casa que los turcos llaman *baño,* donde encierran los cautivos cristianos,
así los que son del rey como de algunos particulares, y los que llaman *del almacén,* que es como de-   100
cir *cautivos del concejo,* que sirven a la ciudad en las
obras públicas que hace y en otros oficios, y estos
tales cautivos tienen muy dificultosa su libertad;
que, como son del común y no tienen amo parti-
cular, no hay con quien tratar su rescate, aunque   105
le tengan. En estos baños, como tengo dicho, suelen llevar a sus cautivos algunos particulares del
pueblo, principalmente cuando son de rescate,
porque allí los tienen holgados y seguros hasta que

▼ El renegado veneciano Azán Agá (Hasán Bajá) llegó a ser rey de Argel entre
1577-1580. Se casó con Zahara, la hija de Agi Morato, la cual aparece más adelante con
el nombre de Zoraida.

110 venga su rescate. También los cautivos del rey que
son de rescate no salen al trabajo con la demás
chusma [8], si no es cuando se tarda su rescate; que   [8] La gente de servicio.
entonces, por hacerles que escriban por él con más
ahínco, les hacen trabajar y ir por leña con los de-
115 más, que es un no pequeño trabajo.

Yo, pues, era uno de los de rescate; que como
se supo que era capitán, puesto que [9] dije mi poca   [9] Aunque.
posibilidad y falta de hacienda, no aprovechó
nada para que no me pusiesen en el número de
120 los caballeros y gente de rescate. Pusiéronme una
cadena, más por señal de rescate que por guardarme con ella, y así pasaba la vida en aquel baño,
con otros muchos caballeros y gente principal, señalados y tenidos por de rescate. Y aunque la ham-
125 bre y desnudez pudiera fatigarnos a veces, y aun
casi siempre, ninguna cosa nos fatigaba tanto
como oír y ver a cada paso las jamás vistas ni oídas crueldades que mi amo usaba con los cristia-
nos. Cada día ahorcaba el suyo [10], empalaba [11] a   [10] Uno, el de cada día.
130 éste, desorejaba aquél; y esto, por tan poca oca-   [11] Espetaba en un palo.
sión, y tan sin ella, que los turcos conocían que lo
hacía no más de por hacerlo, y por ser natural condición suya ser homicida de todo el género humano. Sólo libró bien con él un soldado español lla-
135 mado tal de Saavedra, el cual, con haber hecho cosas que quedarán en la memoria de aquellas gentes por muchos años, y todas por alcanzar libertad, jamás le dio palo, ni se lo mandó dar, ni le
dijo mala palabra ▼, y por la menor cosa de mu-

▼ Se refiere al propio Cervantes; precisamente a partir de esta cita, el relato del cautivo se aparta de la veracidad histórica en favor de elementos puramente novelescos, fic-
ticios, en la aventura amoroso-religiosa que sigue.

chas que hizo temíamos todos que había de ser 140
empalado, y así lo temió él más de una vez, y si
no fuera porque el tiempo no da lugar, yo dijera
ahora algo de lo que este soldado hizo, que fuera
parte para entreteneros y admiraros harto mejor
que con el cuento de mi historia. 145

Digo, pues, que encima del patio de nuestra prisión caían las ventanas de la casa de un moro rico
y principal, las cuales, como de ordinario son las
de los moros, más eran agujeros que ventanas, y
aun éstas se cubrían con celosías muy espesas y 150
apretadas. Acaeció, pues, que un día, estando en
un terrado de nuestra prisión con otros tres compañeros, haciendo pruebas de saltar con las cadenas, por entretener el tiempo, estando solos, porque todos los demás cristianos habían salido a tra- 155
bajar, alcé acaso [12] los ojos y vi que por aquellas
cerradas ventanillas que he dicho parecía [13] una
caña, y al remate della puesto un lienzo atado, y
la caña se estaba blandeando [14] y moviéndose, casi
como si hiciera señas que llegásemos a tomarla. 160
Miramos en ello, y uno de los que conmigo estaban fue a ponerse debajo de la caña, por ver si la
soltaban, o lo que hacían; pero así como llegó, alzaron la caña y la movieron a los dos lados, como
si dijeran no con la cabeza. Volvióse el cristiano, 165
y tornáronla a bajar y hacer los mesmos movimientos que primero. Fue otro de mis compañeros, y sucedióle lo mesmo que al primero. Finalmente, fue el tercero, y avínole [15] lo que al primero y al segundo. Viendo yo esto no quise dejar de 170
probar la suerte, y así como llegué a ponerme debajo de la caña, la dejaron caer, y dio a mis pies
dentro del baño. Acudí luego a desatar el lienzo,
en el cual vi un nudo, y dentro dél venían diez cianiís, que son unas monedas de oro bajo que usan 175
los moros, que cada una vale diez reales de los

[12] Por casualidad.

[13] Aparecía.

[14] Blandiendo.

[15] Ocurrióle.

nuestros ▾. Si me holgué con el hallazgo, no hay
para qué decirlo, pues fue tanto el contento como
la admiración de pensar de dónde podía venirnos
180   aquel bien, especialmente a mí, pues las muestras
de no haber querido soltar la caña sino a mí claro
decían que a mí se hacía la merced. Tomé mi buen
dinero, quebré la caña, volvíme al terradillo, miré
la ventana, y vi que por ella salía una muy blanca
185   mano, que la abrían y cerraban muy apriesa. Con
esto entendimos o imaginamos que alguna mujer
que en aquella casa vivía nos debía de haber hecho aquel beneficio, y en señal de que lo agrade-
cíamos hecimos [16] zalemas [17] a uso de moros, incli-
190   nando la cabeza, doblando el cuerpo y poniendo
los brazos sobre el pecho. De allí a poco sacaron
por la mesma ventana una pequeña cruz hecha de
cañas, y luego la volvieron a entrar. Esta señal nos
confirmó en que alguna cristiana debía de estar
195   cautiva en aquella casa, y era la que el bien nos hacía; pero la blancura de la mano, y las ajorcas [18]
que en ella vimos, nos deshizo este pensamiento,
puesto que imaginamos que debía ser cristiana renegada, a quien de ordinario suelen tomar por le-
200   gítimas mujeres [19] sus mesmos amos, y aun lo tienen a ventura, porque las estiman en más que las
de su nación. En todos nuestros discursos dimos
muy lejos de la verdad del caso, y así, todo nuestro entretenimiento desde allí adelante era mirar
205   y tener por norte a la ventana donde nos había
aparecido la estrella de la caña; pero bien se pasaron quince días en que no la vimos, ni la mano

[16] Hicimos.

[17] Gestos de cortesía y sumisión.

[18] Argollas de metal que las moras se ponían en brazos, muñecas, etc.

[19] Esposas.

▾ Cervantes explica el significado de aquellas palabras árabes y turcas que cree desco-
nocidas por el lector. Al mismo tiempo, «adorna la narración (en lengua española) con
palabras turcas y árabes, ofreciendo un mosaico lingüístico que contribuye a dar color
local a la historia» (Spitzer).

tampoco, ni otra señal alguna. Y aunque en este
tiempo procuramos con toda solicitud saber quién
en aquella casa vivía, y si había en ella alguna cris- 210
tiana renegada, jamás hubo quien nos dijese otra
cosa sino que allí vivía un moro principal y rico,
llamado Agi Morato, alcaide que había sido de La
Pata, que es oficio entre ellos de mucha calidad ▼.
Mas cuando más descuidados estábamos de que 215
por allí habían de llover mas cianiís, vimos a deshora parecer [20] la caña, y otro lienzo en ella, con
otro nudo más crecido; y esto fue a tiempo que estaba el baño, como la vez pasada, solo y sin gente. Hecimos la acostumbrada prueba, yendo cada 220
uno primero que yo, de los mismos tres que estábamos, pero a ninguno se rindió la caña sino a mí,
porque, en llegando yo, la dejaron caer. Desaté el
nudo y hallé cuarenta escudos de oro españoles y
un papel escrito en arábigo, y al cabo de lo escri- 225
to hecha una grande cruz. Besé la cruz, tomé los
escudos, volvíme al terrado, hecimos todos nuestras zalemas, tornó a parecer la mano, hice señas
que leería el papel, cerraron la ventana ▼▼. Quedamos todos confusos y alegres con lo sucedido; y 230
como ninguno de nosotros no entendía el arábigo, era grande el deseo que teníamos de entender
lo que el papel contenía, y mayor la dificultad de
buscar quien lo leyese. En fin, yo me determiné

....
[20] Aparecer de impro-
viso.

▼ Agi Morato (Hadji Murad) fue un renegado que llegó a gobernador de Bata (Al-Bat-
ha, fortaleza próxima a Orán). Tuvo una hija, Zahara, que se casó con Hasán Bajá (el
Azán Agá que ha citado el cautivo). Nótese, pues, la alteración de la historia.

▼▼ «Como lugar más importante de impresión visual, con el fin de despertar la atención
y mantener el interés, debe mencionarse la aparición de Zoraida en la ventana, como
es descrita por el cautivo» (Hatzfeld): una caña, sus movimientos (como saludos), el regalo del dinero, la mano y el brazo lleno de ajorcas (una mora) / la pequeña cruz (una
cristiana), etc.

235   de fiarme de un renegado, natural de Murcia, que
        se había dado por grande amigo mío, y puesto
        prendas entre los dos, que le obligaban a guardar
        el secreto que le encargase; porque suelen algunos
        renegados, cuando tienen intención de volverse a
240   tierra de cristianos, traer consigo algunas firmas
        de cautivos principales, en que dan fe, en la for-
        ma que pueden, cómo el tal renegado es hombre
        de bien, y que siempre ha hecho bien a cristianos,
        y que lleva deseo de huirse en la primera ocasión
245   que se le ofrezca. Algunos hay que procuran estas
        fees [21] con buena intención; otros se sirven dellas

> [21] Fes.

        a caso y de industria [22], que viniendo a robar a

> [22] Cuando tienen ocasión y adrede.

        tierra de cristianos, si a dicha [23] se pierden o los
        cautivan, sacan sus firmas y dicen que por aque-

> [23] Si por ventura.

250   llos papeles se verá el propósito con que venían,
        el cual era de quedarse en tierra de cristianos, y
        que por eso venían en corso [24] con los demás tur-

> [24] En campaña corsaria.

        cos. Con esto se escapan de aquel primer ímpetu,
        y se reconcilian con la Iglesia, sin que se les haga
255   daño, y cuando veen la suya, se vuelven a Berbe-
        ría a ser lo que antes eran. Otros hay que usan des-
        tos papeles, y los procuran con buen intento, y se
        quedan en tierra de cristianos. Pues uno de los re-
        negados que he dicho era este mi amigo, el cual
260   tenía firmas de todas nuestras camaradas ▼, don-
        de le acreditábamos cuanto era posible, y si los
        moros le hallaran estos papeles, le quemaran vivo.
        Supe que sabía muy bien arábigo, y no solamente
        hablarlo, sino escribirlo; pero antes que del todo
265   me declarase con él, le dije que me leyese aquel
        papel, que acaso [25] me había hallado en un aguje-

> [25] Por casualidad.

▼ Como otras que han aparecido en la novela (las fantasmas, las guardas, la fraude, la puente...), camarada era entonces palabra femenina.

ro de mi rancho. Abrióle, y estuvo un buen espacio mirándole, y construyéndole, murmurando entre los dientes. Preguntéle si lo entendía. Díjome
que muy bien, y que si quería que me lo declarase   270
palabra por palabra, que le diese tinta y pluma,
porque mejor lo hiciese. Dímosle luego lo que pedía, y él poco a poco lo fue traduciendo, y en acabando, dijo: «—Todo lo que va aquí en roman-
ce [26], sin faltar letra, es lo que contiene este papel   275
morisco, y hase de advertir que adonde dice *Lela
Marién* quiere decir *Nuestra Señora la Virgen María.*»
Leímos el papel, y decía así:

> *Cuando yo era niña, tenía mi padre una esclava,*
> *la cual en mi lengua me mostró la zalá cristianes-*   280
> *ca [27], y me dijo muchas cosas de Lela Marién. La*
> *cristiana murió, y yo sé que no fue al fuego, sino*
> *con Alá, porque después la vi dos veces, y me dijo*
> *que me fuese a tierra de cristianos a ver a Lela Ma-*
> *rién, que me quería mucho. No sé yo cómo vaya; mu-*   285
> *chos cristianos he visto por esta ventana, y ninguno*
> *me ha parecido caballero sino tú. Yo soy muy her-*
> *mosa y muchacha, y tengo muchos dineros que lle-*
> *var conmigo. Mira tú si puedes hacer cómo nos va-*
> *mos [28], y serás allá mi marido, si quisieres, y si no*   290
> *quisieres, no se me dará nada, que Lela Marién me*
> *dará con quien me case. Yo escribí esto; mira a quién*
> *lo das a leer: no te fíes de ningún moro, porque son*
> *todos marfuces ▼. Desto tengo mucha pena: que qui-*
> *siera que no te descubrieras a nadie, porque si mi*   295
> *padre lo sabe, me echará luego en un pozo, y me cu-*

[26] En castellano.

[27] Enseñó la oración cristiana.

[28] Vayamos.

▼ Nótese que Zoraida llama a los moros *marfuces* (traidores, pérfidos), «juzga a los árabes conforme a los prejuicios cristianos» (Spitzer).

brirá de piedras. En la caña pondré un hilo; ata
allí la respuesta; y si no tienes quien te escriba ará-
bigo, dímelo por señas, que Lela Marién hará que
300 *te entienda. Ella y Alá te guarden, y esa cruz que*
yo beso muchas veces; que, así me lo mandó la cau-
tiva.

Mirad, señores, si era razón que las razones deste papel nos admirasen y alegrasen; y así, lo uno
305 y lo otro fue de manera, que el renegado entendió que no acaso se había hallado aquel papel, sino
que realmente a alguno de nosotros se había escrito; y así, nos rogó que si era verdad lo que sospechaba, que nos fiásemos dél y se lo dijésemos,
310 que él aventuraría su vida por nuestra libertad. Y
diciendo esto, sacó del pecho un crucifijo de metal, y con muchas lágrimas juró por el Dios que
aquella imagen representaba, en quien él, aunque
pecador y malo, bien y fielmente creía, de guar-
315 darnos lealtad y secreto en todo cuanto quisiése-
mos descubrirle, porque le parecía, y casi adevina-
ba [29], que por medio de aquella que aquel papel   [29] Adivinaba.
había escrito había él y todos nosotros de tener li-
bertad, y verse él en lo que tanto deseaba, que era
320 reducirse al gremio de [30] la santa Iglesia, su ma-   [30] Acogerse a.
dre, de quien como miembro podrido estaba divi-
dido y apartado, por su ignorancia y pecado. Con
tantas lágrimas y con muestras de tanto arrepentimiento dijo esto el renegado, que todos de un
325 mesmo parecer consentimos, y venimos [31] en de-   [31] Vinimos.
clararle la verdad del caso; y así, le dimos cuenta
de todo, sin encubrirle nada. Mostrámosle la ven-
tanilla por donde parecía la caña, y él marcó desde allí la casa, y quedó de tener especial y gran cui-
330 dado de informarse quién en ella vivía. Acordamos ansimesmo que sería bien responder al billete de la mora, y como teníamos quien lo supiese

hacer, luego al momento el renegado escribió las razones que yo le fui notando [32], que puntualmente fueron las que diré, porque de todos los puntos sustanciales que en este suceso me acontecieron, ninguno se me ha ido de la memoria, ni aun se me irá en tanto que tuviere vida. En efecto, lo que a la mora se le respondió fue esto:

El verdadero Alá te guarde, señora mía, y aquella bendita Marién, que es la verdadera madre de Dios y es la que te ha puesto en corazón que te vayas a tierra de cristianos, porque te quiere bien. Ruégale tú que se sirva de darte a entender cómo podrás poner por obra lo que te manda; que ella es tan buena, que sí hará. De mi parte y de la de todos estos cristianos que están conmigo, te ofrezco de hacer por ti todo lo que pudiéremos, hasta morir. No dejes de escribirme y avisarme lo que pensares hacer, que yo te responderé siempre; que el grande Alá nos ha dado un cristiano cautivo que sabe hablar y escribir tu lengua tan bien como lo verás por este papel. Así que, sin tener miedo, nos puedes avisar de todo lo que quisieres. A lo que dices que si fueres a tierra de cristianos, que has de ser mi mujer, yo te lo prometo como buen cristiano; y sabe que los cristianos cumplen lo que prometen mejor que los moros. Alá y Marién, su madre, sean en tu guarda, señora mía.

Escrito y cerrado este papel, aguardé dos días a que estuviese el baño solo, como solía, y luego salí al paso [33] acostumbrado del terradillo, por ver si la caña parecía, que no tardó mucho en asomar. Así como la vi, aunque no podía ver quién la ponía, mostré el papel, como dando a entender que pusiesen el hilo; pero ya venía puesto en la caña, al cual até el papel, y de allí a poco tornó a pare-

cer nuestra estrella, con la blanca bandera de paz
del atadillo. Dejáronla caer, y alcé [34] yo, y hallé en   [34] La alcé.
370 el paño, en toda suerte de moneda de plata y de
oro, más de cincuenta escudos, los cuales cincuenta veces más doblaron nuestro contento y confirmaron la esperanza de tener libertad. Aquella misma noche volvió nuestro renegado, y nos dijo que
375 había sabido que en aquella casa vivía el mesmo
moro que a nosotros nos habían dicho que se llamaba Agi Morato, riquísimo por todo extremo, el
cual tenía una sola hija, heredera de toda su hacienda, y que era común opinión en toda la ciu-
380 dad ser la más hermosa mujer de la Berbería; y
que muchos de los virreyes que allí venían la habían pedido por mujer, y que ella nunca se había
querido casar; y que también supo que tuvo una
cristiana cautiva, que ya se había muerto. Todo lo
385 cual concertaba con lo que venía en el papel. Entramos luego en consejo con el renegado en qué
orden [35] se tendría para sacar a la mora y venir-   [35] De qué manera.
nos todos a tierra de cristianos, y, en fin, se acor-
dó por entonces que esperásemos el aviso segun-
390 do de Zoraida, que así se llamaba la que ahora
quiere llamarse María ▼; porque bien vimos que
ella y no otra alguna era la que había de dar medio a todas aquellas dificultades. Después que quedamos en esto, dijo el renegado que no tuviése-
395 mos pena; que él perdería la vida o nos pondría
en libertad. Cuatro días estuvo el baño con gente,
que fue ocasión que cuatro días tardase en parecer la caña; al cabo de los cuales, en la acostumbrada soledad del baño, pareció con el lienzo tan

▼ El relato del cautivo se sitúa en el género narrativo de la novela morisca; y algunos
de sus lances muestran una clara relación con la llamada novela bizantina (de amor y
aventuras).

preñado, que un felicísimo parto prometía. Incli- 400
nóse a mí la caña y el lienzo, hallé en él otro papel y cien escudos de oro, sin otra moneda alguna. Estaba allí el renegado, dímosle a leer el papel
dentro de nuestro rancho [36], el cual dijo que así decía: 405

[36] Habitación pobre o rústica.

> Yo no sé, mi señor, cómo dar orden que nos va-
> mos [37] a España, ni Lela Marién me lo ha dicho,
> aunque yo se lo he preguntado; lo que se podrá ha-
> cer es que yo os daré por esta ventana muchísimos
> dineros de oro; rescataos vos con ellos y vuestros ami- 410
> gos, y vaya uno en tierra de cristianos, y compre allá
> una barca, y vuelva por los demás; y a mí me ha-
> llarán en el jardín de mi padre, que está a la puer-
> ta de Babazón ▼, junto a la marina, donde tengo
> de estar todo este verano con mi padre y con mis cria- 415
> dos. De allí, de noche, me podréis sacar sin miedo y
> llevarme a la barca; y mira que has de ser mi ma-
> rido, porque si no, yo pediré a Marién que te casti-
> gue. Si no te fías de nadie que vaya por la barca,
> rescátate tú y ve; que yo sé que volverás mejor que 420
> otro, pues eres caballero y cristiano. Procura saber el
> jardín, y cuando te pasees por ahí sabré que está solo
> el baño, y te daré mucho dinero. Alá te guarde, se-
> ñor mío.

[37] Vayamos.

Esto decía y contenía el segundo papel; lo cual 425
visto por todos, cada uno se ofreció a querer ser
el rescatado, y prometió de ir y volver con toda
puntualidad, y también yo me ofrecí a lo mismo;
a todo lo cual se opuso el renegado, diciendo que

▼ Bab Azún, puerta de las ovejas, una de las nueve puertas de Argel.

430   en ninguna manera consentiría que ninguno saliese de libertad hasta que fuesen todos juntos, porque la experiencia le había mostrado cuán mal
cumplían los libres las palabras que daban en el
cautiverio; porque muchas veces habían usado de
435   aquel remedio algunos principales cautivos, resca-
tando a uno que fuese a Valencia o Mallorca con
dineros para poder armar una barca y volver por
los que le habían rescatado, y nunca habían vuelto; porque, decía, la libertad alcanzada y el temor
440   de no [38] volver a perderla les borraba de la memoria todas las obligaciones del mundo. Y en confirmación de la verdad que nos decía, nos contó brevemente un caso que casi en aquella mesma sazón
había acaecido a unos caballeros cristianos, el más
445   extraño que jamás sucedió en aquellas partes, donde a cada paso suceden cosas de grande espanto
y de admiración. En efecto, él vino a decir que lo
que se podía y debía hacer era que el dinero que
se había de dar para rescatar al cristiano, que se
450   le diese a él para comprar allí en Argel una barca,
con achaque de [39] hacerse mercader y tratante en
Tetuán y en aquella costa, y que siendo él señor
de la barca, fácilmente se daría traza para sacar-
los del baño y embarcarlos a todos. Cuanto más
455   que si la mora, como ella decía, daba dineros para
rescatarlos a todos, que estando libres, era facilí-
sima cosa aun embarcarse en la mitad del día, y
que la dificultad que se ofrecía mayor era que los
moros no consienten que renegado alguno com-
460   pre ni tenga barca, si no es bajel grande para ir
en corso, porque se temen que el que compra barca, principalmente si es español, no la quiere sino
para irse a tierra de cristianos; pero que él facili-
taría este inconveniente con hacer que un moro ta-
465   garino [40] fuese a la parte con él en la compañía de
la barca y en la ganancia de las mercancías, y con

[38] *No* redundante.

[39] Con pretexto de.

[40] Morisco del antiguo reino de Aragón.

⁴¹ Pretexto.

⁴² Aunque.

esta sombra ⁴¹ él vendría a ser señor de la barca,
con que daba por acabado todo lo demás. Y puesto que ⁴² a mí y a mis camaradas nos había parecido mejor lo de enviar por la barca a Mallorca,   470
como la mora decía, no osamos contradecirle, temerosos que, si no hacíamos lo que él decía, nos
había de descubrir y poner a peligro de perder las
vidas, si descubriese el trato de Zoraida, por cuya
vida diéramos todos las nuestras; y así determina-   475
mos de ponernos en las manos de Dios y en las
del renegado, y en aquel mismo punto se le respondió a Zoraida, diciéndole que haríamos todo
cuanto nos aconsejaba, porque lo había advertido
tan bien como si Lela Marién se lo hubiera dicho,   480
y que en ella sola estaba dilatar aquel negocio, o
ponello luego por obra. Ofrecímele de nuevo de
ser su esposo, y con esto, otro día que acaeció a
estar solo el baño, en diversas veces, con la caña
y el paño, nos dio dos mil escudos de oro, y un   485
papel donde decía que el primer *jumá,* que es el
viernes, se iba al jardín de su padre, y que antes
que se fuese nos daría más dinero, y que si aquello no bastase, que se lo avisásemos, que nos daría cuanto le pidiésemos: que su padre tenía tan-   490
tos, que no lo echaría menos, cuanto más que ella
tenía las llaves de todo. Dimos luego quinientos escudos al renegado para comprar la barca; con
ochocientos me rescaté yo, dando el dinero a un
mercader valenciano que a la sazón se hallaba en   495
Argel, el cual me rescató del rey, tomándome so-

⁴³ La palabra.

bre su palabra, dándola ⁴³ de que con el primer bajel que viniese de Valencia pagaría mi rescate; porque si luego diera el dinero, fuera dar sospechas
al rey que había muchos días que mi rescate esta-   500
ba en Argel, y que el mercader, por sus granjerías,
lo había callado. Finalmente, mi amo era tan ca-
viloso, que en ninguna manera me atreví a que lue-

go se desembolsase el dinero. El jueves antes del
505 viernes que la hermosa Zoraida se había de ir al
jardín nos dio otros mil escudos y nos avisó de su
partida, rogándome que, si me rescatase, supiese
luego el jardín de su padre, y que en todo caso buscase ocasión de ir allá y verla. Respondíle en bre-
510 ves palabras que así lo haría, y que tuviese cuidado de encomendarnos a Lela Marién, con todas
aquellas oraciones que la cautiva le había enseñado. Hecho esto, dieron orden en que los tres compañeros nuestros se rescatasen, por facilitar la sa-
515 lida del baño, y porque, viéndome a mí rescatado, y a ellos no, pues había dinero, no se alboro-
tasen y les persuadiese el diablo que hiciesen alguna cosa en perjuicio de Zoraida; que puesto que
el ser ellos quien [44] eran me podía asegurar deste   [44] Quienes.
520 temor, con todo eso, no quise poner el negocio en
aventura [45], y así, los hice rescatar por la misma or-   [45] En peligro.
den que yo me rescaté, entregando todo el dinero
al mercader, para que con certeza y seguridad pudiese hacer la fianza, al cual nunca descubrimos
525 nuestro trato y secreto, por el peligro que había.

Capítulo XLI

Donde todavía prosigue el cautivo su suceso

—No se pasaron quince días ▼, cuando ya nuestro renegado tenía comprada una muy buena barca, capaz [1] de más de treinta personas; y para asegurar su hecho y dalle color [2], quiso hacer, como hizo, un viaje a un lugar que se llamaba Sargel [3], que está treinta leguas de Argel hacia la parte de Orán, en el cual hay mucha contratación de higos pasos [4]. Dos o tres veces hizo este viaje, en compañía del tagarino que había dicho. *Tagarinos* llaman en Berbería a los moros de Aragón, y a los de Granada, *mudéjares;* y en el reino de Fez llaman a los mudéjares *elches,* los cuales son la gente de quien aquel rey más se sirve en la guerra. Digo, pues, que cada vez que pasaba con su barca daba fondo [5] en una caleta que estaba no dos tiros de ballesta del jardín donde Zoraida esperaba, y allí, muy de propósito, se ponía el renegado con los morillos que bogaban el remo, o ya a hacer la zalá [6], o a como por ensayarse de burlas a lo que pensaba hacer de veras; y así, se iba al jardín de Zoraida y le pedía fruta, y su padre se la daba sin conocelle, y, aunque él quisiera hablar a Zoraida, como él después me dijo, y decille que él era el

[1] Con capacidad para.

[2] Darle apariencia de verdad.

[3] Cerceli o Cherchell, al oeste de Argel.

[4] Secos.

[5] Fondeaba.

[6] Oración.

▼ Véase la nota al pie de la pág. 436.

que por orden mía le había de llevar a tierra de
cristianos, que estuviese contenta y segura, nunca
le fue posible, porque las moras no se dejan ver
de ningún moro ni turco, si no es que su marido
30   o su padre se lo manden. De cristianos cautivos
se dejan tratar y comunicar, aun más de aquello
que sería razonable; y a mí me hubiera pesado que
él la hubiera hablado, que quizá la alborotara,
viendo que su negocio andaba en boca de renega-
35   dos. Pero Dios, que lo ordenaba de otra manera,
no dio lugar al buen deseo que nuestro renegado
tenía; el cual, viendo cuán seguramente iba y venía a Sargel, y que daba fondo cuando y como y
adonde quería, y que el tagarino, su compañero,
40   no tenía más voluntad de lo que la suya ordenaba, y que yo estaba ya rescatado, y que sólo faltaba buscar algunos cristianos que bogasen el
remo, me dijo que mirase yo cuáles quería traer
conmigo, fuera de los rescatados, y que los tuvie-
45   se hablados para el primer viernes, donde tenía
determinado que fuese nuestra partida. Viendo
esto, hablé a doce españoles, todos valientes hombres del remo, y de aquellos que más libremente
podían salir de la ciudad; y no fue poco hallar tan-
50   tos en aquella coyuntura, porque estaban veinte
bajeles en corso [7], y se habían llevado toda la gente   [7] En campaña corsaria.
de remo, y éstos no se hallaran, si no fuera que
su amo se quedó aquel verano sin ir en corso, a
acabar una galeota que tenía en astillero. A los
55   cuales no les dije otra cosa sino que el primer viernes en la tarde se saliesen uno a uno, disimula-
damente, y se fuesen la vuelta del [8] jardín de Agi   [8] Hacia el.
Morato, y que allí me aguardasen hasta que yo
fuese. A cada uno di este aviso de por sí, con or-
60   den que, aunque allí viesen a otros cristianos, no
les dijesen sino que yo les había mandado esperar
en aquel lugar. Hecha esta diligencia, me faltaba

hacer otra, que era la que más me convenía: y era la de avisar a Zoraida en el punto que estaban los negocios, para que estuviese apercebida y sobre aviso, que no se sobresaltase si de improviso la asaltásemos antes del tiempo que ella podía imaginar que la barca de cristianos podía volver. Y así, determiné de ir al jardín y ver si podría hablarla, y con ocasión de coger algunas yerbas, un día, antes de mi partida, fui allá, y la primera persona con quien encontré fue con su padre, el cual me dijo en lengua [9] que en toda la Berbería, y aun en Constantinopla, se halla entre cautivos y moros, que ni es morisca, ni castellana, ni de otra nación alguna, sino una mezcla de todas las lenguas, con la cual todos nos entendemos ▼, digo, pues, que en esta manera de lenguaje me preguntó que qué buscaba en aquel su jardín, y de quién era. Respondíle que era esclavo de Arnaute Mamí ▼▼ (y esto porque sabía yo por muy cierto que era un grandísimo amigo suyo), y que buscaba de todas yerbas, para hacer ensalada. Preguntóme, por el consiguiente, si era hombre de rescate o no, y que cuánto pedía mi amo por mí. Estando en todas estas preguntas y respuestas, salió de la casa del jardín la bella Zoraida, la cual ya había mucho que me había visto, y como las moras en ninguna manera hacen melindre de mostrarse a los cristianos, ni tampoco se esquivan, como ya he dicho, no se le dio nada de venir adonde su padre conmigo es-

65

70

75

80

85

90

[9] En lengua franca.

▼ «Castellano, turco, árabe con reminiscencias de *lingua franca*», se emplean aquí por razones históricas, para dar color local a la historia y también por «un interés expreso por cada lengua individual» (Spitzer).

▼▼ Arnaute Mamí era el comandante de los corsarios que capturaron la galera en que Cervantes regresaba del cautiverio a España.

taba; antes, luego cuando su padre vio que venía,
y de espacio [10], la llamó y mandó que llegase.

10 Despacio.

95 Demasiada cosa sería decir yo agora la mucha
hermosura, la gentileza, el gallardo y rico adorno
con que mi querida Zoraida se mostró a mis ojos;
sólo diré que más perlas pendían de su hermosí-
simo cuello, orejas y cabellos que cabellos tenía
en la cabeza. En las gargantas de los sus pies, que
100 descubiertas, a su usanza, traía, traía dos carcajes
(que así se llamaban las manillas o ajorcas de los
pies en morisco) de purísimo oro, con tantos diamantes engastados, que ella me dijo después que
su padre los estimaba en diez mil doblas ▼, y las
105 que traía en las muñecas de las manos valían otro
tanto. Las perlas eran en gran cantidad y muy buenas, porque la mayor gala y bizarría de las moras
es adornarse de ricas perlas y aljófar [11], y así, hay
más perlas y aljófar entre moros que entre todas
110 las demás naciones; y el padre de Zoraida tenía
fama de tener muchas y de las mejores que en Argel había, y de tener asimismo más de docientos
mil escudos españoles, de todo lo cual era señora
esta que ahora lo es mía. Si con todo este adorno
115 podía venir entonces hermosa, o no, por las reliquias [12] que le han quedado en tantos trabajos se
podrá conjeturar cuál debía de ser en las prospe-
ridades. Porque ya se sabe que la hermosura de algunas mujeres tiene días y sazones, y requiere ac-
120 cidentes para diminuirse [13] o acrecentarse, y es natural cosa que las pasiones del ánimo la levanten
o abajen, puesto que las más veces la destruyen.
Digo, en fin, que entonces llegó en todo extremo
aderezada y en todo extremo hermosa, o, a lo me-

11 Perla pequeña e irre
gular.

12 Vestigios.

13 Disminuirse.

▼ Una dobla valía algo más de seis reales.

nos, a mí me pareció serlo la más que hasta en- 125
tonces había visto, y con esto, viendo las obligaciones en que me había puesto, me parecía que tenía delante de mí una deidad del cielo, venida a
la tierra para mi gusto y para mi remedio. Así
como ella llegó, le dijo su padre en su lengua cómo 130
yo era cautivo de su amigo Arnaute Mamí, y que
venía a buscar ensalada. Ella tomó la mano [14], y
en aquella mezcla de lenguas que tengo dicho me
preguntó si era caballero y qué era la causa que
no me rescataba. Yo le respondí que ya estaba res- 135
catado, y que en el precio podía echar de ver en
lo que mi amo me estimaba, pues había dado [15]
por mí mil y quinientos zoltamís ▼. A lo cual ella
respondió: «—En verdad que si tú fueras de mi
padre, que yo hiciera que no te diera él por otros 140
dos tantos; porque vosotros, cristianos, siempre
mentís en cuanto decís, y os hacéis pobres por engañar a los moros.» «—Bien podría ser eso, señora —le respondí— mas en verdad que yo la he tratado con mi amo, y la trato y la trataré con cuan- 145
tas personas hay en el mundo.» «—Y, ¿cuándo te
vas?», dijo Zoraida. «—Mañana, creo yo
—dije—, porque está aquí un bajel de Francia
que se hace mañana a la vela, y pienso irme en
él.» «—¿No es mejor —replicó Zoraida— espe- 150
rar a que vengan bajeles de España, y irte con
ellos, que no con los de Francia, que no son vuestros amigos?» «—No —respondí yo—, aunque
si como hay nuevas que viene ya un bajel de España es verdad, todavía yo le aguardaré, puesto 155
que [16] es más cierto el partirme mañana, porque
el deseo que tengo de verme en mi tierra y con

[14] Comenzó a hablar.

[15] Yo había dado.

[16] Aunque.

▼ *Zoltamí, zoltaní* o *sultaní* era la moneda argelina. Cada uno equivalía a unos diecisiete
reales.

las personas que bien quiero es tanto, que no me
dejará esperar otra comodidad, si se tarda, por
160   mejor que sea.» «—Debes de ser, sin duda, casado en tu tierra —dijo Zoraida—, y por eso de-
seas ir a verte con tu mujer.» «—No soy —respondí yo— casado; mas tengo dada la palabra de
casarme en llegando allá.» «—Y ¿es hermosa la
165   dama a quien se la diste?», dijo Zoraida. «—Tan
hermosa es —respondí yo— que para encarece-
lla y decirte la verdad, te parece a ti mucho.» Desto se riyó [17] muy de veras su padre, y dijo:
«—Gualá [18], cristiano, que debe de ser muy her-
170   mosa si se parece a mi hija, que es la más hermosa de todo este reino. Si no, mírala bien, y verás
cómo te digo verdad.» Servíanos de intérprete a
las más destas palabras y razones el padre de Zoraida, como más ladino [19], que aunque ella habla-
175   ba la bastarda lengua que, como he dicho, allí se
usa, más declaraba su intención por señas que por
palabras. Estando en estas y otras muchas razones, llegó un moro corriendo, y dijo, a grandes voces, que por las bardas o paredes del jardín ha-
180   bían saltado cuatro turcos, y andaban cogiendo la
fruta, aunque no estaba madura. Sobresaltóse el
viejo, y lo mesmo hizo Zoraida; porque es común
y casi natural el miedo que los moros a los turcos
tienen, especialmente a los soldados, los cuales
185   son tan insolentes y tienen tanto imperio sobre
los moros que a ellos están sujetos, que los tratan
peor que si fuesen esclavos suyos. Digo, pues, que
dijo su padre a Zoraida: «—Hija, retírate a la casa
y enciérrate, en tanto que yo voy a hablar a estos
190   canes ▼; y tú, cristiano, busca tus yerbas y vete en
buen hora, y llevéte Alá con bien a tu tierra.» Yo

[17] Se rió.

[18] Por Alá.

[19] Moro que habla cas-
tellano (latino).

▼ Era denominación frecuente entre moros y cristianos. Para el moro, el turco y el cristiano eran canes (perros); para el cristiano lo eran los moros.

me incliné, y él se fue a buscar a los turcos, dejándome solo con Zoraida, que comenzó a dar muestra de irse donde su padre la había mandado. Pero apenas él se encubrió con los árboles del jardín, cuando ella, volviéndose a mí, llenos los ojos de lágrimas, me dijo: «—¿*Ámexi*, cristiano, *ámexi?*» Que quiere decir: «¿Vaste, cristiano, vaste?» Yo la respondí: «—Señora, sí; pero no, en ninguna manera, sin ti; el primero *jumá* [20] me aguarda, y no te sobresaltes cuando nos veas; que sin duda alguna iremos a tierra de cristianos.» Yo le dije esto de manera que ella me entendió muy bien a todas las razones que entrambos pasamos, y echándome un brazo al cuello, con desmayados pasos comenzó a caminar hacia la casa; y quiso la suerte, que pudiera ser muy mala si el cielo no lo ordenara de otra manera, que yendo los dos de la manera y postura que os he contado, con un brazo al cuello, su padre, que ya volvía de hacer ir a los turcos, nos vio de la suerte y manera que íbamos, y nosotros vimos que él nos había visto; pero Zoraida, advertida y discreta, no quiso quitar el brazo de mi cuello, antes se llegó más a mí y puso su cabeza sobre mi pecho, doblando un poco las rodillas, dando claras señales y muestras de que se desmayaba, y yo, ansimesmo, di a entender que la sostenía contra mi voluntad. Su padre llegó corriendo adonde estábamos, y viendo a su hija de aquella manera, le preguntó que qué tenía; pero como ella no le respondiese, dijo su padre: «—Sin duda alguna que con el sobresalto de la entrada de estos canes se ha desmayado.» Y quitándola del mío, la arrimó a su pecho, y ella, dando un suspiro y aún no enjutos los ojos de las lágrimas, volvió a decir: «—*Ámexi*, cristiano, *ámexi.*» «Vete, cristiano, vete.» A lo que su padre respondió: «—No importa, hija, que el cristiano se vaya,

195

200

205

210

215

220

225

[20] Viernes.

que ningún mal te ha hecho, y los turcos ya son
230   idos. No te sobresalte cosa alguna, pues ninguna
hay que pueda darte pesadumbre; pues, como ya
te he dicho, los turcos, a mi ruego, se volvieron
por donde entraron.» «—Ellos, señor, la sobresaltaron, como has dicho —dije yo a su padre—
235   mas, pues ella dice que yo me vaya, no la quiero
dar pesadumbre; quédate en paz, y, con tu licencia, volveré, si fuere menester, por yerbas a este
jardín; que, según dice mi amo, en ninguno las
hay mejores para ensalada que en él.» «—Todas
240   las que quisieres podrás volver —respondió Agi
Morato—, que mi hija no dice esto porque tú ni
ninguno de los cristianos la enojaban, sino que,
por decir que los turcos se fuesen, dijo que tú te
fueses, o porque ya era hora que buscases tus yer-
245   bas.»

Con esto, me despedí al punto de entrambos, y
ella, arrancándosele el alma, al parecer, se fue con
su padre, y yo, con achaque de [21] buscar las yerbas, rodeé muy bien y a mi placer todo el jardín:
250   miré bien las entradas y salidas, y la fortaleza de
la casa, y la comodidad que se podía ofrecer para
facilitar todo nuestro negocio. Hecho esto, me
vine y di cuenta de cuanto había pasado al renegado y a mis compañeros, y ya no veía la hora de
255   verme gozar sin sobresalto del bien que en la hermosa y bella Zoraida la suerte me ofrecía. En fin,
el tiempo se pasó, y se llegó el día y plazo de nosotros tan deseado; y siguiendo todos el orden y
parecer que, con discreta consideración y largo
260   discurso, muchas veces habíamos dado, tuvimos el
buen suceso que deseábamos; porque el viernes
que se siguió al día que yo con Zoraida hablé en
el jardín, nuestro renegado, al anochecer, dio fondo con la barca casi frontero de [22] donde la her-
265   mosísima Zoraida estaba. Ya los cristianos que ha-

[21] Con motivo de.

[22] Enfrente de.

bían de bogar el remo estaban prevenidos, y escondidos por diversas partes de todos aquellos alrededores. Todos estaban suspensos y alborozados aguardándome, deseosos ya de embestir con el bajel que a los ojos tenían; porque ellos no sabían el concierto del renegado, sino que pensaban que a fuerza de brazos habían de haber y ganar la libertad, quitando la vida a los moros que dentro de la barca estaban. Sucedió, pues, que así como yo me mostré y mis compañeros, todos los demás escondidos que nos vieron se vinieron llegando a nosotros. Esto era ya a tiempo que la ciudad estaba ya cerrada, y por toda aquella campaña ninguna persona parecía. Como estuvimos juntos, dudamos si sería mejor ir primero por Zoraida, o rendir primero a los moros bagarinos [23] que bogaban el remo en la barca. Y estando en esta duda, llegó a nosotros nuestro renegado diciéndonos que en qué nos deteníamos, que ya era hora, y que todos sus moros estaban descuidados, y los más de ellos, durmiendo. Dijímosle en lo que reparábamos, y él dijo que lo que más importaba era rendir primero el bajel, que se podía hacer con grandísima facilidad y sin peligro alguno, y que luego podíamos ir por Zoraida. Pareciónos bien a todos lo que decía, y así, sin detenernos más, haciendo él la guía, llegamos al bajel, y saltando él dentro primero, metió mano a un alfanje, y dijo en morisco: «—Ninguno de vosotros se mueva de aquí, si no quiere que le cueste la vida.» Ya, a este tiempo, habían entrado dentro casi todos los cristianos. Los moros, que eran de poco ánimo, viendo hablar de aquella manera su arráez [24], quedáronse espantados, y sin ninguno de todos ellos echar mano a las armas, que pocas o casi ningunas tenían, se dejaron, sin hablar alguna palabra, maniatar de los cristianos, los cuales con mucha presteza lo hicie-

270

275

280

285

290

295

300

[23] Remeros voluntarios.

[24] Capitán de barco.

ron, amenazando a los moros que si alzaban por
alguna vía o manera la voz, que luego al punto los
305 pasarían todos a cuchillo.

Hecho ya esto, quedándose en guardia dellos la
mitad de los nuestros, los que quedábamos, ha-
ciéndonos asimismo el renegado la guía, fuimos al
jardín de Agi Morato, y quiso la buena suerte que,
310 llegando a abrir la puerta, se abrió con tanta facilidad como si cerrada no estuviera; y así, con gran
quietud y silencio, llegamos a la casa sin ser sentidos de nadie. Estaba la bellísima Zoraida aguar-
dándonos a una ventana, y así como sintió gente
315 preguntó con voz baja si éramos *nizarani* [25], como
si dijera o preguntara si éramos cristianos. Yo le
respondí que sí, y que bajase. Cuando ella me conoció, no se detuvo un punto, porque, sin respon-
derme palabra, bajó en un instante, abrió la puer-
320 ta y mostróse a todos tan hermosa y ricamente
vestida que no lo acierto a encarecer. Luego que
yo la vi, le tomé una mano y la comencé a besar,
y el renegado hizo lo mismo, y mis dos camaradas; y los demás que el caso no sabían, hicieron
325 lo que vieron que nosotros hacíamos, que no parecía sino que le dábamos las gracias y la recono-
cíamos por señora de nuestra libertad. El renegado le dijo en lengua morisca si estaba su padre en
el jardín. Ella respondió que sí, y que dormía.
330 «—Pues será menester despertalle —replicó el
renegado—, y llevárnosle con nosotros, y todo
aquello que tiene de valor este hermoso jardín.»
«—No —dijo ella—, a mi padre no se ha de tocar en ningún modo, y en esta casa no hay otra
335 cosa que lo que yo llevo, que es tanto que bien habrá para que todos quedéis ricos y contentos, y es-
peraros un poco y lo veréis.» Y diciendo esto, se
volvió a entrar, diciendo que muy presto volvería;
que nos estuviésemos quedos, sin hacer ningún

[25] Nazarenos.

ruido. Pregunté al renegado lo que con ella ha- 340
bía pasado [26], el cual me lo contó, a quien yo dije
que ninguna cosa se había de hacer más de lo que
Zoraida quisiese; la cual ya que [27] volvía cargada
con un cofrecillo lleno de escudos de oro, tantos,
que apenas lo podía sustentar, quiso la mala suer- 345
te que su padre despertase en el ínterin y sintiese
el ruido que andaba en el jardín, y asomándose a
la ventana, luego conoció que todos los que en él
estaban eran cristianos; y dando muchas, grandes
y desaforadas voces, comenzó a decir en arábigo: 350
«—¡Cristianos, cristianos! ¡Ladrones, ladrones!»
Por los cuales gritos nos vimos todos puestos en
grandísima y temerosa confusión. Pero el renegado, viendo el peligro en que estábamos, y lo mucho que le importaba salir con aquella empresa an- 355
tes de ser sentido, con grandísima presteza subió
donde Agi Morato estaba, y juntamente con él
fueron algunos de nosotros; que yo no osé desamparar a la Zoraida, que como desmayada se había
dejado caer en mis brazos. En resolución, los que 360
subieron se dieron tan buena maña, que en un momento bajaron con Agi Morato, trayéndole atadas
las manos y puesto un pañizuelo en la boca, que
no le dejaba hablar palabra, amenazándole que el
hablarla le había de costar la vida. Cuando su hija 365
le vio se cubrió los ojos por no verle, y su padre
quedó espantado, ignorando cuán de su voluntad
se había puesto en nuestras manos. Mas entonces,
siendo más necesarios los pies, con diligencia y
presteza nos pusimos en la barca; que ya los que 370
en ella habían quedado nos esperaban, temerosos
de algún mal suceso nuestro. Apenas serían dos
horas pasadas de la noche, cuando ya estábamos
todos en la barca, en la cual se le quitó al padre
de Zoraida la atadura de las manos y el paño de 375
la boca; pero tornóle a decir el renegado que no

hablase palabra; que le quitarían la vida. Él, como vio allí a su hija, comenzó a suspirar ternísimamente, y más cuando vio que yo estrechamente la te-
380 nía abrazada, y que ella sin defender, quejarse ni esquivarse, se estaba queda; pero, con todo esto, callaba, porque no pusiesen en efecto las muchas amenazas que el renegado le hacía.

Viéndose, pues, Zoraida ya en la barca, y que
385 queríamos dar los remos al agua, y viendo allí a su padre y a los demás moros que atados estaban, le dijo al renegado que me dijese le hiciese merced de soltar a aquellos moros y de dar libertad a su padre, porque antes se arrojaría en la mar que
390 ver delante de sus ojos y por causa suya llevar cautivo a un padre que tanto la había querido ▾. El renegado me lo dijo, y yo respondí que era muy contento. Pero él respondió que no convenía, a causa que, si allí los dejaban, apellidarían luego la
395 tierra [28] y alborotarían la ciudad, y serían causa que saliesen a buscallos con algunas fragatas ligeras, y les tomasen la tierra y la mar, de manera que no pudiésemos escaparnos; que lo que se podría hacer era darles libertad en llegando a la pri-
400 mera tierra de cristianos. En este parecer venimos todos, y Zoraida, a quien se le dio cuenta, con las causas que nos movían a no hacer luego [29] lo que quería, también se satisfizo; y luego, con regocijado silencio y alegre diligencia, cada uno de nues-
405 tros valientes remeros tomó su remo, y comenzamos, encomendándonos a Dios de todo corazón, a navegar la vuelta de [30] las islas de Mallorca, que es la tierra de cristianos más cerca. Pero a causa

[28] Convocarían a la gente de tierra en son de guerra.

[29] Inmediatamente.

[30] Hacia.

▾ A. Castro, L. Spitzer y F. Ayala, entre otros, afirman que «la historia de este rapto constituye el episodio más violento y trágico de la novela».

de soplar un poco el viento tramontana [31] y estar
la mar algo picada, no fue posible seguir la derro- 410
ta [32] de Mallorca, y fuenos forzoso dejarnos ir
tierra a tierra la vuelta de [33] Orán, no sin mucha
pesadumbre nuestra, por no ser descubiertos del
lugar de Sargel, que en aquella costa cae sesenta
millas de Argel. Y asimismo temíamos encontrar 415
por aquel paraje alguna galeota de las que de ordinario vienen con mercancía de Tetuán, aunque
cada uno por sí, y por todos juntos, presumíamos
de que, si se encontraba galeota de mercancía,
como no fuese de las que andan en corso, que no 420
sólo no nos perderíamos, mas que tomaríamos bajel donde con más seguridad pudiésemos acabar
nuestro viaje. Iba Zoraida, en tanto que se nave-
gaba, puesta la cabeza entre mis manos, por no
ver a su padre, y sentía yo que iba llamando a Lela 425
Marién que nos ayudase.

Bien habríamos navegado treinta millas, cuando nos amaneció, como tres tiros de arcabuz, des-
viados de tierra, toda la cual vimos desierta y sin
nadie que nos descubriese; pero, con todo eso, nos 430
fuimos a fuerza de brazos entrando un poco en la
mar, que ya estaba algo más sosegada; y habiendo entrado casi dos leguas, diose orden que se bo-
gase a cuarteles [34] en tanto que comíamos algo,
que iba bien proveída la barca, puesto que los que 435
bogaban dijeron que no era aquél tiempo de tomar reposo alguno; que les diesen de comer los
que no bogaban, que ellos no querían soltar los remos de las manos en manera alguna. Hízose ansí,
y en esto comenzó a soplar un viento largo [35], que 440
nos obligó a hacer luego vela y a dejar el remo, y
enderezar a Orán, por no ser posible poder hacer
otro viaje. Todo se hizo con mucha presteza, y así
a la vela, navegamos por más de ocho millas por
hora, sin llevar otro temor alguno sino el de en- 445

contrar con bajel que de corso fuese. Dimos de comer a los moros bagarinos, y el renegado les consoló diciéndoles como no iban cautivos; que en la primera ocasión les darían libertad. Lo mismo se
450 le dijo al padre de Zoraida, el cual respondió: «—Cualquiera otra cosa pudiera yo esperar y creer de vuestra liberalidad y buen término, ¡oh cristianos!; mas el darme libertad, no me tengáis por tan simple que lo imagine; que nunca os pu-
455 sistes vosotros al peligro de quitármela para volverla tan liberalmente, especialmente sabiendo quién soy yo, y el interese [36] que se os puede seguir de dármela; el cual interese, si le queréis poner nombre [37], desde aquí os ofrezco todo aquello
460 que quisiéredes por mí y por esa desdichada hija mía, o si no, por ella sola, que es la mayor y la mejor parte de mi alma.» En diciendo esto, comenzó a llorar tan amargamente, que a todos nos movió a compasión, y forzó a Zoraida que le mirase; la
465 cual, viéndole llorar, así se enterneció, que se levantó de mis pies y fue a abrazar a su padre, y, juntando su rostro con el suyo, comenzaron los dos tan tierno llanto, que muchos de los que allí íbamos le acompañamos en él. Pero cuando su pa-
470 dre la vio adornada de fiesta y con tantas joyas sobre sí, le dijo en su lengua: «—¿Qué es esto, hija, que ayer al anochecer, antes que nos sucediese esta terrible desgracia en que nos vemos, te vi con tus ordinarios y caseros vestidos, y agora, sin que
475 hayas tenido tiempo de vestirte, y sin haberte dado alguna nueva alegre de solemnizalle [38] con adornarte y pulirte, te veo compuesta con los mejores vestidos que yo supe y pude darte cuando nos fue la ventura más favorable? Respóndeme a
480 esto, que me tiene más suspenso y admirado que la misma desgracia en que me hallo.» Todo lo que el moro decía a su hija nos lo declaraba el rene-

[36] Interés.

[37] Precio.

[38] Solemnizarle, celebrarle.

gado, y ella no le respondía palabra. Pero cuando
él vio a un lado de la barca el confrecillo donde
ella solía tener sus joyas, el cual sabía él bien que
le había dejado en Argel, y no traídole al jardín, 485
quedó más confuso, y preguntóle que cómo aquel
cofre había venido a nuestras manos, y qué era lo
que venía dentro. A lo cual el renegado, sin aguardar que Zoraida le respondiese, le respondió: 490
«—No te canses, señor, en preguntar a Zoraida,
tu hija, tantas cosas, porque con una que yo te responda te satisfaré a todas; y así, quiero que sepas
que ella es cristiana, y es la que ha sido la lima de
nuestras cadenas y la libertad de nuestro cautive- 495
rio; ella va aquí de su voluntad, tan contenta, a lo
que yo imagino, de verse en este estado, como el
que sale de las tinieblas a la luz, de la muerte a la
vida y de la pena a la gloria.» «—¿Es verdad lo
que éste dice, hija?», dijo el moro. «—Así es», res- 500
pondió Zoraida. «—¿Que, en efecto —replicó el
viejo—, tú eres cristiana, y la que ha puesto a su
padre en poder de sus enemigos?» A lo cual respondió Zoraida: «—La que es cristiana, yo soy;
pero no la que te ha puesto en este punto; porque 505
nunca mi deseo se extendió a dejarte ni a hacerte
mal, sino a hacerme a mí bien.» «—Y ¿qué bien
es el que te has hecho, hija?» «—Eso —respondió ella— pregúntaselo tú a Lela Marién; que ella
te lo sabrá decir mejor que no yo ▼.» 510
   Apenas hubo oído esto el moro, cuando, con
una increíble presteza, se arrojó de cabeza en la
mar, donde sin ninguna duda se ahogara, si el vestido largo y embarazoso que traía no le entretuviera un poco sobre el agua. Dio voces Zoraida 515

▼ La anécdota personal adquiere aquí una aterradora impavidez propia de la grandeza
trágica.

que le sacasen, y así, acudimos luego todos, y,
asiéndole de la almalafa [39], le sacamos medio aho-   [39] Manto grande.
gado y sin sentido, de que recibió tanta pena Zo-
raida, que, como si fuera ya muerto, hacía sobre
520   él un tierno y doloroso llanto. Volvímosle boca
abajo; volvió [40] mucha agua; tornó en sí al cabo   [40] Devolvió, arrojó.
de dos horas, en las cuales, habiéndose trocado el
viento, nos convino volver hacia tierra, y hacer
fuerza de remos, por no embestir en ella; mas qui-
525   so nuestra buena suerte que llegamos a una cala
que se hace al lado de un pequeño promontorio
o cabo que de los moros es llamado el de la *Cava
Rumía,* que en nuestra lengua quiere decir *la mala
mujer cristiana;* y es tradición entre los moros que
530   en aquel lugar está enterrada la Cava, por quien
se perdió España ▼; porque *cava* en su lengua quiere decir *mujer mala,* y *rumía, cristiana;* y aun tienen
por mal agüero llegar allí a dar fondo cuando la
necesidad les fuerza a ello, porque nunca le dan
535   sin ella, puesto que [41] para nosotros no fue abrigo   [41] Aunque.
de mala mujer, sino puerto seguro de nuestro re-
medio, según andaba alterada la mar. Pusimos
nuestras centinelas en tierra, y no dejamos jamás
los remos de la mano; comimos de lo que el re-
540   negado había proveído, y rogamos a Dios y a
Nuestra Señora, de todo nuestro corazón, que nos
ayudase y favoreciese para que felicemente [42] dié-   [42] Felizmente.
semos fin a tan dichoso principio. Diose orden, a
suplicación de Zoraida, como echásemos en tierra
545   a su padre y a todos los demás moros que allí atados venían, porque no le bastaba el ánimo, ni lo

▼ Alusión a la leyenda medieval del último rey visigodo, don Rodrigo, y La Cava, hija
del legendario conde moro don Julián (deshonrada por don Rodrigo), quien, para vengarse del engaño, propició la conquista de España por los árabes.

podían sufrir sus blandas entrañas, ver delante de
sus ojos atado a su padre y aquellos de su tierra
presos. Prometímosle de hacerlo así al tiempo de
la partida, pues no corría peligro el dejallos en   550
aquel lugar, que era despoblado. No fueron tan va-
nas nuestras oraciones que no fuesen oídas del cielo, que en nuestro favor luego volvió el viento,
tranquilo el mar, convidándonos a que tornáse-
mos alegres a proseguir nuestro comenzado viaje.   555
Viendo esto, desatamos a los moros, y uno a
uno los pusimos en tierra, de lo que ellos se quedaron admirados; pero llegando a desembarcar al
padre de Zoraida, que ya estaba en todo su acuerdo, dijo: «—¿Por qué pensáis, cristianos, que esta   560
mala hembra huelga de [43] que me deis libertad?
¿Pensáis que es por piedad que de mí tiene? No,
por cierto, sino que lo hace por el estorbo que le
dará mi presencia cuando quiera poner en ejecución sus malos deseos; ni penséis que la ha movi-   565
do a mudar religión entender ella que la vuestra
a la nuestra se aventaja, sino el saber que en vuestra tierra se usa la deshonestidad más libremente
que en la nuestra.» Y volviéndose a Zoraida, teniéndole yo y otro cristiano de entrambos brazos   570
asido, porque algún desatino no hiciese, le dijo:
«—¡Oh infame moza y mal aconsejada muchacha!
¿Adónde vas, ciega y desatinada, en poder destos
perros, naturales enemigos nuestros? ¡Maldita sea
la hora en que yo te engendré, y malditos sean los   575
regalos y deleites en que te he criado!» Pero viendo yo que llevaba término de no acabar tan presto, di priesa a ponelle en tierra, y desde allí, a voces, prosiguió en sus maldiciones y lamentos, rogando a Mahoma rogase a Alá que nos destruye-   580
se, confundiese y acabase; y cuando, por haber-
nos hecho a la vela, no podimos [44] oír sus palabras, vimos sus obras, que eran arrancarse las bar-

[43] Se alegra de.

[44] Pudimos.

bas, mesarse los cabellos y arrastrarse por el sue-
585   lo; más una vez esforzó la voz de tal manera, que
podimos entender que decía: «—¡Vuelve, amada
hija, vuelve a tierra, que todo te lo perdono; entrega a esos hombres ese dinero, que ya es suyo,
y vuelve a consolar a este triste padre tuyo, que
590   en esta desierta arena dejará la vida, si tú le dejas!» Todo lo cual escuchaba Zoraida, y todo lo
sentía y lloraba, y no supo decirle ni respondelle
palabra, sino: «—Plega a Alá, padre mío, que Lela
Marién, que ha sido la causa de que yo sea cris-
595   tiana, ella te consuele en tu tristeza. Alá sabe bien
que no pude hacer otra cosa de la que he hecho,
y que estos cristianos no deben nada a mi voluntad, pues aunque quisiera no venir con ellos y quedarme en mi casa, me fuera imposible, según la
600   priesa que me daba mi alma a poner por obra esta
que a mí me parece tan buena como tú, padre
amado, la juzgas por mala ▼.» Esto dijo, a tiempo
que ni su padre la oía, ni nosotros ya le veíamos;
y así, consolando yo a Zoraida, atendimos todos
605   a nuestro viaje, el cual nos le facilitaba el proprio
viento, de tal manera que bien tuvimos por cierto
de vernos otro día al amanecer en las riberas de
España.

Mas como pocas veces, o nunca, viene el bien
610   puro y sencillo, sin ser acompañado o seguido de
algún mal que le turbe o sobresalte, quiso nuestra
ventura, o quizás las maldiciones que el moro a su
hija había echado, que siempre se han de temer
de cualquier padre que sean, quiso, digo, que es-

▼ El aliento trágico, «sin retórica, en una prosa noble, pero simplicísima, lleva aquí la
tragedia en su más elevada forma a la experiencia muy inmediata y comprensible de
seres humanos, llenos de sangre y vida, que, con escalofriante abnegación, se elevan
por encima de su propia naturaleza» (F. Ayala).

⁴⁵ Adentrados en el mar.

⁴⁶ Afrenillados, amarrados.

⁴⁷ Bajel de vela cuadrada.

⁴⁸ Aflojar la vela.

⁴⁹ Que roban cuanto hallan.

⁵⁰ Al costado del bajel opuesto al viento.

⁵¹ Dispararon.

tando ya engolfados ⁴⁵ y siendo ya casi pasadas   615
tres horas de la noche, yendo con la vela tendida
de alto baja, frenillados ⁴⁶ los remos, porque el
próspero viento nos quitaba el trabajo de haberlos menester, con la luz de la luna, que claramente resplandecía, vimos cerca de nosotros un bajel   620
redondo ⁴⁷, que, con todas las velas tendidas, llevando un poco a orza el timón ▼, delante de nosotros atravesaba, y esto tan cerca, que nos fue
forzoso amainar ⁴⁸ por no embestirle, y ellos, asimesmo, hicieron fuerza de timón para darnos lu-   625
gar que pasásemos. Habíanse puesto a bordo del
bajel a preguntarnos quién éramos, y adónde navegábamos, y de dónde veníamos; pero, por preguntarnos esto en lengua francesa, dijo nuestro renegado: «—Ninguno responda, porque éstos, sin   630
duda, son cosarios franceses, que hacen a toda
ropa ⁴⁹.» Por este advertimiento, ninguno respondió palabra; y habiendo pasado un poco delante,
ya que el bajel quedaba sotavento ⁵⁰, de improviso soltaron ⁵¹ dos piezas de artillería, y, a lo que pa-   635
recía, ambas venían con cadenas ▼; porque con
una cortaron nuestro árbol por medio y dieron
con él y con la vela en la mar; y al momento, disparando otra pieza, vino a dar la bala en mitad de
nuestra barca, de modo que la abrió toda, sin ha-   640
cer otro mal alguno; pero como nosotros nos vimos ir a fondo, comenzamos todos a grandes voces a pedir socorro y a rogar a los del bajel que
nos acogiesen, porque nos anegábamos. Amainaron entonces, y echando el esquife, o barca, al   645
mar, entraron en él hasta doce franceses bien ar-

▼ Llevando el timón torcido, en disposición de orzar o torcer la proa (Clemencín).

▼▼ Se trataba de balas partidas en mitades atadas con una cadena con el fin de producir mayores daños (Rodríguez Marín).

mados, con sus arcabuces y cuerdas [52] encendidas;   [52] Mechas.
y así llegaron junto al nuestro, y viendo cuán po-
cos éramos y cómo el bajel se hundía, nos reco-
650 gieron, diciendo que, por haber usado de la descortesía de no respondelles, nos había sucedido
aquello. Nuestro renegado tomó el cofre de las riquezas de Zoraida, y dio con él en la mar, sin que
ninguno echase de ver en lo que hacía. En resolu-
655 ción, todos pasamos con los franceses, los cuales,
después de haberse informado de todo aquello
que de nosotros saber quisieron, como si fueran
nuestros capitales enemigos, nos despojaron de
todo cuanto teníamos, y a Zoraida le quitaron has-
660 ta los carcajes [53] que traía en los pies. Pero no me   [53] Véase nota 18 del
daba a mí tanta pesadumbre la que a Zoraida da-   cap. 40.
ban como me la daba el temor que tenía de que
habían de pasar del quitar de las riquísimas y preciosísimas joyas al quitar de la joya que más valía
665 y ella más estimaba ▼. Pero los deseos de aquella
gente no se extienden a más que al dinero, y desto jamás se vee harta su codicia; lo cual entonces
llegó a tanto, que aun hasta los vestidos de cautivos nos quitaran si de algún provecho les fueran.
670 Y hubo parecer entre ellos de que a todos nos
arrojasen a la mar envueltos en una vela, porque
tenían intención de tratar en algunos puertos de
España con nombre de que eran bretones, y si nos
llevaban vivos, serían castigados siendo descubier-
675 to su hurto. Mas el capitán, que era el que había
despojado a mi querida Zoraida, dijo que él se con-
tentaba con la presa que tenía, y que no quería tocar en ningún puerto de España, sino pasar el es-

▼ He aquí uno de los ejemplos más ilustrativos del procedimiento cervantino de la
alusión-elusión.

trecho de Gibraltar de noche, o como pudiese, e irse a la Rochela [54], de donde había salido; y así, tomaron por acuerdo de darnos el esquife de su navío, y todo lo necesario para la corta navegación que nos quedaba, como lo hicieron otro día, ya a vista de tierra de España; con la cual vista, todas nuestras pesadumbres y pobrezas se nos olvidaron de todo punto, como si no hubieran pasado por nosotros; tanto es el gusto de alcanzar la libertad perdida.

Cerca de medio día podría ser cuando nos echaron en la barca, dándonos dos barriles de agua y algún bizcocho [55]; y el capitán, movido no sé de qué misericordia, al embarcarse la hermosísima Zoraida, le dio hasta cuarenta escudos de oro, y no consintió que le quitasen sus soldados estos mesmos vestidos que ahora tiene puestos. Entramos en el bajel; dímosles las gracias por el bien que nos hacían, mostrándonos más agradecidos que quejosos; ellos se hicieron a lo largo, siguiendo la derrota del estrecho; nosotros, sin mirar a otro norte que a la tierra que se nos mostraba delante, nos dimos tanta priesa a bogar, que al poner del sol estábamos tan cerca, que bien pudiéramos, a nuestro parecer, llegar antes que fuera muy noche; pero, por no parecer en aquella noche la luna y el cielo mostrarse escuro, y por ignorar el paraje en que estábamos, no nos pareció cosa segura embestir en tierra, como a muchos de nosotros les parecía, diciendo que diésemos en ella, aunque fuese en unas peñas y lejos de poblado, porque así aseguraríamos [56] el temor que de razón se debía tener que por allí anduviesen bajeles de cosarios [57] de Tetuán, los cuales anochecen en berbería y amanecen en las costas de España, y hacen de ordinario presa, y se vuelven a dormir a sus casas; pero de los contrarios pareceres el que

se tomó fue que nos llegásemos poco a poco, y
que si el sosiego del mar lo concediese, desembar-
cásemos donde pudiésemos. Hízose así, y poco antes de la media noche sería cuando llegamos al pie
720 de una disformísima y alta montaña, no tan junto
al mar que no concediese un poco de espacio para
poder desembarcar cómodamente. Embestimos
en la arena, salimos a tierra, besamos el suelo, y
con lágrimas de muy alegrísimo contento dimos
725 todos gracias a Dios, Señor Nuestro, por el bien
tan incomparable que nos había hecho. Sacamos
de la barca los bastimentos [58] que tenía, tirámosla   [58] Provisiones.
en tierra, y subímonos un grandísimo trecho en
la montaña, porque aún allí estábamos, y aún no
730 podíamos asegurar el pecho, ni acabábamos de
creer que era tierra de cristianos la que ya nos sostenía. Amaneció más tarde, a mi parecer, de lo
que quisiéramos. Acabamos de subir toda la montaña, por ver si desde allí algún poblado se descu-
735 bría, o algunas cabañas de pastores, pero aunque
más tendimos la vista, ni poblado, ni persona, ni
senda, ni camino descubrimos. Con todo esto, determinamos de entrarnos la tierra adentro, pues
no podría ser menos sino que presto descubriése-
740 mos quien nos diese noticia della. Pero lo que a
mí más me fatigaba era el ver ir a pie a Zoraida
por aquellas asperezas, que, puesto que alguna vez
la puse sobre mis hombros, más le cansaba a ella
mi cansancio que la reposaba su reposo; y así, nun-
745 ca más quiso que yo aquel trabajo tomase; y con
mucha paciencia y muestras de alegría, llevándola
yo siempre de la mano, poco menos de un cuarto
de legua debíamos de haber andado, cuando llegó a nuestros oídos el son de una pequeña esqui-
750 la, señal clara que por allí cerca había ganado; y
mirando todos con atención si alguno se pare-
cía [59], vimos al pie de un alcornoque un pastor   [59] Se veía.

mozo, que con grande reposo y descuido estaba la-
brando un palo con un cuchillo. Dimos voces, y
él, alzando la cabeza, se puso ligeramente en pie,   755
y a lo que después supimos, los primeros que a la
vista se le ofrecieron fueron el renegado y Zoraida, y como él los vio en hábito de moros, pensó
que todos los de la Berbería estaban sobre él, y
metiéndose con extraña ligereza por el bosque   760
adelante, comenzó a dar los mayores gritos del
mundo, diciendo: «—¡Moros, moros hay en la
tierra! ¡Moros, moros! ¡Arma, arma!»

Con estas voces quedamos todos confusos, y no
sabíamos qué hacernos; pero considerando que las   765
voces del pastor habían de alborotar la tierra, y
que la caballería de la costa ▼ había de venir luego
a ver lo que era, acordamos que el renegado se
desnudase las ropas del turco y se vistiese un gile-
cuelco [60] o casaca de cautivo que uno de nosotros   770
le dio luego, aunque se quedó en camisa; y así, encomendándonos a Dios, fuimos por el mismo camino que vimos que el pastor llevaba, esperando
siempre cuándo había de dar sobre nosotros la caballería de la costa. Y no nos engañó nuestro pen-   775
samiento, porque aún no habrían pasado dos horas cuando, habiendo ya salido de aquellas malezas a un llano, descubrimos hasta cincuenta caballeros [61], que con gran ligereza, corriendo a media
rienda, a nosotros se venían, y así como los vimos,   780
nos estuvimos quedos aguardándolos; pero como
ellos llegaron, y vieron, en lugar de los moros que
buscaban, tanto pobre cristiano, quedaron confusos, y uno dellos nos preguntó si éramos nosotros
acaso la ocasión por que un pastor había apellida-   785

[60] Gileco, jubón cuyas
mangas llegan al codo.

[61] Atajadores.

▼ La milicia que defendía las costas contra los piratas berberiscos. Sus caballeros se llamaban atajadores.

do al arma [62]. «—Sí», dije yo; y queriendo comenzar a decirle mi suceso, y de dónde veníamos y
quién éramos, uno de los cristianos que con nosotros venían conoció al jinete que nos había hecho
la pregunta, y dijo, sin dejarme a mí decir más palabra: «—¡Gracias sean dadas a Dios, señores, que
a tan buena parte nos ha conducido! Porque, si yo
no me engaño, la tierra que pisamos es la de Vé-
lez Málaga; si ya los años de mi cautiverio no me
han quitado de la memoria el acordarme que vos,
señor, que nos preguntáis quién somos, sois Pedro
de Bustamante, tío mío ▼.» Apenas hubo dicho
esto el cristiano cautivo, cuando el jinete se arrojó del caballo y vino a abrazar al mozo, diciéndole: «—Sobrino de mi alma y de mi vida, ya te conozco, y ya te he llorado por muerto yo, y mi hermana, tu madre, y todos los tuyos, que aún viven,
y Dios ha sido servido de darles vida para que gocen el placer de verte; ya sabíamos que estabas en
Argel, y por las señales y muestras de tus vestidos, y la de todos los desta compañía, comprehen-
do [63] que habéis tenido milagrosa libertad.»
«—Así es —respondió el mozo—, y tiempo nos
quedará para contároslo todo.» Luego que los ji-
netes entendieron que éramos cristianos cautivos,
se apearon de sus caballos, y cada uno nos convidaba con el suyo para llevarnos a la ciudad de Vé-
lez Málaga, que legua y media de allí estaba. Algunos dellos volvieron a llevar la barca a la ciudad, diciéndoles dónde la habíamos dejado; otros
nos subieron a las ancas, y Zoraida fue en las del
caballo del tío del cristiano.

Salionós a recebir todo el pueblo; que ya de alguno que se había adelantado sabían la nueva de

[62] Había dado la alar-
ma.

[63] Comprendo.

▼ La anagnórisis o reconocimiento es uno de los rasgos de la novela bizantina.

nuestra venida. No se admiraban de ver cautivos 820
libres, ni moros cautivos, porque toda la gente de
aquella costa está hecha a ver a los unos y a los
otros, pero admirábanse de la hermosura de Zoraida, la cual en aquel instante y sazón estaba en
su punto, ansí con el cansancio del camino como 825
con la alegría de verse ya en tierra de cristianos,
sin sobresalto de perderse, y esto le había sacado
al rostro tales colores, que si no es que la afición
entonces me engañaba, osaré decir que más hermosa criatura no había en el mundo; a lo menos 830
que yo la hubiese visto. Fuimos derechos a la iglesia, a dar gracias a Dios por la merced recebida,
y así como en ella entró Zoraida, dijo que allí había rostros que se parecían a los de Lela Marién.
Dijímosle que eran imágines [64] suyas, y como me- 835
jor se pudo le dio el renegado a entender lo que
significaban, para que ella las adorase como si verdaderamente fueran cada una dellas la misma Lela
Marién que la había hablado ▾. Ella, que tiene
buen entendimiento y un natural fácil y claro, en- 840
tendió luego cuanto acerca de las imágines se le
dijo. Desde allí nos llevaron y repartieron a todos
en diferentes casas del pueblo; pero al renegado,
Zoraida y a mí nos llevó el cristiano que vino con
nosotros, y en casa de sus padres, que mediana- 845
mente eran acomodados de los bienes de fortuna,
nos regalaron con tanto amor como a su mismo
hijo.

    Seis días estuvimos en Vélez, al cabo de los cua-
les el renegado, hecha su información de cuanto 850
le convenía, se fue a la ciudad de Granada, a reducirse por medio de la Santa Inquisición al gre-

---

[64] Imágenes.

▾ Explicaciones necesarias para Zoraida: recuérdese que la religión musulmana prohí-
be las imágenes.

mio santísimo de la Iglesia ▼; los demás cristianos
libertados se fueron cada uno donde mejor le pa-
855 reció; solos quedamos Zoraida y yo, con solos los
escudos que la cortesía del francés le dio a Zoraida, de los cuales compré este animal en que ella
viene, y, sirviéndola yo hasta agora de padre y escudero, y no de esposo, vamos con intención de
860 ver si mi padre es vivo, o si alguno de mis hermanos ha tenido más próspera ventura que la mía ▼▼,
puesto que [65], por haberme hecho el cielo compañero de Zoraida, me parece que ninguna otra suerte me pudiera venir, por buena que fuera, que más
865 la estimara. La paciencia con que Zoraida lleva las
incomodidades que la pobreza trae consigo, y el
deseo que muestra tener de verse ya cristiana es
tanto y tal, que me admira, y me mueve a servirla
todo el tiempo de mi vida; puesto que el gusto que
870 tengo de verme suyo y de que ella sea mía me le
turba y deshace no saber si hallaré en mi tierra algún rincón donde recogella, y si habrán hecho el
tiempo y la muerte tal mudanza en la hacienda y
vida de mi padre y hermanos, que apenas halle
875 quien me conozca, si ellos faltan.

No tengo más, señores, que deciros de mi historia, la cual, si es agradable y peregrina, júzguen-
lo vuestros buenos entendimientos; que de mí sé
decir que quisiera habérosla contado más breve-
880 mente, puesto que el temor de enfadaros más de
cuatro circunstancias me ha quitado de la lengua.

....
[65] Aunque.

||||||||||||||||||||||||||||||||||||||||||||||||||||||||||||||||||||||||||||||||||||||||||||||||||||||||||||||||||||||||||||||||||||||||||||||||||||||||

▼ Todo renegado que regresaba y quería ser admitido en el gremio de los cristianos
tenía que presentarse al Tribunal del Santo Oficio (Inquisición).
▼▼ Uno de sus hermanos es el oidor, que va a aparecer pronto en esta venta (y con é
se produce otro caso de anagnórisis).

Capítulo XLII

Que trata de lo que más [1] sucedió en la venta y de otras muchas cosas dignas de saberse

[1] Además.

Calló en diciendo esto el cautivo, a quien don Fernando dijo:

—Por cierto, señor capitán, el modo con que habéis contado este extraño suceso ha sido tal, que iguala a la novedad y extrañeza del mesmo caso. Todo es peregrino, y raro, y lleno de accidentes que maravillan y suspenden a quien los oye. Y es de tal manera el gusto que hemos recebido en escuchalle, que aunque nos hallara el día de mañana entretenidos en el mesmo cuento, holgáramos que de nuevo se comenzara ▼.

Y en diciendo esto, Cardenio y todos los demás se le ofrecieron con todo lo a ellos posible para servirle, con palabras y razones tan amorosas y tan verdaderas, que el capitán se tuvo por bien satisfecho de sus voluntades. Especialmente, le ofreció don Fernando que si quería volverse con él, que él haría que el marqués, su hermano, fuese pa-

El relato del cautivo (las armas) es enjuiciado positivamente por don Fernando. «Aquí define el "caso extraño" que entraña el arte novelesco de Cervantes, en que se reoncilian lo maravilloso y lo verosímil, tanto en el asunto como en el estilo, y teniendo omo fin el despertar la admiración del lector» (Murillo).

drino del bautismo de Zoraida, y que él, por su
parte, le acomodaría de manera que pudiese en-
25 trar en su tierra con el autoridad y cómodo [2] que
a su persona se debía. Todo lo agradeció cortesí-
simamente el cautivo, pero no quiso aceptar ninguno de sus liberales ofrecimientos.

    En esto llegaba ya la noche ▼, y al cerrar della,
30 llegó a la venta un coche, con algunos hombres
de a caballo. Pidieron posada; a quien la ventera
respondió que no había en toda la venta un palmo desocupado.

    —Pues, aunque eso sea —dijo uno de los de
35 a caballo que habían entrado—, no ha de faltar
para el señor oidor [3] que aquí viene.

    A este nombre se turbó la güéspeda [4], y dijo:

    —Señor, lo que en ello hay, es que no tengo ca-
mas; si es que su merced del señor oidor la trae,
40 que sí debe de traer, entre en buena hora; que yo
y mi marido nos saldremos de nuestro aposento
para acomodar a su merced.

    —Sea en buena hora —dijo el escudero.

    Pero a este tiempo ya había salido del coche un
45 hombre, que en el traje mostró luego el oficio y
cargo que tenía, porque la ropa luenga, con las
mangas arrocadas [5], que vestía, mostraron ser oidor, como su criado había dicho. Traía de la mano
a una doncella, al parecer de hasta diez y seis años,
50 vestida de camino, tan bizarra, tan hermosa y tan
gallarda, que a todos puso en admiración su vista,
de suerte, que a no haber visto a Dorotea y a Luscinda y Zoraida, que en la venta estaban, creye-
ran que otra tal hermosura como la desta donce-
55 lla difícilmente pudiera hallarse. Hallóse don Qui-

[2] Comodidad.

[3] Juez de audiencia.

[4] Huéspeda (la vente-
ra).

[5] Mangas con vuelos de
encaje.

▼ Nótese el desconcierto temporal; antes, en el capítulo 37, se ha dicho: *Ya en esto lle-*
gaba la noche y sentáronse todos a cenar (y don Quijote pronuncia el discurso de las armas y las letras).

jote al entrar del oidor y de la doncella, y así como
le vio, dijo:

—Seguramente puede vuestra merced entrar y
espaciarse en este castillo; que aunque es estrecho
y mal acomodado, no hay estrecheza [6] ni incomodidad en el mundo que no dé lugar a las armas y
a las letras ▼, y más si las armas y letras traen por
guía y adalid a la fermosura, como la traen las letras de vuestra merced en esta fermosa doncella,
a quien deben no sólo abrirse y manifestarse los castillos, sino apartarse los riscos, y devidirse [7] y aba-
jarse las montañas, para dalle acogida. Entre vuestra merced, digo, en este paraíso; que aquí hallará
estrellas y soles que acompañen al cielo que vuestra merced trae consigo: aquí hallará las armas en
su punto y la hermosura en su extremo.

Admirado quedó el oidor del razonamiento de
don Quijote, a quien se puso a mirar muy de propósito [8], y no menos le admiraba su talle que sus
palabras; y sin hallar ningunas con que respondelle, se tornó a admirar de nuevo cuando vio delante de sí a Luscinda, Dorotea y a Zoraida, que
a las nuevas de los nuevos güéspedes y a las que
la ventera les había dado de la hermosura de la
doncella, habían venido a verla y a recebirla. Pero
don Fernando, Cardenio y el cura le hicieron más
llanos y más cortesanos ofrecimientos. En efecto,
el señor oidor entró confuso, así de lo que veía
como de lo que escuchaba, y las hermosas de la
venta dieron la bienllegada [9] a la hermosa doncella.

En resolución, bien echó de ver el oidor que era
gente principal toda la que allí estaba, pero el ta-

---

6 Estrechez.

7 Dividirse.

8 Muy fijamente.

9 Bienvenida.

60

65

70

75

80

85

▼ Es don Quijote mismo quien advierte la relación entre su discurso de las armas y las
letras y los personajes que aparecen después: el cautivo y su historia (armas) y su hermano el oidor (letras).

lle, visaje [10] y la postura de don Quijote le desati-
90   naba; y habiendo pasado entre todos corteses
ofrecimientos y tanteado la comodidad de la venta, se ordenó lo que antes estaba ordenado: que
todas las mujeres se entrasen en el camaranchón [11]
ya referido, y que los hombres se quedasen fuera,
95   como en su guarda. Y así, fue contento el oidor
que su hija, que era la doncella, se fuese con aquellas señoras, lo que ella hizo de muy buena gana.
Y con parte de la estrecha cama del ventero, y con
la mitad de la que el oidor traía, se acomodaron
100   aquella noche, mejor de lo que pensaban.

El cautivo, que desde el punto que vio al oidor,
le dio saltos el corazón y barruntos de que aquél
era su hermano, preguntó a uno de los criados
que con él venían que cómo se llamaba y si sabía
105   de qué tierra era. El criado le respondió que se llamaba el licenciado Juan Pérez de Viedma, y que
había oído decir que era de un lugar de las montañas de León. Con esta relación y con la que él
había visto se acabó de confirmar de que aquél
110   era su hermano, que había seguido las letras, por
consejo de su padre. Y alborotado y contento, llamando aparte a don Fernando, a Cardenio y al
cura, les contó lo que pasaba, certificándoles que
aquel oidor era su hermano ▾. Habíale dicho tam-
115   bién el criado como iba proveído por oidor a las
Indias, en la Audiencia de Méjico; supo también
cómo aquella doncella era su hija, de cuyo parto
había muerto su madre, y que él había quedado
muy rico con el dote que con la hija se le quedó
120   en casa. Pidióles consejo qué modo tendría para

[10] Aspecto.

[11] Desván.

▾ La separación de los hermanos, su reunión y la anagnórisis o reconocimiento posteriores son rasgos característicos de la novela bizantina.

descubrirse, o para conocer primero si, después
de descubierto, su hermano, por verle pobre, se
afrentaba o le recebía con buenas entrañas.

—Déjeseme a mí el hacer esa experiencia
—dijo el cura—; cuanto más que no hay pensar   125
sino que vos, señor capitán, seréis muy bien recebido, porque el valor y prudencia que en su buen
parecer descubre vuestro hermano no da indicios
de ser arrogante ni desconocido [12], ni que no ha
de saber poner los casos de la fortuna en su punto.   130

—Con todo eso —dijo el capitán—, yo
querría, no de improviso, sino por rodeos, dármele a conocer [13].

—Ya os digo —respondió el cura— que yo lo
trazaré de modo que todos quedemos satisfechos.   135

Ya, en esto, estaba aderezada la cena, y todos
se sentaron a la mesa, excepto el cautivo y las señoras, que cenaron de por sí en su aposento. En
la mitad de la cena dijo el cura:

—Del mesmo nombre de vuestra merced, se-   140
ñor oidor, tuve yo una camarada ▼en Constantinopla, donde estuve cautivo algunos años; la cual camarada era uno de los valientes soldados y capitanes que había en toda la infantería española.
Pero tanto cuanto tenía de esforzado y valeroso te-   145
nía de desdichado.

—Y ¿cómo se llamaba ese capitán, señor mío?
—preguntó el oidor.

—Llamábase —respondió el cura— Ruy Pé-
rez de Viedma, y era natural de un lugar de las   150
montañas de León; el cual me contó un caso que
a su padre con sus hermanos le había sucedido,

▼ Véase la nota al pie de la pág. 624.

que, a no contármelo un hombre tan verdadero
como él, lo tuviera por conseja [14] de aquellas que
155   las viejas cuentan el invierno al fuego. Porque me
dijo que su padre había dividido su hacienda entre tres hijos que tenía, y les había dado ciertos
consejos, mejores que los de Catón ▼. Y sé yo decir que el [15] que él escogió de venir a la guerra le
160   había sucedido tan bien, que en pocos años, por
su valor y esfuerzo, sin otro brazo que el de su mucha virtud, subió a ser capitán de infantería, y a
verse en camino y predicamento [16] de ser presto
maestre de campo [17]. Pero fuele la fortuna contra-
165   ria, pues donde la pudiera esperar y tener buena,
allí la perdió, con perder la libertad en la felicísima jornada donde tantos la cobraron, que fue en
la batalla de Lepanto. Yo la perdí en la Goleta, y
después, por diferentes sucesos, nos hallamos ca-
170   maradas en Constantinopla. Desde allí vino a Argel, donde sé que le sucedió uno de los más extraños casos que en el mundo han sucedido.
De aquí fue prosiguiendo el cura, y con brevedad sucinta contó lo que con Zoraida a su herma-
175   no había sucedido. A todo lo cual estaba atento el
oidor, que ninguna vez había sido tan oidor como
entonces ▼▼. Sólo llegó el cura al punto de cuando
los franceses despojaron a los cristianos que en la
barca venían, y la pobreza y necesidad en que su
180   camarada y la hermosa mora habían quedado, de
los cuales no había sabido en qué habían parado,
ni si habían llegado a España o llevádolos los franceses a Francia.

[14] Véase nota 28 del cap. 20.

[15] El consejo (zeugma).

[16] Merecimiento.

[17] Jefe militar que mandaba un tercio (coro-
nel).

▼ Véase la segunda nota al pie de la página 274.

▼▼ Nótese el juego de palabras, basado en la dilogía; *oidor:* magistrado, juez de audiencia
y *oidor:* oyente.

Todo lo que el cura decía estaba escuchando, algo de allí desviado, el capitán, y notaba todos los movimientos que su hermano hacía; el cual, viendo que ya el cura había llegado al fin de su cuento, dando un grande suspiro y llenándosele los ojos de agua, dijo:

—¡Oh, señor, si supiésedes las nuevas que me habéis contado, y cómo me tocan tan en parte, que me es forzoso dar muestras dello con estas lágrimas que, contra toda mi discreción y recato, me salen por los ojos! Ese capitán tan valeroso que decís es mi mayor hermano, el cual, como más fuerte y de más altos pensamientos que yo ni otro hermano menor mío, escogió el honroso y digno ejercicio de la guerra, que fue uno de los tres caminos que nuestro padre nos propuso, según os dijo vuestra camarada en la conseja que, a vuestro parecer, le oístes [18]. Yo seguí el de las letras, en las cuales Dios y mi diligencia me han puesto en el grado que me veis. Mi menor hermano está en el Pirú [19], tan rico, que con lo que ha enviado a mi padre y a mí ha satisfecho bien la parte que él se llevó, y aun dado a las manos de mi padre con que poder hartar su liberalidad natural ▼; y yo, ansimesmo, he podido con más decencia y autoridad tratarme en mis estudios, y llegar al puesto en que me veo. Vive aún mi padre, muriendo con el deseo de saber de su hijo mayor, y pide a Dios con continuas oraciones no cierre la muerte sus ojos hasta que él vea con vida a los de su hijo. Del cual me maravillo, siendo tan discreto, cómo

[18] En la conseja —a vuestro parecer— que le oísteis.

[19] Perú.

▼ He aquí otro desajuste: en el capítulo 39, el cautivo dijo que el segundo hermano *escogió el irse a las Indias,* y el menor, *seguir la Iglesia, o irse a acabar sus comenzados estudios a Salamanca.* Ahora vemos que el hermano segundo es el oidor, y el menor está en el Perú.

215   en tantos trabajos y aflicciones, o prósperos sucesos, se haya descuidado de dar noticia de sí a su
padre; que si él lo supiera, o alguno de nosotros,
no tuviera necesidad de aguardar el milagro de la
caña para alcanzar su rescate. Pero de lo que yo
220   agora me temo es de pensar si aquellos franceses
le habrán dado libertad, o le habrán muerto por
encubrir su hurto. Esto todo será que yo prosiga
mi viaje, no con aquel contento con que le comencé, sino con toda melancolía y tristeza. ¡Oh buen
225   hermano mío, y quién supiera agora dónde estabas; que yo te fuera a buscar y a librar de tus trabajos, aunque fuera a costa de los míos! ¡Oh, quién
llevara nuevas a nuestro viejo padre de que tenías
vida, aunque estuvieras en las mazmorras más es-
230   condidas de Berbería; que de allí te sacaran sus riquezas, las de mi hermano y las mías! ¡Oh Zoraida
hermosa y liberal, quién pudiera pagar el bien que
a un hermano hiciste! ¡Quién pudiera hallarse al
renacer de tu alma, y a las bodas, que tanto gusto
235   a todos nos dieran ▼!

Estas y otras semejantes palabras decía el oidor,
lleno de tanta compasión con las nuevas que de
su hermano le habían dado, que todos los que le
oían le acompañaban en dar muestras del senti-
240   miento que tenían de su lástima.

Viendo, pues, el cura que tan bien había salido
con su intención y con lo que deseaba el capitán,
no quiso tenerlos a todos más tiempo tristes, y así,
se levantó de la mesa, y entrando donde estaba
245   Zoraida, la tomó por la mano, y tras ella se vinieron Luscinda, Dorotea y la hija del oidor. Estaba

---

▼ El remedo de la hinchazón retórica reaparece en estas exclamaciones del oidor.

esperando el capitán a ver lo que el cura quería hacer, que fue que, tomándole a él asimesmo de la
otra mano, con entrambos a dos se fue donde el
oidor y los demás caballeros estaban, y dijo: 250

—Cesen, señor oidor, vuestras lágrimas, y cól-
mese vuestro deseo de todo el bien que acertare
a desearse, pues tenéis delante a vuestro buen hermano y a vuestra buena cuñada. Este que aquí veis
es el capitán Viedma, y ésta, la hermosa mora que   255
tanto bien le hizo. Los franceses que os dije los pusieron en la estrechez que veis, para que vos mos-
tréis la liberalidad de vuestro buen pecho.

Acudió el capitán a abrazar a su hermano, y él
le puso ambas manos en los pechos, por mirarle   260
algo más apartado; más cuando le acabó de conocer, le abrazó tan estrechamente, derramando tan
tiernas lágrimas de contento, que los más de los
que presentes estaban le hubieron de acompañar
en ellas. Las palabras que entrambos hermanos se   265
dijeron, los sentimientos que mostraron, apenas
creo que pueden pensarse, cuanto más escribirse.
Allí, en breves razones, se dieron cuenta de sus sucesos; allí mostraron puesta en su punto la buena
amistad de dos hermanos; allí abrazó el oidor a Zo-   270
raida; allí la ofreció su hacienda; allí hizo que la
abrazase su hija; allí la cristiana hermosa y la mora
hermosísima renovaron las lágrimas de todos. Allí
don Quijote estaba atento, sin hablar palabra, considerando estos tan extraños sucesos, atribuyén-   275
dolos todos a quimeras de la andante caballería.
Allí concertaron que el capitán y Zoraida se volviesen con su hermano a Sevilla y avisasen a su padre de su hallazgo y libertad, para que, como pudiese [20] viniese a hallarse en las bodas y bautismo   280
de Zoraida, por no le ser al oidor posible dejar el
camino que llevaba, a causa de tener nuevas que
de allí a un mes partía flota de Sevilla a la Nueva

----

[20] Tan pronto como
pudiese.

España, y fuérale de grande incomodidad perder
285   el viaje ▼.

En resolución, todos quedaron contentos y ale-
gres del buen suceso del cautivo, y como ya la no-   ....
che iba casi en las dos partes [21] de su jornada, acor-   [21] Las dos terceras par
daron de recogerse y reposar lo que de ella les que-   tes.
290   daba. Don Quijote se ofreció a hacer la guardia
del castillo, porque de algún gigante o otro mal andante follón no fuesen acometidos, codiciosos del
gran tesoro de hermosura que en aquel castillo se
encerraba. Agradeciéronselo los que le conocían,
295   y dieron al oidor cuenta del humor extraño de
don Quijote, de que no poco gusto recibió.

Sólo Sancho Panza se desesperaba con la tardanza del recogimiento, y sólo él se acomodó mejor que todos, echándose sobre los aparejos de su
300   jumento, que le costaron tan caros como adelante se dirá.

Recogidas, pues, las damas en su estancia, y los
demás acomodándose como menos mal pudieron,
don Quijote se salió fuera de la venta a hacer la
305   centinela del castillo, como lo había prometido ▼▼.

Sucedió, pues, que faltando poco por venir el
alba, llegó a los oídos de las damas una voz tan en-
tonada y tan buena, que les obligó a que todas le
prestasen atento oído, especialmente Dorotea,
310   que despierta estaba, a cuyo lado dormía doña
Clara de Viedma, que ansí se llamaba la hija del
oidor. Nadie podía imaginar quién era la persona
que tan bien cantaba, y era una voz sola, sin que
la acompañase instrumento alguno. Unas veces les
315   parecía que cantaban en el patio, otras, que en la

‖‖‖

▼ Nótese la recurrencia de la repetición anafórica *(allí...)*.

▼▼ La ficción de don Quijote constituye aquí un auténtico nexo de unión entre lo novelesco (anagnórisis de los hermanos) y lo lírico (el canto del alba que sigue inmediatamente).

caballeriza; y estando en esta confusión muy aten-
tas, llegó a la puerta del aposento Cardenio, y dijo:

—Quien no duerme, escuche; que oirán una
voz de un mozo de mulas, que de tal manera canta, que encanta [22].

Y con esto, se fue Cardenio, y Dorotea, poniendo toda la atención posible, entendió que lo que
se cantaba era esto ▼:

[2] Paronomasia.

320

Capítulo XLIII

**Donde se cuenta la agradable historia del
mozo de mulas, con otros extraños
acaecimientos en la venta sucedidos ▼**

5   —Marinero soy de amor,
         y en su piélago profundo
         navego sin esperanza
         de llegar a puerto alguno.
           Siguiendo voy a una estrella
10   que desde lejos descubro,
         más bella y resplandeciente
         que cuantas vio Palinuro ▼▼.
           Yo no sé adónde me guía,
         y así, navego confuso,
15   el alma a mirarla atenta,
         cuidadosa y con descuido.
           Recatos impertinentes,
         honestidad contra el uso,
         son nubes que me la encubren
20   cuando más verla procuro.
           ¡Oh clara y luciente estrella,
         en cuya lumbre me apuro!
         Al punto que te me encubras,
         será de mi muerte el punto.

▼ Veáse la nota al pie de la página 187.
▼▼ Piloto mayor de la flota de Eneas (*Eneida*).

Llegando el que cantaba a este punto, le pare-   25
ció a Dorotea que no sería bien que dejase Clara
de oír una tan buena voz, y así, moviéndola a una
y a otra parte, la despertó, diciéndole:

—Perdóname, niña, que te despierte, pues lo
hago porque gustes de oír la mejor voz que quizás   30
habrás oído en toda tu vida.

Clara despertó toda soñolienta, y de la primera
vez no entendió lo que Dorotea le decía, y volvién-
doselo a preguntar, ella se lo volvió a decir, por
lo cual estuvo atenta Clara. Pero apenas hubo oído   35
dos versos que el que cantaba iba prosiguiendo,
cuando le tomó un temblor tan extraño, como si
de algún grave accidente de cuartana [1] estuviera
enferma, y abrazándose estrechamente con Dorotea, le dijo: 40

—¡Ay señora de mi alma y de mi vida! ¿Para
qué me despertastes? Que el mayor bien que la
fortuna me podía hacer por ahora era tenerme
cerrados los ojos y los oídos, para no ver ni oír a
ese desdichado músico.   45

—¿Qué es lo que dices, niña? Mira que dicen
que el que canta es un mozo de mulas.

—No es sino señor de lugares [2] —respondió
Clara—, y el que le tiene [3] en mi alma con tanta
seguridad, que si él no quiere dejalle, no le será   50
quitado eternamente.

Admirada quedó Dorotea de las sentidas razones de la muchacha, pareciéndole que se aventa-
jaban en mucho a la discreción que sus pocos años
prometían; y así, le dijo: 55

—Habláis de modo, señora Clara, que no puedo entenderos: declaraos más y decidme qué es lo
que decís de alma y de lugares, y deste músico,
cuya voz tan inquieta os tiene. Pero no me digáis
nada por ahora; que no quiero perder, por acudir   60
a vuestro sobresalto, el gusto que recibo de oír al

---

[1] Calentura o fiebre que repite cada cuatro días.

[2] Señor que es dueño de villas o aldeas.

[3] Tiene lugar.

que canta; que me parece que con nuevos versos
y nuevo tono torna a su canto.

—Sea en buen hora —respondió Clara.

65   Y por no oílle, se tapó con las manos entrambos oídos, de lo que también se admiró Dorotea;
la cual, estando atenta a lo que se cantaba, vio que
proseguían en esta manera:

—Dulce esperanza mía,
70   que, rompiendo imposibles y malezas,
sigues firme la vía
que tú mesma te finges y aderezas,
no te desmaye el verte
a cada paso junto al de tu muerte.

75   No alcanzan perezosos
honrados triunfos ni victoria alguna,
ni pueden ser dichosos
los que, no contrastando [4] a la fortuna,   [4] Resistiendo.
entregan, desvalidos,
80   al ocio blando todos los sentidos.

Que amor sus glorias venda
caras, es gran razón y es trato justo;
pues no hay más rica prenda
que la que se quilata por su gusto,
85   y es cosa manifiesta
que no es de estima lo que poco cuesta.

Amorosas porfías
tal vez alcanzan imposibles cosas,
y ansí, aunque con las mías
90   sigo de amor las más dificultosas,
no por eso recelo
de no alcanzar desde la tierra el cielo [▼].

▼ Esta composición poética es una canción de cuatro liras de seis versos.

Aquí dio fin la voz, y principio a nuevos sollozos Clara; todo lo cual encendía el deseo de Dorotea, que deseaba saber la causa de tan suave canto y de tan triste lloro. Y así, le volvió a preguntar qué era lo que le quería decir denantes [5]. Entonces Clara, temerosa de que Luscinda no [6] la oyese, abrazando estrechamente a Dorotea, puso su boca tan junto del oído de Dorotea, que seguramente [7] podía hablar sin ser de otro sentida, y así le dijo:

—Este que canta, señora mía, es un hijo de un caballero natural del reino de Aragón, señor de dos lugares, el cual vivía frontero de [8] la casa de mi padre en la Corte. Y aunque mi padre tenía las ventanas de su casa con lienzos ▼ en el invierno y celosías en el verano, yo no sé lo que fue, ni lo que no, que este caballero, que andaba al estudio, me vio, ni sé si en la iglesia o en otra parte. Finalmente, él se enamoró de mí, y me lo dio a entender desde las ventanas de su casa con tantas señas y con tantas lágrimas, que yo le hube de creer, y aun querer, sin saber lo que me quería. Entre las señas que me hacía, era una de juntarse la una mano con la otra, dándome a entender que se casaría conmigo, y aunque yo me holgaría mucho de que ansí fuera, como sola y sin madre, no sabía con quién comunicallo, y así, lo dejé estar sin dalle otro favor si no era, cuando estaba mi padre fuera de casa y el suyo también, alzar un poco el lienzo o la celosía, y dejarme ver toda, de lo que él hacía tanta fiesta, que daba señales de volverse loco. Llegóse en esto el tiempo de la partida de mi padre, la cual el supo, y no de mí, pues nunca

95

100

105

110

115

120

[5] Antes.

[6] *No* redundante.

[7] Con seguridad.

[8] Enfrente de.

▼ Estos lienzos hacían las veces de cristales, cuyo uso en las ventanas era aún poco frecuente.

125 pude decírselo. Cayó malo, a lo que yo entiendo,
de pesadumbre, y así, el día que nos partimos nunca pude verle para despedirme dél, siquiera con
los ojos. Pero a cabo de dos días que caminába-
mos, al entrar de una posada en un lugar una jor-
130 nada de aquí, le vi a la puerta del mesón, puesto
en hábito de mozo de mulas, tan al natural, que
si yo no le trujera tan retratado en mi alma fuera
imposible conocelle. Conocíle, admiréme y alegré-
me; él me miró a hurto de mi padre, de quien él
135 siempre se esconde cuando atraviesa por delante
de mí en los caminos y en las posadas do [9] llegamos. Y como yo sé quién es, y considero que por
amor de mí viene a pie y con tanto trabajo, mué-
rome de pesadumbre, y adonde él pone los pies
140 pongo yo los ojos. No sé con qué intención viene,
ni cómo ha podido escaparse de su padre, que le
quiere extraordinariamente, porque no tiene otro
heredero, y porque él lo merece, como lo verá
vuestra merced cuando le vea. Y más le sé decir:
145 que todo aquello que canta lo saca de su cabeza;
que he oído decir que es muy gran estudiante y
poeta. Y hay más: que cada vez que le veo o le
oigo cantar, tiemblo toda y me sobresalto, temerosa de que mi padre le conozca y venga en cono-
150 cimiento de nuestros deseos. En mi vida le he hablado palabra, y con todo eso le quiero de manera que no he de poder vivir sin él. Esto es, señora
mía, todo lo que os puedo decir deste músico cuya
voz tanto os ha contentado; que en sola ella echa-
155 réis bien de ver que no es mozo de mulas, como
decís, sino señor de almas y lugares, como yo os
he dicho.

    —No digáis más, señora doña Clara —dijo a
esta sazón Dorotea, y esto, besándola mil veces—;
160 no digáis más, digo, y esperad que venga el nuevo
día; que yo espero en Dios de encaminar de ma-

---

[9] Donde.

[10] Feliz (paragoge).

nera vuestros negocios, que tengan el felice [10] fin
que tan honestos principios merecen.

—¡Ay señora! —dijo doña Clara—, ¿qué fin
se puede esperar, si su padre es tan principal y tan
rico, que le parecerá que aun yo no puedo ser criada de su hijo, cuanto más esposa? Pues casarme
yo a hurto de mi padre, no lo haré por cuanto hay
en el mundo. No querría sino que este mozo se volviese y me dejase; quizá con no velle y con la gran
distancia del camino que llevamos se me aliviaría
la pena que ahora llevo, aunque sé decir que este
remedio que me imagino me ha de aprovechar
bien poco. No sé qué diablos ha sido esto, ni por
dónde se ha entrado este amor que le tengo, siendo yo tan muchacha y él tan muchacho, que en
verdad que creo que somos de una edad mesma,
y que yo no tengo cumplidos diez y seis años; que
para el día de San Miguel que vendrá dice mi padre que los cumplo.

No pudo dejar de reírse Dorotea oyendo cuán
como niña hablaba doña Clara, a quien dijo:

—Reposemos, señora, lo poco que creo que
queda de la noche y amanecerá Dios y medrare-
mos, o mal me andarán las manos [11].

Sosegáronse con esto, y en toda la venta se
guardaba un grande silencio; solamente no dor-
mían la hija de la ventera y Maritornes su criada,
las cuales como ya sabían el humor de que peca-
ba don Quijote, y que estaba fuera de la venta armado y a caballo haciendo la guarda, determinaron las dos hacelle alguna burla, o, a lo menos, de
pasar un poco el tiempo oyéndole sus disparates ▼.

[11] Y todo saldrá bien o
muy poco hábil he de
ser yo.

165

170

175

180

185

190

▼ Nótese el contraste entre los inocentes amores juveniles de doña Clara y don Luis
disfrazado de mozo de mulas) y la burla cruel de que don Quijote es objeto.

Es, pues, el caso, que en toda la venta no había
195   ventana que saliese al campo, sino un agujero de
un pajar, por donde echaban la paja por defuera.
A este agujero se pusieron las dos semidoncellas ▼,
y vieron que don Quijote estaba a caballo, recos-
tado sobre su lanzón, dando de cuando en cuan-
200   do tan dolientes y profundos suspiros, que parecía que con cada uno se le arrancaba el alma. Y
asimesmo oyeron que decía con voz blanda, regalada y amorosa:
—¡Oh mi señora Dulcinea del Toboso, extre-
205   mo de toda hermosura, fin y remate de la discreción, archivo del mejor donaire, depósito de la honestidad, y, ultimadamente, idea de todo lo pro-
vechoso, honesto y deleitable que hay en el mun-
do! Y ¿qué fará ¹² agora la tu merced? ¿Si tendrás   ¹² Hará (arcaísmo).
210   por ventura las mientes en tu cautivo caballero,
que a tantos peligros, por sólo servirte, de su voluntad ha querido ponerse? Dame tú nuevas della, ¡oh luminaria de las tres caras ▼▼! Quizá con envidia de la suya la estás ahora mirando, que, o pa-
215   seándose por alguna galería de sus suntuosos palacios, o ya puesta de pechos sobre algún balcón,
está considerando cómo, salva su honestidad y
grandeza, ha de amansar la tormenta que por ella
este mi cuitado corazón padece, qué gloria ha de
220   dar a mis penas, qué sosiego a mi cuidado y finalmente, qué vida a mi muerte y qué premio a mis
servicios. Y tú, sol, que ya debes estar apriesa ensillando tus caballos, por madrugar y salir a ver a
mi señora, así como la veas, suplícote que de mi

▼ La designación de estas *semidoncellas* es otro ejemplo de perspectivismo y de
ambigüedad.
▼▼ Alusión a la Luna, que, en la tradición clásica (Horacio), era llamada «diosa trifor-
me», por las tres formas (luna llena, menguante y creciente).

parte la saludes; pero guárdate que al verla y sa- 225
ludarla no le des paz [13] en el rostro, que tendré
más celos de ti que tú los tuviste de aquella ligera
ingrata que tanto te hizo sudar y correr por los llanos de Tesalia, o por las riberas de Peneo, que no
me acuerdo bien por dónde corriste entonces ce- 230
loso y enamorado ▼.

A este punto llegaba entonces don Quijote en
su tan lastimero razonamiento, cuando la hija de
la ventera le comenzó a cecear [14] y a decirle:

—Señor mío, lléguese acá la vuestra merced, si 235
es servido.

A cuyas señas y voz volvió don Quijote la cabeza, y vio, a la luz de la luna, que entonces estaba
en toda su claridad, cómo le llamaban del agujero
que a él le pareció ventana, y aun con rejas dora- 240
das, como conviene que las tengan tan ricos castillos como él se imaginaba que era aquella venta;
y luego en el instante se le representó en su loca
imaginación que otra vez, como la pasada ▼▼, la
doncella fermosa, hija de la señora de aquel casti- 245
llo vencida de su amor, tornaba a solicitarle; y con
este pensamiento, por no mostrarse descortés y
desagradecido, volvió las riendas a Rocinante y se
llegó al agujero, y así como vio a las dos mozas,
dijo: 250

—Lástima os tengo, fermosa señora, de que ha-
yades puesto vuestras amorosas mientes en parte
donde no es posible corresponderos conforme merece vuestro gran valor y gentileza; de lo que no
debéis dar culpa a este miserable andante caballe- 255

13 No la beses.

14 Llamarle diciendo:
¡ce!, ¡ce!

▼ Alusión a la fábula mitológica de Apolo (el Sol) y Dafne, hija del río Peneo (de Tesalia, en Grecia): Dafne, perseguida por Apolo, acabó convirtiéndose en laurel.
▼▼ Se refiere a la trifulca nocturna narrada en el capítulo 16.

ro, a quien tiene amor imposibilitado de poder entregar su voluntad a otra que aquella que, en el
punto que sus ojos la vieron, la hizo señora absoluta de su alma. Perdonadme, buena señora, y re-
260   cogeos en vuestro aposento, y no queráis, con sig-
nificarme más vuestros deseos, que yo me muestre más desagradecido; y si del amor que me tenéis halláis en mí otra cosa con que satisfaceros
que el mismo amor no sea, pedídmela; que yo os
265   juro por aquella ausente enemiga dulce mía ▼ de
dárosla encontinente [15], si bien me pidiésedes una
guedeja de los cabellos de Medusa ▼▼, que eran todos culebras, o ya los mesmos rayos del sol, encerrados en una redoma.

270   —No ha menester nada deso mi señora, señor
caballero —dijo a este punto Maritornes.

      —Pues ¿qué ha menester, discreta dueña, vues-
tra señora? —respondió don Quijote.

      —Sola una de vuestras hermosas manos
275   —dijo Maritornes—, por poder deshogar [16] con
ella el gran deseo que a este agujero la ha traído,
tan a peligro de su honor, que si su señor padre
la hubiera sentido, la menor tajada della fuera la
oreja.

280   —¡Ya quisiera yo ver eso! —respondió don
Quijote—. Pero él se guardará bien deso, si ya no
quiere hacer el más desastrado fin que padre hizo
en el mundo, por haber puesto las manos en los
delicados miembros de su enamorada hija.

285   Parecióle a Maritornes que sin duda don Quijote daría la mano que le habían pedido, y, propo-

[15] Incontinenti, al instante.

[16] Desahogar.

▼ Véase la nota al pie de la página 181.

▼▼ Medusa era una de las tres gorgonas en la mitología griega; tenía serpientes en vez
de cabellos y petrificaba a quien la miraba.

niendo en su pensamiento lo que había de hacer,
se bajó del agujero y se fue a la caballeriza, donde
tomó el cabestro del jumento de Sancho Panza, y
con mucha presteza se volvió a su agujero, a tiem-   290
po que don Quijote se había puesto de pies sobre
la silla de Rocinante, por alcanzar a la ventana en-
rejada donde se imaginaba estar la ferida doncella; y al darle la mano, dijo:

—Tomad, señora, esa mano, o, por mejor de-   295
cir, ese verdugo de los malhechores del mundo; tomad esa mano, digo, a quien no ha tocado otra
de mujer alguna, ni aun la de aquella que tiene entera posesión de todo mi cuerpo. No os la doy
para que la beséis, sino para que miréis la contex-   300
tura de sus nervios, la trabazón de sus músculos,
la anchura y espaciosidad de sus venas; de donde
sacaréis qué tal debe de ser la fuerza del brazo que
tal mano tiene ▼.

—Ahora lo veremos —dijo Maritornes.   305

Y haciendo una lazada corrediza al cabestro, se
la echó a la muñeca, y bajándose del agujero, ató
lo que quedaba al cerrojo de la puerta del pajar,
muy fuertemente. Don Quijote, que sintió la aspereza del cordel en su muñeca, dijo: 310

—Más parece que vuestra merced me ralla [17]
que no que me regala [18] la mano; no la tratéis tan
mal, pues ella no tiene la culpa del mal que mi voluntad os hace, ni es bien que en tan poca parte
venguéis el todo de vuestro enojo. Mirad que   315
quien quiere bien no se venga tan mal.

Pero todas estas razones de don Quijote ya no
las escuchaba nadie, porque, así como Maritornes
le ató, ella y la otra se fueron, muertas de risa, y

[17] Desmenuza con el ra-
llador.

[18] Acaricia.

▼ El caballero se gallardea y «comete uno de los pocos pecados que de él nos cuenta
Cervantes al dejarnos ver un don Quijote frívolo y vanidoso» (Serrano Plaja).

320 le dejaron asido de manera que fue imposible soltarse.

Estaba, pues, como se ha dicho, de pies sobre
Rocinante, metido todo el brazo por el agujero, y
atado de la muñeca, y al cerrojo de la puerta, con
325 grandísimo temor y cuidado, que si Rocinante se
desviaba a un cabo o a otro, había de quedar colgado del brazo; y así, no osaba hacer movimiento
alguno, puesto que [19] de la paciencia y quietud de
Rocinante bien se podía esperar que estaría sin
330 moverse un siglo entero.

En resolución, viéndose don Quijote atado, y
que ya las damas se habían ido, se dio a imaginar
que todo aquello se hacía por vía de encantamento, como la vez pasada, cuando en aquel mesmo
335 castillo le molió aquel moro encantado del arriero [20], y maldecía entre sí su poca discreción y discurso, pues habiendo salido tan mal la vez primera de aquel castillo, se había aventurado a entrar
en él la segunda, siendo advertimiento de caballe-
340 ros andantes que cuando han probado una aventura y no salido bien con ella, es señal que no está
para ellos guardada, sino para otros, y así, no tienen necesidad de probarla segunda vez. Con todo
esto, tiraba de su brazo por ver si podía soltarse;
345 mas él estaba tan bien asido, que todas sus pruebas fueron en vano. Bien es verdad que tiraba con
tiento, porque Rocinante no se moviese, y aunque
él quisiera sentarse y ponerse en la silla, no podía
sino estar en pie, o arrancarse la mano.

350 Allí fue el desear de la espada de Amadís, contra quien no tenía fuerza de encantamento alguno; allí fue maldecir de su fortuna; allí fue el exa-
gerar la falta que haría [21] en el mundo su presencia el tiempo que allí estuviese encantado, que sin
355 duda alguna se había creído que lo estaba; allí el
acordarse de nuevo de su querida Dulcinea del To-

[19] Aunque.

[20] Se refiere al episo-
dio narrado en el ca-
pítulo 16.

[21] La falta que causaba

boso; allí fue el llamar a su buen escudero Sancho
Panza, que, sepultado en sueño y tendido sobre el
albarda de su jumento, no se acordaba en aquel
instante de la madre que lo había parido; allí lla-   360
mó a los sabios Lirgandeo y Alquife, que le ayudasen; allí invocó a su buena amiga Urganda, que
le socorriese, y, finalmente, allí le tomó la mañana, tan desesperado y confuso, que bramaba
como un toro; porque no esperaba él que con el   365
día se remediaría su cuita, porque la tenía por eterna, teniéndose por encantado ▼. Y hacíale creer
esto ver que Rocinante poco ni mucho se movía,
y creía que de aquella suerte, sin comer ni beber
ni dormir, habían de estar él y su caballo, hasta   370
que aquel mal influjo de las estrellas se pasase, o
hasta que otro más sabio encantador le desencan-
tase.

Pero engañóse mucho en su creencia, porque
apenas comenzó a amanecer, cuando llegaron a la   375
venta cuatro hombres de a caballo, muy bien
puestos y aderezados, con sus escopetas sobre los
arzones. Llamaron a la puerta de la venta, que aún
estaba cerrada, con grandes golpes, lo cual visto
por don Quijote desde donde aún no dejaba de ha-   380
cer la centinela, con voz arrogante y alta dijo:

—Caballeros, o escuderos, o quienquiera que
seáis: no tenéis para qué llamar a las puertas deste castillo; que asaz [22] de claro está que a tales horas, o los que están dentro duermen, o no tienen   385
por costumbre de abrirse las fortalezas hasta que
el sol esté tendido por todo el suelo. Desviaos afue-

....
[22] Bastante.

▼ Lirgandeo era el sabio encantador y cronista del Caballero del Febo; Alquife, esposo
de Urganda, lo era de Amadís de Grecia; y Urganda era la maga amiga de Amadís de
Gaula.

ra, y esperad que aclare el día, y entonces veremos si será justo o no que os abran.

390 — ¿Qué diablos de fortaleza o castillo es éste
—dijo uno—, para obligarnos a guardar esas ceremonias? Si sois el ventero, mandad que nos
abran; que somos caminantes que no queremos
más de dar cebada a nuestras cabalgaduras y pa-
395 sar adelante, porque vamos de priesa.

— ¿Paréceos, caballeros, que tengo yo talle de
ventero? —respondio don Quijote.

—No sé de qué tenéis talle —respondió el
otro, pero sé que decís disparates en llamar casti-
400 llo a esta venta.

—Castillo es —replicó don Quijote—, y aun
de los mejores de toda esta provincia; y gente tiene dentro que ha tenido cetro en la mano y corona en la cabeza.

405 —Mejor fuera al revés —dijo el caminante—:
el cetro en la cabeza y la corona en la mano. Y
será, si a mano viene [23], que debe de estar dentro
alguna compañía de representantes [24], de los cuales es tener a menudo esas coronas y cetros que
410 decís, porque en una venta tan pequeña, y adonde se guarda tanto silencio como ésta, no creo yo
que se alojan personas dignas de corona y cetro.

—Sabéis poco del mundo —replicó don Quijote—, pues ignoráis los casos que suelen aconte-
415 cer en la caballería andante.

Cansábanse los compañeros que con el pregun-
tante venían del coloquio que con don Quijote pasaba, y así, tornaron a llamar con grande furia; y
fue de modo que el ventero despertó, y aun todos
420 cuantos en la venta estaban, y así, se levantó a preguntar quién llamaba. Sucedió en este tiempo que
una de las cabalgaduras en que venían los cuatro
que llamaban se llegó a oler a Rocinante, que, melancólico y triste, con las orejas caídas, sostenía

[23] Por ventura, acaso.

[24] Cómicos.

sin moverse a su estirado señor; y como, en fin, 425
era de carne, aunque parecía de leño, no pudo dejar de resentirse y tornar a oler a quien le llegaba
a hacer caricias; y así, no se hubo movido tanto

....
²⁵ Algún tanto, un poco.

cuanto ²⁵, cuando se desviaron los juntos pies de
don Quijote, y, resbalando de la silla, dieran con 430
él en el suelo, a no quedar colgado del brazo, cosa
que le causó tanto dolor, que creyó, o que la muñeca le cortaban, o que el brazo se le arrancaba,
porque él quedó tan cerca del suelo, que con los
extremos de las puntas de los pies besaba la tierra, 435
que era en su perjuicio, porque, como sentía lo
poco que le faltaba para poner las plantas en la
tierra, fatigábase y estirábase cuanto podía por alcanzar el suelo, bien así como los que están en el
tormento de la garrucha ▼, puestos a toca, no toca, 440
que ellos mesmos son causa de acrecentar su dolor, con el ahínco que ponen en estirarse, engañados de la esperanza que se les representa, que con
poco más que se estiren llegarán al suelo.

▬▬

▼ La *garrucha* era una polea con una soga a la que se ataban las manos del reo, cuyos pies estaban atados con grilletes y pesas.

CAPÍTULO XLIV

Donde se prosiguen los inauditos [1] sucesos de la venta

En efecto, fueron tantas las voces que don Qui-
5 jote dio, que, abriendo de presto las puertas de la
venta, salió el ventero, despavorido, a ver quién tales gritos daba, y los que estaban fuera hicieron
lo mesmo. Maritornes, que ya había despertado a
las mismas voces, imaginando lo que podía ser, se
10 fue al pajar y desató, sin que nadie lo viese, el cabestro que a don Quijote sostenía, y él dio luego
en el suelo, a vista del ventero y de los caminantes, que, llegándose a él, le preguntaron qué tenía,
que tales voces daba. Él, sin responder palabra, se
15 quitó el cordel de la muñeca, y levantándose en
pie, subió sobre Rocinante, embrazó su adarga [2],
enristró su lanzón [3], y tomando buena parte del
campo, volvió a medio galope, diciendo:
—Cualquiera que dijere que yo he sido con jus-
20 to título encantado, como mi señora la princesa
Micomicona me dé licencia para ello ▼, yo le desmiento, le rieto [4] y desafío a singular batalla.
Admirados se quedaron los nuevos caminantes
de las palabras de don Quijote, pero el ventero les

[1] Extraordinarios.

[2] Escudo.

[3] Lanza corta.

[4] Reto (arcaísmo).

▼ Véase la nota segunda al pie de la página 692.

quitó de aquella admiración, diciéndoles que era 25
don Quijote, y que no había de hacer caso dél, porque estaba fuera de juicio.

Preguntáronle al ventero si acaso [5] había llegado a aquella venta un muchacho de hasta edad de
quince años, que venía vestido como mozo de mu- 30
las, de tales y tales señas, dando las mesmas que
traía el amante de doña Clara. El ventero respondió que había tanta gente en la venta, que no había echado de ver en el que preguntaban. Pero habiendo visto uno dellos el coche donde había ve- 35
nido el oidor, dijo:

—Aquí debe de estar sin duda, porque éste es
el coche que él dicen que sigue; quédese uno de
nosotros a la puerta y entren los demás a buscarle, y aun sería bien que uno de nosotros rodease [6] 40
toda la venta, porque no se fuese por las bardas
de los corrales.

—Así se hará —respondió uno dellos.

Y entrándose los dos dentro, uno se quedó a la
puerta y el otro se fue a rodear la venta; todo lo 45
cual veía el ventero, y no sabía atinar para qué se
hacían aquellas diligencias, puesto que [7] bien creyó que buscaban aquel mozo cuyas señas le habían dado. Ya a esta sazón aclaraba el día; y así
por esto como por el ruido que don Quijote había 50
hecho, estaban todos despiertos y se levantaban,
especialmente doña Clara y Dorotea, que la una
con sobresalto de tener tan cerca a su amante, y
la otra con el deseo de verle, habían podido dormir bien mal aquella noche. 55

Don Quijote, que vio que ninguno de los cuatro caminantes hacía caso dél, ni le respondían a
su demanda, moría y rabiaba de despecho y saña,
y si él hallara en las ordenanzas de su caballería
que lícitamente podía el caballero andante tomar 60
y emprender otra empresa habiendo dado su pa-

[5] Por casualidad.

[6] Diese la vuelta.

[7] Aunque.

labra y fe de no ponerse en ninguna hasta acabar
la que había prometido, él embistiera con todos,
y les hiciera responder mal de su grado ▼. Pero por
65 parecerle no convenirle ni estarle bien comenzar
nueva empresa hasta poner a Micomicona en su
reino, hubo de callar y estarse quedo, esperando
a ver en qué paraban las diligencias de aquellos caminantes, uno de los cuales halló al mancebo que
70 buscaba, durmiendo al lado de un mozo de mulas, bien descuidado de que nadie ni le buscase, ni
menos de que le hallase. El hombre le trabó del
brazo y le dijo:

—Por cierto, señor don Luis, que responde
75 bien a quien vos sois el hábito [8] que tenéis, y que   [8] Traje.
dice bien la cama en que os hallo al regalo con
que vuestra madre os crió.

Limpióse el mozo los soñolientos ojos y miró de
espacio [9] al que le tenía asido, y luego conoció que   [9] Despacio.
80 era criado de su padre, de que recibió tal sobre-
salto, que no acertó o no pudo hablarle palabra
por un buen espacio; y el criado prosiguió diciendo:

—Aquí no hay que hacer otra cosa, señor don
85 Luis, sino prestar paciencia y dar la vuelta a casa,
si ya vuestra merced no gusta que su padre y mi
señor la dé [10] al otro mundo, porque no se puede   [10] Dé la vuelta (se mue-
esperar otra cosa de la pena con que queda por   ra).
vuestra ausencia.

90 —Pues ¿cómo supo mi padre —dijo don
Luis— que yo venía este camino y en este traje?

—Un estudiante —respondió el criado— a
quien distes [11] cuenta de vuestros pensamientos   [11] Disteis.
fue el que lo descubrió, movido a lástima de las
95 que vio que hacía vuestro padre al punto que os

▼ Véase la nota segunda al pie de la página 692.

echó menos; y así, despachó a cuatro de sus criados en vuestra busca, y todos estamos aquí a vuestro servicio, más contentos de lo que imaginarse puede, por el buen despacho con que tornaremos, llevándoos a los ojos que tanto os quieren.

—Eso será como yo quisiere, o como el cielo lo ordenare —respondió don Luis.

—¿Qué habéis de querer, o qué ha de ordenar el cielo fuera de consentir en volveros? Porque no ha de ser posible otra cosa.

Todas estas razones que entre los dos pasaban oyó el mozo de mulas junto a quien don Luis estaba, y levantándose de allí, fue a decir lo que pasaba a don Fernando y a Cardenio, y a los demás, que ya vestido se habían; a los cuales dijo cómo aquel hombre llamaba de *don* a aquel muchacho ▾, y las razones que pasaban, y cómo le quería volver a casa de su padre, y el mozo no quería. Y con esto, y con lo que dél sabían, de la buena voz que el cielo le había dado, vinieron todos en gran deseo de saber más particularmente quién era, y aun de ayudarle si alguna fuerza le quisiesen hacer; y así, se fueron hacia la parte donde aún estaba hablando y porfiando con su criado.

Salía en esto Dorotea de su aposento, y tras ella doña Clara, toda turbada; y llamando Dorotea a Cardenio aparte, le contó en breves razones la historia del músico y de doña Clara; a quien [12] él también dijo lo que pasaba de la venida a buscarle los criados de su padre, y no se lo dijo tan callando, que lo dejase de oír Clara; de lo que quedó tan fuera de sí, que si Dorotea no llegara a tenerla, diera consigo en el suelo. Cardenio dijo a Dorotea que

[12] A Dorotea (antecedente del relativo).

▾ En las fechas de redacción y publicación del *Quijote,* sólo la alta nobleza merecía el tratamiento de *don.*

130   se volviesen al aposento, que él procuraría poner
remedio en todo, y ellas lo hicieron.

Ya estaban todos los cuatro que venían a bus-
car a don Luis dentro de la venta y rodeados dél [13],   [13] Puestos alrededor de
persuadiéndole que luego, sin detenerse un pun-   él.
to, volviese a consolar a su padre. Él respondió
135   que en ninguna manera lo podía hacer hasta dar
fin a un negocio en que le iba la vida, la honra y
el alma. Apretáronle entonces los criados, diciéndole que en ningún modo volverían sin él, y que
le llevarían, quisiese o no quisiese.

140   ——Eso no haréis vosotros ——replicó don
Luis——, si no es llevándome muerto, aunque de
cualquier manera que me llevéis, será llevarme sin
vida.

Ya a esta sazón habían acudido a la porfía to-
145   dos los más que en la venta estaban, especialmente Cardenio, don Fernando, sus camaradas, el oidor, el cura, el barbero y don Quijote, que ya le
pareció que no había necesidad de guardar más el
castillo. Cardenio, como ya sabía la historia del
150   mozo, preguntó a los que llevarle querían que qué
les movía a querer llevar contra su voluntad aquel
muchacho.

——Muévenos ——respondió uno de los cuatro——
dar la vida a su padre, que por la ausencia deste
155   caballero queda a peligro de perderla.

A esto dijo don Luis:

——No hay para qué se dé cuenta aquí de mis cosas; yo soy libre, y volveré si me diere gusto, y si
no ninguno de vosotros me ha de hacer fuerza.

160   ——Harásela a vuestra merced la razón ——respondió el hombre——; y cuando ella no bastare
con vuestra merced, bastará con nosotros para hacer a lo que venimos y lo que somos obligados.

—Sepamos qué es esto de raíz —dijo a este tiempo el oidor.   165

Pero el hombre, que lo conoció, como vecino de su casa, respondió:

—¿No conoce vuestra merced, señor oidor, a este caballero, que es el hijo de su vecino, el cual se ha ausentado de casa de su padre en el hábito 170 tan indecente a su calidad [14] como vuestra merced puede ver?

Miróle entonces el oidor más atentamente y conocióle, y abrazándole, dijo:

—¿Qué niñerías son éstas, señor don Luis, o 175 qué causas tan poderosas, que os hayan movido a venir desta manera, y en este traje, que dice tan mal con la calidad vuestra?

Al mozo se le vinieron las lágrimas a los ojos, y no pudo responder palabra. El oidor dijo a los cua- 180 tro que se sosegasen, que todo se haría bien, y tomando por la mano a don Luis, le apartó a una parte y le preguntó qué venida había sido aquélla.

Y en tanto que le hacía esta y otras preguntas, oyeron grandes voces a la puerta de la venta, y 185 era la causa dellas que dos huéspedes que aquella noche habían alojado en ella, viendo a toda la gente ocupada en saber lo que los cuatro buscaban, habían intentado a irse sin pagar lo que debían; mas el ventero, que atendía más a su negocio que 190 a los ajenos, les asió al salir de la puerta, y pidió su paga, y les afeó su mala intención con tales palabras, que les movió a que le respondiesen con los puños; y así, le comenzaron a dar tal mano [15], que el pobre ventero tuvo necesidad de dar voces 195 y pedir socorro. La ventera y su hija no vieron a otro más desocupado para poder socorrerle que a don Quijote, a quien la hija de la ventera dijo:

—Socorra vuestra merced, señor caballero, por
200   la virtud que Dios le dio, a mi pobre padre; que
dos malos hombres le están moliendo como a cibera ▼.

A lo cual respondió don Quijote, muy de espacio [16] y con mucha flema:

[16] Despacio.

205   —Fermosa doncella, no ha lugar por ahora
vuestra petición, porque estoy impedido de entre-
meterme en otra aventura en tanto que no diere
cima a una en que mi palabra me ha puesto. Mas
lo que yo podré hacer por serviros es lo que aho-
210   ra diré: corred y decid a vuestro padre que se en-
tretenga en esa batalla lo mejor que pudiere, y que
no se deje vencer en ningún modo, en tanto que
yo pido licencia a la princesa Micomicona para poder socorrerle en su cuita; que si ella me la da, te-
215   ned por cierto que yo le sacaré della ▼▼.

—¡Pecadora de mí! —dijo a esto Maritornes,
que estaba delante—. Primero que vuestra merced alcance esa licencia que dice, estará ya mi señor en el otro mundo.

220   —Dadme vos, señora, que yo alcance la licencia que digo —respondió don Quijote—; que
como yo la tenga, poco hará al caso que él esté
en el otro mundo; que de allí le sacaré a pesar del
mismo mundo que lo contradiga; o, por lo menos,
225   os daré tal venganza de los que allá le hubieren enviado, que quedéis más que medianamente satisfechas.

Y sin decir más se fue a poner de hinojos ante

▼ Nótese la hipérbole en esta comparación: *cibera* es la porción de trigo que se echa
en el molino para que la rueda empiece a funcionar.

▼▼ Tremenda incoherencia de don Quijote —y también descuido del narrador; ambos
quedan señalados en las notas de las páginas 686 y 688—, quien, al pedir licencia a la
Micomicona, parece haber olvidado su «fantástica» batalla con los cueros de vino y la
muerte del gigante.

Dorotea, pidiéndole con palabras caballerescas y
andantescas que la su grandeza fuese servida de   230
darle licencia de acorrer y socorrer al castellano
de aquel castillo, que estaba puesto en una grave
mengua. La princesa se la dio de buen talante, y
él luego, embrazando su adarga y poniendo mano
a su espada, acudió a la puerta de la venta, adon-   235
de aún todavía traían los dos huéspedes a mal
traer al ventero; pero así como llegó, embazó [17] y
se estuvo quedo, aunque Maritornes y la ventera
le decían que en qué se detenía, que socorriese a
su señor y marido.   240

—Deténgome —dijo don Quijote— porque
no me es lícito poner mano a la espada contra gente escuderil; pero llamadme aquí a mi escudero
Sancho, que a él toca y atañe esta defensa y venganza.   245

Esto pasaba en la puerta de la venta, y en ella
andaban las puñadas y mojicones muy en su punto, todo en daño del ventero y en rabia de Maritornes, la ventera y su hija, que se desesperaban
de ver la cobardía de don Quijote, y de lo mal que   250
lo pasaba su marido, señor y padre.

Pero dejémosle aquí, que no faltará quien le socorra; o si no, sufra y calle el que se atreve a más
de a lo que sus fuerzas le prometen [18], y volvámo-
nos atrás cincuenta pasos, a ver qué fue lo que   255
don Luis respondió al oidor, que le dejamos aparte preguntándole la causa de su venida a pie y de
tan vil traje vestido ▼. A lo cual el mozo, asiéndole
fuertemente de las manos, como en señal de que
algún gran dolor le apretaba el corazón, y derra-   260
mando lágrimas en grande abundancia, le dijo:

[17] Se quedó perplejo.

[18] Permiten.

▼ En este capítulo se acelera el ritmo narrativo, un tanto remansado antes por la interpolación de historias secundarias.

—Señor mío, yo no sé deciros otra cosa sino
que desde el punto que quiso el cielo y facilitó
nuestra vecindad que yo viese a mi señora doña
265   Clara, hija vuestra y señora mía, desde aquel instante la hice dueño ▼ de mi voluntad; y si la vuestra, verdadero señor y padre mío, no lo impide,
en este mesmo día ha de ser mi esposa. Por ella
dejé la casa de mi padre, y por ella me puse en
270   este traje, para seguirla dondequiera que fuese,
como la saeta al blanco, o como el marinero al
norte. Ella no sabe de mis deseos más de lo que
ha podido entender de algunas veces que desde lejos ha visto llorar mis ojos. Ya, señor, sabéis la ri-
275   queza y la nobleza de mis padres, y cómo yo soy
su único heredero; si os parece que éstas son partes [19] para que os aventuréis a hacerme en todo
venturoso, recebidme luego [20] por vuestro hijo;
que si mi padre, llevado de otros disignios [21] su-
280   yos, no gustare deste bien que yo supe buscarme,
más fuerza tiene el tiempo para deshacer y mudar
las cosas que las humanas voluntades.

Calló en diciendo esto el enamorado mancebo,
y el oidor quedó en oírle suspenso, confuso y ad-
285   mirado, así de haber oído el modo y la discreción
con que don Luis le había descubierto su pensamiento, como de verse en punto que no sabía el
que poder tomar en tan repentino y no esperado
negocio; y así, no respondió otra cosa sino que se
290   sosegase por entonces, y entretuviese a sus criados, que por aquel día no le volviesen, porque se
tuviese tiempo para considerar lo que mejor a todos estuviese. Besóle las manos por fuerza don
Luis, y aun se las bañó con lágrimas, cosa que pu-
295   diera enternecer un corazón de mármol, no sólo

[19] Cualidades.

[20] Inmediatamente.

[21] Designios.

▼ «Así, en masculino, muy dentro de la tradición del amor cortés. Los trovadores pro-
venzales llamaban a sus amadas *midons,* «mi señor» (Avalle-Arce).

²² Aunque.

el del oidor, que, como discreto, ya había conoci- 300
do cuán bien le estaba a su hija aquel matrimonio; puesto que ²², si fuera posible, lo quisiera efec-
tuar con voluntad del padre de don Luis, del cual
sabía que pretendía hacer de título ▼ a su hijo.

Ya a esta sazón estaban en paz los huéspedes 305
con el ventero, pues por persuasión y buenas razones de don Quijote, más que por amenazas, le
habían pagado todo lo que él quiso ▼▼, y los criados de don Luis aguardaban el fin de la plática del
oidor y la resolución de su amo, cuando el demo- 310
nio, que no duerme, ordenó que en aquel mesmo
punto entró en la venta el barbero a quien don
Quijote quitó el yelmo de Mambrino y Sancho
Panza los aparejos del asno, que trocó con los del
suyo; el cual barbero, llevando su jumento a la ca- 315
balleriza, vio a Sancho Panza que estaba aderezan-
do no sé qué de la albarda, y así como la vio la
conoció, y se atrevió a arremeter a Sancho, diciendo:

—¡Ah don ladrón, que aquí os tengo! ¡Venga 320
mi bacía y mi albarda, con todos mis aparejos que
me robastes!

Sancho, que se vio acometer tan de improviso
y oyó los vituperios que le decían, con la una
mano asió de la albarda, y con la otra dio un mo- 325
jicón al barbero, que le bañó los dientes en sangre; pero no por esto dejó el barbero la presa que
tenía hecha en la albarda, antes alzó la voz de tal
manera, que todos los de la venta acudieron al ruido y pendencia, y decía: 330

▼ «Hacer señor de un título nobiliario.»

▼▼ El narrador escamotea aquí las razones de esa *persuasión y buenas razones* de don Quijote, porque, en caso de desarrollar la escena, don Quijote descendería a la realidad y
tendría que reconocer al ventero y a la venta como tales.

—¡Aquí del rey y de la justicia [23]; que sobre cobrar [24] mi hacienda me quiere matar este ladrón,
salteador de caminos!

—Mentís —respondió Sancho—; que yo no
335 soy salteador de caminos; que en buena guerra
ganó mi señor don Quijote estos despojos.

Ya estaba don Quijote delante, con mucho contento de ver cuán bien se defendía y ofendía [25] su
escudero, y túvole desde allí adelante por hombre
340 de pro, y propuso en su corazón de armalle caballero en la primera ocasión que se le ofreciese, por
parecerle que sería en él bien empleada la orden
de la caballería. Entre otras cosas que el barbero
decía en el discurso de la pendencia, vino a decir:

345 —Señores, así esta albarda es mía como la
muerte que debo a Dios, y así la conozco como si
la hubiera parido, y ahí está mi asno en el establo, que no me dejará mentir; si no, pruébensela,
y si no le viniere pintiparada, yo quedaré por in-
350 fame. Y hay más: que el mismo día que ella se me
quitó, me quitaron también una bacía de azófar [26]
nueva, que no se había estrenado, que era señora
de un escudo [27].

Aquí no se pudo contener don Quijote sin res-
355 ponder, y poniéndose entre los dos y apartándo-
les, depositando la albarda en el suelo, que la tuviese de manifiesto hasta que la verdad se aclara-
se, dijo:

—¡Porque vean vuestras mercedes clara y ma-
360 nifiestamente el error en que está este buen escudero, pues llama bacía a lo que fue, es y será yelmo de Mambrino, el cual se le quité yo en buena
guerra, y me hice señor dél con ligítima [28] y lícita
posesión! En lo del albarda no me entremeto; que
365 lo que en ello sabré decir es que mi escudero Sancho me pidió licencia para quitar los jaeces [29] del
caballo deste vencido cobarde, y con ellos ador-

nar el suyo; yo se la di, y él los tomó, y de haber- 370
se convertido de jaez en albarda, no sabré dar otra
razón si no es la ordinaria: que como esas transformaciones se ven en los sucesos de la caballería;
para confirmación de lo cual corre, Sancho hijo,
y saca aquí el yelmo que este buen hombre dice 375
ser bacía.

—¡Pardiez, señor —dijo Sancho—, si no tenemos otra prueba de nuestra intención que la que
vuestra merced dice, tan bacía es el yelmo de Malino ▾ como el jaez deste buen hombre albarda! 380

—Haz lo que te mando —replicó don Quijote—; que no todas las cosas deste castillo han de
ser guiadas por encantamento.

Sancho fue a do estaba la bacía y la trujo; y así
como don Quijote la vio, la tomó en las manos y 385
dijo:

—Miren vuestras mercedes con qué cara podía
decir este escudero que ésta es bacía, y no el yelmo que yo he dicho; y juro por la orden de caballería que profeso que este yelmo fue el mismo 390
que yo le quité, sin haber añadido en él ni quitado cosa alguna.

—En eso no hay duda —dijo a esta sazón Sancho—; porque desde que mi señor le ganó hasta
agora no ha hecho con él más de una batalla, 395
cuando libró a los sin ventura encadenados [30], y si
no fuera por este baciyelmo ▾▾, no lo pasara entonces muy bien, porque hubo asaz [31] de pedradas
en aquel trance.

[30] A los galeotes.

[31] Bastante.

▾ Nueva prevaricación idiomática de Sancho, quien trastrueca Mambrino en Malino
(¿maligno?). (Véase la nota al pie de la página 256.)

▾▾ Con la creación de la palabra *baciyelmo,* Sancho Panza aporta la solución a las diversas posibilidades y perspectivas. Cervantes «con la creación de *baciyelmo* se libera de las
limitaciones del lenguaje» (Spitzer).

Capítulo XLV

Donde se acaba de averiguar la duda del yelmo de Mambrino y de la albarda y otras aventuras sucedidas, con toda verdad

5   —¿Qué les parece a vuestras mercedes ▼, señores —dijo el barbero—, de lo que afirman estos gentiles hombres, pues aún porfían que ésta no es bacía, sino yelmo?

     —Y quien lo contrario dijere —dijo don Qui-
10 jote—, le haré yo conocer que miente, si fuere caballero, y si escudero, que remiente mil veces.

     Nuestro barbero, que a todo estaba presente, como tenía tan bien conocido el humor de don Quijote, quiso esforzar [1] su desatino y llevar ade-
15 lante la burla para que todos riesen, y dijo, hablando con el otro barbero:

     —Señor barbero, o quien sois, sabed que yo también soy de vuestro oficio, y tengo más ha de [2] veinte años carta de examen ▼▼, y conozco muy
20 bien de todos los instrumentos de la barbería, sin que le falte uno [3]; y ni más ni menos fui un tiem-

[1] Dar fuerza a.

[2] Hace más de.

[3] Sin que falte el conocimiento de uno.

▼ Este comienzo de capítulo es otra excelente muestra del dinamismo narrativo de la obra.

▼▼ Documento en el que se hacía constar que el interesado había acreditado su categoría en su oficio, por lo cual se le extendía un título que le facultaba para ejercerlo.

po en mi mocedad soldado, y sé también qué es
yelmo, y qué es morrión, y celada de encaje, y
otras cosas tocantes a la milicia, digo, a los géneros de armas de los soldados; y digo, salvo mejor   25
parecer, remitiéndome siempre al mejor entendimiento, que esta pieza que está aquí delante y que
este buen señor tiene en las manos, no sólo no es
bacía de barbero, pero está tan lejos de serlo como
está lejos lo blanco de lo negro y la verdad de la   30
mentira; también digo que éste, aunque es yelmo,
no es yelmo entero.

  —No, por cierto —dijo don Quijote—, porque le falta la mitad, que es la babera [4].

  —Así es —dijo el cura, que ya había entendi-   35
do la intención de su amigo el barbero.

  Y lo mismo confirmó Cardenio, don Fernando
y sus camaradas; y aun el oidor, si no estuviera
tan pensativo con el negocio de don Luis, ayudara, por su parte, a la burla; pero las veras de lo   40
que pensaba le tenían tan suspenso, que poco o
nada atendía a aquellos donaires.

  —¡Válame Dios! —dijo a esta sazón el barbero burlado—. ¿Que es posible que tanta gente
honrada diga que ésta no es bacía, sino yelmo?   45
Cosa parece ésta que puede poner en admiración
a toda una Universidad, por discreta que sea. Basta: si es que esta bacía es yelmo, también debe de
ser esta albarda jaez de caballo, como este señor
ha dicho.   50

  —A mí albarda me parece —dijo con Quijote—; pero ya he dicho que en esto no me entremeto.

  —De que sea albarda o jaez —dijo el cura—
no está en más de decirlo el señor don Quijote;   55
que en estas cosas de la caballería todo estos señores y yo le damos la ventaja.

[4] Armadura que prote-
ge el rostro de la nariz
abajo.

—Por Dios, señores míos —dijo don Quijote—, que son tantas y tan extrañas las cosas que
60 en este castillo, en dos veces que en él he alojado,
me han sucedido, que no me atreva a decir afir-
mativamente ninguna cosa de lo que acerca de lo
que en él se contiene se preguntare, porque imagino que cuanto en él se trata va por vía de en-
65 cantamento. La primera vez me fatigó mucho un
moro encantado que en él hay, y a Sancho no le
fue muy bien con otros sus secuaces, y anoche estuve colgado deste brazo casi dos horas, sin saber
cómo ni cómo no vine a caer en aquella desgra-
70 cia. Así que, ponerme yo agora en cosa de tanta
confusión a dar mi parecer, será caer en juicio te-
merario. En lo que toca a lo que dicen que ésta es
bacía, y no yelmo, ya yo tengo respondido; pero
en lo de declarar si ésa es albarda o jaez, no me
75 atrevo a dar sentencia definitiva: sólo lo dejo al
buen parecer de vuestras mercedes. Quizá por no
ser armados caballeros como yo lo soy, no tendrán que ver con vuestras mercedes los encantamentos deste lugar, y tendrán los entendimientos
80 libres, y podrán juzgar de las cosas deste castillo
como ellas son real y verdaderamente, y no como
a mí me parecían.

—No hay duda —respondió a esto don Fernando—, sino que el señor don Quijote ha dicho
85 muy bien hoy, que a nosotros toca la difinición
deste caso; y porque vaya con más fundamento,
yo tomaré en secreto los votos destos señores, y
de lo que resultare daré entera y clara noticia.

Para aquellos que la [5] tenían del humor de don
90 Quijote era todo esto materia de grandísima risa;
pero para los que le ignoraban les parecía el mayor disparate del mundo, especialmente a los cuatro criados de don Luis, y a don Luis ni más ni menos, y a otros tres pasajeros que acaso [6] habían lle-

[5] La noticia (zeugma).

[6] Por casualidad.

gado a la venta, que tenían parecer de ser cuadri-   95
lleros [7], como, en efecto, lo eran. Pero el que más
se desesperaba era el barbero, cuya bacía allí delante de sus ojos se le había vuelto en yelmo de
Mambrino, y cuya albarda pensaba sin duda alguna que se le había de volver en jaez rico de caba-   100
llo; y los unos y los otros se reían de ver cómo andaba don Fernando tomando los votos de unos en
otros, hablándolos al oído para que en secreto de-
clarasen si era albarda o jaez aquella joya sobre
quien ▼ tanto se había peleado. Y después que   105
hubo tomado los votos de aquellos que a don Quijote conocían, dijo en alta voz:

—El caso es, buen hombre, que ya yo estoy
cansado de tomar tantos pareceres, porque veo
que a ninguno pregunto lo que deseo saber que   110
no me diga que es disparate el decir que ésta sea
albarda de jumento, sino jaez de caballo, y aun de
caballo castizo [8]; y así, habréis de tener paciencia,
porque, a vuestro pesar y al de vuestro asno, éste
es jaez y no albarda, y vos habéis alegado y pro-   115
bado muy mal de vuestra parte.

—No la tenga yo en el cielo —dijo el sobre-
barbero ▼▼— si todos vuestras mercedes no se engañan, y que así parezca mi ánima ante Dios como
ella me parece a mí albarda, y no jaez; pero allá   120
van leyes..., etcétera [9]; y no digo más; y en verdad
que no estoy borracho: que no me he desayunado, si de pecar no ▼▼▼.

▼ «Sobre la cual», pues el relativo *quien* se empleaba referido tanto a personas como
animales o cosas.

▼▼ El segundo barbero (o barbero burlado); quizás, el barbero de más (que sobra) en
la ficción de don Quijote.

▼▼▼ «No me he desayunado, si no es de pecar»; expresión que se empleaba para reafir-
mar lo dicho antes.

No menos causaban risa las necedades que de-
125   cía el barbero que los disparates de don Quijote,
el cual a esta sazón dijo:

—Aquí no hay más que hacer sino que cada
uno tome lo que es suyo, y a quien Dios se la dio,
San Pedro se la bendiga.

130   Uno de los cuatro [10] dijo:

—Si ya no es que esto sea burla pesada, no me
puedo persuadir que hombres de tan buen entendimiento como son, o parecen, todos los que aquí
están, se atrevan a decir y afirmar que ésta no es

135   bacía, ni aquélla albarda, mas como veo que lo
afirman y lo dicen, me doy a entender que no carece de misterio el porfiar una cosa tan contraria
de lo que nos muestra la misma verdad y la misma experiencia; porque ¡voto a tal! —y arrojóle

140   redondo ▼— que no me den a mí a entender
cuantos hoy viven en el mundo al revés de que
ésta no sea bacía de barbero y ésta albarda de
asno.

—Bien podría ser de borrica —dijo el cura.

145   —Tanto monta —dijo el criado—; que el caso
no consiste en eso, sino en si es o no es albarda,
como vuestras mercedes dicen.

Oyendo esto uno de los cuadrilleros que habían
entrado, que había oído la pendencia y quistión [11],

150   lleno de cólera y de enfado, dijo:

—Tan albarda es como mi padre; y el que otra
cosa ha dicho o dijere debe de estar hecho uva [12].

—Mentís como bellaco villano —respondió
don Quijote.

155   Y alzando el lanzón, que nunca le dejaba de las
manos, le iba a descargar tal golpe sobre la cabe-

[10] De los cuatro criados de don Luis.

[11] Cuestión.

[12] Borracho.

▼ Véase la primera nota al pie de la página 289.

za, que, a no desviarse el cuadrillero, se le dejara
allí tendido. El lanzón se hizo pedazos en el suelo,
y los demás cuadrilleros, que vieron tratar mal a
su compañero, alzaron la voz pidiendo favor a [13]   160
la Santa Hermandad.

[13] Para.

El ventero, que era de la cuadrilla, entró al punto por su varilla ▼ y por su espada, y se puso al
lado de sus compañeros. Los criados de don Luis
rodearon a don Luis, porque con el alboroto no   165
se les fuese. El barbero, viendo la casa revuelta,
tornó a asir de su albarda, y lo mismo hizo Sancho. Don Quijote puso mano a su espada y arremetió a los cuadrilleros. Don Luis daba voces a sus
criados, que le dejasen a él y acorriesen a don Qui-   170
jote, y a Cardenio, y a don Fernando, que todos
favorecían a don Quijote. El cura daba voces, la
ventera gritaba, su hija se afligía, Maritornes lloraba, Dorotea estaba confusa, Luscinda suspensa
y doña Clara desmayada. El barbero aporreaba a   175
Sancho, Sancho molía al barbero, don Luis, a
quien un criado suyo se atrevió a asirle del brazo
porque no se fuese, le dio una puñada que le bañó
los dientes en sangre; el oidor le defendía; don Fernando tenía debajo de sus pies a un cuadrillero,   180
midiéndole el cuerpo con ellos muy a su sabor; el
ventero tornó a reforzar la voz, pidiendo favor a
la Santa Hermandad: de modo que toda la venta
era llantos, voces, gritos, confusiones, temores, sobresaltos, desgracias, cuchilladas, mojicones, pa-   185
los, coces y efusión de sangre. Y en la mitad deste
caos, máquina y laberinto de cosas se le representó en la memoria de don Quijote que se veía metido de hoz y de coz en la discordia del campo de

▼ Se refiere a la media vara, que usaban los cuadrilleros de la Santa Hermandad.

190   Agramante ▼, y así dijo, con voz que atronaba la
       venta:
            —Ténganse todos; todos envainen; todos se so-
       sieguen; óiganme todos, si todos quieren quedar
       con vida.
195   A cuya gran voz todos se pararon, y él prosi-
       guió, diciendo:
            —¿No os dije yo, señores, que este castillo era
       encantado, y que alguna región [14] de demonios   [14] Legión.
       debe de habitar en él? En confirmación de lo cual
200   quiero que veáis por vuestros ojos cómo se ha pa-
       sado aquí y trasladado entre nosotros la discordia
       del campo de Agramante. Mirad cómo allí se pe-
       lea por la espada, aquí por el caballo, acullá por
       el águila, acá por el yelmo, y todos peleamos, y to-
205   dos no nos entendemos. Venga, pues, vuestra mer-
       ced, señor oidor, y vuestra merced, señor cura, y
       el uno sirva de rey Agramante, y el otro de rey So-
       brino, y póngannos en paz, porque por Dios To-
       dopoderoso que es gran bellaquería que tanta gen-
210   te principal como aquí estamos se mate por cau-
       sas tan livianas.
            Los cuadrilleros, que no entendían el frasis [15] de   [15] Habla, lenguaje.
       don Quijote, y se veían malparados de don Fer-
       nando, Cardenio y sus camaradas, no querían so-
215   segarse; el barbero sí, porque en la pendencia te-
       nía deshechas las barbas y el albarda; Sancho, a la
       más mínima voz de su amo, obedeció como buen
       criado; los cuatro criados de don Luis también se
       estuvieron quedos, viendo cuán poco les iba en no

▼ Aquí y en la siguiente intervención de don Quijote se alude al episodio del *Orlando furioso*, de Ariosto, en que la Discordia enreda en riñas y pendencias al ejército del rey moro Agramante, que sitiaba a Carlomagno en París: cada grupo luchaba por una cosa distinta, hasta que Agramante y Sobrino, otro rey moro, apaciguaron la monumental pendencia.

estarlo. Sólo el ventero porfiaba que se habían de · 220
castigar las insolencias de aquel loco, que a cada
paso le alborotaba la venta. Finalmente, el rumor
se apaciguó por entonces, la albarda se quedó por
jaez hasta el día del juicio [16], y la bacía por yelmo
y la venta por castillo en la imaginación de don · 225
Quijote ▼.

Puestos, pues, ya en sosiego, y hechos amigos
todos a persuasión del oidor y del cura, volvieron
los criados de don Luis a porfiarle que al momento se viniese con ellos; y en tanto que él con ellos · 230
se avenía, el oidor comunicó con don Fernando,
Cardenio y el cura qué debía hacer en aquel caso,
contándoseles [17] con las razones que don Luis le
había dicho. En fin, fue acordado que don Fernando dijese a los criados de don Luis quién él era y · 235
cómo era su gusto que don Luis se fuese con él al
Andalucía, donde de su hermano el marqués sería
estimado como el valor de don Luis merecía, porque desta manera se sabía de la intención de don
Luis que no volvería por aquella vez a los ojos de · 240
su padre, si [18] le hiciesen pedazos. Entendida, pues,
de los cuatro la calidad de don Fernando y la intención de don Luis, determinaron entre ellos que
los tres se volviesen a contar lo que pasaba a su
padre, y el otro se quedase a servir a don Luis, y · 245
a no dejalle hasta que ellos volviesen por él, o viese lo que su padre les ordenaba.

Desta manera se apaciguó aquella máquina de
pendencias, por la autoridad de Agramante y prudencia del rey Sobrino, pero viéndose el enemigo · 250
de la concordia y el émulo de la paz [19] menospre-

[16] Hasta el fin del mundo (Juicio Final).

[17] Contándoles el caso.

[18] Aunque.

[19] El demonio (perífra-
sis).

▼ En este gran debate acerca de la bacía, «don Quijote despoja al barbero de su bacía,
que su imaginativa descarriada percibe como yelmo y que su fantasía desbaratada per-
fecciona a yelmo de Mambrino» (Avalle-Arce).

ciado y burlado, y el poco fruto que había gran-
jeado de haberlos puesto a todos en tan confuso
laberinto, acordó de probar otra vez la mano [20], re-
255   sucitando nuevas pendencias y desasosiegos.

[20] Intentar algo de nuevo.

Es, pues, el caso, que los cuadrilleros se sosega-
ron, por haber entreoído la calidad de los que con
ellos se habían combatido, y se retiraron de la pendencia, por parecerles que, de cualquiera manera
260   que sucediese, habían de llevar lo peor de la batalla; pero uno de ellos, que fue el que fue molido
y pateado por don Fernando, le vino a la memoria que entre algunos mandamientos que traía
para prender a algunos delincuentes, traía uno
265   contra don Quijote, a quien la Santa Hermandad
había mandado prender, por la libertad que dio a
los galeotes, y como Sancho con mucha razón había temido.

Imaginando, pues, esto, quiso certificarse si las
270   señas que de don Quijote traía venían bien, y sacando del seno un pergamino, topó con el que
buscaba, y poniéndosele a leer de espacio, porque
no era buen lector, a cada palabra que leía ponía
los ojos en don Quijote, y iba cotejando las señas
275   del mandamiento con el rostro de don Quijote, y
halló que sin duda alguna era el que el mandamiento rezaba [21]. Y apenas se hubo certificado,
cuando, recogiendo su pergamino, en la izquierda
tomó el mandamiento, y con la derecha asió a don
280   Quijote del cuello [22] fuertemente, que no le dejaba alentar, y a grandes voces decía:

[21] Decía.

[22] Del cuello o collar
del sayo.

—¡Favor a la Santa Hermandad! Y para que se
vea que lo pido de veras, léase este mandamiento,
donde se contiene que se prenda a este salteador
285   de caminos.

Tomó el mandamiento el cura y vio cómo era
verdad cuanto el cuadrillero decía, y cómo convenía con las señas con don Quijote; el cual, viéndo-

se tratar mal de aquel villano malandrín, puesta
la cólera en su punto, y crujiéndole los huesos de   290
su cuerpo, como mejor pudo él, asió al cuadrillero con entrambas manos de la garganta, que a no
ser socorrido de sus compañeros, allí dejara la vida
antes que don Quijote la presa ▼. El ventero, que
por fuerza había de favorecer a los de su oficio,   295
acudió luego a dalle favor. La ventera, que vio de
nuevo a su marido en pendencias, de nuevo alzó

....
[23] Le llevaron la voz, le
hicieron coro.

la voz, cuyo tenor le llevaron [23] luego Maritornes
y su hija, pidiendo favor al cielo y a los que allí estaban. Sancho dijo, viendo lo que pasaba: 300
— ¡Vive el Señor, que es verdad cuanto mi amo
dice de los encantos deste castillo, pues no es posible vivir una hora con quietud en él!

....
[24] Separó.

Don Fernando despartió [24] al cuadrillero y a don
Quijote, y, con gusto de entrambos, les desencla-   305
vijó las manos, que el uno en el collar del sayo del
uno, y el otro en la garganta del otro, bien asidas
tenían; pero no por esto cesaban los cuadrilleros
de pedir su preso, y que les ayudasen a dársele atado y entregado a toda su voluntad, porque así con-   310
venía al servicio del rey y de la Santa Hermandad,
de cuya parte de nuevo les pedían socorro y favor
para hacer aquella prisión de aquel robador y sal-

....
[25] Caminos.

teador de sendas y de carreras [25]. Reíase de oír decir estas razones don Quijote, y con mucho sosie-   315
go dijo:
— Venid acá, gente soez y malnacida: ¿saltear
de caminos llamáis al dar libertad a los encadenados, soltar los presos, acorrer a los miserables, alzar los caídos, remediar los menesterosos? ¡Ah   320

▼ Bien puede apreciarse que don Quijote vuelve a ocupar el primer plano de la acción,
cuyo ritmo ha venido experimentando una aceleración progresiva.

gente infame, digna por vuesto bajo y vil entendimiento que el cielo no os comunique el valor
que se encierra a la caballería andante, ni os dé a
entender el pecado e ignorancia en que estáis en
325   no reverenciar la sombra, cuanto más la asisten-
cia, de cualquier caballero andante! Venid acá, ladrones en cuadrilla, que no cuadrilleros, salteadores de caminos con licencia de la Santa Hermandad; decidme: ¿quién fue el ignorante que firmó
330   mandamiento de prisión contra un tal caballero
como yo soy? ¿Quién el que ignoró que son exen-
tos de todo judicial fuero los caballeros andantes,
y que su ley es su espada, sus fueros sus bríos, sus
premáticas²⁶ su voluntad? ¿Quién fue el menteca-   ⁲⁶ Leyes.
335   to, vuelvo a decir, que no sabe que no hay secu-
toria²⁷ de hidalgo con tantas preeminencias ni   ²⁷ Ejecutoria (docu-
exenciones como la que adquiere un caballero an-   mento acreditativo de
dante el día que se arma caballero y se entrega al nobleza).
duro ejercicio de la caballería? ¿Qué caballero an-
340   dante pagó pecho, alcabala, chapín de la reina,
moneda forera, portazgo ni barca▼? ¿Qué sastre
le llevó²⁸ hechura de vestido que le hiciese? ¿Qué   ²⁸ Le cobró.
castellano²⁹ le acogió en su castillo que le hiciese   ²⁹ Señor de castillo.
pagar el escote³⁰? ¿Qué rey no le asentó a su   ³⁰ La parte del gasto
345   mesa? ¿Qué doncella no se le aficionó y se le en- que le toca.
tregó rendida a todo su talante y voluntad? Y, finalmente, ¿qué caballero andante ha habido, hay
ni habrá en el mundo, que no tenga bríos para
dar él solo cuatrocientos palos a cuatrocientos cua-
350   drilleros que se le pongan delante?

▼ Enumeración de tributos e impuestos de la época: *pecho:* tributo de vasallos, villanos
alcabala: impuesto sobre las ventas; *chapín de la reina:* tributo por bodas reales; *moned*
forera: impuesto real que se pagaba cada siete años; *portazgo:* tributo por el uso de un
lugar de paso; *barca:* tributo por cruzar un río en barca.

COMENTARIO 5 (Capítulo XLV)

▶ *Resume el argumento de este capítulo.*

▶ *¿Cuáles son los aspectos temáticos más importantes?*

▶ *Señala y explica las partes en que se organiza la composición del capítulo.*

▶ *Explica el comienzo del capítulo en relación con el anterior.*

▶ *Analiza la estructura narrativa: narrador, modo narrativo, tiempo, espacio...*

▶ *Comenta la actuación de don Quijote.*

▶ *Señala los motivos que, remitiendo a episodios anteriores, reaparecen en este capítulo.*

▶ *Comenta los recursos estilísticos más significativos.*

Capítulo XLVI

De la notable aventura de los cuadrilleros, y la gran ferocidad de nuestro buen caballero don Quijote ▼

5   En tanto que don Quijote esto decía, estaba persuadiendo el cura a los cuadrilleros cómo don Quijote era falto de juicio, como lo veían por sus obras y por sus palabras, y que no tenían para qué llevar aquel negocio adelante, pues aunque le prendiesen y llevasen, luego le habían de dejar por loco; a lo que respondió el del mandamiento que a él no tocaba juzgar de la locura de don Quijote, sino hacer lo que por su mayor ¹ le era mandado, y que una vez preso, siquiera le soltasen trescientas ².

    —Con todo eso —dijo el cura—, por esta vez no le habéis de llevar, ni aun él dejará llevarse, a lo que yo entiendo.

    En efecto, tanto les supo el cura decir, y tantas locuras supo don Quijote hacer, que más locos fueran que no él los cuadrilleros si no conocieran la falta de don Quijote; y así, tuvieron por bien de apaciguarse, y aun de ser medianeros de hacer las

¹ Jefe, superior.

² Aunque le soltasen trescientas veces, no le importaría nada.

▼ La comicidad y la ironía dominan todo este capítulo, ya desde su mismo epígrafe: la *gran ferocidad* que se le supone a don Quijote no aparece luego por ninguna parte, y tampoco se conocerá ninguna *notable aventura de los cuadrilleros*.

paces entre el barbero y Sancho Panza, que todavía asistían con gran rancor [3] a su pendencia. Fi- 25
nalmente, ellos, como miembros de justicia, me-
diaron la causa y fueron árbitros della, de tal
modo, que ambas partes quedaron, si no del todo
contentas, a lo menos en algo satisfechas, porque
se trocaron las albardas, y no las cinchas y jáqui- 30
mas [4]. Y en lo que tocaba a lo del yelmo de Mambrino, el cura, a socapa [5] y sin que don Quijote lo
entendiese, le dio por la bacía ocho reales, y el barbero le hizo una cédula del recibo y de no llamarse a engaño por entonces, ni por siempre jamás 35
amén [▼].

Sosegadas, pues, estas dos pendencias, que eran
las más principales y de más tomo, restaba que
los criados de don Luis se contentasen de volver
los tres, y que el uno quedase para acompañarle 40
donde don Fernando le quería llevar; y como ya
la buena suerte y mejor fortuna había comenzado
a romper lanzas [6] y a facilitar dificultades en favor
de los amantes de la venta y de los valientes della, quiso llevarlo al cabo y dar a todo felice [7] su- 45
ceso, porque los criados se contentaron de cuanto
don Luis quería, de que recibió tanto contento doña Clara, que ninguno en aquella sazón la mirara al rostro que no conociera el regocijo de su
alma. 50

Zoraida, aunque no entendía bien todos los sucesos que había visto, se entristecía y alegraba a
bulto, conforme veía y notaba los semblantes a
cada uno, especialmente de su español, en quien

4 Correas que sujetan la cabeza de una caballe-ría.

5 Disimuladamente.

6 Vencer dificultades.

7 Feliz (paragoge).

▼ He aquí cómo el *baciyelmo* (la realidad problemática, el relativismo) alcanza ahora una solución más real, pero también más empobrecedora: «pagar el precio de la "realidad" (la bacía, yelmo o baciyelmo) a cambio de una "cédula de recibo", y desentenderse de la verdad» (Percas de Ponseti).

55   tenía siempre puestos los ojos y traía colgada[8] el   [8] Pendiente.
      alma. El ventero, a quien no se le pasó por alto la
      dádiva y recompensa que el cura había hecho al
      barbero, pidió el escote de don Quijote, con el me-
      noscabo de sus cueros y falta de vino, jurando que
60   no saldría de la venta Rocinante, ni el jumento de
      Sancho ▼, sin que se le pagase primero hasta el úl-   [9] Moneda de escaso va-
      timo ardite[9]. Todo lo apaciguó el cura, y lo pagó   lor.
      don Fernando, puesto que[10] el oidor, de muy bue-
      na voluntad, había también ofrecido la paga; y de   [10] Aunque.
65   tal manera quedaron todos en paz y sosiego, que
      ya no parecía la venta la discordia del campo de
      Agramante, como don Quijote había dicho, sino
      la misma paz y quietud del tiempo de Octavia-
      no ▼▼; de todo lo cual fue común opinión que se
70   debían dar las gracias a la buena intención y mu-
      cha elocuencia del señor cura y a la incomparable
      liberalidad de don Fernando.
           Viéndose, pues, don Quijote libre y desembara-
      zado de tantas pendencias, así de su escudero
75   como suyas, le pareció que sería bien seguir su co-
      menzado viaje y dar fin a aquella grande aventura
      para que había sido llamado y escogido; y así, con
      resoluta[11] determinación se fue a poner de hino-   [11] Resuelta.
      jos ante Dorotea, la cual no le consintió que ha-
80   blase palabra hasta que se levantase; y él, por obe-
      decella, se puso en pie y le dijo:
           —Es común proverbio, fermosa señora, que la
      diligencia es madre de la buena ventura, y en mu-
      chas y graves cosas ha mostrado la experiencia
85   que la solicitud del negociante trae a buen fin el

▼ Después del problemático robo del rucio y de su hallazgo posterior, es ésta la primera vez que se menciona su presencia.

▼▼ Alusión a la paz duradera habida en el imperio romano en tiempos de Octavio Augusto (63 a. de C.-14 d. de C.)

pleito dudoso; pero en ningunas cosas se muestra
más esta verdad que en las de la guerra, adonde
la celeridad y presteza previene los discursos del
enemigo, y alcanza la victoria antes que el contrario se ponga en defensa. Todo esto digo, alta y   90
preciosa señora, porque me parece que la estada
nuestra en este castillo ya es sin provecho, y podría sernos de tanto daño, que lo echásemos de
ver algún día; porque ¿quién sabe si por ocultas es-
pías [12] y diligentes habrá sabido ya vuestro enemi-   95
go el gigante que yo voy a destruille?; y, dándole
lugar el tiempo, se fortificase en algún inexpugnable castillo o fortaleza contra quien valiesen poco
mis diligencias y la fuerza de mi incansable brazo.
Así que, señora mía, prevengamos, como tengo di-   100
cho, con nuestra diligencia sus designios, y partá-
monos luego [13] a la buena ventura; que no está de
más de tenerla vuestra grandeza como desea, de
cuanto yo tarde de verme con vuestro contrario ▼.

Calló y no dijo más don Quijote, y esperó con   105
mucho sosiego la respuesta de la fermosa infanta,
la cual, con ademán señoril y acomodado al estilo
de don Quijote, le respondió desta manera:

—Yo os agradezco, señor caballero, el deseo
que mostráis tener de favorecerme en mi gran cui-   110
ta [14], bien así como caballero a quien es anejo y
concerniente favorecer los huérfanos y menesterosos; y quiera el cielo que el vuestro y mi deseo
se cumplan, para que veáis que hay agradecidas
mujeres en el mundo. Y en lo de mi partida, sea   115
luego, que yo no tengo más voluntad que la vuestra: disponed vos de mí a toda vuestra guisa y talante; que la que una vez os entregó la defensa de

[12] Era nombre femenino.

[13] Inmediatamente.

[14] Aflicción.

▼ Nueva incoherencia de don Quijote, quien vuelve a olvidar que ya mató al gigante en la batalla con los cueros de vino.

su persona y puso en vuestras manos la restaura-
120   ción de sus señoríos no ha de querer ir contra lo
que la vuestra prudencia ordenare.

—A la mano de Dios —dijo don Quijote—;
pues así es que una señora se me humilla, no quiero yo perder la ocasión de levantalla y ponella en
125   su heredado trono. La partida sea luego, porque
me va poniendo espuelas al deseo y al camino, lo
que suele decirse que en la tardanza está el peligro. Y pues no ha criado el cielo, ni visto el infierno, ninguno que me espante ni acobarde, ensilla,
130   Sancho, a Rocinante, y apareja tu jumento y el palafrén de la reina ▼, y despidámonos del castellano [15] y destos señores, y vamos de aquí luego al
punto.

[15] Señor del castillo.

Sancho, que a todo estaba presente, dijo, me-
135   neando la cabeza a una parte y a otra:

—¡Ay, señor, señor, y cómo hay más mal en el
aldegüela que se suena [16], con perdón sea dicho
de las tocadas honradas ▼▼!

[16] Cómo es mayor el
mal de lo que parece
(expresión proverbial).

—¿Qué mal puede haber en ninguna aldea, ni
140   en todas las ciudades del mundo, que pueda so-
narse en menoscabo mío, villano?

—Si vuestra merced se enoja —respondió Sancho—, yo callaré, y dejaré de decir lo que soy
obligado como buen escudero, y como debe un
145   buen criado decir a su señor.

—Di lo que quisieres —replicó don Quijote—, como tus palabras no se encaminen a ponerme miedo; que si tú le tienes, haces como quien

▼ Véase la nota al pie de la página 443.

▼▼ Sancho desfigura aquí, maliciosamente, la frase «con perdón de las tocas honradas»
y hace «un pícaro y grosero juego de palabras porque ha visto, como dirá en seguida,
ciertas actitudes amorosas de don Fernando para con Dorotea» (Riquer).

eres, y si yo no le tengo, hago como quien soy.

—No es eso, ¡pecador fui yo a Dios! —respon- 150
dió Sancho—, sino que yo tengo por cierto y por
averiguado que esta señora que se dice ser reina
del gran reino Micomicón no lo es más que mi madre, porque a ser lo que ella dice, no se anduviera
hocicando [17] con alguno de los que están en la rue- 155
da, a vuelta de cabeza y a cada traspuesta.

Paróse [18] colorada con las razones de Sancho
Dorotea, porque era verdad que su esposo don
Fernando, alguna vez, a hurto de otros ojos, había cogido con los labios parte del premio que me- 160
recían sus deseos —lo cual había visto Sancho, y
pareciéndole que aquella desenvoltura más era de
dama cortesana ▼ que de reina de tan gran reino—, y no pudo ni quiso responder palabra a
Sancho, sino dejóle proseguir en su plática, y él 165
fue diciendo:

—Esto digo, señor, porque, si al cabo de haber
andado caminos y carreras, y pasado malas noches y peores días, ha de venir a coger el fruto de
nuestros trabajos el que se está holgando en esta 170
venta, no hay para qué darme priesa a que ensille
a Rocinante, albarde el jumento y aderece el palafrén, pues será mejor que nos estemos quedos,
y cada puta hile, y comamos ▼▼.

¡Oh, válame Dios, y cuán grande que fue el eno- 175
jo que recibió don Quijote oyendo las descom-
puestas palabras de su escudero! Digo que fue tanto, que, con voz atropellada y tartamuda lengua,
lanzando vivo fuego por los ojos, dijo:

[17] Besando descompuestamente.

[18] Púsose.

▼ Ahora es el narrador quien se recrea en un juego de palabras basado en el empleo
dilógico de *cortesana:* dama de la corte, y *prostituta.*

▼▼ Continúa Sancho con sus groserías, ahora con una expresión proverbial del mundo
rufianesco, equivalente a «que trabaje la puta y coma yo».

180   —¡Oh bellaco villano, mal mirado, descom-
puesto, ignorante, infacundo [19], deslenguado, atrevido, murmurador y maldiciente! ¿Tales palabras
has osado decir en mi presencia y en la destas ín-
clitas señoras, y tales deshonestidades y atrevi-
185   mientos osaste poner en tu confusa imaginación?
¡Vete de mi presencia, monstruo de naturaleza, depositario de mentiras, almario [20] de embustes,
silo [21] de bellaquerías, inventor de maldades, pu-
blicador de sandeces, enemigo del decoro que se
190   debe a las reales personas! ¡Vete, no parezcas delante de mí, so pena de mi ira!

Y diciendo esto, enarcó las cejas, hinchó los
carrillos, miró a todas partes, y dio con el pie derecho una gran patada en el suelo, señales todas
195   de la ira que encerraba en sus entrañas ▼. A cuyas
palabras y furibundos ademanes quedó Sancho
tan encogido y medroso, que se holgara que en
aquel instante se abriera debajo de sus pies la
tierra y le tragara. Y no supo qué hacerse, sino vol-
200   ver las espaldas y quitarse de la enojada presencia
de su señor. Pero la discreta Dorotea, que tan entendido tenía ya el humor de don Quijote, dijo,
para templarle la ira:

—No os despechéis, señor Caballero de la Tris-
205   te Figura, de las sandeces que vuestro buen escudero ha dicho; porque quizá no las debe de decir
sin ocasión, ni de su buen entendimiento y cristiana conciencia se puede sospechar que levante testimonio [22] a nadie; y así, se ha de creer, sin poner
210   duda en ello, que, como en este castillo, según vos,
señor caballero, decís, todas las cosas van y suceden por modo de encantamento, podría ser, digo,

[19] Torpe en la expre-
sión.

[20] Armario.

[21] Depósito.

[22] Falso testimonio.

▼ Estas palabras ilustran claramente el temperamento colérico de don Quijote (Avalle-Arce).

que Sancho hubiese visto por esta diabólica vía lo
que él dice que vio, tan en ofensa de mi honestidad. 215

—Por el omnipotente Dios juro —dijo a esta
sazón don Quijote—, que la vuestra grandeza ha
dado en el punto, y que alguna mala visión se le
puso delante a este pecador de Sancho, que le hizo
ver lo que fuera imposible verse de otro modo que 220
por el de encantos no fuera; que sé yo bien de la
bondad e inocencia deste desdichado, que no sabe
levantar testimonios a nadie.

—Ansí es y ansí será —dijo don Fernando—;
por lo cual debe vuestra merced, señor don Qui- 225
jote, perdonalle y reducille al gremio de su gracia,
sicut erat in principio ▼, antes que las tales visiones
le sacasen de juicio.

Don Quijote respondió que él le perdonaba, y
el cura fue por Sancho, el cual vino muy humilde, 230
y, hincándose de rodillas, pidió la mano a su amo,
y él se la dio, y después de habérsela dejado besar, le echó la bendición, diciendo:

—Agora acabarás de conocer, Sancho hijo, ser
verdad lo que yo otras muchas veces te he dicho 235
de que todas las cosas deste castillo son hechas
por vía de encantamento.

—Así lo creo yo —dijo Sancho—, excepto
aquello de la manta, que realmente sucedió por
vía ordinaria. 240

—No lo creas —respondió don Quijote—;
que si así fuera, yo te vengara entonces, y aun agora; pero ni entonces ni agora pude, ni vi en quién
tomar venganza de tu agravio.

▼ «Como era al principio», como era hasta ahora. La frase «Reducirle al gremio de su
gracia» es recreación de la expresión eclesiástica «reducir al gremio de la Iglesia», que
se aplicaba a excomulgados, apóstatas o renegados.

245   Desearon saber todos qué era aquello de la
manta, y el ventero lo contó, punto por punto: la
volatería de Sancho Panza, de que no poco se rieron todos, y de que no menos se corriera Sancho,
si de nuevo no le asegurara su amo que era en-
250   cantamento; puesto que jamás llegó la sandez de
Sancho a tanto, que creyese no ser verdad pura y
averiguada, sin mezcla de engaño alguno, lo de haber sido manteado por personas de carne y hueso, y no por fantasmas [23] soñadas ni imaginadas,
255   como su señor lo creía y lo afirmaba.

     Dos días eran ya pasados los que había que toda
aquella ilustre compañía estaba en la venta, y pareciéndoles que ya era tiempo de partirse, dieron
orden para que, sin ponerse al trabajo de volver
260   Dorotea y don Fernando con don Quijote a su aldea, con la invención de la libertad de la reina Micomicona, pudiesen el cura y el barbero llevárse-
le, como deseaban, y procurar la cura de su locura en su tierra. Y lo que ordenaron fue que se con-
265   certaron con un carretero de bueyes que acaso [24]
acertó a pasar por allí, para que lo llevase en esta
forma: hicieron una como jaula de palos enreja-
dos, capaz que pudiese en ella caber holgadamen-
te don Quijote, y luego don Fernando y sus cama-
270   radas, con los criados de don Luis y los cuadrilleros, juntamente con el ventero, todos, por orden
y parecer del cura, se cubrieron los rostros y se disfrazaron, quién de una manera y quién de otra,
de modo que a don Quijote le pareciese ser otra
275   gente de la que en aquel castillo había visto.

     Hecho esto, con grandísimo silencio se entraron
adonde él estaba durmiendo y descansando de las
pasadas refriegas ▼. Llegáronse a él, que libre y se-

[23] Era nombre femeni-
no.

[24] Por casualidad.

▼ Recuérdese que el caballero había pasado toda la noche sin dormir, haciendo la guardia del *castillo* (y colgado de una cuerda).

25 Ajeno y descuidado.

26 Rostros.

27 Maquinación.

28 Disfrazadas.

29 Esperando.

30 Aflicción (arcaísmo).

guro [25] de tal acontecimiento dormía, y asiéndole fuertemente, le ataron muy bien las manos y los pies, de modo que cuando él despertó con sobresalto, no pudo menearse, ni hacer otra cosa más que admirarse y suspenderse de ver delante de sí tan extraños visajes [26]. Y luego dio en la cuenta de lo que su continua y desviarada imaginación le representaba, y se creyó que todas aquellas figuras eran fantasmas de aquel encantado castillo, y que, sin duda alguna, ya estaba encantado, pues no se podía menear ni defender: todo a punto como había pensado que sucedería el cura, trazador desta máquina [27]. Sólo Sancho, de todos los presentes, estaba en su mesmo juicio y en su mesma figura; el cual, aunque le faltaba bien poco para tener la mesma enfermedad de su amo, no dejó de conocer quién eran todas aquellas contrahechas [28] figuras; mas no osó descoser su boca, hasta ver en qué paraba aquel asalto y prisión de su amo, el cual tampoco hablaba palabra, atendiendo [29] a ver el paradero de su desgracia, que fue que, trayendo allí la jaula, le encerraron dentro, y le clavaron los maderos tan fuertemente, que no se pudieran romper a dos tirones.

Tomáronle luego en hombros, y al salir del aposento se oyó una voz temerosa, todo cuanto la supo formar el barbero, no el del albarda, sino el otro, que decía:

—¡Oh Caballero de la Triste Figura! No te dé afincamiento [30] la prisión en que vas, porque así conviene para acabar más presto la aventura en que tu gran esfuerzo te puso. La cual se acabará cuando el furibundo león manchado ▼ con la blan-

---

▼ Nótese el juego de palabras en el doble sentido de *león manchado*: manchego (de La Mancha) y «manchado», en oposición a *blanca paloma tobosina*. En este parlamento del histriónico barbero, culmina el humorismo de este capítulo.

ca paloma tobosina yoguieren en uno [31], ya después de humilladas las altas cervices al blando
yugo matrimoñesco; de cuyo inaudito consorcio
315 saldrán a la luz del orbe los bravos cachorros, que
imitarán las rumpantes [32] garras del valeroso padre. Y esto será antes que el seguidor de la fugitiva ninfa faga dos vegadas la visita de las lucientes
imágines ▼ con su rápido y natural curso. Y tú, ¡oh,
320 el más noble y obediente escudero que tuvo espada en cinta, barbas en rostro y olfato en las narices!, no te desmaye ni descontente ver llevar ansí
delante de tus ojos mesmos a la flor de la caballería andante; que presto, si al plasmador del mun-
325 do le place, te verás tan alto y tan sublimado que
no te conozcas y no saldrán defraudadas las promesas que te ha fecho tu buen señor. Y asegúrote, de parte de la sabia Mentironiana, que tu salario te sea pagado, como lo verás por la obra; y si-
330 gue las pisadas del valeroso y encantado caballero; que conviene que vayas donde paréis entrambos. Y porque no me es lícito decir otra cosa, a
Dios quedad; que yo me vuelvo adonde yo me sé.
      Y al acabar de la profecía, alzó la voz de pun-
335 to [33] y disminuyóla después, con tan tierno acento, que aun los sabidores de la burla estuvieron
por creer que era verdad lo que oían.
      Quedó don Quijote consolado con la escuchada
profecía, porque luego coligió de todo en todo la
340 significación de ella, y vio que le prometían el verse ayuntado en santo y debido matrimonio con su
querida Dulcinea del Toboso, de cuyo felice vientre saldrían los cachorros, que eran sus hijos, para

[31] Yacieren juntos.

[32] Rampantes.

[33] De tono.

▼ Es decir, antes de dos años; antes de que Apolo (el Sol), perseguidor de Dafne hasta
que ésta se convirtió en laurel, haga dos veces la visita de los signos del Zodíaco.

gloria perpetua de La Mancha; y creyendo esto
bien y firmemente, alzó la voz, y dando un gran   345
suspiro, dijo:

—¡Oh tú, quienquiera que seas, que tanto bien
me has pronosticado! Ruégote que pidas de mi
parte al sabio encantador que mis cosas tiene a
cargo, que no me deje perecer en esta prisión don-   350
de agora me llevan, hasta ver cumplidas tan alegres e incomparables promesas como son las que
aquí se me han hecho; que como esto sea, tendré
por gloria las penas de mi cárcel, y por alivio estas cadenas que me ciñen, y no por duro campo   355
de batalla este lecho en que me acuestan, sino por
cama blanda y tálamo dichoso. Y en lo que toca
a la consolación de Sancho Panza mi escudero, yo
confío de su bondad y buen proceder que no me
dejará, en buena ni en mala suerte. Porque cuan-   360
do no suceda, por la suya o por mi corta ventura,
el poderle yo dar la ínsula, o otra cosa equivalente, que le tengo prometida, por lo menos su salario no podrá perderse; que en mi testamento, que
ya está hecho, dejo declarado lo que se le ha de   365
dar, no conforme a sus muchos y buenos servicios, sino a la posibilidad mía.

Sancho Panza se le inclinó con mucho comedimiento, y le besó entrambas las manos, porque la
una no pudiera, por estar atadas entrambas.   370

Luego tomaron la jaula en hombros aquellas visiones, y la acomodaron en el carro de los bueyes.

Capítulo XLVII

Del extraño modo con que fue encantado don Quijote de la Mancha, con otros famosos sucesos

5   Cuando don Quijote se vio de aquella manera enjaulado y encima del carro, dijo:

    —Muchas y muy graves historias he yo leído de caballeros andantes, pero jamás he leído, ni visto, ni oído, que a los caballeros encantados los lle-

10   ven desta manera y con el espacio [1] que prome-   [1] Lentitud.
ten estos perezosos y tardíos animales; porque siempre los suelen llevar por los aires, con extra-ña ligereza, encerrados en alguna parda y escura nube, o en algún carro de fuego, o ya sobre algún

15   hipogrifo ▼ o otra bestia semejante; pero que me lleven a mí agora sobre un carro de bueyes, ¡vive Dios que me pone en confusión! Pero quizá la ca-ballería y los encantos destos nuestros tiempos de-ben de seguir otro camino que [2] siguieron los an-   [2] Que el que.

20   tiguos. Y también podría ser que, como yo soy nuevo caballero en el mundo, y el primero que ha resucitado el ya olvidado ejercicio de la caballería aventurera, también nuevamente se hayan inven-

▼ Animal fabuloso, mitad caballo y mitad grifo (con pico y alas de águila, y con patas y garras de león).

tado otros géneros de encantamentos y otros mo-
dos de llevar a los encantados. ¿Qué te parece des-   25
to, Sancho hijo?

—No sé yo lo que me parece —respondió Sancho—, por no ser tan leído como vuestra merced
en las escrituras andantes; pero, con todo eso, osa-
ría afirmar y jurar que estas visiones que por aquí   30
andan, que no son del todo católicas [3].

—¿Católicas? ¡Mi padre! —respondió don Quijote—. ¿Cómo han de ser católicas si son todos
demonios que han tomado cuerpos fantásticos
para venir a hacer esto y a ponerme en este esta-   35
do? Y si quieres ver esta verdad, tócalos y pálpa-
los, y verás cómo no tienen cuerpo sino de aire,
y cómo no consiste más de en la apariencia.

—Par [4] Dios, señor —replicó Sancho—, ya yo
los he tocado, y este diablo que aquí anda tan so-   40
lícito es rollizo de carnes, y tiene otra propiedad
muy diferente de la que yo he oído decir que tienen los demonios; porque, según se dice, todos
huelen a piedra azufre y a otros malos olores, pero
éste huele a ámbar de media legua ▼.   45

Decía esto Sancho por don Fernando, que,
como tan señor, debía de oler a lo que Sancho decía.

—No te maravilles deso, Sancho amigo —respondió don Quijote—, porque te hago saber que   50
los diablos saben mucho, y puesto que [5] traigan
olores consigo, ellos no huelen nada, porque son
espíritus, y si huelen, no pueden oler cosas buenas, sino malas y hidiondas [6]. Y la razón es que
como ellos, dondequiera que están, traen el infier-   55
no consigo, y no pueden recebir género de alivio

[3] Sanas, verdaderas.

[4] Por.

[5] Aunque.

[6] Hediondas.

▼ Se refiere a don Fernando, hombre robusto. Recuérdese también que los guantes de
los señores solían perfumarse con ámbar.

alguno en sus tormentos, y el buen olor sea cosa
que deleita y contenta, no es posible que ellos hue-
lan cosa buena. Y si a ti te parece que ese demo-
60   nio que dices huele a ámbar, o tú te engañas, o él
quiere engañarte con hacer que no le tengas por
demonio.

Todos estos coloquios pasaron entre amo y criado; y temiendo don Fernando y Cardenio que San-
65   cho no viniese a caer del todo en la cuenta de su
invención, a quien andaba ya muy en los alcances [7], determinaron de abreviar con la partida; y
llamando aparte al ventero, le ordenaron que ensillase a Rocinante y enalbardase el jumento de
70   Sancho, el cual lo hizo con mucha presteza.

Ya en esto, el cura se había concertado con los
cuadrilleros que le acompañasen hasta su lugar,
dándoles un tanto cada día. Colgó Cardenio del arzón de la silla de Rocinante, del un cabo la adar-
75   ga [8] y del otro la bacía, y por señas mandó a Sancho que subiese en su asno y tomase de las riendas a Rocinante, y puso a los dos lados del carro
a los dos cuadrilleros con sus escopetas [▼]. Pero antes que se moviese el carro, salió la ventera, su hija
80   y Maritornes a despedirse de don Quijote, fingiendo que lloraban de dolor de su desgracia; a quien
don Quijote dijo:

—No lloréis, mis buenas señoras, que todas estas desdichas son anexas a los que profesan lo que
85   yo profeso, y si estas calamidades no me aconte-
cieran no me tuviera yo por famoso caballero andante; porque a los caballeros de poco nombre y
fama nunca les suceden semejantes casos, porque

[7] Que ya estaba a pun-
to de caer en la cuenta.

[8] Escudo.

[▼] Este episodio es parodia burlesca de una novela caballeresca medieval, de las leyendas artúricas, *El Caballero de la Carreta* (siglo XII), de Chrétien de Troyes, en la que Lanzarote es transportado en una carreta conducida por un enano.

no hay en el mundo quien se acuerde dellos. A los
valerosos sí, que tienen envidiosos de su virtud y   90
valentía a muchos príncipes y a muchos otros caballeros, que procuran por malas vías destruir a
los buenos. Pero, con todo eso, la virtud es tan poderosa que, por sí sola, a pesar de toda la nigro-
mancia que supo su primer inventor, Zoroastes ▼,   95
saldrá vencedora de todo trance, y dará de sí luz
en el mundo, como la da el sol en el cielo. Perdonadme, fermosas damas, si algún desaguisado [9],
por descuido mío, os he fecho, que de voluntad y
a sabiendas jamás le di a nadie, y rogad a Dios me   100
saque destas prisiones, donde algún mal intencionado encantador me ha puesto; que si de ellas me
veo libre, no se me caerá de la memoria las mercedes que en este castillo me habedes fecho, para
gratificallas, servillas y recompensallas como ellas   105
merecen.

En tanto que las damas del castillo esto pasaban con don Quijote, el cura y el barbero se despidieron de don Fernando y sus camaradas, y del
capitán y de su hermano y todas aquellas conten-   110
tas señoras, especialmente de Dorotea y Luscinda.
Todos se abrazaron y quedaron de darse noticia
de sus sucesos, diciendo don Fernando al cura
dónde había de escribirle para avisarle en lo que
paraba don Quijote, asegurándole que no habría   115
cosa que más gusto le diese que saberlo; y que él,
asimesmo le avisaría de todo aquello que él viese
que podría darle gusto, así de su casamiento como
del bautismo de Zoraida, y suceso de don Luis, y
vuelta de Luscinda a su casa. El cura ofreció de ha-   120
cer cuanto se le mandaba con toda puntualidad.

[9] Agravio.

▼ Zoroastro o Zaratustra, antiguo rey de Persia a quien vulgarmente se atribuía la invención de la magia.

Tornaron a abrazarse otra vez, y otra vez tornaron a nuevos ofrecimientos.

125   El ventero se llegó al cura y le dio unos papeles, diciéndole que los había hallado en un
aforro [10] de la maleta donde se halló la *Novela del*   [10] Forro.
curioso impertinente, y que pues su dueño no había
vuelto más por allí, que se los llevase todos; que,
pues él no sabía leer, no los quería. El cura se lo
130   agradeció, y abriéndolos luego, vio que al principio del escrito decía: *Novela de Rinconete y Cortadillo* ▼, por donde entendió ser alguna novela, y coligió que, pues la del *Curioso impertinente* había sido
buena, que también lo sería aquélla, pues podría
135   ser fuesen todas de un mesmo autor; y así, la guar-   [11] Propósito.
dó, con prosupuesto [11] de leerla cuando tuviese co-
modidad.

Subió a caballo, y también su amigo el barbero, con sus antifaces, porque no fuesen luego co-
140   nocidos de don Quijote, y pusiéronse a caminar
tras el carro. Y la orden que llevaban era ésta: iba
primero el carro, guiándole su dueño; a los dos lados iban los cuadrilleros, como se ha dicho, con
sus escopetas; seguía luego Sancho Panza sobre su
145   asno, llevando de rienda a Rocinante. Detrás de
todo esto iban el cura y el barbero sobre sus poderosas mulas, cubiertos los rostros, como se ha
dicho, con grave y reposado continente, no caminando más de lo que permitía el paso tardo de los
150   bueyes. Don Quijote iba sentado en la jaula, las
manos atadas, tendidos los pies, y arrimado a las
verjas, con tanto silencio y tanta paciencia como
si no fuera hombre de carne, sino estatua de piedra.

▼ Autocita de Cervantes, que se refiere a *Rinconete y Cortadillo,* una de sus *Novelas ejemplares* (1613), que debía de tener escrita ya en 1604.

Y así, con aquel espacio y silencio caminaron 155
hasta dos leguas, que llegaron a un valle, donde le
pareció al boyero ser lugar acomodado para reposar y dar pasto a los bueyes; y comunicándolo con
el cura, fue de parecer el barbero que caminasen
un poco más, porque él sabía detrás de un recues- 160
to [12] que cerca de allí se mostraba, había un valle
de más yerba y mucho mejor que aquel donde parar querían. Tomóse el parecer del barbero, y así,
tornaron a proseguir su camino.

En esto, volvió el cura el rostro, y vio que a sus 165
espaldas venían hasta seis o siete hombres de a caballo, bien puestos y aderezados, de los cuales fueron presto alcanzados, porque caminaban no con
la flema y reposo de los bueyes, sino como quien
iba sobre mulas de canónigos y con deseo de lle- 170
gar presto a sestear a la venta, que menos de una
legua de allí se parecía [13]. Llegaron los diligentes
a los perezosos y saludáronse cortésmente; y uno
de los que venían, que, en resolución, era canónigo de Toledo y señor de los demás que le acom- 175
pañaban, viendo la concertada procesión del
carro, cuadrilleros, Sancho, Rocinante, cura y barbero, y más a don Quijote, enjaulado y aprisiona-
do, no pudo dejar de preguntar qué significaba llevar aquel hombre de aquella manera, aunque ya 180
se había dado a entender, viendo las insignias ▼ de
los cuadrilleros, que debía de ser algún facinoro-
so [14] salteador, o otro delincuente cuyo castigo to-
case a la Santa Hermandad. Uno de los cuadrilleros, a quien fue hecha la pregunta, respondió ansí: 185

—Señor, lo que significa ir este caballero desta
manera, dígalo él, porque nosotros no lo sabemos.

[12] Sitio o paraje que está en declive.

[13] Se veía.

[14] Facineroso.

▼ Las *insignias* eran las medias varas que usaban los cuadrilleros.

Oyó don Quijote la plática, y dijo:

190 —¿Por dicha vuestras mercedes, señores caballeros, son versados y peritos en esto de la caballería andante? Porque si lo son, comunicaré con ellos mis desgracias, y si no, no hay para qué me canse en decillas.

195 Y a este tiempo habían ya llegado el cura y el barbero, viendo que los caminantes estaban en pláticas con don Quijote de la Mancha, para responder de modo que no fuese descubierto su artificio.

El canónigo, a lo que don Quijote dijo, res-
200 pondió:

—En verdad, hermano, que sé más de libros de caballerías que de las *Súmulas* de Villalpando ▼. Ansí que, si no está más que en esto, seguramente [15] podéis comunicar conmigo lo que quisiéredes.

205 —A la mano de Dios —replicó don Quijote—. Pues así es, quiero, señor caballero, que sepades que yo voy encantado en esta jaula, por envidia y fraude de malos encantadores; que la virtud más es perseguida de los malos que amada de
210 los buenos. Caballero andante soy, y no de aquellos de cuyos nombres jamás la Fama se acordó para eternizarlos en su memoria, sino de aquellos que, a despecho y pesar de la mesma envidia, y de cuantos magos crió Persia, bracmanes [16] la In-
215 dia, ginosofistas [17] la Etiopía, ha de poner su nombre en el templo de la inmortalidad para que sirva de ejemplo y dechado en los venideros siglos, donde los caballeros andantes vean los pasos que han de seguir, si quisieren llegar a la cumbre y al-
220 teza [18] honrosa de las armas.

[15] Con seguridad.

[16] Brahmanes, casta superior (sacerdotes y doctores).

[17] Gimnosofistas (designación griega de los brahmanes).

[18] Altura.

▼ Las *Súmulas (Summa summularum,* 1557) era el tratado de dialéctica de la Universidad de Alcalá escrito por G. Cardillo de Villalpando.

Dice verdad el señor don Quijote de la Mancha —dijo a esta sazón el cura—, que él va encantado en esta carreta, no por sus culpas y pecados, sino por la mala intención de aquellos a quien la virtud enfada y la valentía enoja. Éste es, señor, el Caballero de la Triste Figura, si ya le oístes [19] nombrar en algún tiempo, cuyas valerosas hazañas y grandes hechos serán escritas en bronces duros y en eternos mármoles, por más que se canse la envidia en escurecerlos y la malicia en ocultarlos.

Cuando el canónigo oyó hablar al preso y al libre en semejante estilo, estuvo por hacerse la cruz de admirado, y no podía saber lo que le había acontecido; y en la mesma admiración cayeron todos los que con él venían. En esto, Sancho Panza, que se había acercado a oír la plática, para adobarlo [20] todo, dijo:

—Ahora, señores, quiéranme bien o quiéranme mal por lo que dijere, el caso de ello es que así va encantado mi señor don Quijote como mi madre; él tiene su entero juicio, él come y bebe y hace sus necesidades como los demás hombres, y como las hacía ayer, antes que le enjaulasen. Siendo esto ansí, ¿cómo quieren hacerme a mí entender que va encantado? Pues yo he oído decir a muchas personas que los encantados ni comen, ni duermen, ni hablan, y mi amo, si no le van a la mano [21], hablará más que treinta procuradores.

Y volviéndose a mirar al cura, prosiguió diciendo:

—¡Ah, señor cura, señor cura! ¿Pensaba vuestra merced que no le conozco, y pensará que yo no calo y adivino adónde se encaminan estos nuevos encantamentos? Pues sepa que le conozco, por más que se encubra el rostro, y sepa que le entiendo, por más que disimule sus embustes. En fin, donde reina la envidia no puede vivir la virtud, ni

225

230

235

240

245

250

255

[19] Oísteis.

[20] Arreglarlo (en sentido irónico).

[21] Si no le contienen.

adonde hay escaseza [22] la liberalidad ▼. ¡Mal haya
el diablo; que si por su reverencia no fuera, ésta

260   fuera ya la hora que mi señor estuviera casado con
la infanta Micomicona, y yo fuera conde, por lo
menos, pues no se podía esperar otra cosa, así de
la bondad de mi señor el de la Triste Figura como
de la grandeza de mis servicios! Pero ya veo que

265   es verdad lo que se dice por ahí: que la rueda de
la Fortuna ▼▼ anda más lista que una rueda de molino, y que los que ayer estaban en pinganitos [23]
hoy están por el suelo. De mis hijos y de mi mujer me pesa, pues cuando podían y debían espe-

270   rar ver entrar a su padre por sus puertas hecho gobernador o visorrey de alguna ínsula o reino, le verán entrar hecho mozo de caballos. Todo esto que
he dicho, señor cura, no es más de por encarecer
a su paternidad haga conciencia del mal trata-

275   miento que a mi señor se le hace, y mire bien no
le pida [24] Dios en la otra vida esta prisión de mi
amo, y se le haga cargo de todos aquellos socorros
y bienes que mi señor don Quijote deja de hacer
en este tiempo que está preso.

280   —¡Adóbame esos candiles [25]! —dijo a este
punto el barbero—. ¿También vos, Sancho, sois
de la cofradía de vuestro amo? ¡Vive el Señor, que
voy viendo que le habéis de tener compañía en la
jaula, y que habéis de quedar tan encantado como

285   él, por lo que os toca de su humor y de su caba-

[22] Escasez, avaricia.

[23] En las alturas, en fortuna próspera.

[24] Cuentas (elipsis).

[25] ¡Qué disparate! (ex-
presión proverbial).

▼ Esto llegaría a decir el quijotesco don Miguel de Unamuno: «Acertaste, fiel escudero,
acertaste; la envidia y sólo la envidia enjauló a tu amo; la envidia disfrazada de caridad,
la envidia de los hombres cuerdos que no pueden sufrir la locura heroica, la envidia
que ha elegido al sentido común en tirano nivelador.»

▼▼ Divinidad mitológica romana que rige los destinos humanos y distribuye suerte y
riquezas.

llería! En mal punto os empreñastes de sus promesas, y en mal hora se os entró en los cascos la
ínsula que tanto deseáis.

—Yo no estoy preñado de nadie —respondió
Sancho—, ni soy hombre que me dejaría empre-   290
ñar, del rey que fuese [26]; y aunque pobre, soy cristiano viejo, y no debo nada a nadie; y si ínsulas
deseo, otros desean otras cosas peores; y cada uno
es hijo de sus obras; y debajo de [27] ser hombre puedo venir a ser papa, cuanto más gobernador de   295
una ínsula, y más pudiendo ganar tantas mi señor,
que le falte a quien dallas. Vuestra merced mire
cómo habla, señor barbero; que no es todo hacer
barbas, y algo va de Pedro a Pedro ▼. Dígolo porque todos nos conocemos, y a mí no se me ha de   300
echar dado falso [28]. Y en eso del encanto de mi
amo, Dios sabe la verdad; y quédese aquí, porque
es peor meneallo [29].

No quiso responder el barbero a Sancho, porque no descubriese con sus simplicidades lo que   305
él y el cura tanto procuraban encubrir; y por este
mesmo temor había el cura dicho al canónigo que
caminasen un poco delante: que él le diría el misterio del enjaulado, con otras cosas que le diesen
gusto. Hízolo así el canónigo, y adelantóse con sus   310
criados, y con él estuvo atento a todo aquello que
decirle quiso de la condición, vida, locura y costumbres de don Quijote, contándole brevemente
el principio y causa de su desvarío, y todo el progreso de sus sucesos, hasta haberlo puesto en   315
aquella jaula, y el disignio [30] que llevaban de llevarle a su tierra, para ver si por algún medio hallaban remedio a su locura. Admiráronse de nue-

[26] Ni del mismo rey.

[27] Por consecuencia de.

[28] Hacer trampas.

[29] Darle vueltas.

[30] Designio.

▼ Expresión proverbial que equivale a «no todos somos iguales».

320 vo los criados y el canónigo de oír la peregrina historia de don Quijote, y en acabándola de oír, dijo:
—Verdaderamente, señor cura, yo hallo por
mi cuenta que son perjudiciales en la república estos que llaman libros de caballerías. Y aunque he
leído, llevado de un ocioso y falso gusto, casi el
325 principio de todos los más que hay impresos, jamás me he podido acomodar a leer ninguno del
principio al cabo, porque me parece que, cuál más,
cuál menos, todos ellos son una mesma cosa, y no
tiene más éste que aquél, ni estotro que el otro. Y
330 según a mí me parece, este género de escritura y
composición cae debajo de aquel de las fábulas
que llaman milesias, que son cuentos disparatados, que atienden solamente a deleitar, y no a enseñar, al contrario de lo que hacen las fábulas apó-
335 logas, que deleitan y enseñan juntamente ▼. Y
puesto que [31] el principal intento de semejantes libros sea el deleitar, no sé yo cómo puedan conseguirle, yendo llenos de tantos y tan desaforados
disparates; que el deleite que en el alma se conci-
340 be ha de ser de la hermosura y concordancia que
vee o contempla en las cosas que la vista o la imaginación le ponen delante, y toda cosa que tiene
en sí fealdad y descompostura no nos puede causar contento alguno. Pues ¿qué hermosura puede
345 haber, o qué proporción de partes con el todo, y
del todo con las partes, en un libro o fábula donde un mozo de diez y seis años da una cuchillada
a un gigante como una torre, y le divide en dos
mitades, como si fuera de alfeñique [32]; y que cuan-
350 do nos quieren pintar una batalla, después de ha-

[31] Aunque.

[32] Pasta de azúcar coci-
da y estirada en barras
delgadas.

▼ *Fábulas milesias* era la denominación que se aplicaba a los cuentos inverosímiles; otros
tipos eran los apólogos y las fábulas mitológicas.

[33] Competidores, combatientes.

[34] Les respondería.

[35] Verosimilitud.

ber dicho que hay de la parte de los enemigos un millón de competientes [33], como sea contra ellos el señor del libro, forzosamente, mal que nos pese, habemos de entender que el tal caballero alcanzó la victoria por solo el valor de su fuerte brazo? 355 Pues ¿qué diremos de la facilidad con que una reina o emperatriz heredera se conduce en los brazos de un andante y no conocido caballero? ¿Qué ingenio, si no es del todo bárbaro e inculto, podrá contentarse leyendo que una gran torre llena 360 de caballeros va por la mar adelante, como nave con próspero viento, y hoy anochece en Lombardía, y mañana amanezca en tierras del Preste Juan de las Indias, o en otras que ni las describió Tolomeo ni las vio Marco Polo ▼? Y si a esto se me res- 365 pondiese que los que tales libros componen los escriben como cosas de mentira, y que así, no están obligados a mirar en delicadezas ni verdades, responderles hía [34] yo que tanto la mentira es mejor cuanto más parece verdadera, y tanto más agrada 370 cuanto tiene más de lo dudoso y posible. Hanse de casar las fábulas mentirosas con el entendimiento de los que las leyeren, escribiéndose de suerte que, facilitando los imposibles, allanando las grandezas, suspendiendo los ánimos, admiren, 375 suspendan, alborocen y entretengan, de modo que anden a un mismo paso la admiración y la alegría juntas; y todas estas cosas no podrá hacer el que huyere de la verisimilitud [35] de la imitación, en quien consiste la perfección de lo que se escri- 380 be. No he visto ningún libro de caballerías que

iiiiiiiiiiiiiiiiiiiiiiiiiiiiiiiiiiiiiiiiiiiiiiiiiiiiiiiiiiiiiiiiiiiiiiiiiiiiiiiiiiiiiiiiiiiiiiiiiiiiiiiiiiiii

▼ Tolomeo o Ptolomeo (siglo II) fue el astrónomo y geógrafo greco-egipcio cuyas teorías estuvieron vigentes hasta que fueron rebatidas por Galileo. Marco Polo fue el célebre viajero veneciano del siglo XIII, inspirador de un libro de viajes por Oriente. Para el Preste Juan de las Indias véase la nota al pie de la página 40 (en el prólogo).

haga un cuerpo de fábula entero con todos sus
miembros, de manera que el medio corresponda
al principio, y el fin al principio y al medio, sino
385 que los componen con tantos miembros, que más
parece que llevan intención a formar una quimera o un monstruo que a hacer una figura propor-
cionada. Fuera desto, son en el estilo duros; en las
hazañas, increíbles; en los amores, lascivos; en las
390 cortesías, mal mirados; largos en las batallas, necios en las razones, disparatados en los viajes, y,
finalmente, ajenos de todo discreto artificio, y por
esto dignos de ser desterrados de la república cristiana, como a gente inútil ▼.

395   El cura le estuvo escuchando con grande atención, y parecióle hombre de buen entendimiento,
y que tenía razón en cuanto decía; y así, le dijo
que, por ser él de su mesma opinión, y tener ojeriza a los libros de caballerías, había quemado to-
400 dos los de don Quijote, que eran muchos. Y con-
tóle el escrutinio que dellos había hecho, y los que
había condenado al fuego y dejado con vida, de
que no poco se rió el canónigo, y dijo que, con
todo cuanto mal había dicho de tales libros, halla-
405 ba en ellos una cosa buena: que era el sujeto ³⁶ que   ³⁶ Asunto, materia.
ofrecían para que un buen entendimiento pudiese
mostrarse en ellos, porque daban largo y espacioso campo por donde sin empacho alguno pudiese
correr la pluma, describiendo naufragios, tormen-
410 tas, rencuentros ³⁷ y batallas; pintando un capitán   ³⁷ Reencuentros, en-
valeroso con todas las partes ³⁸ que para ser tal se   frentamientos.
requieren, mostrándose prudente previniendo las   ³⁸ Cualidades.

▼ Con esta intervención del canónigo toledano y el diálogo con el cura, la teoría y la
crítica literarias, uno de los temas fundamentales del *Quijote,* ocupan el lugar central de
este capítulo y de los tres siguientes.

astucias de sus enemigos, y elocuente orador persuadiendo o disuadiendo a sus soldados, maduro
en el consejo, presto en lo determinado, tan va-   415
liente en el esperar como en el acometer; pintando ora un lamentable y trágico suceso, ahora un
alegre y no pensado acontecimiento; allí una hermosísima dama, honesta, discreta y recatada; aquí
un caballero cristiano, valiente y comedido; acullá   420
un desaforado bárbaro fanfarrón; acá un príncipe
cortés, valeroso y bien mirado; representando
bondad y lealtad de vasallos, grandezas y mercedes de señores. Ya puede mostrarse astrólogo, ya
cosmógrafo excelente, ya músico, ya inteligente   425
en las materias de estado, y tal vez [39] le vendrá ocasión de mostrarse nigromante, si quisiere. Puede
mostrar las astucias de Ulises, la piedad de Eneas,
la valentía de Aquiles, las desgracias de Héctor, las
traiciones de Sinón, la amistad de Eurialio, la libe- 430
ralidad de Alejandro, el valor de César, la clemen-
cia y verdad de Trajano, la fidelidad de Zopiro, la
prudencia de Catón ▼, y, finalmente, todas aquellas acciones que pueden hacer perfecto a un varón ilustre, ahora poniéndolas en uno solo, ahora   435
dividiéndolas en muchos.

—Y siendo esto hecho con apacibilidad de estilo y con ingeniosa invención, que tire lo más que
fuere posible a la verdad, sin duda compondrá una
tela de varios y hermosos lazos tejida, que después 440

[39] Alguna vez.

||||||||||||||||||||||||||||||||||||||||||||||||||||||||||||||||||||||||||||||||||||||||||||||||||||||

▼ He aquí una serie de antonomasias, figura que consiste aquí en designar una cuali-
dad o virtud identificándola con la persona que más destacó en ella: Ulises en la astucia
(Ilíada y *Odisea)*, Eneas en la piedad *(Eneida)*, Aquiles en la valentía *(Ilíada)*, Héctor en
el infortunio *(Eneida)*, Sinón en la traición (impulsó a los troyanos a aceptar en la ciudad el caballo ideado por Ulises; *Ilíada, Eneida)*, Eurialio o Euríalo en la amistad (amigo
inseparable de Niso, en la *Eneida)*, etc. (Zopiro en la fidelidad, por la que demostró al
rey persa Darío).

de acabada, tal perfección y hermosura muestre,
que consiga el fin mejor que se pretende en los escritos, que es enseñar y deleitar juntamente, como
ya tengo dicho. Porque la escritura desatada des-
445　tos libros da lugar a que el autor pueda mostrarse
épico, lírico, trágico, cómico, con todas aquellas
partes que encierran en sí las dulcísimas y agradables ciencias de la poesía y de la oratoria; que la
épica también [40] puede escrebirse en prosa como
450　en verso.

[40] Tanto, así.

Capítulo XLVIII

Donde prosigue el canónigo la materia de los libros de caballerías, con otras cosas dignas de su ingenio

—Así es como vuestra merced dice ▼, señor ca-   5
nónigo —dijo el cura—, y por esta causa son más
dignos de reprehensión los que hasta aquí han
compuesto semejantes libros sin tener advertencia a ningún buen discurso, ni al arte y reglas por
donde pudieran guiarse y hacerse famosos en pro-   10
sa, como lo son en verso los dos príncipes de la
poesía griega y latina ¹.

¹ Homero y Virgilio.

—Yo, a lo menos —replicó el canónigo—, he
tenido cierta tentación de hacer un libro de caballerías, guardando en él todos los puntos que he   15
significado ²; y si he de confesar la verdad, tengo
escritas más de cien hojas. Y para hacer la experiencia de si correspondían a mi estimación, las he
comunicado con hombres apasionados desta leyenda ³, doctos y discretos, y con otros ignoran-   20
tes, que sólo atienden al gusto de oír disparates,
y de todos he hallado una agradable aprobación;
pero, con todo esto, no he proseguido adelante,
así por parecerme que hago cosa ajena de mi profesión como por ver que es más el número de los   25
simples que de los prudentes, y que, puesto que ⁴

² Señalado.

³ Lectura.

⁴ Aunque.

▼ Véase la primera nota al pie de la página 698.

es mejor ser loado de los pocos sabios que burlado de los muchos necios, no quiero sujetarme al
confuso juicio del desvanecido vulgo, a quien por
30   la mayor parte toca leer semejantes libros. Pero lo
que más me le quitó de las manos, y aun del pen-
samiento, de acabarle, fue un argumento [5] que   ....
hice conmigo mesmo, sacado de las comedias que   [5] Razonamiento.
ahora se representan, diciendo: «Si estas que aho-
35   ra se usan, así las imaginadas como las de historia, todas o las más son conocidos disparates y cosas que no llevan pies ni cabeza, y con todo eso,
el vulgo las oye con gusto, y las tiene y las aprue-
ba por buenas, estando tan lejos de serlo, y los au-
40   tores que las componen y los actores que las representan dicen que así han de ser, porque así las
quiere el vulgo, y no de otra manera, y que las
que llevan traza y siguen la fábula como el arte
pide, no sirven sino para cuatro discretos que las
45   entienden, y todos los demás se quedan ayunos
de entender su artificio, y que a ellos les está mejor ganar de comer con los muchos, que no opinión con los pocos, deste modo vendrá a ser un
libro, al cabo de haberme quemado las cejas por
50   guardar los preceptos referidos, y vendré a ser el
sastre del cantillo [▼].» Y aunque algunas veces he   ....
procurado persuadir a los actores [6] que se enga-   [6] Empresarios o auto-
ñan en tener la opinión que tienen, y que más gen-   res de compañías.
te atraerán y más fama cobrarán representando
55   comedias que hagan el arte que no con las dispa-
ratadas, y están tan asidos y encorporados [7] en su   ....
parecer, que no hay razón ni evidencia que dél los   [7] Incorporados, firmes.
saque. Acuérdome que un día dije a uno destos
pertinaces: «Decidme, ¿no os acordáis que ha po-
60   cos años que se representaron en España tres tra-

▼ Se alude aquí al refrán «El sastre del cantillo, que cosía de balde y ponía el hilo».

gedias que compuso un famoso poeta destos reinos ▼, las cuales fueron tales, que admiraron, ale-
graron y suspendieron a todos cuantos las oyeron,
así simples como prudentes, así del vulgo como
de los escogidos, y dieron más dineros a los repre-		65
sentantes ellas tres solas que treinta de las mejores que después acá se han hecho?» «Sin duda,
—respondió el autor que digo— que debe de decir vuestra merced por *La Isabela, La Filis* y *La Ale-
jandra.*» «Por ésas digo —le repliqué yo—, y mi-		70
rad si guardaban bien los preceptos del arte, y si
por guardarlos dejaron de parecer lo que eran y
de agradar a todo el mundo. Así que no está la falta en el vulgo que pide disparates, sino en aque-
llos que no saben representar otra cosa. Sí, que no		75
fue disparate *La ingratitud vengada,* ni le tuvo *La
Numancia,* ni se le halló en la del *Mercader amante,*
ni menos en *La enemiga favorable* ▼▼, ni en otras algunas que de algunos entendidos poetas han sido
compuestas, para fama y renombre suyo, y para		80
ganancia de los que las han representado.» Y otras
cosas añadí a éstas, con que a mi parecer le dejé
algo confuso, pero no satisfecho ni convencido,
para sacarle de su errado pensamiento.

    —En materia ha tocado vuestra merced, señor		85
canónigo —dijo a esta sazón el cura—, que ha
despertado en mí un antiguo rancor [8] que tengo
con las comedias que agora se usan, tal, que iguala al que tengo con los libros de caballerías; por-
que habiendo de ser la comedia, según le parece		90

---

[8] Rencor.

▼ Alude a Lupercio Leonardo de Argensola (1559-1613), autor de las tres tragedias renacentistas que se citan inmediatamente.

▼▼ Cita de cuatro obras dramáticas de Lope de Vega, Cervantes, Gaspar de Aguilar y
Francisco Agustín Tárrega, respectivamente.

a Tulio [▼], espejo de la vida humana, ejemplo de las costumbres y imagen de la verdad, las que ahora se representan son espejos de disparates, ejemplos de necedades e imágenes de lascivia. Porque,

95 ¿qué mayor disparate puede ser en el sujeto [9] que tratamos que salir un niño en mantillas en la primera cena [10] del primer acto, y en la segunda salir ya hecho hombre barbado? Y ¿qué mayor que pintarnos un viejo valiente y un mozo cobarde, un la-

100 cayo retórico, un paje consejero, un rey ganapán y una princesa fregona? ¿Qué diré, pues, de la observancia que guardan en los tiempos en que pueden o podían suceder las acciones que representan, sino que he visto comedia que la primera jor-

105 nada [11] comenzó en Europa, la segunda en Asia, la tercera se acabó en África, y aun si fuera de cuatro jornadas, la cuarta acababa en América, y así se hubiera hecho en todas las cuatro partes del mundo? Y si es que la imitación es lo principal que

110 ha de tener la comedia, ¿cómo es posible que satisfaga a ningún mediano entendimiento que, fingiendo una acción que pasa en tiempo del rey Pepino y Carlomagno, el mismo que en ella hace la persona principal le atribuyan que fue el empera-

115 dor Heraclio, que entró con la Cruz en Jerusalén, y el que ganó la Casa Santa, como Godofre de Bullón, habiendo infinitos años de lo uno a lo otro [▼▼]; y fundándose la comedia sobre cosa fingida, atribuirle verdades de historia y mezclarle pedazos de

[9] Asunto, materia.

[10] Escena.

[11] Acto.

[▼] Marco Tulio Cicerón, político, orador y prosista romano (siglo I a. de C.), célebre por su elocuencia.

[▼▼] Pipino el Breve (siglo VIII) fue el primer rey de los francos y padre de Carlomagno, quien reinó después, desde el año 768 hasta el 814. Heraclio fue emperador bizantino (575-647); y Godofredo de Bullón (siglo XI) fue quien dirigió la primera cruzada sobre Jerusalén.

otras sucedidas a diferentes personas y tiempos, y   120
esto no con trazas verisímiles [12], sino con patentes
errores, de todo punto inexcusables? Y es lo malo
que hay ignorantes que digan que esto es lo perfecto, y que lo demás es buscar gullurías [13]. Pues,
¿qué si venimos a las comedias divinas? ¡Qué de   125
milagros falsos fingen en ellas, qué de cosas apó-
crifas y malentendidas, atribuyendo a un santo los
milagros de otro! Y aun en las humanas se atre-
ven a hacer milagros, sin más respeto ni consideración que parecerles que allí estará bien el tal mi-   130
lagro y apariencia [14], como ellos llaman, para que
gente ignorante se admire y venga a la comedia;
que todo esto es en perjuicio de la verdad y en menoscabo de las historias, y aun en oprobio [15] de
los ingenios españoles, porque los extranjeros, que   135
con mucha puntualidad guardan las leyes de la comedia, nos tienen por bárbaros e ignorantes, viendo los absurdos y disparates de las que hacemos ▼.
Y no sería bastante disculpa desto decir que el
principal intento que las repúblicas bien ordena-   140
das tienen permitiendo que se hagan públicas comedias es para entretener la comunidad con alguna honesta recreación, y divertirla [16] a veces de los
malos humores que suele engendrar la ociosidad;
y que, pues éste se consigue con cualquier come-   145
dia, buena o mala, no hay para qué poner leyes,
ni estrechar a los que las componen y representan a que las hagan como debían hacerse, pues,
como he dicho, con cualquiera se consigue lo que
con ellas se pretende. A lo cual respondería yo que
este fin se conseguiría mucho mejor, sin compa-

[13] Gollerías, cosas su-
perfluas.

[14] Tramoya, máquina
teatral.

[15] Oprobio.

[16] Distraerla.

▼ Cervantes defiende aquí, por boca del cura, el teatro renacentista —que él mismo
había cultivado— y critica las libertades aportadas por la renovación teatral de Lope
de Vega.

ración alguna, con las comedias buenas que con
las no tales; porque de haber oído la comedia ar-
tificiosa y bien ordenada, saldría el oyente alegre
155   con las burlas, enseñado con las veras, admirado
de los sucesos, discreto con las razones, advertido
con los embustes, sagaz con los ejemplos, airado
contra el vicio y enamorado de la virtud; que todos estos afectos ha de despertar la buena come-
160   dia en el ánimo del que la escuchare, por rústico
y torpe que sea, y de toda imposibilidad es imposible dejar de alegrar y entretener, satisfacer y
contentar, la comedia que todas estas partes tuviere mucho más que aquella que careciere dellas,
165   como por la mayor parte carecen estas que de ordinario agora se representan ▼. Y no tienen la culpa desto los poetas que las componen, porque algunos hay dellos que conocen muy bien en lo que
yerran, y saben extremadamente lo que deben ha-
170   cer; pero como las comedias se han hecho merca-
dería vendible, dicen, y dicen verdad, que los representantes no se las comprarían si no fuesen de
aquel jaez; y así, el poeta procura acomodarse con
lo que el representante que le ha de pagar su obra
175   le pide. Y que esto sea verdad véase por muchas
e infinitas comedias que ha compuesto un felicísi-
mo ingenio destos reinos [17], con tanta gala, con   [17] Alude a Lope de
tanto donaire, con tan elegante verso, con tan   Vega.
buenas razones, con tan graves sentencias y, final-
180   mente, tan llenas de elocución y alteza de estilo,
que tiene lleno el mundo de su fama; y por querer acomodarse al gusto de los representantes, no

||||||||||||||||||||||||||||||||||||||||||||||||||||||||||||||||||||||||||||||||||||||||||||||||||||||||||||||||||||||||||||||||||||||||||||||||||||||||||||||||||||||

▼ Percas de Ponseti concluye que Cervantes «no acepta dicotomías en este terreno del
deleite y la instrucción, sino que concibe lo maravilloso y lo placentero como ingredientes principales de la buena ficción, y que la buena ficción es por naturaleza
instructiva».

han llegado todas, como han llegado algunas, al
punto de la perfección que requieren. Otros las
componen tan sin mirar lo que hacen, que des-   185
pués de representadas tienen necesidad los recitantes de huirse y ausentarse, temerosos de ser
castigados, como lo han sido muchas veces, por
haber representado cosas en perjuicio de algunos
reyes y en deshonra de algunos linajes. Y todos es- 190
tos inconvinientes [18] cesarían, y aun otros muchos
más que no digo, con que hubiese en la Corte una
persona inteligente y discreta que examinase todas las comedias antes que se representasen, no
sólo aquellas que se hiciesen en la Corte, sino to- 195
das las que se quisiesen representar en España; sin
la cual aprobación, sello y firma ninguna justicia
en su lugar dejase representar comedia alguna; y
desta manera, los comediantes tendrían cuidado
de enviar las comedias a la Corte, y con seguridad   200
podrían representallas; y aquellos que las componen mirarían con más cuidado y estudio lo que hacían, temorosos [19] de haber de pasar sus obras por
el riguroso examen de quien lo entiende; y desta
manera se harían buenas comedias y se consegui-   205
ría felicísimamente lo que en ellas se pretende: así
el entretenimiento del pueblo como la opinión de
los ingenios de España, el interés y seguridad de
los recitantes y el ahorro del cuidado de castiga-
llos. Y si se diese cargo a otro, o a este mismo,   210
que examinase los libros de caballerías que de nuevo se compusiesen, sin duda podrían salir algunos
con la perfección que vuestra merced ha dicho, en-
riqueciendo nuestra lengua del agradable y precioso tesoro de la elocuencia, dando ocasión que   215
los libros viejos se escureciesen a la luz de los nuevos que saliesen, para honesto pasatiempo, no solamente de los ociosos, sino de los más ocupados;
pues no es posible que esté continuo el arco ar-

[18] Inconvenientes.

[19] Temerosos.

220   mado, ni la condición y flaqueza humana se pue-
       da sustentar sin alguna lícita recreación ▼.
          A este punto de su coloquio llegaban el canóni-
       go y el cura, cuando adelantándose el barbero, lle-
       gó a ellos, y dijo al cura:
225   —Aquí, señor licenciado, es el lugar que yo dije
       que era bueno para que, sesteando nosotros, tu-
       viesen los bueyes fresco y abundoso pasto.
          —Así me lo parece a mí —respondió el cura.
          Y diciéndole al canónigo lo que pensaba hacer,
230   él también quiso quedarse con ellos, convidado del
       sitio de un hermoso valle que a la vista se les ofre-
       cía. Y así por gozar dél como de la conversación
       del cura, de quien ya iba aficionado, y por saber
       más por menudo las hazañas de don Quijote, man-
235   dó a algunos de sus criados que se fuesen a la ven-
       ta, que no lejos de allí estaba, y trujesen della lo
       que hubiese de comer, para todos, porque él de-
       terminaba de sestear en aquel lugar aquella tarde;
       a lo cual uno de sus criados respondió que el acé-
240   mila [20] del repuesto, que ya debía de estar en la   [20] La mula.
       venta, traía recado [21] bastante para no obligar a   [21] Provisiones.
       no tomar de la venta más que cebada.
          —Pues así es —dijo el canónigo—, llévense
       allá todas las cabalgaduras, y haced volver la acé-
245   mila.
          En tanto que esto pasaba, viendo Sancho que
       podía hablar a su amo sin la continua asistencia
       del cura y el barbero, que tenía por sospechosos,
       se llegó a la jaula donde iba su amo, y le dijo:
250   —Señor, para descargo de mi conciencia le
       quiero decir lo que pasa cerca de [22] su encanta-   [22] Acerca de.

▼ «Al equiparar, en sus defectos artísticos, los viejos libros de caballerías impresos y
las comedias de Lope de Vega, Cervantes contrapone un género ya desprestigiado en
1604 y una forma dramática reciente y triunfante» (Murillo).

mento; y es que aquestos dos que vienen aquí cubiertos los rostros son el cura de nuestro lugar y el barbero, y imagino han dado esta traza de llevalle desta manera, de pura envidia que tienen cómo vuestra merced se les adelanta en hacer famosos hechos ▼. Presupuesta, pues, esta verdad, síguese que no va encantado, sino embaído [23] y tonto. Para prueba de lo cual le quiero preguntar una cosa, y si me responde como creo que me ha de responder, tocará con la mano este engaño y verá cómo no va encantado, sino trastornado el juicio.

—Pregunta lo que quisieres, hijo Sancho —respondió don Quijote—; que yo te satisfaré y responderé a toda tu voluntad. Y en lo que dices que aquellos que allí van y vienen con nosotros son el cura y el barbero, nuestros compatriotos [24] y conocidos, bien podrá ser que parezca que son ellos mesmos; pero que lo sean realmente y en efecto, eso no lo creas en ninguna manera. Lo que has de creer y entender es que si ellos se les parecen, como dices, debe de ser que los que me han encantado habrán tomado esa apariencia y semejanza; porque es fácil a los encantadores tomar la figura que se les antoja, y habrán tomado la destos nuestros amigos para darte a ti ocasión de que pienses lo que piensas, y ponerte en un laberinto de imaginaciones que no aciertes a salir dél, aunque tuvieses la soga de Teseo ▼▼. Y también lo habrán hecho para que yo vacile en mi entendimiento, y no sepa atinar de dónde me viene este daño; porque si por una parte tú me dices que me acom-

255

260

265

270

275

280

[23] Embaucado, burlado.

[24] Compatriotas.

▼ Véase la primera nota al pie de la página 732.

▼▼ Héroe mitológico que, después de matar al Minotauro, logró salir del Laberinto de Creta por el hilo de Ariadna.

pañan el barbero y el cura de nuestro pueblo, y
por otra yo me veo enjaulado, y sé de mí que fuer-
285   zas humanas, como no fueran sobrenaturales, no
fueran bastantes para enjaularme, ¿qué quieres
que diga o piense sino que la manera de mi encantamento excede a cuantas yo he leído en todas las historias que tratan de caballeros andantes
290   que han sido encantados? Ansí que bien puedes
darte paz y sosiego en esto de creer que son los
que dices, porque así son ellos como yo soy turco.
Y en lo que toca a querer preguntarme algo, di,
que yo te responderé, aunque me preguntes de
295   aquí a mañana.

        —¡Válame Nuestra Señora! —respondió San-
cho, dando una gran voz—. Y ¿es posible que sea
vuestra merced tan duro de celebro [25] y tan falto   [25] Cerebro.
de meollo, que no eche de ver que es pura verdad
300   la que le digo, y que en esta su prisión y desgracia
tiene más parte la malicia que el encanto? Pero,
pues así es, yo le quiero probar evidentemente
cómo no va encantado. Si no, dígame, así Dios le
saque desta tormenta, y así se vea en los brazos
305   de mi señora Dulcinea cuando menos se piense...

        —Acaba de conjurarme —dijo don Quijo-
te—, y pregunta lo que quisieres; que ya te he dicho que te responderé con toda puntualidad.

        —Eso pido —replicó Sancho—; y lo que quie-
310   ro saber es que me diga, sin añadir ni quitar cosa
ninguna, sino con toda verdad, como se espera
que la han de decir y la dicen todos aquellos que
profesan las armas, como vuestra merced las pro-
fesa, debajo de [26] título de caballeros andantes...   [26] Por consecuencia de

315   —Digo que no mentiré en cosa alguna —respondió don Quijote—. Acaba ya de preguntar;
que en verdad que me cansas con tantas salvas [27],   [27] Salvedades.
plegarias y prevenciones, Sancho.

—Digo que yo estoy seguro de la bondad y ver- $3\,20$
dad de mi amo; y así, porque hace al caso a nuestro cuento, pregunto, hablando con acatamiento,
si acaso después que [28] vuestra merced va enjaulado y, a su parecer, encantado en esta jaula, le ha
venido gana y voluntad de hacer aguas mayores
o menores, como suele decirse. $3\,25$

—No entiendo eso de *hacer aguas,* Sancho; aclá-
rate más, si quieres que te responda derecha-
mente.

—¿Es posible que no entiende vuestra merced
de hacer aguas menores o mayores? Pues en la es- 330
cuela destetan a los muchachos con ello. Pues sepa
que quiero decir si le ha venido gana de hacer lo
que no se excusa.

—¡Ya, ya te entiendo, Sancho! Y muchas veces;
y aun agora la tengo. ¡Sácame deste peligro, que 335
no anda todo limpio!

[28] Desde que.

Capítulo XLIX

Donde se trata del discreto coloquio que Sancho Panza tuvo con su señor don Quijote

5 —¡Ah! —dijo Sancho—. ¡Cogido le tengo ▼! Esto es lo que yo deseaba saber, como al alma y como a la vida. Venga acá, señor: ¿Podría negar lo que comúnmente suele decirse por ahí cuando una persona está de mala voluntad [1]: «No sé qué
10 tiene fulano, que ni come, ni bebe, ni duerme, ni responde a propósito a lo que le preguntan, que no parece sino que está encantado?» De donde se viene a sacar que los que no comen, ni beben, ni duermen, ni hacen las obras naturales que yo digo,
15 estos tales están encantados; pero no aquellos que tienen la gana que vuestra merced tiene y que bebe cuando se lo dan, y come cuando lo tiene, y responde a todo aquello que le preguntan ▼▼.

—Verdad dices, Sancho —respondió don Qui-
20 jote—; pero ya te he dicho que hay muchas maneras de encantamentos, y podría ser que con el

[1] Indispuesta.

▼ Véase la primera nota al pie de la página 698.

▼▼ Como explica Avalle-Arce, «Con una extraordinaria adaptación y aplicación del método socrático [...], en forma dialéctica el escudero obliga en esta ocasión al caballero a admitir que no va encantado».

tiempo se hubiesen mudado de unos en otros, y
que agora se use que los encantados hagan todo
lo que yo hago, aunque antes no lo hacían. De manera, que contra el uso de los tiempos no hay que   25
argüir ² ni de qué hacer consecuencias. Yo sé y tengo para mí que voy encantado, y esto me basta
para la seguridad de mi conciencia ▼; que la for-
maría muy grande ³ si yo pensase que no estaba
encantado y me dejase estar en esta jaula perezo-   30
so y cobarde, defraudando el socorro que podría
dar a muchos menesterosos y necesitados que de
mi ayuda y amparo deben tener a la hora de ahora precisa y extrema necesidad.

 —Pues con todo eso —replicó Sancho—, digo   35
que, para mayor abundancia y satisfacción, sería
bien que vuestra merced probase a salir desta cárcel, que yo me obligo con todo mi poder a facili-
tarlo, y aun a sacarle della, y probase de nuevo a
subir sobre su buen Rocinante, que también pare-   40
ce que va encantado, según va de malencólico ⁴ y
triste; y, hecho esto, probásemos otra vez la suerte de buscar más aventuras; y si no nos sucediese
bien, tiempo nos queda para volvernos a la jaula,
en la cual prometo, a ley de buen y leal escudero,   45
de encerrarme juntamente con vuestra merced, si
acaso fuere vuestra merced tan desdichado, o yo
tan simple, que no acierte a salir con lo que digo.

 —Yo soy contento de hacer lo que dices, Sancho hermano —replicó don Quijote—; y cuan-   50
do tú veas coyuntura de poner en obra mi liber-

² Argumentar, deducir.

³ Que haría un gran
cargo de conciencia.

⁴ Melancólico.

▼ Sin embargo, a pesar de lo dicho en la nota anterior, don Quijote, que «sabe sobradamente adónde va y quién lo lleva», sigue manteniendo el juego de su ficción, y con
estas palabras expone su argumento supremo: «el mundo es como yo quiero» (Torrente Ballester).

tad, yo te obedeceré en todo y por todo; pero tú,
Sancho, verás como te engañas en el conocimiento de mi desgracia ▼.

55   En estas pláticas se entretuvieron el caballero
andante y el mal andante escudero, hasta que llegaron donde, ya apeados, los aguardaban el cura,
el canónigo y el barbero. Desunció luego los bueyes de la carreta el boyero, y dejólos andar a sus
60   anchuras por aquel verde y apacible sitio, cuya
frescura convidaba a quererla gozar, no a las personas tan encantadas como don Quijote, sino a los
tan advertidos y discretos como su escudero; el
cual rogó al cura que permitiese que su señor sa-
65   liese por un rato de la jaula, porque si no le dejaban salir, no iría tan limpia aquella prisión como
requiría ⁵ la decencia de un tal caballero como su
amo. Entendióle el cura, y dijo que de muy buena
gana haría lo que le pedía, si no temiera que en
70   viéndose su señor en libertad había de hacer de
las suyas, y irse donde jamás gentes le viesen.

        —Yo le fío de la fuga —respondió Sancho.

        —Y yo y todo ⁶ —dijo el canónigo—, y más
si él me da la palabra como caballero de no apar-
75   tarse de nosotros hasta que sea nuestra voluntad.

        —Sí doy —respondió don Quijote, que todo
lo estaba escuchando—; cuanto más que el que
está encantado, como yo, no tiene libertad para
hacer de su persona lo que quisiere, porque el que
80   le encantó le puede hacer que no se mueva de un
lugar en tres siglos, y si hubiere huido, le hará volver en volandas.

⁵ Requería.

⁶ Y yo también.

▼ En las anteriores palabras de Sancho hemos podido comprobar que el proceso de su
quijotización está ya consumado. Y en las de don Quijote, también podemos apreciar
que se acaba de iniciar —levemente— el proceso de su sanchificación.

Y que, pues esto era así, bien podían soltalle, y más siendo tan en provecho de todos; y del no soltalle les protestaba que no podía dejar de fatigalles el olfato, si de allí no se desviaban. 85

Tomóle la mano el canónigo, aunque las tenía atadas, y debajo de su buena fe y palabra, le desenjaularon, de que él se alegró infinito y en grande manera de verse fuera de la jaula. Y lo primero que hizo fue estirarse todo el cuerpo, y luego se fue donde estaba Rocinante, y dándole dos palmadas en las ancas, dijo: 90

—Aún espero en Dios y en su bendita Madre, flor y espejo de los caballos, que presto nos hemos de ver los dos cual deseamos: tú, con tu señor a cuestas, y yo, encima de ti, ejercitando el oficio para que Dios me echó al mundo. 95

Y diciendo esto, don Quijote se apartó con Sancho en remota parte, de donde vino más aliviado y con más deseos de poner en obra lo que su escudero ordenase. 100

Mirábalo el canónigo, y admirábase de ver la extrañeza de su grande locura, y de que en cuanto hablaba y respondía mostraba tener bonísimo entendimiento; solamente venía a perder los estribos, como otras veces se ha dicho, en tratándole de caballería. Y así, movido de compasión, después de haberse sentado todos en la verde yerba para esperar el repuesto del canónigo, le dijo: 105

—¿Es posible, señor hidalgo, que haya podido tanto con vuestra merced la amarga y ociosa lectura de los libros de caballerías, que le hayan vuelto [7] el juicio de modo que venga a creer que va encantado, con otras cosas deste jaez, tan lejos de ser verdaderas como lo está la mesma mentira de la verdad? Y ¿cómo es posible que haya entendimiento humano que se dé a entender que ha habido en el mundo aquella infinidad de Amadises, 110 115

....
[7] Trastornado.

120 y aquella turbamulta de tanto famoso caballero,
    tanto emperador de Trapisonda ▼, tanto Felixmar-
    te de Hircania, tanto palafrén [8], tanta doncella an-
    dante, tantas sierpes, tantos endriagos [9], tantos gi-
    gantes, tantas inauditas aventuras, tanto género
125 de encantamentos, tantas batallas, tantos desafo-
    rados encuentros, tanta bizarría de trajes, tantas
    princesas enamoradas, tantos escuderos condes,
    tantos enanos graciosos, tanto billete [10], tanto re-
    quiebro, tantas mujeres valientes y, finalmente,
130 tantos y tan disparatados casos como los libros de
    caballerías contienen ▼▼. De mí sé decir que cuan-
    do los leo, en tanto que no pongo la imaginación
    en pensar que son todos mentira y liviandad, me
    dan algún contento; pero cuando caigo en la cuen-
135 ta de lo que son, doy con el mejor dellos en la pa-
    red, y aun diera con él en el fuego si cerca o pre-
    sente le tuviera, bien como a merecedores de tal
    pena, por ser falsos y embusteros, y fuera del tra-
    to que pide la común naturaleza, y como a inven-
140 tores de nuevas sectas y de nuevo modo de vida,
    y como a quien da ocasión que el vulgo ignorante
    venga a creer y a tener por verdaderas tantas ne-
    cedades como contienen. Y aun tienen tanto atre-
    vimiento que se atreven a turbar los ingenios de
145 los discretos y bien nacidos hidalgos, como se echa
    bien de ver por lo que con vuestra merced han he-
    cho, pues le han traído a términos, que sea forzo-
    so encerrarle en una jaula, y traerle sobre un carro
    de bueyes, como quien trae o lleva algún león o
150 algún tigre de lugar en lugar, para ganar con él de-

[8] Caballo manso que montaban las damas.

[9] Monstruos fabulosos.

[10] Carta.

▼ Véase la nota al pie de la página 40.

▼▼ «La repetición del indefinido *tanto* imita satíricamente enumeraciones descriptivas frecuentes en los libros andantescos, tomadas de los romances y cantares de gesta»
(Murillo).

[11] Redúzcase.

jando que le vean. ¡Ea, señor don Quijote, dúelase
de sí mismo, y redúzgase [11] al gremio de la discreción, y sepa usar de la mucha que el cielo fue servido de darle, empleando el felicísimo talento de
su ingenio en otra lectura que redunde en apro-   155
vechamiento de su conciencia y en aumento de su
honra! Y si todavía, llevado de su natural inclinación, quisiere leer libros de hazañas y de caballerías, lea en la Sacra Escritura el de los Jueces; que
allí hallará verdades grandiosas y hechos tan ver-   160
daderos como valientes. Un Viriato tuvo Lusita-
nia; un César, Roma; un Aníbal, Cartago; un Alejandro, Grecia; un conde Fernán González, Castilla; un Cid, Valencia; un Gonzalo Fernández, Andalucía; un Diego García de Paredes, Extremadu-   165
ra; un Garci Pérez de Vargas, Jerez; un Garcilaso,
Toledo; un don Manuel de León, Sevilla ▼, cuya
lección de sus valerosos hechos puede entretener,
enseñar, deleitar y admirar a los más altos ingenios que los leyeren. Ésta sí será lectura digna del   170
buen entendimiento de vuestra merced, señor don
Quijote mío, de la cual saldrá erudito en la historia, enamorado de la virtud, enseñado en la bondad, mejorado en las costumbres, valiente sin te-
meridad, osado sin cobardía, y todo esto, para   175
honra de Dios, provecho suyo y fama de La Mancha, do [12], según he sabido, trae vuestra merced
su principio y origen.

[12] Donde.

Atentísimamente estuvo don Quijote escuchan-
do las razones del canónigo, y cuando vio que ya   180
había puesto fin a ellas, después de haberle estado un buen espacio mirando, le dijo:

▼ Todos los héroes citados por el canónigo son rigurosamente históricos. Garcilaso de
la Vega (homónimo del célebre poeta renacentista) fue un caballero toledano que se dis-
tinguió en la toma de Granada.

—Paréceme, señor hidalgo, que la plática de
vuestra merced se ha encaminado a querer darme
185   a entender que no ha habido caballeros andantes
en el mundo, y que todos los libros de caballerías
son falsos, mentirosos, dañadores e inútiles para
la república y que yo he hecho mal en leerlos, y
peor en creerlos, y más mal en imitarlos, habién-
190   dome puesto a seguir la durísima profesión de la
caballería andante, que ellos enseñan, negándome
que no [13] ha habido en el mundo Amadises, ni de
Gaula ni de Grecia, ni todos los otros caballeros
de que las escrituras están llenas.

195   —Todo es al pie de la letra como vuestra merced lo va relatando —dijo a esta sazón el canónigo.

A lo cual respondió don Quijote:

—Añadió también vuestra merced, diciendo
200   que me habían hecho mucho daño tales libros,
pues me habían vuelto el juicio y puéstome en una
jaula, y que me sería mejor hacer la enmienda y
mudar de lectura, leyendo otros más verdaderos
y que mejor deleitan y enseñan.

205   —Así es —dijo el canónigo.

—Pues yo —replicó don Quijote—, hallo por
mi cuenta que el sin juicio y el encantado es vuestra merced, pues se ha puesto a decir tantas blasfemias contra una cosa tan recebida [14] en el mun-
210   do, y tenida por tan verdadera, que el que la negase, como vuestra merced la niega, merecía la
mesma pena que vuestra merced dice que da a los
libros cuando los lee y le enfadan. Porque querer
dar a entender a nadie que Amadís no fue en el
215   mundo, ni todos los otros caballeros aventureros
de que están colmadas las historias, será querer
persuadir que el sol no alumbra, ni el hielo enfría,
ni la tierra sustenta; porque, ¿qué ingenio puede
haber en el mundo que pueda persuadir a otro

[13] *No* redundante.

[14] Aceptada.

que no fue verdad lo de la infanta Floripes y Guy 220
de Borgoña, y lo de Fierabrás con la puente de
Mantible ▼, que sucedió en el tiempo de Carlomagno, que voto a tal que es tanta verdad como es
ahora de día? Y si es mentira, también lo debe de
ser que no hubo Héctor, ni Aquiles, ni la guerra 225
de Troya, ni los doce Pares de Francia, ni el rey
Artús de Ingalaterra [15], que anda hasta ahora convertido en cuervo y le esperan en su reino por mo-
mentos. Y también se atreverán a decir que es
mentirosa la historia de Guarino Mezquino, y la 230
de la demanda del Santo Grial, y que son apócri-
fos los amores de don Tristán y la reina Iseo, como
los de Ginebra y Lanzarote, habiendo personas
que casi se acuerdan de haber visto a la dueña
Quintañona, que fue la mejor escanciadora de 235
vino que tuvo la Gran Bretaña ▼▼. Y es esto tan
ansí, que me acuerdo yo que me decía una mi
agüela [16] de partes de mi padre, cuando veía alguna dueña con tocas reverendas [17]: «Aquélla, nieto,
se parece a la dueña Quintañona.» De donde ar- 240
guyo [18] yo que la debió de conocer ella o, por lo
menos, debió de alcanzar a ver algún retrato suyo.
Pues ¿quién podrá negar no ser verdadera la historia de Pierres y la linda Magalona, pues aun hasta hoy día se vee en la armería de los reyes la cla- 245

[15] Inglaterra (epénte-sis).

[16] Abuela.

[17] Largas tocas de viu-das.

[18] Deduzco.

▼ El episodio de Floripes y Guy de Borgoña se cuenta en la *Historia del Emperador Carlomagno*: Floripes, enamorada de Guy, lo ocultó hasta que llegó Carlomagno en su ayuda; en el mismo libro se cuenta también que Carlomagno, ayudado por Fierabrás, pudo ganar el fantástico puente de Mantible, defendido por un gigante y un ejército de paganos.

▼▼ Guarino Mezquino es el protagonista de una historia fabulosa traducida del italiano en el siglo XVI. La demanda del Santo Grial es una leyenda artúrica de la recuperación del vaso en el cual José de Arimatea recogió la sangre de Cristo; la leyenda medieval de Tristán e Iseo (Isolda) recoge sus trágicos amores, provocados por una bebida mágica. (Véase la primera nota al pie de la página 176.)

vija con que volvía al caballo de madera sobre
quien iba el valiente Pierres por los aires, que es
un poco mayor que un timón de carreta ▼? Y jun-
to a la clavija está la silla de Babieca [19], y en Ron-   [19] Caballo del Cid.
250   cesvalles está el cuerno de Roldán, tamaño como
una grande viga: de donde se infiere que hubo
doce Pares, que hubo Pierres, que hubo Cides, y
otros caballeros semejantes,

        déstos que dicen las gentes
255   que a sus aventuras van ▼▼.

Si no, díganme también que no es verdad que fue
caballero andante el valiente lusitano Juan de Mer-
lo, que fue a Borgoña [20] y se combatió en la ciu-   [20] Provincia de Francia.
dad de Ras [21] con el famoso señor de Charni, lla-   [21] Arrás.
260   mado mosén Pierres, y después, en la ciudad de
Basilea [22], con mosén Enrique de Remestán, salien-   [22] Ciudad de Suiza.
do de entrambas empresas vencedor y lleno de
honrosa fama, y las aventuras y desafíos que también acabaron en Borgoña los valientes españoles
265   Pedro Barba y Gutierre Quijada (de cuya alcurnia
yo deciendo por línea recta de varón) ▼▼▼, vencien-
do a los hijos del conde de San Polo. Niéguenme
asimesmo que no fue a buscar las aventuras a Alemania don Fernando de Guevara, donde se com-
270   batió con micer [23] Jorge, caballero de la casa del   [23] Título honorífico.
duque de Austria. Digan que fueron burla las jus-

▼ En el *Quijote* de 1615, antes del episodio de Clavileño (II, 41), la dueña Dolorida cuenta esta historia a don Quijote (II, 40).

▼▼ Véase la primera nota al pie de la página 139.

▼▼▼ He aquí otra muestra más de la deliberadamente imprecisa ascendencia del hidalgo
manchego. (Véase la nota al pie de la página 57.) Todos los personajes y acontecimientos a que se refiere don Quijote en este párrafo son históricos.

tas de Suero de Quiñones, del Paso ▼; las empresas de mosén Luis de Falces contra don Gonzalo de Guzmán, caballero castellano, con otras muchas hazañas hechas por caballeros cristianos, déstos y de los reinos extranjeros, tan auténticas y verdaderas, que torno a decir que el que las negase carecería de toda razón y buen discurso.

Admirado quedó el canónigo de oír la mezcla que don Quijote hacía de verdades y mentiras, y de ver la noticia que tenía de todas aquellas cosas tocantes y concernientes a los hechos de su andante caballería, y así le respondió:

—No puedo yo negar, señor don Quijote, que no sea verdad algo de lo que vuestra merced ha dicho, especialmente en lo que toca a los caballeros andantes españoles; y asimesmo quiero conceder que hubo doce Pares de Francia; pero no quiero creer que hicieron todas aquellas cosas que el arzobispo Turpín ▼▼ dellos escribe; porque la verdad dello es que fueron caballeros escogidos por los reyes de Francia, a quien llamaron *pares* por ser todos iguales en valor, en calidad y en valentía; a lo menos, si no lo eran, era razón que lo fuesen, y era como una religión de las que ahora se usan de Santiago o de Calatrava [24], que se presupone que los que la profesan han de ser, o deben ser, caballeros valerosos, valientes y bien nacidos; y como ahora dicen *caballero de San Juan,* o *de Alcántara,* decían en aquel tiempo caballero de los doce Pares, porque lo fueron doce iguales los que

275

280

285

290

295

300

[24] Órdenes militares y religiosas fundadas en el siglo XII.

▼ El caballero leonés Suero de Quiñones fue el protagonista de una de las más célebres crónicas particulares del siglo XV, el *Paso honroso,* ocurrido en 1434 en el puente sobre el río Órbigo, en el Camino de Santiago.

▼▼ Véase la primera nota al pie de la página 109.

para esta religión militar se escogieron. En lo de
que hubo Cid no hay duda, ni menos Bernardo
del Carpio ▼; pero de que hicieron las hazañas que
305   dicen, creo que la hay muy grande. En lo otro de
la clavija que vuestra merced dice del conde
Pierres, y que está junto a la silla de Babieca en la
armería de los reyes, confieso mi pecado; que soy
tan ignorante, o tan corto de vista, que, aunque
310   he visto la silla, no he echado de ver la clavija, y
más siendo tan grande como vuestra merced ha
dicho.

—Pues allí está, sin duda alguna —replicó don
Quijote—, y por más señas, dicen que está meti-
315   da en una funda de vaqueta²⁵, porque no se tome
de moho.

²⁵ Cuero de vaca cur-
tido.

—Todo puede ser —respondió el canónigo—, pero por las órdenes que recebí que no me
acuerdo haberla visto. Mas puesto que conceda
320   que está allí, no por eso me obligo a creer las historias de tantos Amadises, ni las de tanta turbamulta de caballeros como por ahí nos cuentan, ni
es razón que un hombre como vuestra merced,
tan honrado y de tan buenas partes²⁶, y dotado

²⁶ Cualidades.

325   de tan buen entendimiento, se dé a entender que
son verdaderas tantas y tan extrañas locuras como
las que están escritas en los disparatados libros de
caballerías.

▼ La cita de Bernardo del Carpio por el canónigo se explica sobre la base de la creencia (hasta el siglo XVIII) en la realidad histórica de este héroe fabuloso.

CAPÍTULO L

De las discretas altercaciones que don Quijote y el canónigo tuvieron, con otros sucesos

—¡Bueno está eso! —respondió don Quijo- 5
te ▾—. Los libros que están impresos con licencia
de los reyes y con aprobación de aquellos a quien
se remitieron, y que con gusto general son leídos
y celebrados de los grandes y de los chicos, de los
pobres y de los ricos, de los letrados e ignorantes, 10
de los plebeyos y caballeros, finalmente, de todo
género de personas de cualquier estado y condición que sean, ¿habían de ser mentira, y más llevando tanta apariencia de verdad, pues nos cuentan el padre, la madre, la patria, los parientes, la 15
edad, el lugar ▾▾ y las hazañas, punto por punto y
día por día, que el tal caballero hizo, o caballeros
hicieron? Calle vuestra merced, no diga tal blasfemia, y créame que le aconsejo en esto lo que debe
de hacer como discreto, si no léalos, y verá el gus- 20
to que recibe de su leyenda [1]. Si no, dígame: ¿Hay
mayor contento que ver, como si dijésemos, aquí
ahora se muestra delante de nosotros un gran lago

....
[1] Lectura.

▾ Véase la primera nota al pie de la página 698.

▾▾ Todo de forma bien distinta del modo como se inicia y desarrolla la historia de don Quijote.

de pez hirviendo a borbollones, y que andan na-
25   dando y cruzando por él muchas serpientes, culebras y lagartos, y otros muchos géneros de animales feroces y espantables, y que del medio del lago
sale una voz tristísima que dice: «Tú, caballero,
quienquiera que seas, que el temeroso [2] lago estás
30   mirando, si quieres alcanzar el bien que debajo
destas negras aguas se encubre, muestra el valor
de tu fuerte pecho y arrójate en mitad de su negro y encendido licor, porque si así no lo haces,
no serás digno de ver las altas maravillas que en
35   sí encierran y contienen los siete castillos de las
siete fadas [3] que debajo desta negregura [4] yacen»?
¿Y que apenas el caballero no ha acabado de oír
la voz temerosa, cuando, sin entrar más en cuentas consigo, sin ponerse a considerar el peligro a
40   que se pone, y aun sin despojarse de la pesadumbre de sus fuertes armas, encomendándose a Dios
y a su señora, se arroja en mitad del bullente lago,
y cuando no se cata [5] ni sabe dónde ha de parar,
se halla entre unos floridos campos, con quien los
45   Elíseos ▼ no tienen que ver en ninguna cosa? Allí
le parece que el cielo es más transparente, y que
el sol luce con claridad más nueva; ofrécesele a los
ojos una apacible floresta de tan verdes y frondo-
sos árboles compuesta, que alegra a la vista su ver-
50   dura [6], y entretiene los oídos el dulce y no apren-
dido canto de los pequeños, infinitos y pintados
pajarillos que por los intricados [7] ramos van cruzando. Aquí descubre un arroyuelo, cuyas frescas
aguas, que líquidos cristales parecen, corren sobre
55   menudas arenas y blancas pedrezuelas, que oro
cernido y puras perlas semejan; acullá vee una ar-

[2] Que infunde temor.

[3] Hadas.

[4] Negrura.

[5] Y de pronto.

[6] Verdor.

[7] Intrincados.

▼ Lugar al que les era dado ir a quienes habían obrado bien (Campos Elíseos).

10 Piedra fina (circón).

11 Carbunclos, rubíes.

12 Hirviente.

13 Superlativo (repetición de *menos*).

tificiosa fuente de jaspe variado [8] y de liso mármol compuesta; acá vee otra a lo brutesco [9] adornada, adonde las menudas conchas de las almejas con las torcidas casas blancas y amarillas del caracol, puestas con orden desordenada, mezclados entre ellas pedazos de cristal luciente y de contrahechas esmeraldas, hacen una variada labor, de manera que el arte, imitando a la naturaleza, parece que allí la vence. Acullá de improviso se le descubre un fuerte castillo o vistoso alcázar, cuyas murallas son de macizo oro, las almenas de diamantes, las puertas de jacintos [10], finalmente, él es de tan admirable compostura, que, con ser la materia de que está formado no menos que de diamantes, de carbuncos [11], de rubíes, de perlas, de oro y de esmeraldas, es de más estimación su hechura. Y ¿hay más que ver, después de haber visto esto, que ver salir por la puerta del castillo un buen número de doncellas, cuyos galanos y vistosos trajes, si yo me pusiese ahora a decirlos como las historias nos los cuentan, sería nunca acabar; y tomar luego la que parecía principal de todas por la mano al atrevido caballero que se arrojó al ferviente [12] lago, y llevarle, sin hablarle palabra, dentro del rico alcázar o castillo, y hacerle desnudar como su madre le parió, y bañarle con templadas aguas, y luego untarle todo con olorosos ungüentos, y vestirle una camisa de cendal delgadísimo, toda olorosa y perfumada, y acudir otra doncella y echarle un mantón sobre los hombros, que, por lo menos menos [13], dicen que suele valer una ciudad, y aún más ▼? ¿Qué es ver, pues, cuando nos cuentan que,

60

65

70

75

80

85

▼ Don Quijote reafirma ahora la veracidad histórica y el valor de tales libros improvisando una rápida reivindicación estética y recreando el célebre episodio del Caballero del Lago, tomado del libro segundo de *Amadís de Gaula*.

tras todo esto, le llevan a otra sala, donde halla
90   puestas las mesas, con tanto concierto, que queda
suspenso y admirado? ¿Qué el verle echar agua a
manos, toda de ámbar y de olorosas flores desti-
lada [14]? ¿Qué el hacerle sentar sobre una silla de   [14] Destilada.
marfil? ¿Qué verle servir todas las doncellas, guar-
95   dando un maravilloso silencio? ¿Qué el traerle tanta diferencia de manjares, tan sabrosamente guisados, que no sabe el apetito a cuál deba de alar-
gar la mano? ¿Cuál será oír la música que en tanto que come suena, sin saberse quién la canta ni
100   adónde suena? ¿Y, después de la comida acabada
y las mesas alzadas, quedarse el caballero recosta-
do sobre la silla, y quizá mondándose los dientes ▼,
como es costumbre, entrar a deshora [15] por la   [15] De improviso.
puerta de la sala otra mucho más hermosa donce-
105   lla que ninguna de las primeras, y sentarse al lado
del caballero, y comenzar a darle cuenta de qué
castillo es aquél, y de cómo ella está encantada en
él, con otras cosas que suspenden al caballero y
admiran a los leyentes [16] que van leyendo su his-   [16] Lectores.
110   toria? No quiero alargarme más en esto, pues de-
llo se puede colegir que cualquiera parte que se
lea de cualquiera historia de caballero andante ha
de causar gusto y maravilla a cualquiera que la leyere. Y vuestra merced créame, y como otra vez
115   le he dicho, lea estos libros, y verá cómo le des-
tierran la melancolía que tuviere, y le mejoran la
condición, si acaso la tiene mala. De mí sé decir
que después que [17] soy caballero andante soy va-   [17] Desde que.
liente, comedido, liberal, biencriado, generoso,

▼ En esta recreación del episodio del Lago Ferviente la «parodia alcanza caracteres más
cervantinos» (Rosenblat); nótese la divertida ironía en esta inclusión de un motivo picaresco (el palillo de dientes indicaba apariencias de haber comido) en tan solemne
parrafada de don Quijote.

cortés, atrevido, blando, paciente, sufridor de tra- 120
bajos, de prisiones, de encantos; y aunque ha tan
poco que me vi encerrado en una jaula como loco ▼, pienso, por el valor de mi brazo, favorecién-
dome el cielo y no me siendo contraria la fortuna, en pocos días verme rey de algún reino, adon- 125
de pueda mostrar el agradecimiento y liberalidad
que mi pecho encierra. Que, mía fe [18], señor, el pobre está inhabilitado de poder mostrar la virtud
de liberalidad con ninguno, aunque en sumo grado la posea; y el agradecimiento que sólo consiste 130
en el deseo es cosa muerta, como es muerta la fe
sin obras. Por esto querría que la fortuna me ofreciese presto alguna ocasión donde me hiciese emperador, por mostrar mi pecho haciendo bien a
mis amigos, especialmente a este pobre de Sancho 135
Panza, mi escudero, que es el mejor hombre del
mundo, y querría darle un condado que le tengo
muchos días ha prometido, sino que temo que no
ha de tener habilidad para gobernar su estado.

Casi estas últimas palabras oyó Sancho a su 140
amo, a quien dijo:

—Trabaje vuestra merced, señor don Quijote,
en darme ese condado tan prometido de vuestra
merced, como de mí esperado; que yo le prometo
que no me falte a mí habilidad para gobernarle; 145
y cuando me faltare, yo he oído decir que hay
hombres en el mundo que toman en arrendamien-
to los estados de los señores, y les dan un tanto
cada año, y ellos se tienen cuidado del gobierno,
y el señor se está a pierna tendida, gozando de la 150
renta que le dan, sin curarse [19] de otra cosa; y así

[18] A fe mía.

[19] Ocuparse.

▼ Estas últimas palabras constituyen «otro de los famosos guiños cervantinos, ya que hasta ahora no se nos había dicho que don Quijote *supiera* que le llevaban por loco» (Serrano Plaja).

haré yo, y no repararé en tanto más cuanto [20], sino
que luego me desistiré [21] de todo, y me gozaré mi
renta como un duque, y allá se lo hayan.

155   —Eso, hermano Sancho —dijo el canónigo—,
entiéndese en cuanto al gozar la renta; empero al
administrar justicia, ha de atender el señor del estado, y aquí entra la habilidad y buen juicio, principalmente la buena intención de acertar, que si
160   ésta falta en los principios, siempre irán errados
los medios y los fines; y así suele Dios ayudar al
buen deseo del simple como desfavorecer al malo
del discreto.

  —No sé esas filosofías —respondió Sancho
165   Panza—; mas sólo sé que tan presto tuviese yo el
condado como sabría regirle; que tanta alma tengo yo como otro, y tanto cuerpo como el que más,
y tan rey sería yo de mi estado como cada uno
del suyo; y siéndolo, haría lo que quisiese; y ha-
170   ciendo lo que quisiese, haría mi gusto; y haciendo
mi gusto, estaría contento; y en estando uno contento, no tiene más que desear; y no teniendo más
que desear, acabóse, y el estado venga, y a Dios y
veámonos, como dijo un ciego a otro [▼].

175   —No son malas filosofías esas, como tú dices,
Sancho; pero, con todo eso, hay mucho que decir
sobre esta materia de condados.

  A lo cual replicó don Quijote:

  —Yo no sé que haya más que decir; sólo me
180   guío por el ejemplo que me da el grande Amadís
de Gaula, que hizo a su escudero conde de la Ínsula Firme; y así, puedo yo sin escrúpulo de conciencia hacer conde a Sancho Panza, que es uno

[20] En pequeñeces.

[21] Apartaré.

▼ Alude Sancho aquí al refrán «A Dios y veámonos. Y eran dos ciegos». Adviértase que
la quijotización de Sancho resplandece una vez más en esta autoafirmación como buen
gobernador.

de los mejores escuderos que caballero andante ha
tenido.   185

Admirado quedó el canónigo de los concerta-
dos disparates que don Quijote había dicho, del
modo con que había pintado la aventura del Caballero del Lago, de la impresión que en él habían
hecho las pensadas mentiras de los libros que ha-   190
bía leído, y, finalmente, le admiraba la necedad
de Sancho, que con tanto ahínco deseaba alcanzar el condado que su amo le había prometido.

Ya en esto volvían los criados del canónigo, que
a la venta habían ido por la acémila [22] del repues-   195
to, y haciendo mesa de una alhombra [23] y de la
verde yerba del prado, a la sombra de unos árboles se sentaron, y comieron allí, porque el boyero
no perdiese la comodidad de aquel sitio, como
queda dicho. Y estando comiendo, a deshora oye-   200
ron un recio estruendo y un son de esquila, que
por entre unas zarzas y espesas matas que allí junto estaban sonaba, y al mesmo instante vieron salir de entre aquellas malezas una hermosa cabra,
toda la piel manchada de negro, blanco y pardo ▼.   205
Tras ella venía un cabrero dándole voces, y diciéndole palabras a su uso, para que se detuviese, o al
rebaño volviese. La fugitiva cabra, temerosa y des-
pavorida, se vino a la gente, como a favorecerse
della, y allí se detuvo. Llegó el cabrero, y asiéndo-   210
la de los cuernos, como si fuera capaz de discurso
y entendimiento, le dijo:

—¡Ah, cerrera [24], cerrera, Manchada, Manchada, y cómo andáis vos estos días de pie cojo! ¿Qué
lobos os espantan, hija? ¿No me diréis qué es esto,   215
hermosa? Mas ¡qué puede ser sino que sois hem-

[22] Mula.

[23] Alfombra.

[24] Cerril, indómita.

▼ Como ya se ha visto en otras ocasiones, un personaje nuevo es anunciado por ruidos
y por su propia voz antes de su aparición.

bra y no podéis estar sosegada; que mal haya vuestra condición, y la de todas aquellas a quien imi-
táis! Volved, volved, amiga; que si no tan conten-
220   ta, a lo menos, estaréis más segura en vuestro
aprisco, o con vuestras compañeras; que si vos que
las habéis de guardar y encaminar andáis tan sin
guía y tan descaminada, ¿en qué podrán parar
ellas?

225   Contento dieron las palabras del cabrero a los
que las oyeron, especialmente al canónigo, que le
dijo:

—Por vida vuestra, hermano, que os soseguéis
un poco y no os acuciéis en volver tan presto esa
230   cabra a su rebaño; que pues ella es hembra, como
vos decís, ha de seguir su natural distinto [25], por
más que vos os pongáis a estorbarlo. Tomad este
bocado y bebed una vez, con que templaréis la cólera, y en tanto, descansará la cabra.

235   Y el decir esto y darle con la punta del cuchillo
los lomos de un conejo fiambre [26], todo fue uno.
Tomólo y agradeciólo el cabrero; bebió y sosegó-
se, y luego dijo:

—No querría que por haber yo hablado con
240   esta alimaña tan en seso [27], me tuviesen vuestras
mercedes por hombre simple; que en verdad que
no carecen de misterio las palabras que le dije.
Rústico soy, pero no tanto que no entienda cómo
se ha de tratar con los hombres y con las bestias.

245   —Eso creo yo muy bien —dijo el cura—; que
ya yo sé de experiencia que los montes crían letrados y las cabañas de los pastores encierran filó-
sofos.

—A lo menos, señor —replicó el cabrero—,
250   acogen hombres escarmentados; y para que creáis
esta verdad y la toquéis con la mano, aunque parezca que sin ser rogado me convido, si no os en-
fadáis dello y queréis, señores, un breve espacio

[25] Instinto.

[26] Carne que, después
de asada, se come fría.

[27] Con tanta cordura.

prestarme oído atento, os contaré una verdad que
acredite lo que ese señor —señalando al cura—   255
ha dicho, y la mía ▼.

A esto respondió don Quijote:

—Por ver que tiene este caso un no sé que de
sombra de aventura de caballería, yo, por mi parte, os oiré, hermano, de muy buena gana, y así lo   260
harán todos estos señores, por lo mucho que tienen de discretos y de ser amigos de curiosas no-
vedades que suspendan, alegren y entretengan los
sentidos, como, sin duda, pienso que lo ha de hacer vuestro cuento. Comenzad, pues, amigo; que   265
todos escucharemos.

—Saco la mía [28] —dijo Sancho—; que yo a
aquel arroyo me voy con esta empanada, donde
pienso hartarme por tres días; porque he oído decir a mi señor don Quijote que el escudero de ca-   270
ballero andante ha de comer cuando se le ofreciere, hasta no poder más, a causa que se les suele
ofrecer entrar acaso por una selva tan intricada,
que no aciertan a salir della en seis días, y si el
hombre no va harto, o bien proveídas las alforjas,   275
allí se podrá quedar, como muchas veces se queda, hecho carnemomia [29].

—Tú estás en lo cierto, Sancho —dijo don
Quijote—; vete adonde quisieres, y come lo que
pudieres; que yo ya estoy satisfecho, y sólo me fal-   280
ta dar al alma su refacción [30]; como se la daré escuchando el cuento deste buen hombre.

—Así las daremos todos a las nuestras —dijo
el canónigo.

Y luego rogó al cabrero que diese principio a lo   285
que prometido había. El cabrero dio dos palma-

[28] Me retiro (expresión empleada para retirarse de un juego).

[29] Carne seca y enjuta.

[30] Alimento.

▼ En la composición de la novela, la figura de este cabrero y la historia que se va a contar guardan una clara simetría con el episodio pastoril narrado en los capítulos 11-14.

das sobre el lomo a la cabra, que por los cuernos
tenía, diciéndole:

—Recuéstate junto a mí, Manchada; que tiem-
290 po nos queda para volver a nuestro apero [31].

    [31] Majada, aprisco.

Parece que lo entendió la cabra, porque en sentándose su dueño, se tendió ella junto a él con mucho sosiego, y mirándole al rostro daba a entender que estaba atenta a lo que el cabrero iba di-
295 ciendo; el cual comenzó su historia desta manera ▼:

▼ Véase la nota al pie de la página 601.

CAPÍTULO LI

Que trata de lo que contó el cabrero a todos los que llevaban a don Quijote

—Tres leguas deste valle está una aldea que, aunque pequeña, es de las más ricas que hay en todos estos contornos, en la cual había un labrador muy honrado, y tanto, que aunque es anexo al ser rico el ser honrado, más lo era él por la virtud que tenía que por la riqueza que alcanzaba. Mas lo que le hacía más dichoso, según él decía, era tener una hija de tan extremada hermosura, rara discreción, donaire y virtud, que el que la conocía y la miraba se admiraba de ver las extremadas partes [1] con que el cielo y la naturaleza la habían enriquecido. Siendo niña fue hermosa, y siempre fue creciendo en belleza, y en la edad de diez y seis años fue hermosísima. La fama de su belleza se comenzó a extender por todas las circunvecinas aldeas, ¿qué digo yo por las circunvecinas no más, si se extendió a las apartadas ciudades, y aun se entró por las salas de los reyes, y por los oídos de todo género de gente, que como a cosa rara, o como a imagen de milagros [2], de todas partes a verla venían? Guardábala su padre, y guardábase ella; que no hay candados, guardas ni cerraduras que mejor guarden a una doncella que las del recato propio. La riqueza del padre y la belleza de la hija movieron a muchos, así del pueblo como forasteros, a que por mujer se la pidiesen;

[1] Cualidades.

[2] Milagrosa.

30   mas él, como a quien tocaba disponer de tan rica
      joya, andaba confuso, sin saber determinarse a
      quién la entregaría de los infinitos que le impor-
      tunaban. Y entre los muchos que tan buen deseo
      tenían, fui yo uno, a quien dieron muchas y gran-
35   des esperanzas de buen suceso conocer que el pa-
      dre conocía quién yo era, el ser natural del mis-
      mo pueblo, limpio en sangre ▼, en la edad flore-
      ciente, en la hacienda muy rico y en el ingenio no
      menos acabado. Con todas estas mismas partes la
40   pidió también otro del mismo pueblo, que fue cau-
      sa de suspender y poner en la balanza la voluntad
      del padre, a quien parecía que con cualquiera de
      nosotros estaba su hija bien empleada; y por salir
      desta confusión, determinó decírselo a Leandra,
45   que así se llama la rica que en miseria me tiene
      puesto, advirtiendo que, pues los dos éramos igua-
      les, era bien dejar a la voluntad de su querida hija
      el escoger a su gusto, cosa digna de imitar de to-
      dos los padres que a sus hijos quieren poner en es-
50   tado. No digo yo que los dejen escoger en cosas
      ruines y malas, sino que se las propongan buenas,
      y de las buenas, que escojan a su gusto. No sé yo
      el que tuvo Leandra; sólo sé que el padre nos en-
      tretuvo a entrambos con la poca edad de su hija
55   y con palabras generales, que ni le obligaban, ni
      nos desobligaba tampoco. Llámase mi competidor
      Anselmo, y yo, Eugenio, porque vais ³ con noticia   ³ Para que vayáis.
      de los nombres de las personas que en esta trage-
      dia se contienen, cuyo fin aún está pendiente; pero
60   bien se deja entender que ha de ser desastrado ▼▼.

▼ Es decir, descendiente de cristianos viejos, sin mezcla de sangre morisca o judía.

▼▼ La historia de Leandra es la última narración intercalada en el *Quijote* de 1605. En ella reaparece el ambiente de los fingidos pastores acomodados en una Arcadia pastoril.

En esta sazón vino a nuestro pueblo un Vicente
de la Rosa, hijo de un pobre labrador del mismo
lugar, el cual Vicente venía de las Italias y de otras
diversas partes, de ser soldado. Llevóle de nuestro
lugar, siendo muchacho de hasta doce años, un ca-   65
pitán que con su compañía por allí acertó a pasar,
y volvió el mozo de allí a otros doce, vestido a la
soldadesca, pintado con mil colores, lleno de mil
dijes de cristal y sutiles cadenas de acero. Hoy se
ponía una gala y mañana otra, pero todas sutiles,   70
pintadas, de poco peso y menos tomo [4]. La gente
labradora, que de suyo es maliciosa, y dándole el
ocio lugar es la misma malicia, lo notó, y contó
punto por punto sus galas y preseas, y halló que
los vestidos eran tres, de diferentes colores, con   75
sus ligas y medias, pero él hacía tantos guisados e
invenciones dellas, que si no se los contaran, hubiera quien jurara que había hecho muestra de
más de diez pares de vestidos y de más de veinte
plumajes [5]; y no parezca impertinencia y demasía   80
esto que de los vestidos voy contando, porque
ellos hacen una buena parte en esta historia. Sen-
tábase en un poyo que debajo de un gran álamo
está en nuestra plaza, y allí nos tenía a todos la
boca abierta, pendientes de las hazañas que nos   85
iba contando. No había tierra en todo el orbe que
no hubiese visto, ni batalla donde no se hubiese
hallado; había muerto más moros que tiene
Marruecos y Túnez, y entrado en más singulares [6]
desafíos, según él decía, que Gante y Luna, Diego   90
García de Paredes ▼ y otros mil que nombraba y
de todos había salido con victoria, sin que le hubiesen derramado una sola gota de sangre. Por

[4] Importancia.

[5] Solían llevarse en la gorra.

[6] De hombre a hombre.

▼ No se ha llegado a identificar la referencia a Gante y Luna, quizá, según Clemencín, dos célebres espadachines anteriores o coetáneos de Cervantes.

95   otra parte, mostraba señales de heridas que, aun-
     que no se divisaban, nos hacía entender que eran
     arcabuzazos dados en diferentes rencuentros y fac-
     ciones [7]. Finalmente, con una no vista arrogancia,
     llamaba de *vos* a sus iguales y a los mismos que le   [7] Acciones de guerra.
     conocían ▼, y decía que su padre era su brazo, su
100 linaje, sus obras, y que debajo de [8] ser soldado, al   [8] Por consecuencia de.
     mismo rey no debía nada. Añadiósele a estas arro-
     gancias ser un poco músico y tocar una guitarra
     a lo rasgado [9], de manera que decían algunos que   [9] Rasgueado.
     la hacía hablar; pero no pararon aquí sus gracias,
105 que también la tenía de poeta, y así, de cada ni-
     ñería que pasaba en el pueblo, componía un ro-
     mance de legua y media de escritura.
         Este soldado, pues, que aquí he pintado, este Vi-
     cente de la Rosa, este bravo, este galán, este mú-
110 sico, este poeta fue visto y mirado muchas veces
     de Leandra, desde una ventana de su casa que te-
     nía la vista a la plaza. Enamoróla el oropel [10] de   [10] Cosa de poco valor y
     sus vistosos trajes; encantáronla sus romances,   mucha apariencia.
     que de cada uno que componía daba veinte tras-
115 lados [11]; llegaron a sus oídos las hazañas que él de   [11] Copias.
     sí mismo había referido, y, finalmente, que así el
     diablo lo debía de tener ordenado, ella se vino a
     enamorar dél, antes que en él naciese presunción
     de solicitalla. Y como en los casos de amor no hay
120 ninguno que con más facilidad se cumpla que
     aquel que tiene de su parte el deseo de la dama,
     con facilidad se concertaron Leandra y Vicente, y
     primero que alguno de sus muchos pretendientes
     cayesen en la cuenta de su deseo, ya ella le tenía
125 cumplido, habiendo dejado la casa de su querido
     y amado padre, que madre no la tiene, y ausen-

▼ Sólo con los inferiores o con los amigos íntimos se empleaba el tratamiento de *vos;*
con los iguales se usaba el de *vuestra merced.*

tádose de la aldea con el soldado, que salió con
más triunfo desta empresa que de todas las muchas que él se aplicaba ▼. Admiró el suceso a toda
el aldea, y aun a todos los que dél noticia tuvie-   130
ron; yo quedé suspenso, Anselmo atónito, el padre triste, sus parientes afrentados, solícita la justicia, los cuadrilleros listos; tomáronse los caminos, escudriñáronse los bosques y cuanto había, y
al cabo de tres días hallaron a la antojadiza Lean-   135
dra en una cueva de un monte, desnuda en cami-
sa, sin muchos dineros y preciosísimas joyas que
de su casa había sacado. Volviéronla a la presencia del lastimado padre; preguntáronle su desgracia; confesó sin apremio que Vicente de la Rosa la   140
había engañado, y debajo de su palabra de ser su
esposo la persuadió que dejase la casa de su padre; que él la llevaría a la más rica y más viciosa
ciudad que había en todo el universo mundo, que
era Nápoles, y que ella, mal advertida y peor en-   145
gañada, le había creído; y, robando a su padre, se
le entregó la misma noche que había faltado; y
que él la llevó a un áspero monte, y la encerró en
aquella cueva donde la habían hallado. Contó también cómo el soldado, sin quitalle su honor, le   150
robó cuanto tenía, y la dejó en aquella cueva, y se
fue: suceso que de nuevo puso en admiración a todos. Duro se nos hizo de creer la continencia del
mozo, pero ella lo afirmó con tantas veras, que
fueron parte para que el desconsolado padre se   155
consolase, no haciendo cuenta de las riquezas que
le llevaban, pues le habían dejado a su hija con la
joya que, si una vez se pierde, no deja esperanza

▼ Recordemos de nuevo la historia de Marcela y Grisóstomo; será muy fácil apreciar
el contraste entre la esquiva Marcela y esta antojadiza Leandra.

de que jamás se cobre ▼. El mismo día que pare-
160 ció Leandra la desapareció [12] su padre de nuestros
ojos, y la llevó a encerrar en un monesterio de
una villa que está aquí cerca, esperando que el
tiempo gaste alguna parte de la mala opinión en
que su hija se puso. Los pocos años de Leandra sir-
165 vieron de disculpa de su culpa, a lo menos con
aquellos que no les iba algún interés en que ella
fuese mala o buena; pero los que conocían su discreción y mucho entendimiento no atribuyeron a
ignorancia su pecado, sino a su desenvoltura y a
170 la natural inclinación de las mujeres, que, por la
mayor parte, suele ser desatinada y mal compuesta. Encerrada Leandra, quedaron los ojos de Anselmo ciegos, a lo menos sin tener cosa que mirar
que contento le diese; los míos en tinieblas, sin luz
175 que a ninguna cosa de gusto les encaminase; con
la ausencia de Leandra crecía nuestra tristeza, apo-
cábase nuestra paciencia, maldecíamos las galas
del soldado y abominábamos del poco recato del
padre de Leandra. Finalmente, Anselmo y yo nos
180 concertamos de dejar el aldea y venirnos a este valle, donde él, apacentando una gran cantidad de
ovejas suyas proprias, y yo un numeroso rebaño
de cabras, también mías, pasamos la vida entre los
árboles, dando vado [13] a nuestras pasiones, o can-
185 tando juntos alabanzas o vituperios de la hermosa
Leandra, o suspirando solos y a solas comunican-
do con el cielo nuestras querellas.

A imitación nuestra, otros muchos de los pretendientes de Leandra se han venido a estos áspe-
190 ros montes usando el mismo ejercicio nuestro, y
son tantos, que parece que este sitio se ha conver-

[12] Ocultó, hizo desapa-
recer.

[13] Alivio, remedio.

▼ Véase la nota al pie de la página 652.

[14] Colmado, lleno.

[15] Condena.

[16] Injurian.

[17] Rota.

tido en la pastoral Arcadia ▼, según está colmo [14] de pastores y de apriscos, y no hay parte en él donde no se oiga el nombre de la hermosa Leandra. Éste la maldice y la llama antojadiza, varia y deshonesta; aquél la condena por fácil y ligera; tal la absuelve y perdona, y tal la justicia [15] y vitupera; uno celebra su hermosura, otro reniega de su condición, y, en fin, todos la deshonran [16]; y todos la adoran, y de todos se extiende a tanto la locura, que hay quien se queje de desdén sin haberla jamás hablado, y aun quien se lamente y sienta la rabiosa enfermedad de los celos, que ella jamás dio a nadie, porque, como ya tengo dicho, antes se supo su pecado que su deseo. No hay hueco de peña, ni margen de arroyo, ni sombra de árbol que no esté ocupada de algún pastor que sus desventuras a los aires cuente; el eco repite el nombre de Leandra dondequiera que pueda formarse: *Leandra* resuenan los montes, *Leandra* murmuran los arroyos, y Leandra nos tiene a todos suspensos y encantados, esperando sin esperanza y temiendo sin saber de qué tememos. Entre estos disparatados, el que muestra que menos y más juicio tiene es mi competidor Anselmo, el cual, teniendo tantas otras cosas de que quejarse, sólo se queja de ausencia; y al son de un rabel, que admirablemente toca, con versos donde muestra su buen entendimiento, cantando se queja. Yo sigo otro camino más fácil, y a mi parecer el más acertado, que es decir mal de la ligereza de las mujeres, de su inconstancia, de su doble trato, de sus promesas muertas, de su fe rompida [17], y, finalmente, del

195

200

205

210

215

220

▼ Región del Peloponeso donde los clásicos situaron el mito literario de la perfección de la vida pastoril y bucólica.

225 poco discurso que tienen en saber colocar sus pensamientos e intenciones que tienen. Y ésta fue la
ocasión, señores, de las palabras y razones que dije
a esta cabra cuando aquí llegué; que por ser hembra la tengo en poco, aunque es la mejor de todo
mi apero.

230 Ésta es la historia que prometí contaros; si he
sido en el contarla prolijo, no seré en serviros corto: cerca de aquí tengo mi majada, y en ella tengo
fresca leche y muy sabrosísimo queso, con otras
varias y sazonadas frutas, no menos a la vista que
235 al gusto agradables.

CAPÍTULO LII

De la pendencia que don Quijote tuvo con el cabrero, con la rara aventura de los deceplinantes [1], a quien dio felice [2] fin a costa de su sudor

[1] Disciplinantes.

[2] Feliz (paragoge).

General gusto causó el cuento del cabrero a todos los que escuchado le habían; especialmente le recibió el canónigo, que con extraña curiosidad notó la manera con que le había contado, tan lejos de parecer rústico cabrero cuan cerca de mostrarse discreto cortesano; y así, dijo que había dicho muy bien el cura en decir que los montes criaban letrados ▼. Todos se ofrecieron a Eugenio, pero el que más se mostró liberal en esto fue don Quijote, que le dijo:

[3] Inmediatamente (reduplicación intensificadora).

—Por cierto, hermano cabrero, que si yo me hallara posibilitado de poder comenzar alguna aventura, que luego luego [3] me pusiera en camino porque vos la tuviérades buena; que yo sacara del monesterio donde, sin duda alguna, debe de estar contra su voluntad, a Leandra, a pesar de la abadesa y de cuantos quisieran estorbarlo, y os la pusiera en vuestras manos, para que hiciérades della a toda vuestra voluntad y talante, guardando,

▼ Con esta valoración del relato pastoril del cabrero Eugenio termina el tema literario en el *Quijote* de 1605.

25   pero [4], las leyes de la caballería, que mandan que
a ninguna doncella se le sea fecho desaguisado alguno; aunque yo espero en Dios Nuestro Señor
que no ha de poder tanto la fuerza de un encantador malicioso, que no pueda más la de otro en-
30   cantador mejor intencionado, y para entonces os
prometo mi favor y ayuda, como me obliga mi
profesión, que no es otra si no es favorecer a los
desvalidos y menesterosos.

      Miróle el cabrero, y como vio a don Quijote de
35   tan mal pelaje y catadura [5], admiróse y preguntó
al barbero, que cerca de sí tenía:

      —Señor, ¿quién es este hombre, que tal talle
tiene y de tal manera habla?

      —¿Quién ha de ser —respondió el barbero—
40   sino el famoso don Quijote de la Mancha, desfacedor de agravios, enderezador de tuertos, el amparo de las doncellas, el asombro de los gigantes
y el vencedor de las batallas [▼]?

      —Eso me semeja —respondió el cabrero— a
45   lo que se lee en los libros de caballeros andantes,
que hacían todo eso que de este hombre vuestra
merced dice; puesto que [6] para mí tengo, o que
vuestra merced se burla, o que este gentilhombre
debe de tener vacíos los aposentos de la cabeza.

50   —Sois un grandísimo bellaco —dijo a esta sazón don Quijote—, y vos sois el vacío y el menguado; que yo estoy más lleno que jamás lo estuvo la muy hideputa puta que os parió.

      Y diciendo y hablando, arrebató [7] de un pan que
55   junto a sí tenía, y dio con él al cabrero en todo el
rostro, con tanta furia, que le remachó las narices; mas el cabrero, que no sabía de burlas, vien-

[4] Sin embargo, empe-
ro.

[5] Vestido y cara fiera.

[6] Aunque.

[7] Cogió.

[▼] Nótense los arcaísmos de la *fabla* caballeresca en la anterior intervención de don Quijote, y ahora también en la del barbero, quien imita el habla de aquél en son de burla.

do con cuántas veras le maltrataban, sin tener respeto a la alhombra [8], ni a los manteles, ni a todos aquellos que comiendo estaban, saltó sobre don Quijote, y asiéndole del cuello con entrambas manos, no dudara de ahogalle, si Sancho Panza no llegara en aquel punto, y le asiera por las espaldas y diera con él encima de la mesa, quebrando platos, rompiendo tazas y derramando y esparciendo cuanto en ella estaba. Don Quijote, que se vio libre, acudió a subirse sobre el cabrero, el cual, lleno de sangre el rostro, molido a coces de Sancho, andaba buscando a gatas algún cuchillo de la mesa para hacer alguna sanguinolenta venganza, pero estorbábanselo el canónigo y el cura; mas el barbero hizo de suerte que el cabrero cogió debajo de sí a don Quijote, sobre el cual llovió tanto número de mojicones, que del rostro del pobre caballero llovía tanta sangre como del suyo ▼.

Reventaban de risa el canónigo y el cura, saltaban los cuadrilleros de gozo, zuzaban [9] los unos y los otros, como hacen a los perros cuando en pendencia están trabados; sólo Sancho Panza se desesperaba, porque no se podía desasir de un criado del canónigo, que le estorbaba que a su amo no ayudase.

En resolución, estando todos en regocijo y fiesta, sino los dos aporreantes que se carpían [10], oyeron el son de una trompeta, tan triste, que les hizo volver los rostros hacia donde les pareció que sonaba; pero el que más se alborotó de oírle fue don Quijote, el cual, aunque estaba debajo del cabrero, harto contra su voluntad y más que medianamente molido, le dijo:

60
65
70
75
80
85
90

▼ El final del cuento del cabrero se desarrolla de modo parecido al final de la primera intervención de Cardenio (cap. 24).

—Hermano demonio, que no es posible que
dejes de serlo, pues has tenido valor y fuerzas para
sujetar las mías, ruégote que hagamos treguas, no
más de por una hora, porque el doloroso son de
95   aquella trompeta que a nuestros oídos llega me parece que a alguna nueva aventura me llama.

El cabrero, que ya estaba cansado de moler y
ser molido, le dejó luego, y don Quijote se puso
en pie, volviendo asimismo el rostro adonde el son
100   se oía, y vio a deshora [11] que por un recuesto [12] bajaban muchos hombres vestidos de blanco, a
modo de diciplinantes ▼.

Era el caso que aquel año habían las nubes negado su rocío a la tierra, y por todos los lugares
105   de aquella comarca se hacían procesiones, rogati-
vas y diciplinas [13], pidiendo a Dios abriese las manos de su misericordia y les lloviese; y para este
efecto la gente de una aldea que allí junto estaba
venía en procesión a una devota [14] ermita que en
110   un recuesto de aquel valle había.

Don Quijote, que vio los extraños trajes de los
diciplinantes, sin pasarle por la memoria las muchas veces que los había de haber visto, se imaginó que era cosa de aventura, y que a él solo toca-
115   ba, como a caballero andante, el acometerla; y
confirmóle más esta imaginación pensar que una
imagen que traían cubierta de luto fuese alguna
principal señora que llevaban por fuerza aquellos
follones y descomedidos malandrines, y como
120   esto le cayó en las mientes, con gran ligereza arremetió a Rocinante, que paciendo andaba, quitándole del arzón el freno y el adarga, y en un punto
le enfrenó, y pidiendo a Sancho su espada, subió

[11] De improviso.

[12] Sitio o paraje que está en declive.

[13] Disciplinas, azotes.

[14] Que mueve a devoción.

▼ Los disciplinantes eran aquellos que iban en las procesiones dándose azotes o disciplinándose.

sobre Rocinante y embrazó su adarga, y dijo en
alta voz a todos los que presentes estaban: 125

—Agora, valerosa compañía, veredes cuánto
importa que haya en el mundo caballeros que pro-
fesen la orden de la andante caballería; agora digo
que veredes, en la libertad de aquella buena señora que allí va cautiva, si se han de estimar los ca-   130
balleros andantes ▼.

Y en diciendo esto, apretó los muslos a Rocinante, porque espuelas no las tenía, y a todo galope, porque carrera tirada no se lee en toda esta
verdadera historia que jamás la diese Rocinante,   135
se fue a encontrar con los diciplinantes, bien que
fueran el cura y el canónigo y el barbero a dete-
nelle; mas no les fue posible, ni menos le detuvieron las voces que Sancho le daba, diciendo:

—¿Adónde va, señor don Quijote? ¿Qué demo-   140
nios lleva en el pecho, que le incitan a ir contra
nuestra fe católica? Advierta, mal haya yo, que
aquélla es procesión de diciplinantes, y que aquella señora que llevan sobre la peana es la imagen
benditísima de la Virgen sin mancilla; mire, señor,   145
lo que hace, que por esta vez se puede decir que
no es lo que sabe.

Fatigóse en vano Sancho, porque su amo iba tan
puesto [15] en llegar a los ensabanados y en librar a
la señora enlutada, que no oyó palabra; y aunque   150
la oyera, no volviera, si [16] el rey se lo mandara. Llegó, pues, a la procesión, y paró a Rocinante, que
ya llevaba deseo de quietarse un poco, y con turbada y ronca voz, dijo:

....
[15] Empeñado.

....
[16] Aunque.

▼ Reaparece aquí, una vez más, la imaginación caballeresca de don Quijote en esta aventura de los disciplinantes, que, en varios aspectos, resulta equiparable con el episodio
del cuerpo muerto o de los encamisados (cap. 19).

155   —Vosotros, que, quizá por no ser buenos, os
encubrís los rostros, atended [17] y escuchad lo que   [17] Esperad.
deciros quiero.

Los primeros que se detuvieron fueron los que
la imagen llevaban, y uno de los cuatro clérigos
160   que cantaban las ledanías [18], viendo la extraña ca-   [18] Letanías.
tadura de don Quijote, la flaqueza de Rocinante y
otras circunstancias de risa que notó y descubrió
en don Quijote, le respondió diciendo:

—Señor hermano, si nos quiere decir algo, dí-
165   galo presto, porque se van estos hermanos abriendo las carnes, y no podemos, ni es razón que nos
detengamos a oír cosa alguna, si ya no es tan breve, que en dos palabras se diga.

—En una lo diré —replicó don Quijote—, y
170   es ésta: que luego al punto dejéis libre a esa hermosa señora, cuyas lágrimas y triste semblante
dan claras muestras que la lleváis contra su voluntad y que algún notorio desaguisado le habedes fecho; y yo, que nací en el mundo para desfacer se-
175   mejantes agravios, no consentiré que un solo paso
adelante pase sin darle la deseada libertad que merece.

En estas razones, cayeron todos los que las oyeron que don Quijote debía de ser algún hombre
180   loco, y tomáronse a reír [19] muy de gana, cuya risa   [19] Echáronse a reír.
fue poner pólvora a la cólera de don Quijote, por-
que sin decir más palabra, sacando la espada, arremetió a las andas. Uno de aquellos que las llevaban, dejando la carga a sus compañeros, salió al
185   encuentro de don Quijote, enarbolando una horquilla o bastón con que sustentaba las andas en
tanto que descansaba; y recibiendo en ella una
gran cuchillada que le tiró don Quijote, con que
se la hizo dos partes, con el último tercio [20] que le   [20] La mitad.
190   quedó en la mano, dio tal golpe a don Quijote en-
cima de un hombro, por el mismo lado de la es-

²¹ Fuerza del villano (Hendíadis).

²² No se movía.

²³ Cintura.

²⁴ Cucuruchos cubiertos de lienzo blanco.

²⁵ Atacar.

pada, que no pudo cubrir el adarga contra villana fuerza [21], que el pobre don Quijote vino al suelo muy mal parado ▼.

Sancho Panza, que jadeando le iba a los alcances, viéndole caído, dio voces a su moledor que no le diese otro palo, porque era un pobre caballero encantado, que no había hecho mal a nadie en todos los días de su vida. Mas lo que detuvo al villano no fueron las voces de Sancho, sino el ver que don Quijote no bullía [22] pie ni mano; y así, creyendo que le había muerto, con priesa se alzó la túnica a la cinta [23], y dio a huir por la campaña como un gamo.

Ya en esto llegaron todos los de la compañía de don Quijote adonde él estaba; y más los de la procesión, que los vieron venir corriendo, y con ellos los cuadrilleros con sus ballestas, temieron algún mal suceso, y hiciéronse todos un remolino alrededor de la imagen, y alzados los capirotes [24], empuñando las diciplinas, y los clérigos los ciriales, esperaban el asalto con determinación de defenderse, y aun ofender [25], si pudiesen, a sus acometedores; pero la fortuna lo hizo mejor que se pensaba, porque Sancho no hizo otra cosa que arrojarse sobre el cuerpo de su señor, haciendo sobre él el más doloroso y risueño llanto ▼▼ del mundo, creyendo que estaba muerto.

El cura fue conocido de otro cura que en la procesión venía, cuyo conocimiento puso en sosiego el concebido temor de los dos escuadrones. El pri-

195

200

205

210

215

220

▼ Casalduero hace notar que, en la serie de aventuras de don Quijote, el proceso va desde su encuentro con dos prostitutas, en la primera salida (cap. 2), hasta esta última aventura con los disciplinantes y la imagen de la Virgen María.

▼▼ Sancho improvisa un sentido planto lleno de comicidad y humor; *doloroso* para él, y *risueño* (risible) para los demás.

mer cura dio al segundo, en dos razones, cuenta
de quién era don Quijote, y así él como toda la turba de los diciplinantes fueron a ver si estaba muer-
225   to el pobre caballero, y oyeron que Sancho Panza,
con lágrimas en los ojos, decía:

—¡Oh flor de la caballería, que con solo un
garrotazo acabaste la carrera de tus tan bien gas-
tados años! ¡Oh honra de tu linaje, honor y gloria
230   de toda La Mancha, y aun de todo el mundo, el
cual faltando tú en él, quedará lleno de malhechores, sin temor de ser castigados de sus malas fe-
chorías! ¡Oh liberal sobre todos los Alejandros,
pues por solos ocho meses de servicio me tenías
235   dada la mejor ínsula que el mar ciñe y rodea ▼!
¡Oh humilde con los soberbios y arrogante con los
humildes ▼▼, acometedor de peligros, sufridor de
afrentas, enamorado sin causa, imitador de los
buenos, azote de los malos, enemigo de los ruines,
240   en fin, caballero andante, que es todo lo que decir se puede!

Con las voces y gemidos de Sancho revivió don
Quijote, y la primer palabra que dijo fue:

—El que de vos vive ausente, dulcísima Dulci-
245   nea, a mayores miserias que éstas está sujeto. Ayúdame, Sancho amigo, a ponerme sobre el carro encantado; que ya no estoy para oprimir la silla de
Rocinante, porque tengo todo este hombro hecho
pedazos.

250   —Eso haré yo de muy buena gana, señor mío
—respondió Sancho—, y volvamos a mi aldea en

▼ Hace poco más de dos semanas que se inició la segunda salida de don Quijote, y Sancho cita la cifra hiperbólica de *ocho meses,* exageración notoria debida, quizás, al sentimiento subjetivo del paso del tiempo y al dolor que siente el escudero.

▼▼ Gracioso trastrueque de Sancho, quien, al invertir los términos, dice lo contrario de
lo que quiere decir.

compañía destos señores, que su bien desean, y
allí daremos orden de hacer otra salida ▼ que nos
sea de más provecho y fama.

—Bien dices, Sancho —respondió don Quijo-   255
te—, y será gran prudencia dejar pasar el mal influjo de las estrellas que agora corre.

El canónigo y el cura y barbero le dijeron que
haría muy bien en hacer lo que decía; y así, habiendo recebido grande gusto de las simplicidades   260
de Sancho Panza, pusieron a don Quijote en el
carro, como antes venía. La procesión volvió a or-
denarse y a proseguir su camino. El cabrero se despidió de todos. Los cuadrilleros no quisieron pasar adelante, y el cura les pagó lo que se les de-   265
bía. El canónigo pidió al cura le avisase el suceso
de don Quijote, si sanaba de su locura o si proseguía en ella, y con esto tomó licencia para seguir
su viaje.

En fin, todos se dividieron y apartaron, quedan-   270
do solos el cura y barbero, don Quijote y Panza y
el bueno de Rocinante, que a todo lo que había visto estaba con tanta paciencia como su amo. El boyero unció sus bueyes y acomodó a don Quijote
sobre un haz de heno, y con su acostumbrada fle-   275
ma siguió el camino que el cura quiso, y al cabo
de seis días llegaron a la aldea de don Quijote,
adonde entraron en la mitad del día, que acertó
a ser domingo, y la gente estaba toda en la plaza,
por mitad de la cual atravesó el carro de don Qui-   280
jote. Acudieron todos a ver lo que en el carro venía, y cuando conocieron a su compatrioto [26], quedaron maravillados, y un muchacho acudió
corriendo a dar las nuevas a su ama y a su sobri-

....
[26] Compatriota.

▼ Queda anunciada, pues, la tercera salida y con ella la continuación de la novela, el
Quijote de 1615.

285   na de que su tío y su señor venía flaco y amarillo,
y tendido sobre un montón de heno y sobre un
carro de bueyes. Cosa de lástima fue oír los gritos
que las dos buenas señoras alzaron, las bofetadas
que se dieron, las maldiciones que de nuevo echa-
290   ron a los malditos libros de caballerías; todo lo
cual se renovó cuando vieron entrar a don Quijote por sus puertas.

A las nuevas desta venida de don Quijote, acudió la mujer de Sancho Panza, que ya había sabi-
295   do que había ido con él sirviéndole de escudero,
y así como vio a Sancho, lo primero que le preguntó fue que si venía bueno el asno. Sancho respondió que venía mejor que su amo.

—Gracias sean dadas a Dios —replicó ella—,
300   que tanto bien me ha hecho; pero contadme agora, amigo: ¿Qué bien habéis sacado de vuestras es-
cuderías? ¿Qué saboyana [27] me traéis a mí? ¿Qué
zapaticos a vuestros hijos?

—No traigo nada deso —dijo Sancho—, mu-
305   jer mía, aunque traigo otras cosas de más momento y consideración.

—Deso recibo yo mucho gusto —respondió la
mujer—; mostradme esas cosas de más consideración y más momento, amigo mío; que las quie-
310   ro ver, para que se me alegre este corazón, que
tan triste y descontento ha estado en todos los siglos de vuestra ausencia.

—En casa os las mostraré, mujer —dijo Panza—, y por agora estad contenta, que siendo Dios
315   servido de que otra vez salgamos en viaje a buscar aventuras, vos me veréis presto conde, o gobernador de una ínsula, y no de las de por ahí [28],
sino la mejor que pueda hallarse.

—Quiéralo así el cielo, marido mío; que bien
320   lo habemos menester. Mas decidme: ¿Qué es eso
de ínsulas, que no lo entiendo?

[27] Saya abierta por delante.

[28] Y no de las comunes o vulgares.

—No es la miel para la boca del asno ▼ —respondió Sancho—; a su tiempo lo verás, mujer, y aun te admirarás de oírte llamar señoría de todos tus vasallos.

—¿Qué es lo que decís, Sancho, de señorías, ínsulas y vasallos? —respondió Juana Panza, que así se llamaba la mujer de Sancho, aunque no eran parientes, sino porque se usa en La Mancha tomar las mujeres el apellido de sus maridos ▼▼.

—No te acucies, Juana, por saber todo esto tan apriesa; basta que te diga verdad, y cose la boca. Sólo te sabré decir, así de paso, que no hay cosa más gustosa en el mundo que ser un hombre honrado escudero de un caballero andante buscador de aventuras. Bien es verdad que las más que se hallan no salen tan a gusto como el hombre querría, porque de ciento que se encuentran, las noventa y nueve suelen salir aviesas y torcidas. Sélo yo de expiriencia [29], porque de algunas he salido manteado, y de otras molido. Pero, con todo eso, es linda cosa esperar los sucesos atravesando montes, escudriñando selvas, pisando peñas, visitando castillos, alojando en ventas a toda discreción, sin pagar ofrecido sea al diablo el maravedí [30].

Todas estas pláticas pasaron entre Sancho Panza y Juana Panza, su mujer, en tanto que el ama y sobrina de don Quijote le recibieron, y le desnudaron, y le tendieron en su antiguo lecho. Mirábalas él con ojos atravesados [31], y no acababa de

[29] Por experiencia.

[30] Ni un maldito maravedí.

[31] Mirando de través.

▼ El ya quijotizado Sancho adopta ahora aires de superioridad con su mujer. De aprender con don Quijote pasa a enseñar a su mujer.

▼▼ Con el nombre de Juana Panza aumenta también la polionomasia de la mujer de Sancho, a la cual se le llamó antes Juana Gutiérrez y Mari Gutiérrez. (Véase la nota al pie de la página 122.)

entender en qué parte estaba. El cura encargó a
la sobrina tuviese gran cuenta con regalar[32] a su
tío, y que estuviesen alerta de que otra vez no se

355 les escapase, contando lo que había sido menester para traelle a su casa. Aquí alzaron las dos de
nuevo los gritos al cielo; allí se renovaron las maldiciones de los libros de caballerías; allí pidieron
al cielo que confundiese en el centro del abismo

360 a los autores de tantas mentiras y disparates. Finalmente, ellas quedaron confusas y temerosas de
que se habían de ver sin su amo y tío en el mesmo punto que tuviese alguna mejoría, y sí fue
como ellas se lo imaginaron.

365   Pero el autor desta historia, puesto que[33] con
curiosidad y diligencia ha buscado los hechos que
don Quijote hizo en su tercera salida, no ha podido hallar noticia de ellas, a lo menos por escrituras auténticas; sólo la fama ha guardado, en las

370 memorias de La Mancha, que don Quijote la tercera vez que salió de su casa fue a Zaragoza, donde se halló en unas famosas justas que en aquella
ciudad hicieron y allí le pasaron cosas dignas de
su valor y buen entendimiento ▼. Ni de su fin y

375 acabamiento pudo alcanzar cosa alguna, ni la alcanzara ni supiera si la buena suerte no le depa-
rara un antiguo médico que tenía en su poder una
caja de plomo que, según él dijo, se había hallado
en los cimientos derribados de una antigua ermi-

380 ta que se renovaba. En la cual caja se habían hallado unos pergaminos escritos con letras góti-
cas[34], pero en versos castellanos, que contenían
muchas de sus hazañas y daban noticia de la her-

[32] Cuidar con esmero.

[33] Aunque.

[34] En mayúsculas roma-
nas.

▼ Con ello queda planteada la continuación de la novela (Quijote de 1615), en la cual
don Quijote sale por tercera vez, con la intención de ir a Zaragoza, pero luego cambiará
su ruta y se encaminará a Barcelona.

mosura de Dulcinea del Toboso, de la figura de
Rocinante, de la fidelidad de Sancho Panza y de la 385
sepultura del mesmo don Quijote, con diferentes
epitafios y elogios de su vida y costumbres ▼.

Y los que se pudieron leer y sacar en limpio fueron los que aquí pone el fidedigno autor desta nueva y jamás vista historia. El cual autor no pide a 390
los que la leyeren, en premio del inmenso trabajo
que le costó inquerir y buscar todos los archivos
manchegos, por sacarla a luz, sino que le den el
mesmo crédito que suelen dar los discretos a los
libros de caballerías, que tan validos [35] andan en 395
el mundo; que con esto se tendrá por bien pagado y satisfecho, y se animará a sacar y buscar
otras [36], si no tan verdaderas, a lo menos de tanta
invención y pasatiempo.

Las palabras primeras que estaban escritas en 400
el pergamino que se halló en la caja de plomo eran
éstas:

[35] Favorecidos.

[36] Otras historias.

▼ También aquí recurre Cervantes al procedimiento del «manuscrito encontrado», con
intención cómico-burlesca, como se verá fácilmente en los poemas que siguen y en el
desajuste cronológico entre tan antiguos pergaminos que hablan de don Quijote ya
muerto y sepultado y la historia tan reciente del caballero.

LOS ACADÉMICOS DE LA ARGAMASILLA ▼, LUGAR DE
LA MANCHA, EN VIDA Y MUERTE DEL VALEROSO
DON QUIJOTE DE LA MANCHA

HOC SCRIPSERUNT [37]

[37] Esto escribieron.

El Monicongo, académico de la Argamasilla, a la sepultura de don Quijote

Epitafio

El calvatrueno [38] que adornó a La Mancha
de más despojos que Jasón de Creta ▼▼,
el juicio que tuvo la veleta
aguda donde fuera mejor ancha,
5   el brazo que su fuerza tanto ensancha,
que llegó del Catay [39] hasta Gaeta [40],
la musa más horrenda y más discreta
que grabó versos en broncínea plancha,
el que a cola dejó los Amadises,
10   y en muy poquito a Galaores tuvo,
estribando en su amor y bizarría,
el que hizo callar los Belianises,
aquel que en Rocinante errando anduvo,
yace debajo desta losa fría.

[38] Persona alocada.

[39] China.

[40] Puerto en el golfo de Nápoles.

▼ Más que en averiguar de qué Argamasilla se trata (hay dos en Ciudad Real), conviene fijarse en el tono fantástico y burlesco de estos poemas finales. Tanto el situar una academia literaria en un pueblo de La Mancha, como los nombres ridículos de los supuestos académicos, todo es abiertamente burlesco.

▼▼ Jasón abandonó a Medea, por lo cual ella mató a los dos hijos de ambos. Pero Jasón no era de Creta, sino de Tesalia, equivocación que Clemencín interpretó en sentido irónico: «don Quijote adornó a La Mancha como Jasón a Creta, donde no se sabe que estuviese».

[41] En alabanza de Dulcinea del Toboso.

Del Paniaguado, académico de la Argamasilla,
In Laudem Dulcineae del Toboso[41]
Soneto

[42] De mondongo, de tripas.

Esta que veis de rostro amondongado [42],
alta de pechos y ademán brioso,
es Dulcinea, reina del Toboso,
de quien fue el gran Quijote aficionado.

[43] Sierra Morena.

    Pisó por ella el uno y otro lado   5
de la gran Sierra Negra [43], y el famoso
campo de Montiel, hasta el herboso
llano de Aranjuez, a pie y cansado ▼.
    Culpa de Rocinante. ¡Oh dura estrella!,
que esta manchega dama, y este invito ▼▼   10
andante caballero, en tiernos años,
    ella dejó, muriendo, de ser bella,
y él, aunque queda en mármores escrito,
no pudo huir de amor, iras y engaños.

Del Caprichoso, discretísimo académico de la Argamasilla, en loor de Rocinante, caballo de don Quijote de la Mancha

Soneto

En el soberbio trono diamantino
que con sangrientas plantas huella Marte,
frenético el Manchego su estandarte
tremola con esfuerzo peregrino.

▼ Valga como chiste Sierra Negra por Sierra Morena, pero la referencia a Aranjuez es disparatada, pues don Quijote nunca se acerca a dicho lugar.

▼ Se mantiene *invito,* sin actualizar la ortografía del grupo consonántico *ct* (invicto), para respetar la rima consonante.

5   Cuelga las armas y el acero fino
con que destroza, asuela, raja y parte:
¡Nuevas proezas!, pero inventa el arte
un nuevo estilo al nuevo paladino.
        Y si de su Amadís se precia Gaula,
10   por cuyos bravos descendientes Grecia
triunfó mil veces y su fama ensancha,
        hoy a Quijote le corona el aula
do Belona [44] preside, y dél se precia,
más que Grecia ni Gaula, la alta Mancha.
15   Nunca sus glorias el olvido mancha,
pues hasta Rocinante, en ser gallardo,
excede a Brilladoro y a Bayardo [▼].

....
[44] Diosa romana de la guerra.

Del Burlador, académico argamasillesco, a Sancho Panza

Soneto

        Sancho Panza es aquéste, en cuerpo chico,
pero grande en valor, ¡milagro extraño!
Escudero el más simple y sin engaño
que tuvo el mundo, os juro y certifico.
5   De ser conde, no estuvo en un tantico,
si no se conjuraran en su daño
insolencias y agravios del tacaño
siglo, que aun no perdonan a un borrico.

||||||||||||||||||||||||||||||||||||||||||||||||||||||||||||||||||||||||||||||||||||||||||||||||||||||||||||||||

[▼] Brilladoro era el caballo de Orlando, y Bayardo el de Reinaldos de Montalbán (*Orlando furioso*).

Sobre él anduvo —con perdón se miente—   10
este manso escudero, tras el manso
caballo Rocinante y tras su dueño.
    ¡Oh vanas esperanzas de la gente!
¡Cómo pasáis con prometer descanso,
y al fin paráis en sombra, en humo, en sueño!

....
[45] Duende diablo (apodo de un corsario argelino).

Del Cachidiablo [45], académico de la Argamasilla, en la sepultura de don Quijote

Epitafio

Aquí yace el caballero
bien molido y mal andante
a quien llevó Rocinante
por uno y otro sendero.
    Sancho Panza el majadero   5
yace también junto a él,
escudero el más fiel
que vio el trato de escudero.

Del Tiquitoc, académico de la Argamasilla, en la sepultura de Dulcinea del Toboso

Epitafio

Reposa aquí Dulcinea;
y, aunque de carnes rolliza,
la volvió en polvo y ceniza
la muerte espantable y fea.
    Fue de castiza ralea,   5
y tuvo asomos de dama;
del gran Quijote fue llama,
y fue gloria de su aldea.

Éstos fueron los versos que se pudieron leer; los
10   demás, por estar carcomida la letra, se entregaron
a un académico para que por conjeturas los declarase. Tiénese noticia que lo ha hecho, a costa de
muchas vigilias y mucho trabajo, y que tiene intención de sacallos a luz, con esperanza de la ter-
15   cera salida de don Quijote.

Forsi altro canterà con miglior plectio ▼

Finis

<hr>

▼ *Forse altri canterà con miglior plettro* (quizás otro cantará con mejor plectro) es un verso
del *Orlando furioso,* de Ariosto.

© GRUPO ANAYA, S. A., 1987
© De esta edición: GRUPO ANAYA, S. A. Juan Ignacio Luca de Tena, 15. 28027
Madrid - Depósito Legal: M.-21.298/1998 - ISBN: 84-207-2794-6 (vol. I) - ISBN:
84-207-2796-2 (obra completa)- Impreso en Josmar, S. A., Artesanía 17. Polígono
Industrial de Coslada (Madrid).
Impreso en España/Printed in Spain.